बुनियाद

वाणी प्रकाशन
21-ए, दरियागंज, नयी दिल्ली-110002
फ़ोन : 011-23273167, 23275710, 65456829, 65394966
फ़ैक्स : 011-23275710
vaniprakashan@gmail.com
www : vaniprakashan.com

बुनियाद

मनोहर श्याम जोशी

वाणी प्रकाशन का लोगो
विख्यात चित्रकार मकबूल फिदा हुसेन
की कूची से

ISBN : 978-93-5229-118-2

वाणी प्रकाशन
21-ए, दरियागंज, नयी दिल्ली-110002
द्वारा प्रकाशित

प्रथम संस्करण (राजकमल प्रकाशन) : 1988
वाणी द्वितीय संस्करण : 2007

मूल्य : 125.00

आवरण : वाणी प्रकाशन
आवरण चित्र : India-forums.com

जय भारत प्रिंटर्स, दिल्ली-110032
द्वारा मुद्रित

BUNIYAAD (Novel)
by Manohar Shyam Joshi

दो शब्द

दूरदर्शन-धारावाहिक के रूप में 'बुनियाद' को देश के लाखों-करोड़ों दर्शकों ने देखा और सराहा। उसकी इस सफलता को लेकर मेरी खुशी स्वाभाविक है, खासकर इसलिए भी कि इसके माध्यम से मैंने जो कहा, लोगों ने उसे पूरे मन से सुना-समझा।

लेकिन 'बुनियाद' पर काम करते हुए जिन मित्रों का सहयोग मिलता रहा, वह न मिलता तो ऐसी सफलता संदिग्ध थी। खासतौर से लेखन-कार्य में सलाहकार रहीं सुप्रसिद्ध कथाकार कृष्णा सोबती तथा शोध-कार्य के लिए डॉ. पुष्पेश पंत के प्रति मैं हृदय से आभारी हूँ। दृश्यालेख को पुस्तक-रूप देने में श्री भूपेंद्र अबोध ने जो कार्य किया, उसके लिए मैं उनका भी आभारी हूँ।

—मनोहर श्याम जोशी

बुनियाद

‘बुनियाद’ सिरियल से दृश्य

'बुनियाद' सिरियल से दृश्य

कहानी लाहौर से शुरू होती है, जहाँ लाला गेंदामल सन् 1857-गदर के बाद के दशक में पिंडी बहाउद्दीन से आकर बसे। पिंडी बहाउद्दीन लाहौर से सौ-एक मील दूर एक कस्बा है, जहाँ के खत्री काफी संपन्न हुआ करते थे। मेवों का व्यापार उनका मुख्य धंधा था। लाला गेंदामल उसी खत्री खानदान से आते हैं। गेंदामल के माता-पिता का देहांत तभी हो गया था, जब वह बच्चे थे। रिश्ते के एक दादाजी ने उन्हें पाल-पोसकर बड़ा किया। दादाजी महाराज रणजीतसिंह के दरबार में मुलाजिम थे और पंजाब पर अंग्रेजों की विजय उन्होंने अपनी आँखों देखी थी। अंग्रेजों के बुद्धि-कौशल के अनगिनत किस्से उन्हें याद थे, जिन्हें वे बचपन में गेंदामल को सुनाया करते और कहते—'अंग्रेजों की विद्या सीख और अंग्रेज के बराबर पहुँच।' उन किस्सों का गेंदामल के मन-मस्तिष्क पर जबरदस्त प्रभाव पड़ा। फिर एक दिन दादाजी का देहांत हो गया। गेंदामल अनाथ हो गए। सगे-संबंधियों की मेहरबानियों पर कुछ दिन कटे, फिर किसी दिन किस्मत आजमाने वह पिंडी बहाउद्दीन को अलविदा कह लाहौर आ गए।

लाहौर में अपनी जिंदगी की शुरुआत उन्होंने फेरी लगानेवाले की हैसियत से की थी, मगर लगन तथा मेहनत की बदौलत एक दिन मेवों के बहुत बड़े तिजारती बन गए। पिंडी बहाउद्दीन स्थित अपने पुश्तैनी मकान का जीर्णोद्धार कराया, जमीन-जायदाद बनाई और लाहौर के कूचा राधाकिशन में अपना बड़ा-सा मकान खड़ा किया। अब वह गेंदामल से लाला गेंदामल कहलाने लगे।

मेहनत तथा ऊपरवाले की मेहरबानी ने तमाम खुशियाँ दीं गेंदामल को, मगर रुलाया भी कम नहीं। एक के बाद एक—तीन बेटे बड़ी माता, प्लेग तथा हैजे से गुजर गए। कुल दो जिंदा बचे—रलिया तथा हवेली। बचपने में अपने दादा से मिली सीख को—कि अंग्रेजों की विद्या सीख और अंग्रेजों के बराबर पहुँच—गेंदामल ने अपने इन दोनों बेटों पर भरपूर आजमाना चाहा, मगर दोनों ही से निराशा हाथ लगी। रलिया से तो एक हद तक संतोष भी रहा कि किसी तरह कुल जमा मिडिल पास करके उसने आधुनिक व्यापार का रास्ता पकड़ा, अंग्रेज भक्त बना, पुश्तैनी तिजारत के साथ-साथ ठेकेदारी का भी धंधा अपनाया, मगर हवेली!

बचपन से ही पढ़ने-लिखने में तेज हवेली से लाला गेंदामल ने ढेरों उम्मीदें

लगा रखी थीं। शुरू से हवेली सब दिन अपने क्लास में फर्स्ट आता रहा और वजीफे लेता रहा। जब बी.ए. में था, गेंदामल की इच्छा थी कि वह आगे की पढ़ाई के लिए इंग्लैंड चला जाए और लाट साहबी या बैरिस्टरी का इम्तहान दे। मगर नहीं। हवेली पर स्वदेश-प्रेम का भूत सवार हो आया। उस पर 'हिंट्स ऑफ सेल्फ-कल्चर' के लेखक, विलायत में शिक्षित लाला हरदयाल का गहरा असर पड़ा और बी.ए., बी. टी. करके उसने टीचरी पकड़ ली। वह लाला लाजपतराय का अनुयायी बना और आर्यसमाज तथा क्रांतिकारी दल का एक सक्रिय सदस्य। टीचरी के बाद का उसका अधिकांश समय खतरनाक किस्म की आंदोलनबाज़ी में बीत रहा था। रलिया जहाँ उसे गैर-जिम्मेदार समझता है, लाला गेंदामल भी उससे नाउम्मीद हो चले हैं।

लाला गेंदामल की तीसरी तथा सबसे छोटी संतान है वीराँवाली। घर-भर की मुँहलगी तथा शादी की उम्र हो जाने पर भी कुँवारी। लाला गेंदामल अपनी इस इकलौती बेटी की शादी किसी ऊँचे खानदान में करना चाहते हैं।

विच्छोवाली गली में भाई आत्मानंद का मकान है। पक्के आर्यसमाजी होने के साथ-साथ वह गदर पार्टी के सक्रिय कार्यकर्ता भी हैं। कह लीजिए, होल-टाइमर। चालीस-बयालीस की उम्र तक उन्होंने शादी सिर्फ इसलिए नहीं की कि आजादी की लड़ाई में पता नहीं किस दिन काम आ जाएँ। घर में आत्मानंद के अलावा उनकी एक कुँवारी भांजी है—लाजवंती, जिसके माता-पिता के देहांत के बाद आत्मानंदजी मिंटगुमरी स्थित उसके ताया-ताई से लड़-झगड़कर अपने पास लाहौर लिवा लाए थे कि पढ़ा-लिखाकर उसे अपने पैरों पर खड़ा होने योग्य बनाएँगे। हवेलीराम भाई आत्मानंद के पास आता-जाता रहता है। उसकी बहन वीराँवाली भी। थोड़े ही दिनों में वीराँवाली तथा लाजवंती अच्छी सहेलियाँ हो चली हैं।

सन् 1915 की एक शाम।

भाई आत्मानंद अपने मकान की छत पर नए खरीदे गए कैमरे को टेस्ट करने के ख्याल से हवेलीराम तथा वीराँवाली की इकट्ठी तस्वीर खींचने की तैयारियाँ कर रहे हैं। लाजवंती अलग खड़ी फोटो खींचने-खिंचाने की तैयारियाँ देख रही है।

वीराँवाली : आ नी लाजो, तू भी बैठ जा साथ।

लाजो : नहीं, आप भाई-बहिन खिंचवाओ।

मगर जब भाई आत्मानंद भी लाजो को साथ बैठने के लिए कहते हैं तो वह अनमनी-सी, मगर भीतर-ही-भीतर खुश होकर हवेलीराम-वीराँवाली के साथ बैठ जाती है और कहती है—मुझे शर्म आती है मामाजी!

आत्मानंद : कैमरे से शर्म?

लाजो : कैमरे से थोड़ी? इसमें से जो चिड़िया निकलती है, उससे आती है।

आत्मानंद हँसते हैं और हँसते हुए निर्देश देते हैं—हाँ, ध्यान से देखो। यहाँ से चिड़िया निकलेगी।

कैमरा क्लिक होता है। आत्मानंद संतोष की साँस लेते हैं—बस जी, धन्यवाद।

वीराँवाली : हाय लाजो, हमारी फोटो तो मुँह फाड़े खिंच गई।

आत्मानंद : जो जैसा है उसका वैसा ही फोटो आना है। हवेलीराम तो बिल्कुल नहीं हँसा।

हवेलीराम : इस माहौल में कौन हँस सकता है? सब लोग कहते थे कि बर्तानिया जर्मनी से जंग में उलझ गया है और इस मौके का फायदा उठाकर हिंदुस्तानी फौज गदर कर देगी। लेकिन हुआ क्या? भाई परमानंद पकड़े गए। सिपाही करतारसिंह सराबा और अब्दुल्ला-जैसे बहादुर जवान गोली से उड़ा दिए गए।

आत्मानंद : ऐसी मुसीबतों के सामने हँसते-मुस्कराते रहना इन्कलाबियों का धर्म होता है।

हवेलीराम : ये सब ठीक है भाई आत्मानंद, लेकिन लाला लाजपतराय ने तो अमरीका से लिखा है कि जर्मनी की मदद से यहाँ इन्कलाब कभी नहीं हो सकेगा।

आत्मानंद : चाहे जैसे हो, मगर होगा जरूर। याद नहीं, गदर रिसाले के पहले अंक में लाला हरदयाल ने क्या लिखा था? हमारा नाम क्या है? गदर। हमारा काम क्या है? इन्कलाब लाना। इन्कलाब कब होगा? बस चंद सालों में। पहली नवंबर, 1913 को ये बातें लिखी गई थीं और देखो, दो सालों में ही हालात कितनी तेजी से हमें इन्कलाब की ओर ले जा रहे हैं।

हवेलीराम : तो आप समझते हैं भाई आत्मानंद कि इस कैमरे की आड़ में रहते हुए आप सबकी नजर बचाकर इन्कलाब की मंज़िल तक पहुँच जाएँगे?

आत्मानंद : कोशिश तो करूँगा।

हवेलीराम : डिफेंस ऑफ इंडिया एक्ट बन जाने के बाद सख्ती बहुत बढ़ गई है, इसलिए सोच लीजिए भाई आत्मानंद!

आत्मानंद : अब क्या सोचना? मुझे थोड़ी-सी फिक्र है तो बस अपनी भांजी की। मैं इसे इसके ताया-ताई से लड़ के यहाँ ले आया था कि एन्ट्रेंस पास कराके कहीं नौकरी पर लगवा दूँगा, लेकिन आर्यसमाज और गदर पार्टी दोनों में उलझ गया हूँ, तो इसे पढ़ाने के लिए वक्त बहुत ही कम मिल पाता है। और कहीं जेल चला गया तो...।

वीराँवाली : हम करेंगे इसकी देखभाल और इसे पढ़ाने का काम तो मेरे वीरजी कर देंगे।

आत्मानंद : हवेली को कहाँ फुर्सत है?

हवेलीराम : अगर आप आदेश करें तो मैं कल ही से स्कूल से सीधा इधर आ जाऊँगा और इन्हें घंटा-भर पढ़ा दिया करूँगा।

आत्मानंद : मेरे लिए इससे ज्यादा खुशी की बात और क्या हो सकती है।

आत्मानंद खुशी ज़ाहिर करते हैं, फिर कहते हैं—अब ज़रा नीचे चलो, तुम्हें इन्कलाबी फोटोग्राफी के बारे में कुछ और समझा दूँ।

हवेलीराम और आत्मानंद सीढ़ियों के नीचे चले जाते हैं। उनके जाने के बाद लाजो वीराँवाली को गलबहियाँ डालती हुई कहती है—नी, तूने तो मेरी बड़ी शामत बुला दी।

वीराँवाली : क्यूँ भला?

लाजो : खुद ही तो कहती रहती है कि मेरे वीरजी बहुत दिमागदार हैं।

वीराँवाली : वो तो हैं ही। एन्ट्रेन्स से लेकर बी.ए. तक हमेशा फर्स्ट डिवीजन में पास हुए हैं। हिस्ट्री में तो इतने काबिल कि उनके प्रोफेसर गैरेट ने खुश होकर अपनी जेब-घड़ी उन्हें दे दी।

लाजो : इसलिए तो कहती हूँ, मेरी तो शामत आ गई। मैं तो हूँ पूरी बुद्धू। मेरी कसकर पिटाई होनी है।

वीराँवाली : वीरजी ने ब्रह्मचर्य का व्रत लिया हुआ है। हाथ उठाना तो दूर, वो तो परायी स्त्री पर नज़र तक नहीं ना उठाते।

लाजो : हाँ, सच। पता है? मुझे साल हो गया है मिंटगुमरी से आए, लेकिन आज तक तेरे वीरजी ने नमस्ते से दूसरा हरफ नहीं कहा। आती बारी नमस्ते। जाती बारी नमस्ते। और मुस्कराते तो मैंने इन्हें देखा ही नहीं। कभी हँसते भी हैं तेरे वीरजी?

वीराँवाली : दिन में एक बारी।

लाजो : दिन में एक बारी?

वीराँवाली : हाँ। कहते हैं, ज्यादा हँसना हल्केपन की निशानी है। मगर दिन में एक बारी हँस लेना सेहत के लिए ठीक रहता है।

—हँसी न हुई, कड़वी दवाई हो गई! कहकर लाजो तथा वीराँवाली हँसती हैं। दोनों हँस रही होती हैं, तभी नीचे से भाई आत्मानंद पुकारते हैं—लाजो!

आवाज सुनकर लाजो जीभ काटती है—हाँजी!

आत्मानंद : वीराँवाली को भेज। हवेलीरामजी जा रहे हैं, और कल से आएँगे तुझे पढ़ाने। ठीक चार बजे...।

अगली शाम चार बजने में कुछ मिनट बाकी रहते हैं कि आत्मानंदजी के विच्छोवाली गली के मकान का कुंडा खटकता है। रसोई में लाजो बेसन के लड्डू बना रही है। वह आँगन पार करके दरवाजा खोलते हुए हवेलीराम को नमस्ते करती है—नमस्ते मास्टरजी!

फिर हवेलीराम को स्टडी में बिठाते हुए कहती है—आप बैठो जी, मैं अभी आई।

हवेलीराम मेज पर पड़ी किताब उठाकर देखने लगता है। लाजो एक प्लेट में चार लड्डू तथा पानी का गिलास लेकर आती है। हवेलीराम किताब पढ़ रहा है। लाजो प्लेट तथा गिलास टेबल पर रखते हुए कहती है—मास्टरजी नाश्ता।

हवेलीराम : मैं आपको यहाँ पढ़ाने के वास्ते आया हूँ, नाश्ता करने के वास्ते नहीं।

लाजो : मगर मामाजी ने कहा था, आप स्कूल से सीधा आया करेंगे तो कुछ नाश्ता जरूर करा दिया करो।

हवेलीराम : बहुत तकल्लुफ करते हैं भाई आत्मानंद। खैर, आइंदा ये याद रहे कि मैं खुद वक्त का बहुत पाबंद हूँ और चाहता हूँ कि मुझसे पढ़ने वाले भी वक्त के पाबंद हों। अगर मैं चार बजे का वक्त देता हूँ तो उसका मतलब चार बजे ही होता है। चार बजकर दस मिनट नहीं। वैसे भी आपकी ये घड़ी दो मिनट पीछे है, लाजवंतीजी!

लाजो : मैं बहुत माफी चाहती हूँ मास्टरजी!

हवेलीराम : चक्रवर्ती का गणित निकालिए। सुना, मैथमैटिक्स में आप बहुत कमजोर हैं, लाजवंतीजी!

लाजो : जी, मुझे घर पर सब लाजो पुकारते हैं।

हवेलीराम : तो आज आपको मैं लँगड़ी भिन्न सिखाऊँगा लाजोजी।

लाजो : पहले नाश्ता तो कर लेते मास्टरजी।

हवेलीराम कुछ चिढ़ता हुआ-सा एक लड्डू उठाता है। फिर उसे ख्याल आता है—और आप?

लाजो : मैं...खा चुकी।

हवेली : खिलाने से पहले खुद खा लेती हैं लाजोजी?

लाजो : नहीं, मेरा मतलब है मैं बाद में खा लूँगी।

हवेली : पास्ट और फ्यूचर में कोई फ़र्क़ नहीं है आपके लिए? खा चुकी हूँ का मतलब खा लूँगी होता है? लगता है, हिंदी में गणित से भी ज्यादा कमजोर हैं।

लाजो : आपके सामने तो मुझे हर सबजेक्ट में कमजोर होना ही हुआ।

हवेलीराम तश्तरी लाजो की ओर बढ़ाता है—एक लड्डू उठा के खा लीजिए लाजोजी। मुझे ये पसंद नहीं कि मैं खाता रहूँ और सामनेवाला मेरा मुँह देखता रहे।

लाजो मुस्कराकर एक लड्डू उठा लेती है और पूछती है—मास्टरजी, एक बात कहूँ? बुरा तो नहीं मानोगे?

हवेली : कहिए।

लाजो : आप मुझे एक फेहरिस्त बना के दे दो जी, कि आपको कौन-सी चीज

पसंद है और कौन-सी नापसंद। और आप अपने से पढ़नेवालों से किस-किस बात की उम्मीद रखते हो।

हवेली : मुझे मेहनत पसंद है और मसखरापन नापसंद है। और मैं अपने पढ़नेवालों से पहली उम्मीद इसी बात की रखता हूँ कि वो सारा ध्यान पढ़ाई पर लगाएँ, आलतू-फालतू बात पर नहीं।

अगली शाम लाजो रसोई में चाशनी से डूबे शकरपारे और पकौड़े लेकर स्टडी में आती है और मेज पर तश्तरियों को रखकर घड़ी की ओर देखती है। चार बजने में पाँच मिनट बाकी हैं। वह राहत की साँस लेती है और मास्टर हवेलीराम के अंदाज में अपने से कहती है—लाजोजी, आज तो आपने पाँच मिनट पहले नाश्ता बनाके रख दिया। किताबें भी अपनी जगह पर रखी हैं। सबसे बड़ी बात कि आपने राजा राममोहन राय पर निबंध आखिर लिख ही लिया।

तभी दरवाजे पर दस्तक होती है। लाजो दरवाजा खोलकर हवेलीराम को नमस्ते करती है, फिर दोनों स्टडी में आकर बैठते हैं। हवेलीराम सामने पड़ी कापी उठाता है और खोलता है।

हवेली : अच्छा, तो आपने राजा राममोहन राय पर निबंध लिख ही लिया। पर इतना है अंग्रेजी और हिंदी दोनों में ही कमजोर हैं। अंग्रेजी के लिए तो माफ किया जा सकता है, क्योंकि आप कस्बे से आई हैं, लेकिन हिंदी क्यों पंजाबियों की तरह लिखती-बोलती हैं?

लाजो : और कैसे लिखूँ? जी मैं तो हूँ ही ठेठ पंजाबी। आप नहीं हो?

हवेली : आप नहीं हैं, कहिए। मैं तो पंजाबी हूँ, लेकिन हिंदी और पंजाबी को मिलाता नहीं। ये सुनिए आपने क्या लिखा है—'राजा राममोहन राय ने यह संकल्प किया हुआ था कि...'।

लाजो : इस तरह जोर-जोर से पढ़ के मत सुनाओ। आप कापी में सुधार दो। मैं दस-दस बारी लिख दूँगी।

हवेली : 'बारी नहीं, बार'।

इसी बीच घड़ी चार बजाती है। हवेलीराम लाजो से कहता है—बहुत हो गई गपशप। अब ज्योमैट्री निकालिए।

ज्योमैट्री पढ़ाने के क्रम में कापी पर एंगल समझाते-समझाते हवेलीराम तथा लाजवंती की अँगुलियाँ आपस में कई-कई बार टकराती हैं। घड़ी में जब पाँच बजते हैं, हवेलीराम पढ़ाने का काम बंद करते हुए उठता है—अच्छा, अब मैं चलता हूँ। आज एक सभा में जाना है।

लाजो : क्रांतिकारियों की?

हवेली : नहीं, साहित्यकारों की।

लाजो : मास्टरजी, क्या आप भी उन्हीं में से हो जो समझते हैं कि आर्यसमाज को सियासी मामलों से दूर रहना चाहिए?

हवेली : नहीं तो।

लाजो : लेकिन आप गदर पार्टी के लिए उस तरह काम नहीं करते जिस तरह मामाजी?

हवेली : मुझे कलम से इन्कलाब लाना है, बम से नहीं। मैं भी लाला लाजपत राय की तरह ये मानता हूँ कि जर्मनी की मदद से कोई इन्कलाब नहीं होनेवाला।

लाजो : लेकिन लालाजी ने यह भी तो कहा है कि बगैर कुर्बानी के आजादी नहीं मिलती। नरम-नरम बातों से काम नहीं बनने का। गरमा-गरम लड़ाई लड़नी पड़ेगी।

हवेली : आप कहाँ पढ़ लेती हैं ये सब?

लाजो : मामाजी के पास जो भी रिसाला आता है, उसमें।

हवेली : जितने ध्यान से रिसाले पढ़ती हैं, उतने ध्यान से किताबें पढ़ेंगी तो फर्स्ट डिवीजन में पास होंगी।

लाजो : मेरा ध्यान इन्कलाब में ज्यादा लगता है। अच्छा मास्टरजी, आप नरम दल में हो कि गरम दल में?

हवेली : मैं?

हवेलीराम के चेहरे पर हँसी उभरती है। वह हँसता है। लाजो भी हँसती है और हँसते हुए पूछती है—आपने कड़वी दवाई पी ली?

हवेली : क्या मतलब?

लाजो : वीराँवाली कहती है कि आप दिन में एक बारी ही हँसते हैं, वो भी सेहत की खातिर।

अगली शाम इतिहास की कापी देखते हुए हवेलीराम लाजो को बताता है—आपने सिकंदर के बारे में एक बहुत जरूरी नुक्ता छोड़ दिया, वो ये कि जहाँ-जहाँ सिकंदर गया, वहाँ-वहाँ उसने यूनानी तहजीब की गहरी छाप छोड़ी।

लाजो : सिकंदर ने तो महान बनना था। आप भी तो महान बनोगे मास्टरजी! हवेलीराम महान। वीराँवाली कहती है कि प्रोफेसर गैरेट ने खुश होकर आपको अपनी घड़ी दी। लाला लाजपतराय ने फ्रांसीसी क्रांति पर आपका लेख पढ़ के आपकी पीठ ठोंकी।

हवेली : दुनिया में मेरे से भी ज्यादा बड़े आदमी हैं, उनके बारे में जानकारी हासिल कीजिए। मेरे बारे में नहीं।

लाजो : दुनिया वास्ते होंगे, मेरे वास्ते नहीं।

तभी पाँच का घंटा बजता है। हवेलीराम पढ़ाने का काम खत्म करके जाने ही वाला है कि वीराँवाली दौड़ती-हाँफती आती है—आप घर आए क्यों नहीं वीरजी? झाईजी और बाऊजी दोनों बहुत गुस्से हो रहे हैं।

हवेली : बात क्या है?

वीराँवाली : अरे, आप कैसे भुलक्कड़ हैं? आपको सवेरे ही बताया था झाईजी ने कि भरजाईजी के चाचाजी आनेवाले हैं आपको रोकने के लिए।

हवेली : कितनी बार कहना पड़ेगा कि मुझे शादी नहीं करनी है।

वीराँवाली : शादी तो आपकी टल नहीं सकती। झाईजी इस बार आपको खूँटे से बँधवा के रहेंगी।

हवेलीराम तथा वीराँवाली की यह बातचीत सुनकर लाजो का चेहरा उतर जाता है।

हवेलीराम के बड़े भाई रलियाराम की पत्नी है शानो। पाशो छह-सात साल की बच्ची। पाशो से पहले शानो के दो बेटे हो के मर चुके हैं। लड़का न होने के गम में दोनों दुखी रहते हैं। शानो अंदर-ही-अंदर इस बात से परेशान रहती है कि कल को हवेली की शादी होगी, उसका बेटा होगा और खुद वह कहीं बेटे का मुँह देखने को तरसकर रह न जाए। एक दिन वह अपने कमरे में बैठी शृंगार कर रही होती है कि रलियाराम आता है और शानो को खुशखबरी सुनाता है—आज एक ठेका और मिल गया। लालाजी अपनी मेहनत से बड़े व्यापारी बने, मैंने अपनी मेहनत से बड़ा ठेकेदार बन जाना है।

शानो : किसके लिए कर रहे हो इतनी मेहनत? अपने छोटे भाई हवेलीराम के पुत्तर के लिए?

रलिया : हवेलीराम ने हाल तक तो शादी ही नहीं ना की। उसका पुत्तर कब हो गया?

शानो : हो जाएगा किस्मत से।

रलिया : बगैर शादी किए? चाचा तेरा यहाँ आया है रिश्ता करने वास्ते, लेकिन हवेली ने तो वही बात दुहरायी कि मैंने ब्रह्मचारी रहना है।

शानो : मेरा ठेंगा ब्रह्मचारी रहना है। चाचे को तो झाईजी के इशारे पर लौटाया देवरजी ने। मैं पूछती हूँ कि क्या खराबी नजर आती है मेरी चचेरी बहन में?

रलिया : एक ही घर से दो लड़कियाँ लाना ठीक नहीं लगता होगा झाईजी को। वो विलायतीरामजी की बेटी पसंद कर बैठे हैं।

शानो : वही है असली बात। और तुम ये समझ लो कि अगर विलायतीरामजी

की बेटी आ गई देवरानी बन के तो उसने रोज ही मुझ पर बड़े घर की बेटी होने का रुआब लेना है। जब उसके बेटा हो जाना है, तब उसने मुझे निपूती कहना है। फिर उस बेटे ने हम सबको निकाल देना है यहाँ से। मेरी चचेरी बहन से रिश्ता करा दो, उसी में हम सबका फायदा है।

रलिया : हवेली करने ही कब लगा है शादी?

शानो : झाईजी करवाएँगे। देवरजी उनके लाडले हैं। उन्हें पता है कि देवरजी को धंधा-व्यापार कुछ आता नहीं, विलायतीरामजी के यहाँ रिश्ता कर देंगे तो वो अपने जँवाई की ओर से तुम्हारे कारोबार में दखल देंगे और धीरे-धीरे सबकुछ हथिया लेंगे अपनी बेटी के बेटे के लिए।

हवेलीराम अपने कमरे में कहीं जाने को तैयार खड़ा है। वीराँवाली वहाँ मौजूद है। हवेलीराम सामान उठाता है—अब मुझे जाना है। मेरे पास वक्त नहीं है फालतू बातों के लिए।

वीराँवाली उठकर पास आती है—सवाल का जवाब तो दिया ही नहीं वीरजी? बताओ ना किससे करनी है शादी?

हवेली : किसी से नहीं।

वीराँवाली : झाईजी ये जवाब सुनने को तैयार नहीं।

हवेली : तो मैं क्या करूँ?

वीराँवाली : आप ये करो वीरजी कि मेरी दो सहेलियाँ हैं, उनमें से किसी एक से कर लो शादी। मालदार से करनी हो तो कुंती से कर लो और दिमागदार से करनी हो तो लाजवंती से।

पाशो वीराँवाली-हवेलीराम की बातें सुन लेती है और दौड़ी-दौड़ी अपनी माँ शानो को बताने जाती है—भरजाईजी, बताऊँ एक बात?

शानो को यह कतई पसंद नहीं कि पाशो उसे 'भरजाईजी' कहकर पुकारे। वह पाशो को जैसे डाँटती है—भरजाईजी, भरजाईजी मत कहा कर मेरे को, सुना! औलाद के नाम पर एक लड़की जिंदा रखी रब ने, और उसके मुँह से भी माँ का लफ्ज सुनने को तरस गई। बता क्या बताना है?

पाशो : बुआजी चाचे से कह रही थीं कि मेरी दो सहेलियों में से किसी एक से कर लो शादी। जो मालदार चाहिए तो कुंती से कर लो, जो दिमागदार चाहिए तो लाजवंती से।

रलिया : कुंती तो विलायतीरामजी की बेटी है, ये लाजवंती कौन?

शानो : वो जो देवरजी का आर्यसमाजी गुरु है भाई आत्मानंद, उसकी भांजी।

रलिया : वीराँवाली ने हवेलीराम के लिए उसका रिश्ता कैसे सुझा दिया?

शानो : कुछ देखकर ही सुझाया होना है। वीराँवाली भी जाती रहती है विच्छोवाली। कहीं देवरजी ने उससे कर ली तो तुम्हारा और लालाजी का जोड़ा हुआ सारा पैसा आर्यसमाजियों और इन्कलाबियों में बँट जाना है।

रलिया : मैंने नहीं होने देना ऐसा।

हवेलीराम लाजो को नैस्फील्ड ग्रामर से पढ़ा रहा है—तो जब डायरेक्ट में एक्सक्लेमेशन हो तो इनडायरेक्ट करते हुए वाक्य में कोई शब्द जोड़ना पड़ता है, जिससे पता चले कि बात एक्सक्लेमेशन के साथ कही गई थी। समझीं?

लाजो : जी हाँ।

हवेली : तो कीजिए—ही सैड एलास! आई एम अनडन।

लाजो : ही, ही एक्सक्लेम...

हवेली : एक्सक्लेम नहीं। एक्सक्लेमड।

लाजो : आप पूरा करने दिया करो ना। ही एक्सक्लेमड सैडली दैट ही वाज अनडन। अनडन माने मास्टरजी?

हवेली : बर्बाद।

लाजो : बिचारा तभी ना सैडली कह रहा है। ये किस करके बर्बाद हो गया मास्टरजी, जिसके बारे में ये सन्टैंस है?

हवेली : क्योंकि वो पढ़ाई पर ध्यान नहीं देता था।

लाजो ग्रामर की पुस्तक उठाते हुए पूछती है—डायरेक्ट नैरेशन अच्छा होता है मास्टरजी कि इनडायरेक्ट?

हवेली : दोनों का अपना-अपना इस्तेमाल है। और क्या करना था ग्रामर में?

लाजो : एक्टिव पैसिव। दोनों का ही अपना-अपना इस्तेमाल है ना मास्टरजी?

हवेली : किताब में से पढ़िए।

लाजो पढ़ने को होती है और 'आई शैल'...कहते ही मुँह पर हाथ रखकर हँसने लगती है।

—क्या तमाशा बना रखा है?—हवेलीराम लाजो को डाँटता है।

लाजो अचानक गंभीर हो जाती है और किताब हवेलीराम की ओर बढ़ा देती है—तमाशा मैंने नहीं, नैस्फील्ड की ग्रामर ने बनाया है।

—ग्रामर में तमाशेवाली क्या बात है?—हवेली ग्रामर की किताब अपने हाथ में लेता है और पढ़ता है—आई शैल लव। आई शैल बी लव्ड।—तभी आत्मानंद पहुँचते हैं। उसके हाथ में एक चिट्ठी और एक रिसाला है जो डाक से आए हैं। वह लाजो को डाँटते हैं—गुरु के साथ हँसी-मजाक नहीं किया जाता।

—हँसना इनका स्वभाव है—हवेलीराम आत्मानंदजी से कहता है। आत्मानंदजी

की प्रतिक्रिया होती है–तकदीर में जिसके रोना लिखा है उसका हँसने का स्वभाव बन ही जाता है।

फिर वह हाथ की चिट्ठी लाजो को देते हैं–तेरे तायाजी की चिट्ठी आई है। कहते हैं, तुम्हें लिवा जाएँगे। तुम्हारे रिश्ते की बात चला रखी है उन्होंने।

लाजो : मामाजी, मैंने नहीं जाना 'उस नरक में।

आत्मानंद : इसलिए तो कहता हूँ, पढ़ाई पर ध्यान दे और अपने पैरों पर खड़ी हो। मैं तो कुँवारा और इन्कलाबी आदमी हूँ। मुझसे तो तेरे लिए रिश्ता ढूँढ़ा नहीं जाएगा।

हवेलीराम : सब ठीक हो जाएगा।

आत्मानंद : क्या, कोई लड़का है तुम्हारी नजर में?

हवेली : जी नहीं। मेरा मतलब है ये जरूर पास हो जाएगी। मेहनत कर रही हैं।

आत्मानंदजी रिसाला खोलकर हवेलीराम को देते हैं और चले जाते हैं। उनके जाने के बाद लाजो पूछती है–एक बात पूछूँ मास्टरजी? आप आर्यसमाज के दोनों धड़ों में हो, कांग्रेस के भी दोनों धड़ों में हो, इसके अलावा इन्कलाबी भी हो?

जवाब में हवेलीराम लाजो को एक शेर सुनाता है–

चलता हूँ थोड़ी दूर हर इक तेज रौ के साथ
पहचानता नहीं हूँ अभी राहबर को मैं।

और लाजो की प्रतिक्रिया होती है–मास्टरजी, मैं पहचानने लग पड़ी हूँ।

हवेली : जी, किसे?

लाजो : अपने राहबर को।

हवेलीराम थोड़ी देर पहले लाजो के यहाँ से अपने घर लौटा है। उसके कमरे में रलिया बैठा है। शानो पीछे खड़ी है। रलिया शिकायत के लहजे में हवेली को टोकता है–हवेली, तेरे और मेरे बीच उम्र का काफी फर्क है, फिर भी मैंने शुरू से ही तेरे को अपना खास दोस्त माना है। लेकिन इधर ऐसा लगता है कि तूने मेरे को अपना दोस्त मानना छोड़ दिया है।

हवेली : ये सही नहीं है भ्राजी।

रलिया : है हवेली, है। और ये भी जो फर्क आया है ना, तेरी तरफ से आया है। मेरी तरफ से नहीं। मैं तो आज भी वही रलिया हूँ जो कभी तेरे को कंधे पे उठाए घूमता था, जिसने कभी तेरे को कुश्ती सिखाई, गोरों का फुटबाल मैच दिखाया। जो तेरे को थेटर दिखाने ले गया और जिसने तेरे को सिगरेट पिलवाया पहला।

हवेली मुस्कराकर जवाब देता है–पहला और आखिरी। और भ्राजी, आप ये भूले जा रहे हैं कि मैं भी वही हवेलीराम हूँ जिसने सातवें दर्जे में होते हुए भी आपको

पढ़ा के आठवें दर्जे का इम्तहान पास कराया।

रलियाराम झेंपते हुए मुस्कराता है—झूठ बात। तू अब वो हवेली नहीं ना रहा। वही हवेली होता तो जैसे पढ़ाई में मेरी मदद करता था, वैसे ही कारोबार में करता। विलायतीराम होरी आगे बढ़े ही इस करके हैं कि उनका एक पुत्तर खूब पढ़-लिख के धंधे में आया।

हवेली : मुझे कारोबार से दिलचस्पी नहीं है।

रलिया : तो दिलचस्पी पैदा कर दोस्त!

इससे पहले कि हवेली कुछ और कहता, शानो बीच में टपक पड़ती है—आप चाहे कितना गला फाड़ते रहो, देवरजी ने करना तो वही है जो इसके खास भाई आत्मानंद ने कहना है।

रलिया : ये मैंने क्या सुना हवेली, कि तू इन भाई आत्मानंदजी की भांजी को पढ़ाने लग पड़ा है आजकल? तेरे को कब से जरूरत पड़ गई कि ट्यूशन पढ़ा के पेट पाले?

हवेली : मैं पैसों की खातिर नहीं पढ़ा रहा हूँ।

रलिया : तो किस खातिर पढ़ा रहा है? अगर तेरा उस लड़की से शादी करने का ख्याल हो तो मन से निकाल दे।

हवेली : मेरा शादी करने का ही कोई ख्याल नहीं है। घर-गिरस्ती, कारोबार ये सब आपको मुबारक भ्राजी! मुझे तो समाज-सेवा करनी है।

शानो : देवरजी! कितनी आसानी से घर-परिवार और कारोबार में जिम्मेदारी के लिए ना कर देते हो, हिस्सेदारी के लिए तो कभी ना नहीं की।

हवेली : हिस्सा कागज पर ही है मेरा भरजाईजी! न कभी माँगा, और न कभी माँगूँगा। अपनी तनख्वाह भी बाऊजी के हाथ में रख देता हूँ।

रलिया : शानो, इस तरह भाइयों के बीच में बोला नहीं जाता।

शानो : मैंने तो बस यही कहना है कि तुमने मेरे चाचे को बुलवा लिया देवरजी से रिश्ता कराने वास्ते। दुबारा उनकी बेइज्जती हुई तो।

रलिया : कोई बेइज्जती नहीं होगी। झाईजी, बाऊजी दोनों राजी हैं। बस तेरी हाँ की देरी है। परसों वो लोग आ रहे हैं बेटी को लेकर। तू स्कूल से सीधा यहाँ आ जाना।

बदले में हवेली कुछ नहीं बोलता। रलिया को उसके कुछ न बोलने पर गुस्सा आता है—कुछ बोलता क्यों नहीं?

हवेलीराम : अब मैं क्या बोलूँ? आप तो कुछ सुनते ही नहीं?

रलिया : मैं तेरी सब सुनूँगा हवेली! बस शादी न करनेवाली बात नहीं सुनूँगा।

अगली शाम स्टडी की घड़ी पाँच बजाती है। यानी, लाजो की पढ़ाई समाप्त हो चुकी है। हवेलीराम लाजो की ओर देखना चाहता है, मगर देख नहीं पाता। कुछ कहना है, इसीलिए कहता है—अच्छा तो, ठीक है।

लाजो उसके एम्बैरैसमेंट का मजा ले रही है—जी, क्या ठीक है?

हवेली : जी, कल आऊँगा।

लाजो : क्यों? कल नहीं आनेवाले थे?

हवेली : नहीं।—कहकर हवेली नाश्ते की तश्तरी में रखे तोशे से खेलने लगता है। लाजो तश्तरी उठाकर आगे करती है—मास्टरजी, ये खेलने की नहीं खाने की चीज है। एक खा लीजिए ना।

हवेली : माफ कीजिएगा, आपके आ, आ, आ...।

हवेलीराम का वाक्य गले में अटककर रह जाता है। वह तोशा लेने के क्रम में जान-बूझकर गिरा देता है। फिर गिरी तश्तरी उठाने के लिए दोनों एक साथ टेबुल के नीचे झुकते हैं। न चाहते हुए भी हवेलीराम पहली बार पूरी तरह गौर से लाजो का चेहरा देखता है और जैसे अफसोस जाहिर करता है—ये सारे तोशे गिर गए।

लाजो : जी,...जी...मैं और लाती हूँ।

हवेली : नहीं, नहीं, सुनिए।

लाजो : जी?

हवेलीराम पहले सम्हलता है। वह तश्तरी में गिरे हुए तोशे उठाता है। तश्तरी को मेज पर रखता है। लाजो थोड़ा लजाती हुई कनखियों से हवेलीराम को देख रही है। हवेलीराम स्टडी से निकलकर आँगन में आता है। लाजो पीछे-पीछे। हवेलीराम कहता है—लाजोजी, कई दिनों से एक बात कहनी थी आपसे।

सुनकर लाजो के दिल की धड़कन तेज हो जाती है—कहिए मास्टरजी!

हवेलीराम तोशा मुँह में डालता है और खाते हुए कहता है—आप रोज-रोज तोशे बना देती हैं।

लाजो : आप ही ने तो कहा था, आपको तोशे पसंद हैं।

हवेली : जी, पर इतने तो नहीं कि छह महीने तक रोज तोशे ही खिलाती रहें आप!...कहते हुए हवेलीराम मुस्कराता है। लाजो भी मुस्कराती है, फिर हँसती है—जो एक दिन में एक बारी हँसने का कोटा पूरा ना कर चुके हों तो खुल के हँस लो मास्टरजी, मेरे साथ।

हवेलीराम हँसता है। बाहर जाता है। लाजो उसे बाहर जाता हुआ देखती रहती है। उसके मुँह से प्यार-भरा आत्मीय संबोधन निकलता है—मेरे बुद्धू मास्टरजी!

अब लाजो कमरे में आती है, जहाँ हवेलीराम अपनी कोई किताब भूल गया है। वह उस किताब को खोलती है। हवेलीराम का नाम पढ़ती है। उसकी निगाह

आईने पर पड़ती है। फिर वही प्यार-भरा आत्मीय संबोधन हवेलीराम द ग्रेट, हवेलीराम महान।

आईने में अपना अक्स देखते हुए अंदर से आह्लादित लाजो जैसे कोई संवाद याद कर रही हो—लाजोजी, कई दिनों से एक बात कहना चाह रहा था—फिर संजीदा होकर जवाब खुद ही देती है—मास्टरजी, कई दिनों से मैं भी एक बात कहना चाह रही थी—फिर झेंपकर—लेकिन वो नाश्ते के बारे में नहीं है।

हँसती है। अपनी चोटी से खेलती है। कोई टप्पा गुनगुनाती है। फिर आईने में अपने को ध्यान से देखती है और अक्स से सवाल-जवाब करती है—लाजोजी।

—मुझसे कुछ कहा?

—हाँ जी!

—क्या जी?

—वही, जो न आप कह सकीं, न मैं कह सका।

—मास्टरजी अनडन, के माने?

लाजो अपने अक्स को चूमने को होती है। गहरी साँस भरती है। फिर मुस्कराती है—बर्बाद। शी एक्सक्लेम्ड सैडली दैट शी वॉज अनडन। ये इनडायरैक्टली में कह दी है अपनी बात। डायरैक्ट में कहनी जरूरी है क्या?—लाजो का यह एकल अभिनय चल रहा होता है कि दरवाजे पर दस्तक होती है। उसे लगता है कि मास्टरजी अपनी किताब लेने वापस हुए होंगे। मगर दरवाजा खोलती है तो वहाँ मास्टरजी के बदले वीराँवाली को देखकर जैसे चौंकती है—तू?

वीराँवाली : किसी और की उम्मीद थी क्या? मेरे वीरजी किधर?

लाजो : वो तो गए मीटिंग में।

वीराँवाली : हा, ये तो बड़ी गड़बड़ हो गई। भरजाईजी के चाचाजी उन्हें अपनी बेटी दिखाने वास्ते सवेरे के आए हुए हैं। बाऊजी और बड़े वीरजी दोनों बहुत गुस्से हो रहे हैं। वीरजी को पता था, फिर भी सीधे घर नहीं आए। तेरे को बताया, मीटिंग कहाँ है उनकी?

लाजो कुछ नहीं कहती, मगर सिर हिलाती है—नहीं।

वीराँवाली : जाकर अनारकली आर्यसमाज में देखूँ?

वीराँवाली चलने से पहले लाजो पर एक हमदर्दी-भरी निगाह डालती है। लाजो नजरें नीची कर लेती है और हवेलीराम की भूली किताब वीराँवाली को देती है—ये किताब दे देना अपने वीरजी को। गलती से भूल गए यहाँ।

किताब लेकर वीराँवाली चली जाती है। उसके जा चुकने के बाद उदास मन से लाजो दरवाजे की कुंडी बंद कर लेती है।

गेंदामल अपनी बैठक में बैठे हैं। जनको पैंताने बैठी है। वीराँवाली सिरहाने की तरफ एक सोफे पर। गेंदामल गुस्से में हैं—बेवकूफ कहीं का। बताओ, कितनी बेइज्जती करा दी हमारे समधियों की? देखो जी, हमने उन्हें बुलाया कि लड़की दिखा जाओ और रिश्ता पक्का कर जाओ, और तुम्हारा हवेली घर से गायब हो गया। कहलवा दिया कि मुझे नहीं देखनी लड़की।

जनको : बच्चा है जी!

गेंदामल : बच्चा? उसके साथी तो चार-चार बच्चों के बाप बन चुके।

जनको : नासमझी हो गई उससे।

वीराँवाली : नासमझी तो आप लोग करते हो। वीरजी तो कह चुके हैं कि मेरे को नहीं करनी शादी। फिर भी आप रिश्ते की बात चलाते हो।

इन तीनों की बातचीत चल रही होती है कि हवेलीराम और रलियाराम साथ-साथ आते हैं।

रलियाराम : लो जी, आ गए मास्टर हवेलीराम बी.ए., बी.टी. इन्कलाबी!

गेंदामल : बाप के मुँह में कालिख पुतवा के इन्कलाब ही करवाया बरखुदार ने?

जनको : कैसी बातें करते हो जी! हवेली ने तो बी.ए. तक हमेशा फर्स्ट पास होके आपका नाम रोशन किया है। इससे पहले तो सारे खानदान में कोई मिडिल से ज्यादा पढ़ा हुआ नहीं था।

गेंदामल : पढ़-लिख के भी क्या निहाल कर रहा है? जिन अंग्रेजों से सारी विद्या सीखी, उन्हें ही गाली दे रहा है अंग्रेजी में। जब मैं दिल्ली-दरबार देखकर लौटा था, इससे कितना कहा कि तेरा मन पढ़ाई-लिखाई में ही लगता है तो विलायत चला जा। लाट साहब की नौकरी का इम्तहान दे, नहीं तो बालीस्टरी कर। मगर नहीं, मास्टरी कर ली।

रलियाराम : घरवालों की बात का तो इसके लिए कभी वजन ही नहीं रहा जी। चलो, कोई गैर आए हुए होते तो भी ठीक था, लेकिन इसने तो अपने भ्राजी के ससुरालवालों को कुछ नहीं समझा।

शानो : भ्राजी को भ्राजी समझें तब तो भ्राजी के ससुरालवालों को कुछ समझें। इनके भाई तो विच्छोवाली गली में बसते हैं—भाई आत्मानंद। वही रिश्ता कराएँगे इनका।

जनको : हवेली पुत्तर, तू लड़की को देखने नहीं आया, कोई बात नहीं। हमने देख ली। लड़की सोणी है। हमारी ओर से ये रिश्ता मंजूर है। तू भी हाँ कर दे।

हवेली : झाईजी, मुझे देश और समाज का काम करना है। घर-गिरस्ती के लिए मुझे फुर्सत नहीं मिल पाएगी।

शानो : जिसने घर की जिम्मेदारी नहीं सम्हालनी, उसने देश और समाज को क्या सम्हालना?

जनको : और पुत्तर, घर-गिरस्ती तो वैसे भी जनानियाँ चलाती हैं। तूने कौन-सा चूल्हा फूँकना है?

हवेली : मैं ब्रह्मचारी रहना चाहता हूँ जी।

हवेली के मुँह से यह सुनते ही गेंदामल का गुस्सा भड़क उठता है—हर उम्र का एक तकाजा होता है हवेली, और उसे पूरा करना ही इंसान का धर्म होता है। जवानी का धर्म है घर-गिरस्ती, बुढ़ापे का संन्यास।

हवेली : नहीं जी, शादी तो मैं अभी...।

गेंदामल : बुढ़ापे में करोगे बरखुरदार? अगर भरजाईजी की बहन से नहीं करनी है तो ये बता किससे करनी है?

जनको : हवेली, तुझे कोई लड़की पसंद है तो बता दे पुत्तर!

हवेली : जब मुझे शादी करनी ही नहीं है तब मैं क्यों लड़कियाँ पसंद करूँ?

पाशो : चाचाजी, आप बातें करते हुए आँखें क्यों मींच लेते हैं?

वीराँवाली : वीरजी इस मारे आँखें मींच रहे हैं कि ना कोई लड़की दीखे और ना पसंद आए।

शानो : देवरजी क्या, सारे घरवाले आँखें मींचे हैं जी! दुनिया को पता है कि क्या हो रहा है। बस घरवाले ही अनजान बने हुए हैं।

शानों के इस डायलॉग से एक क्षण को सन्नाटा छा जाता है। फिर गेंदामल शानो की तरफ देखते हुए गुस्से में पूछता है—क्या पता है दुनिया को? मैंने पूछा जी, क्या पता है दुनिया को? रलिया, क्या तेरी घरवाली गूँगी हो गई?

गेंदामल रलियाराम को घूरता है। रलियाराम शानो को—मैंने कहा जी, लालाजी कुछ पूछ रहे हैं।

शानो : बता तो दिया था। तुम्हीं कह दो।

गेंदामल : बहू बताओ, बेटा बताओ, कोई तो बताओ।

पाशो : मैं बताऊँ? चाचाजी की एक लाजवंती है।

जनको : कौन लाजवंती?

रलियाराम : वो इस तरह है जी कि एक भाई आत्मानंद-आत्मानंद करके हैं विच्छोवाली में। उनकी एक अनाथ भांजी है, जवान। हवेली रोजाना उसे पढ़ाने जाता है। उसी का नाम लाजवंती है।

शानो : लाज न शर्म, नाम लाजवंती! दुनिया-भर में घूमती-फिरती है।

वीराँवाली : बहुत अच्छी लड़की है लाजवंती। घूमने में क्या? घूमती तो मैं भी हूँ।

हवेली : अगर मैं अपने राजनैतिक गुरु...

रलियाराम : गुरुघंटाल कह, गुरुघंटाल। तुझे इन्कलाबियों ने फँसा रखा है।

जिन अंग्रेजों की मेहरबानी से हमारी फर्म गेंदामल-रलियाराम को अब ठेके मिलने शुरू हो गए हैं, अगर तूने उनकी जड़ उखाड़नी है तो उन्होंने तो हमें कहीं का नहीं छोड़ना है।

गेंदामल : बरखुरदार ब्रह्मचारी, बात क्या है?

हवेली : मैं अपने गुरु की अनाथ भांजी को पढ़ाता हूँ जी, बस।

शानो : इस लाजवंती की इसके ताए ने पिंडी में शादी तय करा दी थी। फिर ये भाई आत्मानंद हमारे देवरजी के भरोसे उसे लाहौर ले आए। लाते ही इनके सुपुर्द कर दी।

गेंदामल : मुझे करने दो जी बात हवेली से। हवेली पुत्तर, अगर ये आत्मानंद तेरा गुरु है तो गुरु की भांजी बहन-जैसी ही हुई। ये तो डूब मरनेवाली बात है पुत्तर!

हवेली : ऐसा कुछ नहीं है बाऊजी!

गेंदामल : तब तो और भी डूब मरनेवाली बात है। खामख्वाह की बदनामी मोल लेना, ये किस तरह का सौदा है जी? मेरी बात सुन। आइंदा विच्छोवाली जाने की और उसे पढ़ाने की कोई जरूरत नहीं। जो तू अब भी वहाँ गया तो मैंने समझना है कि तू ढोंगी ब्रह्मचारी है। नहीं जाएगा ना?

हवेली : मैं इतना ही कह सकता हूँ बाऊजी कि मैं वही काम करूँगा जिसके लिए मेरी आत्मा गवाही देगी।

रलियाराम : आत्मा नहीं, आत्मानंद कह।

हवेली को यह कटाक्ष बर्दाश्त नहीं होता। वह बाहर जाने को होता है। जनको उसके पीछे आती है–विच्छोवाली नहीं जाना पुत्तर!

हवेली : झाईजी, मैं रोजाना स्कूल से वहीं जाता हूँ। आज जाने के लिए वैसे ही देर हो गई है।

जनको : पुत्तर, जो तेरे को उस लड़की से शादी नहीं करनी है तो उसे पढ़ाने मत जा। अपनी बदनामी की तेरे को फिकर नहीं है, उसकी बदनामी की फिकर कर।

हवेलीराम सोच में पड़ जाता है।

आत्मानंद की स्टडी में घड़ी पाँच बजाने को है। लाजो नाश्ता और किताबें लिए बैठी है। वह अपनी आँखें पोंछती है, किताबें उठाती है और अपने-आप से कहती है–अब वो नहीं आएँगे।

अगली शाम। फिर अगली शाम। और इस तरह तीसरी शाम भी गुजर जाती है। हवेली पढ़ाने नहीं आता। चौथी शाम घड़ी चार बजा रही है। लाजो नाश्ता और किताबें लेकर बैठी है। वह फाटक तक जाती है, फाटक खोलकर देखती है। कहीं

कोई नहीं। उसकी आँखों में आँसू आ जाते हैं। वह लौटकर स्टडी में आती है और खुद ही पढ़ना शुरू कर देती है। तभी दरवाजे पर दस्तक होती है। वह दरवाजा खोलती है। बाहर वीराँवाली खड़ी है। लाजो उसे देखकर चौंकती है—तू?

वीराँवाली : हाँ जी, मैं! मास्टर हवेलीराम की बहन और तू मास्टर हवेलीराम की चेली! क्यों री, भीतर आने को नहीं कहेगी?

लाजो : आ ना।

वीराँवाली : इस तरह नहीं कहा जाता। इस तरह कहते हैं—आइए हुजूर, खाइए खजूर, बैठिए तख्त पर, बोलिए वक्त पर।

लाजो : तेरे को तो हमेशा मसखरी सूझती है।

वीराँवाली : हमेशा नहीं, जब कोई खुशी की बात हुई हो।

वीराँवाली लाजो की गंभीर सूरत देखती है और उसे कोहनी मारती है—पूछेगी नहीं, क्या बात है? चलो मैं ही बता देती हूँ। मेरे वीरजी हैं ना, ब्रह्मचारी, वो फिसल गए। लड़की अच्छी हो तो फिसलना ही हुआ। क्यों री लाजो?—वीराँवाली संवाद बोलते हुए उस ओर बढ़ती है जहाँ नाश्ता रखा है।

लाजो : हाँ।

वीराँवाली : इस तरह मरी-मरी जबान से क्यों बोल रही है? जोर से कह 'हाँ'। और आज तेरा मुँह क्यों लटका हुआ है?

लाजो : नहीं तो।

वीराँवाली : कहीं इसलिए तो नाराज नहीं हो रही कि वीरजी के हिस्से का नाश्ता मैं खा बैठी?

लाजो : तेरे वीरजी तो तीन दिन से यहाँ आए नहीं।

वीराँवाली : फिर मुँह क्यों लटका रखा है? क्या तेरे को खुशी नहीं हो रही है अपने मास्टरजी का रिश्ता पक्का होने पर? तेरे को रिश्ता तय हो जाना बुरा लगा क्या?

लाजो : मेरे को बुरा क्यों लगना?

वीराँवाली : फिर तेरे को क्या परेशानी है?

लाजो : पढ़ाई का हर्जा होने की। अगर पढ़-लिखकर जल्दी अपने पाँव पर ना खड़ी हो गई तो मेरे तायाजी ने मेरी शादी जोर-जबरदस्ती किसी ऐरे-गैरे से कर देनी है।

वीराँवाली : इस तरह जी छोटा नहीं किया जाता लाजो। मेरा आशीर्वाद है कि तू जरूर पढ़-लिखकर अपने पाँव पर खड़ी होगी। अगर घर-संसार में कभी गिर भी पड़ी ना, तो अपनी पसंद के किसी महान आदमी के साथ ही गिरेगी।

लाजो : उड़ा ले मजाक। तेरे को क्या पता, गरीब और अनाथ लड़की होना क्या होता है?

वीराँवाली : मैं मजाक नहीं कर रही बेवकूफ! मैं खुश हूँ तो इसी करके कि मेरे वीरजी ने भरजाईजी की बहन से शादी करने से इनकार कर दिया। वो तेरे को पढ़ाने नहीं आ रहे तो इसी मारे कि भरजाईजी ने सारा भेद बाऊजी पर खोल दिया है। बाऊजी ने वीरजी से पूछा है कि आप ब्रह्मचारी हो तो लाजो को पढ़ाने क्यों जाते हो? इसका कोई जवाब नहीं ढूँढ़ पा रहे बिचारे। अबकी आएँ तो उन्हें इसका जवाब सुझा देना।

लाजो : झल्ली है तू तो। ऐसेई कुछ-न-कुछ कहती रहती है।

वीराँवाली : महानता से प्यार हो तो महान लोगों की बहन को झल्ली नहीं कहा जाता लाजोजी! कुछ सेवा-सूआ करो तो कल से ही वीरजी को भेज दूँ यहाँ। नहीं, कल नहीं, कल तो राखी है।

हवेलीराम अपने कमरे में बैठा कुछ सोच रहा है। वीराँवाली काँसे की थाली में राखी, फूलों का हार, पान, मिठाई, चावल और रोली लेकर आती है और कहती है—रखड़ी के दिन भी आप सुबह से गायब हो गए वीरजी? रखड़ी नहीं बँधवानी?

हवेली : अरे, मैं तो भूल ही गया था।

वीराँवाली : आप तो ये भी भूल गए हो कि आपने मेरी सहेली लाजो को पढ़ाने की जिम्मेदारी ली थी।

हवेली : तुझे तो पता ही है कि बाऊजी कितना गुस्सा हुए।

वीराँवाली : बाऊजी के गुस्से से आप इतना ही डरते हो तो आर्यसमाज को क्यों नहीं छोड़ देते? इन्कलाबियों से नाता क्यों नहीं तोड़ देते?

हवेली : माँ जी कहती हैं कि मैं वहाँ जाता रहा तो लाजवंतीजी बदनाम हो जाएँगी।

वीराँवाली : इसकी फिकर लाजवंती ने करनी है। उसके मामाजी ने करनी है। मैं तो इतना कह सकती हूँ कि आप पढ़ाने नहीं गए तो लाजवंती ने फेल हो जाना है। इम्तहान में ही नहीं, जिंदगी में भी।

वीराँवाली राखी बाँधने का काम पूरा करती है। उसकी थाली में एक और राखी पड़ी है। हवेलीराम की निगाह उस पर जाती है। वह कहता है—पढ़ाना तो मैं जारी रखना चाहता हूँ, मगर थोड़ी हिचक है मन में। और सुन, अपनी गिन्नी सम्हाल और थाली की बची राखी भी मुझे दे दे।

वीराँवाली : राखी का क्या करना है आपने वीरजी?

हवेली : तेरी सहेली से बँधवा लूँगा।

वीराँवाली : और लाजो राखी बाँधने को तैयार न हुई तो?

सुनकर हवेलीराम थोड़ी देर को ठिठकता है। फिर राखी को जेब में डालकर

लाजो के यहाँ के लिए चल पड़ता है।

लाजो अपनी स्टडी में पढ़ रही है। नजर उठाकर घड़ी की ओर देखती है। पाँच बजने को हैं। वह अपने-आप से कहती है—आज भी नहीं आए...फिर जैसे खुद को ढाढस बँधाती है—चलो, कोई बात नहीं। एकलव्य को पढ़ाने वास्ते द्रोणाचार्य कहाँ आए थे? लाजो, तू भी उनका ध्यान कर और पढ़।

तभी दरवाजे पर दस्तक होती है। लाजो बगैर किसी उत्साह के उठकर फाटक खोलती है। सामने हवेलीराम साइकिल के साथ खड़ा है। वह नमस्ते करती है—नमस्ते मास्टरजी!

हवेली : नमस्ते लाजोजी! साइकिल से आया फिर भी देरी हो गई।

हवेलीराम साइकिल अंदर रखकर स्टडी की ओर बढ़ता है। स्टडी में दोनों बैठते हैं। हवेलीराम लाजो से निगाह मिलाना चाहता है, मगर लाजो नहीं।

लाजो : तो मास्टरजी, आज के टाइमटेबल में हिंदी और गणित है। हिंदी में सूरदास के पद करने थे।

हवेली : मैं कुछ ऐसी उलझन में फँस गया कि आपको पढ़ाने नहीं आ सका। मुझे माफ कीजिए। हुआ यों जी, कि...

लाजो : मैंने आपसे सफाई नहीं माँगी मास्टरजी!

हवेली : लोग बातें करने लगे हैं हमारे बारे में।

लाजो : तो क्या पढ़ाई के समय हम लोगों के बारे में बातें करने लगें मास्टरजी?

सुनकर हवेलीराम झेंपता है—लाइए, मुझे दीजिए किताब।

वह किताब लेकर पढ़ना शुरू करता है—ऊधो मन नाहीं दस-बीस। एक हुतो सो गयो हरी सँग, को अराध तुव ईस...।...असल में क्या है।

लाजो : ब्रजभाषा के बीच में यह खड़ी बोली किधर से?

हवेली : पढ़ाना शुरू करने से पहले मैं कुछ कहना चाह रहा था आपको।

लाजो : मास्टरजी, गुस्ताखी माफ। आपसे ही सुनी बात दोहराना चाहती हूँ कि बातें ही करनी हों तो किताब बंद कर दो।

अब हवेलीराम सूरदास के उस पद्य का अर्थ बताने लगता है—उद्धवजी ने गोपियों से कहा कि कृष्ण का चिंतन छोड़कर निर्गुण ब्रह्म के चिंतन में अपना ध्यान लगाओ। तब गोपियाँ बोलीं—ऊधोजी, हमारे पास कोई दस-बीस मन थोड़े ही हैं। बस एक है, वह अपने श्याम को दे दिया है।

अंतिम पंक्ति कहते हुए वह निगाह उठाता है। लाजो से निगाह मिलती है तो कहता है—लाजोजी, आज रखड़ी के दिन भाई का न होना आपको बहुत खलता होगा?

लाजो : न होना खलने लगे तो मुझ अनाथ की जिंदगी कैसे कटे?

फिर दोनों किताबें बंद करके उठते हैं और बाहर निकलते हैं। बाहर निकलकर हवेलीराम थोड़ी देर को ठिठकता है। जेब में से मुट्ठी में राखी निकालता है और कहता है—लोगों के मन में बड़ा मैल होता है। मैं आपको पढ़ाने आता हूँ तो लोग...

लाजो : अपना मन साफ होना चाहिए मास्टरजी!

हवेलीराम मुट्ठी खोलता है—मेरा मन तो साफ है लाजोजी! दुनिया जानती है कि मैंने ब्रह्मचर्य का व्रत ले रखा है। आज आप मुझे राखी बाँध देतीं तो दुनिया का मुँह बंद हो जाता।

वह राखी बँधवाने के लिए कलाई आगे बढ़ाता है। एक क्षण को ऐसा लगता है कि लाजो हवेली की खुली हथेली पर से राखी नहीं उठाएगी, मगर वो उठा लेती है—राखी तो मैं अभी बाँधे देती हूँ मास्टरजी! मगर एक बात बताओ, क्या इन्कलाबी भी डरते हैं?

हवेली : कुछ चीजों से तो डरना ही पड़ता है।

लाजो : आप किससे डरते हो मास्टरजी? दुनिया से? मुझसे? या खुद अपने से? कोई जल्दी नहीं है मास्टरजी, आराम से सोचकर जवाब देना।...और लाजो राखी हवेली की हथेली पर रख देती है। हवेलीराम राखी जेब में डाल लेता है। साइकिल उठाता है। लाजो फाटक खोलती है—और मास्टरजी, जहाँ तक मेरा ध्यान जाता है, सिकंदर महान के कोई धर्म बहन नहीं थी।

कहकर वह मुस्कराती है। हवेलीराम साइकिल से चल पड़ता है। पलटकर लाजो को देखता है। साइकिल डगमगाती है। लाजो हथेली में मुँह छिपा के हँसती है। हवेली हाथ हिलाता है—होनी चाहिए भी नहीं थी लाजोजी!

भाई आत्मानंद लाजो को बता रहे हैं कि आज खाना ज्यादा बनाना है। वह दल के काम से बाहर जा रहे हैं, सो दल के सदस्यों को वाजिब हिदायतें भी दे रहे हैं।

हवेलीराम आत्मानंद के घर आता है। वहाँ उसे जानकारी मिलती है कि दल के लिए हथियारों का सौदा करने कुछ सदस्य जान हथेली पर लेकर मेवे के व्यापारी के रूप में अफगानिस्तान जा रहे हैं। दल के एक सदस्य डॉ. सत्तार हवेली से पूछते हैं—चलोगे हवेली?—हवेलीराम जवाब देता है—अगर आजादी इसी तरह मिलनेवाली हो तो जरूर चलूँगा।

हवेलीराम घर लौटता है। वह सामान बाँध रहा है। वीराँवाली उसका सामान झोले में रखती हुई पूछती है—आपको तो तिजारत के नाम से ही चिढ़ थी, अब क्या हो गया?

हवेली : इन्कलाब हो गया।

वीराँवाली : अच्छा जी? आप इन्कलाबियों के काम से जा रहे हो?

हवेलीराम कोई जवाब नहीं देता।

वीराँवाली : बताओ ना वीरजी!

हवेली : क्या बताना है? मैं तिजारत के काम से जा रहा हूँ।

वीराँवाली : इस इन्कलाब से आप खाली व्यापारी बनोगे कि घर गिरस्तीवाले भी?

हवेली : इसका जवाब लौटकर दूँगा, वो भी तुझे नहीं।

वीराँवाली : मेरे को पता है किसको दोगे, और ये भी पता है क्या दोगे।

हवेलीराम जाते-जाते कहता है—बहुत ज्यादा अंतर्यामी मत बना करो।

एक दिन जबरदस्ती बाल पकड़ के घसीटता हुआ लाजो का ताऊ उसे आत्मानंद के घर से ले जा रहा है। उसके रोने, चीखने-चिल्लाने का ताऊ पर कोई असर नहीं होता। पास-पड़ोस के लोगों को ताऊजी बताते हैं कि चार दिन बाद लाजवंती की शादी होनी है, सो हम इसे अपने साथ ले जा रहे हैं। पता नहीं आत्मानंद कब तक लौटे। लौटे भी कि नहीं। इत्तफाक, कि उसी वक्त वीराँवाली वहाँ पहुँच जाती है और ताऊजी से प्रतिवाद करती है लेकिन लाजो का ताऊ कुछ नहीं सुनता और लाजो को ले जाता है।

इधर हवेलीराम चेहरे पर सफर की थकान, हल्की बढ़ी दाढ़ी मगर चेहरे पर प्रसन्नता लिए अपने मकान का दरवाजा खटखटाता है। दरवाजा वीराँवाली खोलती है। हवेली पूछता है—तू कैसे आ गई फाटक खोलने? नौकर नहीं है?

वीराँवाली : मैं खुद ही यहाँ खड़ी आपकी राह देख रही थी। एक बहुत जरूरी बात करनी है वीरजी!

हवेली : ऐसी भी क्या जरूरी बात है? पहले जरा बाऊजी से मिल लूँ। उन्हें बता दूँ कि व्यापार में कितना कामयाब रहा।

वीराँवाली : आप उनसे मिल लो, फिर उल्टे पैर निकल पड़ो। मेरी सहेली मुसीबत में है। उसके तायाजी उसे आकर जबरदस्ती ले गए। वो उसकी शादी किसी बूढ़े शराबी जमींदार के साथ कर रहे हैं।

सुनकर हवेली जैसे सन्न रह जाता है—नहीं। मैं अभी जाता हूँ भाई आत्मानंद को लेकर।

लाजो की शादी हो रही है। फेरों की अग्नि के सामने वह खड़ी है। उसके गठजोड़ से बँधा उसका बूढ़ा पति प्राणनाथ लड़खड़ाता हुआ चल रहा है। वह बुरी तरह पिए

हुए है। पंडित पोथी बाँच रहा है। प्राणनाथ पंडित से कहता है—फेरों में हेरा-फेरी करते हो पंडित? हम आज कोई पहली बार शादी कर रहे हैं? हमें सब पता है।

पंडित : मैं कैसे भूल सकता हूँ शाहजी? आपकी पिछली तीनों शादियाँ भी तो मैंने ही करवाईं।

प्राणनाथ : और उन तीनों की बरसी भी तूने ही कराई। नगर देखना, इस बार वाली मरनी नहीं चाहिए। मरी तो मैंने तेरे को मार देना है जान से।

आत्मानंद और हवेलीराम ताँगे पर बैठे हैं। ताँगा गाँव के रास्ते तेजी के साथ बढ़ रहा है। एक जगह वह मोड़ पार करता है और सामने से डोली के साथ लाजो की लौटती बारात नजर आती है। डोली सामने से गुजरती है। उसका पर्दा हवा में उठता है। लाजो तथा हवेलीराम की निगाह आपस में मिलती है।

हवेलीराम के मुँह से जैसे प्रायश्चित्त के स्वर फूटते हैं—बहुत देर कर दी हमने।

लाजो अपने बूढ़े जमींदार की चौथी पत्नी बनकर ससुराल में पहुँचती है। वहाँ उसे सौतेले बेटों, पोते-पोतियों से भरा घर-बार मिलता है। सुहाग की पहली रात उसका बूढ़ा पति बाईजी का मुजरा सुन रहा है। शराब के जाम ढल रहे हैं। लाजो से उम्र में पंद्रह साल बड़ी पतोहू उसे कहने आती है—आप खाना खा लो सासूजी। इस हवेली में नाच-गाना शुरू हुआ तो रात-भर चलता रहता है। लालाजी का कोई भरोसा नहीं, कब आएँ या न आएँ।

काफी रात बीते लाजो का पति लड़खड़ाता हुआ उसके कमरे में प्रवेश करता है। लाजो को घसीटकर पलँग पर लाता है और चूमना चाहता है। लाजो अपने को छुड़ा लेती है। पति फिर से उसे बाँहों में भरना चाहता है। वह अपने को छुड़ाकर कहती है—आपको शर्म आनी चाहिए।

प्राणनाथ : शर्म न तो मेरे को आनी चाहिए, न तुम्हारे को। धर्मपत्नी हो मेरी। धर्मवाली ही बात है यह।

लाजो : सुहागरात पर रखैल का मुजरा सुनके ब्याहता को बहुत इज्जत बख्शी आपने। एक अनाथ मजबूर लड़की को अपनी हवस का शिकार बनाने की कोशिश करके कौन-सा धर्म निभा रहे हैं आप?

प्राणनाथ : गुस्सा, गुस्ताखी, नखरा, नाँनुच बहुत अच्छा लगता है हमें।

लाजो : मैं आपके हाथ जोड़ती हूँ। मुझे छोड़ दो। आपकी शादी मेरी मजबूरी से हुई है, मेरे से नहीं।

प्राणनाथ : दाल में मिर्च बराबर हो, तभी तक अच्छी लगती है गुस्ताखी जनानी में। अब और ज्यादा जबान चलाई तो मैंने हड्डी-पसली तोड़ देनी है।

प्राणनाथ लाजो पर झपटता है और लड़खड़ाकर चारों खाने चित हो जाता है।

लाजो दरवाजे की ओर लपकती है। प्राणनाथ उसे टँगड़ी मारकर गिरा देता है और पास पड़ी छड़ी उठा लेता है—तुम जैसी औरतों से शराफत के साथ पेश आना बेवकूफी है। जूती को पाँव के नीचे रखना ठीक, सिर के ऊपर नहीं।

लाजो : मर्द वो होता है जो औरत को दिल में रखना जानता है।

प्राणनाथ : अभी देखी कहाँ है आपने मेरी मर्दानगी।

वह छड़ी से वार करता है। लाजो छड़ी पकड़ लेती है—मैंने भी सुना था, आपकी सारी मर्दानगी औरत को पीटने में ही है।

सुनकर प्राणनाथ तिलमिला उठता है। छड़ी छुड़ाने की कोशिश में नाकामयाब होने पर एक गुलदान उठाकर लाजो को मारता है—नीच, बदजात, क़मीनी, तेरे ताया ने मुझसे पैसा लेकर तेरी शादी की।

लाजो : ये आप जानें और वो जानें। मैं आपका दिया कुछ नहीं लूँगी। जिस हाल में तायाजी मुझे लाहौर से लाए थे, उसी हाल में लाहौर लौट जाऊँगी।

प्राणनाथ : इस घर में तेरी डोली आई है, अब यहाँ से अर्थी ही जाएगी। एक कदम आगे बढ़ाया तो जान ले लूँगा।

लाजो : मरना तो सभी ने एक दिन है। जो आप समझते हो, मैं कुढ़-कुढ़ के इस कोठरी में दम तोड़ूँगी, तो गलत समझते हो।

प्राणनाथ : अच्छा, तो तुम लाहौर में अपने किसी यार के कूचे में मरोगी?

लाजो : मैं देश की आजादी के लिए लड़ते हुए मरूँगी।

प्राणनाथ गुलदान फेंक के मारता है। गुलदान दीवार से लगे शीशे में लगता है। शीशे में दरार आ जाती है। प्राणनाथ शीशा देखते हुए दीवार का सहारा लेकर हाँफता है। उसके चेहरे पर पसीने की बूँदें झलक आती हैं। उसे उबकाई-सी आती है। लाजो अपने सारे जेवर उतारने के क्रम में आखिरी जेवर नथ उतारती है और कहती है—आपके दिए सारे जेवर उतार के रख दिए हैं। ये पहने हुए कपड़े लाहौर से लौटा दूँगी।

प्राणनाथ अपनी सारी ताकत बटोरकर लाजो पर झपटता है। लाजो फर्श पर गिर जाती है। प्राणनाथ उसके गालों पर झापड़ मारता है—बूढ़ा-बूढ़ा कह रही है बड़ी देर से। अब बूढ़े को देख, बूढ़े की ताकत को देख।

लाजो : अपरंपार की ताकत आपकी ताकत से भी बड़ी है। रब्बा मेरी लाज रखना...कहते हुए लाजो अपने को छुड़ाने की कोशिश करती है। प्राणनाथ उसकी कलाइयाँ पकड़ता है। इस क्रम में सुहाग की चूड़ियाँ टूट जाती हैं। इसके साथ ही प्राणनाथ को दिल का दौरा पड़ता है। लाजो चीखती है। घर के सदस्य दौड़ते हुए पहुँचते हैं। लाजो रोते हुए इशारा करती है। प्राणनाथ फर्श पर ढेर पड़ा हुआ है। घर की महिलाएँ स्यापा शुरू कर देती है। प्राणनाथ का पोता कहता है—ये क्या हुआ?

प्राणनाथ की भाभी कहती है—खून हुआ है जी, खून! देवरजी की जान ले

ली इस मरजानी ने। पुलिस को बुलाओ। पुलिस ने ही बताना है कि क्या हुआ।

मगर पुलिस को नहीं बुलाया जाता। प्राणनाथ का बेटा नरेंद्र लाजो के सामने एक कानूनी दस्तावेज लाता है। कहता है—इस पर दस्तखत कर दो और लिख दो कि मैं अपनी मर्जी से जा रही हूँ और रख-रखाव के लिए हम पर कोई दावा नहीं करोगी।

लाजो नरेंद्र के कहे अनुसार लिखकर दस्तखत कर देती है और पूछती है—अब मैं जा सकती हूँ?

तहखाने में आत्मानंद और हवेलीराम एक पेटी खोल रहे हैं, जिसमें मेवों के बीच में कारतूस तथा पिस्तौलें हैं। वो उन्हें मेवों से अलग रख रहे हैं। दरवाजे पर दस्तक होती है।

आत्मानंद : ये कौन आ गया? तुम तो कह रहे थे मेरे पीछे कोई नहीं लगा हुआ था।

हवेली : आप इन्हें छिपाइए, मैं जाकर रोकता हूँ।

आत्मानंद पिस्तौलों को छिपाने में जुट जाते हैं।

हवेलीराम ऊपर आकर दरवाजा खोलता है। सामने और कोई नहीं, लाजो साधारण वेश में फटेहाल खड़ी है। हवेलीराम अवाक् रह जाता है—आप?...

भाई आत्मानंद की स्टडी में लाजो विधवा के भेष में किताब खोले बैठी है। हवेली भी गुमसुम तथा उदास बैठा है। थोड़ी देर बाद लाजो किताब बंद कर उठती है और दूसरी ओर चली जाती है। हवेली एक गहरी साँस लेता है। फिर उठकर लाजो के पीछे जाता है।

लाजो बुझे स्वरों में कहती है—नहीं मास्टरजी, मैं नहीं पढ़ पाऊँगी।

हवेली : आपका ये फैसला ठीक नहीं है लाजोजी! पढ़िए। इम्तहान दीजिए।

लाजो : घर के काम-काज से जो भी वक्त मिलेगा, मैं पार्टी का काम करूँगी। और अब तो आप भी पूरी तरह इस काम में उलझ गए हो। हम दोनों का सारा ध्यान इन्कलाब पर होना चाहिए।

हवेली : आपका पढ़ना भी इस इन्कलाब का ही एक हिस्सा है लाजोजी!

लाजो : मास्टरजी, पढ़ना ही होगा तो मैं खुद पढ़ लूँगी। मैं नहीं चाहती कि मेरी बदनसीबी की छाया आप पर पड़े। बचपन में अनाथ हो गई। सुहाग की रात मेरे विधवा होने की रात साबित हुई। और जैसे ये कम नहीं था, ससुरालवालों ने मेरे पर पति को जहर देके मारने का झूठा इल्जाम लगाया।

हवेली : जो कुछ हुआ उसे भूल जाइए लाजोजी! वो एक गंदा सपना था।

लाजो : सपना होता तो भूल जाती। हकीकत को कैसे भूलूँ मास्टरजी?

बैठक में गेंदामल, शानो, जनको और रलियाराम बैठे हैं। पाशो और वीराँवाली फर्श पर गिट्टे खेल रही हैं।

रलिया : मेरे को तो ये लगता है कि हवेली का यक-ब-यक बिजनेस में दिलचस्पी लेने लगना भी कोई नाटक है। कहीं इसकी आड़ में वह अपने इन्कलाबियों का काम न करता हो।

जनको : इन्कलाबियों में उठना-बैठना उसने छोड़ दिया है।

शानो : विच्छोवाली तो अब भी जाते हैं।

जनको : आर्यसमाज के काम के लिए।

गेंदामल : कोई स्कूल-कालेज चलानेवाला काम करे तो करे बेशक, मगर पिस्तौल और पटाखा दिखाकर अंग्रेज को डरानेवाली बेवकूफी से दूर रहे।

रलिया : वो तो उन्हीं सिरफिरों के पास जाता है और मैंने सुना, उसी विधवा को पढ़ाता है।

वीराँवाली : लाजवंती ने पढ़ना छोड़ दिया है।

शानो : पढ़ती वो पहले भी कब थी? पढ़ाई तो बस एक बहाना था।

जनको : विधवा के बारे में इस तरह की बात नहीं की जाती बीबी रानी!

शानो : इन्कलाबी है जी वो विधवा। अपने खसम को पहली रात जहर दे के खत्म किया।

वीराँवाली : आप क्यों उल्टी-सीधी गप्पें ठोंकते हो भरजाईजी?

शानो : बाकी सारी दुनिया झूठी, सच्ची तो बस वो खसमखानी ही है। मेरा बोलना तो ठीक नहीं लगता, मगर इतना अरज करना चाहती हूँ कि लाजवंती की सोहबत अच्छी नहीं है अपनी वीराँवाली के लिए।

हवेलीराम आता है। उसके हाथ में एक चिट्ठी है।

गेंदामल : घर के लिए फुर्सत मिल गई बर्खुरदार! ये बता कहाँ रहा दिन-भर?

हवेली : ओकाड़े चला गया था जी।

गेंदामल : क्यों?

हवेली : भाई आत्मानंद की भांजी लाजवंतीजी को वहाँ छोड़ने जाना था।

गेंदामल : ये लाजवंतीजी है, भले ही जो है, अब तक छोड़ी नहीं गई तेरे से? उससे तेरा ये मेल-जोल फौरन खत्म होना चाहिए। आई तेरी अक्ल में?

हवेलीराम हाथ की चिट्ठी गेंदामल को बढ़ा देता है। यह चिट्ठी मिलिट्री में घी सप्लाई के ठेका मिलने से संबंधित है। जानकर गेंदामल और रलियाराम दोनों बहुत

खुश होते हैं।

रलिया : मेरे ख्याल से साहब लोगों का शुक्रिया अदा करने के लिए हमें किसी होटल में दावत करनी चाहिए।

जनको : आप लोग साहबों का शुक्रिया अदा करो, मैं तो रब का करूँगी। अगली पूर्णिमा को सत्यनारायण की कथा बँचवाऊँगी।

आँगन में केले के पत्तों से सत्यनारायण की पूजा के लिए जनको, वीराँवाली, शानो और पाशो मंडप सजा रही हैं। हवेलीराम सीढ़ियाँ उतर के फाटक की ओर बढ़ता है।

पाशो : चाचाजी तो चल दिए।

शानो : देवरजी ने तो अंग्रेज के ही नहीं, भगवान के खिलाफ भी बगावत कर रखी है।

जनको : इतनी बहस की पुत्तर, फिर भी बात वहीं-की-वहीं रही। मैंने सुना है तू आर्यसमाजी है और मूरत नहीं पूजता। लेकिन मैंने जो कहा, उसका कोई मतलब नहीं तेरे वास्ते?

हवेली : झाईजी, मैंने कह दिया था मैं भले ही सुनने न बैठूँ, कथा के समय घर में मौजूद जरूर रहूँगा।

शानो : एक साथ दो जगह रहने का जादू सीख लिया है क्या देवरजी?

जनको : बीबी रानी, मेरे को बात करने दे। हवेली पुत्तर, तू कहाँ जा रहा है? क्यों जा रहा है?

हवेली : झाईजी, मैं एक जरूरी मीटिंग में जा रहा हूँ।

जनको : उनकी मीटिंग मेरी सत्यनारायण की कथा से ज्यादा जरूरी होने लग गई?

हवेली : झाईजी, मैं कथा शुरू होने तक जरूर आ जाऊँगा।

शानो : लाजवंती की कथा सुनने बैठ गए तो सत्यनारायण की कथा तो क्या याद रहनी है देवरजी ने!

सत्यनारायण की कथा खत्म हो चुकी है। लोग प्रसाद ले चुके हैं। दरवाजे पर दस्तक होती है। वीराँवाली दरवाजा खोलती है। हवेलीराम आया है। वह सीधा झाईजी की तरफ बढ़ता है—झाईजी, मैं माफी चाहता हूँ।

जनको : पुत्तर, मेरी माफी तो तेरे को हमेशा मिली हुई है। लेकिन मेरे भगवान की माफी की फिकर कर।

हवेली : असल में हुआ ये कि...

जनको : मैं कुछ नहीं जानना चाहती। लालाजी को ही समझाना। वो बैठक में हैं।

हवेली : मैं उनसे बाद में मिल लूँगा। मुझे फिर जाना है।

जनको : तो आया ही क्यों?

हवेली : प्रसाद लेने।

जनको : जाना कहाँ है?

हवेली : वहीं जाना होगा जहाँ अब तक बैठे थे।

जनको : तेरी मीटिंग उसी आर्यसमाजी गुरु के यहाँ चल रही है?

हवेली : जी।

जनको : उस विधवा के सामने सत्यनारायण भी कुछ नहीं ठहरते तेरे लिए?

हवेली : झाईजी ऐसी बात नहीं है।

जनको : जिस तरह भी है, अपने बाऊजी को समझाना। मेरी समझ से तो परे हो चुका है ये मामला।

हवेली : तो मुझे जल्दी से प्रसाद दो।

जनको एक केले के पत्ते में प्रसाद लाने जाती है। तभी दरवाजे पर दस्तक होती है। शानो दरवाजा खोलती है। बदहवास लाजवंती आई है—हवेलीरामजी हैं?

हवेलीराम लाजो की आवाज सुनकर फाटक तक आता है। जनको प्रसाद पत्ते में रखकर ला रही है। पूछती है—कौन आया है?

शानो : अभी देवरजी उसके पास गए थे, अब वो आई है देवरजी के पास!

—भाई आत्मानंद आ गए क्या?...हवेलीराम लाजो से पूछता है।

लाजो : इधर आप गए, उधर मामाजी छत के रास्ते पहुँचे। थोड़ी देर में पुलिस का छापा पड़ा। पुलिस सत्तार, अर्जनसिंह और मामाजी तीनों को पकड़कर ले गई।

हवेली : भाई आत्मानंद की दुकान पर तो छापा नहीं पड़ा?

लाजो : पता नहीं।

हवेली : मैं अभी जाकर देखता हूँ।

जनको : हवेली प्रसाद खा लें। और लालाजी से मिले बगैर कहीं मत जाना।

हवेली : मैं अभी आया झाईजी।

हवेलीराम प्रसाद का एक टुकड़ा मुँह में रखता है और लपक पड़ता है। उसके इस तरह लपककर जाने से प्रसाद गिर पड़ता है।

शानो : दीवाने हो गए हैं हमारे देवरजी।

जनको : दूर करनी ही पड़ेगी ये दीवानगी।

रलियाराम ने शहर में अपने लिए नई कोठी खरीदी है। घर के सारे सदस्य उस नई कोठी को देखने जा रहे हैं। सबों के मन में किसी उत्सव-जैसा उत्साह है, मगर इस उत्साह से अलग हवेलीराम अपने कमरे में फोटोग्राफिक कागजों के एक बड़े डिब्बे को खोल रहा है, जिसमें फोटो कागज नहीं, बल्कि खुफिया कागजात हैं। पैम्फलैट, पर्चे, नक्शे वगैरह। वह एक क़ागज फाड़ता है, तभी सजी-धजी शानो कमरे में प्रवेश करती है।

शानो : लो सारे लोग बैठ गए हैं ताँगे में, आप यहाँ क्या कर रहे हैं देवरजी? नई कोठी देखने नहीं चलना?

हवेली : आप लोग जाइए, मैं क्या करूँगा वहाँ चल के?

शानो : घर खाली मिले ये अच्छा लगता है इस उम्र में। लेकिन खाली घर में अकेले ही हुए तो क्या फायदा? किसी को बुलाया है क्या?

हवेली : आप जाइए भरजाईजी। वीरजी आपकी राह देख रहे होंगे।

शानो कागजात का डिब्बा खोलने को होती है। हवेलीराम डिब्बा उठा लेता है। शानो के चेहरे पर रहस्यमयी मुस्कराहट उभर आती है—इसमें क्या है? समझ गई, प्रेम-पत्र होने हैं उस बिचारी के।

वह फर्श से कागज की चिन्दियाँ उठाने लगती है। हवेलीराम उन चिन्दियों को अपनी मुट्ठी में बंद कर लेता है। शानो झेंपते हुए हवेली की ओर देखकर शोखी से मुस्कराती है—बड़े बेदर्द होते हैं मर्द। जिस पर मरने का दम भरते हैं, उसे मरता छोड़कर माँ-बाप की पसंद की शादी कर लेते हैं।

शानो के जाने के बाद हवेली डिब्बे के कागजात बाहर निकालकर फाड़ने लगता है। उसके पास एक माचिस भी पड़ी हुई है। जनको आँगन पार करके सीढ़ियों की ओर बढ़ रही है। शानो उसे उतरती हुई मिलती है। जनको पूछती है—हवेली नहीं आया?

शानो : वो हवन कर रहे हैं।

जनको : हवन तो सुबह ही कर चुका।

शानो : अब जो हवन कर रहे हैं देवरजी, उसके लिए आपको बहुत-बहुत बधाइयाँ। जब कोई आदमी प्रेमिका के पत्र फाड़कर जला दे तब समझो कि माँ-बाप की पसंद की लड़की से शादी कर लेगा।

जनको ऊपर जाने को होती है। फिर ठिठकती है और सीढ़ी उतर के फाटक की ओर बढ़ जाती है—नहीं आता तो रहने दे।

लाजो चमेली के झाड़ के पास पीढ़े पर बैठी अपनी फटी हुई कमीज सी रही है। दरवाजे पर दस्तक सुनकर उठती है और फाटक के पास ठिठककर पूछती है—कौन?

हवेली : मैं हूँ जी, मास्टरजी!

लाजो एक क्षण सोचने के बाद दरवाजा खोल देती है। हवेलीराम के भीतर आते ही दरवाजा बंद करती हुई कहती है—नमस्तेजी! आप यहाँ क्यों आए? मामाजी ने तो कहलवाया था कि मास्टरजी को विच्छोवाली से दूर रखो।

हवेली : सच बताइए लाजोजी, क्या आप भी यही चाहती हैं कि मैं विच्छोवाली से नाता तोड़ लूँ?

लाजो : मामाजी चाहते हैं।

हवेली : चाहते तो मेरे घरवाले भी हैं। मगर लाजोजी, मेरे लिए नाता जोड़ना जितना मुश्किल होता है, तोड़ना उससे भी ज्यादा मुश्किल।

लाजो कोई जवाब नहीं देती। हवेली के बैठने के लिए एक पीढ़ा उठा लाती है—बैठो मास्टरजी!...और चुप होकर सिलाई करने लगती है।

हवेली : आप अपने लिए नया सूट बनवा लें लाजोजी! ये तो...। मैं शाम को कुछ और पैसे दे जाऊँगा।

लाजो : मेरे वास्ते तकलीफ न करें मास्टरजी!

हवेली : आपको भाई आत्मानंद के वकील को भी और देने होंगे?

लाजो : दस रुपये और देने हैं।

हवेली : मैं पंद्रह ले के आ जाऊँगा शाम को। आप पाँच अपने खर्च के लिए रख लीजिएगा। ना नहीं कहने दूँगा मैं।

लाजो कुछ नहीं कहती। कृतज्ञता से हवेलीराम की ओर देखने लगती है।

आँगन में बैठकर जनको और शानो चुन्नियों में सलमें टाँक रही हैं। जनको पूछती है—हवेली अभी तक नहीं आया?

शानो : नई कोठी ली, उसे देखने वास्ते तो चले नहीं हमारे साथ। विच्छोवाली चले गए होने हैं। झाईजी, आपने देवरजी के लिए विलायतीरामजी की बेटी पसंद कर ली, चुन्नर चढ़ाने का दिन तय कर लिया। नई कोठी में नई वोटी के लिए बढ़िया कमरा भी चुन लिया मगर देवरजी से हाँ नहीं करवायी अभी तक।

जनको : हवेली मेरी बात रखेगा।

तभी हवेलीराम आता है और उल्लसित होकर पूछता है—नई कोठी देख आए झाईजी? पसंद आई?

जनको : बहुत। वहीं से करूँगी तेरी शादी। तू कहाँ चला गया था पुत्तर? विच्छोवाली गया था?

हवेली : मैं वहाँ गया था मगर वो बात नहीं है जो आप लोग समझते हो।

जनको : उस दिन इतना समझाया था तेरे को, कोई असर नहीं हुआ? पहले

मैं सोचती थी, लोग यों ही बदनाम कर रहे हैं। लेकिन उस दिन तो वो यहीं आ गई। तू उसके बुलाने पर कथा का प्रसाद तक गिराकर चला गया...।

हवेली : जी, वो भाई आत्मानंदजी गिरफ्तार हो गए थे।

जनको : मैंने विलायतीरामजी की बेटी से तेरी शादी पक्की कर दी है। चुन्नी चढ़ाने का दिन भी तय हो गया है। अब कोई जरूरत नहीं कहीं आने-जाने की।

हवेली : झाईजी, मैं बता चुका हूँ कि मैं शादी नहीं करूँगा।

जनको : उसी विधवा के चक्कर काटेगा।

हवेली : झाईजी, समझने की कोशिश किया करो।

जनको : क्या समझूँ पुत्तर? देख, मैंने तुझे कभी किसी बात के वास्ते नहीं टोका, तेरी हर जिद के आगे मैं झुकी। अगर ये लाजो हमारी अपनी बिरादरी की होती, चलो, वो भी नहीं। कुँवारी ही होती तो मैंने तेरी इस जिद के आगे भी झुक जाना था, लेकिन वो तो विधवा है पुत्तर!

हवेली : मैंने ये कब कहा कि लाजवंतीजी से शादी करनी है मुझे?

जनको : फिर क्यों खुद बदनाम हो रहा है और उसे भी करा रहा है? तू आर्यसमाजी बना, मैंने कुछ नहीं कहा। इन्कलाबियों में उठा-बैठा, मैं कुछ न बोली। लेकिन तू कुँवारा रहे और बदनामी मोल ले, ये मुझसे बर्दाश्त नहीं होगा। तेरे को करनी ही होगी विलायतीरामजी की बेटी से शादी।

हवेलीराम कुछ नहीं कहता और एक क्षण चुप रहने के बाद बैठक की ओर कदम बढ़ाते हुए जनको से पूछता है—मुंशीजी आए हुए हैं क्या?

जनको : हाँ, लालाजी के साथ बैठे तेरी ही शादी का इंतजाम करवा रहे हैं।

हवेलीराम बैठक की ओर जाने की बजाय अपने कमरे की ओर बढ़ जाता है—मैं बाद में दुकान में मिल लूँगा उनसे।

इधर शानो रलियाराम को समझाती है कि हवेली अभी-अभी मुंशीजी के बारे में पूछ रहे थे, शायद रुपये-पैसे माँगें। शानो रलियाराम को यह ताकीद करना भी नहीं भूलती—तुमने मुंशीजी से कह तो दिया था ना, कि देवरजी जब भी उनसे पैसा लें, किस वास्ते ले रहे हैं, वो मुंशीजी लिखवा लिया करें।

जवाब में रलिया शानो को आश्वस्त करता है।

गेंदामल अपनी बैठक में है। जनको भी वहीं है। रलियाराम कुछ कागजात के साथ पहुँचता है—माफी चाहता हूँ जी। मगर मैंने जरूरी समझा कि हवेली ने पिछले दिनों जो पैसा निकलवाया है, उसका हिसाब आपको फौरन दिखा दूँ।

वह कागज गेंदामल की ओर बढ़ाता है। गेंदामल कागज नहीं लेता। अलबत्ता पूछता है—मैंने माँगा था क्या?

जनको : रलिया पुत्तर, ये तो खुशी की बात है कि हवेली भी धंधे-व्यापार में ध्यान देने लगा है और उसके वास्ते पैसे निकालता है।

रलिया : पैसा निकालने के लिए किसने मना किया है? मगर मुंशीजी को ये क्यों नहीं बताता कि किसलिए ले रहा है?

गेंदामल : उस मसखरे मुंशी की हिम्मत कैसे हुई पूछने की?

रलिया : मैंने ही कहा था पूछने को।

गेंदामल : क्यों?

रलिया : इसलिए कि मुझे पता चला है कि वो गलत कामों में पैसा खर्च कर रहा है।

गेंदामल : हवेली ने मुझे कई तरह से नाउम्मीद किया है, लेकिन चाल-चलन के बारे में तो उसने कभी शिकायत का मौका नहीं दिया। मैं ये मान ही नहीं सकता कि हवेली शराब-शुरूब पीने पर या गाना-गूना सुनने पर पैसा खर्च करने लगा है।

रलिया : ये करना होता तो बिगड़ा रईस कहलाता। लेकिन वो तो विच्छोवाली उस विधवा पर पैसा लुटा रहा है। और उसकी खातिर इन्कलाबियों पर।

गेंदामल : ये किसने कह दिया?

रलिया : उसकी हरकतों ने।

रलियाराम हिसाब का कागज फिर गेंदामल की तरफ बढ़ाता है—ये देखिए, भाई आत्मानंद की गिरफ्तारी की अगले ही दिन उसने बीस रुपये निकलवाये। किस वास्ते? वकील करने के लिए।

जनको : पुत्तर, लोगों के भड़काने में नहीं आया जाता।

रलिया : आप तो देख के भी नहीं देखना चाहते झाईजी! हवेली उस विधवा के साथ पींगे बढ़ा रहा है और आप शहर के नामी रईस की बेटी से उसका रिश्ता करा रहे हो। नाक कटवा देनी है आपके लाडले ने हम सबकी। और बाऊजी, अगर ये हवेली इसी तरह हमारे पैसे से इन्कलाबियों के लिए वकील करता रहा तो अंग्रेजों ने हमारा भट्ठा बिठा देना है।

गेंदामल : मुंशीजी से कह देना, आगे कभी हवेली पैसा माँगे तो उससे कहें कि लालाजी से ले लो।

बैठक में गेंदामल, रलियाराम और जनको बैठे हैं। हवेली आता है और कहता है—मुंशीजी से पैसे लेने गया था। उन्होंने बताया कि पैसे आइंदा आपसे माँगने होंगे।

गेंदामल : तू उन्हें हिसाब समझाने में बेइज्जती महसूस करता था, इसलिए

मैंने उनसे कहा कि आइंदा पैसा भी मैं दूँगा और हिसाब भी मैं समझूँगा। बोल कितने पैसे दे दूँ और किसलिए?

हवेली : चार रुपये चाहिए थे जी अपने खर्चे के लिए।

गेंदामल : तेरे अपने खर्चे कब से होने लगे पुत्तर?

हवेली : कभी-कभी जरूरत पड़ जाती है।

गेंदामल : जब भी पड़ती है, तू बताता है, हम देते हैं। तेरी तो पूरी तनख्वाह ही हमारे पास रहती है।

जनको : बता दे पुत्तर, किस वास्ते चाहिए?

हवेली : मैं माफी चाहता हूँ, लेकिन ये बता नहीं सकता।

गेंदामल : हालाँकि तेरा भाई सबकुछ बता चुका है मेरे को, लेकिन अपने मुँह से भी बता कि किस तरह तू उस विधवा की खातिर हमारे मुँह पर कालिख पुतवा रहा है? और उसके इन्कलाबी मामा की खातिर अंग्रेजों से हमारे धंधे के वास्ते मुसीबत पैदा करता है?

सुनकर हवेलीराम जाने लगता है, फिर जाते-जाते वापस होकर कहता है—बाऊजी, अगले महीने से अपनी तनख्वाह अपने पास रखने की इजाजत चाहूँगा।

रलिया : देख लिया बाऊजी, मैंने क्या कहा था?

गेंदामल : देख तो काफी लिया, अब दिखाना भी पड़ेगा। जनको सुन अगर तेरा ये लाडला पुत्तर उस विधवा और इन्कलाबियों के पास अब भी जाता रहा तो मैंने उसे घर से निकाल देना है, और अपने वारिसों में से उसका नाम काट देना है।

रात का वक्त! हवेलीराम लैंप जलाकर कुछ लिख रहा है। वह उठता है और लोटे में से पानी पीता है। खाने की थाली लेकर जनको पहुँचती है—पानी पीके पेट नहीं भरता पुत्तर! खाना खा ले। मैं यहीं ले आई थाली।

हवेली : मैंने कहला दिया था कि मुझे भूख नहीं है।

जनको : भूख से ज्यादा गुस्सा है। लालाजी भी मारे गुस्से के नहीं खा रहे। अब खत्म कर ये झगड़ा। ले, पकड़ ये पैसा। मैं दे रही हूँ, लालाजी नहीं।

हवेली : मैं किसी का एहसान नहीं लेना चाहता।

जनको : मेरा तो लेना ही पड़ेगा। तुझे तो जन्म तक मेरा दिया हुआ है। चल, मेरे साथ नीचे और झगड़ा खत्म कर।

जनको सिक्के हवेलीराम की जेब में डाल देती है।

हवेली : मेरा किसी से क्या झगड़ा है? मुझे क्या दिलचस्पी है पैसों में? मगर ये कहाँ का इन्साफ है कि प्राजी तो भरजाईजी की बात रखने के लिए हजारों रुपए

की कोठी खरीद लें और मैं अपनी जरूरत के लिए चार रुपये भी ना ले सकूँ?

जनको : तेरे साथ भी इन्साफ करेंगे लालाजी। मगर तू भी उनके साथ इन्साफ कर। शादी कर, घर बसा, पोता दे उनको गोद में खिलाने को। फिर कोठी क्या, महल के पैसे निकलवा लेना।

हवेली : मेरे लिए कोई अहमियत नहीं है इन चीज़ों की। मैं तो देश और समाज के लिए काम करना चाहता हूँ।

जनको : बेटा, मैं तो बिल्कुल अनपढ़ और मूरख हूँ; मगर इतना जानती हूँ कि देश और समाज की कितनी बड़ी-बड़ी बातें कर लो, आखिर में घर-गिरस्ती की छोटी-मोटी बातें ही जिंदगी का हासिल रह जाती हैं। जो नीचे न चलना हो तो यहीं खा ले खाना।

जनको अपने हाथ से निवाला हवेलीराम के लिए बनाती है।

हवेली : ये क्या कर रहे हो? मैं कोई बच्चा थोड़े ही हूँ।

जनको : बातें तो बच्चोंवाली ही करता है। तू इन्कलाबियों की मदद कर चाहे उस लड़की की, तेरे से कोई कुछ न कहेगा। लेकिन पैसे तो किसी और के हाथ भी भिजवाए जा सकते हैं। तू खुद क्यों जाए? जाने में बदनामी का ही नहीं, गिरफ्तारी का भी खतरा है। और फिर ये भी तो सोच, तेरी बदनामी हो गई तो तेरी बहन का रिश्ता कराना भी मुश्किल हो जाएगा।

हवेली : आप पहले वीराँवाली की शादी करा दें।

जनको : मगर तू ये रुपये देने वहाँ जाएगा?

हवेली थोड़ी देर सोचता है, फिर जेब से सिक्के निकालकर जनको को वापस करता है—किसी नौकर के हाथ भिजवा दो विच्छोवाली।

मोटरकार में गेंदामल, वृषभान, रलियाराम, हवेलीराम और मुंशीजी रलियाराम की सिविल लाइन्सवाली नई कोठी में पहुँचते हैं। कार कोठी के पोर्टिको में रुकती है।

वृषभान नीचे उतरता है और गेंदामल के लिए दरवाजा खोलता है।

ये लोग उतर के लॉन की तरफ बढ़ते हैं, जहाँ कुर्सियाँ पड़ी हुई हैं।

रलिया : मुंशीजी जरा पानी-शानी भिजवाओ।

ये लोग कुर्सियों पर बैठते हैं।

वृषभान : सिर्फ पानी मुंशीजी, शानी नहीं।

पाशो और वीराँवाली डरते-डरते लॉन में आते हैं। कुल एक कुर्सी खाली है। वृषभान अपनी कुर्सी से उठ जाता है।

रलिया : अरे आप बैठो, खड़े क्यों हो गए? लड़कियो तुम भीतर जाओ।

पाशो वृषभान के पास आकर खड़ी हो जाती है। वो उसे गोद में बिठा लेता

है। फिर खाली कुर्सी पर वीराँवाली से बैठने का आग्रह करता है। वीराँवाली एक बार गेंदामल की ओर देखती है फिर कुर्सी पर बैठ जाती है।

रलिया : क्यों परेशान करते हो मेहमान को? भीतर जाओ।

वृषभान इशारा पाशो की ओर करता है, लेकिन बात वीराँवाली की करता है—इन्हें नाराज मत कीजिए साहब। ये नाराज हो गईं तो गजब हो जाएगा। ये तो हमारे साथ दिल्ली भी जाएँगी। है ना?

पाशो : अकेली नहीं, बुआजी के साथ।

आगे बहस राजनीति पर चल निकलती है, जिसमें हवेली तथा वृषभान मुख्य हिस्सा लेते हैं। दोनों के विचार बहुत कुछ अलग-थलग हैं, और दोनों ही एक-दूसरे को तर्क से परास्त करने को उद्यत। वीराँवाली कभी प्रशंसा के भाव से हवेली को देखती है, कभी वृषभान की तरफ। बीच-बीच में कभी हवेली तो कभी वृषभान के तर्कों के समर्थन में अपनी राय भी जाहिर करती चलती है। ऐसे ही एक मौके पर वृषभान पूछ बैठता है—आप ये तय कर लीजिए कि आपको हममें से किसकी बात ज्यादा समझ में आ रही है।

—दोनों की।...वीराँवाली जवाब देती है।

वृषभान : तो ऐसा कीजिए कि इनकी मुझे समझा दीजिए और मेरी इनको।

रलिया वीराँवाली पर हल्का गुस्सा होता है—मर्दों की बहस में जनानियों का टाँग अड़ाना ठीक नहीं वीराँवाली।

वृषभान : मुझे तो खुशी होती है ये देखकर कि एक हिंदुस्तानी लड़की को देश और समाज के मामलों में इतनी दिलचस्पी है।

वीराँवाली अपने कमरे में बैठी पढ़ रही है। सीटी की आवाज सुनकर खिड़की की ओर किताब लेके बढ़ती है। देखती है कि नीचे वृषभान अपनी गाड़ी झाड़ता-पोंछता सीटी बजा रहा है। वह खिड़की को एक बार जोर से बंद करके खोलती है ताकि खटपट सुनकर वृषभान ऊपर देखे। वो नहीं देखता। तब वीराँवाली एक चीयाँ उठाकर नीचे फेंकती है, जो कार पर टन्न-से गिरती है। वृषभान ऊपर देखे तब तक वीराँवाली किताब की ओट कर लेती है। फिर दो बार ऐसा होता है कि जब वृषभान ऊपर देखता है तो वीराँवाली किताब की ओट में होती है। जब वीराँवाली देख रही होती है तो वृषभान अपनी कार की सफाई में जुटा होता है। तीसरी बार वीराँवाली निश्चिंत होकर देखती रहती है, तभी वृषभान सिर ऊपर करता है और अबकी वीराँवाली किताब की ओट में छिप नहीं पाती। वृषभान हल्के-से हाथ हिला देता है। वीराँवाली समझती है कि उसे बुलाया जा रहा है। वह अपनी ओर, फिर नीचे की ओर इशारा करके पूछती है कि मैं वहाँ आऊँ? वो सिर हिलाकर कहता है कि ''हाँ''। तभी मुंशीजी

बाहर आते हैं और इस इशारेबाजी का कुछ हिस्सा देख लेते हैं। वृषभान सावधान हो जाता है। वीराँवाली खिड़की से हट जाती है।

मुंशी वृषभान से अपनी स्टाइल की अंग्रेजी में हँसी-मजाक करने लगता है।

वीराँवाली इस बीच नीचे आ जाती है और मुंशीजी को देखकर अपना रास्ता बदल लेती है। वह कुछ दूरी पर कार की ओर पीठ करके बैठ जाती है और पढ़ने का बहाना करती है। वृषभान तथा मुंशीजी का हँसी-मजाक चल रहा होता है कि गेंदामल वहाँ पहुँचते हैं और मुंशीजी को ताँगा लिवा लाने की याद दिलाते हैं। मुंशी चला जाता है। गेंदामल भी। दोनों के जाने के बाद—वीराँवाली इधर-उधर देखकर कार की बगल से आगे बढ़ रही होती है कि वृषभान टोकता है—सुनिए।

वीराँवाली : जी?

वह चीयाँ दिखाता है—ये चीयाँ शायद आपने गिराई थी ऊपर से?

वीराँवाली : मैं क्यों गिराने लगी? आपकी कार ने खींच ली होनी है। आप बता रहे थे ना कि सभी चीजों में दूसरी चीजों को खींचने की ताकत होती है।

वृषभान : तो आपके ख्याल से मेरी मोटरकार में भी कशिश है?

वीराँवाली : जरूर होगी। पहले मेरी चीयाँ चली आई, फिर मैं।

वृषभान : तब तो मुझसे ज्यादा खुशकिस्मत मेरी मोटरकार है। आज आपकी बाडीगार्ड पाशो कहाँ गई?

वीराँवाली : वो झाईजी और भरजाईजी के साथ हनुमान मन्दिर गई है।

वृषभान : आप नहीं गईं, क्यों?

वीराँवाली थोड़ा झेंपती है फिर पलटकर सवाल करती है—बड़े वीरजी आपको राजा नरेन्द्रनाथ के पास ले जाने को कह रहे थे और छोटे वीरजी महात्मा हंसराज के पास। आप नहीं गए, क्यों?

वृषभान मुस्करा देता है। कहता है—ऐसा करते हैं, 'क्यों' पूछने की नहीं रखते। कल तो चले ही जाना है। 'क्यों' का जवाब देने में कोई और बात नहीं हो सकेगी।

वीराँवाली : कल क्यों जा रहे हो आप?

वृषभान : फिर पूछा 'क्यों'।

वीराँवाली : जाना जरूरी है क्या?

वृषभान : दो दिन की कह के आया था, सात दिन रह लिया हूँ।

वीराँवाली : मन भर गया?

वृषभान : कुछ चीजों से मन नहीं भरता।

वीराँवाली : हमें एक दिन भी सैर नहीं कराई इस गाड़ी में?

वृषभान : कल कहा था आपसे, चलिए।

वीराँवाली : अकेली मैं ही थोड़ी जाती? मेरे साथ पाशो, झाईजी, भरजाईजी भी तो जाते।

वृषभान : आज आप लोग ही चलिए। इस गाड़ी को जनाना डिब्बा बना देंगे।

वीराँवाली : फिर तो चलानेवाली भी जनानी होनी चाहिए।

वृषभान : आप चला लेना। विलायत में तो औरतें हवाई जहाज तक चला रही हैं।

वीराँवाली : आप तो विलायत की औरतों की तारीफ करते नहीं थकते। वहीं किसी मेम से शादी क्यों नहीं कर ली?

वृषभान : हिंदुस्तान में औरतों का अकाल है जो मैं विलायती मेमों पर नजर रखता?

वीराँवाली : कमी ही होगी, तभी अब तक कुँवारे बैठे हो आप।

वृषभान : एक ऐसी लड़की की तलाश कर रहा हूँ जिसमें पुरानी बेड़ियाँ तोड़कर आगे बढ़ने की हिम्मत हो।

वीराँवाली : लड़की तो आपके रास्ता दिखाने पर ही बढ़ेगी आगे।

कहते हुए वीराँवाली आँख मिलाती है। फिर झुका लेती है। अपनी झेंप मिटाने के लिए बात बदलती है—मुझे सिखा दो ना आप गाड़ी चलाना।

वृषभान : पहले इजाजत ले लीजिए घरवालों से।

वीराँवाली गाड़ी खोल के बैठ जाती है। थोड़े संकोच के साथ वृषभान बगल में बैठता है।

—सिखाओ ना...!—वीराँवाली इसरार करती है।

वृषभान : मोटर स्टार्ट करने से पहले मैं आपको बता दूँ कि कौन चीज कहाँ है।

जनको, पाशो और शानो हनुमान मंदिर से पैदल लौट रहे हैं। कोठी के भीतर कदम रखते ही वे लहरा-लहरा के चलती हुई गाड़ी को देखती हैं। चला वृषभान रहा है, मगर स्टियरिंग वीराँवाली के हाथ में है।

गाड़ी किसी चीज से बिल्कुल टकराने को होती है। वृषभान बचाता है और ब्रेक लगाते हुए कहता है—इतना समझा रहा हूँ, पता नहीं आपका ध्यान किधर रहता है? आपको कभी नहीं आएगा गाड़ी चलाना।

वीराँवाली : कोई अच्छा-सा ड्रायवर रख लूँगी अपनी गाड़ी के वास्ते।

वीराँवाली गाड़ी से उतरती है। वृषभान भी। तब तक जनको, शानो तथा पाशो करीब पहुँच चुकी हैं।

वृषभान जनको से माफी माँगता है—माफ कीजिएगा। ये जिद करने लगीं कि गाड़ी चलाना सिखा दीजिए। मैं झाईजी को सैर कराऊँगी।

जनको : लालाजी के लाड़-प्यार ने इसे थोड़ा जिद्दी बना दिया है।

पाशो गाड़ी के भीतर बैठ जाती है।

पाशो : मैंने भी सीखना है गड्डी चलाना।

शानो : तेरी बुआजी को ही सिखा दें, हमें तो यही बहुत है।

जनको पहले वृषभान को, फिर वीराँवाली को प्रसाद और आशीर्वाद देती है।

एक पुराने ढंग की अटैची में वृषभान अपने कपड़े डाल रहा है। पाशो बगल में खड़ी पूछती है—आप मुझे जादू दिखाए बगैर दिल्ली जा रहे हो?

वृषभान : जादू मुझे आता ही नहीं।

तभी वीराँवाली पहुँच जाती है—झूठ बोल रहे हैं। वीरजी कह रहे थे ना, आपका तो सब पर जादू चल गया।

—सब पर कहाँ? वृषभान कहता है।

इधर पाशो लगातार जिद कर रही है—जादू दिखाओ ना!

वृषभान दोनों अँगूठों को मोड़कर उनसे एक अँगूठा बनाता है और उसे तोड़कर दिखाता है—अच्छा देखिए, जादू से अँगूठा तोड़ देते हैं।

वीराँवाली जैसे मायूस होकर पूछती है—तोड़ना ही जानते हैं?

—जोड़ना भी। वृषभान टूटे अँगूठे को पीछे लाता है और जोड़ देता है—ये देखिए, फिर जुड़ गया।

वीराँवाली : खेल बना छोड़ा है। इससे तो बन्दा जुड़ा ही रहने दे। तोड़े ही क्यूँ?

पाशो : कैसे करते हैं। मुझे भी सिखाओ ना।

वृषभान : अपनी बुआ से सीखना। ये सबसे बड़ी जादूगरनी हैं।

वीराँवाली : तभी आप मिन्नतें करने पर भी रुक नहीं ना रहे। अभी तो इतना कुछ देखने को बाकी है लाहौर में।

वृषभान : सबसे अच्छी चीज तो यहाँ पहुँचते ही देख ली थी।

सुनकर वीराँवाली लजाती है।

पाशो : कौन-सी चीज?

वृषभान : आपकी गेंद। आते ही मेरे सिर पर गिरी थी ना।

पाशो : झूठे!

वृषभान : नहीं मैं सच कह रहा हूँ। आप मुझे वो गेंद इनाम कर दीजिए।

वीराँवाली : लाकर दे देना।

पाशो गेंद लाने चली जाती है।

वीराँवाली : पाशो के सामने कुछ नहीं कहना चाहिए। बता देती है।

वृषभान : बता दे तो अच्छा है।

फिर वह अपना कार्ड वीराँवाली को देता है—इसे रख लीजिए। मेरे दफ्तर का पता है।

वीराँवाली : इसका क्या करना है?

वृषभान : पते का इस्तेमाल चिट्ठी के लिए किया जाता है।

वीराँवाली कार्ड लेकर उसके पीछे कुछ लिखती है और वृषभान को लौटा देती है। वृषभान पढ़ता है—ये क्या? भाई आत्मानंद का घर, विच्छोवाली, लाहौर....

वीराँवाली : चिट्ठी मिलेगी तो जवाब दिया जाएगा।

रलियाराम का कमरा। शानो शृंगार कर रही है। पाशो देख रही है। रलियाराम खड़ा. शानो से कहता है—झाईजी ने तेरी मामी को गरी-छुआरा नहीं ना खिलाया तो चंगा ही किया।

शानो : तब कहना जब दिल्ली वालों में रिश्ता हो जाय बहन का। मुझे तो मुश्किल ही लगता है।

तभी जनको वहाँ आ जाती है। शानो कहती है—झाईजी, मुझे तो लगता है आपने जो सोचा हुआ है वो हो जाना है। लालाजी से कह के चिट्ठी डलवा दो दिल्लीवालों को।

जनको : अब तो चिट्ठी भिजवानी ही पड़ेगी।

मुंशी चिट्ठी लिफाफे में बंद कर रहा है। बंद करके हवेलीराम को पकड़ाता है—लो जी गुड मैन दी लालटेन छोटे लाटजी। इसमें लिख दो इंगलिश में पता।

गेंदामल : चिट्ठी भेज तो रहा हूँ तुम्हारे कहने पर, लेकिन दिल गवाही नहीं देता।

जनको : लड़के के दिल ने तो गवाही दे दी।

वीराँवाली सारी बातचीत बाहर खड़ी सुन रही है।

गेंदामल : जो सचमुच लड़के को हमारी वीराँवाली पसंद आई होनी है तो वो खुद लिखवाएगा अपने बाप से चिट्ठी।

जनको : पहल तो लड़कीवालों को ही करनी पड़ेगी।

गेंदामल : किसी को बीच में डालकर करवायेंगे। क्यों रलिया?

रलिया : जी, मेरे ख्याल से तो अब इसमें तीसरे की मदद लेने की जरूरत नहीं है।

गेंदामल : हवेली, तू क्या कहता है?

हवेली : मेरे ख्याल से, वृषभानजी एक तरह से जाहिर कर ही गए कि हमारी वीराँवाली उन्हें पसंद है।

जनको : मैंने कहा जी, ज्यादा सोचने की जरूरत नहीं। रब का नाम लेके

डलवा दो चिट्ठी।

गेंदामल एक क्षण सोचता है फिर चिट्ठी हवेली के हाथ से लेकर मुंशी की तरफ बढ़ा देता है—लो जी, डलवा दो बड़े डाकखाने में।

मुंशी को बाहर आता देख वीराँवाली दरवाजे की ओट से भाग खड़ी होती है और सीढ़ियों से नीचे आती हुई पाशो को पकड़कर उठाती है, फिर चूम लेती है।

वीराँवाली भाई आत्मानंद के घर का दरवाजा खटखटा रही है।

थकी-हारी-सी लाजो आँगन पार करके दरवाजा खोलती है। वीराँवाली अंदर आते ही फटाक दरवाजा बंद कर पूछती है—आई मेरी चिट्ठी-शिट्ठी?

लाजो : हाँ।

'हाँ' सुनकर वीराँवाली की खुशी का ठिकाना नहीं—कहाँ है?

लाजो कुछ नहीं कहती। स्टडी में तख्त के गद्दे के नीचे से चिट्ठी निकाल के देती है। वीराँवाली चिट्ठी को बहुत उत्सुकता से देखती है और पढ़ने बैठ जाती है। उसका चेहरा लज्जा और उत्तेजना से दमक उठता है। लाजो उठ के जाने लगती है—तेरे को कुछ खिलाऊँ-पिलाऊँ?

वीराँवाली : आज तो मैं खिलाऊँगी तुझे मिठाई। दिल्लीवाले ने लिखा है, वो दिल्लगी नहीं कर रहा था। वो मुझसे सचमुच डैश-डैश-डैश...।

लाजो किसी तरह की प्रतिक्रिया नहीं जताती।

वीराँवाली उतावली हो उठती है—अरे खाली जगह भर ना लाजो। दिल्लीवाला तेरी सहेली के साथ सचमुच क्या...?

लाजो : प्यार करता है।

वीराँवाली : वो तो बड़ी पुरानी खबर है। ताजा खबर ये है कि तेरी सहेली के साथ वह सचमुच शादी करेगा। ए, खुशी नहीं हुई सुनके तेरे को?

लाजो : तेरी खुशी से मेरे को खुशी होनी ही हुई।

वीराँवाली : खासकर इसलिए कि मेरी खुशी में तेरी खुशी भी शामिल है। मैंने लाइन क्लियर की नहीं कि वीरजी की गाड़ी दौड़ पड़नी है। कब आई ये चिट्ठी?

लाजो : परसों शाम की डाक से।

वीराँवाली : तो फौरन मेरे को बुलाया क्यों नहीं? मैं बैठी तड़प रही हूँ इतने दिनों से इसके लिए।

लाजो : मेरी तबीयत ठीक नहीं ना है।

वीराँवाली उसके माथे का स्पर्श करती है—अरे, तेरे को तो बहुत तेज बुखार है। तो आराम क्यों नहीं कर रही? मैं वीरजी से कहूँगी कि तेरे लिए डाक्टर बुला लें।

लाजो : उनसे यहाँ आने को मत कहना। मामाजी ने तो पहले ही मना किया

हुआ है। फिर तूने बताया, तेरे घर में भी झमेला हुआ।

वीराँवाली : अब नहीं होना। अब सब ठीक हो जाएगा मेरी प्यारी बच्ची! मैं आज ही भेजती हूँ वीरजी को।

लाजो : नहीं, नहीं। यहाँ बार-बार पुलिस आ रही है।

वीराँवाली : हाँ। तब तो और भी जरूरी है वीरजी को भेजना।

लाजो : उन्हें मत भेजना। पुलिस उनके बारे में भी मेरे से पूछ रही थी। सुनकर वीराँवाली सोच में पड़ जाती है।

मुंशीजी गद्दी पर बैठे ऊँघ रहे हैं। थानेदार पिशोरीलाल आता है और अपने डंडे से मुंशीजी को ठकठकाता है—मुंशी खजानचंद! लाला गेंदामल किधर हैं?

तभी रलियाराम कमरे से बाहर आता है—अरे थानेदार साहब, आप यहाँ? क्यों मुंशीजी, दस्तूरी पहुँचवायी नहीं थी क्या?

थानेदार : लालाजी हैं भीतर? कुछ सलाह करनी थी उनसे।

—उनकी तबीयत थोड़ी नरम थी। घर चले गए। ...रलियाराम थानेदार साहब को बताता है।

थानेदार : चलो आप ही से कर लेते हैं पूछताछ।

थानेदार और रलियाराम कमरे के अंदर आते हैं। थानेदार बताता है—पिंडी से आपकी जो मेवों की तिजारत होती है, उसके बारे में बात करनी थी जी।

रलिया : उसके बारे में तो मुंशीजी ही ज्यादा जानते हैं। मैं तो आजकल सरकारी ठेकों पर ज्यादा ध्यान देता हूँ।

थानेदार : मेरे तो बड़े पुराने ताल्लुकात हैं आप लोगों से, इसलिए मैं चाहता हूँ कि आइन्दा भी आपको ठेके मिलते रहें। लेकिन दाऊद हसन से आप तिजारत करोगे तो ठेके मिलने बंद हो जाएँगे।

सुनकर रलियाराम मुंशीजी को भी कमरे में बुला लेता है और पूछता है—क्यों मुंशीजी, किसी दाऊद हसन से हमने लिया है कभी माल?

मुंशी : इस दाऊद ने कोई चोरी-शोरी का माल बेच दिया है क्या थानेदार साहब?

थानेदार : ये बताइए कि आप लोगों की ओर से मास्टर हवेलीराम ने पिंडी में इस दाऊद से तीन बार सौदा किया कि नहीं?

मुंशी : जरूर किया जी। क्योंकि माल चंगा दे रहा था और सस्ता भी।

थानेदार : रलियारामजी, आप भाई आत्मानंद को जानते हो?

रलिया : सुना है, कोई आर्यसमाजी हैं।

थानेदार : चलिए उनका नाम तो सुना है आपने और ये भी सुना होगा कि

आपके भाई हवेलीराम का बहुत आना-जाना है उनके पास?

रलिया : जी।

थानेदार : तो ये और सुन लो रायसाहब कि जिस दाऊद हसन से आपके भाई हवेलीराम ने तिजारत की, उसे पुलिस ने अफगानिस्तान के रास्ते जर्मन हथियार इंडिया पहुँचाने के शुबह में गिरफ्तार किया है और जिस भाई आत्मानंद के पास मास्टर हवेलीराम जाता है, वह आर्यसमाजी ही नहीं, इन्कलाबी भी है।

हवेलीराम अपने कमरे में बैठा किताब पढ़ रहा है। वीराँवाली आती है—आप यहाँ बैठे मजे से किताब पढ़ रहे हो वीरजी, और वहाँ विच्छोवाली में मेरी सहेली हैरान-परेशान बैठी है।

हवेली : तुझे कैसे पता?

वीराँवाली : मैं वहाँ गई थी।

हवेली : वहाँ क्यों गई? बाऊजी नाराज हो जाएँगे।

वीराँवाली : मैं आप जितनी डरपोक नहीं हूँ। वहाँ जाओ ना वीरजी! मेरी सहेली बिचारी बुखार में पड़ी हुई है, ऊपर से पुलिस अलग परेशान कर रही है।

हवेली : पुलिस?

वीराँवाली : मेरे को आप इन्कलाबियों की बातें पता नहीं हैं। मगर वो कह रही थी कि पिंडी में किसी के पकड़े जाने से भाई आत्मानंद के खिलाफ केस और मजबूत हो गया है।

सुनकर थोड़ी देर को हवेलीराम चिंतित होता है, फिर कहता है—मैं जाकर देखता हूँ क्या मामला है?

बैठक में गेंदामल जनको से अपनी आशंका जाहिर कर रहे हैं—जवाब-शवाब कोई नहीं आना है। मैंने भी फिजूल बच्चों की और तेरी बातों में आकर लाला जगतनारायण को चिट्ठी भेज दी।

तभी रलियाराम आता है।

जनको : लो, आ गया रलिया खुशखबरी लेके। आ गई दिल्ली से चिट्ठी?

रलिया : डाकिया नहीं, पुलिसिया आया, सुनी झाईजी? आपके हवेली की मेहरबानी से पुलिस छापा पड़ गया अपनी दुकान पर।

गेंदामल घबराता है—खैरियत?

रलिया : मेरा शक सही निकला जी। हवेली ने हमारे धंधे की आड़ में इन्कलाबियों का काम किया। फलों-मेवों की पेटियों में हथियार आए आत्मानंद हौरी के लिए।

जनको : नहीं, वो धोखाधड़ी नहीं कर सकता किसी से।

रलिया : थानेदार पिशोरीलाल जी आके सब बता-समझा गए जी। उनका कहना है कि हवेली की सरकारी नौकरी चली जानी है और हमारा धंधा चौपट हो जाना है।

मुंशी आता है और एक चिट्ठी गेंदामल को देता है। गेंदामल सरसरी तौर से चिट्ठी देखता है, फिर पढ़ता है। उसके चेहरे पर क्रोध और क्षोभ के भाव आते हैं।

जनको : क्या लिखा है जी?

गेंदामल : दिल्लीवालों ने वही लिखा है जिसका मुझे डर था। कहते हैं, हमें याद नहीं पड़ता कि हमने लड़का आपकी लड़की पसंद करने के लिए भेजा था। लड़के के लिए पंजाब से और भी अच्छे रिश्ते आए हुए हैं। लेकिन लड़के की माँ पंजाबियों में रिश्ता करने के हक में नहीं है।

रलिया : ये सब भी हवेली की वजह से हुआ। वृषभान से जब भी वो बोला, इन्कलाबी जबान में बोला।

रलियाराम को शानो इशारा करके बैठक से बाहर बुलाती है और बताती है कि विच्छोवाली से कोई बच्चा हवेलीराम का रुक्का लेके आया है। पाँच रुपए मँगाए हैं और लिखा है कि वीराँवाली को किसी नौकरानी के साथ वहाँ भिजवा दो, लाजवंतीजी की तीमारदारी के लिए। रलियाराम बैठक में वापस होकर वह रुक्का गेंदामल को थमा देता है। गेंदामल पढ़कर आग-बबूला हो उठता है—उस खोते के पुत्तर को कान पकड़ के यहाँ ला रलिया!

शानो आग में घी का काम करती है—सुबह वीराँवाली गई थी, दिन में देवरजी गए, अब आप जाओगे। फिर तो पुलिस समझेगी ही कि इस खानदान का इन्कलाबियों से ताल्लुक है।

—वीराँवाली गई क्यों?—जनको जानना चाहती है।

शानो : मेरे को क्या खबर जी। हमें यहाँ कौन क्या बताता है। इस अपनी बच्ची के मुँह से ही सुना था कि बुआजी विच्छोवाली गए थे और वहाँ से दिल्ली की खुशखबरी लाए हैं।

जनको : कैसी खुशखबरी? उन लोगों ने तो ना कर दिया?

शानो : किसी को बाप का जवाब मिला होना है जी, किसी को बेटे का। देवरजी और ननदजी यही सब कहते रहे तो मेरे को तो लगता है मेरी पाशो का कभी कहीं रिश्ता हो नहीं पाएगा।

—चुप करो सब!...गेंदामल जैसे चीख पड़ता है—रलिया, तू हवेली को लिख के भेज दे कि लालाजी बुला रहे हैं।

आत्मानंद के घर की रसोई में हवेलीराम दूध गर्म कर रहा है।

लाजो आँगन पार करके गुसलखाने से कराहती हुई आती है और रसोई के दरवाजे पर खड़ी हो जाती है। उसकी टाँगें काँप रही हैं–ये आप क्या करने लगे हो मास्टरजी?

हवेली : थोड़ा दूध गर्म कर रहा था आपके लिए।

लाजो : नहीं, नहीं। मेरे को कुछ नहीं चाहिए।

हवेली : डाक्टर कुनैन दे रहा है। ताकत के लिए दूध पीना ही होगा। आपको कुछ अच्छा लगा मुँह-हाथ धोके? दाँत-वाँत माँज के?

लाजो : हाँ। सोचती हूँ संध्या कर लूँ।

हवेली : जरूर कीजिए। तब तक दूध भी गर्म हो जाता है।

लाजो स्टडी में एक कोने में संध्या करने बैठी है।

उसकी आवाज बहुत ही कमजोर है और बेहोशी के ढोके-से आ रहे हैं। वह गिर पड़ती है। गर्म दूध लेकर आते हवेलीराम की नजर उस पर पड़ती है। वह दूध का गिलास मेज पर रख देता है और कुछ देर तक असमंजस में रहता है कि लाजो को बाँहों में उठाऊँ कि नहीं। अन्ततः उठाता है। उठाकर खाट की ओर ले जाता है कि लाजो की बेहोशी टूटती है। वह जैसे फुसफुसाती है–मास्टरजी!

हवेलीराम घबराकर लाजो को चारपाई के पास उतार देता है। गिरती पड़ती लाजो पहले चारपाई पर बैठती है, फिर लेट जाती है।

हवेलीराम उसे लिहाफ से ढकते हुए कहता है–आप फिर बेहोश हो गई थीं। थोड़ा दूध पी लीजिए, इससे ताकत आएगी।

लाजो : नहीं मास्टरजी, नहीं। अब आप जाओ। दिया-बाती का टाइम हो गया है।

मास्टर हवेलीराम लैंप जलाता है, फिर लाजो के पास आता है–आप दूध पी लीजिए लाजोजी!

लाजो : दूध मेरे को न कभी नसीब हुआ और न कभी अच्छा लगा। बचपन में ही नहीं पीया दूध।

हवेली : दूध के लिए मन ना कर रहा हो तो थोड़े मुनक्के भून दूँ? जीरे के नमक के साथ खाएँगी तो जायका बदलेगा।

लाजो : पिंडी में जो गिरफ्तारियाँ हुईं उसके बाद सब बदजायका हो चुका है मास्टरजी! अब तो मामाजी को काला पानी...।

हवेली : हौसला रखिए, सब ठीक होगा। अच्छा, मैं मुनक्के भून लाता हूँ आपके लिए।

लाजो : कुछ खाने का मन नहीं है।

हवेली : मुनक्का कोई खाना थोड़ी होता है?

लाजो : मुनक्का है भी नहीं घर में।

हवेली : मँगवा लेता हूँ।

लाजो : आप जाओ। लोग वैसे ही कुछ-न-कुछ कहते रहते हैं।

हवेली : क्या कहते हैं?

लाजो : आप समझ ही सकते हो।

हवेलीराम थोड़ा चिंतित होता है। कहता है—तो आप थोड़ा दूध ही पी लीजिए। आपको मेरी कसम।

और वह दूध का गिलास लाजो की ओर बढ़ाता है। दो-एक घूँट पीकर लाजो हाथ से इशारा कर देती है कि 'नहीं'।

दरवाजे पर दस्तक होती है।

लाजो : कौन होगा? कहीं पुलिस तो नहीं।

हवेलीराम दरवाजे की तरफ जाता है और जाते-जाते कहता है—मदन होगा। मैंने उसे भेजा था कूचा राधाकिशन कि वहाँ से वीराँवाली और किसी नौकरानी को बुला लाए आपकी तीमारदारी के लिए।

लाजो : मैंने मना किया था मास्टरजी। आप मानते नहीं।

हवेलीराम एक कागज की पुर्जी पढ़ता हुआ भीतर आता है—मेरे घरवालों ने किसी को नहीं भेजा, उल्टा मुझे बुलाया है। पुलिस आज दुकान में भी पहुँची।

लाजो : आप जाओ मास्टरजी घर वापस। मेरी फिकर मत करो।

हवेली : दो बार बेहोश हो चुकी हैं। एक सौ चार बुखार है, फिकर कैसे न करूँ?

लाजो : कुछ अपनी भी फिकर करो मास्टरजी। अगर पुलिस आप लोगों की दुकान पर भी पहुँच गई है तो आपका यहाँ से दूर रहना और भी जरूरी है।

हवेली : अब मैं यहाँ से न दूर रह सकता हूँ, और न दूर रहने से कोई फायदा है।

लाजो : चले जाइए मास्टरजी, आपको मेरे सर की कसम। रात को आप यहाँ रहे तो पास-पड़ोस के लोग...।

हवेली : थोड़ा कम हो जाय बुखार। मैं चला जाऊँगा।

रलियाराम, गेंदाराम, जनको, शानो बैठक में हैं। गेंदामल अपनी घड़ी देखता है। जनको पूछती है—मैंने कहा है जी, कितने बज गए?

गेंदामल : साढ़े दस। ये सब तेरा कसूर है। तूने बिगाड़ा है उसको। हमेशा

यही कहती रही कि मेरा पुत्तर तो संत-महात्मा वरगा है। ऐसे होते हैं संत-महात्मा!

रलिया : संत-महात्मा छोड़ कोई मामूली इंसान भी होता तो अपने बाप के बुलाने पर आता। चार घंटे हो गए हैं उसको संदेश भेजे।

तभी हवेलीराम बैठक में कदम रखता है। जनको देखकर खुश होती है—लो जी, आ गया। बड़ी उम्र है तेरी पुत्तर!

गेंदामल : बड़ी उम्र है तेरी पुत्तर और तू माँ-बाप को तड़पा-तड़पा के उनकी उम्र घटा। फुर्सत मिल गई तेरे को उस औरत से?

हवेली : लाजवंतीजी को बहुत तेज बुखार था जी। थोड़ा कम हुआ तो मैं आया।

गेंदामल : किसका बुखार कम हुआ? तेरा कि उसका? कि दोनों का?

—और तो कुछ नहीं पूछना था जी?...कहकर हवेलीराम वापस जाने को होता है।

गेंदामल : बदतमीज! ये ढंग है बाप से बात करने का?

जनको : हवेली पुत्तर, आज थानेदार पिशोरीलाल अपनी दुकान पर आया, तेरे किए सौदों के बारे में पूछताछ करने।

हवेली : तो जी?

गेंदामल : तो जी के पुत्तर! तेरे को पता नहीं तूने क्या गोल-माल किया इन सौदों की आड़ में?

रलिया : बोल भाई, तू बड़ी-बड़ी सभाओं में लैक्चर देता है। यहाँ क्यों चुप है?

हवेली : उस बारे में मुझे कुछ नहीं कहना है।

रलिया : क्यों नहीं कहना है?

गेंदामल : तेरे को कहना पड़ेगा। बताना पड़ेगा कि फलों-मेवों की पेटियों में हथियार मँगवाता रहा अफगानिस्तान से।

जनको : कह दे बेटा कि ये सच नहीं है। उन लोगों ने तेरे साथ धोखा किया होगा। मैं ये मान ही नहीं सकती कि तूने हमारे साथ धोखा किया।

रलिया : किया है जी। पूछने की कोई बात ही नहीं है।

शानो : लोग तो कहते हैं जादूगरनी है वो खसमखानी लाजवंती!

जनको : पुत्तर, तेरे को अपनी बदनामी की फिकर नहीं ना है, तो उस अभागन विधवा की बदनामी की तो फिकर कर। और अब भी लालाजी को बता दे कि हथियार मँगवाने में तू शामिल नहीं था।

हवेली : झाईजी, ये सच है कि मैंने उन इन्कलाबियों के कहने पर दाऊद से तिजारत की। इसकी जो भी सजा होगी, मैं भुगतूँगा।

गेंदामल : ये सुनारोंवाली बहुत हो गई। अब मेरी एक लुहारोंवाली सुन। तेरे

को उस औरत से, और उन इन्कलाबियों से रिश्ता पूरी तरह तोड़ लेना होगा। इस समय तो पिशोरीलालजी को कुछ दे-दिला के मामला दबवा दिया है, लेकिन अगर तू इन हरकतों से बाज न आया तो तेरी सरकारी नौकरी जानी है, और हमारे सरकारी ठेके।

अजीब पसोपेश तथा बेचैनी में पड़ा हवेलीराम अपने कमरे में यहाँ से वहाँ, वहाँ से यहाँ चहलकदमी कर रहा है। उसने दोनों हाथ पीछे की ओर कर रखे हैं और तलहथी को एक-दूसरे में मसल रहा है। चलते-चलते रुकता है और फिर चौकी पर रखे एक कागज को देखता है, जिसमें उसने 'परम पूज्य बाऊजी' लिखकर एक चिट्ठी शुरू कर रखी है। वह बैठता है और लिखने लगता है, मगर एक-दो पंक्तियाँ लिखकर ही कागज को मोड़-माड़कर फेंक देता है। फिर चहलकदमी करने लगता है। वीराँवाली आकर टोकती है और बताती है—झाईजी बहुत रो रहे हैं वीरजी!

हवेलीराम कुछ नहीं कहता।

वीराँवाली : कोई आया विच्छोवाली से?

जवाब में वह सिर हिलाता है—नहीं।

वीराँवाली : मैं चली जाऊँ वहाँ?

फिर सिर हिलाता है—नहीं।

वीराँवाली : आप बोल क्यों नहीं रहे वीरजी?

हवेलीराम चलते-चलते रुक जाता है और पस्त होके बैठ जाता है—दुविधा ने गूँगा और दुचित्तेपन ने लूला बना दिया है।

वीराँवाली : वीरजी, आपने एक बार लिखा था कि दुचित्तापन कायरों का लक्षण है। बहादुर तो इस पार या उस पार की भाषा जानते हैं।

हवेली : ममता बहादुरों को भी कायर बना देती है।

वीराँवाली : तब तो ममता से भी लड़ना होगा आपको।

हवेली : ठीक कहती हो।

लाजो के दरवाजे पर दस्तक होती है। वह आँगन में दातुन कर रही है। कुल्ला करके हाथ पोंछती थकी-हारी-सी चलती हुई फाटक की ओर बढ़ती है—कौन?

हवेली : मैं हूँ लाजोजी!

लाजो फाटक खोलती है। हवेलीराम भीतर आता है। लाजो का हाथ छूता है और पूछता है—बुखार तो शायद कुछ कम है।

लाजो : ताप तो टूट गया। जूड़ी का बुखार है—एक दिन चढ़ेगा, एक दिन

उतरेगा। कुछ बनाऊँ आपके लिए?

हवेली : नहीं, आप आराम कीजिए। मैं थोड़ा मुनक्का ले लाया हूँ आपके लिए।

दोनों चमेली की झाड़ के पास से जा रहे हैं। एक क्षण वहाँ ठिठकते हैं और फिर स्टडी की ओर बढ़ जाते हैं। वहाँ हवेली लाजो को बिठाता है लाजोजी...!

लाजो : जी मास्टरजी?

हवेली : मैंने कल रात बहुत सोचा।

लाजो : जी, किस बारे में?

हवेली : आपके और अपने। देखिए, ऐसा है कि भाई आत्मानंद को अब लंबी सजा होके रहेगी। ऐसे में लोग आपको अकेली जान के परेशान करेंगे। मैं आपकी मदद के लिए यहाँ आता रहा तो आपको बदनाम करेंगे।

लाजो : तो?

हवेली : तो मैंने सोचा कि मैं...।

लाजो : जी, क्या सोचा?

हवेली : आपसे शादी कर लूँ। और किसी तरह आप कलंक से बच नहीं सकतीं।

लाजो थोड़ा मुस्कराती है। गहरा साँस भरती है—इस समाज में विधवा होना आप ही एक बड़ा कलंक है। विधवा से शादी करके आप उस कलंक को कुछ और बढ़ा ही दोगे मास्टरजी।

हवेली : लेकिन मैं नहीं चाहता कि आप इस तरह अकेलेपन और बदनामी...।

लाजो : मास्टरजी, ना तो मैं अकेलेपन से डरती हूँ ना बदनामी से। मुझे तो घबराहट होती है दया की भीख लेने से, अहसान का बोझ उठाने से।

हवेली : मैं आप पर दया नहीं कर रहा।

लाजो : फिर क्यों मेरा कलंक मिटाने के लिए अपने कलंक लगाना चाहते हो मास्टरजी?

हवेलीराम थोड़ी देर सोच में पड़ जाता है। फिर कहता है—एक दिन आपने पूछा था लाजोजी कि राखी किसके डर से बँधवाना चाहते हो मुझसे? उस दिन जवाब दे नहीं पाया। आज देना चाहता हूँ। मैं ना आपसे, डरता हूँ, ना दुनिया से। मैं अपने से डरता हूँ, मेरे मन में जो आपके लिए चाहत है, उससे डरता हूँ।

लाजो उठकर खड़ी होती है, मुस्कराती है—तो अब मारे डर के मुझसे शादी करना चाहते हो मास्टरजी?

वह मुस्करा रही है, लेकिन उसके कदम काँप रहे हैं। हवेलीराम उसे थामता हुआ कहता है—निडर होके लाजोजी, निडर होके।

बैठक में गेंदामल, रलियाराम बैठे हैं। हवेलीराम सामने खड़ा है। उसने अपना निर्णय बता दिया है कि वह लाजो से शादी करना तय कर चुका है।

गेंदामल : मुझे भोंडे मजाक पसंद नहीं हैं हवेली!

हवेली : मैं मजाक नहीं कर रहा हूँ।

गेंदामल : तो मैं यही मान के चलता हूँ कि तेरा सिर फिर गया है। मुझे जो कानूनी कार्रवाई करनी पड़े, करूँगा, लेकिन किसी सिरफिरे को अपना पुत्तर और वारिस नहीं बने रहने दूँगा।

तभी जनको आती है। उसके हाथ में गेंदामल के लिए लस्सी का गिलास है। गेंदामल की तेज-तेज आवाज सुनकर पूछती है—क्या हुआ जी, यहाँ किस बात पर झगड़ा हो रहा है?

गेंदामल : झगड़ा थोड़ी हो रहा है? मुबारकबाद दे रहे हैं तेरे ब्रह्मचारी बेटे को। इसने शादी का फैसला कर लिया है ना, बलैयाँ ले अपने लाडले की!

सुनकर जनको असमंजस में पड़ जाती है, हवेलीराम की ओर देखती है, उसकी पीठ पर हाथ रखती है—बात क्या है पुत्तर?

हवेली : झाईजी, मैं,...मैं शादी कर रहा हूँ लाजवंतीजी से।

सुनकर उसके हाथ से लस्सी का गिलास गिर पड़ता है—नहीं, नहीं।

रलिया : आपके नहीं कहने से थोड़ी बदल देना है इसने अपना इरादा?

जनको : जब तक नहीं बदलेगा तब तक न मैंने पानी पीना है, न खाना खाना है।

दो दिन से अनशन की हुई जनको अपने कमरे में तख्त पर लेटी हुई है।

वीराँवाली उसका माथा दबा रही है—इस तरह अनशन करने से तो आपकी तबीयत बहुत खराब हो जानी है झाईजी!

जनको : किस्मत ही खराब हो चली हो तो तबीयत खराब होनी ही हुई। मेरा कहा पत्थर की लकीर हुआ करता था हवेली के लिए।

वीराँवाली : व्रीरजी आपका कहना नहीं मान रहे तो आप हम सबका। क्या वीरजी ही खास हैं आपके? आज मना मत करना खाने को।

रलियाराम शानो तथा पाशो को लेकर आया है। पाशो के हाथ में थाली है, जिसमें भोजन रखा है। रलिया समझाता है—झाईजी, आपने उसकी जिद तोड़ने की जिद में अपने को तोड़ बैठना है, हमें तोड़ बैठना है। हवेली के किए की सजा आप अपने को और हमें क्यों देते हो?

जनको : मैं किसी को सजा नहीं दे रही पुत्तर! मैं तो आखिरी कोशिश कर रही हूँ अपने खानदान की इज्जत बचाने के वास्ते! तू जा दुकान पर। क्यों अपने

काम का हर्जा करता है?

शानो कमरे में पहुँचती है—तीन दिन हो गए आपको खाना खाए और तीन दिन हो गए इन्हें दुकान पर बैठे। इतने परेशान हो गए हैं जी कि रात को सो भी नहीं पाते।

वीराँवाली : झाईजी, आप और बड़े वीरजी दोनों खा लो खाना। मैं जाकर किसी तरह मना लूँगी छोटे वीरजी को।

शानो : जिसने झाईजी का कहना नहीं माना, उसने बहन की बात किस तरह रखनी है?

वीराँवाली : तो मैं विच्छोवाली जाकर अपनी सहेली लाजो को समझाऊँगी।

शानो : उसने तो क्या समझना है? हाँ, वहाँ से तेरे पीछे-पीछे पुलिस आ जानी है यहाँ। कारोबार हमारा खतरे में पड़ जाना है।

वीराँवाली : कारोबार झाईजी की जिंदगी से बड़ा है हमारे लिए?

शानो : सहेली हो, कुछ हो, इस मामले में उस डायन ने नहीं सुननी किसी की बात।

वीराँवाली : नहीं वो जरूर सुनेगी। झाईजी, अब आप खाना खा लो।

जनको : मैं तो तब खाऊँगी जब हवेली आके कहेगा कि वो मेरी बात मान गया।

रलिया : वीराँवाली, मैंने ही तेरे से कहा था कि कभी विच्छोवाली में कदम मत रखना। मगर आज कहता हूँ कि जा। किसी तरह बचा झाईजी को।

भाई आत्मानंद के घर का आँगन। लाजो कोई काम कर रही है। पास ही एक पीढ़े पर वीराँवाली बैठी है। लाजो पूछती है—क्या बात है वीराँवाली? आज बड़ी खामोश बैठी है?

वीराँवाली : दरअसल, मैं तेरे से कुछ कहने आई थी लाजो। मगर समझ में नहीं आता, किसी तरह कहूँ।

लाजो : मैं तो तेरी सहेली हूँ। मुझसे चाहे जिस तरह कह ले।

वीराँवाली : तू तो जानती है कि मैं तुझे बहुत अच्छा मानती हूँ। शायद वीरजी से भी ज्यादा।

लाजो : ये सब क्यों बता रही है आज?

वीराँवाली रुआँसा हो उठती है—झाईजी खाना नहीं खा रहे हैं जब से वीरजी ने तेरे से शादी करने की बात कही है घर में। अनशन से उनकी तबीयत...।

लाजो : मेरे को मास्टरजी ने नहीं बताया।

वीराँवाली : तू ही बचा सकती है मेरे झाईजी को लाजो! वीरजी जिद्दी हैं तो

वो भी जिद्दी हैं। उन्होंने मर जाना है, मगर तब तक खाना नहीं है जब तक वीरजी उनकी पसंद की शादी के लिए हाँ नहीं करते।

लाजो : मैंने तो मास्टरजी से पहले ही कह दिया था कि मुझ अभागन की खातिर अपना जीवन बर्बाद मत करो।

वीराँवाली : लाजो, हम सब तो हार गए हैं। अब तू ही समझा वीरजी को। मैं जानती हूँ कि यह तेरे पर ज्यादती है मेरी। मगर करनी पड़ रही है, अपनी झाईजी की जिंदगी की खातिर।...कहते-कहते वीराँवाली रो पड़ती है। लाजो उसके पास जाती है। उसके कंधे पर हाथ रखकर सांत्वना देती है—रो मत। मैं उन्हें समझा दूँगी। और तू कोई ज्यादती नहीं ना कर रही वीराँवाली। मेरी अपनी माँ नहीं है, इसलिए मैं जानती हूँ कि माँ कितनी बड़ी चीज होती है।

दरवाजे पर दस्तक। लाजो दरवाजा खोलती है। हवेलीराम आया है। लाजो पूछती है—मास्टरजी, आप इस वक्त?

हवेली की निगाह अंदर बैठी वीराँवाली पर पड़ती है। पूछता है—तू यहाँ? भ्राजी को पता चल गया तो बहुत नाराज होंगे।

वीराँवाली : मैं भ्राजी से पूछ के आई हूँ।

—फौरन घर जाओ मास्टरजी और झाईजी को खाना खिलाओ।...लाजो हवेलीराम से आग्रह-भरे स्वर में कहती है।

हवेली : वो तो तभी खाना खाएँगे जब मैं उन्हें आपसे शादी न करने का वचन दूँगा।

लाजो : तो दे दो। वो आपकी माँ हैं। उनका हक मेरे से ज्यादा बनता है।

हवेली : ये आप कह रही हैं लाजोजी?

लाजो : मैं इसी से संतोष कर लूँगी कि आप-जैसा कोई मुझ अभागन का हाथ पकड़ने के लिए आगे बढ़ा था।

हवेली : मगर मैं संतोष नहीं कर पाऊँगा। खासकर अब।

लाजो : अब कौन-सी नई बात हो गई?

हवेली : वही बताने आया था। दाऊद हसन ने इन्कलाबिया बयान दर्ज करा दिया है।

लाजो : तब तो मामाजी को काले पानी की सजा हो जाएगी?

हवेली : इसलिए और भी जरूरी है कि मैं आपसे शादी करूँ।

लाजो : मेरे से शादी करने की खातिर अपनी झाईजी की जान लेंगे? नहीं, ये नहीं होगा। वीराँवाली, तू घर जाकर कह दे झाईजी से, लाजो ने तेरे वीरजी से शादी नहीं करनी। आप खा लो खाना।

जनको उसी तरह कमरे में लेटी हुई है। सामने थाली लगी हुई है। वीराँवाली हवेलीराम को लेकर आती है—लो झाईजी, अब तो खा लो। अब तो वीरजी भी आ गए हैं।

हवेली : झाईजी, खाना खा लो। अपने शरीर को कष्ट नहीं देना चाहिए।

जनको : तू मेरी बात मान गया पुत्तर, इसलिए कह रहा है खाने को?

हवेली : झाईजी मैंने फिलहाल शादी न करने का फैसला किया है।

वीराँवाली : झाईजी, वीरजी की बात छोड़ो। मैंने जाकर लाजो को समझाया तो उसने वीरजी के सामने ही कह दिया कि मैंने वीरजी से शादी नहीं करनी। आप जाओ और अपने झाईजी को मनाओ।

जनको : मेरे वास्ते लाजो कौन जो मैं उसकी बात मानूँ? हवेली तो कुछ कहता नहीं। जो उस लड़की ने शादी को सचमुच मना कर दिया हो तो ये विलायतीरामजी की बेटी से शादी करने के वास्ते हाँ कहे।

हवेली : मुझे शादी नहीं करनी है।

वीराँवाली : 'हाँ' कह दो ना वीरजी विलायतीराम की बेटी के लिए।

हवेली : वो तो मुश्किल है।

गेंदामल : हवेली पुत्तर, तुझे घर से निकालना मेरे वास्ते कोई आसान काम नहीं, लेकिन निकाल रहा हूँ।

गेंदामल हवेलीराम को धक्किया के कमरे से बाहर कर देता है।

जनको : हवेली, सुन! लालाजी रहम करो मेरे बच्चे पर।

जनको की पुकार सुनकर हवेली दरवाजे पर आता है।

गेंदामल : जिसे तेरे पर रहम नहीं आया उस पर मैं कैसे रहम करूँ?

वीराँवाली : मान जाओ वीरजी!

हवेली : झाईजी, ऐसी शर्तें मत लगाओ कि मैं...।

गेंदामल : तू जा ना अपनी गदर पार्टी की इन्कलाबी विधवा के पास। किसी को तो खुश कर। यहाँ किसके वास्ते खड़ा है?

गेंदामल उसे दोबारा पकड़ के दरवाजे की ओर धकेलता है, मगर हवेलीराम ठिठका खड़ा रहता है।

आत्मानंद की स्टडी में हवेलीराम और लाजो बैठे हैं। लाजो जैसे समझा रही हो—ये आपने ठीक नहीं किया मास्टरजी!

हवेली : कोई मौका ही नहीं दिया उन्होंने समझौते के लिए। मुझे आपसे शादी न करने की शर्त ही मंजूर नहीं थी, उसमें एक और शर्त जोड़ दी कि विलायतीरामजी की बेटी से शादी कर।

लाजो : तो कर लो। वो सब तरह से अच्छा रिश्ता होना है आपके लिए।

मेरे को अपनाकर क्यों समाज की नजरों में गिरते हो?

हवेली : आपको न अपनाकर मैं अपनी नजरों में गिर जाऊँगा।

लाजो : मगर मेरे को अपनाने से आपकी जिंदगी तबाह हो जाएगी मास्टरजी!

हवेली : मेरी जिंदगी तो लाजोजी आपको छोड़कर तबाह होगी।

लाजो : आप बता रहे हो नौकरी जाने का खतरा है। नौकरी भी चली गई, घर से भी निकाल दिए गए तो फिर किस सहारे बसर करोगे?

हवेली : आपसी विश्वास और प्रेम के सहारे।

आर्यसमाज मंदिर में हवेलीराम तथा लाजो शादी कर लेते हैं। यह खबर वीराँवाली को उसकी एक पड़ोसन बताती है। पाशो पड़ोसन की बात सुन लेती है और भागती हुई शानो के कमरे में आती है। रलियाराम भी वहीं मौजूद है।

पाशो : भरजाईजी बताऊँ? साथ वाले घर के माताजी बुआजी को बता रहे थे कि चाचे ने आर्यसमाज मंदिर में उस विधवा से शादी कर ली जिसको वो पढ़ाते थे।

शानो : सत्यानाश!...फिर वह रलिया से कहती है—तुम जाकर बुलाओ वकील साहब को।

रलिया : बुलाना ही पड़ेगा। अगर कानूनी कार्रवाई करके उसके साथ अपना नाता नहीं ना तोड़ा, तो सरकार ने कहर ढा देना है हम पर।

शानो : सरकार छोड़ भी दे तो वो विधवा और उसके इन्कलाबी कहाँ छोड़ने वाले हैं? तुम्हारा सारा कुछ हड़प लेंगे। बदलवाओ वसीयत।

गेंदामल अपनी बैठक में वसीयत के कागजात पर दस्तखत कर रहा है। वकील और रलियाराम उसके पास खड़े हैं। दस्तखत कर चुकने के बाद गेंदामल वकील से कहता है—और भी कहीं दस्तखत करवाने हों तो करवा लो वकील साहब। इस बात की कोई गुंजाइश ना छूटे कि कल को सरकार हवेली की बागी काईवाइयों की वजह से हमें सजा दे।

वकील : आप बेफिकर रहो लालाजी।

गेंदामल : रलिया पुत्तर, कारोबार चलाता तो हमेशा का तू ही था। अब कानून की निगाह में भी सब तेरा हो गया है। इसको जतन से रखना।

जनको अपने कमरे में रुआँसी बैठी है। वीराँवाली उसके सिर में तेल मल रही

है—भरजाईजी बड़े वीरजी को भड़काते हैं, बड़े वीरजी बाऊजी को।

जनको गहरी साँस भरती है—लालाजी किसी के भड़काने में नहीं आते। मगर इस बेवकूफ हवेली ने किया ही ऐसा...। कितने अरमान सँजो रखे थे मैंने उसकी शादी के लिए। कितना कुछ बनवा रखा था उसकी वोटी के लिए। कितनी धूमधाम करने की सोची थी। मगर उसकी शादी का दिन तो इस घर की बर्बादी का दिन निकला। ...कहकर जनको रोने लगती है।

गेंदामल पहुँचता है और जनको का रोना देख लेता है। गुस्साता है—अब भी हवेली की ही माला जप रही हो? जब उसने तुम्हारी फिकर नहीं कि तब तुमको उसकी फिकर करने की क्या जरूरत है?

जनको : बेटा है हमारा। फिकर तो होनी ही हुई।

गेंदामल : मेरा बेटा तो उस दिन से नहीं रहा जिस दिन से उसने मेरे कारोबार की आड़ में इन्कलाबियों का काम शुरू किया। तेरा बेटा वो उस दिन से नहीं रहा जिस दिन से उसने उस विधवा के सामने तेरी कोई कीमत नहीं लगायी।

—पता नहीं किस हाल में होगा बेचारा। ...उसाँसें भरती जनको के मुँह से बमुश्किल निकलता है।

आत्मानंद की स्टडी में हवेलीराम बैठा कुछ लिख रहा है। लिखते-लिखते वो रुक जाता है और चेहरा हाथों में छिपा लेता है। लाजो देहरी पर कुछ काम कर रही है। पूछती है—किस सोच में पड़ गए मास्टरजी?

हवेली : कुछ नहीं लाजोजी!

लाजो : अब भी लाजोजी ही पुकारना है मास्टरजी?

हवेलीराम कोई जवाब नहीं देता। लाजो अपना काम छोड़कर उसके पास आ जाती है—क्या बात है मास्टरजी? मेरे से शादी करके परेशान हो गए?

हवेली : नहीं लाजोजी!

हवेलीराम चेहरे के आगे से हथेलियाँ हटाता है और अँगुलियों से आँखें पोंछता है। वह रोया था।

लाजो : तो क्या नौकरी छूटने के मारे?

हवेली : नहीं, कुछ नहीं। यों ही।

लाजो कागज उठाके देखती है—बस, इतना ही लिखा है घंटे-भर में?

हवेलीराम कागज छीन लेता है और उसे मोड़-माड़कर फेंक देता है। कहता है—मैं ज़रा सत्तार के यहाँ हो आऊँ।

लाजो : जहाँ जाने को तड़प रहे हो वहाँ क्यों नहीं जाते? अपने घर चलो। मेरे को भी ले चलो। शादी के बाद आशीर्वाद लेने होते हैं बुजुर्गों से।

हवेली : वहाँ गया तो भ्राजी कहेंगे चोरी पे सीनाजोरी कर रहा है। बाऊजी समझेंगे कि जले पर नमक छिड़कने आया है।

लाजो : इसीलिए तो मैंने कहा था कि मेरे से शादी मत करो। जब कर ही ली तो अपने घरवालों से आप खुद तो नाता नहीं तोड़ो। चलो पैरीपौना कर आते हैं।

हवेलीराम लाजो को लेकर अपने घर पहुँचता है। गेंदामल इन दोनों पर नजर पड़ते ही तमतमा उठता है—हवेली, तू अब मेरा बेटा नहीं रहा। मैंने वकील बुलाकर तेरा नाम वसीयत में से निकाल दिया है। तू अब इस घर के लिए अजनबी है।

जनको : घर आए अजनबी को भी बेइज्जत नहीं किया जाता लालाजी!

गेंदामल : ये अजनबी तेरी जिंदगी तो करीब-करीब ले ही बैठा था। अब क्या लेने आया है?

हवेली : सिर्फ आशीर्वाद। पैरीपौना करो लाजोजी।

लाजो झुककर गेंदामल के पाँव छूती है। गेंदामल अपने पाँव पीछे हटा लेता है और वहाँ से हटकर कमरे की खिड़की की ओर चला जाता है। अब लाजो जनको के पाँव छूती है—पैरीपौना सासूजी!

जनको : जीती रह पुत्तर, खुश रह, ठंडी रह।

गेंदामल : सास-ससुर की छाती पर मूँग दलती रह। मैंने कहा जी, मतलब क्या है इस स्वाँग का? जब इस औरत की खातिर हवेली ने तेरे को छोड़ दिया तो इसको आशीर्वाद ही क्यों देने?

जनको : बाप की जायदाद में से हवेली का हिस्सा बेशक खत्म कर सकते हो आप, लेकिन माँ की ममता में उसका हिस्सा हमेशा रहेगा ही।

गेंदामल : जब इसने माँ ही नहीं माना हो तेरे को, तो तू इसे ममता का हकदार कैसे मानती है? तूने इसे जन्म दिया मगर इसने तो तेरे को माँ नहीं माना। हवेलीराम, जो तेरे में ज़रा भी शर्म-लिहाज हो तो फौरन चला जा यहाँ से।

सुनकर हवेलीराम को बहुत तकलीफ होती है, मगर वह कोई जवाब नहीं देता। लाजो से कहता है--चलो लाजोजी!

गेंदामल जनको से कहता है—पाँच को जन्म दिया था तूनें। तीन गुजर गए। एक बड़ी माता में, एक प्लेग में, एक हैजे में। मैं मान बैठा हूँ कि जो दो बचे थे, उनमें से भी एक गुजर गया इन्कलाबी इश्क में।

गेंदामल के कहने में गुस्सा कम, दर्द ज्यादा है।

जनको : शुभ-शुभ बोलो जी!

हवेलीराम आकर बारी-बारी से गेंदामल और जनको के पाँव छूता है।

गेंदामल : तू जा हवेली। तू मर चुका मेरे वास्ते।

हवेली : मैं आपके वास्ते मर चुका हूँ बाऊजी। मगर आप मेरे वास्ते कभी नहीं मरेंगे। मरकर भी नहीं।

लाजो दोनों के पाँव छूती है। इस बार गेंदामल पाँव हटाता नहीं, मगर मुँह फेर लेता है। जनको लाजो को अपने गले का जेवर निकाल के पहना देती है। कहती है—मेरे हवेली का ध्यान रखना पुत्तर! नेक है, मगर जिद के मामले में बेवकूफ है ये मेरा हवेली।

हवेली, लाजो चले जाते हैं। गेंदामल उन्हें खिड़की से देखता है। फिर अँगूठे और तर्जनी से अपनी आँख की नमी पोंछता है। जनको उसके पास आकर कहती है—एक हवेली ही क्यों, जिद के मामले में बेवकूफ हैं इस घर के सारे मर्द!

रामप्यारा-रामप्यारी पति-पत्नी हैं। विदूषक तथा घर-घर की मौसी। अचानक एक दिन दोनों विच्छोवाली पहुँच जाते हैं, लाजो के पास। लाजो घर में अकेली है। हवेली अपने लिए नौकरी ढूँढ़ने निकला है, साथ-साथ किराए का कोई नया मकान भी। रामप्यारा-रामप्यारी लाजो के सामने चापलूसी करते हैं, फिर, वापस गेंदामल के पास लौटकर हवेली-लाजो की शिकायत।

इधर लाजो माँ बनने वाली है, उधर रलियाराम की पत्नी शानो भी। एक दिन रलिया तथा शानो आपसी हँसी-मजाक के मूड में होते हैं। शानो कहती है—रब ने चाहा तो इस बार भाई हो जाना है पाशो का।

रलिया : मैसर्स गेंदामल-रलियाराम को मिल जाना है वारिस। कहीं इस बार लड़की न हो!

शानो : जो भी हो, जिंदा रहे, औलाद का होकर मर जाना मेरे को तोड़ के रख देता है। महीनों उम्मीद से रहो और फिर...।

रलिया : इस बार कोई गड़बड़ नहीं होने देंगे। इस बार दाई भी उस मुसलमानी को रखने हैं, क्या नाम है उसका? अरे, जिसने विलायतीरामजी की बहू का जापा कराया।

शानो : फातिमा। लोग कहते हैं कि वो जहाँ जाती है बेटा ही होता है।

रलिया : तो हमें भी बेटा ही चाहिए। मैं ज़रा जाके दूँ लालाजी को खुशखबरी।

शानो : ज्यादा मत फैला देना खुशखबरी। बड़े नजर लगाने वाले बैठे हैं। अब तो अपनी खास देवरानी ही चुड़ैल है!

हवेलीराम का इन्तजार करती हुई लाजो स्टडी में ऊँघ रही है। घड़ी घण्टा बजाती

है। वो चौंक के जागती है। घड़ी देखती है। साढ़े दस बज रहे हैं। वह अपने-आप से कहती है—कहाँ रह गए मास्टरजी? मेरे को लगता है कि अब वो घर आना ही नहीं चाहते। कितनी मुसीबतों में पड़ गए हैं मेरे से शादी करके? सरकारी स्कूल से नौकरी चली गई, गैर-सरकारी स्कूलवाले कहते हैं कि विधवा से शादी करके गलत काम किया है। घरवालों ने निकाल दिया है। बाहरवाले दुत्कार रहे हैं।

तभी दरवाजे पर दस्तक होती है। लाजो उठकर दरवाजा खोलती है। हवेलीराम खड़ा है—थोड़ी देर हो गई लाजोजी!

लाजो लोटे से पानी निकाल के हाथ-मुँह धुलाती है। कहती है—रोज ही हो जाती है।

हवेली : अपने शहर में सबको ही शिकायत है कि मास्टर हवेलीराम आवारा हो गया। मुँह पर तो कालिख लग ही गई थी, जब से प्रेस का काम करने लग गया हूँ, हाथ में भी कालिख लग गई है।

लाजो : मैंने तो आपसे कहा था मास्टरजी कि मेरे से शादी करके कालिख मत लगाओ अपने मुँह पर।

अब हवेलीराम कुछ नहीं कहता। मिट्टी से हाथ धोकर गमछे से पोंछता हुआ स्टडी में आता है। लाजो खाने की थाली उठाती है—खाना गर्म कर लाऊँ?

हवेली : मैं तो अर्जनसिंह के यहाँ खा आया थोड़ा। आप खा लीजिए।

लाजो : मेरे को भूख नहीं है।

हवेली : नाराज हो गईं लाजोजी?

लाजो : नाराज तो आप हो। तभी ज्यादा-से-ज्यादा वक्त घर से बाहर रहने लगे हो।

हवेली : प्रेस में ही बहुत देरी हो जाती है।

लाजो : डी.ए.वी. की नौकरी तो की नहीं, और ऐसे रिसाले में कर ली जहाँ कागज और स्याही तक के लिए पैसा मुश्किल से जुट पाता है।

हवेली : जब सेवा की चपरास बाँध ली तब पैसे की क्या फिक्र करें? डी.ए.वी में नौकरी करता तो भाई आत्मानंद के शब्दों में किताबी आर्यसमाजी हो जाता। मुझे तो इन्कलाबी होना है।

लाजो : प्रेस में हद-से-हद सात बजे तक रहते हो।

हवेली : मकान भी तो ढूँढ़ना है।

लाजो : मकान, मकान, मकान। आपको शायद ये सुनने में मजा आता है मास्टरजी कि आपने एक बदनाम विधवा से शादी कर ली है और आपको कोई मकान नहीं दे रहा है।

हवेली : ऐसा नहीं है लाजोजी!

लाजो : तो यहाँ रहने में क्या परेशानी है? आपको पता है, मामाजी को दस

साल की सजा हो गई है।

हवेली : आप तो सचमुच खफा हो गईं।...फिर वह बड़े प्यार से लाजो के पास आता है—क्या हुआ लाजोजी?

लाजो : वही, जो रोज होता है। एक तो मामाजी की सज़ा ने वैसे ही दिल तोड़ दिया है, जिस पर दिन-भर घर में बैठे रहना और लोगों की सुनना। आज कोई रामप्यारा-रामप्यारी आए थे तुम्हारे।

हवेली : अच्छा, वो यहाँ भी पहुँच गए? उन मसखरों की बात का बुरा न मानना।

लाजो : मैं सिवाय तुम्हारे किसी की बात का अच्छा-बुरा नहीं मानती।

हवेली : मैंने क्या कह दिया?

लाजो : यही तो रोना है कि कुछ नहीं कहते।

हवेलीराम सकपकाता है और लिखने के लिए अपने कागजात उठाते हुए कहता है—मैं तो बराबर बातें करता हूँ आपसे। सुबह मैंने आपको अपने नए लेख के बारे में...।

लाजो : यों कहो कि अब इसे लिखने बैठ जाऊँगा। ठीक है, लिखो मास्टरजी!

हवेली : आपको नींद आ रही हो तो मैं लैंप लेकर दूसरे कमरे में चला जाऊँ? हवेलीराम लैंप उठाने को होता है।

लाजो : घर में भी दूर रहना चाहते हो मास्टरजी?

हवेली : कैसी बातें करती हैं?

लाजो : मेरे से भागते रहते हो मास्टरजी, कि अपने से?

हवेली : मैं समझा नहीं लाजोजी?

लाजो : शायर होकर भी?

हवेली : मैं थोड़ा वैसे ही गैर-रूमानी आदमी हूँ ना, और फिर इधर तो कोर्ट-कचहरी की परेशानी में भी घिरा हूँ।

लाजो : गैर-रूमानियत का मतलब ये तो नहीं कि आप मेरे से दूर-ही-दूर रहो और कभी गलती से पास आओ तो पॉलिटिक्स की बात करो।

हवेली : आप ही ने मुझे पॉलिटिशियन बनाया है लाजोजी!

लाजो : पति भी बनाया है मास्टरजी! जैसे आप अपनी सेहत की खातिर दिन में एक बारी हँस लिया करते हो? वैसे क्या मेरी सेहत की खातिर मेरे से एक बारी प्रेम से बातें नहीं कर सकते?

हवेलीराम लाजो के पास आकर बैठ जाता है। कहता है—थोड़ा अनाड़ी हूँ लाजोजी!

लाजो : तो होशियार बनो मास्टरजी! सबसे पहले तो आप मेरे को लाजोजी कहना छोड़ो।

हवेली : आप भी तो मुझे मास्टरजी कहती हैं।

लाजो : वो तो कहना ही हुआ। लगाना ही हुआ 'जी' आप—जैसे मास्टर के साथ। एक बारी तो पुकारो ना 'लाजो'!

हवेली : एक बार, एक बारी नहीं।

लाजो : बस इसी सब में मास्टरी दिखाते रहते हो। कहो ना 'लाजो'!

हवेली : मेरे मुँह से लाजोजी ही निकलता है।

हवेली आँख मींच लेता है।

लाजो : जी-जी करते रहते हो और पत्नी से जी चुराते हो। पहले की तरह आँखें मींचे रहते हो और जी-भर के देखते भी नहीं।

हवेलीराम आँख खोलता है और शेर की दो पंक्तियाँ सुनाता है—

देखना किस्मत कि आप अपने पे रश्क आ जाये है।
मैं उसे देखूँ भला, कब मुझसे देखा जाये है।

जनको, रलियाराम और गेंदामल बैठक में हैं। सामने गाजर के हलवे के दोने रखे हुए हैं।

गेंदामल : इस खुशखबरी पर तो लड्डू खिलाने चाहिए थे। गाजर का हलवा बना दिया।

रलिया : लड्डू भी मँगवा देने हैं।

जनको : सुख-सांद रहे, तेरा बेटा हो जाए तो मैंने रोज ही साल-भर तक लड्डू बँटवा देने हैं।

रलिया : झाईजी, शानो को बस यही फिकर है कि कहीं कोई टोना-टोटका ना करा दे।

जनको : हमसे किसे ऐसे दुश्मनी है कि...।

आत्मानंद के घर का आँगन। लाजो नलके पर हाथ-मुँह धो रही है। उसे उबकाई आ रही है। उसकी नजर तंदूर पर पड़ती है और वो थोड़ी-सी मिट्टी खरोंच के मुँह में डाल लेती है। फिर वह स्टडी में आती है, जहाँ हवेली हारमोनियम पर आर्यसमाजी भजन गा रहा होता है। मिट्टी चबाते हुए लाजो कहती है—मास्टरजी, कभी प्रेम के भी गीत गाया करो।

हवेली : ये तो सबसे ऊँचे प्रेम का गीत है लाजोजी। भगवान के प्रेम का।

लाजो : भगवान तो बहुत दूर होता है मास्टरजी! मेरे को तो नजदीक-नजदीकवाला प्रेम ही चंगा लगता है।

हवेली : तो वहाँ दूर से क्यों बोल रही हैं?

फिर जैसे हवेली की नजर लाजो के मुँह पर जाती है। पूछता है—ये अकेले-अकेले क्या खा रही हैं आप?

लाजो : तन्दूर की तपी मिट्टी! खानी है आपने?

हवेली : मिट्टी? छिः! जाइए, थूकिए। आपको हुआ क्या है?

लाजो मिट्टी गटक जाती है और हँसती हुई कहती है—जी हुआ नहीं है, होना है। मास्टरजी द ग्रेट का सन द ग्रेटर!

हवेलीराम को धीरे-धीरे समझ में आता है—आपका मतलब है...लेकिन मैंने तो पढ़ा था कि ऐसे में औरतें नींबू-शींबू...।

लाजो : सारा कुछ थोड़ी ही पढ़ा हुआ है आपका?

हवेली : ये तो...बड़ी खुशी की बात है। मगर लाजोजी, अपने यहाँ तो कोई बताने-सुझानेवाली जनानी नहीं है। कैसे होगा?

लाजो : आप बताओगे-सुझाओगे, क्योंकि मेरे तो आप ही हो मास्टरजी!

हवेली : मैं...मैं...? मास्टरजी द ग्रेट के सन द ग्रेटर की मदर द ग्रेटेस्ट जो कराए हमसे सो कम है।

हवेलीराम ठहाका मार के हँसता है। लाजो भी हँसी में शामिल होती है।

हवेलीराम बैठा हुआ कुछ लिख रहा है। पास ही खाट पर लेटी हुई लाजवंती हल्के कराह रही है—मैंने कहा मास्टरजी, क्या कर रहे हो?

हवेली : वही नज़्म पूरी कर रहा हूँ; अपने होनेवाले बच्चे के नाम।

लाजो : आपकी नज़्म पूरी नहीं हुई और वह सुनने को आने लगा है। जाओ जी, दाई को बुलाओ।

हवेलीराम थोड़ा कॉमिकली हड़बड़ाता है और फिर कोट तथा जूते पहन के भागता है।

इधर रलियाराम हाथ में चटाई पर रखा सफेद कपड़े से ढका मरा हुआ बच्चा लिए है। जच्चा शानो पलंग पर लेटी हुई दहाड़ मार-मारकर रो रही है—खा गई डायन मेरे पुत्तर को! छठी का दूध तक ना पीने दिया मेरे लाल को!

हवेलीराम बच्चे को गोद में लिए खिला रहा है। लाजो आती है—मेरे को दो जी! ये आपके वश का नहीं।

हवेलीराम बच्चा लाजो को देता है। लाजो उसे कपड़े के पालने में रख देती है और लोरी की धुन गुनगुनाने लगती है।

हवेली : छोड़िए ये आऊँ-आऊँ। इसको हम अपनी नज़्म सुनाते हैं—"मेरे बच्चे, मेरे वारिस, ओ मेरे लख्तेजिगर...।"

बच्चा जोर-जोर से रोने लगता है।

लाजो : मैंने तो इस करके आपको नज़्म सुनाने दी थी कि सुनकर इसे भी मेरी तरह नींद आ जानी है। मगर ये तो रोने लग पड़ा है।

हवेली : इसे इकबाल की सुनाते हैं नज़्म, तब चुप होगा—

दयारे इश्क में अपना मकाम पैदा कर
नया ज़माना, नये सुब्बह-ओ-शाम पैदा कर।
मेरा तरीक अमीरी नहीं, फकीरी है
खुशी न बेच, गरीबी में नाम पैदा कर।

बच्चा फिर रोने लगता है।

—लो जी, सबसे बड़ा शायर इकबाल भी नहीं जमा इन्हें। हवेली बच्चा लाजो को सौंपते हुए कहता है।

लाजो : मैंने कहा जी, आपने लालाजी और झाईजी को भी खबर करनी चाहिए थी।

हवेली : रामप्यारा-रामप्यारी आ तो गए। सारे लाहौर को खबर हो चुकी होगी।

रलियाराम अपने कमरे में आईने के सामने तैयार हो रहा होता है कि शानो बहुत खराब मूड में आती है। रलियाराम उसे आईने में देखता है और पलटता है—मैंने कहा क्या बात है?

शानो कोई जवाब नहीं देती और धम्म-से चारपाई पर रलियाराम की ओर पीठ करके लेट जाती है। उसकी आँखों में आँसू और गुस्सा है—मेरे को छोड़ दो जी! तुम भी जाओ अपने झाईजी के पास, जो लड्डू बँटवा रहे हैं मेरे पुत्तर के मरे पर!

रलिया : मैं समझा नहीं।

शानो : तो जाओ बैठक में। लालाजी को समझाने बैठे हुए हैं झाईजी और वीराँवाली। साथ-साथ तुम्हें भी समझा देने हैं।

रलिया : हुआ क्या?

शानो : हुआ नहीं, होगा अब। तुम्हारी मेहनत की कमाई की एक-एक पाई चली जानी है विच्छोवाली डायन के पास। उसने जाया है लालाजी का पोता।

रलिया : लालाजी उसे पोता मानें तब ना?

शानो : मनवाने बैठे हैं झाईजी। दिखा रहे हैं तिरिया हठ, कि आज चालीसवें दिन तो मैंने जाना ही है पोते को चोला पहनाने वास्ते।

बैठक की तख्त पर गेंदामल और वीराँवाली पास-पास बैठे हैं। उनसे थोड़ी दूर पर बैठी जनको गेंदामल को समझा रही है—लालाजी, हम दोनों पोते का मुँह देखने के लिए तरस रहे हैं। मंदिरों में मन्नतें मनाईं, गुरुद्वारे में मत्था टेका, दरगाहों पर चादरें चढ़ायीं, तब जाकर रब ने ये पोता दिया। उसे ना अपनाना तो रब की तौहीन करना होगा।

—पोता देने से पहले ही पुत्तर छीन लिया उसने।...गेंदामल की प्रतिक्रिया।

जनको : शुभ-शुभ बोलो जी! उस दिन तो मैं ये समझ के चुप रह गई कि कोई नहीं, गुस्से में कह दिया। लेकिन अगर इस तरह मेरे सामने ही मेरे जिन्दे बच्चे को मरा बताना है तो मेरा-तुम्हारा झगड़ा हो जाना है।

गेंदामल : बेटा तो मेरा भी है।

—आप बेटे के बाप हो, माँ नहीं। तभी इतनी आसानी से कह देते हो कि वो...कहते-कहते जनको की आवाज टूट जाती है। तभी मुंशी पहुँच जाता है और अपने हँसोड़े अंदाज में पूछता है—ड्राई फरुट मेवा, सर्विस सेवा। आप हुक्म करो बीजी!

जनको : मुंशीजी, सैद मिट्ठा बाजार के निक्काशाह से मिठाई मँगवाओ। बाँटने के वास्ते लड्डू। घर के वास्ते सभी तरह की मिठाइयाँ।

रलियाराम लड्डू-मिठाई बाँटनेवाली बात आते-आते सुन लेता है और गरजता है—मिठाई नहीं लानी, सुना? शानो ने कहा तो मेरे को यकीन नहीं ना हुआ। आप लोग मिठाई बाँटने चले हो। आपके रलिया के यहाँ चौथी बार पुत्तर हो के मर गया, इसकी खुशी है आपको?

जनको : छिः छिः! बीबीरानी ने कहा और तूने मान लिया? तेरी अपनी अक्ल नहीं ना है पुत्तर? तेरे को इतना भी नहीं समझ आता कि आज हवेली के पुत्तर को चोला पहनाने की रस्म होनी है।

रलिया : लालाजी, झाईजी तो हवेली के सामने मुझे कभी कुछ लगाते ही नहीं, क्या आपने भी यही कहना है कि जिस हवेली ने आपको छोड़ दिया, उसकी खुशी तो आपकी खुशी है लेकिन जिस रलिया ने आपका साथ निभाया है, उसका ग़म आपका ग़म नहीं है?

वीराँवाली : वीरजी, आप बात को इस तरह क्यों पेश करते हो?

गेंदामल : नहीं, वो ठीक कह रहा है। विच्छोवाली कोई नहीं जाएगा। सुना।

जनको : सुनने की बात हो तो सुनें। हवेली की सास भी नहीं जो हम समझ

लें कि उसी ने आकर हमारे पोते को नया चोला पहना देना है। हवेली के घर हमारा पहला पोता पैदा हुआ है, पोता!

गेंदामल : पोता छोड़ अवतार पैदा हो गया हो। हमें क्या है?

जनको : मेरे को तो है। मैं तो जाऊँगी।

—आपका जाना जरूरी नहीं है। मुंशी खजानचन्द!...गेंदामल मुंशी को पुकार लगाता है।

मुंशी : हुक्म करो रायसाहब!

गेंदामल : बीजी जो-जो बताएँ वहाँ दे आना।

वीराँवाली : मुंशीजी ने क्या करना है वहाँ जा के? ये तो जनानियोंवाले काम हैं।

रलिया : जो आप मेरी मानो, किसी को मत भेजो। पुलिस केस में फँसा हुआ है हवेली।

जनको : शहर के इतने बड़े रईस का पोता और उसे चालीसवें दिन दादी की ओर से नया चोला ना मिले? और मैं तो ये पूछती हूँ कि क्या इतने रईस का पोता कंगाली में पलेगा? हवेली बिचारा तो बेकार है इन दिनों।

गेंदामल : मुंशी खजानचन्द, रुपया इक्यावन मेरी ओर से भी देना! फिर महीने के महीने देते रहना उसकी परवरिश के लिए।

मुंशीजी : राइट जी चंगा, गेंगीज गंगा!

आत्मानंद की स्टडी में हवेलीराम बैठा लिख रहा है। लाजो बच्चे को पालने में झुलाती हुई लोरी गा रही है।

लिखते-लिखते हवेलीराम रुकता है और गहरी साँस भरता है। लाजो पूछती है—क्या हुआ जी?

हवेली : आज चालीसवें दिन पर भी नहीं आए झाईजी वगैरह।

लाजो : पता नहीं, आप क्यों उम्मीद कर बैठे हो उनके आने की? आना होता तो पहले ही दिन ना आ जाते?

हवेली : इधर जबसे लालाजी के वकील साहब मुझे बचाने की कोशिश में जुटे हैं, मुझे लगा...।

लाजो : आपको नहीं, अपनी फर्म को बचाने की।

हवेली : झाईजी, बाऊजी, दोनों को बड़ी ललक थी पोते का मुँह देखने की।

लाजो : ललक होती तो आते।

हवेली : वैसे सोचता हूँ कि बाऊजी वकील साहब को बीच में ना डालते तो अच्छा था। मेरा अपना मन तो यही था कि सबकुछ कबूल कर लूँ।

लाजो : हमें यहाँ छोड़कर, जेल चला जाऊँ। वाह!

हवेली : मैं इसीलिए घर-गिरस्ती में पड़ने के खिलाफ था।

लाजो : मैंने फँसा लिया।

हवेली बच्चे को प्यार करता हुआ कहता है—तुमने तो एक ही बेड़ी डाली थी, दूसरी तो इसने डाली है। सच! कहीं मैं जेल चला गया तो तुम्हारा क्या होगा?

लाजो : मेरी फिकर ना करो। मुसीबतें झेलने की आदी हूँ बचपन की।

फिर लाजो बच्चे को गोद में उठाकर बच्चे की आवाज बना लेती है—आप तो अपना लेख पूला कलो। पैछे कमाओ। क्या लिख लहे हो बाऊजी! यूलोप में युद्ध खत्म हुआ, अब भालत में क्या होगा मास्टलजी, बताओ; बताओ!

हवेली : इन्कलाब। लेकिन तभी जब हर आदमी ये समझ लेगा कि आज़ादी हमें ना तो अंग्रेज का कोई दुश्मन दिलाएगा और ना अंग्रेज हमें बख्शीश करेंगे। लड़ के लेनी होगी आज़ादी।

लाजो (बच्चे की ओर से) : मैं भी लड़ूँगा बाऊजी!

दरवाजे पर दस्तक।

हवेलीराम उठता है। लाजो उसे रोकती है।

लाजो : मैं जाती हूँ, कोई शायर-शूयर होना है, तो मैंने उसे वहीं से भगा देना है।

वह दरवाजा खोलती है। मुंशीजी आए हैं। उनके हाथ में झोला है और पीछे-पीछे सर पर सामान उठाए घरेलू नौकर मुण्डू।

मुंशीजी : हवेलीराम, वल्द गेंदामल हाजिर है?

लाजो : जी आप?

मुंशीजी : मैं सत पुतराँ दा बाप मुंशी खजानचन्द, वल्द दीवानचन्द!

परिचय जानकर लाजो पैरीपौना करती है।

मुंशीजी : अरे ये क्या कर रही हो बीबीरानी!

लाजो : भीतर आओ ना।

ये लोग स्टडी की ओर बढ़ते हैं। हवेलीराम बाहर आता है। वहीं से पूछता है—कौन है लाजोजी?

मुंशीजी : मैंने कहा बरखुरदार, क्या तेरे वरगे ब्रह्मचारी घरवाली को 'जी' कहकर पुकारते हैं?

हवेलीराम बहुत उत्साह से मुंशीजी से मिलता है—मुंशीजी, तबीयत खुश हो गई आपको देख के।

मुंशीजी : मेरी भी। तुझसे ज्यादा तेरी वोटी को देख के। लें बीबीरानी, फॉर शोइंग फेस, मुँह-दिखाई। रुपीज़ इलैवन, ओनली, नो आनापाई।

जेब से ग्यारह रुपये निकालता है।

हवेली : मुंशीजी के लिए कुछ बनाके लाओ लाजोजी!

मुंशीजी : सामग्री पेट-पूजा मुंशी साथ लेता आया है। अब तो गुड मैन तू दिखा नई फैमिली लालटेन।

ये लोग अब स्टडी में पहुँच चुके हैं। लाजो बच्चा गोद में उठाके दिखाती है—ये है धर्मपाल।

मुंशीजी : लाला धर्मपाल कहो जी! फिर मुंशी एक-एक करके चीजें बाहर रखता जाता है। और कहता है—लालाजी, लो पकड़ो। ये तुम्हारे दादा-दादी ने भिजवाया है। नए कपड़े। नया बिस्तर। कड़ा सोने का। अँगूठी जंजीर लगी हुई। गिन्नी मलका विक्टोरिया की, और ये तड़ाई पहनेगा तो नज़र नहीं लगेगी। ये मिठाई, फल, मेवा। अब बता और क्या करें सेवा?

लाजो पूछती है—लालाजी, झाईजी खुद नहीं आए? तबीयत तो ठीक है ना?

मुंशीजी : तबीयत ठीक है और बड़ी खुशी है उन्हें। अरे, मैं तो भूल ही गया था कि लालाजी ने बच्चे के लिए इक्यावन रुपए का वजीफा बाँध दिया है।

हवेली : जिस पोते के जनम पे खुश हुए उसका मुँह देखने आए नहीं?

मुंशीजी : असल में उनके आने से रलियाराम ने बुरा मान लेना था ना, उनका बेटा होके मर गया।

लाजो : कहते क्यों नहीं मुंशीजी? वो समझते हैं कि मैंने मार दिया जादू-टोना करके।

हवेली : छोड़ो उस बात को। मुंशीजी, आप ये चीजें वापस ले जाइए। बुरा मत मानिए। चोला पहनाने मुंशी को नहीं, दादी को आना होता है।

मुंशी कुछ कहने को होता है लेकिन हवेली चीजें समेटने लगता है। बच्चे के हाथ में एक गिन्नी रह गई है। हवेली उसे भी निकाल के देता है।

मुंडू और मुंशीजी गेंदामल के मकान की ड्योढ़ी पर खड़े हैं। शानो दरवाजा खोलती है, फिर पूछती है—क्या बात है?

मुंशीजी : ये सामान रखवाना था।

शानो : इसे यहाँ रखवाने के लिए किसने कहा? ये तो आपको वहाँ देके ...आना था, विच्छोवाली?

मुंशीजी : वहीं से आ रहा हूँ। उन्होंने लिया नहीं।

शानो : उनका लौटाया मैं लूँ? फेंको इसे नाली में।

पीछो से जनको, वीराँवाली और पाशो आते हैं।

वीराँवाली : क्या हुआ मुंशीजी? आप गए नहीं?

मुंशीजी : गया और बैरंग लौटा दिया गया।

शानो : कह रहे थे कि नहीं भेजने से बिरादरी में नाक कट जाएगी। अब

हो गई नाक ऊँची। इतना मना किया था इन्होंने। लालाजी आप भी इसके हक में नहीं थे। लेकिन यहाँ तो नेक सलाह सुनी ही नहीं जाती।

जनको : मुंशीजी, लालाजी को बता दिया?

मुंशीजी : वो बहुत नाराज हुए।

शानो : जो हमारा बुरा चाहते और करते हैं, कोई बार-बार उनको पुचकारकर उनकी दुत्कार हमें सुनवाए ये तो नाराज होनेवाली बात है ही।

वीराँवाली : किसी ने दुत्कारा नहीं। उन्होंने यही कहा होना है झाईजी, आप क्यों नहीं आए देने। झाईजी आप जाके दो।

हवेली और लाजो स्टडी में। लाजो बच्चे को गोद में लिए बैठी है और हवेलीराम लेख पढ़ के सुना रहा है।

हवेली (पढ़ते हुए) : जनरल डायर की नीतियों ने उन लोगों को जबरदस्त धक्का पहुँचाया जिन्हें उम्मीद थी कि पंजाब में भारतीय उद्यमी आगे बढ़ सकेंगे। डायर साहब का कहना है कि खुशहाल और अंग्रेजपरस्त हिंदुस्तानियों को सिर्फ हुकूमते-बर्तानिया के लिए अपना फर्ज याद रखना चाहिए। राजनीतिक या आर्थिक दृष्टि से कुछ पाने की चाह करने का मर्ज़ अपने में पैदा नहीं करना चाहिए। खुशहाल पंजाबी जनरल डायर से खफा है तो गरीब पंजाबी जंग और सूखे से बढ़ी महँगाई से परेशान है। पिछले दो वर्षों में चीजों के दाम दुगने हो चले हैं। दाल रुपए की सात सेर अब रुपए की साढ़े तीन सेर मिल रही है। जर्मनों से लड़ाई में आम हिंदुस्तानी ने अंग्रेज सरकार का साथ दिया। इस उम्मीद में कि लड़ाई खत्म होने पर वो उसके देश को आजाद करने की तरफ कदम बढ़ाएगी लेकिन वो तो रोलेट बिल ला रही है।

दरवाजे पर दस्तक।

हवेलीराम उठकर बाहर जाता है और देखता है, जनको और वीराँवाली हैं। वो पैरीपौना करता है—कोई मनीआर्डर आ गया क्या?

जनको : आया है, मगर तेरे लिए नहीं, मेरे पोते के लिए।

हवेली और जनको एक-दूसरे को गद्गद होके देखते हैं। जनको हवेली को गले लगा लेती है।

वीराँवाली : मैं भी आई हूँ वीरजी!

हवेलीराम वीराँवाली को अंक लगाता है। वीराँवाली लाजो से कहती है—जा लाजो, अस्नान करके आ।

जनको : भरजाई का नाम नहीं लिया जाता।

वीराँवाली : भरजाई तो बाद में बनी, सहेली पहले की है।

जनको : बात तो बादवाली ही चलेगी।

वीराँवाली : अच्छा भरजाईजी महाराज, आप सुच्चे होकर आओ फटाफट। फिर ये नए कपड़े डालो। तुम्हें रसोई में ले जाएँगे।

नया जोड़ा देती है।

हवेली - स्नान, हवन वो तो सब हो चुका।

जनको : तो नया जोड़ा डाल ले और ये गहने भी। तेरे वास्ते शादी पर तो कुछ बना ही नहीं पायी थी।

जेवर का डिब्बा देती है।

वीराँवाली : सबसे पहले तो दादी को पोता दिखाओ।

पालने में लेटा हुआ नवजात शिशु। जनको उसकी बलैयाँ लेती हुई पूछती है—ये गया किस पर है। हवेली जैसा तो दिखता नहीं।

वीराँवाली : इतने-से बच्चे को देख के क्या पता चलता है?

जनको : मैंने हवेली को भी इतना-सा देख रखा है। इसलिए कह सकती हूँ।

जनको बच्चे को नए कपड़े और जेवर पहनाती रहती है।

लाजो : मुझे तो ये बंदर जैसा दिखता है।

जनको : दुर फिटे मुँह! ...मैंने कहा वीराँवाली, ये पोता मेरा कहीं अपनी दादी-जैसा तो नहीं दिखता!

हवेली : झाईजी, आपने अपने को भी देखा होगा इतना-सा बच्चा!

हवेलीराम हँसता है। दूसरे लोग भी।

वीराँवाली : वीरजी के हँसने की खुराक पूरी हो गई।

लाजो : आप लोग आए तो हुई। अब तो कई-कई दिन हो जाते हैं इन्हें हँसे हुए।

वीराँवाली : कितने सुस्त हुए पड़े हैं वीरजी!

जनको : साथ रहते सुखी रहते, लेकिन सब जिद्दी हैं अपने-अपने ढंग के। हवेली, सुन पुत्तर! लालाजी की नाराजगी पोता होने की खुशी में कुछ कम होने लग पड़ी थी, तूने सामान लौटा के उन्हें क्यों भड़का दिया।

हवेली : सामान नहीं लौटता तो आपसे मुलाकात कैसे होती झाईजी! और मुझे तो विश्वास ही नहीं होता कि लालाजी को कोई खुशी भी होगी पोता हुए की। उन्होंने तो कहा कि मैंने ये शादी करके कुल के कलंक लगा दिया है। तो मेरा बेटा तो कुलकलंक ही होगा उनके लिए।

जनको : किसकी मजाल मेरे पहलौटे पोते को कुलकलंक कह दे। ये तो कुलभूषण है कुलभूषण! मैंने कहा जी, काके का नाम कुलभूषण ही क्यों न रख दें।

लाजो : मास्टरजी ने तो इसका नाम धर्मपाल रखा है।

हवेली : नाम तो दादी का रखा हुआ ही चलना है।

जनको (वीराँवाली से) : चल, जा अब तैयार कर अपनी भरजाई को। फिर गाना-बजाना भी तो करना है हमने।

शानो का तमतमाया हुआ चेहरा। वह रलियाराम से कहती है—रब करे जच्चा के भी कीड़े पड़ें और बच्चा के भी। मैंने तो तब ही तुमसे कहा कि देख लेना, एक दिन ये लोग सब हड़प लेंगे। झाईजी कहते ही रहते हैं, मेरा हवेली बड़ा किस्मतवाला, मेरा हवेली बड़ा किस्मतवाला! उन्होंने तो बनाना ही हुआ उसे किस्मतवाला!

रलिया : कुछ भगवान भी बना रहा है। उसकी घरवाली को बेटा हुआ और जिन्दा रहा।

शानो : बेटा तो मेरा भी हुआ। उसने मरवा दिया। जिसने मरवाया उसी को गले लगाने गए हैं। चुपचाप गए, चोरी-छिपे। वो तो पाशो ने बता दिया वरना हमें तो पता ही नहीं चलना था।

रलिया : कब गए थे?

शानो : अब तो ढाई घंटा होने लगा है।

रलिया : इतनी देर से वहीं हैं?

शानो : देरी तो लगनी ही हुई तुम्हारे किस्मत वाले प्रा के घर, मिठाइयाँ खिलवाने और नाच-गाना कराने में।

भाई आत्मानंद की स्टडी में।

जनको : दे बीबीरानी इसको कोई सुच्चा कपड़ा।

वीराँवाली : कपड़ा तो गाने में होता है। मैंने तो जेवर लेना है।

लाजो अपना ही कोई जेवर खोल के देने लगती है। जनको उसे रोकने लगती है—ये तो बनवाया ही तेरे वास्ते था।

जनको थैले में से झुमके निकाल के वीराँवाली को देती है।

वीराँवाली : मैंने तो वीरजी से भी लेना है कुछ-न-कुछ।

हवेली : वीरजी क्या दे सकते हैं।

लाजो : लेक्चर के सिवा!

हवेली : लेक्चर ये सुनेगी नहीं।

पास में पड़ी हुई एक पतली-सी किताब उठाता है—ले, ये ले-ले।

वीराँवाली : पढ़ने का तो मेरे को बहुत शौक है।

वीराँवाली के कान में लाजो बताती है।

लाजो : तेरे पढ़ने के लिए कुछ दिल्ली से भी आया पड़ा है। जाती बारी ले जाना।

जनको : क्या ले लेना?

लाजो : इसका दुपट्टा है जी पुराना!

दस्तक सुनकर हवेलीराम दरवाजा खोलता है। पुलिस के दो आदमी खड़े हैं—नमस्ते मास्टरजी, आपको गिरफ्तार करने आया था जी! कहकर कागज आगे बढ़ाते हैं।

पीछे से जनको, वीराँवाली और लाजो आती हैं।

बैठक में गेंदामल और जनको बैठे हैं। जनको को देखकर लगता है कि वो रोयी थी। गेंदामल भी बहुत गम्भीर है।

रलियाराम प्रवेश करता है—मेरे को याद किया बाऊजी?

गेंदामल : हाँ। तेरे झाईजी हवेली की जमानत कराने वास्ते जोर दे रहे हैं।

रलिया : जी, फिर शुरू कर दी वही बहस। झाईजी, आप समझने की कोशिश किया करो। अंग्रेजों ने मेरे को ऑनरेरी मजिस्ट्रेट बना दिया है। अब मेरा फर्ज बनता है कि मैं बागियों का साथ न दूँ।

जनको : तेरे को कुछ बना दिया है तो क्या एवज में हवेली को हिरासत में रहने दूँ?

गेंदामल : रलिया का मतलब है कि अंग्रेज खफा हो जाने हैं कि हम इन्कलाबियों का साथ देने लग पड़े हैं।

रलिया : खफा तो पहले ही करा छोड़ा है हवेली ने। जो खफा न हुए होते तो नए साल पर आपको रायसाहबी मिल जानी थी।

जनको : खिताब की खातिर अपने खून को भुला देते हो?

रलिया : अपने खून को हम नहीं भूले हैं, हवेली भूला है।

जनको : जो लालाजी को कारोबार पुत्तर और पोते से भी ज्यादा प्यारा हो चला है तो मेरे को विच्छोवाली भेज दो।

रलिया : ये कैसे हो सकता है?

जनको : ना तो हवेली की जमनात कराओगे और ना ही उसके बाल-बच्चों की देखभाल। क्या कहेगी दुनिया?

गेंदामल : रलिया पुत्तर, जमानत करा ही दे। अंग्रेज हाकिमों के भी दिल है। इतना तो समझ ही सकते हैं कि बाप को बेटे की जमानत करानी ही पड़ती है।

रलिया : ये नहीं हो सकता बाऊजी!

गेंदामल : अगर हम तेरे बाऊजी हैं तो हमारे हुकुम पर 'नहीं' कैसी पुत्तर?

रलियाराम जाने लगता है। फिर मुड़के वापस आता है—चंगा जी। और झाईजी, ये सुन लो, इसके बाद मेरे से कभी हवेली के चक्करों में पड़ने को नहीं कहोगे।

मुंशीजी दुकान में बैठे हुए हैं। उनके सामने कोई अखबार खुला है। गेंदामल पास में गावतकियों का सहारा लेके अधलेटा है। मुंशीजी अखबार गेंदामल को देना चाहता है, लेकिन वो नहीं लेता।

मुंशीजी : मैंने कहा कि अपना छोटा लाट हवेली बड़ा लीडर बन गया जी! अब तो अखबार में छपा है। सी—देखो, पढ़ो—रीड, अपना हवेली टेकिंग लीड।

गेंदामल : अब क्या देखना है? जमानत में छुड़वाया है। अब फिर शुरू हो गया है मेरा यार इन्कलाबी! अरे, जब डिप्टी कमिश्नर साहब खुद बुलाके कह रहा है कि हड़ताल नहीं कराओ तो तेरे को क्या पड़ी है ये कहने की कि नहीं जी कराएँगे? रौला डलवाएँगे, रौलट एक्ट के खिलाफ?

दूर से आते नारे—'गोरे लोग, हाय-हाय! काला कानून, हाय-हाय!'

मुंशी उठके झाँकने जाता है। गेंदामल अपनी जगह पर बैठा-बैठा बोलता है—लो, पड़ गया स्यापा!

नारे ज्यादा पास से सुनाई देते हैं। मुंशी वापस होकर गेंदामल को बताता है—बड़ा भारी जलूस है जी! अपना हवेली भी है साथ में। मैंने कहा, लालाजी अगर अपना हवेली हर आदमी से चवन्नी-चवन्नी की खरीदारी करवा दे तो बड़ी तगड़ी कमाई हो जानी है अपनी!

गेंदामल : वो दुकान खुली रहने दे तो गनीमत है।

हवेलीराम आता है—पैरीपौना बाऊजी!

गेंदामल : बड़े सही वक्त पर पहुँचा पुत्तर। सुना, तेरे इन्कलाबी-उन्कलाबी, कांग्रेसी-कूंग्रेसी आ रहे हैं बाजार बंद कराने वास्ते? तू अपनी दुकान तो खुली रखवा, तेरी लीडरी का कुछ तो फायदा मिले हमको भी।

सुनकर हवेली को संकोच होता है—गाँधीजी ने आज छह अप्रैल को सारे देश में हड़ताल रखने को कहा है।

गेंदामल : ये तेरा गाँधीजी, मैंने सुना, आप बनिया है? इतना तो उसकी भी समझ में आना है कि दुकानदार यूँ दुकानें बंद करने लग पड़े तो दिवालिए हो जाने हैं।

हवेली : रॉलेट कानून के खिलाफ एक दिन की हड़ताल उन्होंने रखने को कहा है, ज्यादा नहीं।

गेंदामल : क्या खराबी है रॉलेट कानून में? जिस अंग्रेज के खिलाफ काम करने

का शक हो उसे नजरबंद करने का हक तो अंग्रेज को होना ही हुआ।

नारों की आवाज और तेज हो जाती है।

हवेली : बाऊजी, दुकान बन्द कर दीजिए।

गेंदामल : नारे लगाते-लगाते तुम्हारा गला बैठ जाना है मगर मैंने दुकान बंद नहीं करनी है, जा।

हवेलीराम चला जाता है। थोड़ी देर में नारे लगाते हुए लोग दुकान में घुस आते हैं। गेंदामल बाहर झाँककर देखता है कि बहुत भीड़ है। अब वो भीतर घुसे लोगों से मुखातिब होता है—मैंने कहा जी, मेरे लिए तो हवेली का कहना ही काफी था। आप लोगों ने क्यों तकलीफ की?

चाबी का गुच्छा मुंशीजी की ओर फेंकता है—मुंशी खजानचंद, बढ़ाओ दुकान।

मुंशी चाबी का गुच्छा लेकर हैरान होता है—अभी तो आप कह रहे थे कि दुकान किसी हालत नहीं बंद करनी।

गेंदामल : पैदाइश से देहाती हूँ, लेकिन रिहायश से लाहौरी। जानता हूँ, जब भीड़ अपने साथ हो चढ़ बैठो और गुर्राओ, जब अगले के साथ हो तब झुक जाओ और गिड़गिड़ाओ।

बैठक में जनको सिर झुकाए बैठी है। गेंदामल अपनी जगह पर बैठा है। शानो दरवाजे के पास लस्सी का गिलास लिए खड़ी है। रलिया चहलकदमी कर रहा है। कहता है—अब तो हो गई तसल्ली झाईजी?

रलियाराम लस्सी का गिलास लेता है मगर बगैर पिए रख देता है। वह गुस्से में है—उस दिन अपने बाप को दुकान बंद करने पे मजबूर कर दिया और आज रामनौमी के जलूस में अपने भाई की पगड़ी उछलवा दी। हर साल रामनौमी के जलूस में ऑनरेरी मजिस्ट्रेटों का जलवा रहा करता था और इस साल जब मैं ऑनरेरी मजिस्ट्रेट बना तब इस हवेली ने ऑनरेरी मजिस्ट्रेटों को जलील करवाया।

शानो : झाईजी से यह सब क्यों कहते हो? झाईजी तो फूले नहीं समा रहे हैं कि रामनौमी के जलूस पर देवरजी को फूलों के हार पहनाए गए। लोगों को बुला-बुलाके बता रहे हैं।

गेंदामल नाराजगी के साथ शानो को देखता है। ऐसा लगता है कि वो कुछ कहेगा, लेकिन एक गहरी साँस भरके रह जाता है। कहती है जनको—मैंने तो सिर्फ यही कहा कि इतना बड़ा जलूस पहले कभी नहीं निकला था। और ना ही कभी मुसलमान शामिल हुए थे रामनौमी में।

शानो : आपने रामप्यारी से ये भी तो कहा कि मेरे हवेली को राजा-महाराजा वाली जगह मिली जलूस में।

रलिया : और ये भी कि मेरे रलिया की हाय-हाय बोली गई।

शानो : जिसे सुनके दिल में बड़ी ठंडक पड़ी।

गेंदामल : चुप कर बीबीरानी ! जा पुत्तर, आराम कर। हम लोगों की मुहब्बत में सेहत मत बिगाड़।

गेंदामल उठता है, लस्सी का गिलास उठाता है और रलियाराम को देता है। शानो चली जाती है। रलियाराम भी लस्सी का गिलास लेकर चला जाता है। जनको सुबकती है—देखा आपने?

गेंदामल : तू भी चुप कर। परेशान कर दिया सबने मिलकर।

आत्मानंद के आँगन में लाजो अपने बच्चे को घुमा रही है। उसने अपनी उँगली बच्चे की मुट्ठी में दे रखी है। वो उँगली के सहारे मुट्ठी उठाती है और बच्चोंवाली आवाज में नारा लगाती है—गाँधीजी की जै, गाँधीजी की जै।

बच्चा रोता है।

लाजो : ना, ना, ना, अब किसकी जय करें? बाऊजी की जै, पुत्तल जी की जै।

हवेलीराम छत की सीढ़ियाँ उतरकर आता है। उसके हाथ में कुछ कागजात हैं, जिन्हें देखकर लगता है कि वो छत पर बैठा कुछ लिख रहा था। पूछता है—क्यों लाजोजी, पुत्तर ने परेशान तो नहीं किया?

—बिल्कुल नहीं जी, बिल्कुल नहीं जी। लाजो बच्चे की आवाज में बोलती है—औल आपने लिख लिया लेख? क्या लिखा बताओ?

हवेली : मैंने हिन्दू-मुस्लिम एकता के बारे में लिखा है। मुस्लिम लीग के डॉ. अंसारी के इस बयान को मैंने बहुत उत्साहजनक ठहराया है कि मुसलमान इस्लाम और राष्ट्रवाद दोनों के प्रति एकसाथ वफादार हो सकते हैं।

लाजो : मेले को तो छमझ में नहीं आतीं आपकी बातें। अखबाल की तलह बोलते हैं।

हवेलीराम बच्चे के गाल थपथपाता है—ले भाई, अखबाल की तलह नहीं, इकबाल की तरह बोल देते हैं—

आ गैरियत के पर्दे इक बार फिर उठा दें।
बिछड़ों को फिर मिला दें, नक्शे-दुई मिटा दें...

लाजोजी, रामनौमी के जलूस में इकबाल की यह इच्छा पूरी हो गई।

बच्चा हवेली की तरफ बढ़ाती लाजो शेर की आगे की पंक्तियाँ सुनाती है—

सूनी पड़ी हुई है, मुद्दत से दिल की बस्ती,
आ, इक नया शिवाला इस देश में बसा लें।

कैसा लगा जी नया शिवाला? लाजोजी वाला!

हवेली : इस शिवाले के क्या कहने?

लाजो थैंक्यू, शुक्रिया, धन्यवाद कहती हुई बच्चे को चूमती है—थैंक्यू, धनियाबाद, शुकरिया!

हवेली : मैंने कहा लाजोजी, हमारे सारे थैंक्यू मारे जा रहे हैं।

लाजो : आपके छाले थैंक्यू तो मैं जमा करके लखती हूँ।

हवेलीराम लाजो से निगाह मिलाकर पहले झेंपते हुए और फिर खुल के हँस पड़ता है—जी, मैं उसूलन खिलाफ हूँ जमाखोरी के।

लाजो : जमाखोरी के खिलाफ कोई इन्कलाबी कदम आपने नहीं उठाना मास्टरजी!

तभी खुले दरवाजे पर एक आदमी हाँफता-दौड़ता पहुँचता है। यह एक छात्र नेता श्याममोहन है। हवेलीराम आवाज सुनकर दरवाजे की ओर बढ़ता है—क्या बात है?

श्याममोहन : गाँधीजी पलवल में गिरफ्तार कर लिए गए। उन्हें पंजाब नहीं आने दिया गया।

सुनकर हवेलीराम पहले चौंकता है, फिर अपने कागज लाजो को थमाकर बाहर निकल जाता है—चलिए।

लाहौरी दरवाजे के सामने काले झंडे लिये लोगों की विशाल भीड़। दो जवान काले कपड़े पर लगी गाँधीजी की तस्वीर लिये खड़े हैं।

हवेलीराम भीड़ को संबोधित करता है—आज हम फिर यहाँ अंग्रेजों की ताकत का मुँहतोड़ जवाब देने के लिए इकट्ठा हुए हैं। हमारी हिंदू-मुस्लिम एकता से अंग्रेजों के लिए काफी खतरा पैदा हो गया है, मगर हमें कोई गलत कदम नहीं उठाना है। हमें गाँधीजी के बनाए हुए उसूलों पर चलना है। साथियो, अब हम अंग्रेजों की बस्ती में जाकर साहब लोगों को बताएँगे कि गाँधीजी की गिरफ्तारी से हमें कितना शोक हुआ।

लाठीधारी पुलिस भीड़ को रोकने के लिए खड़ी है। उसके पीछे हथियारबंद पुलिस है और उसके भी पीछे घोड़ों पर सवार अंग्रेजी अफसरान, जिनमें डिप्टी कमिश्नर फायसन भी शामिल है। लठैत पुलिस का एक हिंदुस्तानी आफिसर हवेलीराम को सावधान करता है—आगे जाने की कोशिश मत करना। डिप्टी कमिश्नर फायसन साहब आप खड़ा हुआ है रोकने के लिए।

भीड़ लाठियों की दीवार तोड़कर आगे जाने की कोशिश करती है, तब फायसन जागता है—हाल्ट, एक कदम भी आगे बढ़ाया तो गोली से भून दिए जाओगे।

हवेलीराम : मिस्टर फायसन! आप हमें अपने लीडर की गिरफ्तारी पर शोक मनाने से नहीं रोक सकते।

फायसन : आप लोगों को जो करना हो, शहर की चारदीवारी के अंदर कीजिए। माल पर मातम मनाना कोई जरूरी नहीं।

हवेलीराम : साहब लोग माल पर ही रहते हैं। दुःख उनके सामने ही जाहिर करना है।

फायसन : हमको सब पता है कि आपको माल पे क्या करना है। दंगा-फ़साद, लूट-पाट, आगजनी...।

हवेलीराम : हम सिर्फ नारे लगाकर लौट जाएँगे। आप ये हथियारबंद पुलिस हटा दीजिए।

फायसन : आपके मिस्टर गाँधी हमें तलवार के जोर पर राज करने को मजबूर कर रहे हैं।

हवेलीराम : मिस्टर गाँधी शांतिपूर्ण सत्याग्रह कर रहे हैं।

फायसन : बुजदिलों की बगावत का नाम है सत्याग्रह।

हवेलीराम : बुजदिल आप हैं जो निहत्थी भीड़ से डर रहे हैं। हम बहादुर हैं और हम आगे भी जाएँगे।

भीड़ का नारा—गोरा अंग्रेज हाय-हाय, काला कानून हाय-हाय!...

भीड़ आगे बढ़ने लगती है। पुलिस उसे पीछे धकेलने की कोशिश करती है। कुछ लोग पुलिस के डंडों की दीवार तोड़कर फायसन के पीछे आ जाते हैं। फायसन हथियारबंद पुलिस की ओर बढ़ता है और आदेश देता है—फायर!

पुलिस फायर करती है। लोगों में भगदड़ मचती है। भगदड़ में हवेलीराम गिर जाता है।

आत्मानंदजी के मकान का आँगन। लाजो खटोले पर लेटे बच्चे का गीला कपड़ा बदल रही होती है कि दरवाजे पर दस्तक होती है। वह बच्चे को खटोले पर रखकर दरवाजा खोलती है। बाहर टूटी साइकिल तथा टूटा चश्मा लिये हवेलीराम खड़ा है। उसके चेहरे पर खरोचें आई हैं। लाजो उसे इस हाल में देख घबड़ा जाती है—हाय! ये क्या कर लिया मास्टरजी?

हवेली : गोली चला दी जी फायसन की पुलिस ने।

लाजो : हाय रब्बा, गोली...?

हवेली : मुझे तो कुछ नहीं हुआ जी लाजोजी। ये साइकिल अलबत्ता शहीद हुई।

हवेली साइकिल रखकर बच्चे के खटोले की तरफ बढ़ता है।

लाजो : अब कहीं नहीं जाना है मास्टरजी, सुना?

हवेली : आप तो फायसन साहब की तरह बोलने लग पड़ी हैं लाजोजी! उसने भी कहा है कि कल बादशाही मस्जिद पर इकट्ठा मत होना।

बादशाही मस्जिद। नमाज के बाद की भीड़। सामने मंच पर 'हिंदू-मुस्लिम एकता जिंदाबाद' हिंदी और उर्दू में लिखा हुआ है। स्थानीय नेता भीड़ को संबोधित करनेवाले हैं। खलीफा शुजाउद्दीन साहब पहले संबोधित करते हैं—तो हमने फायसन साहब से कहा कि बादशाही मस्जिद पर हिंदू और मुसलमानों की मीटिंग प्रोग्राम के मुताबिक जरूर होगी, कोई दंगा-फसाद करने के लिए नहीं। सिर्फ यह जताने के लिए कि हिंदू-मुस्लिम भाई-भाई हैं, उनकी आपस में कोई लड़ाई नहीं है और दोनों ही अंग्रेजी हुकूमत के खिलाफ हैं। मैं लाहौर के आवाम को मुबारकबाद देना चाहता हूँ कि कल की फायरिंग के खिलाफ आज उन्होंने पूरी हड़ताल रखी है। जैसा कि गाँधीजी ने मेरे को लिखा है कि रॉलेट एक्ट की मुखालफत पूरी मजबूती से करें, लेकिन किसी भी तरह का दंगा-फसाद ना होने दें।...खलीफा शुजाउद्दीन भाषण पूरा करके बैठ जाते हैं। भीड़ नारा लगाती है—खलीफा शुजाउद्दीन—जिंदाबाद!

अब हवेलीराम की बारी है—मेरे हिंदू और मुस्लिम बिरादरो! अभी आपको मुस्लिम लीग के खलीफा शुजाउद्दीन साहब ने बताया कि गाँधीजी चाहते हैं कि हम पूरी मजबूती के साथ रॉलेट एक्ट की मुखालफत करें। ये मजबूती हममें कैसे पैदा होगी? ये पैदा होगी सच्चाई का सिपाही बनकर। इंसाफ का शैदाई बनकर, दीनो-ईमान का झंडाबरदार बनकर। गाँधीजी हमसे अपनी अंदरूनी ताकत बढ़ाने को कह रहे हैं। इंसान की इस रूहानी ताकत के सामने जालिमों की, हथियारों की ताकत कुछ नहीं कर सकती। ओ डायर साहब और फायसन साहब ने इसका तजुर्बा करके देख लिया है। हम पर गोली चलाकर उन्होंने अपनी बेरहमी और बेवकूफी का नमूना पेश किया है। इससे न कुछ उन्हें हासिल हुआ है और न होगा। गोरे हमें पुलिस से नहीं डरा पाए, तो अब फौज बुलाने की सोच रहे हैं। लेकिन हमें निडर रहना चाहिए। हमारे पीछे गाँधी की ताकत है और गाँधी के पीछे खुदा की।

भीड़ नारा लगाती है—मास्टर हवेलीराम...जिंदाबाद!

बैठक में गेंदामल, जनको तथा रलियाराम बैठे हैं। मुंशी बाहर से खबर लेकर पहुँचता है। उसके हाथ में अखबार है। गेंदामल पूछता है—क्यों भई मुंशी खजानचंद, क्या खबर ले आए?

मुंशीजी : वाह-वाह खबर लाए जी। गुड-गुड न्यूज।

गेंदामल : क्या जी?

मुंशीजी : अपना हवेलीराम लाहौर का बादशाह बन गया बीजी!

गेंदामल : बादशाह...?

मुंशीजी : हाँ जी! ये देखो, खबर भी छपी है। लिखा है कि पब्लिक की रहनुमाई के लिए बड़े लीडरों की कमेटी बनी है। अपना हवेली भी उसमें है जी! उस्ताद-मास्टर, वकील-प्लीडर, दर्जी-टेलर, नेता-लीडर। मैंने कहा जी, लालाजी, फोटू भी छपा है!

जनको अखबार पकड़ती है—अरे! फोटू छपा है मेरे हवेली का? कहाँ?

जनको फोटो देखकर मारे खुशी के जैसे पागल हो जाती है। गेंदामल के सामने अखबार का वह पृष्ठ उलटती है—मैंने कहा जी, हवेली का फोटू छपा है। ये देखो!

गेंदामल तटस्थ रहता है—अभी नजर इतनी कमजोर नहीं हुई कि देख ना सकूँ।

मुंशीजी : खुशी नहीं होनी? लीडर बन गया, लोग जै-जै बोलने लगे।

गेंदामल : जै-जै को ओढूँ या बिछाऊँ? हाकिम लोग बहुत खफा हो रहे हैं। अरे, तेरे को लीडरी ही करनी थी तो म्युनिसिपैलटी का कमिश्नर बनता।

मुंशीजी : सारे लाहौर का लीडर बन बैठा है हमारा हवेली! मैंने कहा जी सच बताओ, जरा भी खुशी नहीं होनी?

गेंदामल : थोड़ी तो होनी ही हुई।

मुंशीजी : बहुत-बहुत मुबारक हो लालाजी! अब तो मुँह मीठा कराओ जी! रब भला करे। आपके दोनों हाथों में लड्डू आ गए हैं। बड़ा लाट रलिया हो गया अंग्रेजों का ऑनरेरी मजिस्ट्रेट और छोटा लाट हवेली हिंदुस्तानियों का लीडर। वाह भई वाह!

तभी रलियाराम आता है। मुंशीजी उसे नहीं देख पाते। रलियाराम कहता है—दोनों लड्डु छिन जाने हैं। वो बेवकूफ तो फिर हो जाना है अंदर और जाते-जाते उसने मेरे को ऑनरेरी मैजिस्ट्रेटी से करा देना है बाहर। आज जब वो लोग बादशाही मस्जिद पर फिर जमा होने हैं तब उन्हें पता चल जाना है आटे-दाल का भाव। फौज बुला ली है जी अंग्रेजों ने, फौज।

जनको चिंतित हो उठती है—फौज...?

आत्मानंद का आँगन। घायल हवेलीराम लाला लाजपतराय वाली लाठी टेकता हुआ चल रहा है। उसके पाँव में मोच है और सिर पर पट्टी बँधी हुई है। लाजो बैठी काम कर रही है। कहती है डॉ. सत्तार ने आपसे आराम करने को कहा है मास्टरजी!

हवेली : सैर का नियम तो पूरा कर लूँ।

लाजो : पाँव में मोच, सिर पर चोट, फिर भी सैर की पड़ी है?

हवेली : सैर तो करनी ही हुई। मैंने एक हिसाब लगाकर देखा है, तकरीबन दो सौ चक्कर एक मील हो जाता है। लाला लाजपतरायजी की दी हुई छड़ी आज पहली बार काम आई।

सुनकर लाजो मुँह मटकाती है—बूढ़े लगते हो इसे लेकर!

तभी दरवाजे पर दस्तक होती है। हवेली दरवाजा खोलता है। बाहर मुंशीजी खड़े हैं। हवेली को देखकर पूछते हैं—ये क्या कर लिया छोटे लाट? तेरे को पब्लिक ने लाहौर का बेताज बादशाह बना दिया तो बहुत बुरा लगा तुझे? ये पट्टियों का ताज क्यों पहन लिया?

हवेली : ये तो गोरों ने पहनाया है। और आप सुनाइए, घर में सब राजी-खुशी, अरे, लाजोजी मुंशीजी के लिए कुछ लाओ।

लाजो : जी वो मैं अभी लेकर आती हूँ, आप भीतर बैठो मुंशीजी के साथ। डॉक्टर ने आराम करने को कहा है।

हवेली : एक मील का चक्कर तो पूरा होने दो।

मुंशीजी : अच्छा, छोटे लाट ने इस घर में भी कर ली अपनी सैर के लिए नाप-जोख?

हवेली : इस हालत में बाहर जाऊँ कैसे सैर के लिए?

मुंशीजी : हाँ जी, अब तो फौजी राज हो चला है। खत्म हो गई पब्लिक राज की चार दिन की चाँदनी। मैंने सुना है कि अमृतसर के जलियाँवाला बाग में बैसाखी वाले दिन अंग्रेजों ने निहत्थे लोगों को भून दिया।

हवेली : जुल्म हो रहा है जुल्म। पब्लिक का खून खौल रहा है, लेकिन कामयाब इन्कलाब का कोई रास्ता नजर नहीं आ रहा।

दरवाजे पर फिर दस्तक होती है। हवेली दरवाजा खोलता है। पुलिस इंस्पेक्टर आया है। बताता है—मास्टर हवेलीराम, मैं आपकी गिरफ्तारी का वारंट लेकर आया हूँ।

हवेली : चलिए।

पुलिस इंस्पेक्टर : जब आपको फिर गिरफ्तार ही होना था, तब जमानत पर छूटकर आए ही क्यों मास्टर हवेलीराम?

बैठक में गेंदामल, जनको, रलिया, शानो के बीच हवेलीराम की गिरफ्तारी पर चर्चा चल रही है। जनको की आँखों में आँसू हैं।

शानो : अब अंग्रेज अफसर आप चाहे तो भी देवरजी को नहीं छुड़वा सकता। फौजी राज है, फौजी!

जनको : फौजी राज है तभी तो कहती हूँ, मेरे बच्चे का सर तो पहले ही

तोड़ दिया फौजियों ने।

शानो : देवरजी आप गए थे तुड़वाने, इन्होंने नहीं भेजा।

गेंदामल (झुँझलाकर) : बंद कर रोना-धोना जनको!

जनको : कैसे करूँ? मेरे तो माँ का दिल है।

शानो : आपका तो माँ का दिल है ये तो हर कोई जानता है। मुसीबत तो ये है कि देवरजी के बेटेवाला दिल नहीं। रलियाराम गेंदामल को सुनाता है—और आप उसी को खासुलखास बेटा मानते हो।

गेंदामल (तुनककर) : हम किसी को खास नहीं मानते और क्यों मानें? एक माँ की आँखों में आँसू भरवाता है और दूजा माँ को आँख दिखाता है।

रलिया : जी, किसने दिखाई आँख? मैंने?

जनको लगातार रोये जा रही है। गेंदामल बुरी तरह खीझ उठा है, डाँटता है—अब बंद भी कर रोना। तेरे ही बिगाड़े हुए हैं ये पुत्तर!

गेंदामल के घर में इस बात पर बहस चल रही है कि हवेली के फिर से जेल चले जाने के बाद लाजो तथा उसके बच्चे का क्या हो? जनको इस बात पर अड़ी हुई है कि या तो गेंदामल और रलिया हवेली की जमानत करा दें, या फिर लाजो तथा उसके बच्चे को विच्छोवाली से कूचा राधाकिशन लिवा लाएँ। गेंदामल तथा रलिया दोनों में से कोई भी इस बात से सहमत नजर नहीं आते। उस दिन जनको वीराँवाली को लाजो तथा बच्चे का हाल-चाल लेने भेजना चाहती है, मगर गेंदामल तथा रलिया उसे रोक देते हैं। अन्त में बुर्का पहनकर वीराँवाली छिपती-छिपती विच्छोवाली पहुँचती है और भाई आत्मानंद के घर का दरवाजा खटखटाती है। लाजो दरवाजा खोलती है। पहले तो वीराँवाली को वह पहचान नहीं पाती, फिर पहचानती है तो साथ अंदर लाकर पूछती है—तू बुर्का पहन के क्यों आई?

वीराँवाली : क्या करती? लालाजी, वीरजी सबने मना कर दिया है, यहाँ आने के लिए। भरजाईजी ने उनके मन में शक डाल दिया है कि यहाँ मेरे लिए चिट्ठी आती है। कोई आई?

लाजो गद्दे के नीचे से एक चिट्ठी निकालकर देती है। कहती है—मैंने तेरे से पहले भी कहा है कई बार, आज हाथ जोड़ के कहती हूँ, अब इस पत्ते पर चिट्ठी मत मँगा।

वीराँवाली : ठीक है, नहीं मँगाऊँगी। वो आप आ रहे हैं यहाँ शनिवार को। तू उनसे भी कह देना।

लाजो : यहाँ माने? यहाँ, इस घर में?

वीराँवाली : यहाँ माने यहीं होता है।

लाजो : देख वीराँवाली, इसमें हमें और मत फँसा।

तभी दरवाजे पर दस्तक होती है। लाजो जाकर दरवाजा खोलती है। सामने वृषभान खड़ा है। लाजो को नमस्ते करता है, फिर पूछता है—भाई आत्मानंद का घर यही है?

लाजो : जी!

वृषभान : आप लाजवंतीजी है, वीराँवाली की सहेली?

लाजो : जी! मैं उसकी सहेली ही नहीं, भरजाई भी हूँ। इस नाते आपसे कहती हूँ कि मिलना-जुलना शादी के बाद करना।

वृषभान : मैं शादी की ही बात करने आया हूँ।

लाजो : वो लालाजी से करो ग्वालमंडी की दुकान पर जाकर।

तभी वीराँवाली बुर्के में आती है। लाजो से कहती है—घर में आए मेहमान से इस तरह बोला जाता है?...फिर वृषभान से—आप बैठो जी राधाजी के पिताजी भीतर चलके और जरा प्रेम से समझाओ कि आपकी परेशानी क्या है?

अंदर आकर वीराँवाली नकाब हटाती है। वृषभान और वीराँवाली एक-दूसरे को अपलक देखते रहते हैं।

वृषभान लाजो से पूछता है—भाभीजी, आपकी इजाजत है ना?

लाजो : इजाजत के साथ एक हिदायत भी। पहले शादी करो फिर राधाजी के पिताजी बनने की सोचो।

वृषभान : शादी ही तय कराने आया हूँ।

लाजो सुनकर खुश होती है—सच? क्या राजी हो गए आपके माताजी-पिताजी?

वृषभान : माताजी को तो गुजरे चार साल हो गए। वो होतीं तो अब तक ये शादी हो गई होती।

लाजो : तो क्या आपके पिताजी राजी हो गए?

वृषभान : नहीं जी।

लाजो : वो राजी नहीं हैं तो क्या उनकी नाराजगी मोल ले के शादी करोगे?

वृषभान : लाला गेंदामल राजी हो जाएँ तो।

लाजो : वो तो पहले भी राजी थे। सिर्फ उनकी रजामंदी से कर लोगे आप शादी?

वृषभान : पिताजी को मनाऊँगा। मुझे अगले महीने विलायत जाना है। मैं उससे पहले आपकी ननद से शादी कर लूँगा।

—अगले महीने?...वीराँवाली ऐसे कहती है जैसे दस साल बाद की बात कही जा रही हो। लाजो मुँह मटका के मुस्कराती हुई कमरे से बाहर चली जाती है। उसके जाते ही वीराँवाली दबी जुबान से पूछती है—अभी नहीं हो सकती?

वृषभान : अभी करनी है?

वीराँवाली : अभी-अभी करते-करते तो दो साल हो गए।

वृषभान : ये बुर्का पहनके क्यों आई हैं? इसे उतारिए।

वीराँवाली : कुछ पता भी है मुझे कितनी मुसीबत में डाल दिया है? मेरे घरवाले मेरे को यहाँ आने ही नहीं देते। उन्हें शक पड़ गया है।

वृषभान : बुर्का उतार दीजिए। इसमें अजनबी लग रही हैं।

वीराँवाली बुर्का नहीं उतारती, मगर नकाब हटा देती है—मैं तो अपनापा चाहती रही हूँ। आप ही बनाए हुए हैं अजनबी।

वृषभान : पिताजी का दिल दुखाना मेरे लिए आसान नहीं है। फिलहाल यही बहुत है कि मैं उन्हें अपनी शादी कहीं और नहीं करने दे रहा हूँ।

वीराँवाली : क्या मेरे लिए आसान है लालाजी को नाराज करना? उनका लाया हर रिश्ता ठुकराना?

वृषभान : जहाँ इतना सब्र किया, थोड़ा और! असल में न पिताजी का कोई और है दुनिया में, न मेरा।

वीराँवाली : आपके वही हैं सबकुछ। मैं तो कुछ नहीं हूँ।

वीराँवाली थोड़ा मान करती है और रुआँसी-सी बन जाती है।

वृषभान : आप तो मेरी सबकुछ हैं।

वृषभान का यह वाक्य सुनकर भी वीराँवाली निगाह नहीं मिलाती। वृषभान उसका हाथ पकड़ लेता है—इजाजत हो तो अपनी चाहत का सबूत पेश करूँ? मगर वीराँवाली अब भी वृषभान से मुखातिब नहीं होती। वृषभान की आवाज में दर्द है—आपसे मिलने इतनी दूर से आया और आप नजदीक नहीं आने दे रहीं। ...इस बार वीराँवाली वृषभान की ओर देखकर मुस्कराती है—जिसे अपना सबकुछ मानते हो उसे तुम कहते हुए हिचकते हो?

—तुम कहते हुए मुझे परहेज क्यों होने लगा पगली?...कहकर वृषभान उसे अपनी तरफ खींचता है।

—पगली को तुम नहीं, तू कहा जाता है। ...वीराँवाली कहती है।

बदले में वृषभान एक शेर सुनाता है—

इश्क में जब गुफ्तगू होने लगी।
आपसे तुम, तुम से तू होने लगी।

यद्यपि वीराँवाली मुँह फेर रही है और हाथों से वृषभान को धकेल रही है, मगर ऐसा लगता है कि वृषभान वीराँवाली का चुंबन ले ही लेगा। कि तभी बच्चा जागकर रोने लगता है। वीराँवाली बच्चे को उठा लेती है—गंदी बात नहीं करने देगा मेरा बॉडीगार्ड!

लाजो लस्सी लेकर पहुँच जाती है—लो जी, आ गई लस्सी।

वृषभान : पहले तो वीराँवाली को पिलाइए। इनका भेजा गर्म हो रहा है बुर्का पहनके। पता नहीं उतारतीं क्यों नहीं। बिल्कुल अजनबी-सी लग रही हैं।

वीराँवाली बुर्का उतारकर जवाब देती है—जब से आपसे मिली हूँ, मैं आप अपने को अजनबी लगने लग पड़ी हूँ।

लाजो लस्सी पकड़ाने के बाद बच्चे को वीराँवाली से ले लेती है और बाहर चली जाती है। वृषभान कहता है—अब तो तुम्हारा बॉडीगार्ड भी चला गया।

—चला गया तो...चला गया तो कहती हुई वीराँवाली बड़ी ही शोखी के साथ वृषभान पर झुकती है। लगता है कि वह उसे चूमेगी, लेकिन वृषभान के गिलास में से एक घूँट लस्सी पीकर परे हो जाती है। वृषभान देखता रह जाता है।

गेंदामल दुकान में गाव-तकिए का सहारा लेके बैठा है। पानी के साथ कोई दवा पीता है और फिर लेट जाता है। तभी रलियाराम भीतर आता है। उसके पीछे-पीछे वृषभान। रलिया गेंदामल को सूचित करता है—वृषभान आए हैं दिल्ली से।

सुनकर गेंदामल उठता है—आओ भाई।

वृषभान नमस्ते करते हुए कहता है—आप लेटे रहिए लालाजी!

गेंदामल : कैसे तकलीफ की? आप लोगों का आदमी तो अभी हफ्ते-भर पहले ही गया।

वृषभान : मैं बिजनेस के सिलसिले में नहीं आया था जी।

गेंदामल : और तो कोई सिलसिला है नहीं हमारा-आपका?

वृषभान : जब मैं पिछली मरतबा लाहौर से दिल्ली लौटा था तो आपने किसी और सिलसिले में पिताजी को चिट्ठी भेजी थी।

गेंदामल : उस भूल पर तुम्हारे पिताजी क्या कुछ कम सुना चुके जो अब तुम आ गए हो?

वृषभान : नहीं, मैं ये कहने आया हूँ कि मैं शादी करूँगा तो आपकी बेटी से ही।

गेंदामल : मेरे से क्यों कहते हो? अपने पिताजी से कहो। शादी-ब्याह के मामले में फैसले बुजुर्गों ने करने होते हैं।

वृषभान : जी, मैं समझता हूँ कि आप बात फिर से उठाएँ तो शायद मैं पिताजी को मना पाऊँ। वो तो एक बार ना कहने के बाद आपको लिखने से रहे।

गेंदामल : तो हम भी एक बार ना सुनने के बाद उनके आगे हाथ जोड़ने से रहे। और बर्खुरदार, ऐसा सुनने में आया है कि तुम हमारे हवेली की घरवाली की मार्फत चिट्ठी-पत्री करते आए हो?

वृषभान सकपका उठता है—जी वो ऐसा है कि...मैं ये कहने आया हूँ कि ये

रिश्ता मैं अपने पिताजी से मंजूर करवा लूँगा।

शानो अपने सोने के कमरे में रलियाराम से बातें कर रही है। कहती है—कोई बात छिप सकती है गली-मोहल्लों की इस दुनिया में?

तुम्हारी लाडली बहन ने अपनी सहेली नसरीन से बुर्का माँगा। नसरीन के पेट में बात नहीं पची। उसने अपनी माँ को बता दी। उसकी माँ ने रामप्यारी को। और रामप्यारा-रामप्यारी देख आए बुर्केवाली को वृषभान से बातें करते हुए। और रामप्यारा ने वृषभान को लालाजी से यह कहते सुना है कि मैं ये रिश्ता पिताजी से मंजूर करवा लूँगा। सारी बात साफ हो गई।

रलिया : मैं जान ले लूँगा उस वृषभान की, और उस छिनाल की, जिसने मेरे भाई-बहन को बिगाड़ा है।

गेंदामल बैठक में गाव-तकियों के सहारे बैठा हुआ है। जनको पंखा झल रही है और रलियाराम गुस्से से तमतमाया हुआ खड़ा है। गेंदामल के कुछ समझाने पर उबल पड़ता है—तो हम क्या करें, हाथ-पर-हाथ धरे बैठे रहें? शहर में थू-थू हो रही है।

जनको : आप मेरी मानो और एक बार वृषभान के कहे मुताबिक उसके पिताजी को चिट्ठी भेजो।

गेंदामल इस वक्त परम दुखी है। वह इस सुझाव को पहले ठुकरा चुका है, लेकिन और कोई चारा दिखता नहीं। वह कागज-कलम उठाता है—लिखता हूँ भागवान, लिखता हूँ।

रलिया : ये तो बड़ी बेइज्जतीवाली बात होगी बाऊजी!

गेंदामल गहरी साँस भरता है—बेइज्जतीवाली, बेशर्मीवाली, लेकिन जब अपनी ही औलाद उछाल रही हो तब पगड़ी सर पर रह कैसे सकती है, पुत्तर?

गेंदामल की तबीयत ढीली चलने लगी है। डॉक्टर आकर उसका चेक-अप करता है और पूरी तरह आराम करने की सलाह देता है। गेंदामल के स्वर में उदासी फूट पड़ती है कि वह नहीं रहा तो जनको का क्या होगा? शानो जिस स्वभाव की है, उसकी पटरी बैठनी नहीं, और हवेली जेल चला गया। जनको समझाती है—दरगाह में मन्नत मनाने के बाद शानो फिर उम्मीदों में है। इस बार जरूर बेटा होगा और जिन्दा रहेगा। बेटा होते ही उसका सुभाव सुधर जाएगा। जवाब में गेंदामल जैसे व्यंग्य करता है—हाँ, कुत्ते की पूँछ सीधी हो जाएगी।

बातचीत चल ही रही होती है कि पाशो आकर बताती है कि वीराँवाली लगातार रोए चली जा रही है। फिर पाशो गेंदामल के हाथ में एक चिट्ठी पकड़ा जाती है—अभी एक छोटा लड़का आकर ये चिट्ठी दे गया आपके वास्ते।

गेंदामल चिट्ठी खोलकर पढ़ता है। जनको को बताता है—पढ़ी-लिखी मालूम पड़ती है वह औरत जिससे हवेली ने शादी की। उसी की है चिट्ठी।

जनको : क्या लिखा है।

गेंदामल : सफाई दी है। कहती है, मैंने वीराँवाली को बहुत मना किया था लेकिन वो मानी नहीं। खैर, मैंने वृषभान से आप बात की और जेल ले जाकर इनसे भी करवाई। लड़के का कहना है कि वो अगले महीने विलायत जाने से पहले अपनी वीराँवाली से जरूर शादी कर लेगा। वीराँवाली को साथ ले जाएगा।

जनको : मैंने कहा था ना।

गेंदामल : तेरे, या इस औरत के कहने से क्या होता है? शादी तो तभी होगी जब वृषभान का बाप जगतनारायण चाहेगा।

जनको : रलिया और शानो कहें तो कहें, आप हवेली की घरवाली को 'उस औरत-उस औरत' क्यों कहते हो?

गेंदामल : जिसने विधवा हो के शादी कर ली उसे और क्या कहें?

जनको : करम खोटे हैं उस गरीब के, मगर खोटा करम उसने कोई नहीं किया लालाजी। ऐसी-वैसी होती तो हमारा हवेली शादी करता?

गेंदामल : रलिया तो कहता था कि...।

जनको : उसे तो शानो भड़काती है।

इधर शानो सचमुच रलिया को भड़का रही है—झाईजी लालाजी की बीमारी की आड़ में उस डायन और उसके बच्चे को यहाँ लाने की सोचने लगे हैं।

रलिया : मैंने नहीं रखने देना उन्हें इस घर में कदम।

शानो : तुम्हारी चलती कहाँ है इस घर में जो इस तरह अकड़ के बोलते हो?

•

गेंदामल लेटा हुआ है। जनको और रलिया सामने हैं। पाशो सिरहाने बैठी पूछती है—चाचे ने चोरी नहीं की तो फिर सजा क्यों मिली दादाजी? भरजाईजी कहते हैं कि चाचे से ही नहीं, चाचे की चाची से भी पिसवाएँ चक्की, तब चैन पड़े मुझे।

जनको रलिया से पूछती है—अपनों कां बुरा होता देखकर खुश होना, क्या यही सिखाना है तुमने बच्ची को?

रलिया : ये तो आप हवेली से उस दिन पूछते जिस दिन वो शहर में हड़ताल कराने निकला था। ज़रा देरी हुई हमसे दुकान बंद करने में तो वो सामान फिंकवाने

वालों में सबसे आगे था।

गेंदामल : नहीं पुत्तर नहीं, उसने तो उल्टे उन लोगों को रोका।

रलिया : आप ही भड़काया और फिर आप ही उन्हें रोककर अहसान जताया। रामनौमी के जलूस में जिन्होंने मेरी-आपकी पगड़ी उछाली, उनका लीडर भी हवेली ही था।

गेंदामल : हवेली सुभाव का गऊ है। वो किसी की पगड़ी नहीं उछाल सकता।

रलिया : चलो जी! हवेली बहुत अच्छा है। मैं ही खराब हूँ।

जनको : तेरे को खराब किसने कहा पुत्तर?

रलिया : आपकी हर बात कहती है झाईजी कि आप मुझे खराब समझते हो। तभी लालाजी को मेरी सलाह पे नहीं चलने देते। चाहे मैं लालाजी के भले की बात क्यों न कर रहा होऊँ।

जनको : तेरी किस सलाह पे चलने नहीं दिया?

रलिया : अब छोड़ो झाईजी। डॉ. बेलीराम कह गए हैं कि लालाजी के दिमाग पर किसी तरह का बोझ नहीं पड़ना चाहिए, इसी करके चुप हूँ।

गेंदामल : तू मेरी फिकर मत कर पुत्तर। जो हुआ सो बता।

रलिया : आप बर्दाश्त नहीं कर सकोगे जी।

रलियाराम पहले हिचकता है फिर खुला लिफाफा गेंदामल को देता है। गेंदामल खुला लिफाफा देखकर पूछता है—ये तो मेरे नाम की है चिट्ठी, तूने कैसे खोली?

रलिया : इसलिए कि मुझे डर था, इसमें आपके मन को ठेस पहुँचाने वाली बात लिखी होनी है।

जनको : तो अब क्यों दे रहा है ठेस पहुँचाने को?

रलिया : इसलिए कि बाऊजी ने सर की कसम दिलायी।

जनको : बात तो तूने ही उठायी।

रलिया : मैंने कोई बात नहीं उठायी झाईजी। बातें तो आप उठा रहो हो बड़ी देर के। हवेली के लिए वकील क्यों नहीं किया? उसकी घरवाली और बच्चे को यहाँ क्या नहीं ले आते? आपकी सलाह पे चलने से क्या होता है, वो वृषभान के बाप की इस चिट्ठी से पता चलता है।

गेंदामल पूरी चिट्ठी पढ़ चुकने के बाद और रलिया की बातों से क्षुब्ध होकर गुस्से में उसे चीरने लगता है—किसी रईस के बेटे को घर में मेहमान बनाकर अपनी बेटी को उसके साथ रंगरेलियाँ करने देना, ये शरीफोंवाला काम है? लड़के के बाप की 'ना' आ जाने पर भी अपनी बेटी से लड़के को चिट्ठियाँ डलवाते रहना, ये शरीफोंवाला काम है? लड़के को फिर अपने शहर में बुलवाना और अपनी बेटी से मिलने देना, ये शरीफोंवाला काम है? हम इशारे से ना पहले ही कर बैठे थे। इशारा नहीं समझा, इसलिए अब साफ लिख रहे हैं कि आप जैसी हैसियत वालों के यहाँ अपने बेटे के

रिश्ते की बात हम अफीम के नशे में भी नहीं सोच सकते।

गेंदामल चिट्ठी की चिंदियों को हथेली से मसलकर उनकी गोली-सी बनाता है और जमीन पर दे मारता है। उसके माथे पर पसीने की बूँदें झलकने लगती हैं।

वह अपनी दायीं से बायीं बाँह पकड़ता है। मारे दर्द के कराहता है और गाव-तकियों के सहारे लेट जाता है।

रलिया : बाऊजी, बाऊजी!

जनको : ये क्या किया तूने रलिया! जा जल्दी बुला के ला डॉ. बेलीराम को।

•

वीराँवाली अपने बेडरूम में तकिए में सिर दिए सुबक रही है। दरवाजे पर दस्तक सुनकर सिर उठाती है—कौन है?

—खोल पुत्तर, मैं हूँ। ...जनको आवाज देती है। वीराँवाली दरवाजा खोलती है। जनको बताती है—चल पुत्तर, तेरे को लालाजी बुला रहे हैं।

वीराँवाली : अब किस तरह जाऊँ? वीरजी ठीक कहते हैं कि उस चिट्ठी के आने के बाद तो मेरे को उन्हें मुँह नहीं दिखाना चाहिए।

जनको : अपने बाऊजी को मुँह दिखाने में शर्म कैसी? और फिर इस समय? बार-बार तेरा और हवेली का नाम पुकार रहे हैं। डॉ. बेलीराम कहते हैं कि तबीयत बहुत ज्यादा खराब है।

जनको रोने लगती है। वीराँवाली उठती है और जनको के गले से लग जाती है—चलो झाईजी!

इधर डॉक्टर गेंदामल की जाँच कर रलिया को सलाह देता है—मेरे ख्याल से तो हवेलीराम को खबर कर दो, पैरोल पर आ जाएगा।

रलिया : लेकिन डॉ. साहब, मैंने बतायी ना अपनी मजबूरी।

बेलीराम : पुत्तर, बात समझा कर। लालाजी के दिमाग में हवेलीराम और वीराँवाली का ख्याल ही मँडरा रहा है। इस बोझ से तबीयत और बिगड़ गई है उनकी।

वीराँवाली को लेकर जनको आती है। डॉक्टर वीराँवाली को देखकर कहता है—लो, वीराँवाली तो आ गई। जा पुत्तर, लालाजी के पास बैठ। उनसे माफी माँग।

जनको : और हवेली का जी?

बेलीराम : रलिया ने उसे बुला लेना है पैरोल पर। जा पुत्तर!

रलियाराम बाहर जाता है। गेंदामल आँखें मूँदे लेटा है।

जनको : लालाजी, आपकी बेटी आई है माफी माँगने वास्ते।

गेंदामल आँख खोलता है।

जनको वीराँवाली की ओर इशारा करती है जो सिर झुकाए खड़ी है।

गेंदामल उसे सांत्वना देता है—गलती इंसान से ही होती है पुत्तर! जी छोटा ना कर।

गेंदामल की बात सुनकर वीराँवाली फर्श पर से निगाह उठाती है और फिर दौड़कर गेंदामल से लिपट जाती है।

गेंदामल की बीमारी की खबर ज़ानकर हवेली पैरोल पर छूट गया है। उसके घर आने की खबर पर वीराँवाली दौड़ी हुई शानो के पास उसके कमरे की चाबी लेने पहुँचती है—छोटे वीरजी आ रहे हैं!

शानो : आएँगे तो अपने घर में रहेंगे विच्छोवाली में।

वीराँवाली : ये भी उनका घर है। वो लालाजी को देखने आ रहे हैं।

शानो : तो क्या उस औरत को छोड़ देंगे जो विच्छोवाली में बैठी है?

वीराँवाली : भरजाईजी को वो साथ लाएँगे।

शानो : मैंने नहीं रहने देना उस डायन को यहाँ। मैं 'रुकने आलम' गई तो जादू-टोने से उसने खुद के भी ठहरा लिया। मेरा मार देगी, अपना जिला लेगी।

वीराँवाली : आप तो गँवारों-जैसी बातें करते हो? और सुन लो, छोटे भरजाईजी को कोई बच्चा-शच्चा नहीं होने वाला।

शानो : मैंने नहीं आने देना उस कमजात कुत्ती को अपने घर। उसने आकर जरूर करना है कोई जादू-टोना।

वीराँवाली : चाबी निकालो भरजाईजी जल्दी।

शानो : जा, मैंने नहीं देनी।

रलियाराम बैठक से बाहर झाँकता है—शानो, झाईजी कह रहे हैं तो चाबी दे दो।

शानो क्रोध से रलियाराम की ओर देखती है और वीराँवाली के सामने चाबी पटक देती है।

गेंदामल की ड्योढ़ी पर हवेलीराम और लाजो खड़े हैं। हवेली के हाथ में छोटा बक्सा है, लाजो की गोद में बच्चा। लाजो अंदर-ही-अंदर घबड़ायी हुई हवेली से कहती है—मेरे को तो बहुत डर लग रहा है। कहीं मेरे आने से झगड़ा ना हो।

हवेलीराम : तुम मत झगड़ना। बाकी वो कुछ कहते रहें।

हवेलीराम दरवाजा खटखटाता है।

रलियाराम दरवाजा खोलता है। हवेली पैरीपौना करता है, मगर रलिया बगैर कुछ कहे मुँह फेरकर बैठक में घुस जाता है।

आँगन में शानो नौकरानी से माथा दबवा रही है। लाजो उसकी ओर बढ़ती है—पैरीपौना जिठानीजी।

शानो : मैं किसी डायन की जिठानी नहीं। मेरे पे अपना साया भी मत डालना। सुना?

हवेलीराम लाजो का हाथ पकड़कर बैठक में पहुँचता है जहाँ गेंदामल, जनको, पाशो और रलियाराम हैं। जनको पैर दबा रही है, हवेली गेंदामल तथा जनको को पैरीपौना करता है। फिर लाजो गेंदामल तथा जनको को बारी-बारी से पैरीपौना करती है। जनको लाजो की गोद से बच्चा ले लेती है। और गेंदामल की ओर बढ़ाती है—लालाजी, ये आपका पोता।

गेंदामल न लाजो की तरफ देखता है न बच्चे की तरफ। इतने में वीराँवाली आ जाती है और पहले हवेलीराम से लिपटती है—वीरजी आप आ गए! ...फिर लाजो से। जनको से बच्चा लेकर लड़ियाती है...और ये काका भी आया है, काका भी आया है। क्यों रे, लालाजी ने क्या मुँह दिखायी दी?

जनको : लालाजी ने तो मुँह ही नहीं देखा पोते का।

वीराँवाली बच्चे को गेंदामल की छाती पर पेट के बल लिटा देती है। बच्चा हाथ-पाँव मारता है। दादा, तातावाली बोली बोलता है और गेंदामल का चेहरा ध्यान से देखने लगता है। गेंदामल भी बच्चे से मुखातिब होता है। थकी-थकी आवाज में कहता है—शाबाश! ये तो उल्टा मेरा मुँह देख रहा है। जब बेटा अपने को बाप समझता हो मेरा, तो पोते ने तो अपने को दादा समझना ही हुआ मेरा।

हवेलीराम जैसे सामने होकर अपने अपराध कबूल कर रहा हो—बाऊजी...! बाऊजी, दुनिया में हर आदमी कुछ काम करने के लिए पैदा हुआ होता है। उस काम को पूरा करना उसका धर्म होता है। इतना बड़ा कारोबार खड़ा करके आपने अपना धर्म पूरा किया।

—तो? शाबाशी दे रहा है अब? ...गेंदामल की आवाज तेज हो जाती है।

हवेलीराम : जी माफी माँग रहा हूँ कि मेरा धर्म बिजनेस करना नहीं था। आजादी की लड़ाई में कूदकर मैंने आपको नाउम्मीद किया है बाऊजी, मगर मैं बिजनेस करने लगता तो अपने सिरजनहार को नाउम्मीद करता।

—जिसमें तेरे को खुशी मिलती है वही कर बरखुरदार! ...कहकर गेंदामल बच्चे को तरफ देखने लगता है और उसी से कहता है—काका, बड़ा होकर तू भी इससे यही कहना कि बाऊजी मेरा धर्म कुछ और है। ...कहते-कहते वह भावविह्वल हो उठता है। अजीब-सा मुँह बनाता है और बच्चे को बाँहों में उठा लेता है। बच्चे का लँगोट गीला हो आया है, जिसका दाग गेंदामल के कुर्ते पर भी पड़ा है। वह कहता है—बुजुर्गों को परेशान करने का धर्म ये तो अभी से निभाने लग पड़ा। ...सब लोग हँसते हैं। सिर्फ रलियाराम मुँह बनाए रखता है। जनको कहती है—अब तो डबल

मुँह दिखायी देनी होगी। ...गेंदामल अंटी से एक चाबी निकाल के रलिया को देता है—रलिया पुत्तर, देख इस कैश-बॉक्स में कोई गिन्नी हो तो। ...रलियाराम पास में पड़ा कैश-बॉक्स खोलकर उसमें से गिन्नी निकालता है। बक्से में एक कागज भी दिख रहा है। गेंदामल पूछता है—ये कागज कैसा है?

—वसीयत है आपकी नईवाली। ...कहता हुआ रलिया गिन्नी निकालकर गेंदामल को देता है। गेंदामल बच्चे को—ले भाई कुलभूषण। पकड़ अपनी मुँह-दिखायी।

जनको : मैंने कहा जी, वसीयत में नहीं करना कुछ इस बच्चे के लिए?

जवाब में गेंदामल थोड़ी देर सोच में पड़ जाता है फिर रलिया से पूछता है—क्यों रलिया?

रलिया : महीने के महीने कुछ भेजते रहने हैं।

जनको : कुछ लिखत-पढ़त में हो जाता तो ज्यादा ठीक रहता।

रलिया : हवेली ने जरूर ऐसे काम किए हैं कि उस पर से भरोसा हट जाए। मैंने क्या किया झाईजी, जो लिखत-पढ़त जरूरी समझते हो?

हवेलीराम : बाऊजी, मुझे आपकी दौलत में से कुछ नहीं चाहिए। मेरे लिए, मेरे बाल-बच्चों के लिए इतना ही काफी है कि आप हमें अपना समझें। स्नेह के भूखे हैं हम, सोना-चाँदी के नहीं।

रलिया : जो स्नेह देगा, वो सोना-चाँदी आप ही दे देगा। स्नेह फोकट में नहीं मिलता हवेली। उसके लिए सेवा करनी पड़ती है, कहना मानना होता है।

गेंदामल : मैं मर जाऊँ, फिर लड़ना इस तरह। रलिया वकील साहब को बुला ले।

शानो रलियाराम को अपने कमरे में समझा रही है—तुमने साफ कह देना था कि मैंने हवेली के बच्चों को कोई हिस्सा नहीं देना है। उसे हिस्सा लेने का शौक हो तो खुद बैठे दुकान पर।

रलिया : मैंने कहा, मगर मेरी सुनता कौन है? कहते हैं, हवेली को भी कुछ देना होगा। मेरा रब जानता है कि मेरे को हवेली से शुरू से ही कितना प्यार है। चौथा हिस्सा क्या, मैं पूरा कारोबार उसको देने को तैयार हूँ। लेकिन उस औरत के बच्चे के वास्ते कैसे दे दूँ, जिसने मेरे से भाई छीन लिया?

वकील के साथ हवेलीराम, गेंदामल और रलियाराम बैठे हैं। वसीयत गेंदामल की तरफ बढ़ाते हुए वकील कहता है—लो जी लालाजी, करो दस्तखत। मैंने इसमें ये भी लिख

दिया है कि जब भी जरूरी हो, हवेलीराम रलियाराम को पावर ऑफ एटरनी लिखके दे दे।

गेंदामल दस्तखत करने से पहले हवेलीराम से मुखातिब होता है—तेरे को इस पर कोई एतराज तो नहीं पुत्तर?

हवेलीराम : मैं तो कहता हूँ आप मुझे ट्रस्टी भी मत रखिए। सब भ्राजी को सौंप दें।

मगर गेंदामल वसीयत पर दस्तखत कर देता है।

गेंदामल हवेलीराम का सहारा लेकर बैठक से आँगन में आता है। हवेलीराम उसे तकियों के सहारे लंबी आरामकुर्सी पर लिटा देता है। फिर उसके पाँव दबाता है।

गेंदामल : अंग्रेज ने ही सारे मुल्क को जोड़ के एक किया। डाक, तार, कायदा, कानून ये सब भी उसी ने दिया। अंग्रेज के आने से पहले तो न कोई काम के घंटे थे, न हफ्तावार छुट्टी। बड़े लोगों के लिए तो रोज ही छुट्टी थी। हफ्ते में एक दिन की छुट्टी का क्या करना था।

हवेलीराम : अंग्रेजों ने हमें बहुत कुछ दिया है बाऊजी, मगर एक बहुत बड़ी चीज हमसे ले ली—हमारा आत्मसम्मान। हमारी खुद्दारी। हमारी आजादी।

जनको : पोते का मुँह देखकर तबीयत ज़रा सम्हली है लालाजी, अब पुत्तर से बहस करके उसे फिर मत बिगाड़ लेना।

वीराँवाली बच्चे को गेंदामल की गोद में देती है। गेंदामल उसे देखता है—आ भई कुलभूषण, मैं खेलूँ तेरे साथ।

जनको : ध्यान से देखो लालाजी, किसका-सा दिखता है?

गेंदामल : मेरा-सा।

जनको : आपका-सा नहीं, मेरा-सा दिखता है।

शानो छत पर अपने कमरे से बाहर झिरमिरी के पास खड़ी नीचे देख रही है। पाशो भी वहीं है। रलिया उसे ढूँढ़ता हुआ पहुँचता है—मैंने कहा सीढ़ियाँ क्यों चढ़ी? ऊपर क्यों आई?

शानो : मेरे से बर्दाश्त नहीं होता ये सब।

पाशो : मेरे को जाने दो नीचे।

शानो : इस पर भी कर दिया जादू खमसखानी ने। मुझे जलाने के लिए ठीक मेरे कमरे के सामने बैठी रहती है हमेशा। टोना करती है। मैं कहती हूँ जी, मेरे को नई कोठी में पहुँचा दो। नहीं तो इन डायन ने जरूर खा जाना है मेरे होने वाले बच्चे को।

रलिया : कैसी बातें करती है? ऐसी हालत में बाऊजी को छोड़ के जाया जा

सकता है?

शानो : क्यों? अब आ तो गए उनके असली बेटा-बहू।

रलिया : तेरे को वहाँ भेज दूँगा तो लोग क्या कहेंगे।

शानो : लोगों के कहने की फिकर जब तुम्हारे बुजुर्गों ने नहीं की तो तुम क्यों करो?

रलिया : सब्र कर कुछ दिन।

शानो : बीमारी तो हमारे लिए ही थी। लाडला बेटा-बहू आ गए, सब ठीक हो गए। ...कहकर शानो चलने को होती है। तभी उसे कुछ ख्याल आता है। वह टैरेस में बने कमरे की ओर, जो हवेलीराम का हुआ करता था, बढ़ती है—मैंने कहा जी, अब तो ये लोग इस कमरे में जम ही गए आके। यहाँ मैंने जो बड़ा बक्सा रखवाया था, उसे वापस ले चलो। ये तो सिर्फ डायन ही नहीं, चोर भी है।

वह कमरे के अंदर झाँकती है। बड़ा बक्सा जगह पर रखा है। शानो उसे खोल के देखती है।

रलिया पूछता है—सब सही-सलामत है ना?

शानो : अभी तक तो कुछ लिया नहीं है, मगर लेगी जरूर। बक्से में साड़ी, जेवर और पुराने बर्तन हैं। इसे तो नीचे रख दो फौरन!

रलिया : किसी नौकर से रखा लेने हैं।

शानो : नौकर इस समय कोई नहीं है। तुम उठा लो, मैं हाथ लगा दूँगी।

रलियाराम ट्रंक उठाके सीढ़ियों की ओर जाता है। शानो उसके आगे-आगे है। वह मुड़-मुड़के देखती रहती है और किसी चीज से ठोकर लगकर गिर पड़ती है। उसके मुँह से चीख निकलती है। चीख सुनकर नीचे से हवेली, वीराँवाली, लाजो और जनको सीढ़ियों की ओर दौड़ते हैं।

शानो को जमीन पर गिरी देखकर जनको अवाक् रह जाती है—क्या हुआ बीबी रानी?

शानो : वही, जिसकी कोशिश में लगी थी डायन पिछले चार दिन से।

रलिया : सीढ़ियों से गिर पड़ी जी।

शानो : गिरी नहीं, गिराया डायन ने। खा गई मेरे होने वाले पुत्तर को। खसमखानी डायन, सिरमुन्नी!

शानो गालियाँ दे रही है। गेंदामल तब तक वहाँ पहुँच चुका है। शानो के मुँह से भद्दी-भद्दी गालियाँ सुनकर वह दुखी और पस्त होकर बैठक की ओर बढ़ता है—हवेली पुत्तर, किसी दाई को बुला।

शानो अपने कमरे में लेटी सेब खा रही है। डॉक्टर उसे अभी थोड़ी देर पहले देखकर गया है। डॉक्टर का कहना है कि वह बिल्कुल ठीक-ठाक है, चिंता की कोई बात नहीं, मगर शानो पाशो को भेजती है कि डॉक्टर को फिर से बुला लाए, जो गेंदामल, रलिया तथा जनको के साथ बैठक में बैठा है। रलिया शानो के कमरे में आकर पूछता है—तूने पाशो को भेजा?

शानो : डॉक्टर बुलाने वास्ते भेजा। तुम क्यों आए?

रलिया : डॉक्टर चाचाजी ने कहा कि दुबारा देखने की जरूरत नहीं है। आराम करने से ठीक हो जाएगी।

शानो : इनका तो डॉक्टर तक मेरे खिलाफ है।

रलिया : फालतू की बातें नहीं करते।

शानो : जब मेरे को फालतू की बना छोड़ा है तो मैंने फालतू की ही बातें करनी हैं।

रलिया : मैंने क्या किया है।

शानो : जिसने किया है उसका कुछ बिगाड़ पाए तुम? मेरे बच्चे को मार चुकी। अब मेरे को मार रही है। बारी-बारी सबको मार देगी, और तुमसे ये नहीं हो सकता है कि उसे वापस विच्छोवाली भेज दो।

इधर लाजो हाथ में लस्सी का गिलास और मूँग की दाल के छोटे-छोटे लड्डुओं की प्लेट लेकर बैठक में आती है। डॉक्टर की तरफ प्लेट तथा गिलास बढ़ाती है—डॉक्टर साहब!

डॉक्टर : ये क्या है पुत्तर?

जनको : आपकी खुराक लायी होनी है। सबका बड़ा ही ख्याल रखती है बीबीरानी हमारी।

डॉक्टर : लस्सी और मूँग की दाल के लड्डू! भई वाह!

डॉक्टर एक लड्डू उठा लेता है और लस्सी का गिलास ले के पीने लगता है।

—जो हवेली की घरवाली ने मेरे को इसी तरह खिलाना है तो मेरी तो सेहतें बन जानी हैं। जीती रह पुत्तर! ...डॉक्टर लाजो को आशीर्वाद देता है।

लाजो : आपके लिए कुछ लाऊँ झाईजी?

जनको : मेरे को भूख नहीं पुत्तर! शानो को दिया?

लाजो : उनके लिए आप बना दो। मेरा बनाया तो नाली में फेंक दिया।

जनको : उसकी तो मत मारी गई है।

तभी रलियाराम बगल से गुजरता हुआ सुन लेता है। कहता है—वो बेवकूफ सही, आप तो सयाने हो झाईजी! आप क्यों जिद करते हो इससे बनवाने की?

जनको : लालाजी को पसंद है, इस करके बनवाया।

रलिया : आप बेशक बनवाओ लाजाजी के लिए, लेकिन शानो के लिए क्यों

भेजते हो?

पाशो : भरजाईजी कहते हैं, चाचे की चाची जादू-टोना करके भेजती है।

सुनकर गेंदामल के चेहरे पर तीखी प्रतिक्रिया होती है। उसे फिर से दौरा पड़ने को है।

वीराँवाली चीख उठती है—बाऊजी-बाऊजी!

हवेलीराम लपकता है—डॉक्टर साहब गए क्या! बाऊजी की तबीयत फिर से खराब हो रही है।

जनको : क्या हुआ?

गेंदामल सिर हिला के कहता है कि कुछ नहीं। वह इशारे से रलियाराम को बुलाता है—रलिया...!

रलियाराम करीब आता है—हुक्म करो बाऊजी!

गेंदामल जनको की ओर इशारा करता हुआ रलिया से कहता है—ये तेरे झाईजी हैं पुत्तर!

रलिया : जी!

गेंदामल : माँ की जगह कोई नहीं ले सकता पुत्तर! किस्मत वाले होते हैं, जिन्हें इस उम्र तक माँ का प्यार नसीब होता है। मेरी माँ तो तभी गुजर गई थी जब मैं नौ साल का था। झाईजी का ख्याल रखना पुत्तर!

रलिया : कहने की कोई जरूरत नहीं है बाऊजी! मैंने पूरा ख्याल करना है।

वीराँवाली : बाऊजी-बाऊजी, आप ये सब क्यों कह रहे हो?

गेंदामल : यात्रा पे निकलने से पहले बड़े बेटे को समझा के जाना ही पड़ता है। इस वीराँवाली का रिश्ता कहीं, कहीं अच्छी...।

रलिया : अच्छा ही कराना है जी रिश्ता।

गेंदामल : वीराँवाली, झाईजी का कहना मानना।

फिर वह हवेलीराम का हाथ लेकर रलियाराम के हाथ में देता है—ये तेरा बड़ा भाई है। इससे मिलकर रहना। फूट से कमजोरी होती है, मेलजोल से ताकत।

डॉ. बेलीराम अपना स्टैथस्कोप निकालने लगता है। गेंदामल हँसता है। डॉक्टर भी। डॉक्टर अपना स्टैथस्कोप गेंदामल के सीने पर लगाता है। उसका चेहरा चिंतित हो जाता है। हँसते-हँसते गेंदामल को हार्ट अटैक हो गया है। डॉक्टर स्टैथस्कोप कान से उतार लेता है।

जनको की आँखों में आँसू हैं। वीराँवाली गेंदामल से चिपककर रोने लगती है। डॉक्टर अपनी आँखों के आगे से हाथ हटाता है और गेंदामल से लिपटी वीराँवाली को अलग करता है। हालाँकि खुद डॉक्टर की आँखों में आँसू बह रहे हैं—अब नहीं रुकता किसी के रोने से लाला गेंदामल। रो मत वीराँवाली। गेंदामल तो उम्र पा के

गुजरा है, काराबोर जमा के गुजरा है, ऐसे बंदे को तो हँसी-खुशी विदा किया जाता है।

हवेलीराम गीता पढ़ रहा है, मुंशीजी छोटे कमंडल से गंगाजल गेंदामल के मुँह में डालते हैं। फिर सोने की कतरी और तुलसी का पत्ता।

डॉक्टर : मैंने कहा मुंशीजी, बिरादरी में खबर कराओ। रलिया के ससुराल में भी कहना होगा। अर्थी के लिए शाल वहीं से आएगी।

मुंशी : मैंने कहा जी, बमान बनेगा झंडियोंवाला।

डॉक्टर : हाँ, पोते का मुँह देख के मरे हैं लालाजी। बमान में ही जाएँगे। घंटे-घड़ियाल के साथ।

विमान मुख्य द्वार से बाहर गली में आता है। घंटा-घड़ियाल-ढोलक बजाया जाने लगता है। शव-यात्रा में स्त्रियाँ भी शामिल होती हैं।

आँगन में स्यापा हो रहा है। बीच में शानो, लाजो और वीराँवाली हैं। उनके बाद रिश्ते की अन्य औरतें।

हवेलीराम ऊपर से उतरता है। उसके दोनों हाथों में सामान है। सीढ़ियों से नीचे आके वह लाजो को इशारा करता है—लाजोजी!

लाजो स्यापे में से उठके आती है। बच्चा उसकी गोद में है। वह कुछ सामान हवेलीराम के हाथ में से ले लेती है। फिर पूछती है—चलना है?

हवेली : हाँ।

ये लोग बैठक में घुसते हैं।

बैठक में जनको रलिया के साथ बैठी हुई है। मुंशीजी खड़े हुए हैं। हवेली आकर पुकांरता है—झाईजी!

सुनकर जनको निगाह उठाती है—ये क्या? अभी से जाने की तैयारियाँ कर बैठा? रस्म पगड़ी होने तक तो यहीं रहता। और ये बीबीरानी? ये किधर चल पड़ी काके को ले के?

हवेली : विच्छोवाली जा रही हैं जी। वहाँ से आती-जाती रहेंगी।

जनको : मगर मैं पूछती हूँ वहाँ जाना ही क्यों?

जवाब में हवेलीराम कुछ नहीं कहता।

जनको रलियाराम की ओर देखती है—क्यों रलिया, तूने कुछ कहा क्या?

रलियाराम : मैंने क्या कहना है, जनानियों के झगड़े हैं। मैंने कहा जी जाने दो। दूर रहने से प्रेम पनपता है।

वीराँवाली कमरे में प्रवेश करती है—भरजाई जी तो दूर रहने पर भी नफरत ही करते थे।

हवेली : वीराँवाली, बड़ों के लिए इस तरह नहीं बोला जाता। झाईजी आप इन्हें विच्छोवाली जाने दो, वहाँ भी कोई होना चाहिए मकान की देखरेख के लिए।

जनको : ये मकान की देखरेख करेंगे मगर वहाँ इनकी देखरेख कौन करेगा? नहीं, बीबीरानी और काका यहीं रहेंगे हमारे साथ। क्यों रलिया?

रलिया : आप इन्हें शौक से रखो जी। इस रस्म पगड़ी होने के बाद हमें नई कोठी में चले जाने की इजाजत दे दो।

जनको : जो तुमने नई कोठी में रहना है तो हमने भी। लाजाजी से किया वादा चौथे दिन ही भूल गया? पुत्तर, अब हम जहाँ भी रहेंगे, इकट्ठे रहेंगे।

लाजो हवेलीराम की ओर सवालिया निगाह से देखती है—तो मास्टरजी?

हवेली : यहीं रहो, झाईजी के पास।

हवेली जनको के पाँव छूता है। फिर ये लोग बाहर आते हैं। स्यापा चल रहा है। शानो कान लगाए बैठक के दरवाजे पर खड़ी सुन रही है। ताँगे पर बैठने से पहले हवेलीराम बच्चे को चूमता है और लाजो से कहता है—धीरज रखो, हमेशा के लिए थोड़ी कुछ ही सालों के लिए जा रहा हूँ।

हवेली के जाने के बाद जनको लाजो को अंक लगा लेती है—अब तो तूने मेरे को सहारा देना है बीबीरानी, और मैंने तेरे को।

शानो कुढ़कर बुदबुदाती है—और दोनों ने मिलके दलनी है हमारी छाती पर मूँग।

गेंदामल की तेरहवीं संपन्न हो चुकी है। बैठक में लाजो को छोड़कर सारा परिवार इकट्ठा है। जनको कहती है—अब लालाजी की जगह मैं हूँ। कोई भी फैसला करने से पहले तो मैंने यही सोचना हुआ कि लालाजी होते तो क्या करते?

रलिया : लालाजी ने जो कहना था, जाती वक्त कह गए।

शानो : अच्छा रिश्ता करने को कह गए थे वीराँवाली का और अच्छा ही कर रहे हैं।

वीराँवाली : ये अच्छा है कि तीसरी शादी में दे रहे हैं...।

जनको : वृषभान की कोई खबर मिली?

रलिया : उस कमीने का नाम भी मत लो मेरे सामने। वो हमारे मुँह पर कालिख पोत के चला गया विलायत।

जनको : लाजो कह रही थी कि शादी करके नहीं गया है।

शानो : क्या उस औरत को कानूनी कागज पर लिखकर दे गया है कि लौट

के वीराँवाली से शादी कर लेनी है मैंने?

जनको : लाजो को 'उस औरत', 'उस औरत' क्यों कहती है? तेरी देवरानी है।

शानो : मेरी तो कुछ भी नहीं है।

वीराँवाली : आप लोग इतनी बात समझ लो कि मेरे को ये शादी नहीं करनी।

शानो : फिर आप लोग भी समझ लो कि वीराँवाली की शादी कहीं नहीं होनी। एक तो वैसे बुढ़िया होने लग पड़ी है, तिस पर दिल्ली वाले के मामले में बदनामी अलग मोल ले ली है। कोई नहीं होता राजी इससे शादी करने वास्ते। वो तो इन्होंने कराया किसी तरह।

रलिया : मैंने कहा झाईजी, इसे कुँवारी ही बैठाकर आप बदनाम करवाना चाहते हो मेरे को?

शानो : झाईजी, आप कहते रहो कि लालाजी की जगह आप हो। मगर गुस्ताखी माफ, दुनिया की नजरों में अब लालाजी की जगह ये हैं। ये बात पक्की कर चुके हैं, अब पीछे हटे तो इनकी हँसी होगी।

वीराँवाली : इनकी हँसाई ना होने देने के लिए क्या मैं जिंदगी-भर रोने के लिए राजी हो जाऊँ?

शानो : जो उस औरत की सीख पर चलना है तो रोना ही है जिंदगी-भर।

जनको : शुभ-शुभ बोलाकर बीबीरानी!

शानो उठ जाती है। उठते-उठते कहती है—मैंने तो अब आपकी इस लाडली के बारे में कुछ बोलना ही नहीं है। ...और वह बाहर चली जाती है। उसके साथ रलिया भी। बाहर जाकर शानो रलिया से कहती है—आप भी जाओ जी अपनी नई दुकान।

कमरे के अंदर से जनको कहती है—जरा मुंशीजी को भेज देना पुत्तर!

शानो : मेरे लिए तो अब ये समझना मुश्किल हो गया है कि मुंशी आपका है कि झाईजी का।

•

मुंशीजी एक बहीखाता देख रहे हैं।

जनको बैठक में वहीं बैठी है, जहाँ गेंदामल बैठता था।

मुंशीजी : मैंने कहा बीजी, आपने तो किसी सरकारी दफ्तर में वो होना चाहिए था, अकौटेंट! तीन देते हो, पाँच का हिसाब पूछते हो।

जनको : मैं तो सिर्फ ये जानना चाहती हूँ कि कुछ तीन-पाँच तो नहीं हो रहा मेरे पोते के हिस्से में से?

पाशो कमरे में आ जाती है।

मुंशीजी : तीन का पाँच हो जाए तो वाह-वाह है। मैं तो पाँच का तीन होने से डर रहा हूँ। रौंड गोल है, गुड्स है माल, शेयर है हिस्सा, प्राटेक्ट सम्हाल।

पाशो : पाँच का तीन कौन करेगा दादी?

जनको : कोई नहीं पुत्तर। तू जा वीराँवाली के पास।

पाशो : बुआजी चाचे की चाची के कमरे में हैं। वहाँ मेरे को भरजाईजी नहीं जाने देते।

जनको (मुंशीजी से) : देखा?

शानो श्रृंगार कर रही है। पीछे से पाशो आती है। कहती है—भरजाईजी, बताऊँ? दादी मुंशीजी से कह रहे हैं कि पाँच का तीन नहीं होने देना।

सुनकर शानो फुँफकारती हुई-सी उठती है—जो आज फिर करने बैठ गईं बही-खाते का हिसाब?

लाजो रसोई की देहरी पर बैठी छानने-बीनने का काम कर रही है। उसका साल-सवा साल का बच्चा गिरता-पड़ता, उसके पास आता है। वह सामान रखकर बच्चे से लाड़ लड़ाती है। फिर उसे वहीं छोड़ सामान लेकर रसोई में चली जाती है। बच्चा अब शानो के कमरे में घुस जाता है। वहाँ श्रृंगारदान से कोई चीज गिराके तोड़ देता है। पीछे से शानो आती है और बच्चे को एक चाँटा लगा देती है—इस पाप की औलाद को किसने घुसने दिया मेरे कमरे में?

मार खाकर बच्चा रोने लगता है। शानो उसे लगभग घसीटते हुए कमरे से बाहर ले जाती है। बच्चे के रोने की आवाज पर वीराँवाली और लाजो दौड़े आते हैं। लाजो दोनों हाथ फैलाए बढ़ती है कि बच्चे को शानो से वह अपनी गोदी में ले लेगी। मगर शानो बाहर बच्चे को जमीन पर पटकने के अंदाज में छोड़ देती है। लाजो रुआँसी हो उठती है—ये क्या कर रही हैं आप?

शानो : एक तो बच्चे को भेज-भेजकर चीजें तुड़वाती है कुत्ती और उस पर आँख तरेरती है?

वीराँवाली प्रतिवाद को सामने आ जाती है—कुत्ती किससे कहा भरजाईजी आपने?

शानो : जो है उससे कहा।

लाजो : अगर मैं कुत्ती हूँ तो आप जाने क्या हो। इस मासूम बच्चे को बिना बात मारते रहते हो?

शानो : ये मेरे से तू पूछ रही है? तू? तू जो मेरे दो-दो पुत्तर खा गई

जादू-टोना करके?

जनको पहुँच जाती है—बीबीरानी, इस तरह नहीं बोला जाता।

शानो : मेरे को ही समझाओगे, इसे नहीं?

जनको : अब इस घर की बुजुर्ग मैं ही हूँ। बुजुर्ग ने तो उसे ही टोकना है जिसने गलती की।

शानो : हम तो यही सुनते-सुनते थक गए कि लालाजी के बाद आप ही बुजुर्ग हो घर के। पगड़ी इन्हें पहनाई गई। गद्दी आप सम्हालना चाहते हो।

जनको : क्या कहा बीबीरानी? झूठी बातें करते शर्म नहीं आती तेरे को? मैंने कब सम्हालनी चाही गद्दी?

शानो : तो मुंशीजी से हिसाब बार-बार क्यों पूछते रहते हो?

जनको : क्यों न पूछूँ? लालाजी की दुकान है।

शानो : लालाजी की दुकान तो लालाजी के रहते भी ये ही चला रहे थे। इन्होंने ही बढ़ाया है कारोबार।

जनको : अगर मेरे हिसाब पूछने से रलिया को बुरा लगता है तो आप कहेगा वह।

वीराँवाली : वीरजी भी क्यों कहेंगे? कारोबार सिर्फ उनका ही है क्या? कारोबार में इस काके की भी पत्ती है, जिसे आप दिन-भर कूटते रहते हो। झाईजी काके की तरफ से हिसाब-किताब पूछ सकते हैं।

शानो : कोई अलग कारोबार नहीं है इस कीड़े के हिस्से का। सबकुछ शामिलात का है, आई अक्ल में?

वीराँवाली : ये सब आपकी अक्ल में आनी चाहिए। पहले आप तो दिन-भर इस काके को मारते रहते हो। भरजाईजी को घर की नौकरानी बनाए हुए हो। उन्हें सुबह-शाम गंदी-गंदी गालियाँ निकालते रहते हो।

शानो : नहीं ये तो आपको हक है कि सब मिल के मेरे को मारो-कूटो और गालियाँ निकालो।

रलियाराम पाशो के साथ अपने कमरे में आता है। शानो भी आती है। उसका उतरा हुआ चेहरा देखकर रलिया पूछता है—क्यों क्या हुआ?

पाशो : बताऊँ? भरजाईजी की दादीजी से खूब लड़ाई हुई। खूब लड़ाई हुई।

लड़ाई वाली बात सुनकर रलिया शानो से कुछ पूछना-कहना चाहता है—मैंने कहा जी!

—अब मैंने इस घर में किसी की बात नहीं सुननी। ...शानो गुस्से में है और बिछावन पर गिरकर उसने अपना चेहरा तकिए में छुपा लिया है।

रलिया : मेरी भी नहीं?

शानो : तुम कितनी सुनते हो मेरी।

रलिया : क्यों नहीं सुनी?

शानो : कुछ भी सुनी होती तो क्या रोज यहाँ सुननी पड़ती खरी-खोटी?

रलिया : हुआ क्या, कुछ बताएगी भी भागवान!

शानो : वही, जो रोज होता है। बता-बता के थक चुकी हूँ। और आज तो हद ही हो गई।

रलियाराम : कुछ सुनूँ भी?

शानो कोई जवाब नहीं देती। तकिए में मुँह गड़ाए हिचकी लेकर रो रही होती है। थोड़ा देर बाद जब चुप होती है, तो रलिया को भड़काती है। समझाती है कि समूचे कारोबार के कागज-पत्तर अपने नाम करवाकर उस पर हवेली के दस्तखत ले ले। जब सबकुछ तुम्हारे काबू में आ जाएगा तो सबों को आप ही तुम्हारे काबू में रहना है।

रलिया को सुझाव पसंद आता है और वह खाने-पीने, पहनने-ओढ़ने का ढेर सामान तथा हवेली से दस्तखत कराने के कागजात लेकर जेल पहुँचता है। वहाँ हवेली रलिया को पैरीपौना करता है—पैरीपौना भ्राजी! आज तो आप बहुत-सी चीजें ले आए।

रलिया : जेलवाले तो कुछ खास खाने को नहीं देते।

हवेली : झाईजी वगैरह सब ठीक?

रलिया : हाँ। लाजो और काका भी सुख से हैं।

हवेली : देवरानी-जेठानी में झगड़ा तो नहीं हो रहा ज्यादा?

रलिया : बर्तनों ने थोड़ा टकराना तो हुआ ही। लेकिन अब धीरे-धीरे साथ रहते प्रेम भी बढ़ रहा है।

हवेली : आप तो जानते ही हैं कि मैं उन लोगों को विच्छोवाली छोड़ने के लिए तैयार था, लेकिन झाईजी नहीं माने। भ्राजी, जब तक झाईजी हमारे बीच हैं उनका मान रखना होगा। चाहे जैसे हो, साथ रहना ही होगा सबको।

—बँटवारे का तो सवाल ही नहीं पैदा होता हवेली, न अब, न झाईजी के गुजरने के बाद। कहकर रलिया फाइल में से कागज निकाल के हवेली को देता है—ये लाया था तेरे दस्तखत के लिए।

हवेली : क्या है?

रलिया : बात यह है हवेली कि हर छोटे-बड़े सौदे के लिए तेरे दस्तखत कराने यहाँ आना पड़ता है। इसमें झंझट तो है ही, देरी भी हो जाती है। कभी-कभी सौदा हाथ से निकल जाता है। अगर तेरे को मेरे पे एतबार हो तो मुख्तारी के कागजात पर दस्तखत कर दे।

हवेली : कारोबार के मामले में आप पर एतबार ना करूँ? बताइए कहाँ करने हैं दस्तखत?

और हवेली रलिया के बताए स्थानों पर दस्तखत कर देता है।

हवेली जेल से छूटने वाला है। उसे लिवाने मुंशीजी आए हैं। मुंशीजी के साथ वीराँवाली तथा लाजो। लाजो की गोद में उसका साढ़े तीन साल का लड़का कुलभूषण भी है।

हवेली जेल के दरवाजे से बाहर आता है। लाजो तथा वह एक-दूसरे को देखते रह जाते हैं। दौड़कर एक-दूसरे से लिपटना चाहते हैं, मगर वैसा कर नहीं पाते। अलबत्ता वीराँवाली दौड़कर हवेली से लिपटती है—वीरजी, वीरजी, बहुत इंतजार कराया आपने। अब कभी मत जाना जेल। ...जवाब में हवेली उसकी पीठ थपथपाता है। लाजो कुलभूषण को लेकर पास आती है और उसे हवेली को सौंपते हुए कहती है—ये काका पूछता है कि माताजी, हम पिताजी के साथ जेल में नहीं रह सकते?

मुंशीजी : जो इसने भी बड़े होकर नक्शे-कदम पर चलना है तो बाप-बेटे ने मिलकर ही पीसनी है अंग्रेज की चक्की!

हवेली : नहीं, ये तो आजाद हिंदुस्तान में बड़ा होगा। खुद गाँधीजी ने कहा है कि स्वराज में अब देर नहीं। सिविल नाफरमानी, खिलाफत और अकाली, तीन-तीन आंदोलन छिड़े हुए हैं इस समय। हिंदू, मुसलमान और सिख में ऐसा एका पहले कभी नहीं देखा गया।

मुंशीजी : मैंने कहा छोटे लाट, सपीच देना घर जाके। जेल के दरवाजे से ही फिर जेल में जाना है क्या?

जनको बैठक में उसी जगह बैठी है, जिस जगह गेंदामल बैठते थे। हवेली, लाजो, वीराँवाली और मुंशाजी आते हैं।

जनको उठती है और दोनों बाँहें पसारे हवेली की ओर बढ़ती है। हवेली पैरीपौना कहने को झुकता है, लेकिन जनको उसे अधझुके में ही पकड़कर अंक से लगा लेती है—हाय, कितना दुबला हो गया है जेल में रहकर।

हवेली मुस्करा देता है—दुबला, कि मोटा?

जनको : पुत्तर, तूने रलियाराम को मुख्तारी लिख के क्यूँ दी?

हवेली : मेरे जेल में होने से दिक्कत पेश आ रही थी।

जनको : तो अब भी मुख्तारी के कागज वापस ले लो।

हवेली : मगर क्यूँ? कारोबार तो हर हालत में भ्राजी को ही चलाना है।

जनको : नहीं, आइंदा तेरे को चलाना है।

हवेली : मेरे बस का नहीं।

जनको : तेरे बस का नहीं तो क्या हम सब को बेबस कर देगा?

वीराँवाली : इतनी मुश्किलों से तो झाईजी ने लालाजी को मनाकर काके के लिए कारोबार में पत्ती रखवायी थी और अब आप सब खो देना चाहते हो? आपको खबर है कि आप जब जेल में थे, हमारे साथ कैसा बर्ताव किया भरजाईजी ने? उन्होंने आपकी लाजोजी को नौकरानी बना छोड़ा है। काके को मारते हैं, बुरी-बुरी गालियाँ निकालते रहते हैं।

जनको : पुत्तर, काके के हिस्से का कारोबार जो तूने नहीं सम्हाला तो धोखा खाएगा।

हवेली : आपका मतलब है कि मैं भ्राजी पर एतबार ना करूँ।

जनको : कारोबार में तो पुत्तर सग्गे से सग्गे पर भी एतबार नहीं किया जाता।

रलियाराम आता है—मैंने कहा झाईजी, हवेली को लस्सी-लुस्सी पिलायी कि आते ही व्यापार की घुट्टी पिलाने लग पड़े हो?

हवेलीराम रलियाराम के पाँव छूता है—पैरीपौना भ्राजी!

रलिया : हवेली, तूने तो आते ही तबीयत खुश कर दी मेरी। सुना, अब तू आप कारोबार करने वाला है? मुंशीजी कह रहे थे कि बहीखाते माँगे हैं सारे।

हवेली : मैंने नहीं। झाईजी ने उनसे कहा कुछ।

रलिया : ओ! झाईजी आप सयाने हो, आज जरूर मेरे से ज्यादा जानते होगे। मगर लालाजी से ज्यादा नहीं। लालाजी कहा करते थे कि बड़े-बड़े कारोबार, जबान पर, एतबार पर किए जाते हैं।

जनको : वो मेरे को भी मालूम है पुत्तर! सग्गे पर भी एतबार ना करने की बात तो तू भी करता था। पिस्ते के सौदे में घाटा खाने के बाद उन्होंने कहा था तेरे से पुत्तर, तू सही मैं गलत। तब से ही उन्होंने तेरे को सारा बिजनेस सौंपा।

रलिया : अच्छा, तो अब हवेली को मेरे पर एतबार ना रहा। तो बोल, क्या सलाह है? तूने आप चलाना है काके के हिस्से का कारोबार?

हवेलीराम कोई जवाब नहीं देता। पहले लाजो और फिर जनको की ओर देखता है।

जनको : इसमें पूछने की क्या बात है? चलाना है।

रलिया : हवेली गूँगा नहीं है झाईजी!

हवेली : चलाऊँगा तो मैं कैसे? बस थोड़ा देख-दूख लूँगा।

रलिया : थोड़ा-थूड़ा देख-दूख लेने से नहीं चलता कारोबार। ये तो चौबीस घंटे की चाकरी है। आई अक्ल में?

हवेली : मैं सियासी आदमी हूँ भ्राजी, इतना वक्त कहाँ से दे सकता हूँ?

रलिया : नहीं दे सकता वक्त तो रब का शुक्र कर कि तेरे भ्राजी अपनी मेहनत का मुनाफा तेरे काके को देने के लिए तैयार बैठे है। झाईजी, लालाजी कह गए थे कि मेल-मिलाप से रहना। मगर लगता है आप झगड़ा करवा के रहोगे।

जनको : मैंने झगड़ा करवाना है?

वीराँवाली : भरजाईजी तो बोलते ही हैं झाईजी से टेढ़ी-टेढ़ी बातें, अब बात भी बोलने लग पड़े?

रलिया : मैं तो कुछ बोल ही नहीं रहा। हालाँकि जिस तरह से झाईजी मुंशीजी से हिसाब माँगते रहे उससे तो ऐसा ही लगता है कि वो मेरे को अपना पुत्तर नहीं, हेराफेरी करने वाला जालसाज मानते हैं।

रलिया की बात सुनकर जनको रुआँसी हो उठती है—तेरे को पुत्तर नहीं मानती? इत्ती तकलीफ से पैदा किया, इत्ती मुसीबतों में पाला। लालाजी को उन दिनों दाने-दाने के लिए मोहताज कर दिया था उनके रिश्तेदारों ने। मैं आप नहीं खाती तो तेरे को दूध कहाँ से पिलाती? तो माफ करना रब्बा, मैंने माँगकर भी खाया, चुराकर भी।

रलिया : हमें वैसे दिन फिर न देखने पड़ें, इसीलिए तो दिन-रात मेहनत की। पहले लालाजी ने, फिर मैंने। झाईजी, आप हवेली के पुत्तर का कारोबार मेरे पर छोड़ो, आप तो हवेली पर निगाह रखो, वरना इसे फिर चलके जाना है जेल। आजकल फिर उछल रहे हैं इसके संगी-साथी।

विलायती माल के बहिष्कार का आग्रह करने वाले सत्याग्रहियों की टोली बाजार से होकर गुजर रही है। हवेलीराम भी टोली में शामिल है। टोली रलियाराम के कपड़े की दुकान की तरफ बढ़ रही है। मुंशीजी की नजर हवेली पर पड़ती है तो वह रलिया को बताता है। रलिया के शरीर में जैसे आग लग जाती है। टोली के सदस्य उसकी दुकान के सामने धरना देते हैं और विलायती कपड़ा खरीदने आने वाले ग्राहकों से न खरीदने का आग्रह करते हैं। रलिया को यह बर्दाश्त नहीं होता। वह पुलिस बुलवाता है। पुलिस सत्याग्रहियों पर लाठीचार्ज करती है। मार हवेलीराम को भी लगती है।

हवेलीराम लौटकर घर आता है। यहाँ वीराँवाली उसके कंधों पर लगी बेंत की चोटों पर तेल-हल्दी लगा रही है। जनको सिर झुकाए बैठी है। लाजो अपने बच्चे को खिला रही है और पाशो बगल में खड़ी है। रलिया आता है। पाशो पूछती है—बाऊजी बताऊँ? बुआजी कहते हैं, आपने चाचे को पुलिस बुलवा के पिटवा दिया।

रलिया : पुलिस के एक बारी कहने पर उठ जाता तो ये नौबत थोड़ी आती? लेकिन नहीं। इसका तो वही है—'गाँधीजी की जय।' लाला गेंदामल की दुकान में बिक्री बंद करा दो। मौका लगे तो उसकी होली जलवा दो। और झाईजी कहते हैं कि काके के हिस्से का कारोबार हवेली को सौंप दो। हुँह!

जनको : हवेली पुत्तर, ये बात तूने ठीक नहीं की। काके की भलाई का ख्याल

तूने नहीं करना है तो और किसने करना है? और अब तो तेरे को ये भी सोचना चाहिए कि लाजो फिर माँ बनने वाली है।

पाशो जो अब थोड़ी बड़ी हो चली है, कुलभूषण को लेकर सीढ़ियाँ उतर रही है। आँगन में जनको और लाजो लड्डू बना रहे हैं और वीराँवाली ढोलक हल्के-हल्के बजाते हुए कुछ गुनगुना रही है।

पाशो कुलभूषण के साथ खटोले की ओर बढ़ती है जिस पर लाजो का दूसरा बच्चा लेटा हुआ है। पाशो बच्चे की नाक पर अपनी उँगली मारती है—चाचे की चाची का दूजा पुत्तर अब भी सोया हुआ है?

जनको : रोशन को जगाना मत।

इधर शानो और रलियाराम अपने कमरे में हैं। शानो के चेहरे पर दुख तथा गुस्सा दोनों हैं। उसी दुख तथा गुस्से में कहती है—उस डायन के दो-दो पुत्तर, मेरा एक भी नहीं। ये कैसा इंसाफ है रब का। मेरी तो छाती पे साँप लोट जाता है जब भी इसके बच्चों को देखती हूँ।

रलियाराम कुछ कहना चाहता है मगर कहता नहीं। एक गहरा साँस लेकर रह जाता है। शानो आगे कहती है—रात-दिन मेहनत करके कमाया हुआ तुम्हारा सारा पैसा चला जाना है उस डायन की औलाद के पास।

रलिया : झाईजी कह रहे थे कि वारिस तो कोई होना चाहिए।

शानो उसकी ओर सवालिया निगाह से देखती है—कोई लड़का गोद लेने को कह रहे हैं अपने मायके से?

रलिया : नहीं।

शानो : तो क्या ये कहती हैं कि उस डायन से एक पुत्तर ले लो?

रलिया : नहीं।

—तो?...शानो को अब लग रहा है कि रलिया से दूसरी शादी करने को कहा गया होगा।

ढोलक के साथ वीराँवाली तथा जनको के गाने की आवाज कमरे में आ रही है। रलिया बातचीत के विषय को टालना चाहता है, सो बात बदलता है—आज किस बात का गाना-बजाना हो रहा है?

शानो : रोज ही होता है मेरे को सड़ाने के लिए। रोज मिठाई भी बाँटी जाती है।

रलिया : आज मिठाई-मठुई मँगवायी तो नहीं निक्कूशाह के यहाँ से?

शानो : डायन खुद बनाने बैठी है। रोज कोई पुट्ठा-सिद्धा काम करना और सास-ननद की वाह-वाही लूटना। डायन को कहते हैं होशियार, मेरे को गँवार। झाईजी

तो मेरे से ना जाने किस जन्म का बैर निकाल रहे हैं। ...कहते-कहते शानो रुआँसी हो उठती है। रलियाराम हमदर्दी से उसकी तरफ देखता है—तू तो शहरियों से भी ज्यादा शहरी है, तेरे को कौन गँवार कह सकता है?

रलिया की बात सुनकर शानो का हौसला बढ़ता है और वह रलिया के कुर्ते के बटन से खेलती हुई कहती है—झाईजी तुमसे क्या कह रहे थे? तुमने बात अधूरी छोड़ दी।

रलिया : कुछ नहीं, ऐसे ही शोशा छोड़ दिया उन्होंने। कहते हैं, दूजी शादी कर ले। क्या खबर उससे हो जाए पुत्तर!

सुनकर शानो धक्क रह जाती है। फिर कटे पेड़ की तरह बिस्तर पर गिर पड़ती है और तकिए में मुँह छिपाकर जोर-जोर से रोने लगती है। रलिया आके उसकी पीठ सहलाता है—अरे, तो मैं कौन-सा करने लग पड़ा हूँ शादी?

तभी पाशो आती है। उसके हाथ में लड्डुओं की एक तश्तरी है। रलिया उसको हाथ के इशारे से कहता है—चली जा। ...लेकिन वह बोल पड़ती है—भरजाईजी, चाचे की चाची ने लड्डु भेजे हैं।

शानो तकियों से मुँह उठाती है और गरजकर कहती है—परे फेंक इन्हें नाली में। हमें नहीं खाने।

पाशो एक लड्डू मुँह में डाल लेती है—ठीक है, मैं और भूषण खा लेने हैं।

शानो उस पर झपटती है—मत खा मरजानी, मत खा उस डायन का बनाया हुआ। एक तू ही तो बची है मेरे बच्चों में। थूक इसे! ...कहती हुई वह पाशो को घसीटती हुई बाहर आती है और तश्तरी के लड्डुओं को कूड़े में फेंक के पाशो को कुल्ला करवाती है—एक तो जबरदस्ती यहाँ रहते हैं और उस पर जादू-टोना करने से बाज नहीं आते। मेरी पाशो की जान लेकर रहेगी खसमा नूँ खानी!

इसी बीच वीराँवाली तथा लाजो वहाँ पहुँच जाती हैं। लाजो जैसे क्षमा माँगने वाले अंदाज में कहती है—जिठानीजी, मैं खुद बाल-बच्चों वाली हूँ। मैं ऐसा क्यों करूँगी?

शानो : ऐसा करके ही तो हुई है बाल-बच्चों वाली। मैंने आप देखा, अपनी आँख से, छठी के दिन मेरी पाशो को सिंदूर लगा हुआ लड्डु दिया।

वीराँवाली : वो लड्डू मैंने दिया था, पूजा की थाली में से। जरा-सी रोली लगी हुई थी उसमें। आप बेकार रौला डालने लग पड़ते हो।

—मैं तो आप ही बेकार हूँ। मेरे को जहर देके मार दो। दूसरी तो लाना ही चाहते हो अपने वीरजी के लिए। लेकिन मेरी बच्ची से क्या बैर है तुम्हें?...रोती हुई शानो वहाँ रुकती नहीं। अपने कमरे में चली जाती है।

अपने कमरे में बैठा हवेली कुछ लिख रहा है। सामने फर्श पर लाजो बैठी है। और

छोटे बच्चे को झुला रही है कुलभूषण वीराँवाली के साथ खेल रहा है। हवेली लिखते-लिखते रुक जाता है—इस नाउम्मीदी के माहौल में कुछ लिखा भी नहीं जा रहा है।

वीराँवाली : जब घर में इतनी कलह हो तो लिखा कैसे जा सकता है? आपको कितना समझाया झाईजी ने कि मुख्तारी के कागज वापस ले लो।

हवेली : उन्हें वापस माँगूँ और कलह बढ़ाऊँ? भ्राजी मुझसे वैसे ही खफा हो पड़े हैं।

वीराँवाली : तब तो यही माहौल रहना है और आपसे लिखा भी नहीं जाना है।

हवेली : मैं घर के माहौल की बात कर भी नहीं रहा था। मैं तो राजनीतिक माहौल की बात कर रहा था। सिविल नाफरमानी से जो उम्मीद जगी थी, चौरी-चौरा कांड के बाद खत्म हो गई। अभी जब जनवरी में अंग्रेज, हरमिंदर साहब की चाबियाँ अकालियों को देने पर मजबूर हुए तब लगता था हमारी बहुत बड़ी जीत होने वाली है लेकिन अब...। तीन ही महीने में सारा माहौल बदल गया।

वीराँवाली : और लालाजी के गुजरने के बाद घर में भी माहौल बदल गया, वो नजर नहीं आता आपको? घर-परिवार में भी राजनीति होती है वीरजी!

हवेली : इस देश का बेड़ा गर्क ही इसीलिए हुआ है कि मेरे जैसे लोग परिवार की राजनीति से आगे कुछ सोच ही नहीं सकते।

वीराँवाली : आपने सुना नहीं, कल भरजाईजी ने क्या-क्या कहा? हद से ज्यादा बढ़ने लग पड़े हैं वो।

हवेली : बेटा न होने की वजह से भरजाईजी दिमागी तौर पर बीमार हैं। उनकी बातों का बुरा नहीं मानना चाहिए और फिर तुम लोगों ने भ्राजी की दूसरी शादी की बात फैलाकर बहुत गलत काम किया।

लाजो : उस बात के लिए झाईजी से लड़ें, मेरे से क्यों लड़ती हैं? रोज गाली निकालना मेरे को, मेरे बच्चों को। क्यों चाहती हैं बुरा मेरे बच्चों का?

हवेली : उससे होता क्या है? अंधविश्वास की बातें हैं।

लाजो : मन तो खराब होता है। बच्चे तो डरते हैं।

रलियाराम पाशो को लिहाफ ओढ़ा रहा है। वह पहले से कंबल ओढ़े हुए है, लेकिन काँप रही है। शानो उसका माथा दबाते हुए रो रही है—कहती थी ना, मत खा डायन का दिया। कैसी फुँक रही है ताप में मेरी बच्ची!

रलिया : ले, लिहाफ ओढ़ा दिया, अब नहीं लगनी ठंड।

पाशो : ठंड अब भी लग रही है।

पहले वीराँवाली, पीछे से जनको कमरे में आती हैं। शानो रोए जा रही है–झाईजी, मैं आपके पैर पड़ती हूँ जी! उससे कहो कि तूने ही टोना किया है, तू ही इसका तोड़ बता। बचा ले मेरी पाशो को। मेरी तो बस यही है।

जनको थोड़ा सकपकाकर पाशो के सिरहाने बैठ जाती है और उसकी नब्ज देखती है। पाशो जनको से लिपट जाती है–दादी, दादी, मेरे को क्या हो गया दादी...।

जनको पाशो को थपथपाती है और लड़ियाती है–डर की कोई बात नहीं है पुत्तर! डॉक्टर दवा देगा, ठीक हो जाएगी।

वीराँवाली : मलेरिया है तभी सर्दी लग रही है।

शानो : जादू-टोना है, मलेरिया नहीं है। आप इधर बैठो झाईजी, मैं ही पूछ आती हूँ उस डायन से इसका तोड़!

वीराँवाली : आप वहाँ मत जाना। भरजाईजी वैसे ही परेशान हैं।

शानो रुकती नहीं। बाहर जाती है और उसके चीखने-चिल्लाने, गालियाँ देने की आवाजें आ रही हैं, रलिया के अंदर का गुस्सा बाहर फूटता है–ये इस तरह चलेगा नहीं झाईजी! हवेली मेरे मना करने पर भी स्वराजी लोगों के बीच उठता-बैठता है और उन्हें यहाँ बुलाता है। उसकी मेहरबानी से खुफिया पुलिस अब इस घर के भी चक्कर काटने लगी है। और उसकी घरवाली है कि रात-दिन टोना-टोटका करके शानो को परेशान करती है। आप हवेली और उसकी घरवाली से कह दो, या तो अलग रहें या फिर हमारे कहे में चलें।

हवेलीराम बैठक में प्रवेश करता है। वहाँ जनको लाला गेंदामल वाली जगह पर बैठी हुई है।

हवेली : भ्राजी से कह दिया, वो आ रहे हैं।

जनको : पाशो को बुखार तो नहीं आया।

हवेली : नहीं। आज तीसरा दिन था, मगर बुखार नहीं चढ़ा। कुनैन मिक्स्चर देते ही ठीक हो गया। भरजाईजी शुरू में ही दवा दे देते तो पाशो इतनी तकलीफ ना पाती। मगर उन्हें तो गंडे-ताबीज में ज्यादा यकीन था।

रलियाराम कमरे में प्रवेश करता है–झाईजी, क्या आपने मेरे को इसलिए बुलाया था कि हवेलीराम के मुँह से अपनी घरवाली की बुराई सुनूँ?

जनको : मैंने तो इसलिए बुलाया पुत्तर कि तूने कहा था कि झाईजी, हमारा फैसला करा दो।

रलिया : मैंने आपसे कोई फैसले वास्ते नहीं कहा था। सिर्फ हवेली को समझा देने के वास्ते कहा था।

जनको : मेरे लिए दोनों पुत्तर एक से हैं। दोनों को ही समझाऊँगी। मैंने बहुत सोचा पुत्तर, बहुत सोचा और मेरे को यही लगा कि तुम दोनों का अलग हो जाना ही ठीक है। तुम बँटवारा कर लो।

बँटवारे वाली बात रलिया के देह में आग की तरह लगती है—आप कहते हो झाईजी दोनों पुत्तर आपके लिए बराबर हैं। लेकिन बराबर हो नहीं सकते मैं बड़ा हूँ। बड़ा होने के नाते कहता हूँ, लालाजी नहीं चाहते थे कि बँटवारा हो, और मैंने उनकी बात रखनी है। हवेली, कान खोलके सुन ले, जो तूने बँटवारे की जिद करनी है तो मैंने तेरे को कानी-कौड़ी भी नहीं देनी।

जनको : चलो बँटवारा मत करो, मगर अलग-अलग रहने लगो। शानो तो नई कोठी में जाने को वैसे ही कहती है रोजाना। तुम वहाँ चल जाओ, ये यहाँ रह लेंगे।

रलिया : और आप कहाँ रहोगे?

जनको : मेरा क्या, मैं तो कहीं भी रह लूँगी।

रलिया : मेरे को पता है आप क्या करोगे। हवेली के साथ रहके मेरे को दुनिया-भर में बदनाम कराओगे।

जनको : बात पूरी करने दिया कर। तेरे को तो पता ही है कि मैं लालाजी के साथ चार धाम जाने की सोच रही थी। उनकी बीमारी की वजह से नहीं जा सकी। अब चली जाऊँगी वीराँवाली को ले के।

रलिया : नहीं, आप कहीं नहीं जाओगे। अगर जाएगी तो वही जिसके आने से इस घर में क्लेश फैला है।

हवेली स्थिति को सम्हालना चाहता है—अच्छा हम चले जाते हैं विच्छोवाली।

रलिया : किसी ने रोका है जाने से?

जनको बीच-बचाव के ख्याल से रलिया को समझाना चाहती है—नहीं, हवेली को वहाँ मत भेज। मेरा कहा मान।

रलियाराम कमरे से बाहर जाता हुआ कहता है—मेरी को जो कहना था, मैंने कह दिया।

रलियाराम शानो के साथ बेडरूम में बैठा हुआ है। शानो उसे समझा रही है—आपने कह तो दिया, मगर ठीक नहीं कहा। आप तो झाईजी की सलाह मानो और उन्हें भेजो चार धाम की यात्रा करने। वीराँवाली को ही नहीं, मुंशीजी को भी भेज दो साथ।

रलिया : क्यों?

शानो : कुछ समझते ही नहीं। मैं ना होऊँ तो पता नहीं तुम्हारा कारोबार

कैसे चले। देखो, देवरजी तो हैं मिट्टी के माधो। काम बिगाड़ रही है डायन। लेकिन झाईजी, वीराँवाली, मुंशीजी न हों तो वो भी कारोबार में कोई खास दखल नहीं दे सकेगी। मुख्तारी का कागज तो आपके हाथ में ही है। जितने दिन झाईजी यात्रा में रहें, उधर घाटा इधर मुनाफा दिखाकर उनके हिस्से का सारा अपने काबू में कर लो।

रलिया : तो वो लोग मुकदमा कर देने हैं।

शानो : मुकदमेबाजी भी तो झाईजी के समझाने-कराने से होगी। इनके बस की कहाँ है? और अगर कर भी देने हैं तो क्या है? दीवानी मामला है, बरसों में निपटेगा।

शानो की बात से प्रभावित हो रलिया कुटिल ढंग से मुस्करा उठता है—मान गए जी, तू है मुख्तार की बेटी।

आँगन में दरियों में बँधे बिस्तर और ट्रंक रखे हैं। जनको और वीराँवाली तैयार खड़े हैं। हवेली, पाशो उन्हें विदाई देने के लिए खड़े हैं। पीछे लाजो अपने एक बच्चे को गोद में लिये और एक अँगुली पकड़े खड़ी है। जनको लाजो के पास जाती है। कान में कहती है—लाजो, मेरा हवेली तो है सीधा-सादा, मगर तू इसे समझाना। मैं तो आप यहाँ रहके सम्हालती काके का कारोबार, लेकिन हालात ऐसे बने कि तीरथ पर जाने की बात कहके ही तुम्हें ये घर दिला पायी।

—हमें कुछ नहीं चाहिए झाईजी! ...लाजो जमीन पर आँखें गड़ाए कहती है।

जनको : बच्चों को तो चाहिए। हवेली से कहना कि रलिया को खुश रखे और साथ ही हिसाब-किताब पर नजर रखे।

रलिया और शानो अपने कमरे से बाहर आते हैं। उन्हें देखकर जनको लाजो के पास से हटती है। शानो कुटिल ढंग से मुस्कराती है और कहती है—झाईजी, आप चले जाओगे तो मैं किससे सलाह करूँगी। किससे पूछूँगी? मेरी तबीयत जरा भी ठीक होती तो मैंने आपके साथ चले आना था, खैर, मेरी ओर से मन्नत आप मना लेना।

जनको : तुम्हारे लिए ही मन्नत मनाने जा रही हूँ बीबीरानी!

तभी मुंशीजी आते हैं—लो जी, आ गए मुंशी खजानचंद वल्द दीवानचंद हाल-फिलहाल गार्ड बाबू चार धाम सपेशल के। अब बीजी, आप लोग बैठ जाओ ताँगे में।

ये लोग हँसते हुए मुख्य द्वार के पास ताँगे पर सवार होते हैं। मुंशीजी आगे बैठते हैं, वीराँवाली तथा जनको पीछे।

पैरीपौना हो रहा होता है।

शानो जनको के पाँव छूती कहती है—आप बहुत ही सयानों वाला फैसला कराके जा रहे हो झाईजी। अब इधर की ओर से बिल्कुल बेफिकर होके तीरथ यात्रा करना। जितने दिन लगते हों, लगाना। ना पैसों की चिंता करना, ना घर की।

ताँगा आगे बढ़ जाता है।

हरिद्वार पहुँचकर जनको, वीराँवाली तथा मुंशीजी एक धर्मशाला में ठहरते है। उसी धर्मशाला में एक अधेड़ तथा शायस्ता औरत दुर्गावती अपनी नौकरानी लच्छो के साथ ठहरी हुई है। दुर्गावती पंजाबी खत्री है, कई पीढ़ियों पहले जिसका परिवार लाहौर की तरफ से आकर दिल्ली में बस ग़या था। कारोबार अब भी दिल्ली में ही है, लेकिन दुर्गावती खुद देहरादून में रहती है। वहाँ लंबी-चौड़ी कोठी तथा जमीन-जायदाद है इसके।

जनको तथा दुर्गावती का परिचय होता है। दुर्गावती वीराँवाली को पसंद करने लग गई है। बातचीत के दौरान एक दिन जनको बताती है कि मंगली होने के कारण वीराँवाली के लिए रिश्ते मिलने मुश्किल पड़ रहे हैं। इतनी बार नाउम्मीदी मिली कि अब लड़की शादी के नाम से ही घबड़ाने लग पड़ी है। दुर्गावती कहती है कि उसकी जीजी का एक लड़का है अनब्याहा, जिसे दिल्ली, यू.पी. की लड़की पसंद नहीं। वीराँवाली को क्यों न उसे दिखाया जाए? इसी बीच एक घटना घट जाती है।

घटना यह कि एक सुबह गंगा में नहाते वक्त दुर्गावती के पाँव फिसल जाते हैं और वह डूबने लगती है। हिम्मत करके वीराँवाली उसे बचाती है। इस घटना से दुर्गावती का स्नेह वीराँवाली से और ज्यादा बढ़ जाता है और वह माँ-बेटी को लगभग जबरदस्ती पकड़कर देहरादून ले आती है। दुर्गावती की जीजी का बेटा, जिसे दुर्गावती प्यार से मुन्ना कहकर संबोधित करती है, देहरादून आया हुआ है। दुर्गावती मुन्ना से लड़की पसन्द करने को कहती है। वह तैयार नहीं होता। दुर्गावती एक दिन जनको को बताती है कि मुन्ना कोठी के पिछवाड़े फोटोग्राफी कर रहा है, आप वीराँवाली को एंब्रायडरीवाले बोर्डर की साड़ी तथा पौनी बाँह का ब्लाउज, जो मुन्ना की खास पसंद है, पहनाकर मेरे साथ पिछवाड़े ले चलो, वहीं लड़की को औचक उसके सामने कर देंगे। वीराँवाली को यह योजना पसंद नहीं आती और वह चुपचाप कोठी के पीछे की पगडंडी से पहाड़ी पर निकल जाती है।

मुन्ना और कोई नहीं, खुद वृषभान है, जो फोटोग्राफी करके पहाड़ी पगडंडी से उतरता है और अपनी कार में बैठता है। कार स्टार्ट नहीं होती। वह उतरकर कार की गड़बड़ी ठीक करने के लिए कार के नीचे की तरफ लेट जाता है। उसके दोनों पैर बाहर सड़क की तरफ निकले हुए हैं। वीराँवाली दौड़ती-दौड़ती पहाड़ी से उतर रही है। वृषभान के फैले पैरों पर उसकी नजर नहीं पड़ती और वह उनसे उलझकर

गिर पड़ती है। उसके मुँह से हल्की-सी चीख निकलती है। गाड़ी के नीचे लेटा वृषभान चोट खाकर गुस्सा होता है...अबे कौन है अंधा?

वीराँवाली : (सिसकते हुए) एक तो गिरा दिया, ऊपर से बक-बक करते हैं। सड़क लेटने के लिए होती है?

लड़की की आवाज सुनकर गाड़ी के नीचे से निकलता हुआ वृषभान कहता है—देवीजी, मैं सड़क पर लेटा हुआ नहीं हूँ, अपनी कार ठीक कर रहा हूँ।

फिर वह जैसे ही बाहर निकलता है, वीराँवाली उसे देखकर दंग रह जाती है—आप...?

—तुम? ...वृषभान के मुँह से निकलता है।

दोनों एक-दूसरे को देखकर मुस्कराते हैं, फिर हँसने लगते हैं।

वीराँवाली पूछती है—आप तो विलायत में थे?

वृषभान : पता है, विलायत में होता तो क्या करता इस समय?

वीराँवाली : ऊँ-हूँ!

वृषभान : तुम्हें सीने से लगा लेता।

वीराँवाली : विलायत में कितनियों को लगाया सीने से?

वृषभान : एक ही को लगाया। बेशुमार बार?

वीराँवाली : तो उसे क्यों नहीं ले आए साथ?

वृषभान : साथ बैठी तो है वो।

वीराँवाली : झूठ! मैं विलायत में कहाँ थी?

वृषभान : थीं मेरे ख्यालों में मेरे ख्वाबों में।

वीराँवाली : लाहौर में भी ऐसी ही शायरी सुना रहे थे। मगर किया क्या? मेरे को मेरे बाऊजी की निगाह में गिराके चले गए। मेरे ही दुख से गुजर गए बिचारे।

वृषभान : जो कुछ हुआ, उसका मुझे बहुत अफसोस है।

वीराँवाली : खाली अफसोस करने से ही तो तुम्हारा किया हुआ अनकिया नहीं हो जाएगा?

वृषभान : मैं बहुत शर्मिंदा हूँ। मगर क्या करूँ? हालात कुछ बन ही ऐसे गए। मुझे विलायत जाने की जल्दी थी और पिताजी दिल्ली में मेरी शादी किसी और से करने की पूरी तैयारी में बैठे थे। मैं बड़ी मुश्किल से पिंड छुड़ा के गया। फिर वहाँ पिताजी ने मुझे लिख दिया कि तुम्हारी शादी हो गई। मैं इसी मारे फिर विलायत में रुका रह गया। तुम्हें क्या पता, तुम्हारी खातिर मैंने उन्हें कितना नाराज कर दिया है?

वीराँवाली : और मैंने अपने घरवालों को नहीं किया है?

वृषभान : यहाँ लौटते ही मैंने तुम्हारे बारे में पता किया। मालूम हुआ कि तुम्हारी अब भी शादी नहीं हुई है और तीर्थ-यात्रा पर निकली हुई हो। तो क्या माँगा

तीर्थों में?

वीराँवाली : शांति।

वृषभान : मेरा नाम वृषभान है, शांतिप्रसाद नहीं।

वीराँवाली : आपका नाम राधाजी का पिताजी है!

वृषभान : बकौल बॉडीगार्ड पाशो। वो तो नहीं आई हुई है?

वीराँवाली : सिर्फ झाईजी हैं और वो आते ही होंगे। तुम कहाँ ठहरे हुए हो ये तो बताओ। फिर मिलूँगी।

वृषभान : सालों बाद मुलाकात हुई और सैकेंडों में विदा कर दे रही हो? ये तो बताओ, देहरादून कैसे आना हुआ? यहाँ कौन-सा तीर्थ है?

वीराँवाली : यहाँ एक लड़का है।

वृषभान : ओह, तुम्हें यहाँ दिखाने लाया गया है?

वृषभान की समझ में बात आने लगती है। पूछता है—तुम ठहरी कहाँ हो? तुम्हें देखने वालों की भीड़ में हम भी लग जाएँ।

वीराँवाली मुँह मटकाती है। फिर व्यग्र होकर कहती है—तुम मेरे को इस सबसे बचाकर कहीं ले चलो।

वृषभान : पहले बताओ तो ठहरी कहाँ हो?

वीराँवाली : प्रिमरोज लॉज में।

अब वृषभान पूरी तरह समझ गया है—वो तो किन्हीं दुर्गावती जी का है।

वीराँवाली : हाँ, आप मेरे को वहाँ से आके ले जाना। अब मैं चलती हूँ।

वृषभान : जरा ठहरो। हाल-चाल पूरा सुनने दो। उस लड़के ने देख लिया तुम्हें?

वीराँवाली : नहीं, समझदार निकला। देखने आया ही नहीं।

वृषभान : नासमझ है, तुम्हारे जैसी चीज को देखने नहीं आया।

वीराँवाली : मैं तुम्हें चीज नजर आती हूँ?

वृषभान : तुम भले ही अपने को नाचीज समझो, मेरे लिए तो चीज हो। अच्छा वो लड़का तुम्हें पसंद कर लेता तो क्या करतीं?

वीराँवाली : उसके पसंद करने से क्या होता है? मैं नापसंद कर देती।

वृषभान : ये तुम बड़ा गलत काम करतीं। जिंदगी-भर पछताती रहतीं। रोती रहतीं। अब दिखाएँ लड़का तो जरूर पसंद कर लेना, हाँ!

वीराँवाली : जिसे पसंद करना था कर लिया—पहली और आखिरी बार। तो कल आओगे लेने?

वृषभान : नहीं।

वीराँवाली : क्यों?

वृषभान : वो क्या है, मैं समझता हूँ कि ब्याह-शादी के मामलों में बुजुर्गों की सलाह पर ही चलना चाहिए। गोया ये बच्चों के खेल नहीं हैं।

वीराँवाली : यानी?

वृषभान : यानी तुम वहाँ शादी करो जहाँ तुम्हारे बुजुर्ग करा रहे हैं। और मैं वहाँ शादी करूँगा जहाँ मेरे बुजुर्ग।

सुनकर वीराँवाली हैरान होती है।

मुड़कर भागती है। वृषभान मुस्कराता है।

जनको वीराँवाली को आवाज लगाती ढूँढ़ रही है—वीराँवाली, वीराँवाली!

देहरादून में जनको और मुंशीजी अपने कमरे में सामान बाँध रहे हैं वीराँवाली आकर पूछती है—सामान क्यों बँधवा रहे हो झाईजी?

जनको : लाहौर जाने के वास्ते।

वीराँवाली जनको से मनुहार करने लग जाती है—मैंने कहा ना, दो-चार दिन और रुक जाओ, दो-चार दिन में क्या फर्क पड़ता है?

जनको : तेरी तो सारी बातें निराली हैं। पहले जिद करती थी कि लाहौर चलो, अब जब तेरी बात मानकर लाहौर जाने की तैयारी कर ली है तब कहने लग पड़ी है कि मुझे यहीं रहना है? आखिर क्यों?

वीराँवाली : कोई बात है झाईजी।

जनको : कोई बात है, कोई बात है करती जाती है। ये नहीं बताती कि बात क्या है?

वीराँवाली : वो विलायत से आ गए हैं।

जनको : वो कौन?

वीराँवाली : वो, जिन्हें पाशो राधाजी का पिताजी कहती है।

जनको : वृषभान?

जवाब में वीराँवाली सिर हिलाकर 'हाँ' भरती है। जनको जानना चाहती है—उसने कोई चिट्ठी भेजी है तेरे को?

वीराँवाली : नहीं। वो मेरे को मिले। यहीं देहरादून में।

जनको : कब?

वीराँवाली : मैं कल शाम जब आपकी नजर बचाकर भाग निकली थी।

जनको : उसने बुलाया था तेरे को ? मेरे से कहके क्यों नहीं गई?

वीराँवाली : वो तो अचानक मिल पड़े।

जनको : उसने क्या कहा?

वीराँवाली : उन्होंने शादी नहीं की है।

जनको : तो? तेरे से शादी करने का कोई पट्टा लिख के दिया है? अब तो यहाँ एक मिनट भी रुकने का धर्म नहीं। ये वृषभान तो हर बार इसी तरह मेरी

भोली-भाली बच्ची को बेवकूफ बना ले जाता है।

वीराँवाली : बेवकूफ नहीं ना बना रहे झाईजी।

वीराँवाली की जिद के आगे जनको ठंडी पड़कर वापस होने का अपना प्रोग्राम रद्द कर देती है।

वीराँवाली यू.पी. स्टाइल के फैशन में साड़ी पहने सजी-धजी बैठी है। उसने सिर झुका रखा है और एक साथ नाराज, और उदास लग रही है। दरवाजा खुला हुआ है, लेकिन उस पर पर्दे पड़े हुए हैं। वीराँवाली पहचान न ले इसीलिए चेहरे पर डरावना-सा मास्क लगाए वृषभान पर्दा हटाकर कमरे में प्रवेश करता है—आपने नहीं बुलाया फिर भी हम चले आए। आपसे मिलने की बेताबी इस कदर ज्यादा है कि बेअदबी करने के लिए मजबूर हो गया हूँ। आपके दरबारे-हुस्न में बैठ सकता हूँ?

—कुर्सी पर बैठो या कालीन पे, और कहीं नहीं। ...सिर झुकाए हुए ही वीराँवाली जवाब देती है।

वृषभान : आप हसीन ही नहीं, जहीन भी हैं और मजाक बड़ा संगीन कर लेती हैं।

वीराँवाली : मैं तो संगीन से लोगों को मार भी देती हूँ।

वृषभान : मुझे ये जानकर बहुत खुशी हुई। मुझे एक अदद ऐसी जीवन-संगिनी की तलाश है तो संगीन से वार कर सकती हो। देखता हूँ कि मौसी ने आपकी जो तारीफ की, गलत नहीं की। अब इजाजत हो तो आपसे कुछ सवाल करूँ?

वीराँवाली : आपने जो सवाल करने हों अपनी मौसी से करो। उन्हें मेरे बारे में मेरे से भी ज्यादा मालूम होना है।

वृषभान : जिन सवालात के जवाब मौसी दे सकती थीं, वो उनसे पूछ चुका हूँ। अब तो ऐसे सवाल बचे हैं जिनके जवाब आप ही दे सकती हैं।

वीराँवाली : मैंने नहीं देने जवाब।

वृषभान : जब आप खुद लाजवाब हैं तब मेरे सवालों के सामने लाजवाब क्यों हो।

वीराँवाली : क्योंकि आप लाजवाब नहीं हो।

वृषभान : आपकी साफगोई भी लाजवाब है। मुझे एक अदद ऐसी ही जीवन-संगिनी की तलाश थी जो हर बात साफ कहे, सुखी रखे, और सुखी रहे। बुजुर्गों ने कहा भी है कि निन्दक नियरे राखिए।

वीराँवाली : मैं कोई गठरी नहीं हूँ जो उठाकर रख लोगे।

वृषभान : आप मठरी भी नहीं हैं जो मैं आपको खा जाऊँगा। वैसे बाई द वे, आप खाना आराम से चबाकर खाती हैं या जल्दी-जल्दी भकोसती हैं?

वीराँवाली : भकोसती हूँ।

वृषभान : वंडरफुल।

वीराँवाली : आप होने हैं फूल!

वृषभान : आप सोते समय खर्राटे लेती हैं कि नहीं?

वीराँवाली : लेती हूँ।

वृषभान : सुंदर, अति सुंदर। आप मिजाज की नर्म हैं या गर्म?

वीराँवाली : गर्म।

वृषभान : गुड, गुड, गुड! गालियाँ देती हैं?

वीराँवाली : खूब गंदी-गंदी।

वृषभान : आपकी गालियाँ खाके कोई बेमजा न होता होगा। भगवान करे, आपकी मीठी गालियाँ जल्दी सुन सकूँ मैं। पढ़ी-लिखी कितनी हो?

वीराँवाली : जाहिल हूँ।

वृषभान : घर काम-काज तो कर लेती होंगी?

वीराँवाली : पूरी काहिल हूँ।

वृषभान : सुबानल्लाह, तो वो आप ही हैं जिसकी मुझे बरसों से तलाश थी। कितना मेहरबान है भगवान कि उसने आप जैसी चीज को इस नाचीज के लिए बचाए रखा। मुझे लगता है कि हिंदुस्तान में सब नौजवान आँख के अंधे हैं वरना आप-जैसी श्रेष्ठ कन्या अब तक कुँआरी बैठी रह सकती है। ताज्जुब है, आपकी शादी अब तक क्यों नहीं हुई?

वीराँवाली : क्योंकि मैं मंगली हूँ और जहाँ भी मेरा रिश्ता तय होता है वहाँ भारी नुकसान होता है।

वृषभान : कोई बात नहीं, मैं डबल मंगली हूँ।

वीराँवाली : मेरे को मिरगी के दौरे पड़ते हैं।

वृषभान : कोई बात नहीं, मुझे लोटन कबूतर बनके तड़पने के दौरे पड़ते हैं।

वीराँवाली : ज्योतिषों ने कहा है कि जिससे भी मेरी शादी होगी वो मर जाएगा।

वृषभान : हम तो पहले ही मरे हुए हैं। ज्योतिषियों ने ये भी कहा होगा कि जो जिंदा होगा वो मर जाएगा और जो मुर्दा होगा उसमें जान पड़ जाएगी। अच्छा, अब ये बताइए कि आपने कभी प्रेम-व्रेम किया है?

वीराँवाली : हाँ जी।

वृषभान : किससे?

वीराँवाली : आपसे मतलब? किसी से भी।

वृषभान : मुझसे तो जिंदगी-भर मतलब पड़ने वाला है देसी मेमसाहब!

वीराँवाली : मैं नहीं रखती मतलब बेमतलब लोगों से।

वृषभान : मेरी सोहबत में रहेंगी तो रखने लगेंगी।

वीराँवाली : मैंने नहीं रहना आपकी सोहबत में।

इस बार वृषभान उसका हाथ पकड़ लेता है–ऐसे नहीं रहना है सीधे से, तो ऐसा रहना है हंटर की मार के डर से।

वीराँवाली : हंटर का डर दिखाने से पहले अपना मुँह शीशे में देख आओ।

वृषभान ठोड़ी पकड़कर वीराँवाली का मुँह जबरदस्ती उठाता है–ज़िंदगी में कभी नहीं देखा शीशा। सूरत ऐसी भयानक है, खुद देखते डर लगता है। एक बार आप देखिए तो। कब तक इस तरह आवाज ऊँची और निगाह नीची रखिएगा।

–वीराँवाली पहली बार उस डरावने चेहरे को देखकर घबड़ा उठती है–छोड़ दे मेरे को राक्षस!

वृषभान : छोड़ देंगे तो बाद में शिकायत होगी कि छोड़ दिया। जिंदगी-भर रोती रहेंगी।

वीराँवाली : जिंदगी-भर नहीं रोना चाहती तभी आप से दूर रहना चाहती हूँ।

वृषभान वीराँवाली को छोड़कर थोड़ी दूर चला जाता है और अपने चेहरे से मास्क हटा देता है।

वीराँवाली चौंक उठती है–आप?

वृषभान : उर्फ राधाजी का बाप!

वीराँवाली : यहाँ किस तरह पहुँच गए?

वृषभान : अपनी मौसी के घर में पहुँचने के लिए क्या सेंध लगानी पड़ती है?

वीराँवाली : अच्छा तो आप ही मुन्ना हैं?

–हूँ तो, मगर गोदी में मत लेना! ...वृषभान मुस्कराता है। वीराँवाली खिलखिलाती है और फिर हँसते हुए वृषभान की बाँहों में समा जाती है। बाहर से खटका होता है। दोनों सावधान हो जाते हैं। बाहर से दुर्गावती की आवाज–मुन्ना, इससे बातचीत कर ली हो तो इसकी माँ के पास चल।

जनको के चेहरे पर परेशानी के भाव हैं। परेशान इस लेकर कि वीराँवाली की शादी के लिए दुर्गावती के जिस भतीजे के संबंध में जानकर वह खुश हो रही थी, वह भतीजा कोई और नहीं, वृषभान निकला। और जनको जानती है कि वृषभान के पिता उसकी शादी वीराँवाली से नहीं करेंगे। वह दुर्गावती से कहती है–आज सवेरे जब आपने मुझे ये कहकर जाने से रोका कि लड़का शादी के लिए राजी हो गया है, मेरे को इतनी खुशी हुई कि कहने की बात नहीं है। पर ये कैसा मजाक किया रब ने कि मेरे को खुशी मिलते ही छिन गई।

दुर्गावती : आप अपना जी छोटा मत करो। मैंने जीजाजी को यहाँ बुला लिया

है। वो मेरी बात जरूर मानेंगे। मुझे तो ये समझ में नहीं आता कि इतनी अच्छी लड़की उन्होंने नापसंद कैसे कर दी?

वृषभान : पिताजी ने देखी ही कहाँ?

दुर्गावती : तब नापसंद करने की वजह?

वृषभान : ताई ने उन्हें समझा दिया कि ये लोग हमारे जितने पैसेवाले नहीं हैं।

दुर्गावती : ताई ने समझाया और वो समझ गए। ताई का बस चलेगा तो तेरी कभी शादी ही नहीं होगी। वो तो चाहती ही हैं कि धीरे-धीरे सब उन्हीं के हाथ में चला जाए।

वृषभान : पिताजी पंजाबियों में रिश्ता करने के हक में भी नहीं थे।

दुर्गावती : ये क्या बात हुई भला? पुरखे तो हमारे भी पंजाब से ही आए थे।

जनको : मैं आपके आगे झोली फैलाती हूँ बहनजी, ये रिश्ता आप करा ही दो। इस बार भी नहीं हुआ तो मेरी बच्ची ने पागल हो जाना है।

दुर्गावती अपनी चेन उतारकर वीराँवाली को पहनाती है—आप तो ये रिश्ता पक्का ही समझो।

जनको : सिर ढककर पैरीपौना कर।

जनको के कहने पर वीराँवाली जीभ काटते हुए पल्ला लेती है और दुर्गावती के पाँव पर सिर रखती है। दुर्गावती आशीर्वाद देती है—जीती रह बच्ची और मेरा यह आशीर्वाद है कि—मनु जाहिं राचेहुँ मिलेहि सों बरू सहज सुंदर साँवरो!

बँगले के बाहर वृषभान कार लिये खड़ा है। वो थोड़ा अधीर हो रहा है। हॉर्न बजाता है।

वीराँवाली इधर-उधर देखती-दाखती, बचती-बचाती-सी आती है। झट से वृषभान की बगल में बैठ जाती है। वृषभान कार स्टार्ट करता हुआ पूछता है—कहाँ लगा दी इतनी देर? तुम्हें पता है, आज मेरे पिताजी आने वाले हैं।

वीराँवाली : आपके पिताजी तो आने वाले हैं। मेरे तो माताजी साथ में ही हैं।

हैंडल स्टार्ट करके वृषभान ड्राइवर की सीट पर बैठता है। गाड़ी चल निकलती है। वृषभान बात शुरू करता है—तुमसे कहा था कि आज चलना है। आने-जाने में ही तीन-चार घंटे लग जाएँगे। पिताजी के पहुँचने से पहले नहीं लौटे तो शामत आ जाएगी।

वीराँवाली : तो मत चलो वहाँ।

वृषभान : वाह, क्यों न चलो?

वीराँवाली : वहाँ ऐसी क्या चीज धरी है जो यहाँ नहीं है?

वृषभान : तन्हाई, एकांत।

वीराँवाली : तन्हाई को चाटना है हमने?

वृषभान : हाँ, और चूमना भी है।

वीराँवाली : निगाह सड़क पर रखो।

वृषभान : तुम्हें न देखूँ, ऐसा कैसे हो सकता है? आँखें तो दो दी हैं भगवान ने। एक तुम पर रखता हूँ, एक सड़क पर।

वीराँवाली : एक आँख से इधर, एक आँख से उधर देखकर तो भैंगा हो जाना है आपने।

वृषभान : लोग तो मोहब्बत में अंधे तक हो जाते हैं, भैंगे होने का क्या गम? फिर पूछता है—मजा आ रहा है ड्राइव में?

वीराँवाली : मजा जितना आ रहा है उससे दुगना डर लग रहा है।

वृषभान : डर, और निडर बालक को?

वीराँवाली : और क्या! एक तो झाईजी ने मेरी कुटाई करनी है। वो वैसे ही गुस्से हो रहे हैं कि अभी शादी तो हुई नहीं, फिर भी घड़ी-घड़ी उसके साथ बात क्यों करती रहती है? कभी पियानो सुनने बुला लेते हो, कभी बायस्कोप देखने।

वृषभान : तुम्हारा मन अच्छे कामों में उलझाए रखते हैं, वरना इधर-उधर भटके।

वीराँवाली : भटक तो तुम्हारी गड्डी रही है। सैर का सारा मजा तुम्हारी ड्राइविंग खराब कर देती है।

वृषभान स्टियरिंग पर वीराँवाली के भी हाथ रखा देता है—लो तुम चला लो।

वीराँवाली : मेरे को नहीं आती।

वृषभान : अरे, सीखा नहीं?

वीराँवाली : सिखानेवाला विलायत चला गया तब मैंने किससे सीखना था।

वृषभान : अब सिखा दूँ?

वीराँवाली : अब मैंने क्यों सीखना है।

वृषभान : अब क्या हो गया?

वीराँवाली : अब तो मेरे को गड्डी समेत ड्राइवर मिल जाना है।

वृषभान : मगर उस ड्राइवर को गाड़ी सौंपने में तो आपको बहुत डर लगता है देसी मेमसाहब!

वीराँवाली : शादी के बाद नहीं लगेगा।

विभिन्न रास्तों, मोड़ों से होती हुई गाड़ी एक ऐसी जगह पहुँचती है, जहाँ से आगे जाने का रास्ता नहीं है। दोनों उतरकर इधर-उधर देखते हैं। वीराँवाली पूछती है—यहाँ क्यों ले आए? यहाँ तो कुछ भी नहीं है।

—लाए ही इसलिए हैं कि यहाँ कुछ भी ऐसा नहीं जिसे कोई देखने आए।

...कहता हुआ वृषभान वीराँवाली का हाथ पकड़कर पगडंडी पर चलने लगता है। वीराँवाली पूछती है—ये कैसे रास्ते पर ले आए? इसमें तो बड़ी फिसलन है।

वृषभान : इस रास्ते हम अपनी मंजिल पर जल्दी पहुँचेंगे।

वीराँवाली का पाँव फिसलन पर फिसल जाता है—देखा, मैं अभी फिसल जाती।

—फिसल कैसे जातीं? मैं हूँ न तुम्हें सँभालने के लिए।...वृषभान उसे सम्हालता हुआ कहता है, मगर खुद फिसलते-फिसलते बचता है—बाप रे, मैं खुद फिसल जाता!

—मैं हूँ ना सँभालने के वास्ते।...वीराँवाली अबकी वृषभान को सम्हालती है।

वृषभान : सँभालते-सँभालते दोनों ही फिसल पड़े तो?

वीराँवाली शोखी के साथ पूछती है—तो...? तो...?

फिर दोनों खँडहरनुमा एक मंदिर में आते हैं, जहाँ सिंदूर से लिपा एक गोल पत्थर पड़ा है। पत्थर पर दो आँखें भी बनी हुई हैं। वीराँवाली पूछती है—ये अजीब मंदिर है। यहाँ कोई पुजारी भी नहीं।

वृषभान : मैडम, मैंने आपसे वादा किया था कि मैं आपको ऐसी जगह ले चलूँगा कि जहाँ कोई नहीं होगा।

हवा तेज चलने लगी है। धीरे-धीरे आँधी की शक्ल अख्तियार करने लगती है। पानी भी शुरू हो जाता है। पानी से बचने के लिए दोनों दौड़कर एक शिकारगाह तक पहुँचते हैं, मगर पहुँचते-पहुँचते बुरी तरह भीग जाते हैं। वृषभान अपनी शर्ट तथा बनियान उतारकर निचोड़ता है। वीराँवाली से भी कहता है कि अपने कपड़े निचोड़ ले, मगर वीराँवाली इनकार करती है—ना, शर्म आती है!

वृषभान : होनेवाले पति से शर्म कैसी?

वीराँवाली : पति हो जाओगे तभी मिटेगी शर्म।

वृषभान : मन से तो हम कब के शादी कर चुके हैं।

वीराँवाली : मन तो मैंने कब का उघाड़ दिया है आपके सामने।

वृषभान आँखें मींचता है—अच्छा, मैं आँखें मींचे लेता हूँ।

वीराँवाली : ना, ऐसे ही सूख जाने हैं थोड़ी देर में।

वृषभान : तुम्हें यही संकोच है ना कि मेरी-तुम्हारी बाकायदा शादी नहीं हुई? चलो वो भी कर ही लेते हैं।

वृषभान जेब से वैस्टर्न स्टाइल की वैडिंग रिंग निकालता है—विलायत में शादी होती ऐसे है कि दूल्हा-दुल्हन एक-दूसरे को अँगूठी पहनाते हैं। तुम्हारे लिए वैडिंग रिंग मैंने विलायत में ही खरीदी थी।

वीराँवाली : झूठ। किसी मेम के लिए ली होगी।

वृषभान : देसी मेम के लिए। नाप तो थी नहीं, अंदाज से खरीदी।

वीराँवाली की उँगली में अँगूठी बिल्कुल फिट आती है। उसे आश्चर्य होता है—बड़ा सही अंदाजा है।

वृषभान : विलायत जाने से पहले माशाल्लाह अँगुली तो पकड़ ही ली थी तुम्हारी।

वीराँवाली : पहुँचा पकड़ लेते तो कंगन भी लाते।

वृषभान वीराँवाली की कलाई पकड़ लेता है और अपनी ओर खींचता है—अब पकड़े लेते हैं।

वीराँवाली अपने को अलग करती हुई कहती है--सब्र करो। इतनी उतावली ठीक नहीं ना होती। आपने तो कहा था दूल्हा-दुल्हन एक-दूसरे को अँगूठी पहनाते हैं। मैंने तो पहनायी ही नहीं।

वृषभान : अँगूठी पहनाने के बाद क्या करते हैं, ये तो बताना ही भूल गया।

वीराँवाली : भूले ही रहो, जरूर कोई गड़बड़ बात होनी है।

वृषभान : चुम्मी लेना कोई गड़बड़ बात है।

वीराँवाली : शादी से पहले सब गड़बड़ है।

दुर्गावती और वृषभान के पिता लाला जगतनारायण कोठी के बरामदे में हैं। लाला जगतनारायण बेहद गुस्सा हैं। दुर्गावती से कहते हैं—मुन्ना तो बच्चा है, मगर तुम तो सयानी हो दुर्गावती!

दुर्गावती : मुन्ना की शादी मैंने उसकी पसंद की लड़की से तय करा दी तो क्या बच्चोंवाली बात कर दी? आप शायद ये चाह रहे होंगे कि मुन्ना इस लड़की से शादी के इंतजार में बूढ़ा हो जाए।

जगतनारायण : इस गई-गुजरी लड़की से शादी करने से तो कुँवारा रह जाना अच्छा था।

दुर्गावती : जीजाजी देखो, नाइंसाफीवाली बात कर रहे हो आप। लड़की मैंने खुद पसंद की है और बगैर ये जाने पसंद की है कि मुन्ना इसी से शादी करना चाहता था।

जगतनारायण : मुझे चलाने की कोशिश मत करो दुर्गावती। मुन्ना के कहने पर तुमने ये सारा नाटक रचाया।

दुर्गावती : जीजाजी, चाहे जिसकी कसम ले लो। जो कुछ हुआ, संजोग से हुआ।

जगतनारायण : संजोग-वंजोग कुछ नहीं, वो लड़की मेरे बेटे को फाँसना चाहती थी, तुमने उनकी मदद कर दी।

दुर्गावती : जीजाजी, वो लड़की लाखों में एक है। थोड़ी दबंग जरूर है, मगर अपने मुन्ना को तो चाहिए ही दबंग।

जगतनारायण : दबंग? बेशर्म है पूरी। मुन्ना के साथ बगैर शादी किए पहले लाहौर में घूमी, अब यहाँ घूम रही है।

दुर्गावती : आप तो बेकार के वहम पालते हो। वो साथ नहीं गए हैं।

तभी गाड़ी आने की आवाज आती है।

चहलकदमी करता हुआ जगतनारायण सहसा रुक जाता है और वृषभान तथा वीराँवाली को गाड़ी से उतरते देखता है—हुँ! तुम कहती थीं, साथ नहीं गए हैं। वो किसे उतार रहा है कोठी के बाहर?...फिर जगतनारायण जैसे चीखकर वृषभान को बुलाता है—मुन्ना...!

वृषभान आकर जगतनारायण के पाँव छूता है—सॉरी!

जगतनारायण : इतने बड़े गुनाह के लिए इतनी छोटी माफी?

वृषभान : जरा तूफान में घिर गया था।

जगतनारायण : तूफान तो साथ लेकर गए थे। ये विलायत नहीं है मुन्ना कि तुम किसी अनब्याही लड़की को लेकर सैर-सपाटे करो। और विलायत में भी इसके लिए बाकायदा बुजुर्गों की इजाजत लेनी पड़ती है।

वृषभान किसी अपराधी की तरह सिर झुकाए जवाब देता है—मैं समझा कि जब मौसीजी वीराँवाली को जेवर दे चुकी हैं और वीराँवाली की माँ मुझे सगुन तो बुजुर्गों की इजाजत होगी ही।

जगतनारायण : अपने बुजुर्गों में अपने बाप की गिनती करता है कि नहीं? ये मजाक अब काफी हो चुका। तुम अपना सामान बाँधो और मेरे साथ दिल्ली चलो। कपड़ा-मिल लगाने का काम ज्यादा जरूरी है कि ये रूमानी और तूफानी सैर-सपाटा?

दुर्गावती : जीजाजी, सबसे जरूरी काम है मुन्ना की शादी तय कराना।

जगतनारायण : वो हम तय करेंगे दिल्ली में।

वृषभान : मैं वीराँवाली को छोड़ और किसी से शादी नहीं करूँगा।

जगतनारायण : उससे भी करनी हो तो हम ही कराएँगे। दुर्गावती, तुम उन लोगों को विदा कर दो। उनसे कहो कि शादी बच्चों का खेल नहीं है। बातचीत के लिए अपने बेटे रलियाराम को भेजें दिल्ली।

लाला जगतनारायण से वीराँवाली की शादी की बात पक्की करने रलिया मुंशीजी को साथ लेकर दिल्ली पहुँचता है। यहाँ बात पक्की होने की रस्में पूरी होती हैं और तभी खबर मिलती है कि वृषभान अपने नए कपड़ा-मिल में लगी आग से जल गया है। वृषभान के घर में कोहराम मच जाता है।

इधर अपने घर में फर्श पर लेटी वीराँवाली कुछ सोच रही है। बगल में बैठी लाजो कुछ कह रही थी। अपनी बात खत्म कर वीराँवाली से पूछती है—ए वीराँवाली, किन ख्यालों में खोई है?

वीराँवाली : मैं तो तेरी बात सुन रही हूँ।

लाजो : तो बता मैं क्या कह रही थी?

वीराँवाली : तू कह रही थी कि वीरजी विच्छोवाली में छापाखाना लगाने की सोच रहे हैं।

लाजो : वाह जी वाह! क्या सोच रही थी मरजानिए?

वीराँवाली : कुछ नहीं।

लाजो : दिल्ली के बारे में सोच रही होगी कि वहाँ सगुन दे दिया होगा, साया निकल गया होगा। राधाजी का पिताजी मिठाई खाता कैसा लग रहा होगा?

वीराँवाली : मैं नहीं सोचती ये सब।

लाजो : तेरा तो अब भी सारा ध्यान राधाजी के पिताजी पर ही लगा रहता है।

वीराँवाली : राधाजी के पिताजी के बारे में अब सोचने को बचा ही क्या है? जो होना था सो हो गया।

लाजो : हाय मैं मर जाऊँ। शादी से पहले ही भर-पाई? मैंने कहा, कब हुआ? क्या-क्या हुआ?

वीराँवाली : जो होना था वो हुआ। जब होना था तब हुआ। तभी पाशो पहुँच जाती है।

पाशो : क्या बुआजी, क्या हुआ?

वीराँवाली : तेरी समझ में नहीं आ सकतीं ये बातें।

पाशो : मैं सब समझने लग पड़ी हूँ अब।

वीराँवाली : क्या समझने लग पड़ी है?

पाशो : जो मेरी उम्र में आप समझने लग पड़े थे।

लाजो पाशो को धौल जमाती है—सुनी बात मरजानी की!

पाशो : बुआजी ये भी सोच रहे होंगे कि जिस तरह मैं सोच रही हूँ दिल्लीवाले के बारे में, उस तरह वो भी मेरे बारे में सोच रहा होना है।

वीराँवाली : दिल्लीवाला सोचता नहीं, करता है। मेहनती बच्चा है।

पाशो : इस समय क्या कर रहा होगा?

वीराँवाली : जोर-जोर के खर्राटे ले रहा होगा!

वृषभान नीम-बेहोशी की हालत में लेटा हुआ है। चीखता है—आग...आग... वीराँवाली...!

जगतनारायण और वृषभान की ताई पास खड़े हैं। ताई बुदबुदाती है—उस मरी वीराँवाली ने लगा रखी है आग।

वृषभान आँख खोलता है और पानी माँगता है। नर्स उसे चम्मच से पानी पिलाती

है। दुर्गावती आती है। वृषभान उसे अपने पास बुलाता है—मौसी...!

दुर्गावती : अब होश में तो आ गया दीखे। डॉक्टर साहब भी कह रहे थे कि कोई घबरानेवाली बात नहीं है।

वृषभान : मौसीजी, साहा...।

ताई : तू उसकी फिकर मत करना मुन्ना!

वृषभान : रलियारामजी...।

दुर्गावती : वो आज जा रहे हैं लाहौर।

दुर्गावती की बात सुनकर वृषभान सिर हिलाता है और फिर निढाल हो जाता है। ताई दुर्गावती को एक कोने में ले जाती है और रलिया के बारे में पूछती है—गए?

दुर्गावती : हाल पूछ के और इजाजत लेके जाएँगे। ऐसे कैसे जाएँगे?

अब ताई हथेली के इशारे से जगतनारायण को बुलाती है और उसके कान में कहती है—सुनो, लाहौरवाले मुन्ना की मिजाज-पुरसी के लिए आने की कह रहे हैं। उन्हें यहाँ मत आने देना।

जगतनारायण धर्म-संकट में फँसा दीखता है। कहता है—शादी के बारे में क्या कहूँ, समझ में नहीं आ रहा।

ताई : अब भी समझ में नहीं आता है?

जगतनारायण : एक बार जबान देने के बाद...।

ताई : जबान दी थी, इकलौते बेटे की जान देने की नहीं कही थी। अब सोचो मत, जैसी मैंने समझायी थी, वैसी कह दो उनसे।

रलियाराम और मुंशीजी कॉरीडोर में परेशान हाल बैठे हैं। जगतनारायण आ रहे हैं। रलियाराम उनकी तरफ बढ़ता है—कैसा हाल है काके का?

जगतनारायण : बेहाल है बेचारा।

मुंशीजी : डॉक्टर कहते हैं, ज्यादा घबरानेवाली बात नहीं।

जगतनारायण : डॉक्टरों का काम ही ढाढस बँधाना है।

रलिया : हम आज लाहौर निकल जाने की सोच रहे थे।

जगतनारायण : शौक से चले जाइए। अब यहाँ क्या काम है?

मुंशीजी : बस, लाला वृषभान से मिल लें, फिर चलें।

जगतनारायण : आप लोग उससे मिलने की जिद न करें। बात ये है कि मुन्ना बहुत घबरा गया है।

रलिया : चंगाजी, तो हम चलते हैं। साया तो तय हो ही गया, बाकी जो बातें हैं, जब ताईजी-मासीजी वगैरह आएँगे गोद भरने तब जनानियाँ आपस में तय कर लेनी हैं।

जगतनारायण : जनानियाँ अब नहीं आनी हैं।

रलिया : जी क्यों?

जगतनारायण : इस हादसे से लड़का इतना घबरा गया है कि अब वो खुद शादी के लिए मना कर रहा है।

रलिया : मगर वो तो नए ख्यालातवाला लड़का है?

जगतनारायण : इधर सगुन दिया, उधर आग लगी तो नए ख्यालातवाले को भी मानना पड़ा कि पुराने ख्यालातवाले ठीक कहते थे।

मुंशीजी : मगर वो तो...वो तो हमारी वीराँवाली पर जान देता है।

जगतनारायण : तकरीबन दे ही बैठा है, आप क्या चाहते हैं कि पूरी तरह दे दे? इस बदनसीब रिश्ते के लिए जिद मत कीजिए लाला रलियाराम। हमारी नहीं तो अपनी बहन की फिक्र कीजिए। क्या आप चाहते हैं कि वो विधवा की जिंदगी बिताए?

जगतनारायण की बात सुनकर रलिया के चेहरे का रंग उड़ जाता है।

रलिया की नई कोठी के बगीचे में सब खुश हैं—लाजो, शानो, पाशो, खुद वीराँवाली तथा जनको। जनको को छोड़कर वीराँवाली से सभी नाचने की जिद्द करती हैं। वीराँवाली तैयार नहीं होती—नहीं, नहीं। ये किस तरह हो सकता है? मैं किस तरह नाच सकती हूँ?

पाशो : जिस तरह विलायती मेमें नाचती हैं। जब फूफड़ विलायती, तब बुआजी ने विलायती डांस ही करना हुआ।

वीराँवली : मेरे को नहीं आता कैसे भी नाचना।

जनको हाथ में ढोलक ले लेती है। कहती हैं—वीराँवाली से क्यों जिद्द कर रहे हो? ऐसे मौकों पर तो लड़की हँसती, शर्माती अच्छी लगती है, नाचती नहीं। दोनों बीबीरानी नाचेंगी।

—मेरे को तो आता ही नहीं।...लाजो मना करती है।

—आज तो नाच दो।...शानो खुद उठ चुकी है और जबरदस्ती लाजो को उठाती है। गिद्दा शुरू होता है। शानो खूब नाचती है। लाजो नाचने से ज्यादा झेंपती है। उसी दौरान वीराँवाली पाशो के कान में कहती है—चाचे से कह, चाची नाच रही है।...थोड़ी देर बाद हवेलीराम अपने कमरे के दरवाजे से आकर नाच देखने लगता है। जब लाजो की नजर उस पर पड़ती है तो वह झेंप जाती है। मगर हवेली इशारे से कहता है कि नाचती रहो। नाच चल रहा होता है कि हवेली के साथ खड़ी पाशो देखती चिल्लाती है—बाऊजी आ गए, बाऊजी आ गए!

लाजो मारे शर्म के दौड़कर किसी कमरे में घुस जाती है। शानो नाचना बंद

करके वहीं रुक जाती है। वह रलियाराम से चहककर बोलती है लेकिन उसका गंभीर चेहरा देखकर चुप हो जाती है। जनको जैसे घबड़ाकर पूछती है—रलिया पुत्तर, क्या हुआ?

रलिया : जो हर बार होता है। बेइज्जती! शगुन लौटा दिया उन्होंने।

जनको : लेकिन पुत्तर ये सब हुआ किस तरह?

जनको के साथ सब-के-सब अवाक् हैं।

रलिया बताता है—ये इस तरह हुआ झाईजी कि आपने कसम खा रखी है हमको बार-बार लाला जगतनारायण की चौखट पर नाक रगड़ने के लिए भेजने की, ताकि उसका लात मारने का शौक पूरा होता रहे।

—क्या बात हो गई मुंशीजी?...हवेली मुंशीजी से पूछता है।

मुंशीजी : हम लोगों का सगुन लेते ही उनकी मिल में आग लग गई। लाला वृषभान आप भी काफी जल गए।

हवेली : अरे! लेकिन वृषभान तो अंधविश्वासी नहीं है।

मुंशीजी : ऐसा हादसा होने पर अंधविश्वासी हो ही जाना था। उसने आप मना किया है शादी को।

हवेली : अच्छा? लेकिन वो बात इतनी आगे बढ़ाने के बाद पीछे हट कैसे सकते हैं? मुझे तो विश्वास ही नहीं होता। मुंशीजी, क्या आपने खुद वृषभान को कहते सुना?

मुंशीजी : वृषभान से तो हमें मिलने नहीं दिया गया। हम तो वही दोहरा रहे हैं जो लाला जगतनारायण ने बताया।

हवेली : नहीं, वृषभान ऐसा नहीं कह सकता। मैं उसको चिट्ठी लिखता हूँ।

जनको कमरे में आती है और बुझी-बुझी-सी आवाज में पुकारती है—वीराँवाली!

वीराँवाली करवट बदल लेती है और सुबकने लगती है। जनको उसके पास आकर बैठ जाती है। रुआँसा होकर कहती है—मैं इसी करके नहीं ना आ रही थी यहाँ। मेरे को देखती है, फिर आँसू नहीं थमते तेरे। लाजो बोली कि आप जाओ, शायद आपके कहने से सोएगी।

वीराँवाली : अब क्या होगा झाईजी? अब क्या होगा?

जनको वीराँवाली के आँसू पोंछती है। पीठ थपथपाती है—सब ठीक होगा बेटी, सब ठीक होगा। तू सो जा।

वीराँवाली : नींद नहीं आती।

—ला तेरे को मैं सुला दूँ। बारह साल की थी तब तक तो मेरे साथ ही सोती थी।...जनको खुद लेट जाती है और उसको थपथपाकर सुलाने लगती है। वीराँवाली

अब अपने आँसू खुद पोंछती है, फिर करवट बदलकर मुँह जनको की ओर कर लेती है। जनको उसे सीने से लगा लेती है। वीराँवाली हिचकियाँ ले रही है—झाईजी, मेरे को माफ कर देना।

जनको : तूने क्या गलती की पुत्तर जो तेरे को माफी माँगने की जरूरत पड़ गई?

वीराँवाली : गलतियाँ ही गलतियाँ की सारी। आप नहीं जानते, मैं बहुत बुरी हूँ।

जनको : मैं कभी मान ही नहीं सकती कि तू बुरी है।

वीराँवाली थोड़ी देर चुप रहती है और फिर कहती है—मैं बुरी हूँ। आप मेरे को माफ कर देना झाईजी! कर दोगे ना?

जनको : सो जा पुत्तर! बेकार की बातें मत सोच।

जनको सो जाती है, मगर वीराँवाली की आँखों में नींद नहीं। लगभग भोर के वक्त वह रसोई में अपने ऊपर मिट्टी का तेल छिड़ककर आग लगाने की तैयारियों में है कि जनको की नींद खुलती है। वीराँवाली को नहीं पाकर वह कमरे से बाहर निकलती है और रसोई से आती खट-पट की हल्की आवाज पर उधर को जाती है। वीराँवाली को तेल में नहाया देखकर चौंक उठती है और वीराँवाली के हाथ से दियासलाई छीन लेती है—ये क्या कर रही है पुत्तर, ये क्या कर रही है?

वीराँवाली : दियासलाई दे दो झाईजी!...

जनको : ना पुत्तर, ना!

वीराँवाली : और कोई रास्ता नहीं है झाईजी!...

जनको : ना पुत्तर, ना!

वीराँवाली का स्वर टूटने लगता है—मेरे को अपने गुनाह की सजा भुगतने दो झाईजी! और कोई रास्ता नहीं है। नहीं है झाईजी, नहीं है!...

जनको की आँखों में आँसू हैं। वीराँवाली उससे चिपटकर जार-जार रोए जा रही है।

वृषभान तकियों के सहारे बैठा हुआ है। दुर्गावती उसे सूप पिला रही है और ताई पास में बैठी हुई है। वृषभान कहता है—ताईजी, अब आप लोग तैयारी करो लाहौर जाने की।

ताईजी : अब लाहौर में क्या रखा है?

वृषभान : क्यों जी?

ताईजी : मनै हो गई सब तरफ से।

ताईजी की बात सुनकर वृषभान चौंकता है और गुस्सा होता है—आपने की

होगी मनै।

ताईजी : जब पहले उन्होंने की तब हमें भी करनी ही थी।

—क्यों मौसी, उन्होंने मना किया क्या?...वृषभान दुर्गावती से पूछता है।

दुर्गावती : इन्हें ज्यादा पता है मुन्ना। मैं तो बाहरवाली हूँ।

ताईजी : इसमें बाहरवाली-भीतरवाली क्या करे? सीधी बात है, वो नहीं चाहते कि उनकी बेटी शादी होते ही विधवा हो जाए।

—वो कौन?...वृषभान जैसे चीखकर पूछ रहा हो—मुझे मतलब है वीराँवाली से। उसने तो मना नहीं किया इस शादी के लिए?

ताईजी : उसके भाई ने तो कर दिया।

वृषभान परेशान होता है। दुर्गावती उसे और सूप पिलाना चाहती है, मगर वह नहीं पीता। नर्स आती है। उसके हाथ में दो-तीन चिट्ठियाँ हैं। वो लाकर वृषभान को देती है। ताईजी नर्स से कहती हैं—लालाजी ने डाक मुन्ना को देने के लिए मना किया है नर्स!

वृषभान : मैंने ही कहा, जो मेरी अपनी चिट्ठियाँ हुआ करें उन्हें यहाँ दे दिया करो।

कहकर वृषभान चिट्ठी खोलकर पढ़ने लगता है। उसके चेहरे का भाव बदलता है। दुर्गावती पूछती है—किसकी है?

वृषभान : मास्टर हवेलीराम की। ताईजी, आपने ये ठीक नहीं किया। उनसे भी धोखा किया, मुझसे भी। मौसीजी, आप लाहौर जाने की तैयारी करो। आप वहाँ जाकर वीराँवाली की गोद भरेंगी और शादी तयशुदा साहे पर होगी।

ताई : उससे शादी करके तू मर जाएगा मुन्ना! जिद मत कर।

वृषभान : और ये शादी नहीं हुई तो वीराँवाली बेमौत मारी जाएगी। और ये खून आपके सिर होगा ताईजी!

इधर जनको तथा वीराँवाली मुंशीजी के साथ फिर से तीर्थयात्रा पर निकल गए थे, ताकि वीराँवाली के मन का दुख कुछ कम हो। तीर्थयात्रा पर निकली वीराँवाली कहीं गंगा में नहाते हुए तेज धारा के साथ बह जाती है। रलियाराम तथा शानो किसी जलसे में जाने की तैयारियों में हैं कि मुंशीजी रोते हुए खबर लेकर पहुँचते हैं। मुंशीजी को देखकर रलिया पूछता है—क्या हुआ मुंशीजी? झाईजी और वीराँवाली को छोड़ आए?

—वीराँवाली नदी में बह गई। लाश भी नहीं मिली...। मुंशी रोता हुआ बताता है। सुनकर पाशो रोने लगती है। शानो के चेहरे पर चिढ़ने-जैसे भाव आते हैं। रलिया थोड़ा दुखी और खीझा हुआ लगता है। पूछता है—लेकिन वीराँवाली

तो अच्छी तैराक थी?

मुंशीजी : जहाँ डूबी वहाँ धार इतनी तेज है कि तैराक भी डूब जाते हैं।

रलिया : वहाँ आपने उसे नहाने क्यों दिया?

मुंशीजी : जी, मैं साथ में नहीं था। खाली बीजी थे।

रलिया : झाईजी आप कहाँ हैं?

मुंशीजी : वो कहते हैं, बाद में आएँगे।

तभी बाहर से हवेलीराम आता है। उसके हाथ में एक चिट्ठी है। मारे खुशी के जैसे उसके पाँव जमीन पर नहीं पड़ रहे—वाह! प्राजी घर पर ही हैं। मैं डर रहा था, कहीं बादशाह सलामत का जन्मदिन मनाने न निकल पड़े हों। खुशखबरी लाया हूँ।

—क्या हुआ? पुश्तैनी मकान में इन्कलाबियों का छापाखाना लग गया?...रलिया पूछता है।

हवेली : जी, वृषभान की चिट्ठी आई है। उसकी मौसी वीराँवाली की गोद भरने अगले हफ्ते आनेवाले हैं।

रलिया के होंठ फड़फड़ाते हैं—किसकी गोद भरने आनेवाले हैं? वीरावाँली तो आप गंगा की गोद में समा गई!...

सुनकर हवेली स्तब्ध रह जाता है—क्या?

कूचा राधाकिशनवाले मकान की छत पर बैठा हवेली अपना कोई लेख पूरा कर रहा है। रामप्यारा-रामप्यारी आते हैं और आँगन में बैठी काम कर रही लाजो से रलिया तथा शानो की शिकायत बतियाना चाहते हैं। लाजो सुनने से मना कर देती है। उन दोनों के जाने के बाद हवेली छत से नीचे उतरता है और लाजो से पूछता है—क्या कह रहे थे?

लाजो : कह रहे थे कि रायसाहबी की कोशिश में जेठजी आजकल खूब दावतें दे रहे हैं। मेरे को तो सुनके बहुत ताज्जुब हुआ। वीराँवाली की मौत का गम इतनी जल्दी भुला बैठे?

हवेलीराम गहरी साँस लेता है—किसी के मरने से दूसरों की जिंदगी रुक नहीं जाती लाजोजी!

लाजो : आप तो रोके पड़े हो। छापाखाना खरीदते ही नहीं।

हवेलीराम : प्राजी पैसे दें तो खरीदूँ।

लाजो : वो कभी नहीं देने।

हवेलीराम : नहीं दें तो नहीं सही। मैं तो शुरू से यह मानकर चला हूँ कि मुझे दुकान से कोई पैसा नहीं लेना है।

लाजो : आप ना लो। मेरे बेटे को लेना है। चार आना पत्ती रखा गए हैं लालाजी उसके लिए। आप मुनाफे की रकम माँगा करो। रामप्यारा-रामप्यारी कह रहे थे कि वो हमारे बच्चे के हिस्से का सारा पैसा हड़प रहे हैं।

हवेलीराम : उनके भड़काने में मत आया करो लाजोजी!

लाजो : मुंशीजी ने भी यही कहा!

हवेलीराम : मैं बात कर लूँगा मुंशीजी से।

लाजो : बात मुंशीजी से नहीं, प्राजी से करनी है। और अभी करनी है। पैसा लेना है उनसे।

हवेलीराम : अपना लेख पूरा कर लूँ।

लाजो : खूब लिखो लेख और लिखने का मेहनताना मत लो। ट्यूशनें पढ़ाओ और पढ़नेवालों से पैसा लेते शरमाओ। किस पर लेख लिख रहे हो मास्टरजी, 'गरीब के सुख' पर? हर दुख की एक दवा है लेख। रगों में लहू नहीं, सियाही दौड़ती होनी है आपके। बिचारी वीराँवाली गुजर गई, एक नज़्म लिख दी। मेरे मरने पर एक क़ता कह देना है।

हवेलीराम जाता हुआ ठिठक जाता है और फिर लाजो के पास बैठ जाता है—तुम्हारे मरने पर तो मैं गूँगा हो जाऊँगा लाजोजी!

सुनकर लाजो की आँखें नम हो उठती हैं।

इधर रामप्यारा-रामप्यारी रलिया की नई कोठी पर पहुँचकर हवेली-लाजो की झूठी शिकायतें बतियाते हैं। सुनकर रलिया तथा शानो दोनों उत्तेजित हो उठते हैं। रामप्यारा-रामप्यारी रलिया को यह भी बताते हैं कि हवेली ने अपने घर के तहखाने में किसी घायल क्रांतिकारी को छिपा रखा है। रलिया कूचा राधाकिशन पहुँचता है और घर के तहखाने का मुआयना करना चाहता है। हवेली उसे वहाँ जाने देना नहीं चाहता—तहखाने में जाके आप क्या करोगे?

रलिया : देखूँगा कि वहाँ किसे रख छोड़ा है।

हवेली : वहाँ कोई नहीं है। आप वहाँ न जाएँ प्राजी!

रलिया : अपने घर में मैं कहीं भी जा सकता हूँ, सुना?

हवेली : फिलहाल ये घर मेरा है प्राजी!

रलिया : तेरा है तो मेरी मेहरबानी से।

लाजो : झाईजी ने बँटवारे में ये घर हमें दिया है।

रलिया : तू चुप कर कमजात, सिरमुन्नी! तूने ही कराया है सारा बेड़ा गर्क!

हवेली : प्राजी, बात कीजिए गाली-गलौज नहीं।

रलिया : बात करे मेरी जूती! फटाफट मेरा घर खाली करो!

लाजो : आप इस तरह घर खाली नहीं करा सकते।

रलिया : अभी पुलिस ले आनी है, फिर पता चलेगा कि क्या करा सकता हूँ।

हवेली : झगड़ा-फसाद, कोर्ट-कचहरी ये सब अच्छा नहीं लगता मुझे। झाईजी कोई फैसला करा गए थे हमारे बीच, उनके आने तक तो उसे मत बदलो।

रलिया : कान खोल के सुन लो, ना झाईजी ने कोई फैसला कराया, ना तेरे हिस्से में कुछ आया।

लाजो : लालाजी आप करा गए हैं हमारे काके की रुपए में चार आने पत्ती।

रलिया : उस पत्ती का मैंने कर दिया पत्ता साफ, अब बोल।

लाजो : हम क्यों बोलें? वकील बोलेगा।

—कागजात देख के वकील की भी बोलती बंद हो जानी है।...कहकर मुँह मटकाता हुआ रलियाराम चला जाता है। उसके जाते ही हवेलीराम तहखाने का दरवाजा खोलता है—धर्मपाल को अर्जनसिंह के यहाँ छोड़ आऊँ, कहीं सचमुच पुलिस ले आएँ तो मुसीबत होगी।

कूचा राधाकिशनवाले मकान के आगे हवेलीराम का सामान बिखरा पड़ा है। लाजो एक ट्रंक पर बुत बनी बैठी है। रोशन उसकी गोद में मुँह छिपाए रो रहा है। वह यंत्रवत् उसकी पीठ पर हाथ फेर रही है। कुलभूषण एक कोने में गंभीर बना खड़ा है, तभी हवेलीराम आता है। कुलभूषण उससे लिपट जाता है—पिताजी, तायाजी ने हमारा सामान फिंकवा दिया।

हवेलीराम : कोई बात नहीं, हमने तेरे नानाजीवाले मकान में चले जाना है विच्छोवाली।

—धर्मपाल को छोड़ आए?...लाजो पूछती है।

हवेलीराम : हाँ!

अब लाजो मकान के दरवाजे पर पड़े ताले की ओर इशारा करती है—मास्टरजी, ये ताला तुड़वाओ और सामान भीतर रखवाओ।

हवेलीराम : विच्छोवाली चले जाते हैं। झगड़ा करने से क्या फायदा?

लाजो : विच्छोवाली मैंने एक ही शर्त पर जाना है। आपको जेठजी के खिलाफ कानूनी कार्रवाई करनी पड़ेगी।

हवेलीराम : उसमें कोई फायदा नहीं लाजोजी!

लाजो : ना सही। मगर मैंने बिना लड़े हार नहीं माननी।

बावजूद लाजो की जिद के, हवेली सबों को लेकर विच्छोवाली रहने आ जाता है। जनको इसी दौरान तीर्थयात्रा से लौट आई है। उसे तपेदिक हो गया है। लौटकर रलिया की नई कोठी पर आने के साथ उसकी तबीयत खराब हो जाती है। वह मुंशीजी से कहती है कि कूचा राधाकिशन जाकर हवेली, लाजो तथा बच्चों को यहीं लिवा लाए, मगर जब पाशो बताती है कि चाचा-चाची तो विच्छोवाली रहने लग पड़े हैं, तो जनको रलिया से पूछती है—तुम भाइयों में तो मेल हो गया था रलिया, फिर ये किस तरह?

जवाब रलिया नहीं, शानो देती है—मेल एकतरफा नहीं होता झाईजी! अगर लोग कोर्ट-कचहरी की धमकी दें तो मेल कहाँ रह सकता है?

जनको : कोर्ट-कचहरी क्यों?

—ये उनसे ही पूछना झाईजी!...रलिया का मुँह खुलता है। शानो अलग बताती है—वो औरत पुरखों के घर को इन्कलाबियों का अड्डा बना रही थी। एक कमरे में उनका छापाखाना, दूसरे में बम की फैक्टरी। इन्होंने रोका तो मुकद्दमेबाजी पर उतर आए।

जनको : मेरे मरने का इंतजार तो कर लिया होता रलिया!

रलिया : आप मेरे से ही क्यों कहते हो?

जनको : उससे भी कहूँगी पुत्तर, उसे यहाँ तू बुला तो?

रलिया : माफी चाहता हूँ ज़ी! जिस बंदे ने मेरे खिलाफ कानूनी कार्रवाई की धमकी दी है, उसे मैं यहाँ नहीं बुला सकता।

जनको : तो मेरे को वहाँ जाने दे। मुंशीजी, गाड़ी लगवाओ।

—थोड़ा आराम कर लो बीजी!...मुंशीजी सलाह देते हैं।

जनको : जब तक बेटों में मेल नहीं हो जाता, मेरे को आराम कहाँ?

जनको विच्छोवाली पहुँचती है। हवेली, लाजो, सात साल का कुलभूषण, चार साल का रोशनलाल—सभी उसका 'पैरीपौना' करते हैं। जनको सबों को आशीर्वाद देती है और आकर लेट जाती है। काफी हिचक के साथ हवेली वीराँवाली वाली घटना के संबंध में जानना चाहता है, मगर उसके मुँह से ठीक-ठीक शब्द नहीं निकल पा रहे। जनको रुआँसी हो उठती है—उस बिचारी का तो पैर फिसल गया। मगर तेरे को क्या हुआ पुत्तर? भाई-भाई में मेल-मिलाप करा गई थी, फिर ये क्या कर दिया?

लाजो : इनसे क्यों पूछते हो झाईजी? उनसे ही पूछो कि जिस घर में आप बसा गए थे हमें, उसमें से हमारा सामान बाहर क्यों फिंकवा दिया?

हवेली : झाईजी को आराम करने दो लाजोजी। गिले-शिकवे फिर कभी कर लेना।

—मुंशीजी, ये सब हुआ किस तरह?...जनको मुंशीजी से जानना चाहती है।

मुंशीजी : जी, वो इस तरह है कि बड़े लाट को उसकी घरवाली रोक रही थी इन्हें पैसा देने से। वो आप भी इस करके पैसे देते घबरा रहा था कि छोटे लाट ने उसे इन्कलाबी काम में लगा देना है। ऐसे में रामप्यारा-रामप्यारी ये कहके आग लगा गए कि इन्होंने कूचा राधाकिशन में एक फरार इन्कलाबी को छिपाया हुआ है।

जनको : इस बेवकूफ को तो इसके इन्कलाबी ही ले डूबे।

—मास्टरजी का इन्कलाबी होना तो किसी से छिपा हुआ नहीं था।...लाजो की आवाज में थोड़ी तलखी है—पर ये कहाँ का इंसाफ है कि ना सिर्फ हमें घर से निकाल दो बल्कि ये भी कहो कि कुलभूषण के हिस्से की चार आना पत्ती में कुछ नहीं बचा।

जनको : मगर हवेली ने तो मुझे तीर्थयात्रा पर लिखा था कि पूरा हिसाब दे रहा है रलिया।

—प्राजी बताते रहे कि कुलभूषण के हिस्से का मुनाफा सारा-का-सारा फिर बिजनेस में लगा दे रहे हैं। अब उनका कहना है कि वो पैसा डूब गया।...हवेली बताता है।

जनको : मुंशीजी, ये किस तरह?

मुंशीजी : राउंड गुड्स—गोल माल, ट्रिक चाल, जो छोटे लाट ने बड़े लाट से कानूनी लड़ाई लड़नी है तो बड़े लाट ने साबित कर देना है कि कुलभूषण के हिस्से का पैसा डूब गया। बाहरी सुलह-सफाई कर ले तो शायद...।

—फिर रहने को मकान और गुजारे को भत्ता देने लगेंगे? हमें नहीं चाहिए खैरात।...लाजो अपने मन की बात उगलती है।

हवेलीराम उसे समझाता है—छोड़ो इन बातों को लाजोजी!

लाजो : छोड़ते-छोड़ते ही तो ये हालत हुई कि अब हमारा वकील भी कहने लग पड़ा है, अब अदालत में जाकर भी जीत की उम्मीद बहुत कम है।

जनको : वकील को मेरे से मिलवाना बीबीरानी। मैं गवाही दूँगी तुम्हारी तरफ से। मुंशीजी, जाके रलिया से कह दो कि बीजी तो अब तभी आने हैं, जब कुलभूषण को उसका हक मिलना है। बगैर कोर्ट-कचहरी के देने के वास्ते हाँ कहे तो मैं अभी आ जाऊँ।

मुंशीजी : चंगा जी!

जनको को खाँसी का दौरा पड़ता है। वह इतना खाँसती है कि मुँह के आगे लगाई हुई चुन्नी लाल हो जाती है। हवेली घबड़ा उठता है। लाजो भी।

रलिया, पाशो तथा शानो अपनी नई कोठी की बैठक में बैठे हैं। पाशो कहती है—दादी

से आज मैंने खूब लड़ाई करनी है। घंटे-भर के लिए कह गए थे और अभी तक नहीं ना मुड़े।

शानो : मेरे को पहले ही पता था उन्होंने मुड़के आना नहीं है। वहीं रहने हैं अपनी लाडली बीबीरानी के साथ हमारे खिलाफ साजिश करने के वास्ते।

रलिया : वो जनानी बहुत बुरी है। झाईजी आप तो बहुत अच्छे हैं।

शानो : कितने अच्छे हैं ये तो मैंने उसी दिन जान लिया था जिस दिन इस घर में बहू बनकर आई। पहले ही दिन मेरा सारा जेवर लेकर अपनी तिजोरी में बंद कर लिया था।

मुंशीजी आते हैं और जनको के बारे में बताते हैं—उनकी तबीयत ज्यादा खराब हो गई। विच्छोवाली ही रुक गए।

शानो : मैंने क्या कहा था?

रलिया : वहाँ उनका क्या इलाज होना है? जाओ उनको ले के आओ और डॉक्टर को भी बुला लाओ।

मुंशीजी : डॉक्टर साहब को तो मैं वहीं ले गया। उन्होंने ही कहा कि सफर से थके हुए हैं, इन्हें आराम करने दो।

रलिया : बीमारी क्या बताई?

मुंशीजी : तेजी से बढ़नेवाला तपेदिक बताया।

तपेदिक का नाम सुनकर शानो अजीब-सा मुँह बना लेती है—उन्हें वहीं से सैनिटोरियम भिजवा दो।

मुंशीजी : डॉक्टर भी धर्मपुरा भेजने को कह रहे हैं।

रलिया : जरूर भेजूँगा सैनिटोरियम, मगर अपने घर से।

जनको लेटी हुई है और हवेलीराम और लाजो उससे बातें कर रहे हैं। लाजो अपने जेवर उतारती है और हवेली से कहती है—मेरे जेवर बेचकर पैसे जुटाओ झाईजी के इलाज के लिए। ये तो इन्हीं के दिए हुए हैं।

जनको : मैं सदके जाऊँ। तू इन्हें रख कुलभूषण की बहू के लिए। रब करे, वो भी इतनी अच्छी हो जितनी कि तू।

हवेलीराम : आपको सैनिटोरियम भेजना जरूरी है झाईजी। मेरे ख्याल से आप प्राजी के पास चले जाओ। कम-से-कम आपका इलाज तो हो जाएगा।

रलियाराम मुंशीजी के साथ आता है। मुंशीजी सलाह देते हैं—छोटा लाट ठीक कह रहा है बीजी! बड़ा लाट आप आया है बुलाने वास्ते।

रलिया : चलो जी बैठो, बाहर तांगा खड़ा है।

जनको उठ के बैठ जाती है।

जनको : रलिया पुत्तर, मैं बता नहीं सकती कि मेरे को कितनी खुशी हुई कि तूने मेरी शर्त मान ली।

रलिया : शर्त? कौन-सी शर्त?

जनको : मुंशीजी, बताई नहीं इसे?

मुंशीजी : बता दी जी। हो गया सारा इंतजाम पक्का। कल सुबह की गड्डी से धर्मपुरा रवाना हो रहे हैं। डॉक्टर साहब भी साथ रहेंगे।

जनको : मेरी शर्त रलिया ने मानी नहीं?

मुंशीजी : छोटी-मोटी बातों में परेशान मत होओ आप। बुजुर्ग कह गए हैं, जान है तो जहान है।

जनको : जान की फिकर तो तब करूँ जब कहीं बाकी बचा हो मेरा जहान।

...कहते-कहते उसे खाँसी आती है और खून गिरता है।

रलिया : झाईजी, मैं आपका बड़ा बेटा हूँ। मैं आपके हाथ जोड़ता हूँ, आप चलो मेरे साथ।

मुंशीजी : चलो बीजी, मैं जबान देता हूँ आपको कि कुछ-ना-कुछ सुलह-सफ़ाई करा देनी है आपके बेटों में।

जनको : मेरे पुत्तर आप नहीं दे सकते! रलिया से कहला दो, इसने मेरी शर्त मान ली है।

रलिया : मैं आपको लेने के लिए अपनी इज्जत ताक पै रखके इन लोगों के यहाँ आ गया और अब आप बिना शर्त मेरे साथ चलने को तैयार नहीं हो? मैं क्या आपका सौतेला हूँ?

जनको को फिर खाँसी का दौरा पड़ता है और वह बिस्तर पर लेट जाती है।

हवेलीराम : झाईजी, मैं विनती करता हूँ आप प्राजी के साथ चले जाओ।

रलिया : मैं किसी घर फोड़नेवाले का प्राजी नहीं हूँ। झाईजी का पुत्तर जरूर हूँ, भले ही ये तेरे सामने मेरे को कुछ ना लगाते हों। तेरे वास्ते पूरी छूट है, मेरे वास्ते ये कि इनका इलाज कराने के लिए भी इनकी शर्त माननी पड़ेगी। अब पता तो चले कि वो शर्त क्या है?

मुंशीजी : बीजी चाहते हैं कि कुलभूषण के हिस्से की मुनाफे की रकम बिना कोर्ट-कचहरी के दे दो।

रलिया : कोर्ट-कचहरी ये नालायक गया, मैं नहीं। अब मुनाफे की रकम तभी मिलेगी जब ये मेरे को बड़ा भाई मानेगा।

जनको : लालाजी कुलभूषण के लिए जो पैसा रख गए थे उसे अमानत समझके लौटा दे पुत्तर!

रलिया : हमेशा मेरे से ही कहते हो? इससे कुछ नहीं कह सकते?

जनको : मरती बारी एक छोटी-सी विनती की है पुत्तर!

—मैंने नहीं मरने देना आपको। मैंने बढ़िया-से-बढ़िया कराना है आपका इलाज, चलो मेरे साथ।...कहते-कहते रलिया रुआँसा हो उठता है।

जनको : मैंने तो तभी जाना है जब मेरे पोते के साथ इंसाफ होना है।

रलिया : और रलिया के साथ इंसाफ नहीं करोगे? जिस हवेली ने खानदान की हर रवायत पर लात मारी, उसे कलेज़े से लगाए रखोगे और जिस रलिया ने आपकी हर बात को मत्थे से लगाया उसे लात ही मारोगे? आप क्या चाहते हो, मैं सारी बिरादरी में बदनाम हो जाऊँ कि बीमार माँ को घर से निकाल दिया? झाईजी, आपको चलना होगा मेरे साथ।

जनको : वहाँ तो मैंने नहीं जाना।

मुंशीजी : इस तरह करो जी कि आप धर्मपुरा जाने तक कूचा राधाकिशनवाले मकान में रह लो। मैं वहाँ जाकर सफाइयाँ करवाता हूँ।

इस पर जनको कोई आपत्ति नहीं करती। मुंशीजी जाने लगते हैं। रलियाराम भी जाने को होता है—मैं डॉक्टर साहब से कूचा राधाकिशन जाने को कह आऊँ, नहीं तो वो नई कोठी पहुँच जाने हैं।

वो कमरे से बाहर कदम रखता है कि जनको को जोर से खाँसी का दौरा पड़ता है। खून निकलता है। सुनकर रलियाराम वापस आता है। जनको हवेली को इशारे से पास बुलाती है। हवेली अपना कान उसके होंठों के पास ले जाता है। जनको की बात उसकी समझ में नहीं आती। वह अंदाजे से उसे पानी पिला देता है। जनको आँख खोलती है और कहती है—हवेली, मेरे मरने की खबर स्वामीजी को जरूर दे देना।

हवेली : जी, किन स्वामीजी को?

जनको : स्वामी ज्ञानानंद। उत्तरकाशीवाले।

जनको सिंक कर जाती है। उसके सिरहाने बैठा हवेलीराम मूक आँसू बहाता है और रलियाराम उसकी नाड़ी टटोलते हुए पहले 'झाईजी, झाईजी' कहता है और अंत में उससे लिपट के रोता है—आखिर तलक नाइंसाफी की झाईजी आपने रलिया के साथ। आखिर तलक...!

वीराँवाली दरअसल नहाते वक्त गंगा में बह नहीं गई थी। यह जानकर कि वह वृषभान के बच्चे की माँ बननेवाली है, जनको उसे तीर्थयात्रा के बहाने, स्वामी ज्ञानानंद के आश्रम लिवा लाई थी और वहीं छोड़ गई थी। वीराँवाली का नया नामकरण हुआ था प्रज्ञावती। मुंशीजी को इस सच की जानकारी नहीं होने दी गई। उन्हें बताया गया था कि वे पहले लाहौर पहुँचें और लोगों को बता दें कि वीराँवाली तीर्थयात्रा में नहाते हुए पानी में बह गई।

अब वीराँवाली का लड़का सतबीर नौ-दस महीने का हो चला है। जनको के कहे अनुसार हवेली ने स्वामी ज्ञानानंद को जनको के देहावसान हो जाने के बारे में सूचित किया है। स्वामी ज्ञानानंद जब इस चिट्ठी की बाबत वीराँवाली को बताते हैं तो वह फूट-फूटकर रो उठती है। स्वामीजी उसे ढाढस बँधाते हैं और कहते हैं—हवेलीराम को यहीं बुला लेता हूँ। तुम्हारी माताजी ने कहा था कि लाहौर जाकर वह सतबीर के लालन-पालन का कोई अच्छा इंतजाम करेंगी। अगर इंतजाम किए बगैर ही मर जाएँ तो मैं बच्चा हवेलीराम को दे दूँ।

वीराँवाली : वीरजी को नहीं बुलाओ। मैं उनकी लाडली हूँ। भरजाईजी तो मेरी खास सहेली हैं। अगर उन्हें पता चल गया कि मैं बिन-ब्याही माँ बन गई तो...नहीं-नहीं, उन्हें यहाँ मत बुलाइए।

ज्ञानानंद : कैसी बात करती हो? बच्चा तो उन्हें सौंपना ही होगा। मैंने तुम्हारी माताजी को वचन दिया था।

वीराँवाली बच्चे को उठाकर कलेजे से लगा लेती है—नहीं, मेरे बारे में उन्हें कुछ मत बताना।

ज्ञानानंद : इस चिट्ठी से लगता है तुम्हारी माँ ने भी नहीं बताया, फिर मैं क्यों बताने लगा?

हवेलीराम को स्वामीजी की चिट्ठी मिल गई है। वह लाहौर से चलकर आश्रम में पहुँचता है। स्वामीजी को अपना परिचय देता है। वीराँवाली छिपकर हवेली को देखती है। हवेली स्वामीजी से पूछता है—बताइए, कैसे याद किया?

ज्ञानानंद : आपकी माताजी कुछ बता के नहीं गईं आपको?

हवेली : जी नहीं।

ज्ञानानंद : उनके आदेश के अनुसार एक बच्चा मुझे आपके सुपुर्द करना है।

—बच्चा?...हवेली चौंकता है।

ज्ञानानंद : हाँ। आपकी माताजी आपकी बहन के मर जाने से बहुत दुखी थीं। मन की शांति की तलाश में इस आश्रम में आ गईं और कुछ महीनों बाद एक औरत उनको ये बच्चा देकर चली गई। उन्हें इस बच्चे से बहुत मोह हो गया। वो खुद ही इसे पाल रही थीं। कह गई थीं कि अगर मैं मर जाऊँ तो ये बच्चा मेरे छोटे बेटे हवेलीराम को सौंप देना।

हवेली : ये बच्चा किसका है?

ज्ञानानंद : मैंने बताया ना, एक औरत का।

हवेली : जी, मेरा मतलब था कि क्या मेरी माताजी उस औरत को जानती थीं?

ज्ञानानंद : ये तो वही बता सकती थीं।

हवेली : आप उसे जानते थे?

ज्ञानानंद : कोई ऐसी खास पहचान नहीं थी मेरी।

हवेली : वो चली कहाँ गई?

ज्ञानानंद : उसने मोह-माया का यह संसार छोड़कर पालनहार के चरणों में शरण ले ली है।

हवेली : उस औरत का नाम बता सकेंगे?

ज्ञानानंद : सच मैं बोल नहीं सकता, झूठ बोलने की मेरी आदत नहीं है। देखिए हवेलीरामजी, उस औरत के लिए परेशान होना व्यर्थ है। उसने अपनी गुत्थी अपने ढंग से सुलझा ली है। आप उस बच्चे की फिकर करें जिसके लालन-पालन की जिम्मेदारी आपकी माताजी आप पर डाल गई हैं। अभी आप विश्राम करें। मैं कल सुबह आपको भिजवाने का इंतजाम कर दूँगा।

अगली सुबह हवेलीराम विदा होने की तैयारियों में है। स्वामी ज्ञानानंद वीराँवाली के कमरे में बच्चा लेने आते हैं। बच्चा खटोले में पड़ा खेल रहा है। वीराँवाली उसे उठाकर अपने सीने से चिपका लेती है। ज्ञानानंद समझाते हैं—कभी तो ये था कि इसे होने से पहले ही निर्ममता से मार देना चाहती थी और आज ये कि इससे ममता करने लगी हो कि अच्छे-बुरे का विवेक ही खो बैठी हो।

वीराँवाली : वो मेरी भूल थी स्वामीजी!

ज्ञानानंद : इस बच्चे को कलेजे से लगाए रखना और भी बड़ी भूल होगी। तुम्हें पता है कि मैं तुम पर महिला-आश्रम खोलने और चलाने की जिम्मेदारी डालना चाहता हूँ।

वीराँवाली : मैंने उस जिम्मेदारी को निभाने के साथ-साथ इस बच्चे को भी पाल लेना है।

ज्ञानानंद : दो नावों में पाँव रखना चाहती हो? अब माया-मोह छोड़ो।

वीराँवाली : बाप के प्यार से तो अनजान रहना ही था इस बिचारे को। यहाँ से चला जाएगा तो माँ के प्यार से भी अनजान रह जाना है।

ज्ञानानंद : तुम्हारी माताजी का कहना था कि तुम्हारे भाई-भावज़ सतबीर को माँ-बाप का प्यार दे देंगे।

वीराँवाली : नहीं, मैं अपने बच्चे को अपने से अलग नहीं कर सकती।

ज्ञानानंद : लेकिन ये तुम्हारा बच्चा है कहाँ प्रज्ञावती? ये तो वीराँवाली का बच्चा है। वो वीराँवाली तो मर चुकी है। दुनिया के लिए ही नहीं, अपने लिए भी।

वीराँवाली से बच्चा लेकर ज्ञानानंद बाहर आते हैं। वीराँवाली कमरे में हलके-हलके रो रही है। उसके रोने की आवाज सुनकर हवेलीराम स्वामी ज्ञानानंद से पूछता है—कोई रो रहा है शायद!

ज्ञानानंद : प्रज्ञावती रो रही है।

हवेली : प्रज्ञावती कौन?

ज्ञानानंद : बच्चे की धाय। चलिए देर हो रही है।

हवेलीराम अपने घर पहुँचता है। लाजो देखकर खुश होती है—आप आ गए मास्टरजी! ...फिर चौंकती है—ये बच्चा?

हवेलीराम एक हाथ की संदूकची जमीन पर रखता है, फिर बच्चे को लाजो की तरफ बढ़ाता है—स्वामीजी ने दिया है। झाईजी उनसे कह गए थे कि मेरे मरने के बाद हवेली-लाजो को दे देना इसे पालने के लिए।

लाजो बच्चे को अपनी गोद में लेती हुई पूछती है—ये बच्चा है किसका?

हवेली : स्वामीजी ने कुछ बताया नहीं।

लाजो : कहीं ये...लेकिन वो तो...या कहीं झाईजी ने झूठ तो नहीं बोला हमसे?

हवेली : ना अटकल लगाओ, ना लगाने दो, जैसा कि स्वामीजी ने कहा है—बच्चे की फिकर करो, माँ की नहीं। तुम तो लोगों से यही कहो कि सहारनपुर के किसी इन्कलाबी का बेटा है। इसकी माँ तो पहले ही गुजर गई थी और बाप को फाँसी हो गई।

हवेलीराम के घर उसके बेटों—कुलभूषण तथा रोशन के साथ खेलता-पढ़ता सतबीर बड़ा होने लगा है। अरसे बाद साध्वी भेष में वीराँवाली, स्वामी ज्ञानानंद और दयावती नामक एक संगिनी साध्वी के साथ लाहौर आती है। वे एक धर्मशाला में ठहरते हैं। एक दिन वह दयावती से कहती है कि तू विच्छोवाली गली में जा और जिस घर पर आत्मानंद की तख्ती लगी हो उसमें पता कर कि हवेलीराम और लाजवंती घर पर हैं क्या? साध्वी लौटकर वीराँवाली उर्फ प्रज्ञावती को बताती है कि वहाँ हवेलीराम और लाजवंती तो नहीं, उनके बच्चे हैं। वीराँवाली कहती है—घर में बच्चे हैं तो क्या हुआ? मैंने उनसे ही बात कर लेनी है।

—मेरे ख्याल से तो आप अभी चलो निस्तब रोड। कल सुबह यहाँ आके देख लेना। दयावती सलाह देती है।

वीराँवाली : नहीं। तुम चलो वहाँ। मैंने बच्चों से मिल के अपने-आप आ जाना है।

दयावती : आप अकेले कैसे पहुँचोगे?

वीराँवाली : ये मेरा अपना शहर है दयावती!

वीराँवाली विच्छोवाली पहुँचती है। आत्मानंद के घर का दरवाजा खटखटाती है।

कुलभूषण दरवाजा खोलता है। सामने गेरुए वस्त्र में वीराँवाली को देखकर पूछता है—आप कौन?

वीराँवाली : तेरी माताजी की सहेली।

कुलभूषण : हम तो आपको नहीं जानते।

वीराँवाली : लेकिन हम तो जानते हैं। तू भूषण, ये रोशन और एक और है सतबीर, वो किधर?

कुलभूषण : भीतर लेटा है।

—बुलाओ उसे। मैं उसके लिए चीजें लाई हूँ।...कहती हुई वीराँवाली घर के अंदर आ जाती है और दरवाजा बंद कर लेती है।

कुलभूषण सतबीर को पुकारता है—ओए सतबीर...!

रोशनलाल वीराँवाली से पूछता है—सतबीर की चीजें किधर?

वीराँवाली : मेरे झोले में।

रोशन : आप परी हो क्या?

वीराँवाली : परी? किस तरह?

कुलभूषण : पिताजी कहानी सुनाते हैं, जिसमें एक परी झोले भर-भरकर अच्छी-अच्छी चीजें देती है।

वीराँवाली : मैं तो एक ही झोला भरकर लाई हूँ। तभी सतबीर कमरे से निकलता है। वह सोया हुआ था। पूछता है—कौन आया?

रोशन : परी! झोलेवाली! चीजें लाई है तेरे वास्ते!

भूषण खुश है। सतबीर आशंका जाहिर करता है—लेकिन परी के तो पर होते हैं।

—मैं परकटी परी हूँ पुत्तर!...भावविह्वल वीराँवाली सतबीर को उठाकर सीने से लगा लेती है। उसकी आँखों से आँसू बह रहे हैं।

—आप रो रहे हो?...कुलभूषण पूछता है।

—नहीं तो, नहीं तो।...वीराँवाली अपने पर काबू करती है। तभी दरवाजे पर दस्तक होती है।

वीराँवाली घबराकर सतबीर को नीचे खड़ा करती है और दरवाजे की ओर बढ़ती है। बच्चे भी पीछे से आते हैं। वीराँवाली सतबीर को चूमकर तेजी से सीढ़ियाँ चढ़ जाती है। बाहर से लाजो पुकार रही है—भूषण, दरवाजा क्यों नहीं खोलता?

भूषण दरवाजा खोलता है और लाजो को बताता है—माताजी, आपकी सहेली आई है। छत पर गई है।

लाजो को आश्चर्य होता है। रोशन के हाथ में झोला है। वह कहता है—झोलेवाली परी है। ये दे गई हमारे लिए।

—कितनी बार कहा कि किसी अजनबी से चीजें मत लो...। कहकर लाजो

सीढ़ियाँ चढ़ने लगती है।

छत पर पहुँचकर एक गेरुआ वस्त्रधारी औरत को दूसरी तरफ से सीढ़ियाँ उतरता देख वह झटपट सीढ़ियाँ उतरती है। तब तक वह औरत, यानी वीराँवाली, बाहर गली में निकल गई है। पीछे-पीछे लाजो। सामने से हवेलीराम आ रहा है। लाजो हवेली को पुकारकर कहती है—मास्टरजी, इसे पकड़ो। गेरुए कपड़े डालती है और मेरे बच्चों पर टोना-टोटका करती है।

हवेलीराम वीराँवाली के एकदम सामने आ जाता है। वीराँवाली हथेलियों से चेहरा छिपा लेती है। लाजो आकर उसके चेहरे से हथेलियाँ हटाने के लिए जोर लगाती है—देखूँ तो, तू है कौन?...और वीराँवाली का चेहरा देखते ही स्तब्ध रह जाती है—वीराँ ...वाली...!

हवेली भी आश्चर्यचकित है—वीराँवाली तो...फिर...!

वीराँवाली : वीराँवाली मर चुकी है। मैं तो प्रज्ञावती हूँ। वो कमजोरी एक लम्हा था, जिसमें मैं फिर वीराँवाली बनके अपने बच्चे को देखने तुम्हारे घर में घुस गई। मेरे को माफ करना।

हवेलीराम : वो कमजोरी का नहीं, बहादुरी का लम्हा रहा होगा वीराँवाली!

लाजो : चलो, घर चलो।

वीराँवाली : नहीं, मैं शीतला मंदिर जाऊँगी। स्वामी ज्ञानानंद वहीं धर्मशाला में ठहरे हैं।

हवेलीराम : मैं तुझे छोड़ आता हूँ।

लाजो : नहीं, आप आराम करो मास्टरजी। मैं इसे छोड़ आती हूँ। मेरे को इससे बहुत-सी बातें पूछनी हैं।

स्वामी ज्ञानानंद तथा साध्वी धर्मशाला के एक कमरे में बैठे हैं। वीराँवाली लाजो के साथ वहाँ पहुँचती है—देरी के लिए माफी चाहती हूँ स्वामीजी! भरजाईजी मेरे साथ आई हैं। उनसे बात करने की अनुमति देंगे?

ज्ञानानंद : अनुमति और एकांत दोनों। और ध्यान रहे प्रज्ञावती...जिस दुनिया को छोड़ चुकी हो, उसके मोह में पड़ना व्यर्थ है।

स्वामीजी और साध्वी दोनों ही कमरे से बाहर चले जाते हैं। एकांत पाकर लाजो पूछती है—हुआ क्या था?

वीराँवाली : क्या फायदा अब याद करके।

लाजो : मुंशीजी बताते हैं, पहले तुम लोग अंबाले रुके थे।

वीराँवाली : हाँ।

लाजो : सुना था तेरी तबीयत खराब हो गई थी। तेरे को अस्पताल ले गए थे?

वीराँवाली : वहाँ की डॉक्टरानी झाईजी की पहचान की थी। झाईजी मेरी सफाई

कराना चाहते थे। मगर डॉक्टरानी ने बताया कि बहुत देर हो चुकी है।

लाजो : फिर तुम वहाँ से गंगोत्री-यात्रा पे गए?

वीराँवाली : झाईजी बोले, यात्रा कर ही आते हैं। लौटते हुए हम कनखल में रुक जाएँगे, मुंशीजी को वापस भेज देंगे।

लाजो : मुंशीजी तो उत्तरकाशी से लौटे और ये खबर लेके आए कि तू नदी में डूब गई?

वीराँवाली : डूब मरनेवाला काम किया था। डूब मरती तो अच्छा था। मैंने तो यहाँ लाहौर में भी आत्महत्या की कोशिश की थी। झाईजी ने पकड़ लिया, तभी उन पर ये भेद खुला।

लाजो : उत्तरकाशी में हुआ क्या?

वीराँवाली : हम इन्हीं स्वामीजी के आश्रम में ठहरे थे। उस रात मेरी नींद बहुत जल्द टूट गई। झाईजी को कुटिया में सोया छोड़कर मैं बाहर आ गई। नीचे कहीं गहरे से नदी का शोर आ रहा था। मेरे को लगा, मैंने ऐसा पाप किया है जो गंगोत्री जाकर धुलनेवाला नहीं है। उसे मिटाने के लिए तो आप मिटना होगा। गंगा में नहाने से बात नहीं बनेगी, हमेशा के लिए समा जाना होगा गंगा की गोद में। मैं दबे पाँव चल पड़ी। नदी की आवाज जैसे मेरे को अपने-आप खींचती चली गई। मेरे को लगा, नदी मेरे को न्यौता दे रही है। मैं छलाँग लगाने ही वाली थी कि स्वामीजी ने आकर बचा लिया। मैंने बहुत जिद की कि मुझे डूब मरने दीजिए, मैं किसी को मुँह दिखाने के काबिल नहीं, मुझे मेरे पापों का प्रायश्चित्त करने दीजिए, मगर स्वामीजी ने एक नहीं सुनी। समझाया—आत्महत्या प्रायश्चित्त नहीं है वीराँवाली! मेरे साथ चलो। आश्रम में तुम्हें एक नई जिंदगी मिलेगी। तुम वीराँवाली नहीं, प्रज्ञावती कहलाओगी। अपने लिए तो तुम अपनी जिंदगी खत्म कर ही चुकी हो, इसलिए अब उसे आश्रम को दे दो।

मैंने कहा—ठीक है, लेकिन झाईजी? मुंशीजी?

स्वामीजी ने कहा—चलो, तुम्हारी माताजी को सारी बात समझा देते हैं। मुंशी को यही कहना होगा कि वीराँवाली मर गई।

फिर जो कुछ हुआ, तुम्हारे सामने है।

सारा कुछ जानकर लाजो साँस भरती है—बड़ी भूल की तूने वीराँवाली मुंशीजी से झूठ बोल के। तेरे को पता नहीं है कि वृषभान की चिट्ठी आई थी। उसकी मौसी तेरी गोद भरने आनेवाले थे।

वीराँवाली : नहीं!

लाजो : हाँ वीराँवाली, हाँ। अगर मुंशीजी वो झूठी खबर ना लाए होते तो वृषभान से तेरी शादी हो जानी थी। क्या खबर, उसने अब भी शादी न की हो। मैंने आज ही मास्टरजी को दिल्ली भेज देना है।

वीराँवाली : तू भूल रही है कि वीराँवाली मर चुकी है।

लाजो : वृषभान ने फिर उसे जिंदा कर देना है। तू दो-चार रोज तो यहाँ होगी? इस बीच मास्टरजी खबर ले आएँगे।

वीराँवाली : मैं तो कल सवेरे ही अपने आश्रम लौट जाऊँगी।

लाजो : आश्रम का पता तो दे दो।

वीराँवाली एक कागज पर आश्रम का पता लिखकर देती है और आग्रह करती है–पता दे रही हूँ, लेकिन दिल्ली की खबर पाने के लिए नहीं। इस पते पर मेरे को सतबीर की खबर देते रहना।

हवेलीराम की स्टडी में कुलभूषण, सतबीर और रोशन खेल रहे हैं। दरवाजे पर दस्तक होती है। सामने हवेलीराम है। लाजो पूछती है–दिल्ली से क्या खबर लाए मास्टरजी?

हवेली : वृषभान की शादी हो चुकी है। अभी पिछले महीने ही बच्चा भी हुआ है। और यहाँ की क्या खबर है?

लाजो : मामाजी अगले हफ्ते रिहा हो रहे हैं और सिर्फ एक दिन के लिए लाहौर आ रहे हैं।

घटनाएँ तेजी के साथ घट रही हैं।

साइमन कमीशन के खिलाफ आंदोलन की जोरदार तैयारियाँ चल रही हैं। लाहौर में कमीशन के खिलाफ जुलूस निकाला गया है। लाला लाजपतराय जुलूस का नेतृत्व कर रहे हैं। पुलिस सुपरिंटेंडेंट स्काट जुलूस में शामिल इन्कलाबियों पर लाठीचार्ज करवाता है। लाला लाजपतराय लाठी-प्रहार से बुरी तरह घायल होते हैं। बाद को उनकी मृत्यु हो जाती है। लाला लाजपतराय की इस हत्या का बदला इन्कलाबी एक अंग्रेज आफिसर सांडर्स की हत्या करके लेते हैं। सांडर्स की हत्या का समाचार समूचे लाहौर में तेजी के साथ फैलता है। लाजो हवेलीराम से पूछती है–आप भी शामिल थे इसमें?

–था तो नहीं–हवेली बताता है–मगर समझा जाऊँगा।

और हवेली को सचमुच सांडर्स हत्याकांड में गिरफ्तार कर लिया जाता है। उसे तीन साल की कैद होती है। परिवार चलाने के लिए लाजो ट्यूशन पढ़ाने का काम करने लगती है। इधर रलिया के घर बेटा हुआ है। साथ-साथ उसे 'रायसाहबी' भी मिल गई है। मुंशी रलिया से कहता है–हवेली के बच्चों के लिए कुछ कर दो बड़े लाट! अदालत में जीतने के बावजूद उनको कुछ दोगे तो बिरादरी में बड़प्पन की धाक जम जाएगी।

मगर रलिया कुछ नहीं सुनता। कहता है—जो भी देना होगा, हवेली को दूँगा। उस कमजात को नहीं।

मुंशी फिर समझाता है—बच्चों के लिए रख गए थे लालाजी। बच्चों की गुजर-बसर के लिए डेढ़ सौ तो दे दो माहवार।

रलिया इस रकम पर तैयार हो जाता है, मगर यह रकम स्वीकारने के लिए लाजो तैयार नहीं होती। मुंशीजी से कहती है—लालाजी कारोबार में चौथाई हिस्सा हमारे कुलभूषण के लिए छोड़ गए थे। क्या आप लोगों का धंधा इतना मंदा हो गया है कि कुल छह सौ रुपया माहवार मुनाफा हो रहा है? अपनी गुजर-बसर लायक कमाई हमने कर लेनी है।

सन् 1930 जून-जुलाई का महीना।

तीन साल की सजा काटकर हवेली जेल से छूट आया है। कुलभूषण विश्वविद्यालय में प्रथम श्रेणी में पास होता है। खबर सुनकर खुशी के मारे पागल लाजो कुलभूषण को लिए हवेली के पास पहुँचती है—जी, अपना भूषण फर्स्ट डिवीजन पास हो गया।

—पोजीशन?...हवेली पूछता है।

—जी, सारी यूनिवर्सिटी में चौथा।...भूषण बताता है।

हवेलीराम को खास उत्साह नहीं होता—थोड़ा और ध्यान लगाता तो पहला आता।

—पीठ ठोंकने के मौके पर भी प्रवचन देते हो?...लाजो के लहजे में शिकायत है।

हवेलीराम : जरा मेरा झोला दे दो लाजोजी! अनारकली आर्यसमाज से लौटते हुए सब्जी लेता आऊँगा।

लाजो : आज भी जाओगे? आज बेटे का बी.ए. का रिजल्ट आया है।

हवेलीराम : क्या रिजल्ट मेरे चले जाने से रूठकर भाग जाएगा?

लाजो : इसी तरह आप बच्चों को अपने से दूर करते हो मास्टरजी! रोशन को तो भेज ही दिया गुरुकुल।

हवेलीराम : यहाँ बिगड़ रहा था इसलिए भेजा।

लाजो : सतबीर तो नहीं बिगड़ रहा था?

हवेलीराम : उसे रोशन का साथ करने भेजा। भूषण पुत्तर, तू यहीं रहना, मैं आर्यसमाज से लौटकर तुझसे बात करूँगा आगे के बारे में।

कुलभूषण : जी, मेरे को नाटक की रिहर्सल में जाना है।

हवेलीराम : इसी नाटक-नौटंकी के शौक में बिगाड़ी है अपनी पोजीशन।

लाजो : गाने-बजाने और शेरो-शायरी का शौक तो आपको भी बहुत ज्यादा

था मास्टरजी!

हवेलीराम : ज्यादा तो मैंने कोई चीज कभी की ही नहीं लाजोजी! गाने में कभी भजन-कीर्तन से नहीं भटका और शेरो-शायरी में गालिब-इकबाल से।—मैंने सुना, बर्खुरदार तो अनारकली में उलझा है।

लाजो : ठीक है, भूषण ने रिहर्सल से लौटकर आपसे बात कर लेनी है।

कुलभूषण : मेरे को रिहर्सल के बाद अशफाक चाचा के पास जाना है। जब तक लौटूँगा, पिताजी तो सो गए होने हैं।

हवेलीराम : अशफाक से क्या काम है?

कुलभूषण : जी, विलायत जाने के वजीफों के बारे में पूछना है। आगे पढ़ने और आई.सी.एस. का इम्तहान देने मैं विलायत जाना चाहता हूँ।

हवेलीराम : विलायत जाने के सपने छोड़ दो। बी.टी. करो, बी.टी.।

केसरो : बी.टी. कराने से पहले बीवी भी करा छोड़ो! बधाइयाँ होवें जीजाजी! हमारी शीला ने बताया कि भूषण बहुत अच्छा पास हुआ। घंटों से गली के मोड़ पर खड़ी थी इससे रिजल्ट पूछने।

यह केसरो मुहल्ले की रहनेवाली है, लाजो की अंतरंग सहेली। केसरो की गुणवंती बेटी है शीला, जिससे भूषण की शादी के सपने लाजो देख रही है। शीला तथा भूषण एक-दूसरे को चाहते भी रहे हैं। इधर भूषण है कि सुलोचना नाम की एक लड़की को चाहता है, जो एक बहुत बड़े इंजीनियर मेवालाल की रखैल की रईस बेटी है, भूषण के साथ नाटकों में रिहर्सल करती है, बिल्कुल ही अंग्रेजी तौर-तरीके की है और फिल्म-हीरोइन बनने के सपने देखती है। ड्रामा यूनिट में काम करनेवाले कँवर नामक एक नौजवान के झाँसे में है, जो उसे फिल्मों में जबरदस्त 'ब्रेक' दिलाने के आश्वासन देता आ रहा है। सुलोचना उससे काफी प्रभावित है। 'अनारकली' नाटक का रिहर्सल चल रहा होता है, जिसमें सुलोचना अनारकली बनी है। सलीम का पार्ट कँवर अदा कर रहा है। रिहर्सल के एक दृश्य के दौरान भूषण सुलोचना को डायलाग कोच कर रहा है। भूषण इस तरह सुलोचना पर झुकता है, जैसे नाटक में सलीम अनारकली को बाँहों में भरने के लिए झुकता है। भूषण सलीम के डायलाग बोलता है--अनारकली, मेरी अनारकली, तू मेरी है। सिर्फ मेरी है।

सुलोचना : वॉट नानसेंस! कँवर की जगह लेने की कोशिश मत करो भूषण!

कुलभूषण : सॉरी! गॉट कैरीड अवे।

सुलोचना : अपने पर काबू रखो।

कुलभूषण : मुश्किल हो जाता है। तुममें कुछ है लोचन कि हर कोई सलीम बनने के लिए बेताब हो जाता है।

सुलोचना : मगर सलीम तो कुल एक ही हो सकता है।

भूषण अपनी जेब से वो चिट्ठी निकाल के देता है जो उसने सुलोचना के नाम

लिखी है—इसे रख लो।

सुलोचना : आज की तारीख में ये मेरे लिए तीसरा लव-लैटर होगा भूषण। इसे अपने पास ही रखो।

कुलभूषण : ये तो चाय के लिए इनवीटेशन है। मैं फर्स्ट क्लास फोर्थ आया हूँ बी.ए. में।

लोचन मुँह मटकाकर मुस्कराती है—कांग्रेच्युलेशंस! तो कहाँ पिला रहे हो चाय?

कुलभूषण : विच्छोवाली। अपने घर में।

सुलोचना : अपने घर में? हाऊ अनरोमैंटीक! स्टैंडर्ड में ले चलो, लोरेंग्स में ले चलो। विच्छोवाली, फार हैवंस सेक!

हवेलीराम लिख रहा है। लाजो बैठी कढ़ाई कर रही है। कहती है—उधर बेटा नहीं सुनता मेरी बात, इधर बाप।

हवेलीराम : मैं तो बराबर सुनता हूँ लाजोजी!

लाजो : जरा भी दिलचस्पी नहीं है घर-गिरस्ती चलाने से।

हवेलीराम : मैं तो देश और समाज के लिए दे चुका हूँ अपना जीवन।

लाजो : देश और समाज चलाने से भी दिलचस्पी नहीं है आपको। होती तो चुनाव लड़ते, मिनिस्टर बनते।

हवेलीराम : सभी मिनिस्टर बनना चाहेंगे तो सेवक कौन बनेगा?

लाजो : आप तो आर्यसमाज तक में खाली सेवक बने रहना चाहते हो। बाहर मूक सेवक, घर में मूक दर्शक, वाह मास्टरजी वाह!

कुलभूषण आता है। लाजो हवेली से कहती है—लो आ गया भूषण। करो इससे बात।

हवेलीराम : भूषण, तेरी माताजी चाहती है कि तू शादी कर और घर-गिरस्ती सँभाल।

कुलभूषण : इस समय तो मेरा सारा ध्यान विलायत जाने में लगा है।

हवेलीराम : वजीफा मिल जाए, तो बेशक विलायत चले जाना। लेकिन शादी तो कर ले। माताजी ने तेरे वास्ते बहुत अच्छी लड़की चुनी है।

कुलभूषण : होगी कोई बहनजी टाइप!

सुनकर लाजो को बहुत बुरा लगता है—बहनजी टाइप? बहनजी तो मैं कहलाती हूँ। गिटपिट अंग्रेजी बोलने से ही मॉडर्न नहीं हो जाते। तेरी ये बहनजी टाइप माँ तब की मॉडर्न है जब तू पैदा भी नहीं हुआ था। सुना?

कुलभूषण : माताजी, मैं तो सिर्फ ये कहना चाह रहा था कि मैं ऐसी लड़की से शादी करूँगा जो आई.सी.एस. ऑफीसर की बीवी बनने के काबिल हो।

हवेलीराम : हमने तेरे लिए शीला चुनी है। हर तरह से अच्छी लड़की है और अब तक हम यही समझते आए हैं कि वो तुझे भी बहुत पसंद है।

कुलभूषण : पसंद तो है मगर...।

लाजो : मगर क्या?

कुलभूषण : मगर वो तो...वो तो मेरी छोटी बहन जैसी है। मौसी कहते हैं हम उसकी माँ को।

हवेलीराम : मगर केसरो तुम्हारी मौसी है तो नहीं?

लाजो : मैंने शीला के लिए हाँ कह दी है।

कुलभूषण : मेरे से पूछे बगैर?

लाजो : तेरी पसंद की लड़की के बारे में तेरे से क्या पूछना? रोज तो साथ उठते-बैठते, घूमते-फिरते हो।

कुलभूषण : इसीलिए तो।

हवेलीराम : घर की मुर्गी दाल बराबर हो गई?

कुलभूषण : मेरा मतलब है जिसे बचपन से ही बहन माना हो, उसके लिए मन में और किसी तरह की फीलिंग्स आ ही नहीं पातीं।

तभी शीला कमरे में आ जाती है और भूषण का आखिरी वाक्य सुन लेती है। उसके हाथ में एक कटोरी है, कटोरी में कोई सामान। हवेली की नजर उस पर पड़ती है तो वह खुश हो उठता है—अरी आ शीला! मैं तेरी ही तारीफ कर रहा था। ये क्या ले आई?

शीला : आलू के लच्छे!

हवेलीराम : हमारे भूषण की पसंद की चीज ले आई।

शीला : चाय के साथ दे देना मौसी!

कुलभूषण : चाय के लिए तो आज मैं बाहर जा रहा हूँ।

शीला : किसी ने दावत दी है?

कुलभूषण : मैंने दी है दोस्तों को।

हवेलीराम : दोस्तों को घर बुला लेता।

कुलभूषण : वो यहाँ नहीं आ सकते। उन्होंने होटल में ही दावत करने को कहा है।

हवेलीराम : जो घर नहीं आ सकते वो दोस्त कैसे?

लाजो : तेरे सारे दोस्तों को मैं जानती हूँ। सब घर में आते हैं।

कुलभूषण : माताजी, देखो मैं आई.सी.एस. के लिए विलायत जाने की कोशिश कर रहा हूँ, इस सिलसिले में नए-नए लोगों से मुलाकात हो रही है। बल्कि आपके पास रुपया-सवा रुपया हो तो दे दो। मेरे पास पैसे कम पड़ रहे हैं।

हवेलीराम : नाटक-नौटंकी, क्लब-होटल! यहीं विलायत बना लिया है।

कुलभूषण : माताजी, चार-आठ आने कुछ तो दे दो, वरना बेइज्जती हो जाएगी।

लाजो : गाढ़े पसीने की कमाई है हमारी। होटल में उड़ाने के लिए नहीं दे सकती।

कुलभूषण झुंझला के चला जाता है। शीला हाथ की कटोरी रसोई में रख भूषण के पीछे लपकती है—सुनो!

भूषण रुकता है। शीला अपनी चुन्नी के एक कोने में बँधी हुई अठन्नी निकालती है और देती है।

कुलभूषण : नहीं, शीला नहीं, तेरे पैसे नहीं।

शीला : क्यों? क्या मेरे पैसों के लिए भी वैसी फीलिंग्स नहीं होती? रख लो।

थोड़ी ऊहापोह के बाद भूषण अठन्नी अपनी जेब में डाल लेता है। कहता है—मैं जल्दी ही लौटा दूँगा।

ग्रीन रूम में सुलोचना अनारकली की पोशाक में है। साथ में मेकअप करनेवाला बैठा हुआ है। कँवर आकर झाँकता है। वह अनारकली का एक डायलाग बोल रहा है—काश तुम्हें मालूम होता अनारकली! काश तुम जानतीं कि तुमने क्या कर दिया?

सुलोचना समझती है कि मजाक उड़ा रहा है—वाज आई दैट बैड इन द ड्रैस रिहर्सल!

कँवर : वेयर सिम्पली आउट ऑफ दिस वर्ल्ड। जिस फायनेंसर को मैं साथ लाया था, बहुत मुतासिर हुआ। रब ने चाहा तो हम दोनों सिनेमा के पर्दे पर जल्द दिखाई देंगे। अच्छा तो मैं चलता हूँ।

सुलोचना : मगर तुम तो मुझे लोरेंग्स ले जानेवाले थे?

कँवर : तुम्हें कल ले जाऊँगा लोचन।

सुलोचना : आज किसे ले जा रहे हो?

—आज मैं लंघन कर रहा हूँ। रोजाना इश्क करने से रूहानी हाजमा खराब हो जाता है।...कहता हुआ कँवर चला जाता है।

इतने में कुलभूषण आता है—मे आई कम इन?

सुलोचना बिना देखे ही कहती है—यू मे नॉट!...फिर उसे भूल का एहसास होता है—ओ, इट्स यू? आओ-आओ। मैंने सोचा रमेश है।

लोरेंग्स रेस्तराँ के एक कोने में चारवाली टेबल पर सुलोचना और भूषण बैठे हैं।

सिर्फ चाय है। सुलोचना चम्मच से चीनी निकालती हुई पूछती है—चीनी कितनी? ढाई चम्मच? तुम वॉल्ड सिटीवाले या तो चाय पीते नहीं, या फिर उसे भी शर्बत बनाकर पीते हो।

कुलभूषण : बस पौना चम्मच डालो। मैं इस मामले में बिल्कुल अंग्रेज हूँ।

सुलोचना : सिर्फ इसी मामले में?

कुलभूषण : तकरीबन सभी मामलों में। मेरी तो दिली तमन्ना ये है कि विलायत जाकर पढ़ूँ, आई.सी.एस. का इम्तहान दूँ। बस पैसे नहीं हैं।

सुलोचना : डैडी ने तुमसे मिलकर बहुत ख़ुश होना है। वो भी बहुत चाहते हैं कि कोई बच्चा आई.सी.एस. बने।

रेस्तराँ का बिल उस दिन सुलोचना दे देती है। शीला की दी हुई अठन्नी भूषण की जेब में पड़ी की पड़ी ही रह जाती है।

कुलभूषण के कमरे में शीला देवदास पढ़ रही है। वो उसमें इतनी मशगूल है कि कुलभूषण के आने का उसे अहसास नहीं होता। कुलभूषण थोड़ी देर दरवाजे पर ठिठका उसे देखता है। फिर आगे बढ़कर पुकारता है–शीला!

शीला किताब परे हटाकर भूषण की तरफ देखती है। उसकी आँखों में आँसू हैं। भूषण पूछता है–रो क्यों रही है?

शीला : पारो की शादी कहीं और हो गई!

कुलभूषण : नावल पढ़के नहीं रोते पगली! ये कोई असली जिंदगी की बात थोड़ी है?

शीला : असली जिंदगी में कौन अच्छा हो रहा है?

भूषण शीला को जेब से निकालकर अठन्नी लौटाता है–ये रख ले, थैंक्स!

शीला : ये भी मेरी तरह अछूत साबित हुई?

कुलभूषण : मैं खुद ही अछूत साबित हुआ। चाय के पैसे मेरे से नहीं दिलवाए।

शीला : तुम इतने ऊँचे हो भूषण कि वो तुम्हें छू नहीं ना सकते।

कुलभूषण : शीला तू मेरे को माफ कर देना कि मैंने...। मेरा मतलब है मैं कन्फ्यूज हो गया।

शीला : माफी तो मैं चाहती हूँ कि मैं अपने को उस लायक समझती रही जिस लायक मैं थी नहीं।

कुलभूषण : नहीं, शीला नहीं, नालायकी तो मैंने की।

सुलोचना के पिता मेवालाल तथा माँ मोहिनी के बीच सुलोचना को लेकर उस दिन बहस छिड़ जाती है। मेवालाल चाहता है कि सुलोचना की शादी किसी शरीफ लड़के से हो जाए और वह अपना घर बसाए। मोहिनी का कहना है कि सुलोचना अपना फिल्म कैरियर बनाना चाहती है, कँवर नामक उसका दोस्त इसमें उसकी मदद कर

रहा है तो इसमें बुरा क्या? फिर कई बड़े सीधे-शरीफ लड़के भी पीछे पड़े हैं हमारी लोचन के।

—किसी एक का नाम बता दो। एक का!...मेवालाल मोहिनी से पूछता है।

मोहिनी : लैटेस्ट तो है अपना आर्यसमाजी हवेलीराम का बेटा कुलभूषण। फर्स्ट डिवीजन पास हुआ है बी.ए. में।

—मास्टर हवेलीराम का बेटा कुलभूषण?—मेवालाल को विश्वास नहीं होता—क्यों बेवकूफ बना रही हो मुझे?

मोहिनी : मैं सच कह रही हूँ। विलायत जाना चाहता है आई.सी.एस. करने। मगर उसके पास पैसे नहीं हैं।

मेवालाल : शाम को चाय पर उससे बात करवाओ। और सुनो, लोचन ने जल्दी ही ऐसे किसी शरीफजादे से शादी नहीं कर लेनी है तो मैंने तुम्हें पैसे देने बंद कर देने हैं। माँ-बेटी दोनों ही काम करने लग पड़ना कँवर की फिल्मों में।

लोरेंग्स रेस्तराँ का एक कोना। कँवर और सुलोचना बैठे हैं। कँवर अपनी चाय का प्याला उठा रहा है—चीयर्स लोचन! ये जाम, मेरी जिंदगी और मेरी फिल्म में तुम्हारे ग्रेट फ्यूचर के नाम।

सुलोचना भी अपना चाय का प्याला उठाती है—चीयर्स! जाम तो शराब का उठाया जाता है।

कँवर : गुड आइडिया। मेरे घर चलो, शेरी भी है, जिन भी है। वहीं लंच भी कर लेने हैं।

सुलोचना : फिल्म में तो हीरोइन बनाया नहीं, जिंदगी में पहले बनाने चले हो।

कँवर : कायदे से सिलसिलेवार आगे बढ़ रहा हूँ।

सुलोचना : ये उल्टा सिलसिला है। पहले फिल्म में हीरोइन बनवाओ, फिर जिंदगी में हीरोइन बनने की सोचेंगे।

कँवर : कर गई ना लालाओंवाली बात। अरे फिल्मी दुनिया में आ रही हो तो जुआरियों वाले तेवर अपनाओ। चलो ऐसा करते हैं कि फिल्म और जिंदगी दोनों में इकट्ठे ही बना देते हैं हीरोइन। फिल्म का तो आज हो ही गया।

सुलोचना : क्या हो गया। कैमरे के सामने थोड़ा चलवा लिया, दो लाइनें बुलवा लीं, बस!

कँवर : इससे ज्यादा जरूरत भी क्या थी। रफी साहब मेरी रिकमेंडेशन को बहुत वजन देते हैं। अरे जब मैंने हीरो बनना है, मैंने डायरेक्ट करनी है, तब मेरी पसंद को वो नामंजूर कैसे कर सकते हैं?

सुलोचना : वो बता रहे थे, दो हीरोइन हैं। मेरा साइड रोल है।

कँवर : डायरेक्टर तुम्हारा आशिक और राइटर उस आशिक का लँगोटिया यार। तुम्हें क्यों फिकर करनी? मेरे दिमाग में एक आइडिया आया है। एक चक्कर बंबई हो आते हैं। मेरे लिए तो ऑफर है ही, तुम्हें भी दिला देने हैं।

सुलोचना : डैडीजी से पूछना होगा।

कँवर : डैडीजी से ना पूछो। वो तो मना कर देने हैं। मम्मीजी से पूछो, उन्होंने डैडीजी को पटा लेना है। ए फैनटेस्टिक लेडी योर मदर!

सुलोचना : हाँ मम्मीजी ही डैडीजी को ये समझा सकने हैं कि मेमने को भेड़िये के साथ बंबई भेज दो। उसने उसका पूरा ध्यान रखना है!

कँवर : मेमना तो मैं हूँ।

सुलोचना : अच्छा जी, मैं भेड़िया लगती हूँ तुमको!

कँवर : नहीं तुम नर्सरी राइमवाली मेरी लगती हो। मेरी हैंड लिटिल लैंब...

इट्स फलीस वॉज ह्वाइट एजस्नो।
एंड एवरीवेयर दैट मेरी वैंट
द लैंब वॉज श्योर टू गो।

सुलोचना : बराबर मेरे पीछे आते रहे तभी मानना है मैंने कि लैंब हो।

भूषण अपने कमरे में उदास बैठा हुआ है। उसकी उदासी का कारण सुलोचना का कँवर के प्रति झुकाव का ज्यादा हो जाना है। पास ही रिहर्सल के दौरान ली गई अपनी और सुलोचना की तस्वीर पड़ी है और एक सरकारी-सा दिखनेवाला पत्र। इतने में शीला आती है—मैं आ सकती हूँ?

सुनकर भूषण चौंकता है और तस्वीर को उलट के रख देता है—हाँ, हाँ।

शीला : तुम भी सोचते होगे कि पीछे ही पड़ गई है। बार-बार आ जाती है।

कुलभूषण : कैसी बात करती हो। मैं ऐसा क्यों सोचने लगा?

शीला के हाथ में एक कटोरी है। उसे रखती है—हमारे घर में साग बना था। लाजो मौसी तो हैं नहीं इस समय घर में, तुम्हीं रख लो।

कटोरी रखकर वह जाने लगती है, तभी भूषण टोकता है—बैठ शीला!

शीला : अब कोई और प्ले नहीं हो रहा?

कुलभूषण : नहीं।

उलट के रखी तस्वीर की ओर इशारा करती है—ये तस्वीर देख सकती हूँ?

भूषण हाँ-हूँ कुछ नहीं कहता। शीला तस्वीर उठाकर देखती है और पूछती है—ये कहाँ ली हुई है?

कुलभूषण : प्ले की रिहर्सल में।

शीला : ये वही है जो हीरोइन बनी?

कुलभूषण : हाँ।

शीला : आगे भी इसे ही हीरोइन बनाओगे?

कुलभूषण : मैं कोई डायरेक्टर थोड़ा हूँ।

शीला : डायरेक्टर तो वो है ना कँवर, जो एक फिल्म में भी आया था।

कुलभूषण : हाँ।

शीला : सुना ये लड़की उसकी फिल्म में भी काम करेगी?

कुलभूषण : तेरे को ज्यादा पता रहता है।

तभी शीला का ध्यान टेबुल पर पड़ी एक चिट्ठी पर जाता है। यह चिट्ठी भूषण के नाम आई है, जिसमें सूचित किया गया है कि राजनैतिक संबंधों के कारण विलायत जाने के लिए उसे स्कॉलरशिप नहीं मिला। शीला पूछती है—ये चिट्ठी कैसी है?

कुलभूषण : मेरे अरमानों की अर्थी है।

शीला : मेरे से इतने रूखे होकर क्यों बोलने लग पड़े हो? मैंने क्या कसूर किया?

कुलभूषण : कसूर मैंने किया सपने देखने का। इस चिट्ठी में लिखा है, मेरे को विलायत जाने का वजीफा नहीं ना मिलेगा।

शीला : सपने देखने का कसूर तो मैंने भी किया।

कुलभूषण : मैं तेरे से ये कहना चाहता था शीला कि मैं बहुत शर्मिंदा हूँ कि मैंने तेरे लिए मना कर दिया।

शीला : हाँ करके मना किया होता तब शर्म की बात थी। सारी भूल मेरी ही थी भूषण मैं ही गलत समझी तुम्हें।

कुलभूषण : नहीं शीला, तू कुछ गलत नहीं समझी। तू मेरे को सचमुच अच्छी लगती है। लेकिन...उस माने में नहीं।

शीला : बार-बार क्यों दोहराते हो इसी बात को। मैं तुम्हारी जितनी होशियार नहीं, लेकिन पहली बार में ही समझ गई कि तुम मेरे को अपने काबिल नहीं समझते।

कुलभूषण : मेरा मतलब वो नहीं था।

शीला : छोड़ो उस बात को। मैंने तो यही विनती करनी है कि जिस तरह भी अच्छा मानते रहे हो, उसी तरह आगे भी मानते रहो। जब तक यहाँ पड़ोस में हूँ।

कुलभूषण : फिर कहाँ जा रही हो?

शीला : माताजी-बाऊजी अंबरसर जाने की सोच रहे हैं ठाका करने वास्ते। पहले भी वहीं रिश्ता कर रहे थे।

कुलभूषण : ओ...! लड़का क्या करता है?

शीला : कुछ नहीं। बाप का कपड़े का बिजनेस है।

कुलभूषण : पढ़ता है?

शीला : मिडिल फेल है।

कुलभूषण : तू तो...तू तो व्यापारियों में शादी ही नहीं करना चाहती थी।

शीला : चाहने से क्या होता है?

कुलभूषण : तू...तू मना कर दे इस रिश्ते के वास्ते!

शीला : किया तो था पहले। अब किस भरोसे करूँ?...कहते-कहते शीला की आँखें छलछला उठती हैं। वह आँसू पोंछती हुई जाने लगती है। कुलभूषण उसके पीछे-पीछे आता है। पूछता है—तू कहे तो मैं अपनी माताजी से बात करूँ।

शीला पलटकर देखती है—किस बारे में?

कुलभूषण उसका हाथ पकड़ लेता है—तेरे से शादी के बारे में।

शीला हाथ झटककर आगे बढ़ जाती है—प्यार के काबिल नहीं समझा, चलो कोई नहीं, मगर रब के वास्ते रहम के काबिल तो मत समझो।

कुलभूषण उसके पीछे आता है। उसकी राह रोकता है—तेरे में क्या कमी है जो तेरे पे रहम करूँ? रहम के काबिल तो मैं आप हूँ। शीला, मैंने माताजी से सीधी-सच्ची बात कही थी। मेरे मन में तेरे लिए अब तक वैसी फीलिंग्ज नहीं रही हैं। अब एक सीधी-सच्ची बात तेरे से जानना चाहता हूँ कि क्या मेरे ऐसे कह देने के बावजूद तूने मेरे से शादी कर लेनी है?

शीला सिर झुका लेती है—मेरे को इस बात का अहसास है कि मैं इस काबिल नहीं कि तुम्हें मेरे वास्ते वैसी फीलिंग्ज हो सकें। लेकिन जो तुमने मेरे को अपना लेना है तो मैंने अपनी सारी जिंदगी उन फीलिंग्ज के सहारे काट लेनी है भूषण, जो मेरे मन में तुम्हारे वास्ते हैं।...शीला का वाक्य ज्यों ही समाप्त होता है, कुलभूषण उसे अपने अंक से लगा लेता है।

लाजो चादर काढ़ रही है। मास्टर हवेलीराम गुनगुनाते हुए आता है—मन की आँखें खोल बाबा, मन की आँखें खोल।

लाजो दाँत से धागा तोड़ती हुई कहती है—मन की तो खुली पड़ी हैं मास्टरजी, बाहरवाली खुलवाओ।

हवेलीराम हाथ में लाई किताबें रख देता है—क्यों, क्या मैं अब भी तुमसे बातें करते हुए आँख मींच लेता हूँ लाजोजी?

लाजो मुस्कराती है—अपनी जिम्मेदारियों से मींचते हो। भूषण को समझाओ ना।

हवेलीराम : बड़ा समझाया। थोड़ा जिद्दी है। पता नहीं किसकी तरह है।

लाजो : आपकी तरह। ये किताबें कैसी ले आए?

हवेलीराम : जुगराफिया और तवारीख की किताबों का नया एडीशन हुआ है।

लाजो : पब्लिशर से रॉयल्टी के वास्ते कहा आपने?

हवेलीराम : तुम्हें पता है मैंने पैसा उससे शुरू में एकमुश्त ले लिया था।

लाजो : मजबूरी में लिया था मास्टरजी! तब आपको ये थोड़ी ना पता था कि इतिहास-भूगोल की ये किताबें कभी सारे स्कूलों में पढ़ाई जाने लगेंगी।

हवेलीराम : मैंने तो सन् '28 से '30 तक जेल में वक्त गुजारने के लिए लिखी थीं। सोचा, बच्चों के लिए तवारीख और जुगराफिया कौमी नजरिए से पेश करूँ। मैं तो इसी से खुश हूँ कि ये किताबें पढ़ाई जाने लगी हैं।

लाजो : पब्लिशर को मनमानी करने दो। पुत्तर को मनमानी करने दो। और खुश रहो...। वाह मास्टरजी वाह!

भूषण आता है—माताजी!

लाजो : हाँ जी, पुत्तरजी! कहो जी, अब कौन-सी बगावत का ऐलान करने वास्ते आए हो?

कुलभूषण : आप केसरो मौसी से कहो, शीला की शादी उसकी मर्जी के खिलाफ न करें।

हवेलीराम : शीला की मर्जी की शादी के लिए तूने खुद मना किया है बर्खुरदार!

बात पूरी करने में उसे संकोच है—जी, मैं यही कह रहा था कि...।

लाजो उठकर उसके पास जाती है—क्या कह रहा था कि शीला तेरी बहन है, तूने आप उसका रिश्ता कहीं अच्छी जगह करा देना है?

कुलभूषण : जी, मेरा मतलब था, जहाँ वो चाहती है उसकी वहीं शादी करा दो।

लाजो : तेरा मतलब है, तू उससे शादी कर लेगा?

कुलभूषण सिर झुका लेता है और बहुत ही मरी हुई-सी आवाज में हामी भरता है—हाँ जी!

मोहिनी अपने बेडरूम में पर्दे खींचकर अँधेरा किए और आँखों पर गीली पट्टी रखे लेटी है। बाहर से लोचन की आवाज—मम्मीजी, मम्मीजी! आप कहाँ हो?

मोहिनी जवाब नहीं देती। कराहते हुए करवट बदलती है। सुलोचना कमरे में कदम रखती है। एक-आध पर्दा खोल देती है, जिससे रोशनी हो जाती है। मोहिनी के पास आकर बैठ जाती है—

—ओ आप यहाँ हो। ये अँधेरा क्यों कर छोड़ा है? क्या हुआ? आज फिर सिरदर्द हो गया?

मोहिनी : जब बेटी सिरदर्द बन गई तो सिरदर्द होना ही हुआ।

सुलोचना : लो, मैंने क्या किया?

मोहिनी : स्क्रीन-टैस्ट के बहाने सवेरे से गायब है घर से। तीन हफ्ते बाद तो आए थे डैडीजी, नाराज होकर चले गए। पैसे बंद करने की धमकी देकर गए हैं।

सुलोचना : अब कोई फिकर की बात नहीं है। मैं बहुत बड़ी फिल्म-स्टार बननेवाली हूँ। यहाँ तो मेरा काम हो ही गया समझो। अब आप बंबई जाने के वास्ते डैडीजी से दो-ढाई सौ रुपया ले दो मम्मीजी! कँवर ने वहाँ भी दिला देना है रोल।

मोहिनी : फिल्मों की बात भूल जा पुत्तर! डैडीजी इसी से नाराज हुए हैं।

सुलोचना : डैडी का बस चले तो मेरे को पर्दे में रखें।

मोहिनी उठकर बैठ जाती है—बेपर्दगी से बदनामी के सिवा कुछ नहीं मिलता मर्दों की दुनिया में। मैं जानती हूँ लोचन, मेरा तो भुगता हुआ है सबकुछ। कभी मैं भी टॉप की सिंगर बनना चाहती थी। जो तेरे डैडीजी ने बचाया ना होता तो मर्दों ने तो मेरे को तवायफ बना छोड़ना था। पुत्तर, मैं तो गरीब घर की थी। तेरे को इस तरह की कोई मजबूरी नहीं। तेरे वास्ते तो मैंने दुनिया से लड़-झगड़ के इज्जत और आराम की जिंदगी हासिल की है। डैडीजी को नाराज करके उसको गँवा मत।

सुलोचना : ओ.के. मम्मीजी, ओ.के.! डैडीजी को खुश करने के लिए क्या करूँ? घर में बंद हो जाऊँ?

मोहिनी : कुलभूषण को बुला ला फौरन। डैडीजी शाम को उससे बात करना चाहते हैं।

सुलोचना : मगर क्यों?

मोहिनी : क्योंकि डैडीजी तेरी शादी किसी ऐसे लड़के से करना चाहते हैं जो शरीफ खानदान का हो और सीधा-सादा, पढ़ा-लिखा हो। तेरी जान-पहचानवालों में सिर्फ वही एक ऐसा लड़का है।

सुलोचना : फॉर हेवंस सेक मम्मीजी! मेरे से खुदकुशी करने को कह लो, मगर उससे शादी करने के लिए नहीं।

मोहिनी : हर शादी ही खुदकुशी होती है पुत्तर! तेरे डैडीजी तो मेरे से बीस साल बड़े थे। ये कुलभूषण कम-से-कम तेरी उम्र का तो है।

सुलोचना : वो तो बिल्कुल बोदा और बेवकूफ है मम्मीजी!

मोहिनी : बोदे और बेवकूफ लड़के बहुत बढ़िया पति साबित होते हैं।

सुलोचना : बिल्कुल अनरोमांटिक है वो!

मोहिनी : रोमांस और शादी दो अलग-अलग चीजें हैं।

सुलोचना : मेरे को बोल्ड और स्मार्ट लड़के पसंद हैं और ये है दुम हिलाता हुआ गली-कूचे का पिल्ला!

मोहिनी : लोचन, बड़ी खुशकिस्मती से मिलता है दुम हिलानेवाला पति!

सुलोचना : शादी कर ली तो मेरे कैरियर का क्या होना है, मेरी लाइफ का क्या बनना है।

मोहिनी : भूषण-जैसे पर तो तू आसानी से हावी हो सकेगी लोचन! उसने तेरे को रोक ही नहीं सकना है किसी काम से। और एक बार तेरी शादी हो जाए तो फिर डैडीजी ने भी नहीं रोकना है। ज्यादा सोच मत, जा उसे बुला ला।

सुलोचना सोच में पड़ जाती है—मैंने नहीं जाना गंदे गली-कूचों में। नौकर को भेज दो।

मोहिनी : नौकर के हाथ भेजने के लिए उसे चिट्ठी तो लिख।

सुलोचना ढंग से चिट्ठी लिखने बैठ जाती है।

लाजो चुन्नी में सलमे-सितारे टाँक रही है। शीला की माँ केसरो पास बैठी है। वो मशीन से सिलाई कर रही है। सहसा उसे हँसी आ जाती है। लाजो पूछती है—क्या हुआ?

केसरो : शीला के बाऊजी की बात। कहने लग पड़े, कभी इस लड़के ने शादी के बाद कह दिया कि शीला को बहन मानता हूँ, फिर?

लाजो : बिल्कुल अपने बाप पर गया है। मास्टरजी आप मेरे से राखी बँधवाना चाहते थे!...दोनों हँसती हैं। कुलभूषण भीतर से आता है। वो सजा-धजा है। लाजो पूछती है—किधर चला पुत्तर?

जवाब देती है केसरो—छज्जे तक जा रहा होना है।

लाजो : तेरी शीला भी वहीं है, छत पर।

केसरो : जब से हाँ हुई है, इधर आने से शर्माने लग पड़ी है बेवकूफ! तू फिकर ना कर भूषण, आज ठाका देंगे। पहले ही साए में करा देनी है तेरी शादी।

कुलभूषण सीढ़ियों की ओर न बढ़के दरवाजा खोलता है—माताजी, दरवाजा अंदर से बंद कर लो। मैं जरा मेवालालजी के यहाँ जा रहा हूँ। चाय पर बुलाया है।

लाजो पीछे आती है—हद करता है! शीला के पिताजी ठाका देने वास्ते आनेवाले हैं। और मेवालालजी से तेरा क्या काम अटका है?

कुलभूषण : कुछ है वजीफे का।

लाजो : जल्दी लौट आना।

भूषण चला जाता है।

डाइनिंग रूम में सुलोचना, मोहिनी और कुलभूषण चाय पी रहे है। सैंडविच, पेस्ट्री

रखी है। मेवालाल बाहर से आता है। उसे देखते ही सुलोचना सावधान होती है। दौड़ के मेवालाल से लिपट जाती है और उनका गाल चूमती है—डैडीजी आ गए। आप क्या सच्ची-मुच्ची मुझसे नाराज हो गए हो? आई नो, आई हैव बीन वैरी नॉटी बट प्लीज फॉरगिव मी डैडीजी!

मोहिनी : अरे तू आप ही बातें करते रहना है, मेहमान से नहीं मिलाना डैडीजी को?

भूषण उठ खड़ा होता है। सुलोचना मिलवाती है—भूषण, मीट माई डैडी रायबहादुर मेवालाल। डैडी, दिस इज भूषण बी.ए. में फर्स्ट क्लास फोर्थ आए हैं।

हाथ मिलाता है और फिर कहता है—बैठो, बैठो। लोचन तुम्हारी बहुत तारीफ करती है। हमने कहा, बुलाओ हम भी देखेंगे।

कुलभूषण : ताज्जुब है कि इन्हें मेरे में कोई तारीफ करने लायक बात नजर आई।

मोहिनी : ये तो इतनी तारीफ करती है तुम्हारी कि एक दिन मैंने इससे कहा कि वो इंसान है या फरिश्ता। कहा ना लोचन?

सुलोचना : ऑफकोर्स!

मेवालाल : तो अब बी.ए. के बाद क्या इरादा है?

कुलभूषण : चाहता तो ये था कि विलायत जाऊँ और आई.सी.एस. करके लेक्चरर हो जाऊँ।

मेवालाल : विलायत जाने का इरादा क्यों छोड़ दिया।

कुलभूषण : स्कॉलरशिप के लिए कोशिश की थी। नहीं मिली।

मेवालाल : तुम पहले कहते तो मैं अशफाक से कह देता, मेरा अच्छा वाकिफ है।

कुलभूषण : अशफाक साहब तो हम लोगों को भी जानते हैं। उन्होंने पूरी कोशिश की, लेकिन मेरे फादर के पॉलिटिकल कनैक्शन की वजह से गड़बड़ हो गया।

मेवालाल : हाँ नेच्युरली। सैड। चलो कोई नहीं। जहाँ चाह वहाँ राह। निकल ही आना है कोई रास्ता।

मोहिनी : कर्ज ले के चले जाओ।

कुलभूषण : कर्ज मेरे को कौन देगा?

मेवालाल : अगर मैं दे दूँ तो कोई एतराज?

कुलभूषण : आप एक अनजान लड़के के लिए इतना बोझ क्यों उठाएँ सर?

मेवालाल : भई अनजान कैसे? तुम्हारे पिताजी मास्टर हवेलीराम को कौन नहीं जानता? तुम्हारे तायाजी रलियारामजी ठेकेदारी भी करते हैं। उनके हम इंजीनियरों से अच्छे ताल्लुकात हैं।

मोहिनी : और सबसे बड़ी बात यह है कि तुम हमारी बेटी के वाकिफ हो।

कुलभूषण : कुछ ही महीनों से।

मोहिनी : जानने के लिए तो कुछ मिनट ही काफी होते हैं। लोचन के डैडीजी को तो मैं पहली नमस्ते में ही पहचान गई थी।

मेवालाल : कुलभूषण, मेरी दिली तमन्ना थी कि अपने किसी बेटे को विलायत भिजवाकर आई.सी.एस. करवाऊँ, लेकिन उनमें से कोई भी पढ़ने-लिखने में होशियार नहीं निकला। वो नहीं गए, तुम्हें भेज दूँ। बिरादरी के हो, काबिल हो।

कुलभूषण : लेकिन मैं आपका कर्ज उतार कैसे पाऊँगा?

मोहिनी : कर्ज की इतनी ज्यादा चिंता हो तो उसे लेने से पहले ही मार देना।

कुलभूषण : जी, मैं समझा नहीं।

मोहिनी : ये हमारी लोचन कैसी लगती है तुम्हें?

मेवालाल : नहीं, मोहिनी नहीं। सौदेबाजीवाली बात नहीं।

मोहिनी : जहाँ दो लोग आपस में एक-दूसरे को पसंद करते हों, वहाँ सौदेबाजी का तो कोई सवाल ही पैदा नहीं होता। बोलो पुत्तरजी, तुम्हें लोचन अच्छी लगती है ना?

कुलभूषण झेंपता है—ये...ये भी कोई पूछने की बात है।

मोहिनी : तो ऐसा है बेटा, तुम लोचन से शादी करके उल्टे हम पर कर्ज चढ़ा दो अपना। बोलो क्या कहते हो?

कुलभूषण के मन में उथल-पुथल मच गई है—जी...जी, वह...।

मेवालाल : तुम बहुत जल्दबाजी करती हो मोहिनी! नॉव लुक भूषण, दो अलग-अलग बातें हैं—पहली—मैं तुम्हें विलायत भेजने लगा हूँ। दूसरी—मोहिनी लोचन की शादी तुमसे करना चाहती है। पहली का तो फैसला मेरे हाथ में है, सो ले चुका। दूसरी बाद में, आराम से तय होती रहनी है।

कुलभूषण : आप अपनी बेटी से भी पूछ लेते।

मोहिनी : उससे क्या पूछना, वो तो तुम पर जान देती है।

मेवालाल : कोई जल्दी नहीं है शादी की। पहले तुम विलायत जाने की तैयारियाँ करो। किसी दिन आ जाओ, रेनकिस में तुम्हारे गर्म कपड़े सिलवा देते हैं।

कुलभूषण : असल में बात ये है कि...।

मोहिनी : तुम्हारी बात कहीं और पक्की हो गई है?

कुलभूषण : पक्की तो नहीं हुई मगर...मेरा मतलब है मेरे को अपने पिताजी-माताजी से पूछना होगा।

मेवालाल : हम बात करेंगे उनसे। अभी तुम्हें छोड़ने जाएँगे, तब कर लेंगे।

कुलभूषण : जी, आज नहीं। आज तो 'ठका' करने आ रहे हैं लोग।

मोहिनी : अच्छे काम में देरी क्यों करें?

मेवालाल : चलो बाद में कभी कर लेने हैं।

कुलभूषण : बाद में नहीं, मेरे ख्याल से आज ही...

मेवालाल उठता है—लेट्स गो दैन।

इधर कुलभूषण के घर के लोग शीला से रिश्ता पक्का करने की रस्म की तैयारियों में लगे हैं। भूषण का इंतजार किया जा रहा है। मेवालाल के साथ भूषण पहुँचता है। शीला के पिता शादीलाल, जो एक ठेकेदार हैं और मेवालाल के पुराने परिचित, भूषण को देखते ही खुश हो उठते हैं—लो जी, आ गया भूषण!

भूषण हवेलीराम से कहता है—पिताजी, मेवालालजी आपसे बात करने आए हैं।

हवेली : मेरे से?

मेवालाल की नजर शादीलाल पर पड़ती है। वह पूछता है—ओ, वाह शादीलाल! ...तू यहाँ? और सुना भाई, ठीकेदारी कैसी चल रही है?

शादीलाल : जी दौड़ रही है आपकी मेहरबानी से।

मेवालाल : वंडरफुल! और बेटी का रिश्ता किया कहीं?

शादीलाल : वही करने चला हूँ। और आपकी लोचन का कुछ हुआ?

मेवालाल : लड़का तो ढूँढ़ लिया है बहुत सोना। अब मास्टर हवेलीरामजी हाँ कह दें तो है।

इस सूचना से सारे स्तब्ध रह जाते हैं। शादीलाल के चेहरे पर क्रोध का भाव दिखाई देता है।

शीला का रिश्ता कहीं और पक्का हो गया है। चुन्नी चढ़ाए जाने की रस्म पक्की हो रही है, जिसमें लाजो नहीं गई। हवेली किसी सभा में गया था। लौट आया है। लाजो आँगन में बैठी है। हवेली पूछता है—आप गईं नहीं लाजोजी? शीला की चुन्नी चढ़नेवाली थी।

लाजो : किस मुँह से जाती? रोशन ऐसा करता तो भी समझ में आता।

हवेलीराम : जब स्कूल के मास्टर कहते हैं कि हवेलीराम जी कुलभूषण आपका असली बेटा है तो सुनकर सीना फूल जाता था। कभी सोचा भी नहीं था कि किसी दिन उसे अपना बेटा कहते शर्मिंदगी महसूस होगी।

लाजो : मैं कहती हूँ मास्टरजी, अब भी समझाओ उसे।

हवेलीराम : अब समझा के क्या करना है? शीला का रिश्ता तो कहीं और हो गया।

लाजो : तो क्या उसे बदनाम आदमी की बदचलन बेटी से शादी करने दोगे?

आप उसे समझाओ मास्टरजी! वो आपकी बहुत इज्जत करता है।

हवेलीराम : मेरी इज्जत करता होता तो ये नौबत आती?

लाजो : मैं आपके हाथ जोड़ती हूँ। उससे बात करो, उसे समझाओ। आप तो चुपचाप एक किनारे जा बैठे हो।

हवेलीराम : बैठा नहीं हूँ, बैठा दिया गया हूँ।

लाजो : तो उठो और अपनी सही जगह लो। बाप बनके बात करो उससे। अभी तो मेवालालजी के यहाँ गया हुआ है। जब लौटे तो बात करना। मेरी खातिर।

हवेलीराम कुछ नहीं कहता। सिर हिला के हामी भर देता है।

शीला छत पर अपने कमरे में एक खुले ट्रंक से एक पोटली निकालकर मेज पर रखती है। मेज पर दो किताबें और एक तस्वीर, पहले से रखी हैं। तस्वीर मेले में खिंचवाई हुई है, जिसमें भूषण और शीला उड़नखटोले में बैठे हुए हैं। शीला पोटली खोलती है। इसमें एक पेन है, एक माला है, कुछ क्लिप-काँटे हैं, मर्दाना कोट का सुनहरा घुँघरूनुमा बटन है, दो-चार चिट्ठियाँ हैं, एक ग्रीटिंग कार्ड है। शीला इन चीजों को देखती है और अपने बाएँ हाथ की एक अँगुली से एक अँगूठी खोल के पोटली में डाल देती है। पोटली बंद करती है। किताबें खोल के देखती है। ये उपन्यास हैं। पहली पर शुरू के कागज पर लिखा है–'शीला को सप्रेम, भूषण' और 'सात जुलाई, 1936।' इस किताब में भीतर एक फूल दबा पड़ा है। दूसरी किताब के शुरू के पृष्ठ पर लिखा है–'शीला नामक चमत्कार को भूषण का प्यार! 12 दिसंबर, 1935।' इस किताब में भूषण की पासपोर्ट साइज की तस्वीर लगी है। नीचे से केसरो पुकारती है–शीला, नी शीला!

आवाज सुनकर शीला चौंकती है। किताबें बगल में दबाती है। पोटली उठाती है। तस्वीर के बारे में थोड़ा झिझकती है, फिर उसे दराज में डालकर छत के रास्ते चल पड़ती है।

कुलभूषण अपने छतवाले कमरे में बैठा कोई फार्म भर रहा है। बाहर से दरवाजा खटखटाए जाने पर झुँझलाता है–माताजी, मैं जरूरी फार्म भर रहा हूँ।

दरवाजे पर फिर दस्तक होती है। वह इस बार भी झुँझलाता है–क्यों परेशान करते हो? इस बारे में मैंने नहीं करनी और बहस।

लेकिन जब दरवाजा खोलता है, शीला को देख हैरान रह जाता है–शीला तू?

शीला की आवाज में उदासी तथा वेदना है। वह कहती है–बहस करने वास्ते

नहीं ना आई। ये चीजें लौटानी थीं।...फिर हाथ की पोटली की ओर इशारा करती है।

भूषण सकपकाता है और मरी-सी आवाज में पुकारता है—शीला सुन। मैं कुछ कहना चाहता था तेरे से। लेकिन ये सब इतनी जल्दी और इस तरह हो गया कि...

शीला : इसके बाद भी कुछ बच गया था कहने को?

कुलभूषण : तेरे को तो पता है, मैंने तेरे को शुरू से ही,...मेरा मतलब है...

शीला : बहन माना। बड़ी बेशर्म निकली तुम्हारी बहन!...शीला की आवाज में अब हल्का गुस्सा है। साथ-साथ रुआँसापन भी।

कुलभूषण : छिः, मेरे को इतना नीच तो मत बना। मैं तो ये कहना चाहता हूँ, मैंने पहले भी...पहले भी...

शीला : तेरे वास्ते ना कर दी थी। मगर मैं बहरी बनी रही। भेज दिया घरवालों को ठाका देने।

कुलभूषण : मैं मानता हूँ मैंने गलत किया, लेकिन एक तरह से अच्छा हुआ कि ये अभी हो गया।

शीला : तुम्हारा शुक्रिया अदा करूँ कि सगाई करके नहीं तोड़ी, शादी करके नहीं छोड़ा!

कुलभूषण : 'हाँ' कह के फिर 'ना' कहना मेरी गलती थी, लेकिन ये गलती हुई इसलिए कि मैंने पहले ना कहके हाँ कहने की गलती की। मैं तो सिर्फ ये चाहता था कि तेरा रिश्ता किसी ऐसी जगह न हो जाए जहाँ तेरे को दुख मिले।

शीला : इसीलिए ये सुख दिया।

कुलभूषण के पास इसका कोई जवाब नहीं। शीला चीजें उसके हाथ में सम्हलवा देती है और जाते-जाते कहती है—तुम्हारी दी हुई एक ही चीज नहीं लौटा पा रही हूँ—दुख!

शीला के हाथ में भूषण के साथ उसकी तस्वीर है और वो रो रही है। केसरो कमरे में आती है। उसकी आहट पाकर शीला तस्वीर पीठ-पीछे कर लेती है। केसरो शीला के पास आती है—तेरी सासू हौरी जाने लग पड़े हैं। पैरीपौना करने आ। क्यों रोती है उस बेपेंदे के लोटे के लिए? तेरे बाऊजी तो शुरू से ही कहते थे कि ज्यादा पढ़े-लिखे लड़के किसी काम के नहीं होते। इन दमागदार लोगों के दिल नहीं होता। अंबरसरवाला लड़का बहुत अच्छा है। हर तरह का सुख देगा तेरे को। चल, सास-ननद को पैरीपौना कर ले।

शीला आँसू पोंछती है—आप चलो, मैं आती हूँ।

केसरो चली जाती है।

शीला बड़े ही दृढ़ स्वर में अपने-आप कहती है—मैंने तुम्हें कभी माफ नहीं करना है भूषण!...कहते-कहते उसकी आवाज टूटने लगती है—तुम्हारा दिया दुख भी लौटाना है।...

वह तस्वीर के टुकड़े-टुकड़े कर रही है और दुहरा रही है—दुख भी लौटाना है, दुख भी लौटाना है।

•

हवेलीराम एक पोस्टकार्ड के टुकड़े-टुकड़े कर रहा है। लाजो आती है—ये क्या फाड़ दिया मास्टरजी?

हवेलीराम : रोशन और सतबीर के नाम जो पहले चिट्ठी लिखी थी वो फाड़ दी। उन्हें अब बुलाकर क्या फायदा?

—भूषण आ रहा है।...भूषण को आता देख लाजो बताती है।

हवेलीराम : मेरी तो तबीयत नहीं होती उससे बात करने की।

लाजो : बाप का फर्ज कैसे भूल सकते हो मास्टरजी?

कुलभूषण आकर पूछता है—आपने मेरे को याद किया पिताजी?

हवेलीराम : तूने नहीं किया, मैंने ही कर लिया। तेरी माताजी जोर दे रही हैं, वरना मैं सयाने बच्चों से बहस करने के हक में हूँ नहीं। बेटा, तू क्यों हमें शर्मिंदा करने पर आमादा है?

कुलभूषण : शीला के लिए ना कर देना कोई ऐसा पाप है कि आप शर्मिंदा होते रहें?

हवेलीराम : मैं उससे भी ज्यादा शर्मिंदा हूँ कि तूने विलायत जाने के लालच में अपने को बेच दिया।

कुलभूषण : मैं मेवालालजी से कर्ज ले रहा हूँ। एक-एक पैसा उतार दूँगा उनका।

हवेलीराम : तू मेवालाल-जैसे भ्रष्ट आदमी से कोई मतलब रखने ही कैसे लगा?

कुलभूषण : क्या मॉडर्न होना भ्रष्ट होना है? आप पुराने ख्यालातवालों को तो सब नए ख्यालातवाले भ्रष्ट नजर आते हैं।

हवेलीराम : दीन और ईमान नया-पुराना नहीं होता भूषण! चाहे ट्रेडिशनल नजरिए से देखा जाए, चाहे मॉडर्न, मेवालाल एक भ्रष्ट इंसान है।

कुलभूषण : आपको तो हर कामयाब आदमी भ्रष्ट लगता है।

हवेलीराम : इंसान की कामयाबी इसी में है कि हर प्रलोभन के बावजूद आखिरी दम तक इंसान बना रहे।

बीच में लाजो बोल पड़ती है—तेरे पिताजी समझौतापरस्त होते तो आज

मेवालालजी से चौगुने रईस होते।

कुलभूषण : मैं कोई पिताजी से कम उसूलोंवाला आदमी नहीं। लेकिन मैंने नाकामयाबी को अपना उसूल नहीं बनाना है इनकी तरह। मैं पावर चाहता हूँ, प्रैस्टीज चाहता हूँ। इनकी तरह नहीं कि सारी जिंदगी पालिटिक्स में जाया की, लेकिन उस पार्टी में नहीं गए जिसे पंजाब में पावर मिली।

—वो जमींदारों की पार्टी है और ये जनता के आदमी हैं।...लाजो हवेली का पक्ष लेती है।

कुलभूषण : कांग्रेसियों में पिताजी इसलिए अछूत थे कि इन्कलाबी हैं और इन्कलाबियों में इसलिए कि कम्युनिस्ट नहीं हैं। पिताजी, ना आप कभी कुछ हुए और ना किसी को होने देना चाहते हैं। इनके लिए हार ही जीत है, नाकामयाबी ही कामयाबी है, और लंघन ही सबसे बड़ा भोग है।

हवेलीराम : मैं मास्टर हवेलीराम हूँ। इससे ज्यादा कभी होना नहीं चाहा। और तू कितनी ही दलीलें दे ले, इससे कम बनने को भी कभी तैयार नहीं हूँ।

कुलभूषण : मेरी बदकिस्मती पिताजी कि मैं आप जितना महान नहीं हूँ। मैं जरूर विलायत जाऊँगा और जरूर आई.सी.एस. बनूँगा और जरूर मेरे से और आपसे धोखा करनेवाले तायाजी को दिखा दूँगा कि उनसे बड़ी ताकत मेरे पास है।

हवेलीराम : असली ताकत वो है जिससे इंसान अपने पर काबू पाता है। दूसरों पर काबू पानेवाली ताकत तो हमें बदी की ओर ले जाती है पुत्तर!

कुलभूषण : अँधेरी गली के इस बंद मकान की ये घुटन, ये सड़न, ये किस नेकी की नियामत है? मैं इससे उबरना चाहता हूँ। जैसी कोठी में तायाजी रहते हैं, वैसी कोठी में रहना चाहता हूँ। मेरे को ये सुन-सुन के संतोष नहीं होता कि तायाजी बेईमान हैं, पिताजी महान हैं।

लाजो को अब बर्दाश्त नहीं होता—अब चुप कर भूषण। तेरे को कर्ज लेना है तो ले, लेकिन कर्ज लेने की ये शर्त कैसे हो गई कि मेवालाल जी की बेटी से शादी कर?

कुलभूषण : इसमें शर्त की क्या बात है? मैं आप लोचन से शादी करना चाहता हूँ।

लाजो : तेरे जैसा शरीफ लड़का उसको पसंद कर ही नहीं सकता। पराये घर की लड़की के बारे में कुछ कहना नहीं चाहती, लेकिन...।

कुलभूषण : लेकिन क्या?

लाजो : लेकिन ये कि दुनिया उसे, उसकी माँ को बदचलन कहती है।

कुलभूषण : दुनिया तो आपको भी...! मेरा मतलब है तायाजी ने...।

—भूषण...! हवेलीराम चीख पड़ता है।

कुलभूषण : मेरे को माफ कर दो माताजी! मैं तो सिर्फ ये कहना चाहता था

कि आप लोगों ने भी तो घरवालों की मर्जी के खिलाफ शादी की।

हवेलीराम : तू कहना तो बहुत चाहता होगा पुत्तर, लेकिन हमने अब और नहीं सुनना। जा, तू भी कर घरवालों की मर्जी के खिलाफ शादी!...मारे गुस्से के हवेली जैसे थर-थर काँप रहा है।

सुलोचना सोई पड़ी है। पास ही चाय का प्याला है। मोहिनी आती है—लोचन, तू भी हद करने लग पड़ी पुत्तर! अब तक सोई पड़ी है?

सुलोचना करवट बदलती है—सोने दो मम्मीजी!

उसके करवट बदलने से चाय का प्याला गिर जाता है। मोहिनी प्याला उठाती है और कहती है—मैंने चाय तेरे वास्ते और भिजवा देनी है। तू मुँह-हाथ धो ले।

सुलोचना : क्यूँ?

मोहिनी : विदा नहीं करना तेरे को?

सुलोचना : यू मीन टू से, आई हैव टू गो एंड लिव एट विच्छोवाली!

मोहिनी : शुरू में तो रहना ही पड़ेगा वहाँ।

सुलोचना : मैंने नहीं रहना गली-कूचों में।

कुलभूषण कमरे में झाँकता है—मम्मीजी, लोचन को जल्दी तैयार करो। बाराती बेचैन होने लगे हैं।

—दफा करो उन बेचैन बरातियों को! हमने यहीं से शिमला चले जाना है हनीमून पर!...सुलोचना बारात का नाम सुनते ही चिढ़ जाती है।

कुलभूषण : वो तो नहीं हो सकता लोचन, समझा करो। अभी तो बहुत-सी सैरेमनीज हैं।

सुलोचना : ओह दीज सिली सैरेमनीज!

मोहिनी : जल्दी से विदाईवाला सूट डाल लोचन!

दुल्हन के रूप में सुलोचना विच्छोवाली पहुँचती है। मुहल्ले की औरतें उसे देखने आई हैं। कुछ घूँघट हटाकर, गाल छूकर उसे आशीर्वाद देती हैं। सुलोचना को लगता है जैसे गंदी चीजों का स्पर्श उसे हो रहा हो। औरतें जब चली जाती हैं, वह लाजो से पूछती है—यहाँ बाथरूम किधर है?

लाजो थोड़ा अचकचाती है, कि कौन-से बाथरूम को पूछ रही है। पूछती है—क्या करना है बीबीरानी?

सुलोचना : नहाना है।

लाजो : चल तेरे को दिखा दूँ बाथरूम।

लाजो उसे स्टडी से बाहर ले जाती है और आँगन के एक कोने में लगे टाट की ओर इशारा करती है—वो रहा!—फिर वह नल की ओर जाती है और सुलोचना को बताती है—पानी भर के ले जाना होता है। मैं भर देती हूँ। तू साबुन-तौलिया ले आ।

सुलोचना टाट के पर्दे को छूकर देख रही है—ये-ये बाथरूम है? फिर पर्दा हटाकर देखती है कि इस बाथरूम की तो कोई छत ही नहीं है—ये तो ऊपर से खुला है!

लाजो : ऊपर से देखना किसने है? तू नहा ले बेफिकर।

सुलोचना का मन खिन्न हो उठता है। वह बाहर आ जाती है और अपने कमरे की ओर बढ़ जाती है। लाजो पूछती है—क्यों, क्या हुआ?

सुलोचना : बहुत बदबू है!

लाजो : मैंने धो देना है एक बाल्टी पानी से।

सुलोचना : नहीं, मैं यहाँ नहीं नहा सकती।

कुलभूषण मुस्कराता हुआ कमरे में आता है। सुहाग-सेज पर सुलोचना रूठकर बैठी हुई है। भूषण की आहट पर वह उठती है और उसे पीठ देकर दूसरी तरफ जाने लगती है। भूषण 'अनारकली' के डायलॉग दुहराता है—तुम खड़ी हो गईं अनारकली? हम इस समय प्यार के चँदोवे के नीचे हैं। यहाँ शहनशाह का आहनई कानून लागू नहीं होता। यहाँ की रीत तो कुछ और है। आओ मैं तुम्हें सिखाऊँ!...कहता हुआ वह लोचन का हाथ पकड़ लेता है और सेज पर बिठाना चाहता है। मगर वह नहीं बैठती। इधर-से-उधर चलती रहती है। भूषण बैठ जाता है और अपने आगे से गुजरती हुई लोचन को दोनों हाथ से पकड़कर लगभग अपनी गोद में गिरा लेता है—ट्रिप नो फरदर, पैटी स्वीटिंग, जरनी एंड इन लवर्स मीटिंग।

वो गोद में नहीं बैठती। उसकी बगल में बैठ जाती है। भूषण डायलॉग बोलने के अंदाज में ही बोलता है—अपनी खुशकिस्मती पर यकीन नहीं हो पाता मेरे को!

सुलोचना : और मेरे को अपनी बदकिस्मती पर!

सुनकर भूषण सकते में आ जाता है—मेरे से शादी होना तुम अपनी बदकिस्मती मानती हो?

सुलोचना : नॉव डोंट यू पुट वर्ड्स इनटू माई माऊथ। मेरी बदकिस्मती ये है कि मैं हनीमून विच्छोवाली में मना रही हूँ। इतनी घिनौनी चुड़ैलों ने मेरे को यहाँ मुँह-दिखाई में छुआ कि अब तक सिहरन हो रही है। नहाना चाहा तो यहाँ बाथरूम नहीं।

कुलभूषण : बाथरूम तो है।

सुलोचना : एक कोने में लगे टाट के पर्दे को बाथरूम कहते हो? फ्रेंकली

भूषण, तुम यहाँ रह कैसे लेते हो? मैं यहाँ ना पैदा हुई और ना ही मेरा यहाँ मरने का इरादा है। तुम कल ही मेरे साथ मम्मीजी के पास चलोगे। हमें वहीं रहना है।

कुलभूषण : बट डार्लिंग, माताजी-पिताजी यहाँ अकेले पड़ जाने हैं। मेरे दोनों छोटे भाई तो गुरुकुल में हैं।

सुलोचना : तुम्हारे मम्मी-डैडी इकट्ठे ही रहते हैं। मेरे मम्मीजी बिचारे तो बिल्कुल अकेले हैं।

कुलभूषण : परसों तो तुम्हें पैर फेरने के लिए जाना ही होगा।

सुलोचना : पैर समथिंग के लिए नहीं, हमेशा के लिए।

कुलभूषण : लोचन, मुझे आप यहाँ घुटन महसूस होती है। लेकिन फिलहाल यही मेरा घर है। इसलिए तुम्हें यहीं रहना होगा।

सुलोचना : मेरा घर तुम्हारा घर है, पति परमेश्वर है। नॉव इफ यू डोंट माइंड, ये रोशनी बंद कर दो। मैं थकी हुई हूँ। सोना चाहती हूँ।

सुलोचना भूषण की ओर पीठ करके सो जाती है। भूषण की समझ में नहीं आता कि क्या करे। वह लगभग गिड़गिड़ाकर सुलोचना को पकड़ते हुए अपने से मुखातिब करना चाहता है—लोचन, तुम आखिर चाहती क्या हो?

सुलोचना : फिलहाल मैं इतना ही चाहती हूँ कि तुम मेरे को छुओ मत।

कुलभूषण फिर उसका मुँह अपनी तरफ करने की कोशिश करता है—फॉर हैवंस सेक, आज हमारी सुहागरात...।

सुलोचना : सुहागरात के लिए यहाँ का एटमॉसफीयर वाहियात है। एंड नॉव लैट मी स्लीप।

कुलभूषण : जिस दिन मैं तुमसे किनेर्ड कॉलेज के बाहर पहली बार मिला था, उस दिन से मैं बराबर तुम्हें बाँहों में भरकर सबकुछ पा जाने और खो देने का सपना देखता आया हूँ। मिलन की ये घड़ी मिठास में डूबी होनी चाहिए लोचन, इसमें कड़वाहट न आने दो। प्लीज!

सुलोचना फुंफकारती हुई पलटती है—ये कोई प्ले-श्ले हो रहा है क्या? अपने डायलॉग बंद करो और बिजली भी।

कुलभूषण उठकर स्विच ऑफ कर आता है और सुलोचना की बगल में लेट जाता है।

थोड़ी देर छत को देखता है फिर सुलोचना को पुकारता है—लोचन!

सुलोचना : अब और डायलॉग नहीं।

कुलभूषण : थोड़ा सब्र करो। आई.सी.एस. हो जाने पर मेरे को बँगला मिल जाना है।

सुलोचना : तब तक तुम भी सब्र करो।

कुलभूषण : ऐसा न कहो लोचन, आई लव यू, आई लव यू, आई डिजायर यू।

सुलोचना कुलभूषण की ओर देखती है—दैन डू समथिंग टू डिजर्व मी। मेरे को तो लगता है कि तुम मेरे से ज्यादा यहाँ के बदबूदार बाथरूम को प्यार करते हो।

कुलभूषण : ये झूठ है।

सुलोचना : तो साबित करो कि तुम मेरे को प्यार करते हो।

कुलभूषण : कहो तो सितारे तोड़ लाऊँ।

सुलोचना : उतनी दूर जाने की जरूरत नहीं है। ये पैर समथिंग सैरेमनी के बाद मेरे को मम्मीजी के यहाँ ही छोड़ आओ। वहीं से हम हनीमून के लिए चले जाएँगे।

कुलभूषण : ठीक है।

भूषण के मुँह से स्वीकृति सुनकर सुलोचना उसके सीने में मुँह छिपा लेती है—दैट्स लाइक ए गुड ब्वॉय!

लाजो आँगन में बैठी बड़ियाँ डाल रही है। हवेलीराम स्टडी से निकल के आता है। लाजो का कोई रियैक्शन नहीं होता। वो उदास-सी लग रही है। हवेली कहता है—लाजोजी, मैं तो चला ट्यूशन पढ़ाने। आज तुम्हारे चेहरे पर उदासी कैसी?

लाजो : उदासी? नहीं तो।

हवेलीराम : बीबीरानी को भी बुला लेती इधर ही।

लाजो : बीबीरानी सोयी पड़ी है।

हवेलीराम : इस वक्त?

लाजो : सवेरे भी आठ बजे उठी, जब भूषण चाय बना के ले गया। चाय पी के उठने की आदत है। मेरे को तो आती नहीं वैसी चाय बनानी।

हवेलीराम जाते-जाते उसका कंधा थपथपाता है—लाजोजी, हम तो दूध-लस्सीवाले जमाने के हैं। अब तो चाय-कॉफीवाला जमाना आने लगा है। आने दो।

वो चला जाता है। लाजो बैठी अपना काम करती रहती है। इतने में भूषणवाले कमरे से सुलोचना निकल के आती है और उबासी लेते हुए पुकारती है—भूषण!

—भूषण तो सब्जी लेने के वास्ते गया है। कुछ चाहिए क्या?...लाजो पूछती है।

सुलोचना : चाय!

लाजो : मैं अभी मास्टरजी से कह रही थी कि चाय बनानी तो मुझे आती नहीं। सुबह भी भूषण ने बनाई। मैं जानती हूँ, पहले साल बहू से काम नहीं कराते

लेकिन चाय तो तेरे को ही बनानी पड़ेगी। रसोई में सारा सामान रखा है।

—मैंने तो रसोई की सूरत भी नहीं देखी। हमारे यहाँ तो बावर्ची है।... कहती हुई लोचन उबासी लेती हुई वापस कमरे में चली जाती है।

दरवाजे पर दस्तक सुनकर लाजो उठकर जाती है। वहाँ कँवर खड़ा है। वह लाजो से पूछता है—मिस्टर कुलभूषण यहीं रहते हैं?

लाजो : वो तो बाजार गया है सब्जी लेने।

कँवर : जी, लोचन होगी घर पर?

लाजो : हाँ जी है! आप?

कँवर : बताइए, कँवर आया है।

लाजो : क्या काम था जी?

कँवर : एक पैगाम देना था।

लाजो : आप थोड़ी देर में आ जाना। इस समय घर में कोई मर्द है नहीं।

कँवर : लोचन मेरे से पर्दा नहीं करती।

लाजो : रिश्तेदार हो?

कँवर : हाँ जी!

लाजो : क्या रिश्ता है?

तभी लोचन कमरे से बाहर निकलती है—अरे कँवर तुम?

कँवर जैसे उससे शिकायत करता है—लोचन, तुम्हीं इन बहनजी को समझा दो, हमारा-तुम्हारा क्या रिश्ता है।

सुलोचना लाजो से कँवर के बारे में कहती है—ये हमारे फेमिलीफ्रेंड हैं।...फिर कँवर को ले के वह अपने कमरे में चली आती है। लाजो को अच्छा नहीं लगता। कमरे में पहुँचकर कँवर कहता है—तुम अपने गुनाहों की बहुत अच्छी सजा पा रही हो लोचन!

सुलोचना : मैंने क्या गुनाह कर दिया?

कँवर : एक से एक चाहनेवाले के रहते हुए अदद चे गैन दाल से नाता जोड़ लिया।

सुलोचना : डैडीजी ने मजबूर किया और मम्मीजी ने भी कहा, इससे शादी करने के बाद फ्रीडम मिल सकेगी।

कँवर : तो मिल गई?

सुलोचना : अभी तो कैद ही मिली है।

कँवर : कैद से बाहर निकलो।

सुलोचना : कैसे?

जेब से निकालकर कँवर उसको एक चिट्ठी देता है—ये रहा आजादी का पैगाम। बंबई से तुम्हारे लिए एक फिल्म का ऑफर आ गया है। चलना है?

सुलोचना एक्साइट होकर पढ़ने लगती है—ऑफ कोर्स!

कँवर : तो कराऊँ टिकट बुक?

सुलोचना : लेकिन कँवर, मेरे को तो शिमले जाना है हनीमून के लिए।

कँवर : हनीमून बंबई में मना लेना। ले चलो साथ जम्हूरे को!

कुलभूषण सब्जी का थैला लेकर पहुँचता है। आँगन में बड़ी बनाती हुई लाजो को थैला थमाता है और पूछता है—माताजी, लोचन अब भी नहीं उठी?

लाजो : कोई कँवर-कँवर करके आया है। उसी से बात कर रही है।

भूषण स्टडी की ओर बढ़ता है। लाजो बताती है—वहाँ नहीं, अपने कमरे में है।

कुलभूषण : मेहमान को कमरे में क्यों बिठाया?

लाजो : ये वो जाने पुत्तर!

भूषण कमरे में पहुँचता है, जहाँ कँवर पलँग पर बैठा है और सुलोचना थोड़ी दूर पर मेज से टिककर खड़ी है। दोनों की निगाहें मिली हुई हैं। भूषण कँवर से पूछता है—आप यहाँ?

कँवर : आइए, आ जाइए, आ जाइए, यूँ न रह-रहकर इन्हें तरसाइए। साहब, आप अच्छे खाविंद हैं कि शादी के अगले दिन ही सब्जी को बीवी पर तरजीह दे बैठे?

—आपको जहमत न हो तो बैठक में तशरीफ रखें।...भूषण गंभीर आवाज में कहता है।

कँवर : जहाँ बैठ गए हजरते कँवर वहीं बैठक है। और जहाँ लेट गए, वहीं बेडरूम!

सुनकर कुलभूषण का चेहरा तमतमा उठता है।

कँवर सचमुच पलँग पर लेट जाता है। फिर मुस्कराते हुए उठता है और कुलभूषण का कंधा थपथपाता है—स्टेज पर टेंस होना ठीक नहीं भूषण! रिलैक्स करो। तो लोचन, तुम भूषण से फिक्स कर लेना सब। तो मिलेंगे फिर बंबईवाली गाड़ी में। तुम, मैं और ये।

अपनी बात कहके वह चल पड़ता है। उसके चले जाने के बाद भूषण पूछता है—कँवर को यहाँ क्यों बिठाया? ड्राइंगरूम में ले जातीं।

—यहाँ बाथरूम ही नहीं है, ड्राइंगरूम की खूब कही।...सुलोचना व्यंग्य करती है।

कुलभूषण : और वो यहाँ...पलँग पर बैठा था?

सुलोचना : तो क्या फर्श पर बैठता? यहाँ कौन सोफे पड़े हैं। अगर तुम चाहते हो कि मैं अपने गैस्ट्स को कायदे से रिसीव करूँ तो कायदे का घर लो।

कुलभूषण : और ये बंबईवाली क्या बात कर रहा था?

सुलोचना : भूषण डार्लिंग, जबरदस्त खुशखबरी है। मेरे को बंबई से फिल्म का ऑफर आया है। कँवर मेरे को अपने साथ ले जा रहा है। अगले हफ्ते। तुम भी साथ चलोगे? वहीं हनीमून कर लेंगे।

कुलभूषण : हनीमून में कँवर के साथ होने का क्या मतलब? और तुमने मेरे से पहले कभी नहीं कहा कि तुम फिल्मों में काम करोगी?

सुलोचना : तुम्हें पता नहीं कि मैं एक्ट्रेस हूँ?

कुलभूषण : कॉलेज के ड्रामा में पार्ट लेना अलग बात है।

सुलोचना : पहले तो उसमें भी लड़कियाँ हिस्सा नहीं लेती थीं। लड़के लड़कियों का रोल लेते थे।

कुलभूषण : नॉव प्लीज लोचन, लिसन टू मी।

सुलोचना : क्या सुनना है? कँवर से जलते हो तुम।

कुलभूषण : मेरी बात सुनो प्लीज! मैं अपने माताजी-पिताजी से तुम्हारे सात खून माफ करवा सकता हूँ लेकिन ये नहीं। उन्हें कभी बर्दाश्त नहीं हो सकेगा कि इस घर की बहू फिल्मों में काम करे।

—इस घर में अब रह ही कौन रहा है?...कहकर सुलोचना सूटकेस में कपड़े डालना शुरू कर देती है। भूषण सूटकेस छीनना चाहता है। सुलोचना उसे धकियाने लगती है—छोड़ दो मुझे, प्लीज...!

सुलोचना लड़कर अपनी माँ मोहिनी के पास आ गई है। बताती है कि भूषण उसे फिल्मों में जाने देना नहीं चाहता, तो वह चली आई। मोहिनी उसे समझाती है कि यह अच्छा नहीं किया। इधर लाजो भूषण को समझाती है कि जाकर किसी तरह वह सुलोचना को मना लाए, वरना लोग क्या कहेंगे? भूषण कहता है कि जब वह मेरी बात मान के रुकी नहीं तो अपनी माँ के घर से मेरे कहने पर आ कैसे जाएगी?

सुलोचना का पिता मेवालाल उसकी माँ को अलग आदेश देता है—फटाफट भेजो वापस बेटी को ससुराल।...तब तक भूषण भी वहाँ आ पहुँचता है। मेवालाल कहता है—भूषण, तुम ले जाओ लोचन को अपने साथ। आई होप, तुममें कोई भी सीरियस झगड़ा न हुआ होगा, न होगा।

कुलभूषण : जी, और कुछ नहीं, मेरे मदर-फादर जरा पुराने ख्यालात के हैं और लोचन...

मेवालाल : पुराने ख्यालात के हम सब हैं भई! लोचन को तुम्हारे माँ-बाप के

कहे पर चलना चाहिए।

कुलभूषण : जी, मैंने इसीलिए लोचन से कहा कि कँवर के साथ फिल्मों में काम करने के लिए बंबई न जाए।

—वाट इज दिस...भूषण की बात सुनकर मेवालाल हैरान हो जाता है—ये फिल्मवाली बात तो मैंने हमेशा के लिए खत्म कर दी थी?

—इस तरह तो मेरा सबकुछ खत्म हो जाना है।...सुलोचना कहती है—आपने मम्मीजी को बोला था कि लोचन पहले शादी कर ले, फिर फ़िल्मों में जाए।

मेवालाल : मैंने ऐसा कभी नहीं कहा। तू भूषण के साथ जा ससुराल।

सुलोचना : आप हर बात भूषण की ही मनवाओगे मेरे से? भूषण से मेरी कोई बात नहीं मनवानी?

मेवालाल : क्या बात?

सुलोचना : डैडीजी, विच्छोवाली में आपकी बेटी ना चैन से सो सकती है, ना नहा सकती है, और यहाँ मम्मीजी भी अकेले हो जाते हैं।

तय होता है कि भूषण सुलोचना को अपने घर से कभी-कभी मोहिनी के पास आने देगा।

लाजो आँगन में बैठी कोई काम कर रही है। हवेलीराम आता है। पूछता है—भूषण आया?

लाजो : भूषण तो नहीं आया। रामप्यारा-रामप्यारी आए थे। कह रहे थे कि आपके प्राजी, भरजाईजी कहते हैं कि हमने दहेज के लालच में बदनाम लोगों के यहाँ रिश्ता किया है।

हवेलीराम : रामप्यारा-रामप्यारी की बात इस कान से सुनके उस कान से निकाल देनी चाहिए।

लाजो : वहाँ शादी में तो जेठ-जिठानी बाराती से ज्यादा घराती बने हुए थे और कहते हैं, बदनाम लोगों में रिश्ता कराके खानदान की नाक कटवा दी?

हवेलीराम : अब छोड़ो भी लाजोजी!

लाजो : जब बेटे ने कहीं का नहीं छोड़ा तब छोड़ना ही हुआ मास्टरजी!

भूषण और सुलोचना आते हैं। सुलोचना थोड़े गुस्से में है—नॉव रिमैंबर, वी हैव कम जस्ट पिक अवर लगेज।...भूषण से कहती हुई सीधे अपने कमरे में चली जाती है। खिसियाया कुलभूषण खड़ा रह जाता है। हवेली भूषण से पूछता है—तेरा सामान कहाँ ले जाने को कह रही थी बीबीरानी?

कुलभूषण : जी, हमें शिमले जाना है।

हवेलीराम : वो तो दो-एक रोज बाद जाना था।

कुलभूषण : असल में हम दोनों को विलायत भी जाना है। उसकी तैयारियाँ करनी हैं।

हवेलीराम : वो तो यहाँ रह के भी हो सकती हैं।

कुलभूषण : लोचन को यहाँ रहने में बड़ी परेशानी होती है।

—तो विलायत से लौट के भी वो अपनी माँ के पास ही रहनी है?...लाजो पूछती है।

कुलभूषण : माताजी, मेरे से क्यों पूछते हो। आप ही ने तो कहा था कि पिताजी कहते हैं, शादी की है तो साथ निभा।

भीतर से लोचन की आवाज—भूषण, वेअर इज योर सूटकेस?

—जा पुत्तर! सुखी रह!...हवेली के मुँह से टूटती-सी आवाज निकलती है।

इंग्लैंड तथा जर्मनी के बीच लड़ाई छिड़ गई है। मेवालाल भूषण तथा सुलोचना से कहता है—जब जंग छिड़ गई है तो वहाँ जाओगे कैसे? और जाके करोगे क्या? जंग के हालात में आई.सी.एस. का इम्तहान शायद ही हो।

—ये तो मेरे साथ धोखा हो गया। आपने तो मेरी शादी एक होनेवाले आई. सी.एस. अफसर से की थी।...कहकर सुलोचना भूषण को इस तरह देखती है, मानो वही धोखा हो।

मेवालाल : मैंने भूषण को सप्लाई महकमे में नौकरी दिला देनी है। वहाँ अच्छा पैसा पीट लेना है इसने जंग के दौरान।

सुलोचना : मेरे साथ धोखा हुआ।

—पता नहीं किसके साथ हुआ।...भूषण की आवाज में दर्द है।

रोशन सतबीर को साइकिल में डबल बिठा के गली में ला रहा है। वो गा रहा है और 'ल-ला' के साथ घंटी बजा रहा है।

ये घर के दरवाजे पे रुकते हैं। उतर के भीतर जाने को होते हैं, कि एक खूबसूरत-सी लड़की दिखाई देती है। रोशन सतबीर को साइकिल थमाता है—तू साइकिल और खुशखबरी लेके भीतर जा। मैं अभी आया।

ऐसा लगता है, रोशन लड़की का पीछा करेगा। सतबीर उसे रोकता है—पागल हुआ है? जिधर लड़की देखता है, पीछे चल पड़ता है।

रोशन : हूर के पीछे जाने से जन्नत मिलने का चांस रहता है, समझा कर! सतबीर को हँसी आ जाती है—जितनी अक्ल ऐसे फिकरे गढ़ने में लगाता है, उतनी ही किताबों में लगाता तो फेल नहीं ना होता।

लाजो दरवाजे पे आ जाती है—आ गए पुत्तर? क्या खबर है?

रोशन : खबर यही कि किस्मत का खेल, कोई पास कोई फेल।

लाजो : सतबीर पास और तू फेल। तेरे को शर्म नहीं आती रोशन?

रोशन : जैसा कि मैंने कालिज के बाहर पिताजी से कहा था कि मेरे को तो बड़ी देर की आ रही है शर्म, अब आप लोगों को भी आनी चाहिए। दिलवाते ही जाते हो बी.ए. का इम्तहान।

लाजो : पिताजी ने शाहदरे से वापस आने के बारे में क्या कहा?

सतबीर : जी, उन्होंने वहीं पहले मोड़ पर हमें मिल जाना है।

लाजो : भूषण से कह दिया था ना मोटर लाने को?

सतबीर : अच्छा किया जो आपने प्राजी के दफ्तर भेज दिया। भरजाईजी ने तो उन्हें बताया ही नहीं था? प्राजी के नाम की जो चिट लिख के आए थे वो भी उन्हें नहीं दी थी।

रोशन : उस औरत से और क्या उम्मीद हो सकती थी।

लाजो : शरीफ घरों में इस तरह बात की जाती है रोशन?

रोशन : वही तो मैं कह रहा हूँ कि भरजाईजी शरीफ घर की बहू होने लायक हैं नहीं।...अच्छा कोई लस्सी-लुस्सी पिलानी हो तो पिलाओ। फिर मैंने सुंदर के यहाँ जाना है।

लाजो : इन अमीरजादों की सोहबत में बिगड़ा है तू। वहाँ जाकर भूल मत जाना कि चन्नी की सगाई में पहुँचना है।

रोशन : मैंने क्या करना है चन्नी की सगाई में ओकाड़े जा के? वहाँ कोई लखपति-करोड़पति तो आने नहीं हैं।

सतबीर : तेरे को मौसेरी बहन की सगाई से मतलब है कि मेहमानों की जमा-पूँजी से?

रोशन : अरे कोई मिल जाए इकलौती बेटी का लखपति बाप तो हम परमानेंट जँवाई लग जाएँ अगले के।

सतबीर : नौकरी में आया नहीं, शादी की सोचने लग पड़ा है। वाह रोशन!

रोशन : शादी करनी ही ऐसी है जिससे नौकरी की जरूरत ना पड़े। पैसा-पूसा, गाड़ी-गूड़ी, बँगला-शँगला सब बीवी-शीवी साथ ही लाए अपने।

लाजो गहरा साँस भरती है—भूषण पहले ही कर बैठा है अपने को तबाह ऐसे लालच में।

लोचन अपने कमरे में एक आईने में अपने को देख रही है। साफ नजर आ रहा है कि वो गर्भवती है।—ओ गॉड, ये तो किसी तरह छिप नहीं सकता!

पीछे से भूषण आता है—छिपाने की कह कौन रहा है। पैकिंग-शैकिंग कर ली?

सुलोचना : अगर तुम सोचते हो कि तुम्हारे घरवालों के कहने पर एट ए मोमेंट्स नोटिस पर मैं कहीं भी जा सकती हूँ तो यू आर रांग।

कुलभूषण : सतबीर तो कह रहा था कि वो चार दिन पहले यहाँ आके बता गया था?

सुलोचना : मैं भी तो कह रही हूँ कि नहीं बता गया था।

भूषण : फिर भी हमें जाना तो होगा। बच्चों से तो मैंने कह दिया, आया से करा लें पैकिंग। तुम भी मेरे और अपने कपड़े अटैची में डालो।

सुलोचना : मैंने कहीं नहीं जाना ओकाड़े-शोकाड़े। तुम्हें पता है, शाम को चॉकलेट्स सोल्जर का उर्दू एडैपेटेशन खेला जा रहा है। कल मुशायरा है, उसमें वो भी आ रहा है, फैज समथिंग फैज!

भूषण : आई एम अफरेड, यू विल हैव टू मिस ऑल दिस।

सुलोचना : तुम्हारे साथ तो रहके मैंने सभी कुछ मिस करना है जिंदगी में। क्या मिला मेरे को तुमसे?

भूषण : प्यार, घर, बच्चे।

सुलोचना : अनारकली से माताजी बना छोड़ा! हुँह! अरे बच्चें पैदा किए हैं तो उनकी जिम्मेदारी लो। डैडीजी के भरोसे कब तक पड़े रहेंगे ये?

सुनकर भूषण तिलमिला उठता है—ये तुम मेरे से पूछ रही हो लोचन? बच्चों को लेकर बार-बार मैं नहीं आता यहाँ, तुम आती हो। तुम्हीं हो जो डैडीजी से पैसे माँगती रहती हो।

सुलोचना : तुम मेरे को मजबूर करते हो, इसलिए।

भूषण : किस तरह?

सुलोचना : तुम इतना कमाते ही नहीं कि बाल-बच्चों की अच्छी परवरिश हो सके।

भूषण : मैं क्लास वन ऑफीसर की तनख्वाह ला के तुम्हारे हाथ में रखता हूँ।

सुलोचना : तनख्वाह तो बेवकूफ भी ले आते हैं। आराम की जिंदगी तो ऊपरी कमाई से चलती है।

भूषण : मेरे को नहीं चाहिए हराम का पैसा। आज ही तायाजी आए थे कि सौ-सवा सौ लेकर मेरे आदमी को छोड़ दो। मैंने कहा, नहीं।

सुलोचना : तुम सैडिस्ट हो। तुम्हारे लिए सारी खुशी इसी में है कि दूसरे को सताओ, सजा दो। क्या हासिल हुआ है तुम्हें अपने सो कॉल्ड असूलों से?

भूषण : दबंग और ईमानदार ऑफीसर होने का रुतबा। लोग थर्राते हैं मुझसे।

सुलोचना : अगर तुम समझते हो मैं भी थर्राऊँ तो वो नहीं होगा।

भूषण : अटैची लाओ, पैकिंग करनी है।

सुलोचना बगल के कमरे से अटैची लाके पटक देती है—अपने कपड़े रख लो। मेरे को कहीं नहीं जाना।

भूषण : क्यूँ?

सुलोचना : तबीयत ठीक नहीं।

भूषण : चन्नी की सगाई में जाने के वास्ते खराब है। प्ले और मुशायरे में जाने वास्ते ठीक हो जानी है?

सुलोचना : ये देखना चाहते हो तो तुम भी ना जाओ।

भूषण : लोचन प्लीज, चलो! मैं अपने माता-पिताजी से क्या कहूँगा?

सुलोचना : मेरे को क्या पता।

कुलभूषण पूरी तरह झुँझला गया है—लगता है तुम्हारे डैडीजी से बात करनी ही पड़ेगी।

सुलोचना : डैडीजी का नाम ले-ले के डराते हो? इस लायक बनो कि तुमसे डर सकूँ। और अब डैडीजी से कहके कुछ नहीं होना। वो भी समझ गए हैं कि जो आदमी राशनिंग और कंट्रोल महकमे में होते हुए भी लड़ाई के जमाने में कुछ कमा-धमा नहीं सका, वो सिरफिरा ही होना है।

ऐसा लगता है कि भूषण आग-बबूला हो उठेगा, लेकिन वह किसी तरह अपने पर काबू पाता है क्योंकि उधर से बच्चे आ गए हैं—तुम और तुम्हारे बेईमान...। ठीक है, तो मैं बच्चों को लेकर जा रहा हूँ।

सुलोचना : इनकी हैल्थ की जिम्मेदारी तुम पर है। वहाँ की गंदगी से बीमार नहीं पड़ने चाहिए मेरे बच्चे।

एक कस्बानुमा सड़क के मोड़ पर एक किनारे ऑस्टीन गाड़ी खड़ी है। बारिश हो रही है। गाड़ी के भीतर रोशन, लाजो, निक्का, कुक्की हैं। भूषण ड्राइवर की सीट पर बैठा है। सतबीर भीगता हुआ आता है—हेमराज की दुकान पर तो नहीं हैं पिताजी।

लाजो : तू बेकार वहाँ गया क्यों? पिताजी ने तो इसी मोड़ पे आने को कहा था।

भूषण घड़ी देखता है—अब तो आधा घंटा हो गया राह देखते।

रोशन : सतबीर, तेरे को इस वक्त भीगने का मजा आ गया होना है। याद है बचपन में घमौरी मिटाने के लिए नंग-धड़ंग नहाते थे बारिश में।

कुक्की : मैंने भी नहाना है बारिश में।

निक्का : मैंने भी।

रोशन : तो उतारो कपड़े, फटाफट।

लाजो : पागल हुआ है? कहीं बीमार पड़ गए तो बीबीरानी ने भूषण की आफत कर देनी है।

हवेलीराम आता दिखाई देता है। सतबीर खुश होता है—लो, आ गए पिताजी।

लाजो : कहाँ रह गए मास्टरजी? मैं तो उम्मीद ही छोड़ बैठी थी।

हवेलीराम : उम्मीद कैसे छोड़ दी? कभी ऐसा हुआ कि मैंने वादा पूरा नहीं किया।

हवेलीराम गाड़ी में बैठता है। गाड़ी जा रही है और वो हिचकोले खा रहा है। लाजो उसके चेहरे को लगातार देखे जा रही है। सहसा हिचकोले बंद हो जाते हैं। लाजो पूछती है—क्या हुआ?

सतबीर : सारी गाड़ियाँ रुक गई हैं।...

अब हम पीछे जाते हैं और देखते हैं कि लाजो कॉनवाय के ट्रक में बैठी है। देश का विभाजन हो चुका है। ये लोग शरणार्थी के रूप में हिंदुस्तान आ रहे हैं। सतबीर लाजो के पास बैठा है। वो बाहर झाँकता है। सामने से एक आदमी आता है—अब उतरो ट्रकों से। आगे कीचड़-ही-कीचड़ है। रावी में बाढ़ आई हुई है। कुछ ही कदम पर है, मगर अभी बहुत दूर है हिंदुस्तान!

सुलोचना : आगे पैदल जाना होगा?

आदमी : तो क्या कोई पालकियाँ भेजेगा।

लोग उतरना शुरू कर देते हैं। पीछे से कुछ लोग आते दिखाई देते हैं। लाजो सतबीर से कहती है—सतबीर, जरा जाके देख उस झुंड में कहीं तेरे पिताजी तो नहीं।

सतबीर : ये तो हमारे ही काफिले के लोग हैं माताजी!

लाजो : नहीं, मेरे को ख्याल आया, ऐसी ही बारिश में शाहदरे में भी मिले थे।

सतबीर को लगता है कि लाजो बहकी-सी बातें कर रही है। वह कहता है—पिताजी जरूर मिल जाने हैं मगर इस झुंड में नहीं।

रोशन इधर-उधर टहलता हुआ आता है—अगर बाढ़ नहीं उतरी तो क्या करेंगे?

आदमी : जब तक मर नहीं जाते जिंदा रहेंगे और क्या? कुछ रुकेगा थोड़ी?

तभी लोचन चीखती है। कुलभूषण लपकता हुआ लाजो के पास आता है—माताजी, माताजी, लोचन को तकलीफ शुरू हो गई!

रावी नदी के बीच के रेतीले टापू में जोर की बरसात हो रही है। काफिले के रैफ़्यूजी लोग झाड़ियों के बीच बोरों या कपड़ों के नीचे दुबके हुए हैं। कुछ लोग वर्षा में

भीगते हुए आगे चले जा रहे हैं और कुछ आगे जाने की तैयारी में जुटे हुए हैं। लाजो, कुलभूषण, रोशन, सतबीर, सुलोचना आदि को चार दिन हो गए हैं यहाँ अटके हुए। इसलिए आगे नहीं बढ़ रहे कि सुलोचना प्रसव-पीड़ा से परेशान है। वह जोर-जोर से कराह रही है। भूषण उसे थपकियाँ देता है—देयर, देयर इट विल बी ऑल राइट लोचन!

सुलोचना : इट वुड बी द डैथ ऑफ मी। भूषण, तुम हत्यारे हो।

लाजो : बीबीरानी, इस तरह नहीं कहा जाता।

सुलोचना : डॉक्टर बुलाओ कहीं से।

लाजो रोशन को पुकारती है—रोशन!

रोशन : जी?

कुलभूषण : देख कहीं किसी टोली में डॉक्टर हो तो उसे बुला ला।

रोशन : मेरे विलायती प्राजी, ये दरिया रावी का बरेता है, हार्ले स्ट्रीट नहीं ना है लंदन की जो मैं डॉक्टर ले आऊँ।

कुलभूषण : ये फिकरेबाजी का वक्त नहीं है। थोड़ी देर पहले ही एक जनानी आई थी। वो बता गई थी कि गुजराँवाला की टोली में एक डॉक्टर है।

रोशन : जनानी की सुन ली, अब मेरी भी सुन लो। अब कोई न इंजीनियर, बाबू रहा, न अफसर। अब तो हर कोई जान बचाकर भागता इंसान है, बल्कि जानवर कहना चाहिए। जो भाग रहा हो जानवर, जो नहीं भाग रहा हो वो मुर्दा।

सुलोचना : मेरे हाल पर जरा भी तरस नहीं आता इन लोगों को।

रोशन : आपके हाल पर भी तरस आता है और आपकी अक्ल पर भी। आपसे तो माताजी ने उसी दिन कह दिया था कि अभी देर है। दर्द तो कभी-कभी ऐसे ही उठ जाता है। चार दिन हो गए, हम यहीं अटके हैं। उसी दिन दरिया पार कर लिया होता तो आसानी रहती।

सुलोचना जोर से कराहती है : लैट मी, एक डॉक्टर...आई से।

कुलभूषण : रोशन, जाकर देख आ ना। गुजराँवाला के डॉक्टर को दिखाकर तसल्ली कर लें कि कोई कॉम्प्लीकेशन नहीं है तो यहाँ से चलें।

—अच्छा कॉम्प्लीकेशन के डैडीजी, अच्छा!...कहकर रोशन हाथ जोड़ता है, माथा पीटता है और चला जाता है।

नरकूलों का एक बड़ा गट्ठर पीठ पर लादे हुए सतबीर भीगता-भागता उन झाड़ियों की ओर चला जा रहा है, जिनमें उसका परिवार बसा हुआ है। वह बाहर ही बैठकर बेड़ा बनाने के लिए नरकूलों को काटना, छीलना शुरू करता है। रोशन सीटी बजाता हुआ आता है और सतबीर से पूछता है—और सुना बिरादर, क्या खबर?

सतबीर : बेड़ा बनाने बैठ गया हूँ।

रोशन : बना भई! खाली से बेगार भली। लोग कहते भी हैं कि सत ने ही लगाना है बेड़ा पार मास्टरजी के कुनबे का।

सतबीर : बड़ी बेढब बरसात है। थमने का नाम ही नहीं लेती। हफ्ता हो गया भीगते-भीगते.

रोशन : आसमान रो रहा है हमारे हाल पर बहुत फुर्सत से। और ठीक भी है, क्योंकि दूसरों को तो रोने की फुर्सत ही नहीं।...फिर वह गाने लगता है—सावन के नजारे हैं...ला-ला-ल-ला कलियों की आँखों में...।

सतबीर : रोशन, ये फिल्मी गाना बंद कर, ओय! तेरे को शर्म नहीं आती इस तरह गाते हुए?

रोशन : मैं गा नहीं रहा सत, दुखड़ा रो रहा हूँ अपना। तेरे इस लायक भाई को अपने सपनों की करोड़पति कन्या तब मिली, जब वह कंगली होकर दरिया रावी के इस टापू पर दम तोड़ रही थी।

तभी लाजो वहाँ पहुँच जाती है—जब देखो बकवास करता रहता है। तेरे को डॉक्टर बुलाने भेजा था कि लड़कियाँ देखने वास्ते?

रोशन : माताजी, डॉक्टर लड़की को देख रहा था इस करके मेरे को भी देखनी पड़ गई। किन्हीं सेठ धूपचंद की बेटी थी। मर गई बिचारी निमोनिया से।

लाजो : वो डॉक्टर किधर?

रोशन : वो डॉक्टर भी उधर, जिधर सारी खलकत भागी।

भूषण बाहर आता है—बाहर खड़ा-खड़ा किस्से-कहानियाँ सुना रहा है। डॉक्टर को लाया क्यों नहीं?

रोशन : इसलिए कि वो भाग गया।

भूषण : झूठ बोलता है। कोई डॉक्टर नहीं भागता।

रोशन : डॉक्टर ने कहा, बिना दवा और औजार के तो मैं बेकार हूँ। उस पार पहुँचूँ तो फिर से डॉक्टर बनूँ।

भूषण : उसे खींचकर यहाँ लाता। कोई राय देता।

रोशन : उसने आपको वही राय देनी है जो उसने आप अपने को दी कि वक्त रहते खिसक लो इस टापू से।

लाजो टोकती है—रोशन, मुसीबत के वक्त भी तेरे को मसखरापन सूझता है, बेहया!

रोशन : मसखरापन तो प्राजी और भरजाईजी कर रहे हैं। पहले उस किनारे पर अटके रहे, अब आधा दरिया पार करके इस टापू पे अटके पड़े हैं। अरे अगर पाकिस्तान में ही रहने का इरादा था तो लाहौर ही नहीं छोड़ते। वहाँ अनारकली थी, माल थी।

सुनकर कुलभूषण झुँझला के सिर झटकता है और भीतर चला जाता है। लाजो तथा रोशन भी अंदर जाते हैं। सुलोचना कराह रही है। उसके दोनों बच्चे रोने लगते हैं।

लाजो समझाती है—बीबीरानी, हौसला रख। इस तरह रोने लग पड़ी तो तेरे बच्चों को कौन सम्हालेगा। मैं तो शुरू से कह रही हूँ कि ये असली दर्द नहीं है। अभी देर है। उस पार चले जाएँ तो डॉक्टर-अस्पताल सबकुछ मिल जाने हैं।

सुलोचना : आप लोगों को तो मेरा दर्द तक झूठा लगता है।

लाजो : बीबीरानी उठ। दरिया के पार चल। तेरे बच्चे भूखे हैं। यहाँ कुछ नहीं है।

सुलोचना : आप तो चाहते ही हो दरिया में मैं और मेरे बच्चे डूब जाएँ।

तभी सतबीर पहुँचता है—लो जी, बच्चों के वास्ते छोटा-सा बेड़ा बना ही दिया। कुक्की और निक्का को उससे पार लगा देने हैं।

लाजो पूछती है—कुछ यकीन आया बीबीरानी कि हमें भी बच्चों की फिकर है?

सुलोचना : बच्चों की फिकर होती तो मेरे को पहले ही डैडीजी-मम्मीजी के पास शिमले जाने दिया होता।

सतबीर : अब बहस छोड़ो और चलो। मेरे को तैरना आता है। माताजी को मैं पार पहुँचा दूँगा।

रोशन : मैं तेरे वरगा बढ़िया तैराक ना सही, पानी गले-गले तक आ जाए तब भी ना डूबने का हुन्नर जानता हूँ। अब बचे प्राजी, तो इन्होंने ये दरिया क्या, जिंदगी का समंदर भी जनानी की अँगुली पकड़ के पार कर लेना है।

लाजो : चलो जी, उठाओ सामान।

सतबीर सामान उठा लेता है। सुलोचना अड़ जाती है—मैंने कहीं नहीं जाना इस हालत में।

लाजो : बीबीरानी, तेरे जिद करने पर मैंने लाहौर छोड़ा था कि सब लोग सही-सलामत हिंदुस्तान पहुँच जाएँ। अब ऐसी जिद तो मत कर पुत्तर कि हम सब रेत के इस टापू पर भूखे मर जाएँ।

सुलोचना : मैंने रोका किसी को? जिसे जाना हो जाओ।

कुलभूषण : लोचन, डार्लिंग, बी सैंसीबल। थोड़ा अक्ल से काम लो। अगर बचने की कोई उम्मीद है तो उस पार जा के ही। यहाँ तो मरना ही मरना है।

सुलोचना : अक्ल से काम लेती तो तुमसे शादी करती?

रोशन : मियाँ-बीवी के इस झगड़े में हम मारे जाएँगे माताजी। आप चल रहे हो कि नहीं?

लाजो : मैंने तो बीबीरानी को साथ ले के जाना है।

—चंगाजी। साथ ही लेके चलने हैं तब तो...कहते हुए रोशनलाल सुलोचना को हाथों में उठा लेता है। सुलोचना उसको मारती है—यू ब्लडी रास्कल!

रोशन : मैंशन नॉट!

लाजो के रोकने पर भी रोशन चलता रहता है। सतबीर सामान उठा के चल देता है। भूषण निक्का को गोद में लेता है और लाजो कुक्की की अँगुली थामती है। बचा हुआ सामान भी वे लोग उठाते हैं। बाहर जाकर सतबीर बेड़ा उठाता है और शरणार्थियों के साथ ये लोग भी नदी की ओर बढ़ने लगते हैं।

एक छोटा-सा गाँव भिंडी। एक पंचायतघरनुमा इमारत के आँगन में शरणार्थियों की दो-एक टोलियाँ बैठी हैं। इनमें एक झुंड में निक्का, कुक्की, सतबीर और रोशनलाल भी हैं। ये लोग तंदूर की रोटी नमक से खा रहे हैं।

सतबीर : कुक्की, तू रोटी क्यों नहीं खा रही है?

कुक्की : सब्जी चाहिए।

सतबीर : टापू में तो सरकंडा ही खाने लग पड़ी थी, अब फिर शुरू हो गए नखरे?

रोशन : गाँववालों ने शुरू-शुरू में एक सब्जी या दाल साथ में जरूर दी। मगर कब तक देते रहें गरीब।

सतबीर : रोटी दे रहे हैं यही बहुत है। अब आगे बढ़ना चाहिए। सुना, शहर में रैफ्यूजी रिलीफ कमेटीवालों की ओर से इंतजाम है।

रोशन : चल भरजाईजी को समझाते हैं, वरना कल से सूखी रोटी भी नहीं मिलेगी।

ये लोग उठ के जाते हैं।

इमारत के कमरे में एक कोने पर सुलोचना कराहती हुई लेटी है। उसके पास लाजो हाल में पैदा हुए एक बच्चे को लिये बैठी है। भूषण कोने में बैठा रोटी खा रहा है। सतबीर और रोशन कुक्की और निक्का के साथ आते हैं।

रोशन : क्यों माताजी, लंच-लुंच कर लिया विलायती मेमसाब ने।

लाजो : बीबीरानी ने मुश्किल से एक गस्सा खाया होना है।

रोशन : भरजाईजी की ये बिटिया भी नाक-भौं चढ़ा रही है सूखा टिक्कड़ देखकर। इसे पता नहीं, कल से ये टिक्कड़ भी नहीं मिलने यहाँ। अब चलने का क्या करना है यहाँ से?

लाजो : बीबीरानी को बहुत कमजोरी है पुत्तर!

रोशन : उनके नखरों का तो अंत ही नहीं है।

सुलोचना : तुमसे नहीं कहा जा रहा नखरे उठाने को। सुना।

लाजो : कमजोरी तो अभी होनी ही हुई। अभी तो कुल दस दिन हुए हैं। घर में होते तो चालीसवें दिन बच्ची का नाम रखकर इसे बाहर आने देते।

रोशन : चालीस दिन तक यहाँ आपको किसी ने नहीं रहने देना। इस बच्ची का नाम रखो मुसीबत और चल पड़ो फटाफट।

लाजो बच्ची को चूमती है–इस कर्मांवाली को किसी ने मुसीबत कहा तो मैंने उससे बहुत लड़ाई करनी है। मैंने इसका नाम भारती रखना है। भारत में कदम रखते ही पैदा हुई।

सतबीर : जुड़वाँ होते तो आप भारत, भारती रख लेतीं। अब नामकरण हो गया तो चलो। कुडीकोट के एक-दो टब्बर यहाँ रह गए थे वो भी जाने लग पड़े हैं दिल्ली। मुल्क की राजधानी है। कैंप-कूम्प वहीं बढ़िया होने हैं।

कुलभूषण : सतबीर, कोई बैलगाड़ी मिले तो देखना।

सुलोचना : भूषण, मैंने तो नहीं जाना दिल्ली। मेरे को तो शिमले जाना है डैडीजी-मम्मीजी के पास।

कुलभूषण : शिमले बाद में चले चलेंगे, पहले दिल्ली जाकर सरकारी नौकरी का तो पता कर लूँ।

सुलोचना : मैंने ना दिल्ली जाना है ना किसी कैंप-शैंप में रहना है। बँगला मिल जाए तो बुला लेना। तब तक बच्चों के साथ मैं आराम से शिमले में रहूँगी।

कुलभूषण : लोचन देखो, ऐसी जिद नहीं करते।

सुलोचना : इसमें जिद की क्या बात है? मेरे डैडीजी बीमार हैं, पहले उनसे मिलने ना जाऊँ?

लाजो : ठीक है, तो हम सभी पहले शिमले चले चलते हैं।

सतबीर : माताजी, गुस्ताखी माफ, भरजाईजी सबके बदखिलाफ राय रखते हैं हर मामले में। और आप उनकी हर जिद के आगे झुक जाते हो।

लाजो : मैं तो इस करके कह रही हूँ कि इन हालात में बिछुड़ गए तो फिर मिलना मुश्किल होगा।

रोशन : प्राजी-भरजाईजी तो लाहौर में साथ होते हुए भी बिछड़े रहे।

लाजो : देखो, मुसीबत की इस घड़ी में हम सबको साथ रहना चाहिए।

सतबीर : ये आप भरजाईजी से कहो।

लाजो : भरजाईजी से भी कहूँगी।

सतबीर : भरजाईजी से ही कहो। वही जिद कर रही हैं शिमले जाने की।

रोशन : वहाँ इनके मम्मीजी ने पहुँचते ही हमारी मरम्मत कर देनी है।

लाजो : कोई जरूरी नहीं कि शिमले में हम इनके साथ रहें।

रोशन : कोई जरूरी नहीं कि हम इनके साथ शिमले जाएँ। हमारी रोजी-रोटी का जुगाड़ दिल्ली में बेहतर हो सकेगा।

सतबीर : भरजाईजी को अपने डैडीजी की फिकर है तो हमें अपने पिताजी की है। अगर वो विच्छोवाली से बच निकले होंगे तो दिल्ली ही गए होंगे। वो जानते थे, प्राजी ने दिल्ली ही जाना है।

लाजो : पिताजी के बारे में इस तरह 'अगर' का लफ्ज मत निकाला कर मुँह से। वो जरूर बच निकले हैं।

रोशन : तो जरूर दिल्ली में हैं। वहीं चलो।

लाजो : भूषण, पुत्तर तू क्या कहता है?

भूषण लाजो की बात सुनकर पहले उसकी ओर देखता है फिर सुलोचना की। सुलोचना जैसे जल-भुन उठती है—इस तरह क्यों देखते हो मेरी ओर? तोते की तरह दोहरा दो ना उनकी बात। कह दो मेरे से कि मरने दे अपने डैडीजी को। दिल्ली चल उनकी तलाश में, जिनके बारे में सबकुछ जानते हुए भी 'अगर' का लफ्ज इस्तेमाल नहीं करना है।

सतबीर : भरजाईजी, बेशक आप शिमले जाओ या जहन्नुम। मगर हमारी माताजी से इस तरह मत बोलो।

सुलोचना : तुम कौन होते हो मेरे को जहन्नुम भेजनेवाले?

सतबीर : आप कौन होती हैं हमारी माताजी से टेढ़ा-टेढ़ा बोलनेवाली?

लाजो : अब चुप भी करो। भूषण, तू बीबीरानी और बच्चों को शिमले छोड़ आ। ये ठीक कह रही है। वहाँ इन्हें आराम मिल सकेगा।

कुलभूषण : और आप माताजी?

सतबीर : ये हमारे साथ दिल्ली जाएँगे।

कुलभूषण : तुम लोग अंबाले में मेरा इंतजार करना।

रोशन : अब कोई किसी का इंतजार नहीं करेगा। हमने नई दुनिया में कदम रख लिया है, जिसमें सब अपना-अपना जत्न करेंगे।

सतबीर : हमारे पास आपके शिमले का पता है। हम दिल्ली पहुँचकर अपनी खबर भेज देंगे। चलो माताजी, इन्हें सवारी ढूँढ़ने दो। हम पैदल चलेंगे।

दिल्ली—टाउन हॉल के दालान में लगी हुई एक छोलदारी। इस पर सफेद कपड़े पर लाल स्याही से हिंदी, उर्दू, और गुरमुखी में लिखा है—'शरणार्थियों के लिए पूछताछ दफ्तर'। अंग्रेजी में, 'इन्क्वायरी ऑफिस फॉर रैफ्यूजीज'। छोलदारी के बाहर लाइन लगी है जिसमें रोशन, सतबीर और लाजो सबसे आगे हैं। छोलदारी में से एक परिवार बाहर निकलता है। भीतर से स्वयंसेविका की आवाज आती है—अगला कौन है?

रोशन छोलदारी का पर्दा उठाकर भीतर जाता है—मैं हूँ जी, रोशनलाल।

स्वयंसेविका : आप अकेले ही हैं?

रोशन : नहीं जी, साथ में लोग हैं।

स्वयंसेविका : उन्हें बुलाइए।

रोशन पुकारते हुए पलटता है और पता है कि सतबीर और लाजो आ चुके हैं। स्वयंसेविका रोशन से पूछती है—आपका नाम रोशनलाल, इनका?

सतबीर : मैं सतबीर और ये हमारे माताजी।

स्वयंसेविका : माताजी का नाम?

सतबीर : लाजवंती देवी।

स्वयंसेविका : कहाँ से आए हो?

सतबीर : विच्छोवाली, लाहौर से।

स्वयंसेविका : तीन लोगों का परिवार?

लाजो : नहीं, नौ हैं जी हम। छह बड़े, तीन आधे।

स्वयंसेविका : आप लोग तीन हैं और अपने को नौ बता रहे हैं? सरकार महीने-भर के लिए मुफ्त राशन देती है, इस मारे लालच करना ठीक नहीं। इस तरह तो आप अपने मुसीबतजदा भाइयों का ही हिस्सा छीनेंगे।

लाजो : हमने कोई राशन लेने के लिए नहीं बताए हैं। ये बताया है कि हमारे परिवार में कितने लोग हैं।

स्वयंसेविका : हैं तो उनको लाइए।

सतबीर : प्राजी, मेरा मतलब है भाई साहब, भाभीजी और उनके तीन बच्चे शिमले गए हैं। हमारे पिताजी लाहौर में हमसे बिछुड़ गए हैं।

स्वयंसेविका : जब आ जाएँ तब उनका कार्ड बनवा लें। अभी ये तीन का कार्ड है। राशन में हर आदमी को डेढ़ पाव आटा और एक छटाँक दाल रोजाना मुफ्त मिलेगी, महीने-भर तक।

लाजो जैसे चिढ़ उठती है—हमें नहीं लेना आपका राशन।

स्वयंसेविका : इसका मतलब आप पैसा लेकर आए हो? आपको सरकारी मदद की जरूरत नहीं है?

रोशन : जी, हम तो बहुत ज्यादा जरूरतमंद हैं।

सतबीर : कैंपों में जो बंदे आते हैं उन सबके नाम लिखे रहते हैं आपके पास?

स्वयंसेविका : जी हाँ।

लाजो : जरा देखकर बता पुत्तर कि इसमें लाहौर के मास्टर हवेलीराम का नाम लिखा है कि नहीं।

स्वयंसेविका : मेरे पास अभी इतना वक्त नहीं है कि सारे रजिस्टर छानूँ। आप अपने कैंप में जाकर कमांडर को बताना। वो मदद करेंगे आपकी। ये कार्ड रखिए

और पुराना किला चले जाइए।

स्वयंसेविका कार्ड देती है। रोशन लेता है और पूछता है—मगर वहाँ पहुँचें किस तरह?

सतबीर चल पड़ता है। लाजो भी। रोशन पीछे से लपककर आता है—टाँगे से चलो ना! मैडम ने पैसे दिए हैं।

लाजो : भीख लेते तेरे को शर्म नहीं आई?

लाजो की बात सुनकर रोशन सिर झटकता और मुँह मटकाता है—शर्म? तमाम और चीजों के साथ-साथ मेरी तो शर्म भी लाहौर में ही रह गई।

लाजो इस उत्तर से नाखुश होती है और चल पड़ती है। एक विरक्त मुस्कान के साथ रोशन भी उसके साथ आता है।

पुराना किला स्थित रिफ्यूजी कैंप! कैंप में तिकोनी और चौपल्ली छोलदारियाँ बनी हुई हैं। एक छोलदारी के दरवाजे पर, जो कैंप कमांडर की है, रोशन तथा लाजो खड़े हैं। रोशन जमीन पर बैठ जाता है—मेरी तो लातें दुख गई हैं माताजी! आपने तो सचमुच परेड करा दी यहाँ तक। अब ये सतबीर भी पता नहीं कितना वक्त लगा रहा है।

लाजो : तेरे पिताजी के बारे में पूछताछ कर रहा होगा। रजिस्टर देखने में वक्त लगता है।

सतबीर कैंप से बाहर निकलता है। उसके हाथ में तीन चटाइयाँ हैं। उसका चेहरा उतरा हुआ है। कहता है—पहली लाइन में पाँचवाँ नंबर तंबू है हम लोगों का। तीन चटाइयाँ भी दी हैं बिछाने को।

लाजो : सतबीर पुत्तर, पिताजी की कोई खबर लगी?

सतबीर : इस कैंप के रजिस्टर में तो नहीं है उनका नाम।

लाजो : उनके नाम का कोई नहीं?

सतबीर : उनके नाम के तो कई हैं, लेकिन विच्छोवाली गली के नहीं।

लाजो : खबर कर। उनका पता गलत दर्ज हो गया हो, तू सबसे एक बार मिल आना।

सतबीर : मिल जाऊँगा माताजी। पहले आप यहाँ बसो तो।

रोशन तंबू का नंबर पढ़ते हुए चल रहा है। अचानक रुकता है—चार और ये लो जी पाँच। ये ही है हमारी कोठी। ...फिर वह तंबू का पर्दा उठा के देखता है—तीन बंदों के लिए इतनी-सी जगह?

सतबीर : ये छोटे तंबू भी पाँच बंदों के लिए हैं। कमांडर कहता था कि इसमें दो लोग और रखे जाएँगे।

रोशन : पंज बंदे रहेंगे तभी पंजाब कहलाएगा।

लाजो : अब राशन-पानी की फिकर करो।

पड़ोस के तंबू में से एक अधेड़ औरत और एक जवान लड़की निकलकर आते हैं। औरत का नाम निहालदेई है और जवान लड़की का बबली। निहालदेई लाजो से कहती है—बहना, पानी के लिए तो इस समय बड़ी लंबी लाइन लगी होनी है। आप थोड़ा-सा हमसे ले लेना। ...फिर पूछती है—आप लोग किस तरफ के हो?

लाजो : लाहौर के हैं।

निहालदेई : पहले मेरे फूफड़जी रहते थे लहौर में। कई बारी गई हूँ बचपन में। हम रौलपिंडी के हैं। खत्री। आप कौन जात हो?

लाजो : बहनजी, हम तो आर्यसमाजी हैं।

निहालदेई : मेरे एक मौसाजी भी आर्यसमाजी हैं। फिर भी कोई जात तो होनी है आपकी।

लाजो : खत्री।

निहालदेई : हम ढाई घर हैं, और आप ढाई कि चार?

लाजो : बहनजी, इस समय तो सब बेघर हैं।

निहालदेई : आपके टब्बर के सब आ गए?

लाजो : बड़ा भूषण पुत्तर, बीबीरानी और तीन बच्चों को लेके शिमले गया है।

निहालदेई : भूषण के पिताजी किधर हैं?

लाजो : जी वो तो लाहौर में ही हमसे बिछुड़ गए थे। उन्हें ही ढूँढ़ रही हूँ।

बबली : सब कोई भटक रहे हैं ऐसी ही खोज में। किसी को ढूँढ़ के भी नहीं मिलता, किसी को बैठे-बिठाए मिल जाता है।

लाजो : रब ने चाहा तो सबके बिछड़े मिल जाने हैं।

बबली : बँटवारे से मुल्क का ही नहीं, इंसान का भी चेहरा बदल गया।

लाजो : पुत्तर, मुसीबत के ऐसे वक्तों में इंसान की अच्छाई-बुराई दोनों ही बढ़ के सामने आती हैं।

बबली : अच्छाई तो कहीं बढ़ती देखी नहीं।

निहालदेई : बिमला बहनजी कितने अच्छे हैं। कितनी जनानियों को काम दिला दिया उन्होंने।

लाजो : बहनजी, मेरे को भी मिल सकता है काम?

बबली : टाइप जानते हो? कोई ट्रेनिंग की है?

लाजो : पढ़ा तो मैंने था, लेकिन एनटरेंस का इम्तहान दिया नहीं।

बबली : मैं तो एफ.ए. हूँ। फिर भी कोई पक्की नौकरी नहीं मिली।

लाजो : मेरे को तो कोई चूल्हे-चौके वाला काम ही दिला दो।

निहालदेई : बिमलाजी के यहाँ तो मैं आप कर रही हूँ घर का काम। कहो तो उनकी सहेली के यहाँ लगवा दूँ।

लाजो : जी जरूर। बड़ी मेहरबानी होगी। जब मैं जरा अपना सामान जमा लूँ तंबू में।

बबली : मैं मदद कर दूँगी माताजी!

लाजो : जीती रह पुत्तर! मेरे आशीर्वाद से तेरे को सबकुछ मिल जाय। रोशन आता दिखायी देता है।

निहालदेई : दूल्हा तो मिल ही सकता है इसे आपके आशीर्वाद से।

तभी रोशन आता है—माताजी, नल से पानी मिलने में देर होगी।

निहालदेई : मैंने क्या कहा था? मेरे साथ चलो, मैं दे देती हूँ थोड़ा।

लाजो : देख पुत्तर, तू तो कहती थी इंसान की अच्छाई देखने को नहीं मिलती।

सुनकर बबली थोड़ा झेंपती है। दुखी भी होती है—मेरे चाचे ने जैसा मेरे साथ किया...और फिर लोग अकेली लड़की जानकर...

लाजो बबली को छाती से लगा लेती है—मैं समझ सकती हूँ पुत्तर!

बबली अब आँखें पोंछती हुई थोड़ा स्वस्थ होकर बताती है—माताजी, मैंने चाचे को ढूँढ़ने के वास्ते रैफ्यूजी लोगों की लिस्टें बनाने का काम ले लिया है। इसी से मेरे को पता चला कि वो कश्मीरी गेट कैंप में हैं। वहाँ गई फिर भी...।

लाजो : इन लिस्टों में तेरे को कहीं विच्छोवाली गली, लाहौर के मास्टर हवेलीराम का नाम नजर आया?

बबली : विच्छोवाली भी पढ़ा है कहीं और मास्टर हवेलीराम भी।

लाजो सुनकर बहुत एक्साइट हो जाती है—किस कैंप की लिस्ट में?

बबली : मेरे ख्याल तो किंग्सवे कैंप की लिस्ट में थे। नहीं, नहीं वे सब्जीमंडी कैंप में।

लाजो : नहीं-नहीं, कोई नहीं। मेरे दो पुत्तर साथ हैं। दोनों जगह भेज दूँगी।

रोशन अपने तंबू में लेटा है। सतबीर थका हुआ आता है। खटका होता है, जिससे रोशन की नींद उचटती है। उबासी लेते हुए वह सतबीर से पूछता है—तू चला कहाँ गया था?

सतबीर : मैंने सोचा इस कैंप में जो हवेलीराम हैं उन्हें ही देख लूँ।

रोशन : तो देख आया? और उनमें से कोई भी...। तेरा जाना ही बेकार था। पिताजी भला अपना पता क्यों गलत दर्ज कराते।

सतबीर : माताजी का मन तो रखना था।

रोशन : वो तो है। मगर मैं तो कहता हूँ कि...मेरा मतलब है कि उस दिन

हम माताजी के कहने पर किंग्सवे कैंप गए, सब्जीमंडी कैंप गए लेकिन पिताजी मिले नहीं।

सतबीर : ढूँढ़ना तो होगा ना।

रोशन : रेडियो से अनाउंसमेंट करा दें इससे तो।

लाजो आती है। उसके हाथ में एक थैला है। बैठने के बाद वह इसमें से ऊन के गोले निकालती है–क्या हुआ? रेडियो में नाम आया पिताजी का?

रोशन : नहीं, मैं कह रहा हूँ उनके लिए अनाउंसमेंट करा दें।

–करा दो...लाजो कहती है। फिर वह सतबीर की ओर मुखातिब होती है–यहाँ ढूँढ़ा सत?

सतबीर सिर झुका लेता है–यहाँ भी नहीं मिले।

लाजो थैले में से ऊन निकालती हुई आशा प्रकट करती है–वो मिलेंगे जरूर। निहालदेई बीजी के यहाँ काम करती है। उन्होंने मेरे को ये ऊन दिया है। सोचती हूँ इससे मास्टरजी के लिए स्वेटर बुन दूँ। नाप के लिए सत है ही। ...कहकर वह थैले से दो सलाइयाँ निकालती है और फंदे डालने लगती है।

रोशन : पिताजी के नाप का हममें से कोई नहीं है।

लाजो : भूषण की कोई खबर?

सतबीर : ना, चिट्ठी तो आते ही डाल दी थी।

लाजो : कभी मेरे दिल में आता है कि मैं आप पंजाब में जाकर ढूँढ़ूँ सबको। बीस नंबर वाली को तो अपना बेटा फिरोजपुर जाके मिल गया। पहले गरीब को जींद स्टेशन के आगे ही नहीं जाने देते थे कि बड़ा खून-खराबा हो रहा है। खैर, जब पहुँची तो बेटा स्टेशन के बाहर ही मिल गया।

सतबीर : माताजी, जरा मेरा काम-धंधा जम जाय, पैसा कमा लूँ तो मैं-आप हर छुट्टी पिताजी को ढूँढ़ने पंजाब जाया करें।

रोशन सिगरेट का एक टोटा पार्क के किनारे से उठाकर शान से सुलगाता है। सतबीर से कहता है–लाला सतबीर, मैं समझ गया कि तुम रुपए की आठ कंघी लाओगे सदर से और तीन आने की एक बेचोगे, इस तरह आठाना मुनाफा होगा। ये आइडिया वंडरफुल है। इसी बात पर लस्सी-लुस्सी हो जाय। मैडम के दिए छह आने लावारिस पड़े हैं मेरी जेब में।

सतबीर : भूखों मर जाना मंजूर, मगर इन्हें छूना मंजूर नहीं।

रोशन दूसरी जेब से एक रुपए का सिक्का निकालता है–चलो तो इस रुपए में से खर्च कर लेते हैं। ये शेखपुरा वाली एक औरत ने बच्चे को रावी के पार ले जाने के दिए थे।

सतबीर गुस्सा हो उठता है और कड़ककर पूछता है—तूने बच्चे को पार पहुँचाने का एक रुपया लिया?

रोशन : उनके पास था ही कुल एक रुपया। चल लस्सी पीएँ।

सतबीर : मैंने नहीं पीनी इसकी लस्सी।

रोशन अपनी तीसरी और गहरी जेब से दो सिक्के निकालता है—बैंक में दो रुपए और हैं। चल इनसे कर देते हैं तेरी दावत।

सतबीर : ये कहाँ से माँग लाया?

रोशन : माँग नहीं लाया, मार लाया। माताजी ने कुक्की और निक्का के हाथ में रखने के लिए दिए थे। मैंने सोचा, बच्चे तो हम भी हैं, हम ही रख लेते हैं। ये तो माताजी के पैसे हैं, इनकी तो पी सकता है लस्सी?

सतबीर : नहीं।

रोशन : बिरादर, बात सुन। इन पैसों को किसी तरह पवित्तर नहीं किया जा सकता?

सतबीर : पवित्तर होती है गाढ़े पसीने की कमाई। आई अक्ल में?

रोशन एक सिक्के को लेकर अपना पसीना लगाता है—तो फिर क्या करें? गाढ़ा पसीना मल दें इसमें?

सतबीर, जो अब तक झुँझला चुका था, झुँझलाते हुए मुस्कुराता है और घूँसा तानके उसकी ठोड़ी में मारने को होता है—मैंने तेरा मुँह..।

—मुँह बंद कर दे याराँ, तोड़ मत। ...कहता हुआ रोशन पैसों को सतबीर की जेब में डाल देता है—चल, इस तरह करते हैं कि व्यापार के लिए तेरे को उधार दे देते हैं ये पैसा। इससे जो मुनाफा होगा वो तो पवित्तर होगा। तो वीर बालक, तू जा सदर और वहाँ से कंघी ला के बिजनेस की जुल्फों में उलझ। मैं चला गाँधी ग्राउंड पिताजी की खोज में। मगर तू अपना कंघी-स्टोर खोलेगा कहाँ बिरादर?

सतबीर : इसी पार्क में।

पार्क के एक कोने में सतबीर खड़ा कंघियाँ बेच रहा है—तीन-तीन आने कंघी, बहुत अच्छी, बहुत सस्ती!

रोशन आता है—गाँधी ग्राउंड में भी नहीं मिले पिताजी। हाँ, उनके नाम का एक और आदमी मिला, जिसका हमारी उम्र का बेटा खो गया है। और तेरा धंधा कैसा चल रहा है?

सतबीर : ठीक। तीन-तीन आने, सस्ती कंघी, अच्छी कंघी!

एक ग्राहक आता दिखता है। मगर वह रुकता नजर नहीं आता। रोशन जैसे

ग्राहक की चिरौरी करता है–ले लो रायसाहब!

ग्राहक : भई मेरे को जरूरत नहीं है।

रोशन हाथ जोड़कर कहता है–हम तो जरूरतमंद हैं रायसाहब। गरीबों का ख्याल करो।

ग्राहक जेबें टटोलता है। इकन्नी मिलती है। वह इकन्नी रोशन को थमा देता है। सतबीर कहता है–कंघी तीन आने की है जी।

ग्राहक : कंघी ले कौन रहा है तेरे से?

सतबीर : तो मैं भी भीख नहीं ले रहा हूँ।

ग्राहक : गरूर तो देखो इसका।

रोशन इकन्नी जेब में डाल लेता है–आप जाओ रायसाहब! बड़ी देर का धूप में खड़ा हुआ है, इसलिए माथा गरम हो गया है।

ग्राहक भुनभुनाता हुआ चला जाता है–दिल्ली में घुस आए हैं जबरदस्ती और दिल्लीवालों को ही आँखें दिखाते हैं।

सतबीर छीना-झपटी करके इकन्नी लेना चाहता है–मेरे को नहीं लेना भीख का पैसा। दे, मैं उसके मुँह पर मार के आऊँ।

रोशन : वो पैसा गया बैंक में। बैंक पैसे की जात नहीं देखता बिरादर!

वो उसको मारने को होता है कि रेडियो से आती आवाज पर ठिठक जाता है। रेडियो से सूचना प्रसारित हो रही है–ये आल इंडिया रेडियो, दिल्ली है। शरणार्थियों के बारे में सूचना सुनिए। श्रीमती लाजवंती, उनके पुत्र रोशन और सतबीर विच्छोवाली, लाहौर से दिल्ली आ गए हैं। वो जानना चाहते हैं, उनके पिता मास्टर हवेलीराम कहाँ हैं? मास्टर हवेलीराम जहाँ भी हों, वो पुराना किला कैंप, नई दिल्ली से संपर्क करें।

लाजो अपनी छोलदारी में बैठी मास्टर हवेलीराम के लिए स्वेटर बुन रही है। वह कुछ खुश नजर आ रही है। गुनगुना रही है और अपने मन की आँखों से जवान हवेलीराम को देख रही है। तभी छोलदारी का पल्ला उठा के पहले सतबीर और उसके पीछे रोशन आता है। सतबीर भन्नाया हुआ है–माताजी, इस रोशन को आप समझा लो।

रोशन : तू माताजी को क्यों परेशान करता है? नासमझ रोशन को कोई समझा पाया है आज तक? और माताजी, आपने सुना रेडियो में दो बारी आपका नाम लिया गया?

लाजो : तुम्हारा भी। मैं बीजी के कपड़े धो रही थी कि वो बुला के ले गई कि रेडियो में तुम्हारा नाम आ रहा है।

रोशन जेब से पैसे निकालकर लाजो को देता है—माताजी, आप ये नौकरी छोड़ दो। हम कमा तो रहे हैं।

लाजो : जब तक मास्टरजी नहीं आ जाते तब तक इस टब्बर में हर आदमी के लिए दाल-रोटी का इंतजाम मैंने ही करना है।

रोशन : तो हमारे पैसों से खिला दो।

लाजो : नहीं दाल-रोटी मेरी तरफ से।

रोशन : मुर्ग-मुसल्लम?

लाजो : बाकी जिसको जो लाना हो अपना लाए, अपना खाए।

रोशन : तो आप भी मान गए माताजी कि अपना-अपना भरने और अपना-अपना पीने का जमाना आ गया है?

लाजो : इसी करके तो दाल-रोटी की हद तक उस पुराने जमाने को बनाए रखना चाहती हूँ।

सतबीर : नहीं, मैंने आपको काम नहीं करने देना। ये कोई बात है कि तीन-तीन जवान बेटों के होते हुए भी आप दूसरों के जूठे बर्तन माँजो?

लाजो : हमेशा थोड़ी माँजने हैं पुत्तर! तेरे पिताजी आकर गृहस्थी की बागडोर हाथ में ले लें, फिर मैंने कहीं नहीं जाना बर्तन माँजने। बल्कि, फिर तो मैंने घर में भी ज्यादा काम नहीं करना। बीबीरानियाँ ले आनी हैं।

सतबीर : एक बीबीरानी ने पहले ही कर रखा है निहाल।

लाजो : तुम मेरी पसंद की लाना।

सतबीर : कहीं देखी होनी है आपने?

सतबीर के सवाल में लाजो गर्दन हिलाकर हामी भरती है। फिर थोड़ा मुस्कराते हुए कहती है—जैसे ही मास्टरजी ने आना है, मैंने उन्हें बताना है।

लाजो निगाह नीची करके बुनती है और मुस्कराते हुए गुनगुनाती है। रोशन उसकी ओर देखता है और फिर उसके धन्धे पर सिर रखकर कहता है—माताजी, आज बहुत दिनों बाद आप गुनगुनाने लग पड़े हो।

लाजो : मैं काम करके यहाँ लौटी तो झपकी लग गई। सपने में आज पहली बार मास्टरजी को देखा। कह रहे थे, तुमने रेडियो पर अपना नाम बुलवा के अक्लमंदी की लाजोजी ! तुम तो जानती ही हो, मैं रेडियो बहुत ज्यादा सुनता हूँ। एक बारी तुमने शिकायत भी की थी कि मास्टरजी, आप मेरे से ज्यादा तो रेडियो की बात सुनते हो।

बाहर से निहालदेई की आवाज सुनायी पड़ती है। वह किसी को बता रही है—हाँ जी, यही है पंज नंबर। इसी में रहती है लाजवंती देवी।

आवाज सुनते ही लाजो उठती है और छोलदारी का पर्दा खोलने के लिए लपकने लगती है। सतबीर और रोशन भी उधर ही जाते हैं। सबसे पहले निहालदेई मिलती

है। लाजो बाहर निकलती है। उसका उत्साह तब ठंडा पड़ जाता है जब वो देखती है कि सामने सुलोचना की माँ मोहिनी खड़ी है। मोहिनी लाजो से कहती है—जैसे ही रेडियो में सुना, मैं दौड़ी आई। मैंने कहा, रब का लाख-लाख शुक्र है। अपने लोगों का पता तो चला।

पुराना किला कैंप। रोशन अपने तंबू के बाहर बोरे बिछाकर और मुट्ठी का तकिया बनाकर लेटा है। मुँह में घास का तिनका लिए हुए वह गुनगुना रहा है—आवाज दे कहाँ है, दुनिया मेरी जवाँ है...।

गुनगुनाते हुए उसका ध्यान सतबीर तथा बबली की तरफ जाता है, जो पानी की बाल्टी को लेकर आत्मीय किस्म की बहस में उलझे हुए हैं। रोशन जैसे उन दोनों को सुनाकर कहता है—मगर दुनिया तो हमारे ब्रह्मचारीजी की जवाँ हो रही है। ...फिर सतबीर को संबोधित करता है—ओय सत! कोई सिरहाना बनाने की चीज दे पापे!

—मेरे को पूजा करनी है। ...कहते हुए सतबीर पानी की बाल्टी समेत तंबू में चला जाता है। अपने तंबू के भीतर से बबली कपड़ों का सिरहाना बनाकर रोशन के सिर के नीचे रख देती है। रोशन उसे आशीर्वाद देने की मुद्रा में आ जाता है—रब तुम्हारा भला करे बबलीजी! तुम्हें पति मिले करोड़पति।

बबली : मेरे को पैसों से नफरत है। पैसे वालों से नफरत है।

रोशन : मेरे को दोनों से ही बहुत प्यार है।

जब रोशन 'बहुत प्यार' कहता है, लाजो आती है—प्यार है तो पहले किसी लायक बनकर दिखा। दिन-भर आराम करता रहता है, पोस्ती!

रोशन : सिर्फ मेरा जिस्म आराम करता है। भेजा तो ओवर टाइम काम करता है।

लाजो : सतबीर से कुछ सीख। कितनी मेहनत करता है वो?

रोशन : ओ हो, जिस्मानी मेहनत। दिमाग तो उसका आराम ही करता रहता है। आज आपका बड़ी जल्दी नंबर आ गया?

लाजो : ये बबली मेरे लिए नंबर लगाए बैठी थी। बड़ी सोणी लड़की है। बिचारी!

रोशन : सोणी तो है, मगर सोना नहीं है उसके पास।

लाजो : पैसे के सिवा कुछ सूझता नहीं है। नाश्ता करना हो तो भीतर आ।

लाजो भीतर जाती है। पीछे-पीछे रोशन भी। लाजो एक पोटली उठाती है, जिसमें कुल तीन बासी रोटियाँ हैं। उसका ध्यान पूजा पर बैठे सतबीर के पास रखी 1915 की उस तस्वीर पर जाता है, जो आत्मानंदजी ने खींची थी। पूछती है—ये किसने निकाली?

सतबीर इशारे से कहता है—मैंने!

लाजो तस्वीर को पोंछ-पाछकर एक कनस्तर के ऊपर रख देती है।

तंबू के अंदर मोहिनी भी, जो खुद शरणार्थी बन गई है, लेटी हुई है बीमार बनकर। लाजो उसे खाने के लिए रोटी देती है। रोशन कहता है—रब का शुक्र कि बीमारी के बावजूद रोटी खाने की ताकत बच गई है आपमें। वैसे कल कैंप-कमांडर ने जो डॉक्टरनी भेजी थी वो तो कहती थी कि आपको कुछ नहीं हुआ है।

मोहिनी आँसू बहाने लगती है—मेरे को जो हुआ है, मैं ही जानती हूँ। रेडियो में समधन का नाम-पता सुना तो दौड़ी-दौड़ी आई कि बेटी-जँवाई के राज में सुख पाऊँगी। मेरे को क्या पता था कि तुमने उन्हें भी भेज दिया है धक्के खाने के वास्ते?

रोशन : आपकी बेटी खुद गई जिद करके।

मोहिनी जोर-जोर से रोने लगती है—उस बिचारी को क्या खबर थी कि डैडीजी गुजर गए और मम्मीजी घर से निकाल दिए गए। चौका-बर्तन करके जिंदगी गुजार रहे हैं। ताने-तिराने सुन रहे हैं लोगों के।

रोशन : आप अपने नहाने के लिए बाल्टी-भर आँसू ही बहा लो।

लाजो : रोशन ! इस तरह बोला जाता है बड़ों से?

रोशन : इस तरह होते हैं बड़े-बुजुर्ग?

लाजो : तू इनके लिए बाल्टी भरके नहीं ला सकता, कोई नहीं। लेकिन उल्टा-सीधा तो मत बोल।

रोशन : जिस दिन से आईं उस दिन से रोना रो रही थीं कि दो जून की रोटी की खातिर एक जनानी के यहाँ घर का सारा काम करना पड़ गया। यहाँ आकर अपना काम भी आप नहीं कर सकतीं।

सतबीर पूजा से उठ गया है। बाल्टी उठाता है—मैं ले आता हूँ पानी।

मोहिनी : बाद में लाना पुत्तर, अभी तू मेरे लिए एक प्याला चा ले आ। सूखी रोटी निगली नहीं जाती।

सतबीर : चाय के लिए पैसे नहीं हैं जी!

रोशन : पैसे मैंने दे देने हैं, मगर इस शर्त पर कि चा पी के ये यहाँ से चले जाएँ।

लाजो : जब तक मैं हूँ, इकट्ठे रहने हैं। सुना?

सतबीर : आपने सबको अपनी तरफ से दाल-रोटी खिलाने की बात कही थी, चा पिलाने की नहीं।

बबली हाथ में दो रोटी और चाय का लोटा लेकर आती है—हमारी छोलदारी

की सब चली गईं काम पर। मैंने सोचा, आपके साथ बैठकर ही कर लूँ नाश्ता। एक रोटी ज्यादा है मेरे पास। जरा-सी चाय भी है। किसी को लेनी है?

मोहिनी : मेरे को दे दे पुत्तर!

बबली : और रोटी?

रोशन : ब्रह्मचारी को दे दो।

लाजो : तू तो हमारे वास्ते इतना कुछ करती है, लेकिन मैं तेरे वास्ते कुछ नहीं कर पाती।

बबली : आप कैसी बातें करते हो? आपने तो मेरे को वो दिया जो सबों ने नहीं दिया। इंसानियत पर मेरा यकीन ही आपसे मिलने के बाद लौटा।

मोहिनी : बहनजी, मेरी बेटी-जँवाई को ढूँढ़ने के लिए भी तो कुछ करो।

सतबीर : जैसे आपने रेडियो पर सुना, वैसे उन्होंने भी सुन लिया होना है। आप ही आ जाने हैं।

लाजो : उनके बारे में कम-से-कम ये तो पता है कि शिमले गए हैं। मास्टरजी के बारे में तो कुछ नहीं मालूम।

सतबीर : मैं कल पहाड़गंज गया पिताजी को खोजने। वहाँ कोई अपने पड़ोसी तक को नहीं जानता।

मोहिनी चाय पी के पसरती है, जिससे कनस्तर पर रखी तस्वीर गिर जाती है और उसका काँच टूट जाता है।

लाजो : ये क्या किया?

लाजो तेजी से मोहिनी को लाँघ जाती है। लाँघते हुए मोहिनी के पाँव की अँगुली दब जाती है और वह चीख उठती है—बेजान तस्वीर की इतनी फिकर कि मुझ जीती-जागती को कुचलकर चली गई?

लाजो तस्वीर उठा के देखती है। कहती है—सन् पंद्रह की खींची तस्वीर है। बहुत जत्न से सम्हालकर रखी थी आज तक।

सतबीर आता है—लाओ, मैं इसमें नया काँच लगवा लाऊँगा। तस्वीर वाले बुआजी मेरे को बहुत पसंद हैं।

लाजो : मेरी तो खास सहेली थी वीराँवाली।

सतबीर : फिर भी आप ज्यादा बताते नहीं हो उनके बारे में।

मोहिनी : घर की बदनाम लड़की के बारे में ज्यादा बात नहीं की जाती पुत्तर!

सुनकर जैसे सतबीर पर बिजली गिरती है—इन बुआजी के साथ...कोई बदनामी वाली बात हुई?

लाजो का चेहरा गुस्से से तमतमा उठता है—बकवास करती हैं ये।

मोहिनी : हमने तो यही सुना है कि बदनामी के डर से बचने के लिए डूब

मरी थी।

सतबीर : खुदकुशी की?

लाजो : ये झूठ है सब। वीराँवाली तेज धार में बह गई थी। बहनजी, आपने यहाँ रहकर इसी तरह की बातें कहनी हैं बच्चों से तो इनकी तरह मैंने भी आपसे यही कहना है कि कहीं और चले जाओ।

मोहिनी : लो मेरे को क्या पड़ी है कुछ कहने की? आप ही बताओ।

सतबीर : हुआ क्या था माताजी?

लाजो : वीराँवाली की शादी बहुत अच्छी जगह तय हुई थी, तभी वो तेरे दादीजी के साथ तीरथ करने चली गई और नदी में बह गई। जिंदा होती तो आज महलों की रानी बनकर रहती।

राजपुर रोड स्थित अपनी कोठी की स्टडी में एक महिला कैमरे की ओर पीठ किए कमरों को पार करती हुई स्टडी में जाती है। अधेड़ वृषभान बैठा हुआ है। हम उसे पहचान नहीं पाते। एक महिला के आने पर वह कागजों से निगाह ऊपर उठाता है और पढ़ने वाला चश्मा खोलता है—कहो सुभू, इस समय कैसे?

सुभद्रा : श्यामलाल को भेज के खुद बुलवाया और पूछते हो कैसे?

वृषभान : श्यामलाल से? ...ओ हाँ। वो ऐसा था, मैं चाहता हूँ कि तुम अपनी कंपनी की ओर से रैफ्यूजी कैंपों में सेवा-सहायता का काम करो।

सुभद्रा : इस तरह के काम तो शिवलालजी ही करते हैं।

वृषभान : इधर जब से बीमारियों ने मुझे घेर लिया है, शिवलाल पर काम का बोझ बहुत बढ़ गया है।

सुभद्रा : शिवलाल को तो तुमने अपने इकलौते बेटे से भी ज्यादा भरोसेमंद मान लिया है।

वृषभान : ऐसा क्यों कहती हो?

सुभद्रा : तुमने शुगर-मिल वाला काम जयभूषण को क्यों नहीं दिया?

वृषभान : जयभूषण वो काम खुद करने को नहीं कह रहा था। उसकी जिद्द थी कि श्यामलाल को दे दें और श्यामलाल पर मेरा ज्यादा भरोसा नहीं है।

सुभद्रा : तुम्हें तो ऐसे किसी आदमी पर भरोसा नहीं, जिसे जय ने चुना हो।

वृषभान : ये सच नहीं है।

सुभद्रा : ये सच है। और ये भी सच है कि मेरा बेटा आपको इसलिए पसंद नहीं है कि मैं आपको पसंद नहीं हूँ। जब देखो डाँटना, धमकाना।

वृषभान : अपना बेटा गलती करे तो उसे टोकना तो होगा ना।

तभी जयभूषण आता है। उसके हाथ में टेनिस का बल्ला है—डैडी, मैं शैवरलेट

ले जा रहा हूँ।

वृषभान : क्लब जाने के लिए बड़ी गाड़ी चाहिए?

जयभूषण : मेरी टक्कर के रईस लड़के तो रोल्स और ऐंजी में आते हैं।

वृषभान : कपड़ा मिल में गए थे आज?

जयभूषण : श्यामलाल को भेज दिया था।

वृषभान : तो तुम कहाँ गए थे?

जयभूषण : मैं दोस्तों के साथ पिकनिक पर निकल गया था।

वृषभान : रईसी बनाए रखने के लिए रुपए-पैसे की देखरेख खुद करनी होती है बर्खुरदार! ...तो ठीक है सुभू, तुम कल से कैंपों में काम शुरू कर दो।

जयभूषण जो जाने को था ये बात सुनके ठिठक जाता है।

जयभूषण : अम्माँ, तुम मत जाइए इन कैंपों-वैंपों में। ये रैफ्यूजी लोग इस लायक ना हैं कि इनके बीच कोई शरीफ आदमी उठे-बैठे।

सुभद्रा : सड़क पे खड़ी होके पत्तल चाटा करती हैं रैफ्यूजीनें। न किसी बात का शऊर, न किसी बात का सलीका। कपड़े भी ऐसे पहनती हैं फँसे-फँसे।

वृषभान : हरेक को दूसरे के रीति-रिवाज, और खान-पान और पहरावा अजीब-सा लगता है। ये बेघर लोग हैं। इन पर हमें रहम करना चाहिए।

जयभूषण : लाला संतोषनाथ के भांजे दीनू ने एक रैफ्यूजी पर रहम करके उसे अपनी दुकान के आगे तहबाजारी करने दी, तो उस पट्ठे ने माल औने-पौने बेचकर उनकी ही जड़ काटनी शुरू कर दी। बहुत ही घटिया लोग।

वृषभान : घटिया नहीं, डायनमिक लोग। इन्हें हिस्ट्री ने अपने को बचा ले जाने की कला सिखायी है।

जयभूषण : मेरी तो समझ में नहीं आता कि इन रैफ्यूजियों से इतनी हमदर्दी क्यों है?

सुभद्रा : मुझे सब मालूम है।

जयभूषण : मुझे भी बता अम्माँ!

सुभद्रा : रहने दे। कोई खुशी वाली बात हो तो बताऊँ।

वृषभान : इसका मतलब सुभू, तुम कैंपों में नहीं जाओगी। ठीक है। मैं ही कर लूँगा ये काम।

सुभद्रा : बीमारी की हालत में भी पुरानी यादों की खातिर उन कैंपों में धूल फाँकने जाना जरूरी है?

वृषभान : जाना तो घर के ही किसी आदमी को होगा।

सुभद्रा : तो जय को भेज दो।

जयभूषण : मुझे वहाँ धक्के खाने से क्या हासिल होगा अम्माँ?

सुभद्रा : बड़े-बड़े लीडरान से मिलने का मौका। पहले धंधे साहबों की मेहरबानी

से फलते-फूलते थे, अब इन लीडरों की मेहरबानी से फलेंगे-फूलेंगे।

जयभूषण : ठीक है। मैं चला जाऊँगा।

पार्क के एक किनारे में सतबीर कंघे बेच रहा है—बहुत सस्ते, बहुत अच्छे, कंघे ले लो, तिन-तिन आने।

रोशन : मजबूत टिकाऊ तिन-तिन आने। जुल्फ-जमाऊ तिन-तिन आने। और सुना भाई लाला कंघाराम, क्या हाल है तेरे धंधे का?

सतबीर : अभी तो एक दर्जन बची हैं।

वृषभान लाठी टेकता हुआ इधर आता दिखाई देता है।

रोशन : बिरादर, तेरे से नहीं हो सकती दुकानदारी। अब देख मेरी सेल्समैनशिप।

रोशन अपनी जेब से सवा दो रुपए निकाल के सतबीर को देता है, और वृषभान को सुना के कहता है—माफ करना, इस समय ज्यादा पैसे नहीं हैं। वरना तो मैं बचे हुए एक दर्जन भी ले लेता। अगर तुम यहीं रहने वाले हो घंटे-डेढ़ घंटे तो मैं घर से लाकर दे दूँ। अरे नहीं, तुम्हारी माताजी बुखार में पड़ी हैं। उन्हें ज्यादा देर अकेला कैसे छोड़ सकते हो? तो क्या करूँ? लालाजी से पूछूँ?

वृषभान पास से गुजर गया है मगर वह रुकता है। पलटता है। रोशन उसे संबोधित करता है—लालाजी!

वृषभान : जी?

रोशन : आपके पास पैसे हों तो इस गरीब के बचे हुए कंघे खरीदने हैं। रैफ्यूजी लड़का है। इसका बाप लाहौर में कहीं खो गया। इसकी बहन से जालिमों ने ऐसा बर्ताव किया कि वो पागल हो गई। इसकी माँ को तपेदिक है। मेरे पास पैसे होते तो मैं इसके बचे हुए कंघे भी खरीद लेता।

वृषभान अपनी जेब से पाँच रुपए का एक नोट निकालता है और आगे बढ़ाता है—इतने काफी होंगे? मैं कभी भी जेब में ज्यादा पैसे नहीं रखता। और दरकार हों तो मैं गाड़ी के ड्राइवर से ले लूँ।

सतबीर इस सारे कांड से भीतर-ही-भीतर उफन रहा है—नहीं जी! बल्कि ये भी ज्यादा हैं। कंघी तो सवा दो रुपए की हैं।

वृषभान : रख लो, माताजी को फल खिलाना।

सतबीर : मैं भीख नहीं लेता।

वृषभान : इसे भीख मत समझो बेटे।

रोशन : बड़ा खुद्दार लड़का है।

वृषभान : हाँ, मैं राजपुर रोड जा रहा हूँ। आपको कहीं छोड़ दूँ?

रोशन : नहीं जी, मेहरबानी। मेरे को बारहखंबा जाना है।

वृषभान चला जाता है। रोशन उसके साथ-साथ चलता है।

कार के चले जाने के बाद सतबीर पीछे से आता है। वो आग-बबूला है—रोशन, मैंने तेरा खून पी जाना है।

रोशन : मत पी। बड़ा बेकार-सा स्वाद होता है, खारा-खारा।

सतबीर : तेरे को शर्म नहीं आई माताजी को बीमार बनाते?

रोशन : मेरे कहने से वो बीमार थोड़ी हो जाने हैं? हाँ, जो तूने पैसे ना कमाए तो गरीबी ने जरूर बीमार कर देना है उनको।

सतबीर : क्या हमारे गम वैसे ही कम हैं जो झूठ भी गढ़ता है?

रोशन : गम को इस काबिल तो बनाना ही पड़ता है कि दूसरों के दिल में रहम जगा सके।

सतबीर : मेरे को किसी का रहम नहीं चाहिए। सुना?

रोशन : सुना।

कैंप के नलके पर छोटी-सी कतार लगी हुई है। दो लड़कियों ने नल के चारों ओर चटाई से ओट बना रखी है। उसके बीच में बबली नहा रही है। नहाने और पानी भरने के लिए लोग कतार लगाए हुए हैं। उनमें सबसे आगे एक छैलानुमाँ अधेड़ है। सतबीर नहा-धोकर खड़ा है और कपड़े सुखाने के लिए निचोड़ रहा है।

छैला : अब खत्म भी करो नहाना कुड़ियो!

बबली : मैल नहीं छुड़ाएँ।

छैला : इतनी मैल चढ़ाते ही क्यों हो? नौकरी नहीं मिल रही, इसका ये मतलब थोड़ी है कि जो भी कैंप में कुछ बाँटने आए, उसके आगे बिछ जाओ?

एक लड़की : वहाँ कोई कम बेइज्जती कराके आए हो जनानियों की जो यहाँ आके आप करने लग पड़े?

छैला : जितनी तेजी से जबान चलती है उतनी तेजी से नहाओ तो हमारी भी बारी आए।

सतबीर छैला की पीठ ठकठकाता है। छैला पलटके देखता है—क्या बात है?

सतबीर उसके ओठों वे अँगुली रखता है। छैला बिदकता है—मेरे से चुप रहने को कह रहे हो?

सतबीर सिर हिलाकर कहता है कि हाँ। छैला उसका हाथ हटाता है, और कहता है—जा, नहीं रहता चुप। तूने क्या बिगाड़ लेना है मेरा?

सतबीर : जो अब इन लड़कियों के खिलाफ तूने बोलना है तो मुँह तोड़ देना है।

छैला एकदम पीछे हटता है और पूछता है—मुँह किस तरह तोड़ देना है।

सतबीर घूँसा चलाके छैला की ठोढ़ी तक ले जाता है—इस तरह।

छैला सतबीर से गुँथना चाहता है। रोशन रोकता है—ना सत, ना।

सतबीर : इस बदतमीज को सबक सिखाने दो जरा।

रोशन : सबक सिखाने के इसने पैसे देने हैं तेरे को? फिर।

सतबीर : इसे शर्म नहीं आती बहनों पर छींटाकशी करते?

रोशन : अरे लोगों को तो गला काटते नहीं आ रही।

छैला : अपने बेवकूफ भाई को समझाओ रोशनलाल! बहुत उलझने लगा है।

रोशन : इसका कसूर नहीं है रायसाहब! बेवकूफी की तो बीमारी फैल गई है। जमाना ही खराब है रायसाहब!

बबली नहाकर बाहर आती है। रोशन अपनी बाल्टी छैला को देता है—लो बादशाहो, आपका नंबर आ गया। नहाने से पहले आप एक अक्लमंदी वाला काम करो, इस बाल्टी में पानी भर दो फटाफट।

बबली एक बाल्टी पानी भरके लायी है। सतबीर इसे उठा लेता है और उसके साथ चलता है—रोशन ने रोक लिया, वरना मैंने आज उसकी मरम्मत कर देनी थी।

बबली : अकेली लड़की जान के सभी गंदे-गंदे ताने कसते हैं। साथ वाली जनानियाँ तक नहीं बख्शतीं। अब मैंने नहीं जाना कैंप-कमांडर के बुलाने पर भी। मैं तो इसी करके जाती हूँ कि बाहर वाला जो भी सामान लाया हो, वो अपने लोगों में बराबर-बराबर बँट जाए।

सतबीर : ये आप बहुत अच्छा करती हो बबलीजी!

बबली : मेरे मन में लालच हो सकता है तो यही कि शायद अगला कोई नौकरी दिला दे। मगर नौकरी देते हुए भी ना तो काबलियत देखते, न जरूरत। बस शक्ल देखते हैं।

सतबीर : बेवकूफ!

रोशन बोरे बिछाकर लेटा हुआ गा रहा है—आवाज दे कहाँ है, दुनिया मेरी जवाँ है...।

छोलदारी से सतबीर निकल के आता है—ओए, बंद कर ना। कई दिनों से खोते की तरह रेंके चला जा रहा है—आवाज दे कहाँ है...

रोशन : फिर भी तो किसी करोड़पति खोते की इकलौती बेटी नहीं आ रही।

उधर से बबली आती है—किसी करोड़पति खोते का इकलौता बेटा तो आया हुआ है कैंप-कमांडर के दफ्तर में। चादरें बाँटने वास्ते। मैं तो आना ही नहीं चाह रही थी। कैंप-कमांडर आप बुला के ले गए। लेकिन उस रईसजादे ने कहा, मैं लड़कियों से ऐसे काम नहीं कराता।

रोशन तपाक से उठता है—चलो रोशन! अगर करोड़पति का बेटा आ गया है, पीछे-पीछे बेटी भी आती होगी।

बबली : इस कंपनी के लोग पहले भी आते रहे हैं। बता रहे थे कि बस बेटा ही है सिर्फ।

रोशन फिर लेट जाता है—तब तो सत को भेजो। जा ब्रह्मचारी!

कैंप-कमांडर की छोलदारी में चादरों की कुछ गाँठें पड़ी हैं। उनकी पीछे जयभूषण नजर आ रहा है। बगल में कैंप-कमांडर है। सतबीर आता है। जयभूषण पूछता है—नाम क्या है?

सतबीर : जी, सतबीर।

जयभूषण : पढ़े-लिखे हो?

सतबीर : बी.ए. पास हूँ।

जयभूषण : गुड। मैं अपनी कम्पनी की ओर से हफ्ते में दो बार यहाँ आया करूँगा चीज-वस्त्र बाँटने। इस काम में मेरी मदद करना। साथ ही ये मालूम करके बताते रहना कि कैंपवालों को किन चीजों की ज्यादा जरूरत है। कमांडर साहब जितने बताएँगे उतने पैसे दे देंगे तुम्हें।

सतबीर : इस काम के लिए मैं कोई पैसा नहीं लूँगा।

जयभूषण हँसता है—तुम पहले रैफ्यूजी हो जिसके मुँह से पैसे के लिए ना सुन रहा हूँ।

सतबीर : मेरे को लगता है आप पहली बार किसी रैफ्यूजी से मिल रहे हो।

सुनकर जयभूषण सकपकाता है—मैं इस तरह के जवाब सुनने का आदी नहीं हूँ।

सतबीर : गुस्ताखी माफ, मैं भी इस तरह के इल्जाम सुनने का आदी नहीं हूँ।

जयभूषण सतबीर को आँखें तरेरकर देखता है। फिर उसके चेहरे पर मुस्कान खिल उठती है और वो हाथ आगे बढ़ाता है—खरी-खरी कहने वाले लोग मुझे पसंद हैं।

सतबीर भी अपना हाथ आगे बढ़ा देता है—और मेरे को भी।

जयभूषण हाथ मिलाता है—गुड नॉव टू बिजनेस। आज मैं चादरें बाँटने आया हूँ। हमारी कंपनी की ओर से जो आदमी यहाँ आता था, वो एक हजार परिवारों के हिसाब से नग ले जाता था। इन गाँठों में एक हजार चादरें हैं।

सतबीर : मेरी जानकारी मुताबिक कैंप में कुल पंज सौ पैंठ फैमलीज हैं इस समय।

जयभूषण के पल्ले कुछ नहीं पड़ता—क्या फरमाया?

सतबीर : फाइव हंडरेड सिक्सटी फाइव फैमलीज ओनली।

सुनकर जयभूषण हैरान होता है—क्यों कैंप-कमांडर साहब?

कैंप-कमांडर : और इसी हिसाब से आपका आदमी यहाँ सामान देता था।

जयभूषण : इसका मतलब वो कारिन्दा...खैर..इसका मतलब ये भी है कि ...क्या नाम बताया तुमने अपना?

सतबीर : जी, सतबीर।

जयभूषण : बड़ा सही नाम है। सतबीर, तुम सचमुच सतबीर हो। क्या काम करते हो?

सतबीर : जी फेरी लगाता हूँ।

जयभूषण : ठीक है, जो चादरें बचें वो तुम बेच लेना।

सतबीर : आप ये चादरें कैंप में बाँटने वास्ते लाए हैं। हम बड़े परिवारों को दो-दो चादरें दे देंगे।

जयभूषण : ये मेरा कार्ड रखो। अगर फेरी लगाने से जी उकता जाए, तो मेरे पास आना। मैं तुम्हें काम दूँगा।

सतबीर : मैंने कल ही आ जाना है।

जयभूषण : जरूर, शौक से आओ।

लाजो अपनी छोलदारी में ध्यान लगाए बैठी है। मोहिनी बदस्तूर कराहती हुई लेटी है। बबली कोई फटा हुआ कपड़ा सी रही है। रोशन अधलेटा हुआ माचिस के डिब्बे से खेल रहा है। सहसा छोलदारी का पल्ला उठा के सतबीर भीतर आता है—माताजी! माताजी! खुशखबरी!

मोहिनी : मेरी लोचन आ गई क्या?

सतबीर : जी नहीं।

बबली : तो?

सतबीर : माताजी को ही बताऊँगा।

लाजो अपना ध्यान पूरा करके सतबीर से कुछ नहीं कहती, मगर पास में पड़ी हुई सलाइयाँ उठा लेती है जिनमें हवेलीराम के लिए स्वेटर बुन रही है—मेरे को पता है पुत्तर, शुरू से पता है, वो जरूर आ जाने हैं।

सतबीर : पिताजी की खबर नहीं लाया हूँ माताजी। मैं तो सिर्फ ये बताने आया कि मेरे को अब जल्दी ही नौकरी मिल जानी है।

सुनकर लाजो निराश होती है, मगर अपनी निराशा छिपा ले जाती है—बहुत खुशी की बात है। कहाँ मिली?

सतबीर : कोई लाला वृषभान हैं, उनकी कंपनी में।

—लाला वृषभान!...लाजो चौंक उठती है।

सतबीर : आप उसे जानते हो क्या?

लाजो : नहीं तो, नहीं तो...

रोशन छोलदारी के बाहर बैठा कंकड़ों से खेल रहा है। इतने में एक बिल्ली आती है। वो उसे उठा लेता है। आओजी मौसीजी, आओ, आप हिंदनी हो कि रिफ्यूजिनी? आप इधर-उधर जाते रहते हो, कोई इकलौती बेटी वाला करोड़पति मिले तो हमें भी खबर करना।

थकाहारा-सा सतबीर आता है—ओए, तू पागल हो चला है क्या? दिन-रात करोड़पति की बेटी को जपता रहता है।

रोशन : और तू बता, तेरा करोड़पति का बेटा मिला?

सतबीर : वो तो गायब ही हो गया। उस दिन तो बार-बार यही कहता था कि मेरे पास जो बंदे काम करते हैं वो दो तरह के हैं। एक बहुत ज्यादा बेईमान, दूसरे थोड़े कम बेईमान। तुम्हारे-जैसे ईमानदार बंदे की मेरे को सख्त जरूरत है। अब जाओ तो ना घर में मिलता है, ना दफ्तर में।

रोशन : चल धंधा कर मेरे साथ मिलके।

सतबीर : मैंने दो शर्तों पर चलना है। पहली यह कि तू भी काम करेगा। ये नहीं, घूमने वास्ते चले दे।

रोशन : मैं घूमने वास्ते नहीं जाता बिरादर ! मैं आइडिया सोचने जाता हूँ।

सतबीर : मेरी दूसरी शर्त यह है कि तू कोई हेराफेरी वाले आइडिए नहीं सोचेगा।

रोशन मुस्कराता है। बिल्ली को छोड़ देता है और सैल्यूट मारते हुए गाता है—हेरा मेरा फेरी तेरी, मिलकर काम करेंगे, हाँ जी, मिलकर नाम करेंगे!

सतबीर इंडिया गेट के पार्क में पेड़ के नीचे पैराशूट सिल्क बेच रहा है—ले लो जी पैराशूट सिल्क। बहुत सस्ता बहुत अच्छा।

रोशन आता है—ये क्या तेरी तो अभी आधी गाँठ ही खत्म हुई है?

सतबीर : घंटे बाद तो घूम के आया है, और आते ही जवाब तलब करने लग पड़ा। तू क्या मेरा मनीजर लगा हुआ है?

रोशन : मैं तेरा एल्डर ब्रदर लगा हूँ अपाइंटेड बॉय गॉड अलमाइटी!

तभी एक ग्राहक आता दिखाई देता है। सतबीर आवाज लगा रहा है—पैराशूट सिल्क बहुत अच्छा, बहुत सस्ता। ...ग्राहक उसकी तरफ देखता हुआ निकल जाता

है। रोशन की प्रतिक्रिया होती है—तेरे से नहीं होनी दुकानदारी। तेरे को तो आता ही नहीं ग्राहक फँसाने का आर्ट।

फिर रोशन खुद ही पैराशूट सिल्क का पीस लेके हिलाने लगता है—रेशमी कपड़ा सूती के भाव। आओ जी, आओ जी, देख के तो जाओ जी। देखने के कोई पैसे नहीं। खरीदने के भी बिल्कुल मामूली। आओ जी रायसाहब!

दूसरा ग्राहक आता है। सिल्क छूता है—पैराशूटवाला है ये तो।

रोशन : तभी तो खरीदने को कह रहे हैं हम। इसकी मजबूती का अंदाजा तो आप यही सोचकर कर लो कि फौजी जवान अपना सारा बोझ इस पर डाल के हवाई जंहाज से कूद पड़ते हैं। ये ऐसी चीज है शाहजी कि पहनने वाला फट जाए, मगर कपड़ा न फटे।

ग्राहक कपड़ा छूके देखता है—ये जैसा भी हो, तुम्हारी बातें चंगी हैं।

रोशन : चंगी बातों की कद्र करने वालों को तरस गया हूँ बादशाहो ! आप लाहौरी हो ना?

ग्राहक : अजी लानत भेजो लाहौर पे!

रोशन : भेज दी जी और बैरंग लौटा दी। आप किधर के हो?

ग्राहक : पशोर के हैं हम।

रोशन : वाह जी वाह, ये तो कोई बात हुई ना बादशाहो! हमारे दादाजी कहते थे कि पशौरियों का जिगरा तो घड़े जितना होता है। सारी कमाई खाने-पीने, पहनने-ओढ़ने में खर्च कर देते हैं। रेशम से नीचे कभी बात नहीं करते, और थान से नीचे कभी खरीदते नहीं।

ग्राहक साँस भरता है—रेशम के थान ही लेते थे पुत्तर और क्लेम पास हो जाए तो फिर लेने लग पड़ेंगे।

रोशन : गुस्ताखी माफ शाहजी, अगर रेशम पहन के जाओगे नहीं तो क्लेम वाले ने मानना ही नहीं कि आप रेशम पहनने वाली हैसियत रखते थे। अब सोचो मत। ले डालो। क्लेम की सुनवाई से पहले सिलवा डालो। आपके वास्ते खास रेट लगा देने हैं। अठारह रुपए में सलवार-कमीज का कपड़ा।

ग्राहक : हमारे कैंप की जनानियाँ तो सतारा रुपए में लायीं?

रोशन : आप पौने सतारा में लो। कितने सूटों का दे दूँ?

ग्राहक : बस एक।

रोशन : एक आज ले जाओ, तीन बाद में लेना।

ग्राहक पैसे देकर चला जाता है कि वृषभान आ जाता है। रोशन, वृषभान को देखकर आवाज लगाता है—आओ जी, आओ जी, देख के जाओ जी।

वृषभान : देख ही रहा हूँ बहुत देर से।

वृषभान को देख सतबीर शर्मसार होता है। रोशन एक मिनट सकपकाने के

बाद बेशर्म होके पूछता है—आओ जी शाहजी, आपको कितना दे दूँ?

वृषभान : क्यों, बाकी सारा माल नहीं खरीदवाओगे? इस खुद्दार लड़के की माँ का इलाज हो गया?

रोशन : सत, ये बाऊ क्या कह रहा है? तेरे को समझ में आ गई हो तो मेरे को समझा दें।

वृषभान : आपमें जरा-सी भी समझ होती हो रिफ्यूजियों को बदनाम कराने वाले काम करते भला? हम हजारों रुपया दे चुके हैं रिफ्यूजियों के लिए, हजारों और भी देंगे। तुम वैसे ही माँग सकते थे। लेकिन हद है, तुमने अपनी माँ को झूठ-मूठ बीमार बनाया।

अपनी छोलदारी में लाजो उदास बैठी है। उसके पास ही रोशन भी मुँह लटकाए बैठा है। उसी के पास सतबीर है जिसे बहुत गुस्सा आया हुआ है। रोशन अपने बालों में हाथ फेरता हुआ निगाह उठाता है—मैंने कब मना किया कि मैंने झूठ बोला? मगर अपने माताजी के बारे में बोला था ना, उसकी माताजी के बारे में तो नहीं। फिर अगले को क्या हक है उल्टी-सीधी सुनाने का? कहता है, हजारों दान करते हैं। इनके पुरखे सूद पे गरीबों का खून चूसकर पैसे वाले बने, ये हमें नसीहत देने चले हैं।

सतबीर : तू उस लाला की बात छोड़, मेरे को जवाब दे, तूने क्यों कहा कि हमारी माताजी बीमार हैं?

रोशन : इसलिए कहा कि तेरे कंघे बिकें, पैसे मिलें, हम माताजी को तर माल खिला सकें, ताकि ये कभी भी बीमार न पड़ें।

लाजो : रोशन पुत्तर, बेईमानी की चुपड़ी से ईमानदारी की सूखी भली। इस कहावत को गाँठ बाँध ले।

रोशन : चुपड़ी खाने वालों ने चलायी हुई है यह कहावत। अगले जानते हैं कि जो सूखी खाने वाले भी अँगुली टेढ़ी करना सीख गए तो उन्होंने भी घी निकाल लेना है रोटी चुपड़ने के वास्ते।

सतबीर : रोज हेरा-फेरी करता है और रोज कहता जाता है कि हेरा-फेरी का नाम ही व्यापार है।

लाजो : तुम्हारे दादाजी ने इतना बड़ा कारोबार खड़ा किया। वो हमेशा यह कहते थे कि व्यापार में आदमी ईमानदारी के साथ ही बढ़ता है।

रोशन : तभी उनके बड़े पुत्तर, हमारे पूज्य तायाजी लाला रलियारामजी ने बड़ी ईमानदारी से हमारा हिस्सा सँभाल लिया!

सतबीर : मैंने इस रोशन के साथ धंधा नहीं करना।

रोशन : हाँ, तो ठीक है सतबीर, तू अपना सतयुगी धंधा अलग कर, मगर

वो चलना नहीं।

सतबीर : मैंने नौकरी कर लेनी है।

रोशन : हाँ, तू जा के पड़ जा उस जेबी की जेब में।

लाजो : उससे तो तू दूर ही रह। बबली कह रही थी, बहुत बदनाम लड़का है।

सतबीर : दिल का तो अच्छा इंसान है। माताजी, वो बेईमान कारिंदों से बड़ा परेशान था। कहता था, मेरे को तो तेरे-जैसे ईमानदार लोगों की जरूरत है।

रोशन : हाँ जी। जो खिदमतगार भी बेईमान हुए तो अगलों ने कारोबार में हिस्सेदार बन जाना है। उन्हें तो चाहिए ही तेरे-जैसे बुद्धू!

अपने लिए 'बुद्धू' शब्द सुनकर सतबीर रोशन से उलझ जाता है। लाजो उन्हें अलग करती है—सयाने हो गए मगर बचपना खत्म नहीं होना तुम्हारा। साथ रहे बगैर चैन नहीं, और साथ होते ही लड़ाई शुरू।

रोशन : फ्रेंडली लड़ाई माताजी, फ्रेंडली।

सतबीर : (दाँत पीसकर) फ्रेंडली। जो मेरे को गुस्सा चढ़ गया तो निकाल देनी है तेरी सारी फ्रेंडशिप।

रोशन : चल फ्रेंड, इसी खुशी में तेरे जेबी को ढूँढ़ें।

रोशन धूल झाड़ता हुआ उठ खड़ा होता है और बाहर जाने लगता है। सतबीर पीछे आता है। छोलदारी से बाहर सतबीर पूछता है—जेबी इस समय मिलेगा कहाँ?

रोशन : जहाँ उसके जैसे बिगड़े रईसजादे साँझ ढले पाए जाते हैं—किसी कोठे में या किसी क्लब में।

क्लब। भीतर से शोर-शराबे और गाने की आवाज आ रही है। रोशन रिसैप्शनिस्ट से कुछ बात कर रहा है, बगल में सतबीर अनमना-सा खड़ा है। रिसैप्शनिस्ट इन दोनों को लेकर दरवाजा खोल भीतर जाता है, जहाँ जयभूषण को दो चमचों ने कंधों पे बिठा रहा है। चार-पाँच दोस्त नीचे खड़े हैं। सब पी रहे हैं। जयभूषण के हाथ में बियर का मग है। चमचे 'हैपी बर्थ डे टू यू...' गा रहे हैं। रिसैप्शनिस्ट जयभूषण, उर्फ जेबी के पास जाकर कहता है—जेबी साहब, आपके मेहमान...!

जयभूषण : रंग में भंग क्यों करते हो जी? मेरे सारे मेहमान आ चुके हैं।

रिसैप्शनिस्ट रोशन की ओर देखता है—मगर ये साहब तो...।

रोशन मुस्कराता है—हेलो जेबी! मे यू लिव लांग बर्थ डे बॉय!

जयभूषण चमचों के कंधे से नीचे उतरता है—अगर मेरी याददाश्त धोखा नहीं दे रही तो आपका थोबड़ा मैंने पहले कभी नहीं देखा।

रोशन : आपकी याददाश्त पूरी तरह भरोसेमंद है। आपकी वाकफियत मेरे

से नहीं, मेरे भाई सतबीर से है।

जयभूषण सतबीर की ओर देखता है और पहचान नहीं पाता—सतबीर?

सतबीर : जी, आपने मेरे से कहा था ना मिलने को।

जयभूषण अब भी नहीं पहचान पाता—यहाँ क्लब में?

रोशन : जिंदादिल जेबी से मिलने वाली असली जगह तो क्लब ही हुई।

जयभूषण : किस सिलसिले में बुलाया था?

रोशन : उसे छोड़ो। इस समय तो यही कि हैपी बर्थ डे टू यू, हैपी बर्थ डे टू यू, हैपी बर्थ डे डियर जेबी। हैपी बर्थ डे टू यू।

और लोग भी गाते हैं। तालियाँ बजती हैं।

जयभूषण रोशन से पूछता है—आप क्या लेना चाहेंगे?

रोशन : आपका बैंक बैलेंस!

सुनकर जयभूषण हँसता है—उस पर तो मेरे पापा मुझे ही हाथ नहीं लगाने देते।

रोशन : तो फिलहाल जिन और टॉनिक।

जयभूषण मिनी बॉर के एक आदमी को आदेश देता है—जिन एंड टॉनिक फॉर द जैंटलमैन।

—तू शराब पीता है? ...सतबीर गुस्सा कर रोशन से पूछता है।

रोशन : नहीं, गिलास हाथ में लेके खड़ा रहता हूँ और बीच-बीच में सूँघता रहता हूँ।

सतबीर : बेशर्म! क्या मुँह लेके जाएगा माताजी के सामने?

रोशन : मैंने जिन मँगायी ही इस करके है कि इसे पीके मुँह से बदबू नहीं आती है।

सतबीर जाने लगता है—मैं तो जा रहा हूँ यहाँ से।

रोशन उसका हाथ पकड़ता है—कमाल करता है। कितनी मुश्किलों से तो जेबी मिला। उससे नौकरी की बात नहीं करनी?

जयभूषण जिन और टॉनिक ला के देता है—हियर यू आर। ...फिर वह सतबीर की ओर देखता है—और मेरे खोए-खोए खामोश दोस्त, तुम क्या लोगे?

सतबीर : शुद्ध जल।

जयभूषण : यू मीन शुद्ध जल विद शुद्ध विस्की?

सतबीर : जी, मैं तो शराब छूता तक नहीं।

जयभूषण : छूने को नहीं, पीने को पूछ रहा हूँ दोस्त!

सतबीर : मैं पीता नहीं हूँ।

जयभूषण : वंडरफुल! कोई तो ऐसा होना चाहिए जो मेरी कंपनी में भी सोबर रहे और रात को मुझे घर छोड़ आए...ये जलजला आया कि कदम लड़खड़ाया।

...जयभूषण लड़खड़ाता है। सतबीर उसे सम्हालता है और काउच पर बिठा देता है।

सतबीर : कभी नशा किया होता तो बताता जयभूषण जी!

जयभूषण : जयभूषण किस गदहे का नाम है? दोस्त मुझे जेबी कहते हैं। अमाँ खड़े क्यों हो? बैठो। हम लोग पिछली बार कहाँ मिले थे प्रिंस?

सतबीर : मैं प्रिंस नहीं, सतबीर...

जयभूषण : मुझे मालूम है, तुम सतबीर कहलाना पसंद करते हो। मगर, अ प्रिंस इज अ प्रिंस। सुनो, याद आया। हम मिले थे शिमला की डैवी कोज रैस्टोरेंट में।

सतबीर : नहीं जी, हम मिले थे...।

जयभूषण : भरतपुर में। उन दिनों वायसराय साहब डक शूट के लिए आए हुए थे।

सतबीर : नहीं जी, हम मिले...।

जयभूषण : वेट अ मिनट, वेट अ मिनट, एक बार तो और गैस करने दो। अब याद आया, तुम वो हो जो कूचबिहार वालों के साथ गोपालपुर ऑन-सी आए थे।

सतबीर : जी नहीं।

जयभूषण : पहाड़ पे नहीं, समन्दर के किनारे नहीं, शिकारगाह में नहीं, तो ...विलायत में तो नहीं मिले?

सतबीर : जी, आप मेरे से यहीं मिले।

—यहाँ क्लब में? अच्छा तुम वो हो। तुम्हें तो उस दिन की हार के सवा सौ रुपए भी देने थे। ...कहकर जयभूषण अपनी जेब से पैसे निकालने लगता है।

सतबीर : आप मेरे से पुराना किला रैफ्यूजी कैंप में मिले थे।

जयभूषण : मेरे को तो पापा ने जबरदस्ती भेज दिया था। मगर तुम वहाँ क्या कर रहे थे प्रिंस!

सतबीर : जी, मैं वहाँ रहता हूँ।

जयभूषण : रैफ्यूजी कैंप में रहते हो और शहर के सबसे बड़े बेटे से दोस्ती का दम भरते हो?

सतबीर : मैंने ये कब कहा कि मैं आपका दोस्त हूँ।

जयभूषण : दोस्त नहीं और मेरी पार्टी में आ गए?

सतबीर : आप जब हमारे कैंप में चादरें बाँटने आए थे तब आपने मेरे से कहा था कि नौकरी करनी हो तो मेरे पास आ जाना।

जयभूषण गौर से उसे देखता है—अच्छा, अच्छा, वो ईमानदार लड़का? ईमानदार और बुद्धू ! नौकरी दफ्तर में होती है कि क्लब में?

सतबीर : आपके दफ्तर में ज्यादातर यही सुनने को मिला कि आप क्लब

में हैं। तो मैंने सोचा, शायद क्लब में ही आपका दफ्तर हो।

जयभूषण पहले इस तरह देखता है कि डाँट देगा फिर खिलखिला के हँसता है और उसके कंधे पर हाथ मारता है—वाट डिड यू से योर ड्रिंक वाज प्रिंस ऑफ ओल्ड फोर्ट?

रोशन : शुद्ध जल।

जयभूषण : गोपालजी, शुद्ध जल फार द जैंटलमैन।

रोशन : मैं लाया जी!

सतबीर : तू घर जा, माताजी फिकर करेंगे।

रोशन : दो छोटे-छोटे लगाऊँ, फिर जाऊँ।

उस रात नशे में धुत्त जेबी को लेकर सतबीर उसके घर छोड़ने आता है। यहाँ जेबी की मँगेतर मंगला अपनी माँ के साथ जेबी का इंतजार कर रही है। साथ में वृषभान तथा सुभद्रा भी जगे हुए हैं। ड्राइंगरूम में पहुँचकर जेबी बैठ जाता है और सतबीर से कहता है—तुम यहाँ क्या कर रहे हो प्रिंस? ....वो, सुना नहीं—मतलबी यार किसके, खाए-पीए खिसके?

सतबीर : आपने जो चीजें नशे में गिरायीं और बाँटीं वो जरा सम्हलवा दूँ। ये आपकी घड़ी, ये कलम, ये लाइटर और ये है बटुआ। इसमें दो सौ बत्तीस रुपए दस आने हैं। गिन लो। और ये दस रुपए का नोट है जो आपने मेरे को इनाम दिया।

सुभद्रा : इसे तो तुम्हीं रख लो बेटे। मिठाई खाना। आज इसका जन्मदिन है।

सतबीर : नहीं माताजी, मैं नौकरी के लिए आया था, बक्शीश के लिए नहीं। अच्छा नमस्ते।

मंगला : इन्हें कुछ खिलाया-पिलाया कि नहीं?

जयभूषण : इस प्रिंस ने वो पिया, शुद्ध जल और सिर्फ गम खाया।

सुभद्रा : खाना खा के जाओ बेटा, क्या नाम है तुम्हारा?

जयभूषण : ये हैं प्रिंस सत्यवीर सिंह। दिल्ली में है कोई ऐसा रईस, जिसके यहाँ प्रिंस नौकरी के लिए आते हों?

सुभद्रा : इसकी बात का बुरा मत मानना प्रिंस!

सतबीर : मजाक का क्या बुरा मानना। माताजी, मैं एक रैफ्यूजी हूँ। नौकरी के लिए आया था इनके पास।

जयभूषण : अम्माँ, ये वोई है जिसके बारे में मैंने कैंप से लौट के कही थी तुझसे कि बड़ा वो है—ईमानदार। मैं इसे कल से कंपनी में बहाल कर रहा हूँ।

सुभद्रा : जरूर करियो बेटा, मगर पापा को बताकर।

जयभूषण : तो अभी बता देते हैं।

सुभद्रा आकर रोकती है–पापा इस समय रेस्ट कर रहे हैं। उनकी तबीयत ठीक नहीं है। कल बता देना।

जयभूषण : ठीक है, कल बता देंगे। कल आ जाना प्रिंस। अपने आप आ जाओगे कि गाड़ी भेजूँ?

मंगला : इन्हें खाना खिलाकर तो भेजो।

जयभूषण : मैंने भी नहीं खाया। मुझे खिलाओ, मेरे प्रिंस को खिलाओ।

सतबीर : जी, माफी चाहता हूँ। मेरे माताजी इंतजार कर रहे होंगे। नमस्ते!

छोलदारी के बाहर रोशन सिर झुकाए हुए बैठा है। छोलदारी से लाजो बाहर आती है–नहीं आया सत? जा ढूँढ़ उसे। कहीं पड़ा होना है नाली में। वो तो ऐसा नहीं था? तू बिगाड़ रहा है उसे अपनी सोहब्बत में।

रोशन : माताजी, कितनी बार कहूँ कि हमने नशा नहीं किया।

लाजो : मास्टरजी क्या चले गए, तुम लड़कों ने तो मनमानी शुरू कर दी। बड़ा भाई शिमले चला गया तो वो आने का नाम ही नहीं ले रहा। तू है कि करोड़ों के ख्वाब ही देखता रहता है। मैंने इतना कहा था, इन पैसे वालों से परे रह।

रोशन : माताजी, हम कौन उसकी दावत खाने के लिए गए थे? नौकरी के लिए गए थे। नौकरी मिल भी गई। मेरे को उसने क्लब में दिला दी है पार्ट टाइम। सत को अपने साथ रख रहा है। सेक्रेटरी लग गया है तो मालिक को पार्टी के बाद घर पहुँचा के ही आएगा।

तभी सतबीर पहुँच जाता है–माताजी, मैं माफी चाहता हूँ।

लाजो : मैंने नहीं कहा माफी माँगने को। सयाने हो गए हो। करो जो मर्जी आए।

सतबीर : आपको बता ही दिया होना है रोशन ने। मैं जे.बी. के साथ था।

लाजो : मेरी तरफ से नाले में पड़ा रह।

सतबीर : माताजी, आपकी सौगंध है जो मैंने शराब पी हो। मैंने तो उनका पानी भी इस डर से आधा घूँट पीया कि कुछ मिला ना हो उसमें।

लाजो : क्लब में गए ही क्यों थे?

सतबीर : जे.बी. क्लब में ही मिला तो हम क्या करते?

लाजो : तुम उससे दूर रहो, और क्या करो। कोई जरूरत नहीं है इन पैसेवालों की सोहब्बत करने की, सुना?

रोशन : माताजी, हम पैसे वालों से परहेज करेंगे तो पिताजी की तरह जिंदगी-भर

पापड़ बेलने पड़ेंगे।

लाजो : खबरदार, जो नशा की हुई जुबान से उनका नाम लिया।

सतबीर : माताजी, अगर आप नहीं चाहते तो मैंने कल मना कर आना है इस नौकरी के वास्ते। वैसे सवा सौ रुपया माहवार कम नहीं होता। और वृषभान एंड संस-जैसी नामी कंपनी की नौकरी ना लेना तो बेवकूफी वाली बात कही जाएगी।

लाजो : अब वो तेरे को रख रहे हैं वृषभान एंड संस वाले?

सतबीर : हाँ माताजी!

लाजो : पता नहीं किस तरह का मजाक है यह भी!

वृषभान अपनी स्टडी में बैठा हुआ है। जयभूषण आता है। उसके पीछे-पीछे सतबीर है। सतबीर स्टडी से बाहर ही रुक जाता है। जयभूषण स्टडी में प्रवेश करते हुए पूछता है—पापा, मैं आपका एक मिनट ले सकता हूँ।

वृषभान : दो लो।

जयभूषण : आ जाओ सतबीर। पापा, ये हैं ईमानदार नौजवान सतबीर जिसके बारे में मैंने आपसे ब्रेकफास्ट पर बात की थी। इसे सवा सौ रुपए पर रख लिया है।

वृषभान पहले सतबीर को देखता है। सतबीर वृषभान को देखकर सकपकाता है और निगाह नीचे कर लेता है। वृषभान मुस्कराता है—जयभूषण, तुम्हारे चुनाव की वाकई दाद देनी पड़ती है।

जयभूषण : थैंक्यू पापा!

वृषभान : थैंक्यू बाद में करना, फर्स्ट थ्रो दिस चीट आउट। क्यों भई, ठग-विद्या में पूरे पारंगत हो? पहले हमें ठगा, फिर हमारे बेटे को?

सतबीर : मैंने आपको कभी नहीं ठगा। मेरे शरारती भाई ने आपसे झूठ बोला। अगर आपको उन सवा दो रुपयों का इतना मलाल है तो मैं आपको लौटा दूँगा।

वृषभान : चोरी, ऊपर से सीनाजोरी? जय, सॉरी। ये आदमी हमारे यहाँ नहीं रखा जाएगा।

जयभूषण : पापा, आपको तो मेरा लाया हर आदमी चोर-उचक्का नजर आता है।

वृषभान : जो शख्स अपनी माँ तक के बारे में झूठ बोल सकता हो उस पर भरोसा करने की मैं कोई जरूरत नहीं समझता।

जयभूषण : आप सिर्फ ये जरूरी समझते हो पापा कि जय को हर बात में गलत साबित कर हर जगह नीचा दिखाओ।

सुभद्रा दवा और पानी लेकर आती है—इत्ता तेज होकर कैसे बोल रहा है? तेरे पापा बिचारे ब्लड प्रेशर के मरीज हैं।

जयभूषण : अम्माँ मैं क्या करूँ। पापा बात ही ऐसी कर देते हैं। आपने खुद कल रात देखा कि लड़का सतबीर कितना ईमानदार है। ये चोर बता रहे हैं।

सुभद्रा : नहीं, इस गरीब ने तो वो चीजें तक लौटा दीं जो जय ने इनाम में दी थीं।

वृषभान : उसमें भी कुछ नाटकबाजी रही होगी।

सतबीर : थैंक्स जे.बी., मेरे को इजाजत दो।

जयभूषण : ऐसा कैसे हो सकता है?

सुभद्रा दवा और पानी वृषभान को देती है और कहती है—इसे मेरे कहने पर जय के साथ रख लो। ये इसके लिए अच्छा साबित होगा।

वृषभान : ठीक है, जैसा तुम माँ-बेटा चाहो।

लाजो अपनी छोलदारी में पत्थर के चूल्हे पर दाल चढ़ाए बैठी है। तभी रोशन आता है। उसके पीछे सतबीर। सतबीर लाजो से रोशन की शिकायत करता है—जब देखो मेरे को खोता कहता रहता है।

रोशन : खोता है तो घोड़ा कैसे कहें?

लाजो : पुत्तर, तुम हमेशा लड़ते हुए ही क्यों कदम रखते हो घर में? और सतबीर, इसका तो क्लब में शाम का ही काम है, तू क्यों आया देर से?

सतबीर : मेरे को जे.बी. के साथ क्लब जाना पड़ गया।

लाजो : रोज-रोज क्लब। तेरे लिए इस जे.बी. की सोहब्बत अच्छी नहीं है। सुना?

रोशन : माताजी, आप तो हद करते हो। मालिक की सोहब्बत मिलना तो खुशकिस्मती की बात होती है। जे.बी. बहुत खुश है इससे। आज उसने इसे अपनी घड़ी पहना दी। इस खोते ने ना तो खुद ली, ना तो मेरे को लेने दी।

सतबीर : नशे में दी हुई चीज क्यों रख लेता?

रोशन : वो तेरे को नशे में नजर आ रहा था?

सतबीर : इतनी बड़ी बोतल पी छोड़ी अगले ने, फिर भी नशे में नहीं था तेरे लिए?

रोशन : अरे खोते, बियर की थी वो बोतल।

सतबीर उससे उलझ पड़ता है—फिर खोता कहा। तेरी वजह से ही जे.बी. के पिताजी मेरे से खफा हैं।

लाजो : लाला वृषभान तेरे से खफा हैं, क्यों?

सतबीर : माताजी, जिस बंदे से इसने आपके बारे में झूठ बोलकर कंघे बिकवाए वो आप लाला वृषभान निकला।

लाजो : अरे!

सतबीर : जे.बी. ने जिद की वरना लाला वृषभान तो मेरे को ले ही नहीं रहा था नौकरी में।

रोशन : तेरे लिए ये तो खुशकिस्मती की बात है कि लाला और बेटे में बिल्कुल ही नहीं बनती। लाला को खफा करेगा, बेटा खुश होगा। आने वाला जमाना बेटे का है।

लाजो : रोशन पुत्तर, बस एक सतबीर ही तो अपने पिताजी के बताए हुए उसूलों पर चल रहा है। इसे गुमराह मत कर।

रोशन : गुमराह नहीं जी, बस आगाह करता हूँ कि ये इंसानों की दुनिया है, फरिश्तों की नहीं। ये कहीं सचमुच फरिश्ता ही तो नहीं माताजी? बचपन में सुना था कि इसे कोई परी दे गई थी!

सतबीर : ये परीवाली बात क्या है माताजी? लोग कुछ-न-कुछ कहते ही रहते हैं।

लाजो : लोगों का क्या, जो जी में आए कह देते हैं।

सतबीर : कल ही भरजाईजी के माताजी कह रहे थे कि तू रोशन से फर्क तरह का इस करके है कि तू असल में उसका भाई नहीं।

लाजो : समधनजी भी पता नहीं क्यों मेरे से इतनी दुश्मनी करते हैं। एक पुत्तर को तो मेरे से कर ही दिया अलग।

सतबीर : लेकिन माताजी, क्या ये सब सच है...क्या मैं आपका पुत्तर...?

लाजो उसका मुँह अपनी हथेली से बंद कर देती है—ना पुत्तर, ना!

फिर वह सतबीर को गले लगाती है—तू तो मेरे वास्ते पुत्तर से भी बढ़कर है।

सतबीर : पुत्तर से भी बढ़कर? इसका मतलब हुआ पुत्तर नहीं?

लाजो थोड़ा धर्मसंकट में पड़ती है मगर मुस्करा के छिपा जाती है—जो तूने इस तरह की बातें करनी हैं तो मैंने भी तेरे को वही कहना है जो रोशन कह रहा था।

तभी मोहिनी आ जाती है। लाजो, रोशन तथा सतबीर के साथ मोहिनी अनाप-शनाप बात करती है। रोशन तथा सतबीर बीच-बीच में भड़कते हैं, मगर लाजो उन्हें शांत करती है। इन सबों को नीचा दिखाने के लिए मोहिनी सतबीर को कुछ अपशब्द बोल जाती है। कहती है—ये मेरे को हरामखोर कह लें तो कुछ नहीं, मैं

एक सच बात कह दूँ कि सतबीर इसका अपना पुत्तर नहीं है तो ये माँ-बेटे मेरे को मारने लग पड़े।

लाजो : सतबीर के बारे में एक लफ्ज भी कहा तो मैंने आपका सामान बाहर फिंकवा देना है।

मोहिनी सराहबा करने लगती है। तंबू के बाहर अगल-बगल वालों की भीड़ इकट्ठी हो आई है।

लोगों में इस कांड को लेकर बातचीत चल रही है कि लाजो का एक बेटा अपना नहीं है। सतबीर सहसा क्रुद्ध होता है। तंबू से बाहर झाँककर इकट्ठी भीड़ को डाँटता है—खामोश!

कुलभूषण, सुलोचना और उसके दोनों बच्चे शिमला से चलकर दिल्ली रिफ्यूजी कैंप में ढूँढ़ते हुए पहुँच जाते हैं। आपस में मिलकर सबों की खुशी का ठिकाना नहीं। भूषण को पता चलता है कि लाजो दूसरे घरों में चौका-बर्तन का काम कर रही है, मगर वह पत्नी सुलोचना तथा सास मोहिनी के दबाव में आकर लाजो, रोशन तथा सतबीर से अलग रहने का मन-ही-मन इरादा बना लेता है। इत्तफाक की बात की भूषण को नौकरी मिल जाती है और वह अलग मकान की तलाश कर रहा है। एक सुबह रोशन, भूषण तथा सतबीर को लाजो नाश्ता करा रही है। निक्का-कुक्की अपनी नानी के पास बैठे खेल रहे हैं। सुलोचना मोहिनी की गोद में सर रखकर लेटी है और कराह रही है।

लाजो : भूषण, एक फुल्का और ले ले पुत्तर!

कुलभूषण : नहीं माताजी! मेरा दफ्तर दूर है। देरी हो जानी है।

लाजो : काम पर तो मेरे को भी जाना है।

सतबीर : कल हम तीनों भाइयों ने आपसे मिलकर कहा और फिर भी आप काम के वास्ते मना करके नहीं आईं?

लाजो : जब तक मास्टरजी आके जिम्मेदारी सम्हाल नहीं लेते तब तक मैंने तुम्हारी रोटी-दाल के लिए नौकरी जरूर करनी है पुत्तर!

कुलभूषण : माताजी, आपके तीन पुत्तर नौकरी पर हैं और आप दूसरों के घर जाकर जूठे बर्तन माँजो, ये तो कोई चंगी बात नहीं है।

लाजो : रब ने चाहा तो बर्तन माँजने से जल्दी ही छुटकारा मिल जाना है मेरे को। रिलीफ कमेटी वाली बिमला देवी को पता नहीं किधर से पता चल गया कि मैं मास्टर हवेलीराम की घरवाली हूँ। वो कहने लगी—माताजी, मैं बड़ी शर्मिंदा हूँ आपको बर्तन माँजने का काम दिलाया। मैं अगले ही हफ्ते आपको दफ्तर में कहीं

लगा दूँगी। इतना रुतबा है तेरे पिताजी का!

कैंप-कमांडर की छोलदारी के बाहर लाजो अपने में मग्न चल रही है। कुछ सोचते हुए मुस्करा रही है। पीछे से 'माताजी, माताजी' की आवाज आ रही है, लेकिन वो सुन नहीं रही। आवाज जब बिल्कुल पास आ जाती है तो लाजो पलटती है। सतबीर उसे पुकार रहा है—माताजी, हम इतनी देर से पुकार रहे हैं, आप रुकते ही नहीं।

रोशन सीटी में 'यहाँ बदला बेवफाई के सिवा क्या है' की धुन निकाल रहा है। लाजो मुस्कराती हुई रुकती है।

रोशन : बहुत खुश नजर आ रही हो। क्या हुआ? भरजाईजी ने तेल मल दिया सिर में?

लाजो : तेरी भरजाई तो मकान ढूँढ़ लायी। बस, अब हम वहाँ जा रहे हैं। दूसरी खुशी की बात ये कि बिमला देवी ने मेरे को यहीं बच्चों को पढ़ाने का काम दे दिया है।

ये लोग छोलदारी में पहुँचते हैं। वहाँ हैरान-परेशान होती हुई सुलोचना भूषण की मदद से अपना सामान पैक कर रही है। मोहिनी बच्चों को खिला रही है। कुलभूषण बैठा हुआ है। लाजो पूछती है—क्या हुआ पुत्तर?

कुलभूषण : माताजी...माताजी!

रोशन : प्राजी जुमला पूरा करते हुए शरमा रहे हैं। मैं कर दूँ? माताजी, प्राजी ये कहना चाहते हैं कि मैं, मेरी बीवी, मेरे बच्चे और मेरी प्यारी सासूजी अलग रहने जाना चाहते हैं।

लाजो : जरूर जा पुत्तर! जिस वजह से लाहौर में तेरे को अलग गिरस्ती बसाने दी, उसी वजह से यहाँ भी बसाने देती हूँ।

रोशन : आप लानत भेजो इनके एक बेडरूम वाले घर को। मैंने आपके वास्ते इसी दिल्ली में इनके एक बेडरूम वाले घर के सामने महल बना देना है।

छोलदारी में लाजो अकेली है। वह कभी उस स्वेटर को देखती है जो हवेलीराम के लिए बुन रही है। कभी उस तस्वीर को, जिसमें वह हवेलीराम और वीराँवाली के साथ खड़ी है। रोशन एक बाल्टी पानी लेकर आता है। वो गुनगुना रहा है—"क्या मिल गया भगवान तुझे दिल को दुखा के। अरमानों की नगरी में मेरी आग लगा के!" फिर लाजो से पूछता है—माताजी, आजकल आप बहुत सोचने लग पड़े हो।

लाजो चौंकती है—उनके चले जाने से खाली-खाली लगता है सब।

रोशन : जी किसके?

लाजो बात बदल देती है—भूषण वगैरह के।

रोशन : वो पहले भी हमारे साथ कब रहते थे जो उनके जाने का आप अफसोस करो? भूषण प्राजी ही सबकुछ हैं? उनके जाने का इतना अफसोस है कि हमारे साथ होने की कोई खुशी नहीं?

लाजो : बीबीरानी और बच्चे भी चले गए।

रोशन : बीबीरानी हमने तेरे को करोड़पति ला देनी है।

लाजो : हमेशा करोड़पति की बेटी की ही बात करता रहता है। तेरे को शर्म नहीं आती?

रोशन : शर्म तो गरीबी में आती है।

लाजो : आज इंटरव्यू में तू पक्की नौकरी के लिए चुन लिया जाय तो मैंने तेरी शादी बबली से तय कर देनी है।

रोशन : माताजी, आप इस तरह के मजाक मत किया करो मेरे से। उस कंगली से शादी करूँगा मैं? न देखने के मतलब की, न सुनने के। उसे शादी करने से तो बेहतर है कि अपनी छह पीढ़ियाँ कुँवारी रख लूँ।

लाजो : ये क्या तरीका है किसी लड़की के बारे में बात करने का? इस तरह बोला जाता है।

रोशन सकपकाता है और झेंप मिटाने के लिए बाहर जाने लगता है—ये सतबीर भी पता नहीं कब आएगा?

तभी बाहर से सतबीर की आवाज आती है—रोशन!

रोशन आवाज सुनकर बाहर निकलता है—क्या बात है?

सतबीर : क्या बात है के बच्चे, तेरे को क्या मिल गया बबलीजी का दिल दुखा के? वो इधर आ रहे थे, उन्होंने सारी बात सुन ली। रोते हुए गए।

रोशन : तू जा के मना ले।

सतबीर : बेशर्म! उसमें क्या खराबी है, बोल?

रोशन : तेरे को पसंद है, तू कर ले शादी। माताजी ने तो उसको इंसानियत पर यकीन करना सिखाया, तू तो उसे इंसानियत से प्यार करना सिखाने लग पड़ा है।

सतबीर रोशन से जूझ पड़ता है—बेहया, सबको अपनी तरह का समझता है।

रोशन : तेरे को जवाँ मर्द समझता हूँ तो क्या गलत करता हूँ? मेरे कपड़ों की करीज मत खराब कर। मेरे को इंटरव्यू देना है।

लाजो छोलदारी से झाँकती है—नाश्ता नहीं करना?

रोशन : अभी तो नाश्ता ही करना है। होटल में नौकरी लग जाए, फिर वो करने हैं—ब्रेकफास्ट!

रोशन सतबीर के कंधे पे हाथ रख के उसे छोलदारी की ओर ले जाता है।

क्लब का बॉर। जयभूषण बीयर पी रहा है। सतबीर पानी के गिलास से खेल रहा है—जे.बी. जी, अब मैं इजाजत चाहूँगा।

जयभूषण : जे फार जय, बी फार भूषण, मगर जी किसलिए?

सतबीर : आदर के लिए।

जयभूषण : मैं तुम्हें अपने फादर की ऐज का दिखाई देता हूँ जो आदर देते हो? सारे दोस्त मुझे जे.बी. कहते हैं। तुम भी कहा करो।

सतबीर : मैं तो आपका मुलाजिम हूँ।

जयभूषण : क्या ये लाजिम है कि तुम दफ्तर के बाहर भी मुलाजिम बने रहो प्रिंस? दफ्तर के बाहर जब मैं तुम्हें प्रिंस कहकर पुकारता हूँ तब तुम मुझे जे.बी. क्यों नहीं कह सकते?

सतबीर : कोशिश करूँगा।

जयभूषण : फौरन करो। कहो, जे.बी.।

सतबीर : जे.बी., मेरे को यहाँ मत रोको। माताजी को फिकर हो जाती है।

जयभूषण : इतने लंबे-चौड़े बालक की फिकर?

फिर जे.बी. जाते हुए रोशन को बुलाता है—बैरा, हमारे लिए भी वही और साहब के लिए भी वही।

रोशन : आपके लिए बीयर, साहब के लिए पानी।

सतबीर : मैं चलूँ? वो क्या है जी कि मेरे पिताजी की कोई खबर न मिलने से माताजी बहुत ही ज्यादा परेशान रहने लग पड़े हैं।

जयभूषण : मेरी अम्मा भी रहतीं थीं।

सतबीर : मैंने आपको बताया था ना, मेरे पिताजी लापता हैं।

जयभूषण : मेरे पापा तो शुरू से लापता हैं। तुम्हारे तो ढूँढ़ने पर भी मिल जाएँ, मगर मेरे...।

सतबीर : जी, ये आप क्या कह रहे हैं?

जयभूषण : सही कह रहे हैं। पापा ने मुझे सबकुछ दिया, बस अपना वक्त नहीं दिया, अपनी मोहब्बत नहीं दी।

सतबीर : लाला वृषभान तो हमेशा घर में रहते हैं।

जयभूषण : दूरी तो पास रहते हुए भी बनायी रखी जा सकती है। घर में

तो वो इधर कुछ समय से रहने लगे हैं मजबूरी में। बीमारियों ने उन्हें इस लायक नहीं छोड़ा कि टूर पर जा सकें। वरना तो महीने में बीस दिन दिल्ली से बाहर ही रहते थे। पता नहीं क्या सच है, क्या झूठ, लोग कहते हैं कि वो मेरी माताजी से शादी करना ही नहीं चाहते थे।

सतबीर : गुस्ताखी माफ, इस तरह की घरेलू बातें बाहरवालों के सामने नहीं की जानी चाहिए।

जयभूषण : मैं तुम्हें बाहरवाला नहीं मानता प्रिंस! तुम न मेरे कुछ लगते हो, न तुममें-मुझमें कुछ कॉमन है, फिर भी पता नहीं क्या है जो मुझे तुमसे जोड़ता है।

सतबीर : शुक्रिया!

जयभूषण : शुक्रिया तुम्हारा!

सतबीर : जी, किस बात का?

जे.बी. सतबीर के हाथ पर हाथ रखता है—कि तुममें कुछ है, मैं तुमसे घरेलू बात कर सकता हूँ। वरना तो मेरी बातचीत के दो ही टॉपिक रहते हैं—गेम ऑफ क्रिकेट एंड द गेम ऑफ लव। वैसे प्रिंस, तुम्हारा भाई भी गेम ऑफ लव का अच्छा खिलाड़ी मालूम होता है।

रोशन एक ऐसी लड़की से बात कर रहा है जो उस जमाने की हीराइनों जैसा फैशन किए हुए है—फिल्म का ऐसा है जी, मेरे को बहुत ऑफर थे, मगर मैंने डिक्लाइन कर दिया। मेरे को चाहिए चेलेंजिग रोल। अब आप ही बताओ मिस प्रसाद, कि पेड़ के चारों ओर हीरोइन के पीछे भागने में कोई चेलेंज है?

लड़की : ये तो हीरोइन पर मुनस्सर करता है रोशन साहब!

सुनकर रोशन बहुत अदा से मुस्कराता है—मेरा आप से पूरा इत्तेफाक है। और मेरे को ये कहने की इजाजत दें कि आप-जैसी एक भी हीरोइन होती ना पंचोली वालों के पास, तो मैंने पेड़ के चक्कर भी काट लेने थे।

सुनकर लड़की मुस्कराने लगती है।

सतबीर बहुत ही डिसअप्रूविंग चेहरा बना रहा है—रोशन को तो हमेशा किसी करोड़पति की बेटी की तलाश रहती है।

जयभूषण : तब तो वो धोखा खा रहा है। ये सही है कि बजरंगी प्रसाद करोड़पति हैं और ये भी सही है कि इस लड़की को वो पब्लिक में बेटी-बेटी कहकर पुकारते हैं, लेकिन न तो ये उनकी बेटी है और न इसे उनकी जायदाद में से कुछ मिलना

है। हाँ, अब जिससे रोशन टकराया है वो जरूर किसी करोड़पति की इकलौती बेटी है।

रोशन इनकी टेबल की ओर आते हुए निवेदिता के सवाल का जवाब देने के लिए रुक गया है—बात ये है जी कि मैं यहाँ नया हूँ। आपके फॉदर को पहचानता नहीं हूँ

निवेदिता सुनकर परेशान होती है—वो अक्सर यहाँ बॉर में ही आते हैं। आएँ तो बोलना, आपकी बेटी निवेदिता आपको ढूँढ़ रही थी।

रोशन : मैंने अर्ज किया ना कि मैं नहीं पहचानता।

जयभूषण मुस्करा रहा है—करोड़पति की बेटी ढूँढ़ते फिरते हो, जब वो सामने आती है तो बहुत ही शायस्ता ढंग से उसे धक्किया देते हो।

रोशन : मगर वो करोड़पति दिख ही नहीं रही थी।

जयभूषण : जो सचमुच करोड़पति हो उसके लिए करोड़पति दिखने की कोशिश करना जरूरी नहीं रह जाता। ये निवेदिता थी। सपन सेनगुप्ता की इकलौती बेटी। सपन सेनगुप्ता बहुत-सी जायदाद फूँक चुका है, लेकिन एक करोड़ की असामी तो अब भी होगा। पहली बीवी और इकलौता लड़का कार एक्सीडेंट में मर गए। दूसरी बीवी, जिससे ये लड़की है इसे छोड़ के चली गई। अगर ये ठीक से अपना बिजनेस देखे तो इसके सामने कोई टिक नहीं सकता।

—बिजनेस तो अब मैंने देखनी है!...रोशन कहता है।

जयभूषण : इस तरह ज्यादा चपड़-चपड़ बोले तो ना सेनगुप्ता ने आसपास फटकने देना है ना उसकी बेटी ने। बहुत संस्कारी लोग हैं।

रोशन : मैंने उनके सामने बिल्कुल चुप रहना है और मुँह खोलना भी है तो वही बोलनी है, रब तुम्हारा भला करें, रवींद्रनाथ टैगोर की शायरी।

जयभूषण : निवेदिता को तो सीरियस लोग पसंद हैं। ये प्रिंस कोशिश करे तो इसका चांस बन सकता है।

रोशन : मैंने सौ फीसदी सतबीर बन जाना है करोड़पति कन्या की खातिर।

बॉर में उस रात सेनगुप्ता इतनी व्हिस्की पी लेते हैं कि उन्हें टैक्सी में लादकर रोशन घर छोड़ने आता है। यहाँ निवेदिता उसे पहचान लेती है। निवेदिता यह भी देखती

है कि रोशन की कमीज की बाँह सेनगुप्ता साहब के उल्टी करने से भीग गई है। वह कहती है–अरे, आपकी कमीज तो...

रोशन : अभी घर जाके बदल लेनी है।

निवेदिता : बाबा की ओर से मैं माफी माँगती हूँ। उनका लीवर कमजोर हो चला है, लेकिन लोग उन्हें फिर भी पिला देते हैं। ...चलिए, कमीज बदल लीजिए।

रोशन : उसकी कोई जरूरत नहीं है निवेदिताजी!

निवेदिता : जरूरत कैसे नहीं है? चलिए! ...आपका नाम क्या है?

रोशन : जी रोशनलाल।

निवेदिता : तो रोशनलालजी, आप कमीज बदल लीजिए। बल्कि नहा लीजिए।

रोशन : आपके आदेश का पालन तो करना ही होगा निवेदिताजी!

सेनगुप्ता की कोठी का बढ़िया बाथरूम। रोशन अपने को पोंछ रहा है। पोंछने के बाद शर्ट पहन रहा है। शर्ट उसे फिट नहीं आती। वह अपने-आप से कहता है–मैंने कहा लाला रोशनलालजी, ये हुई ना बात। ये हुआ ना बाथरूम। आपको पसंद आ गया हो तो आपको दिलवा देने हैं इस बाथरूप समेत ये कोठी। बाथरूम समेत, बिटिया समेत। ले मजाकवाली बात किस तरह हो गई? अगले की कमीज तक तो उतरवा ली। हाँ, कमीज फिट नहीं है। चलो कोई बात नहीं, हम अपने को फिट कर लेने हैं।

वह बाथरूम खोल के बाहर आता है।

पोर्टिको में गाड़ी खड़ी है। निवेदिता रोशन को विदा कर रही है। पूछती है–आपको जाना कहाँ है रोशनलालजी?

रोशन : निवेदिताजी, मैं पुराना किला कैंप में रहता हूँ।

निवेदिता : आप...शरणार्थी हैं?

रोशन : मैं अपने को पुरुषार्थी समझना पसंद करता हूँ।

निवेदिता : क्लब में आपकी नौकरी पक्की है?

रोशन : जी नहीं, ये तो पार्ट टाइम काम है। दिन में मैं पैराशूट सिल्क बेचने का धंधा करता हूँ। अब इजाजत चाहूँगा। और मैं आपसे वादा करता हूँ कि आइंदा कभी सेनगुप्ता साहब हमारे क्लब में आएँ तो मैं उन्हें बिल्कुल नहीं पीने दूँगा।

निवेदिता : धन्यवाद। आप होटल में काम करना चाहेंगे?

रोशन : अवसर मिले तो क्यों नहीं।

निवेदिता : आप कल जब शर्ट लेने आएँगे तो मैं बाबा से आपकी बात करा दूँगी।

रोशन : धन्यवाद। और निवेदिताजी, मैं भीतर आपसे कह रहा था ना कि मेरे को लगता है कि मैंने आपको पहले कहीं देखा है। शायद टैगोर की किताबों में!

निवेदिता : आपने टैगोर खूब पढ़ा है?

रोशन : कभी पढ़ा था। अब तो सारा वक्त पेट पालने की कोशिशों में लगा रहता हूँ! अच्छा, नमस्ते।

छोलदारी में सतबीर बैठा हुआ अखबार पढ़ रहा है। लाजो बैठी स्वेटर बुन रही है। सतबीर से कहती है—तू खाना खा ले पुत्तर! रोशन तो पता नहीं कब आएगा।

सतबीर : इकट्ठे खा लेने हैं। तब तक मैं अखबार पढ़ के लौटा दूँ।

लाजो : क्या पढ़ना है अखबार में? देश के दो टुकड़े कर दिए गए, फिर भी एक-दूसरे के टुकड़े किए चले जा रहे हैं। लाशों से भरी गाड़ियाँ पहुँचती हैं इधर से उधर, उधर से इधर। तेरे पिताजी का भी कुछ पता नहीं चल रहा है। और तुम लड़के हो कि अपनी-अपनी धुन में...वक्त से घर भी नहीं लौटते। इससे तो मैं लाहौर ही रह जाती।

सतबीर : माताजी, मैं आप लाहौर रहने को तैयार था। आप ये कहके लाए कि पिताजी आप ही आ जाने हैं दिल्ली। अब आप उस यकीन पर कायम रहो।

लाजो : कायम तो हूँ, लेकिन ये अखबार...पढ़कर बन्द कर इसे।

सतबीर अखबार रख देता है और लाजो के पास आता है—माताजी, आप तो कहते हो कि पिताजी कभी अपने वादे से नहीं हटे। आने को कहा है तो जरूर आएँगे।

लाजो मुस्कराती है—जब मैं उनसे पढ़ती थी, एक बारी डिक्शनरी माँगी। कहने लगे, कल ला देंगे। अगले दिन खूब तेज बारिश हुई तो भी आए, बिल्कुल भीगे हुए। मैंने कहा, मास्टरजी आपको जुकाम हो जाना है। तब मोमजामे में लिपटी डिक्शनरी दी। कहने लगे, मैं कसरती आदमी हूँ, मेरे को क्या होना है? ये बढ़िया डिक्शनरी भीग जाती तो जरूर स्वर्ग सिधार जाती। कहके हँस दिए। दिन में एक बारी जरूर हँसते थे।...कहते हुए वह सकपका जाती है। फिर आँसू पीते हुए कहती है—दिन में एक बारी हँसते हैं। जहाँ भी होंगे जरूर हँसते होंगे।

सतबीर : हाँ माताजी, हाँ। आजकल आपको पुरानी बातें बहुत याद आने लग पड़ी हैं।

लाजो : जब उम्मीदें खत्म हो जाएँ तब यादें ही रह जाती हैं पुत्तर।

रोशन गाता हुआ आता है—"क्या मिल गया भगवान तुझे दिल को दुखा के, अरमानों की नगरी में मेरी आग लगा के!"

लाजो : बन्द कर ये मनहूस गाना।

रोशन : अजी गाकर फरियाद करी। रब ने फायर ब्रिगेड भिजवाई। बच गई मेरी अरमानों की नगरी। मिल गई करोड़पति की बेटी!

लाजो : मेरे को तेरी शेखचिल्लियोंवाली बातें बिल्कुल पसंद नहीं।

सतबीर का ध्यान रोशन की कमीज पर जाता है—ये कमीज कहाँ से ले आया? कबाड़ी बाजार से?

रोशन : करोड़पति सेनगुप्ता से लाया हूँ। आज उसने अपनी कमीज दी, कल अपनी कनीज देगा।

सतबीर : कनीज माने बेटी नहीं, दासी होता है।

रोशन : ओहो, तो अपना स्टाइल ही ऐसा है। दासी बना के रखना है। लाओ माताजी, डिनर कराओ। फिर जब सेनगुप्ता का होटल अपना हो जाना है, तब तो रसोइयों का बनाया हुआ ही खाना है।

लाजो खाना परोसती है लेकिन मुस्कराती नहीं। रोशन कहता है—माताजी, मैं इतनी बड़ी खुशखबरी लाया और आप मुँह बनाए बैठे हो? आपके सतबीर को एक भोला-भाला करोड़पति बच्चा मिल गया है और मेरे को भोली-भाली करोड़पति बच्ची मिल गई है। आपकी तो पाँचों अँगुलियाँ घी में हैं।

सतबीर डाँटता है—ओए, बन्द कर न बकवास! माताजी बहुत परेशान हैं। पिताजी की खबर नहीं लग रही। आज प्राजी आके कह गए कि यू. पी. में पुछवाया। वहाँ के कैंप में भी नहीं हैं।

रोशन : प्राजी तो...। माताजी, आप फिकर मत करो। मैं और सतबीर पूरी कोशिश करके पिताजी को ढूँढ़ लाने हैं।

सतबीर : माताजी, मैं जे. बी. से छुट्टी लेकर अगले हफ्ते पंजाब चला जाऊँगा और आप देखकर आऊँगा।

लाजो छोलदारी में बैठी स्वेटर बुन रही है। बुनते-बुनते रुक जाती है और उसकी आँखों में आँसू छलछला जाते हैं। उदास सतबीर छोलदारी के भीतर आता है—माताजी! क्या सोचने लग पड़े?

लाजो आँखें पोंछती है—कुछ नहीं।

सतबीर : आप रो रहे थे?

लाजो : नहीं तो।

सतबीर : हमने पिताजी को जरूर ढूँढ़ लाना है माताजी!

लाजो : मेरे को पता है। इसी करके तो अब ये स्वेटर जल्दी-जल्दी पूरा करने लग पड़ी हूँ।...छुट्टी मिल गई तेरे को?

सतबीर : जे. बी. ने तो दे दी, लेकिन लाला वृषभान ने कहलवा दिया है कि नए-नए मुलाजिम को इस तरह छुट्टी ना दी जाए। वो रोशन अभी आया नहीं करोड़पति की बेटी से मिलकर?

लाजो : ना।

सतबीर : इस रोशन के वास्ते करोड़पति की बेटी को ढूंढ़ना पिताजी को ढूँढ़ने से ज्यादा जरूरी है। ठीक है, मैं रातवाली गाड़ी से अंबाले निकल जाता हूँ। जे.बी. ने तो दे ही दी है छुट्टी।

लाजो : इस तरह नौकरी खतरे में मत डाल पुत्तर!

सतबीर : मेरे को तो बहुत गुस्सा आ रहा है रोशन बेवकूफ पर। कोई जरूरी था आज ही जाना सेनगुप्ता के यहाँ? कहता है, मेरे फ्यूचर का सवाल है। अरे तेरा फ्यूचर एकाध दिन टल नहीं सकता?

तभी रोशन आता है—और बद्दुआ मत दे बिरादर! रोशन का फ्यूचर तो रज के टल गया। फिर वह गाना शुरू करता है—मोहब्बत करके भी देखा...।

सतबीर : ओए चुप कर मोहब्बत के बच्चे!

रोशन : एक तो मैं वैसे ही बड़ा बेआबरू होकर करोड़पति के कूचे से निकला हूँ, उस पर तू पड़ी पै दो लात और मार रहा है।

लाजो : बेआबरू किस तरह?

रोशन : आप गया तो दरबान ने घुसने नहीं दिया, फोन किया तो सेक्रेटरी ने बात नहीं कराई। दरवाजे पे धरना दे के बैठ गया कि साहब की गाड़ी निकलेगी तो सलाम मारूँगा, मगर साहब की गाड़ी तो धक्का मारती निकल गई।

सतबीर : तेरे साथ इसी तरह होना चाहिए था।

रोशन : तेरी छुट्टी मंजूर हो गई?

सतबीर : तेरे से मतलब?

रोशन : मेरे को ये समझ में नहीं आता कि जब प्राजी अपने सरकारी रसूख से इधर-उधर पता कर ही रहे हैं तो अभी जा के क्या फायदा? कोई सुराग मिले, तो जाएँ।

सतबीर : तू जाकर सेनगुप्ता की ड्योढ़ी में बैठ जा, वहाँ मिलना है सुराग। माताजी, कोई बाद की तस्वीर हो पिताजी की तो दे दो।

लाजो उठती है और तस्वीर ढूँढ़ने लगती है—तस्वीर तो एक है, कहीं मुड़ी-तुड़ी-सी। लेकिन पुत्तर, जब तेरी अर्जी लाला वृषभान ने नामंजूर कर दी तो तू मत जा।

सतबीर : जे. बी. ने मंजूर कर दी, बहुत है।

लाजो : मालिकों को नाराज करने में नुकसान होता है।

रोशन सतबीर के कन्धे पर हाथ रखता है–लाला वृषभान को नाराज करने में फायदा ही है। तू तो बस जे. बी. को अपनी जेब में रख।

सतबीर कन्धे पर से रोशन का हाथ हटाता है–मैंने तेरे से कोई सलाह माँगी? फिर? ना मेरे कन्धे पर हाथ रखा कर, ना मेरे से ज्यादा बोला कर। माताजी, मेरी रोटी बाँध दो।

लाजो तस्वीर देती हुई कहती है–तू ना जा पुत्तर, मैंने रोशन को भेज देना है।

रोशन : नाराज मत हो बिरादर, मैं चला जाऊँगा।

सतबीर : मेरे को इसका कोई भरोसा नहीं है। मैं आप चला जाता हूँ।

रोशन : चल, दोनों इकट्ठे चलते हैं।

लाजो तस्वीर लाके देती है। सतबीर तस्वीर को थोड़ा सीधा करके अपनी पॉकेट बुक में दबा देता है। कहता है–माताजी, अब आप तो फटाफट ये स्वेटर बुनो। इधर आपने इसे पूरा करना है और उधर हमने पिताजी को ले आना है।

लाजो : याद रखना सत कि तेरे को भी वादे का पक्का समझा जाता है।

सतबीर : मैंने ये वादा जरूर पूरा करना है माताजी, जरूर!

लाजो सतबीर को गले लगा लेती है।

सतबीर और रोशन अंबाला कैंप जाते हैं। वहाँ हवेलीराम का कोई पता नहीं चलता। फिर यह लोग जालंधर आते हैं। जालंधर में इन दोनों को मुंशी खजानचंद मिल जाते हैं। वहाँ से तीनों जम्मू कैंप-कमांडर के पास पहुँचते हैं। जम्मू कैंप-कमांडर भी उन्हें हवेलीराम के बारे में कुछ नहीं बता पाता। जम्मू से जिस बस में ये तीनों विदा होते हैं उस बस का कंडक्टर इन तीनों की बातें सुनकर पूछता है कि कहीं आप मरघट बाबा को तो नहीं ढूँढ़ रहे। फिर हवेलीराम की तस्वीर देखकर बताते हैं कि हाँ, यही मरघट बाबा हैं!

मुंशी : ये मरघट बाबा कहाँ मिलेगा जी?

कंडक्टर : इसका कोई एक ठिकाना नहीं। वैसे पिछले हफ्ते तो धन्नौट में उतरा था मेरी बस से।

मुंशी सतबीर का कंधा थपथपाता है–सतबीर, उठ पुत्तर, धन्नौट चलें।

सतबीर आँखों पर से अपनी बाँह हटाता है—इस बात की क्या गारंटी है कि वो भी कोई और नहीं निकलना है।

मुंशी : गारंटी मैं देता हूँ पुत्तर! जिस बंदे को मैंने पठानकोटवाली गड्डी पे बैठा देखा, उसके पास वैसी ही जेबी घड़ी पड़ी थी जैसी छोटे लाट के पास थी।

कंडक्टर : इस घड़ी के भी बड़े चर्चे हैं जनाब। टूटी है, रुकी पड़ी है, मगर मरघट बाबा सही टैम पर अपने सारे काम उसी को देख के करता है।

मुंशी खुश होता है—ये जरूर छोटा लाट है।

सतबीर आश्वस्त होता है, मगर पूरी तरह नहीं—जेबी घड़ी कइयों के पास होती है। वक्त के पाबंद बहुत-से लोग होते हैं।

रोशन : जाके देखने में क्या हर्ज है।

सतबीर : मैं...अब...थक गया हूँ रोशन।

रोशन : तूने माताजी से वादा किया है पिताजी को ढूँढ़ के लाने का।

मरघट में एक अघोरी ध्यान लगाए बैठा है। रोशन, सतबीर और मुंशीजी पहुँचते हैं। मुंशीजी पूछते हैं—बाबाजी! मैंने कहा, बाबाजी!

अघोरी आँख खोलता है—कौन है बे हमारी साधना भंग करनेवाला।

मुंशी : जी, माफी चाहते हैं। हम मरघट बाबा को ढूँढ़ रहे हैं।

अघोरी : मर गया तुम्हारा मरघट बाबा!

लाजो का स्वेटर बन चुका है। वह उसकी सिलाई का काम पूरा कर रही है। बना के उसे फैला के देखती है। फिर अपने से लगा के नापती है। ये इतना चौड़ा है कि लाजो को पूरी तरह लपेट ले। लाजो मुस्कराती है। स्वेटर को रखती है। एक पेटी खोलती है। उसमें से हवेलीराम की छड़ी निकालती है। चश्मा निकालती है। अपने आप से कहती है—स्वेटर तो पूरा हो गया मास्टरजी!

रोशन छोलदारी के भीतर आता है। लाजो उसे बहुत उत्सुकता से देखती है—आ गए पुत्तर!

रोशन लाजो से आँखें नहीं मिलाता और अपने पीछे की ओर देखता है, जहाँ मुंशीजी खड़े हैं। लाजो से कहता है—माताजी, मुंशीजी मिल गए जलंधर में।

मुंशीजी सिर झुकाए आते हैं। लाजो पैरीपौना करती है—पैरीपौना मुंशीजी!

मुंशी : जीती रह पुत्तर! जाई जीवी, सदा सुहागन रहे।

लाजो इधर-उधर देखती है। हवेलीराम के बारे में कोई सीधा सवाल नहीं करती। उसका ध्यान इस ओर जाता है कि सतबीर छोलदारी के बाहर ही खड़ा है। लाजो पूछती है—सतबीर, भीतर क्यों नहीं आता पुत्तर?

सतबीर आँखें पोंछता हुआ भीतर आता है और सिर झुकाकर खड़ा हो जाता है। लाजो पहले उसे और फिर इधर-उधर देखती है। फिर स्वेटर की ओर बढ़ती है, उठा के लाती है—मैंने स्वेटर पूरा कर दिया पुत्तर!

स्वेटर सतबीर के हाथ में दे देती है—तू कुछ वादा करके गया था पुत्तर!

सतबीर रुआँसे स्वर में कहता है—मैंने ढूँढ़ा माताजी, एक साए को ढूँढ़ा और आखिर में, आखिर में लोगों ने कह दिया तो वो साया भी सिमट के खो गया।...

सतबीर फफक पड़ता है और लाजो के सीने में मुँह छिपा लेता है। लाजो उसकी पीठ पर एक बहुत थका-सा हाथ फेरती है और फटी-फटी आँखों से रोशन को देती है—रोशन, ये सतबीर क्या कह रहा है पुत्तर?

रोशन उससे निगाह नहीं मिला पाता। सिर झुका लेता है

लाजो मुंशीजी से मुखातिब होती है—कुछ आपको पता है मुंशीजी?

मुंशीजी एक बार निगाह झुका लेता है, लेकिन फिर उठाके कहता है—वो बात ये है जी कि मैंने छोटे लाट-जैसा बंदा पठानकोठ की गड्डी में बैठा देखा था। उसे खोजते-खोजते हम जम्मू से भी बहुत आगे निकल गए। फिर वहाँ किसी ने बताया ...कि वो बंदा शायद पहाड़ की चोटी से नदी में गिर गया।

लाजो इस बात को सुनकर सतबीर को अपने से अलग करती है और उसके हाथ से स्वेटर लेकर तह करती हुई उस तरफ जाती है जिस तरफ छड़ी और चश्मा रखे हुए हैं—नहीं!

मुंशीजी उसकी ओर बढ़ते हैं। उनके पास एक झोला है। कहते हैं—उस बंदे का झोला पहाड़ी चोटी पर उसी जगह मिला जिस जगह वो रोज संध्या करने जाता था। झोले में ये कोट भी मिला है।...फिर मुंशीजी झोले से कोट निकाल के दिखाते हैं।

कोट देखकर सतबीर रोने लगता है—पिताजी का कोट!

लाजो कोट हाथ में ले लेती है। तय करते हुए देखती है कि कहीं से वो फटा हुआ है। मुंशीजी से मुखातिब होती है—आपने मेरे को आशीर्वाद दिया है सुहागिन होने का।

मुंशी : वो इस तरह है जी, किसी ने छोटे लाट को पहाड़ी से गिरता तो नहीं देखा। और ये भी जरूरी नहीं कि गिरा हो। अपनी मस्ती में कहीं आगे चला गया होगा।

रोशन : हम तो आगे जाके ढूँढ़ने की कोशिश करना चाहते थे लेकिन कश्मीर

में लड़ाई शुरू हो गई। फौजियों ने आगे जाने नहीं दिया।

मुंशी : लड़ाई खत्म हो जाए, फिर जाके ढूँढ़ लेने हैं।

सतबीर (रोते-रोते ही) : पिताजी अगर आ भी गए होते तो फौजियों ने उन्हें पकड़ लेना था। फौजियों ने आप कहा कि इस तरफ कोई बंदा नहीं आया।

एक क्षण को लगता है कि खुद लाजो भी अब रो पड़ेगी। उसकी आँखें छलछला गई हैं। लेकिन अपने आँसुओं को पीते हुए वह सतबीर को जाकर पकड़ती है और रुआँसे, मगर गरजते स्वर में कहती है—फौरन बंद कर ये सियापा। वो तेरी तरह वादे के कच्चे नहीं हैं। सुना?

सतबीर लाजो को देखता है। आँसू पोंछता है लेकिन बिना ज्यादा आवाज किए सुबकता रहता है। लाजो अब रोशन से मुखातिब होती है—रोशन, मुंशीजी के वास्ते कुछ ले आ बाजार से।

मुंशी : नहीं जी, इस समय कोई जरूरत नहीं है।

लाजो उस तरफ बढ़ती है जिधर कोट रखा है। वह उसका फटा हुआ हिस्सा देखती है। सूई-धागा निकालने के लिए बक्सा खोलती है। उसमें वह कमीज देखती जो रोशन निवेदिता के यहाँ छोड़ आया था—रोशन, ये तेरी कमीज दे गया सेनगुप्ता का ड्राइवर।

रोशन कमीज ले लेता है। लाजो सूई-धागा लेकर फटा कोट सीने बैठ जाती है—आप कितना भी स्वाँग रच लो मास्टरजी, मेरी उम्मीदों में हमेशा जिंदे रहने हो, हमेशा।

रोशन की नौकरी सेनगुप्ता के होटल में निवेदिता के कहने से लग जाती है। यह खुशखबरी लेकर रोशन अपनी छोलदारी में लौटता है। सतबीर पानी की बाल्टी लिये छोलदारी में आ रहा है। पीछे से रोशन गाता हुआ सतबीर को धक्का देता है—चल चल रे नौजवान!

सतबीर : तेरे को शरम नहीं आती इस माहौल में गाते हुए? तेरे को पता नहीं कि पिताजी...कि पिताजी को लेकर हम परेशान हैं।

रोशन : आप भी नहीं हँसते माताजी! मेरी बेवकूफियों पर भी नहीं।

लाजो : अब तेरे माताजी हँसना भूल गए। रोना भी। अब तो हँसना-रोना सबकुछ तेरे पिताजी के वापस आने पर होना है।

रोशन : माताजी, आपको ये जान के बेहद खुशी होनी है कि आपका ये लायक पुत्तर करोड़पति के होटल में बहाल हो गया है और करोड़पति की बेटी ने कश्मीर में पिताजी का पता करवाने को कहा है।

लाजो : करा देगी तो मैंने सबसे उसके वास्तें दुआएँ माँगनी हैं...।

इधर सतबीर की सिफारिश पर जे.बी. अपने दफ्तर में बबली को नौकरी पर रख लेने का आश्वासन देता है। जिस दिन वह आश्वासन देता है, उस दिन जे.बी. की चीनी मिल में काम करनेवालों ने यूनियन की एक मींटिग बुला रखी है, जिसमें जे. बी. नहीं पहुँच पाता और मिल में हड़ताल हो जाती है। जें.बी. खुद गाड़ी ड्राइव करते हुए एक दुर्घटना में घायल हो जाता है। इन दोनों ही घटनाओं के लिए सतबीर को जिम्मेदार समझा जाता है और उसे नौकरी से हटाए जाने की चर्चाएँ होने लगती हैं।

लाजो अपनी छोलदारी में बैठी उस तस्वीर को देख रही है, जिसमें वह वीराँवाली और हवेलीराम के साथ है। पास ही में हवेलीराम के लिए बुना हुआ स्वेटर पड़ा हुआ है। सतबीर आता है। लाजो तस्वीर एक तरफ रखकर पूछती है—आज देरी हो गई? रोशन से मिलता हुआ आया है क्या?

सतबीर : हाँ जी।

लाजो : पिताजी के बारे में कोई खबर आई, रोशन की मालकिन के पास?

सतबीर : नहीं जी।

लाजो स्वेटर को तह करके संदूक में डाल देती है और आँखों में आए आँसुओं को सतबीर से मुँह छिपाकर अँगूठे और अँगुली से पोंछ लेती है। सतबीर उससे मुखातिब होता है। उसका हाथ अपने हाथ में ले लेता है—माताजी, वक्त लगता है इन कामों में।

लाजो : मेरे को पता है पुत्तर!

लाजो तस्वीर को सही जगह पर रखने के लिए उठाती है। सतबीर उससे उसे ले लेता है। सतबीर लाजो का मूड नार्मल करने के लिए बातचीत का रुख बदलता है—इस तस्वीर से आपका प्यार बढ़ता ही जा रहा है।

लाजो : हाँ। कभी-कभी इन्सान के लिए बस निशानियों का ही सहारा बचा रहता है पुत्तर!

सतबीर : ये बुआजी आपसे उम्र में बड़े थे कि छोटे?

लाजो : ये तो कभी तय हो ही नहीं सका। फिर भी मैं तेरे बुआजी को अपने से छोटा मानती थी, क्योंकि वो मेरे से भी ज्यादा चंचल थे।

सतबीर : आप इनके बारे में कुछ ज्यादा बताते नहीं हो।

लाजो : क्या बताऊँ?

सतबीर : मोटे थे क्या? लगते तो नहीं।

लाजो : मोटे तो नहीं। मेरे से तो भारी ही थे। गोद में उठा लेते थे मेरे को। ...और तेरे दफ्तर में हुई आगे पूछताछ?

सतबीर : हो तो रही है सुना! मगर मेरे को नहीं बुलाया। लोग बहुत डरा रहे हैं।

लाजो : क्यूँ भला? ना तो तूने मिल में हड़ताल करायी और ना तेरी वजह से तेरे जे.बी. साहब का एक्सीडेंट हुआ।

सतबीर : माताजी, लोग कहते हैं कि वो जो श्यामलाल-श्यामलाल करके है, उसने जरूर मेरे को फँसवाना है।

लाजो : कैसे फँसवा सकता है? लाला वृषभान ने तो तेरा कुछ बिगाड़ना ही नहीं चाहिए।

सतबीर : मेरे में ऐसी क्या खास बात है?—मेरा मतलब है तू...मेहनती और ईमानदार बंदा है।...कहते हुए लाजो एक लिखी हुई चिट्ठी निकालती है। उसमें आखिर में पुनश्च लगाकर एक पंक्ति जोड़ती है—'सतबीर, अपने दफ्तर में थोड़ी मुसीबत में घिर गया है, लेकिन कोई परेशान होनेवाली बात नहीं है।' चिट्ठी को फोल्ड करती है और सतबीर से पूछती है—लिफाफा लाया था?

सतबीर : हाँ जी, ये पकड़ो। माताजी, ये प्रज्ञावती हैं कौन जिन्हें आप हर महीने चिट्ठी डालते रहते हो?

लाजो : कोई है!

वृषभान आरामकुर्सी पर बैठा हुआ है। पास ही एक कुर्सी में नोटबुक खोलकर हबीब बैठा है। वृषभान हबीब से कहता है—अरे सतबीर! मैं उसे खूब जानता हूँ। नार्मली तो मैं तुमसे कहता कि एज ए मैटर ऑफ प्रिंसिपल, वर्कर का भी बयान ले लो। लेकिन इस वर्कर के बारे में तो मैं खुद जानता हूँ कि ये झूठा और मक्कार है। उसका हिसाब कर दो।

लाजो छोलदारी में बैठी दाल बीन रही है। गुनगुना रही है। तभी बबली आती है।

लाजो : अरे आ बबली, वहाँ क्यों खड़ी है? सतबीर तो अभी आया नहीं।

बबली : पता नहीं मेरी नौकरी का क्या बना?

लाजो : सतबीर ने सब ठीक करा देना है। तू इतना घबराया मत कर।

बबली : आपकी कोई बेटी नहीं है, इसी करके मैं जबरदस्ती बेटी बन बैठी हूँ।

लाजो : मैंने तेरे को बेटी नहीं, कुछ और बनाना है। आने दे मास्टरजी को।

तभी उदास और उद्विग्न सतबीर आता है और एक लिफाफा लाजो की ओर बढ़ा देता है—ये सँभालो माताजी!

लाजो : ये क्या बबली के बहाली के कागज ले आया?

सतबीर : अपनी बर्खास्तगी का। ये महीने की तनख्वाह।

सतबीर अपनी जेब से नोट और रेजगारी निकाल के देता है। लाजो हैरान-परेशान होती है—मगर किस वास्ते?

सतबीर : किसी से मिलने देते तो पूछता। दफ्तर में शिवलालजी से नहीं मिलने दिया। कहते हैं, बिजी हैं। कोठी में लालाजी से नहीं मिलने दिया। कहते हैं, बीमार हैं।

बबली : तो आपने जे. बी. साहब के पास जाना था। आप खुद कहते हो, वो नेकदिल इंसान हैं।

सतबीर : वहाँ भी गया। वहाँ, कहते हैं श्यामलालजी का हुक्म है कि सतबीर को भीतर ना आने दिया जाए। श्यामलाल ने झूठ बोला, वो सच मान लिया गया। मेरी कोई सुनना ही नहीं चाहता।

लाजो : सुनेंगे कैसे नहीं? उन्हें सुनना होगा। नौकरी उनकी दी हुई थी ले सकते थे, लेकिन इज्जत तो उनकी दी हुई नहीं ना है। तेरे को बिना बात गैरजिम्मेदार या झूठा किस तरह कह सकते हैं वो?

बबली : सरासर नाइन्साफीवाली बात है जी!

लाजो : भूल गया, तेरे से एक बार पिताजी ने क्या कहा था? नाइन्साफी करनेवाला बुरा और नाइन्साफी चुपचाप सहनेवाला उससे भी गया-गुजरा।

सतबीर : मैं जरूर लड़ूँगा माताजी! कल से धरना दे के बैठ जाऊँगा, जे.बी. के वार्ड के बाहर।

सतबीर और बबली जयभूषण से मिलने के लिए प्राइवेट वार्ड के बाहर खड़े हैं। तभी मंगला आती है। सतबीर उसे नमस्ते करता है—नमस्ते मंगलाजी!

मंगला : नमस्ते। आप यहाँ कैसे खड़े हैं?

सतबीर : मेरे को भीतर जाने नहीं दिया जा रहा है।

मंगला चपरासी को डाँटती है—इन्हें पहचानते नहीं?

चपरासी : पहचानता हूँ। मगर साहब लोग का हुक्म है।

मंगला भीतर चली जाती है। वहाँ श्यामलाल जे.बी. के साथ बैठा हुआ है। मंगला को भीतर आता देखते ही श्यामलाल उठ खड़ा होता है और उसके हाथ से फलों की डलिया ले लेता है।

जयभूषण : आओ मंगला। ये क्या ले आईं?

मंगला : फल।

जयभूषण : किए का फल मिल रहा है जे.बी को। तुम कल आईं, कुछ नहीं बोलीं, आज भी खामोश हो। मुझे झाड़ भी नहीं सुनाई, कोई लेक्चर भी नहीं दिया। थोड़ा फटकार ही लो। मैं ये नहीं कहूँगा कि फटकारने का हक शादी होने के बाद मिले।

तभी बाहर से सतबीर की आवाज आती है—स्पेशल वार्ड है तो क्या हम सामने खड़े भी नहीं हो सकते?

जयभूषण : ये कौन बोला आवाज उठा के?

मंगला : तुम्हारा दोस्त है प्रिंस। तुमने उसके भीतर आने की मनाही कर रखी है?

जयभूषण : मैंने?

मंगला : तो श्यामलालजी ने की होगी।

श्यामलाल : मैं अकेले सतबीर के लिए क्यों मना करने लगा। मैंने तो ये कही थी कि बस घरवालों को ही आने दिया करो। मुलाजिमों को यहाँ आने दिया तो भीड़ लग जाएगी।

मंगला दरवाजे की ओर जाती है। खोलती है और पुकारती है—आप भीतर आ जाइए।

सतबीर और बबली भीतर आते हैं।

जयभूषण : आओ प्रिंस, फुर्सत मिल गई?

सतबीर : मैं प्रिंस नहीं सतबीर हूँ। और आपसे ये पूछने आया जे.बी. साहब कि आपने मेरे को किस कसूर पर बर्खास्त कराया?

जयभूषण : न दुआ न सलाम, आते ही फायरिंग? मुझे तो पता ही नहीं कि तुम्हें निकाल दिया गया है। ये कह क्या रहा है श्यामलालजी?

श्यामलाल : पता नहीं जी! वकील साहब कर रहे थे इन्क्वायरी। उन्होंने ही बर्खास्त कराया होगा।

•

वृषभान लेटा है। सुभद्रा माथा दबा रही है। मंगला नारंगी छील के दे रही है। कहती है—मुझे तो जे.बी. साहब के साथ रहनेवालों में एक ये सतबीर ही नेक मालूम होते

हैं। मैं तो इतना ही कह रही हूँ कि अपराध सिद्ध न होने तक किसी को अपराधी नहीं कहा जा सकता।

वृषभान : मेरे सामने तो पहले भी अपराधी सिद्ध हो चुका है।

सुभद्रा : जय ने कही है तो सतबीर की भी बात सुन लो।

वृषभान सतबीर को अपने पास बुलवाता है और पूछताछ के दौरान सतवीर को डाँट बैठता है—कभी आदत से झूठ बोलते हो, कभी हिदायत पर!

सतबीर : मैं झूठ नहीं बोलता लालाजी!

—तुम्हारा नाम सतबीर है, इसीलिए तुम्हें सच्चा मानें?...बगल में बैठा हबीब पूछता है।

सतबीर : वकील साहब, ये नाम मेरे पिताजी का दिया हुआ है। आप किसी भी लाहौरवाले से पूछ लो, उसने यही कहना है कि मास्टर हवेलीराम के लिए सच से बड़ा कोई तप नहीं है।

नाम सुनकर वृषभान चौंकता है—आर्यसमाजी मास्टर हवेलीराम?

सतबीर : हाँ जी।

वृषभान कुछ सोच में पड़ जाता है।

लाजो अपनी छोलदारी में बैठी हुई है। वो मुस्करा रही है और गुनगुना रही है। उसके पास बबली बैठी है। सतबीर आता है। लाजो की ओर लपकता है, और लाजो भी उसकी ओर दौड़ती है, उसे अंग लगा लेती है। कहता है—माताजी, माताजी! खुशखबरी!

लाजो : मेरे को पता है।

सतबीर : आपको किस तरह पता लगा कि लालाजी ने मेरे को न सिर्फ फिर से रख लिया, बल्कि नौकरी भी पक्की कर दी।

लाजो : सच? तो ये एक और खुशखबरी सुन।

सतबीर : दूसरी खुशखबरी क्या है?

लाजो : तेरे पिताजी...मिल गए!...

सतबीर : कहाँ?

बबली : पठानकोट में।

सतबीर खुश होकर लाजो से लिपट जाता है।

लाजो : फौजियों ने उन्हें कश्मीर में जासूस समझ के पकड़ लिया था। रोशन गया है उन्हें लेने अंबाला छावनी!

कैंप में सुबह हो रही है।

लाजो पानी की बाल्टी उठाए हुए सोचती, मुस्कराती कोई गीत गुनगुनाती अपनी छोलदारी की ओर जा रही है। निहालदेई और बबली उसे उल्टी दिशा में बाल्टियाँ लेकर जाते हुए मिलते हैं। निहालदेई कहती है—लाजो बहनजी, आज तो आप हमसे भी बाजी मार गए।

लाजो : आज रोशन पुत्तर आनेवाला है ना अपने पिताजी को लेके।

निहालदेई : अरे हाँ, आज तो हम सबने मिठाई खानी है आपसे।

बबली : ये तो सबको तोंशे खिलानेवाले हैं।

निहालदेई हँसकर आगे बढ़ जाती है, मगर बबली पलटती है—तोशे बनवाने मैं आ जानी हूँ।

लाजो मुस्कराकर आगे बढ़ती है। थोड़ी दूर वृद्ध कैंप-कमांडर मिलता है। पूछता है—कब आ रहे हैं मास्टरजी? आते ही मेरे को खबर करना। उनके दरसन करना चाहूँगा। मैं कुल उनसे एक बारी मिला, वो भी कांग्रेस के कराची सैशन में।

लाजो : ये तो भगतसिंह को फाँसी लगने के थोड़े दिन बाद की बात है।

कमांडर : हाँ, सन् 31 में मार्च महीने के आखिर में। हमारा खून तब बहुत गर्म था। और मास्टर हवेलीराम थोड़े नरम पड़ने लगे थे। खूब बहस हुई। हालाँकि मेरे ख्यालात उनसे जुदा थे, फिर भी बहुत मुतासिर हुआ उनके सुभाव से, उनके ज्ञान से।

लाजो : अब आ जाएँ, फिर बहस करना। मैं कभी-कभी कहती थी उनसे, बच्चों को पढ़ाते हुए बोलते हो, सभा में भाषण देते हुए बोलते हो, आपसे कोई देश-विदेश के बारे में कोई सवाल कर लिया जाए तो बोलते हो, बोलते-बोलते थक नहीं जाते? कहने लग पड़े—जब भी नहीं बोलते, ऐसे बोल सुनने पड़ जाते हैं। लाजो हँसती है। कमांडर भी हँसता है। लाजो आगे बढ़ जाती है।

सतबीर सोया हुआ है। चेहरे पर पानी के छींटे पड़ते हैं। वो आँखें खोलता है और देखता है कि लाजो मुस्करा रही है। सतबीर उठ बैठता है। उबासी भरता हुआ कहता है—माताजी, आप क्यों भर लाए बाल्टी? मैं ज्यादा देर सो गया क्या?

लाजो : मैं जल्दी उठ गई। आज तेरे पिताजी आने हैं ना।

सतबीर हड़बड़ाके उठता है—मैं तैयार हो जाऊँ जल्दी। कुछ लाना-लूना तो नहीं है?

लाजो : एक कम्बल, चटाई और थोड़ी-सी मिठाई।

सतबीर : चंगा जी, और कुछ?

लाजो : अपने प्राजी हौरी को याद दिला देना।

सतबीर : याद क्या दिलाना है? आप आ जाने हैं वो।

लाजो : उन्हें फैसला करना है तेरे पिताजी को रखने के बारे में।

सतबीर : आपने बेकार उनसे कहा। यहाँ क्या बुरा है?

लाजो : वां रोशन के होटल की मालकिन कहती थी कि तेरे पिताजी की तबीयत कुछ नरम है। जाड़े के मौसम में उन्हें छोलदारी में रखना तो ठीक नहीं ना होगा पुत्तर!

सतबीर : कुछ ही दिन की तो बात है। फिर हम कोई मकान ले लेने हैं किराए पर।

लाजो : और पुत्तर, अलग-अलग रहे तो ये तेरे पिताजी को अच्छा थोड़े ही लगना है?

सतबीर तौलिया उठाके बाहर जाता हुआ कहता है—चंगा जी। मैंने याद दिला देना है प्राजी को।

कुलभूषण का एक कमरे का छोटा-सा घर, जिसमें मामूली-सा फर्नीचर है। वह बच्चों को तैयार कर रहा है। खुद तैयार है। गोद की बच्ची को मोहिनी खिला रही है। सुलोचना तकियों का सहारा लेके अधलेटी-अधबैठी है। कुलभूषण कहता है—लोचन, अब तैयार हो जाओ प्लीज!

सुलोचना : क्या करना है वहाँ इतनी जल्दी जाके? तुम्हारे पिताजी के पहुँचने पर वो लोग खबर कर देंगे, फिर जाएँगे।

सतबीर बाहर से खटखटाता है—मैं भीतर आ सकता हूँ प्राजी?

भूषण आगे बढ़के पर्दा उठाता है—प्राजी के घर में इस तरह पूछा जाता है?

सतबीर : हमारे प्राजी अफसर भी हैं जी!

कुक्की : दादाजी आ गए?

सतबीर : अब तक तो नहीं आए थे। अब चलो फटाफट। हमारे पहुँचने तक आ जाने हैं। और प्राजी, आप लोगों ने कुछ फैसला किया?

सुलोचना : हमें क्या फैसला करना था?

कुलभूषण : पिताजी आ रहे हैं तो अब सब लोगों को इकट्ठा ही रहना चाहिए।

सुलोचना : तुम तो कभी बहुत अजीब बात कर देते हो डार्लिंग जी! इस एक कमरे के घर में हम माताजी हौरी को इसलिए नहीं लाए कि यहाँ जगह नहीं है। अब तो एक बंदा और बढ़ जाएगा।

कुलभूषण : हाऊ डेर यू कॉल माई फादर ए बंदा?

सुलोचना : बंदे के मतलब कोई बुरे होते हैं? तुम तो मेरे डैडीजी को बेईमान और न जाने क्या-क्या कहते रहते हो।

सतबीर : अच्छा प्राजी, मैं चलूँ। आप आराम से आओ बहस पूरी करके।

सुलोचना : दो-दो भाई नौकरी में आ गए हैं। ये तो होता नहीं कि अपने माताजी-पिताजी के वास्ते एक मकान ले छोड़ें किराए पर, उल्टे बोलियाँ मारते हैं।

सतबीर जवाब देने को होता है, फिर चुप हो जाता है। चल देता है। कुलभूषण रोकता है—कुछ खा-पी लेता।

—जी, मैं तो भर पाया।...कहकर सतबीर चला जाता है।

लाजो की छोलदारी में बबली और लाजो तोशे, यानी चाशनी में डूबे शक्करपारे बना रहे हैं। बबली कहती है—आज तो आपके यहाँ भीड़ लग जानी है। कैंप के सारे ही बंदे उनसे मिलना चाहते हैं। लगता है वो तो बहुत बड़े आदमी हैं।

लाजो मुस्कराकर जवाब देती है—एलेक्जेंडर द ग्रेट!

बबली : बिमला बहनजी कह रहे थे कि आप दोनों ने इन्कलाबी कामों में हिस्सा लिया। आप तो उनसे शादी करके बने होगे इन्कलाबी?

लाजो : नहीं, मास्टरजी मेरे से शादी करके इन्कलाबी बने।

बबली : मतलब, आप इन्कलाबी हो?

लाजो बबली को चपत लगा देती है। सतबीर को वापस आया देख पूछती है—प्राजी से बात कर आया?

सतबीर : मैं तो कह आया। बात आप ही कर लेना।

लाजो : मिठाई लाया?

सतबीर : अरे तेरी की! अभी लाया।

बबली : थोड़ी मिठाई मेरे वास्ते भी ला देना। मेरे को बाँटनी है, नौकरी की खुशी में।

सतबीर : कितनी लानी है आपके वास्ते?

लाजो : तू भी चली जा साथ। तोशे तो बन गए।

बबली सतबीर के साथ मुस्करा के चली जाती है। उनके जाने के बाद लाजो हवेलीराम की छड़ी, कोट और नया बुना हुआ स्वेटर वगैरह निकालके रखती है। फिर इधर-उधर देखती है और खुद-ब-खुद बोलती है—आज जो आपने मास्टरजी के आने से पहले ही तोशे बनाकर रख दिए लाजोजी! राजा राममोहन राय पर निबंध लिखा कि नहीं?

फिर वह चाशनी में से तोशे निकालकर एक तश्तरी में रखती है। कहती

है—आज जो महीनों बाद खिलाऊँगी मास्टरजी!

भूषण, सुलोचना, कुक्की, निक्का आते हैं। पीछे-पीछे छोटी बच्ची को गोद में लिये हुए मोहिनी। कुलभूषण आते ही लाजो के पाँव छूता है—पैरीपौना माताजी!

आधे-अधूरे ढंग से सुलोचना भी पैरीपौना करती है—पैरीपौना!

मोहिनी : बधाइयाँ होवें। मेरी तो तबीयत बहुत ही खराब थी, मगर मैंने कहा कि खुशी के इस मौके पर हाजिर होना तो बहुत जरूरी है।

लाजो : चंगा किया जी। तबीयत खराब है तो आप लेट जाओ आराम से।

सुलोचना : यहाँ आराम हो सकता है?

सतबीर दौड़ता हुआ छोलदारी में प्रवेश करता है—माताजी! माताजी! पिताजी आ गए। मिठाई वास्ते मैंने बबली को भेज दिया है।

सतबीर की बात सुनते ही लाजो दौड़ पड़ती है। लेकिन बाहर जाकर दो वजह से ठिठक जाती है। पहली ये कि रोशन का चेहरा गमगीन है। दूसरी यह कि हवेलीराम के साथ कैंप के कुछ और लोग, जिनमें कमांडर और निहालदेई भी शामिल हैं, आ रहे हैं। हवेलीराम के गले में एक मामूली-सी फूलमाला पड़ी है और वह कुछ इस अंदाज से आ रहा है, जैसे लीडर या साधु हो। कभी हाथ जोड़ते हुए, कभी आशीर्वाद देते हुए। वह फौजियों का दिया हुआ पुराना स्वेटर पहने हैं। छोलदारी से भी सारे लोग बाहर निकल आए हैं।

हवेलीराम लाजो की छोलदारी के बाहर चारपाई पर बैठ जाता है। कैंप के सभी लोग उसे घेर कर खड़े हैं। कुलभूषण पूछता है—पिताजी, आप किधर रह गए इतने दिन?

हवेलीराम : पुत्तरजी, बस हम ही रह गए। बाकी सब चले गए। हमारे साथी। चले गए, नहीं तो, छले गए।

भीड़ में से एक आदमी जो खुद भी मास्टर है, दाद देता है—वाह, क्या बात पैदा की है। इसी से पता चलता है कि आप कभी शायर भी होते थे।

हवेलीराम : शायर तो हो गया इकबाल। कहता है—

तेरे भी सनमखाने, मेरे भी सनमखाने।
दोनों के सनम खाकी, दोनों के सनम फाने।

सतबीर : पिताजी, हमने तो आपको बहुत ढूँढ़ा। ठेठ कश्मीर तक निकल गए। मुंशीजी ने आपको अंबरसर स्टेशन पर देखा था पठानकोटवाली गाड़ी में बैठे। वो भी साथ गए खोजने।

हवेलीराम : पता है सबसे बड़ा मुंशी कौन है? चित्रगुप्त। कोई छोटा-मोटा खाता नहीं है उसके पास। मौत का खाता है। लाला भी बहुत बड़ा है उसका—यमराज!

स्कूल मास्टर : वाह, क्या बात पैदा की।

हवेलीराम : जी, बात ही बच रहती है, बाकी तो हर शै पैदा होके मरती है।

स्कूल मास्टर : ये तो आपने एक और बात पैदा कर दी।

मोहिनी सुलोचना से धीमे से कहती है—मेरे को तो लगता है, इनका...। 'इनका' कहने के बाद कनपटी के पास तर्जनी रखकर हिलाती है। रोशन मोहिनी और लोचन के साथ एक कोने में सिर झुकाए खड़ा है। वह अब आगे बढ़ता है—अब पिताजी को आराम करने दो। डॉक्टर ने कहा है, इनके लिए आराम जरूरी है।

हवेलीराम : आराम भी तभी मिलता है जब राम कहें—आ। या फिर इंसान इस लायक हो जाय कि राम से कह सके—तू आ। तो पुत्तर, अभी हमें आराम नहीं।

कैंप कमांडर : बातों में आपसे जीत सकना बहुत मुश्किल है मास्टर हवेलीराम! आपको याद होना है कांग्रेस के कराची सैशन के दौरान आपसे गाँधीजी के बारे में कितनी बहस हो गई थी?

हवेलीराम : बहस बुरी बला है। वकीलों की बहस में मुल्क का बँटवारा हो जाता है।

लाजो की आँखें छलछला गई हैं। वह छोलदारी के भीतर जाती है और मोहिनी को साफ कहते हुए सुनती है—पुत्तर, तेरे ससुर तो पागल हो गए!

स्कूल मास्टर : हवेलीरामजी, मेरा नाम है मूलचंद। मैं भी आपके वरगा मास्टर हूँ। आपकी लिखी तवारीख पहले तो मैंने आप पढ़ी। फिर स्कूल में बच्चों को पढ़ाई।

हवेलीराम : पढ़ते हैं, मगर तवारीख से सीख कोई नहीं लेता।

स्कूल मास्टर : बंदे सीख लेते होते तो तवारीख अपने को दोहराती नहीं।

हवेलीराम : हाँ। एक लाख चौरासी हजार बार दोहराती है हरेक के लिए। पैदाइश, मौत, पैदाइश, मौत...

लाजो तोशे ले के बाहर निकलती है और सुलोचना को कहते हुए सुनती है—वैसे तो शुरू से ही थे, बस अब जाहिरा तौर पर भी हो चले हैं पागल।

लाजो तोशे लेकर हवेलीराम के आगे बढ़ाती है—मास्टरजी, तोशे! हवेलीराम मुस्कराता है और दो तोशे उठा लेता है—ये तो मेरे पसंद की चीज है!

लाजो इस उत्तर से आश्वस्त और प्रसन्न होती है और तभी बबली को मिठाई लाता देखती है। उसे इशारे से बुलाती है—बबली, मिठाई सतबीर को दे दे बाँटने वास्ते और इधर आ, तेरे को मास्टरजी से मिलवाऊँ।

बबली मिठाई सतबीर को देती है और सिर पर चुन्नी सम्हालती हुई मास्टर हवेलीराम के सामने आती है। लाजो हवेलीराम से कहती है—ये बबली है। पास की छोलदारी में रहती है। बड़ी सोणी लड़की है।

हवेलीराम आशीर्वाद में हाथ उठाता है—जीती रहो। कहाँ की हो तुम?

बबली : जी शेखूपुरे की।

हवेलीराम : शेखूपुरा में तो बहुत मरे। तुम्हारे टब्बर के सब जिंदा हैं? बबली रोने लगती है। लाजो बताती है—इस बिचारी के झाईजी, बाऊजी मारे गए।

हवेलीराम उठता है और बबली के कंधे को थपथपाता है—रोओ मत!... बबली और जोर से रोती है। हवेलीराम अब अपनी जेबी घड़ी निकाल के देखता है। घड़ी का काँच टूटा हुआ है और ये रुकी हुई है—अब मेरे लेखन का समय हो रहा है। जाते-जाते एक बात कहना चाहूँगा आप सबसे। भाई-भाई से लड़ो मत, भाई-भाई को मारो मत। और अगर मारे बगैर रह नहीं पाते तो लाश को लावारिस मत छोड़ो। भाई की लाश है। और अगर आप अपने और भाइयों को मारने में इतने मुब्तिला हों कि इस भाई की लाश को ठिकाने लगाने का वक्त ना निकाल पा रहे हों तो मेरे को याद करें। मैं अग्नि दूँगा, मैं मिट्टी डालूँगा। मैं हर लाश का भाई हूँ! कहते-कहते हवेलीराम की आँखें नम हो जाती हैं। वह इशारे से रोशन को बुलाता है। रोशन करीब आता है—जी?

हवेलीराम : मेरे रहने के वास्ते कोई इंतजाम है?

रोशन छोलदारी की ओर इशारा करता है—आप हमारी छोलदारी में रहेंगे पिताजी!

कुलभूषण : नहीं, आप मेरे साथ मकान में रहेंगे पिताजी!

मगर सतबीर तथा रोशन हवेली को कुलभूषण के साथ नहीं जाने देते। हवेलीराम लाजो को सुना रहा है—सब कहते हैं तुम जासूस हो। मैंने कहा, मेरे को खुद पता नहीं कि मैं कौन हूँ। लेकिन फिलहाल तो जासूसी ही नहीं, अग्नि देने और मिट्टी डालने का भी काम करा रहा हूँ। बहुत हो गई फालतू बात, अब लिखने बैठूँ।

लाजो बहुत उत्साह से स्वेटर हवेलीराम को देती है—आप ये स्वेटर डाल लो मास्टरजी, मैंने आपके वास्ते बुना है।

हवेलीराम स्वेटर छू के देखता है। लाजो पूछती है—कैसा है?

हवेलीराम : बहुत बढ़िया। जी, मगर आपको कैसे पता चला कि मैं यहाँ आ रहा हूँ?

लाजो : मेरे को पूरा विश्वास था कि आप आओगे। लोग तरह-तरह की बातें किया करते थे। मैं कहती थी—नहीं, उन्होंने वादा किया है।

हवेलीराम : जी, किन्होंने वादा किया था?

लाजो : आपने मास्टरजी!

सुनकर हवेलीराम मुस्कराता है। लाजो कहती है—पहन लो ना। देख क्यों रहे हो? उतार दो ये फटा हुआ।

हवेलीराम फटा हुआ स्वेटर उतारकर नया स्वेटर पहन लेता है—ये तो बिल्कुल

मेरी नाप का बना दिया? कमाल है। बहुत-बहुत शुक्रिया। बड़ी ठंड लगती थी उस स्वेटर में।

लाजो : आप इस तरह क्यों बोल रहे हो मेरे से? मेरा नाम भी भूल गए?

हवेलीराम : नाम? जी बुरा मत मानना, नाम तो मैं अपना भूल गया।

लाजो उनकी तरफ देखती है और पाती है कि वह वास्तव में हैरान हैं। पूछती है—आप ये...किस तरह की बातें कर रहे हो मास्टरजी?

हवेलीराम : जी...?

लाजो : आप मास्टर हवेलीराम हो, मैं लाजो हूँ

हवेलीराम : लाजोजी...।

अपना नाम सुनकर लाजो खुश होती है—हाँ, लाजोजी और आप मास्टरजी!

हवेलीराम : लाजोजी, अब मैं लिखना चाहूँगा।

हवेलीराम लिखने बैठ जाता है। लाजो लेख का शीर्षक देखती है—'बीती ताहि बिसारिए।'

वह हवेलीराम से कुछ कहने को होती है, मगर चुप रह जाती है। उठती है और पीछे को चलती है और जैसे अपने आप से कहती है—आपने तो लिख छोड़ा मास्टरजी कि 'बीती ताहि बिसारिए,' मगर किस तरह? मगर किस तरह?

पीछे हटते हुए वह रोशन से टकराती है जो उसे सम्हालता है, उसका कंधा थपथपाता है—माताजी, मैंने डॉक्टर से पूछ लिया था, कोई फिकरवाली बात नहीं है।

कुलभूषण के कमरे में बहस हो रही है। सुलोचना, कुलभूषण और मोहिनी के अलावा वहाँ रोशन भी है। सुलोचना कहती है—मैं पूछती हूँ फिकरवाली बात किस तरह नहीं है? पागल इंसान का क्या भरोसा। अभी बहकी-बहकी बातें कर रहे हैं, थोड़ी देर में उल्टे-सीधे काम करने लग पड़ने हैं।

रोशन : फौजी डॉक्टर ने कहा है कि पिताजी पागल नहीं हैं। आप उससे ज्यादा जानते हो? और मैं तो लोगों से बात करके आ रहा हूँ। सारे ही कहते हैं कि पिताजी ने किसी को नुकसान पहुँचाने वाला कोई काम नहीं किया। उनका कोई पागलपन कहो तो यही कि गमी के मौके पर पहुँच जाते हैं।

मोहिनी : रोशन पुत्तर लोगों की बात से हमें क्या करना है? हमने तो अपनी आँखों से देखा और कानों से सुना है, तेरे पिताजी की हर बात पागलोंवाली ही थी।

रोशन : मैं आपसे कित्ती बार कहूँ कि डॉक्टरों के मुताबिक पिताजी पागल नहीं हैं। सिर्फ अपनी याददाश्त खो बैठे हैं। और उन्हें आराम मिला, प्यार मिला,

तो वो धीरे-धीरे फिर से लौट आने हैं।

मोहिनी : तो भी इलाज कराना हो तो पागलखाने में तो रखना होगा।

रोशन खड़ा होता है—सतबीर तो पहले ही कह रहा था कि वहाँ जाना फजूल है। मैं ही आ गया इस करके कि डॉक्टर कहता था, इन्हें जितने पुराने हालात में आप रखोगे उतना ज्यादा उनकी याददाश्त लौटने का चांस बनेगा। सारे टब्बर को सामने देखने से पिताजी की पुरानी...।

कुलभूषण : रोशन, तू माताजी-पिताजी को यहाँ ले आ।

सुलोचना : तो हमें कहीं छोड़ आओ।

रोशन : आप आराम से यहाँ रहो भरजाईजी! मेरे को अभी ख्याल आया कि डॉक्टर ने कहा है कि पिताजी को पहले-जैसे हालात में रखो। तो पहले-जैसे हालात तो तभी होने हैं जब आप कभी पंद्रह-बीस दिन में एक बारी पिताजी को दर्शन देने आ जाया करो।

लाजो की छोलदारी। ये खाना खा चुके हैं। लाजो जूठे बर्तन समेट रही है। सतबीर नई चटाई और कंबल हवेलीराम के लिए बिछा रहा है—आप यहाँ लेट जाओ पिताजी!

हवेलीराम चटाई पर बैठता है—और तुम लोग?

सतबीर : हमारा हो जाएगा।

तभी रोशन भीतर आता है—यहाँ लगा दिया पिताजी का बिस्तर? चंगा किया। भरजाईजी हौरी तो इन्हें अपने यहाँ रखना दूर, यहाँ हमारे पास नहीं रहने देने हैं।

लाजो : वो किस तरह?

रोशन : छोड़ो। सुनाके क्यों आप लोगों को तकलीफ दूँ।

सतबीर : चल रोशन, चटाइयाँ पकड़। हम लोग बाहर डाल लेने हैं।

हवेलीराम : बाहर तो ठंड होगी।

लाजो : तुम यहीं सो जाओ पुत्तर! मैं बाहर सो जानी हूँ।

हवेलीराम : ये ऐसा कैसे हो सकता है? आप लोग भीतर सोओ, मैं बाहर चला जाता हूँ।

हवेलीराम अपना सामान समेट के बाहर जाने लगता है। सतबीर उसे पकड़ता है—ये क्या जी? आप यहीं आराम करो।

हवेलीराम : मुझे बहुत संकोच हो रहा है।

लाजो : किस बात का संकोच मास्टरजी? ये आपका घर है।

रोशन : आज एक बार तो तबीयत हुई कि भरजाईजी और उनके माताजी से हमेशा के लिए नाता तोड़ आऊँ। एक बेडरूमवाला सही, मकान तो है। उस बेडरूम

के साथ रसोई है, आगे-पीछे दालान है।

हवेलीराम : मेरी खातिर तुम किसी से लड़ना मत। और मेरी बात मानो। तुम लोग यहाँ सो जाओ आराम से। मैं बाहर डाल लेता हूँ चटाई।

लाजो : चार जनों के लिए है ये छोलदारी। और मेरा क्या है, मैं कहीं भी कदमों में पड़ी रहूँगी।

हवेलीराम : इज्जत तो मुझे पंजाब, जम्मू, कश्मीर सभी जगह बहुत मिली मगर ऐसा अपनापा और कहीं नहीं मिला।

हवेलीराम के मुँह से ये शब्द सुनकर सबकी आँखें नम हो आती हैं। हवेलीराम की भी आँखें नम हैं। वो आँसुओं के बीच में से इतना-सा मुस्करा देता है, मानो आँखें भर आने पर झेंपा हो।

छोलदारी में लाजो प्रार्थना कर रही है। छोलदारी का पर्दा उठा के पहले सतबीर बाल्टी लेके आता है, फिर पीछे से हवेलीराम। सतबीर लाजो को प्रार्थना करते देखते चुप हो जाता है और पानी एक कोने में रख देता है।

हवेलीराम : बहुत सेवा करते हो अपनी माताजी की। इसका पुण्य मिलेगा तुम्हें।

रोशन, जो छोलदारी के एक कोने में बैठा टैगोर की 'गीतांजलि' से माथापच्ची कर रहा है, उठकर पास आता है और हवेलीराम का हाथ पकड़ करके अपने सिर की ओर ले जाता है—इस नालायक को भी दे दिया करो कभी-कभी आशीर्वाद।

हवेलीराम : खूब तरक्की करो। जिसने अपनी नालायकी जान ली, उससे ज्यादा लायक कोई नहीं होता।

रोशन सतबीर के कोहनी मारता है—सुना सतबीर!

लाजो अपनी प्रार्थना पूरी करने के बाद हाथ जोड़कर झुकी रहती है। फिर उठती है और हवेलीराम को बेटों से बात करता देखकर खुश होती है—आप नाश्ता करोगे मास्टरजी?

हवेलीराम : नहीं जी। जब से मैं भ्रमण पे निकला हूँ, तब से दिन में कुल एक वक्त की रोटी का नियम बना लिया है। आप लोग तो मुझे बहुत ज्यादा खिला देते हो।

लाजो : आप हमें आप लोग-आप लोग क्यों कहते हो मास्टरजी?

हवेलीराम : आप मुझे मास्टरजी, मास्टरजी क्यों कहते हो?

लाजो : क्योंकि आपने मुझे पढ़ाया है।

हवेलीराम : मैंने? आप क्या आर्यसमाजी हैं?

—हाँ जी! मैं आर्यसमाजी हूँ। भाई आत्मानंद की भांजी!...लाजो उत्साह के साथ हवेलीराम को याद दिलाना चाहती है।

हवेलीराम : वो जो इन्कलाबी थे?

लाजो : जी! अब आया याद?

हवेलीराम : याद तो... कुछ नहीं आता।

लाजो : फिर आपने कैसे जाना, मैं आर्यसमाजी हूँ?

हवेलीराम : अभी आप प्रार्थना कर रही थीं ना।

सुनकर लाजो निराश होती है—ओ आप...आप मास्टर हवेलीराम हो विच्छेवाली गलीवाले।

हवेलीराम : मैं तो इतना जानता हूँ कि लोग मुझे मरघट बाबा बुलाते हैं।

सतबीर : लोगों को क्या पता। हम जानते हैं कि आप मास्टर हवेलीराम हो। हमारे पिताजी।

हवेलीराम : कुछ गलतफहमी हो रही है तुम्हें?

—कुछ गलतफहमी नहीं है मास्टरजी! मेरी ओर देखो। मैं लाजो हूँ। भाई आत्मानंद की भांजी।...कहते हुए लाजो हवेली के सामने जाती है, लेकिन हवेली मुंह फेर लेता है।

रोशन आ के लाजो को धीरे से समझाता है—माताजी, मैं कितनी बार समझाऊँ कि फौजी डॉक्टर ने कहा है कि इनके दिमाग पर जोर नहीं डालना है।

लाजो पल्लू से आँखें पोंछते हुए काम-काज में जुट जाती है।

हवेलीराम बैठा हुआ कभी अपने हाथों को ही देखता रहता है, कभी हथेलियों को सामने करता है, कभी उल्टे से। सतबीर एक फाइल उठाके बैठ जाता है। रोशन गीतांजलि लेकर उसके पास आ बैठता है—बिरादर, ये तो बहुत मुश्किल है। मैं तो वैसे भी मारे वसूलन, पोयट्री के खिलाफ हूँ।

हवेलीराम उससे किताब ले लेता है—जब पोयट्री के उसूलन खिलाफ हो, तब गीतांजलि पढ़ ही क्यों रहे हो?

रोशन : कम्पलसरी है जी!

हवेलीराम : किस कोर्स में पुत्तर?

रोशन : अब मैं आपको क्या बताऊँ।

हवेलीराम : क्यों, क्या कोई सीक्रेट कोर्स है?

रोशन : वो जी इस तरह है कि होटल में मेरे मालिक लोग बंगाली हैं।

सतबीर बहुत आशंकित होता है और अपनी जगह से उठकर आता है।

सतबीर : तेरा दिमाग तो खराब नहीं हो गया है। ना मौका देखता है ना महल।

रोशन : महल का ही मौका देख रहा हूँ

लाजो : रोशन, ये मजाक तूने काफी कर लिया पुत्तर! बड़ी मुश्किल से नौकरी मिली है, अब इस तरह के मसखरेपन से उसे खो मत देना।

रोशन : माताजी, मालिक लोगों को खुश करने की पॉलिसी को आप, मसखरापन किस तरह कह सकते हो?

लाजो : कंगाली में करोड़ों के ख्वाब देखना, ये तो मसखरेपनवाली ही बात हुई पुत्तर।

रोशन : माताजी, क्या आपका मतलब ये है कि जो मसखरे नहीं होते, वो कंगाली में भी कंगाली के ही ख्वाब देखते हैं।

सतबीर : उनके लिए ख्वाब देखना मना होता है, आई अक्ल में?

हवेलीराम : ख्वाब जरूर देखो पुत्तर, लेकिन बड़े-बड़े।

रोशन : करोड़ों के देख रहे हैं पिताजी!

हवेलीराम : करोड़ों के नहीं, करोड़ों के वास्ते देखो।

लाजो : आप ही इन्हें समझाओ मॉस्टरजी! आपके ही समझाने में समझेंगे।

हवेलीराम : कोई किसी के समझाने में नहीं समझता। सबको अपने-आप ही समझना होता है एक दिन। जिसे जिंदगी कह रहे हैं, जिसे जमाना कह रहे हैं, वो खुद, वो खुद, एक ख्वाब है। हकीकत तो है मौत। आलो आमार इए जीवनेर शेष परिपूर्णता वगैरह। जीवन की आखिरी साध मौत। ज्ञान की रोशनी जलायी कि मौत दी दिखायी। चिता से भी तो फैलती है ना रोशनी? मौत की रोशनी, मरण का आलोक...।

लाजो : इस तरह की बातें मत सोचा करो मास्टरजी!

रोशन बाहर जाने लगता है। लाजो उसके पीछे आती है। धीरे से कहती है—देख पुत्तर, अपनी मालकिन से कोई बेवकूफियोंवाली बातें मत करना और उसे मेरी तरफ से बहुत-बहुत शुक्रिया करना कि उसने तेरे पिताजी को ढूँढ़ने में हमारी मदद की।

रोशन : चंगा जी!

लाजो : और सुन।

रोशन : जी, माताजी?

लाजो : तेरे पिताजी की बीमारी का इलाज कर सकने वाला कोई डॉक्टर यहाँ मिल सकता हो तो देख।

—चंगा जी।...कहकर रोशन चल देता है।

निवेदिता अपने ऑफिस में बैठी कुछ फाइलें देख रही है। वो फाइल को बंद करती है और रोशन की ओर बढ़ा देती है—ठीक है, तो आप पूल साइड में बड़ी रोशनी लगवा लेना। आई अप्रूव ऑफ द आइडिया।

रोशन : ये रोशनी बड़ी जरूरी चीज है जी। टैगोर ने कहा है—आलो आमार, वगैरह।...कविता सुनाता है और फिर किसी शब्द पर अटकता है। अटकने के बाद पाँचों अँगुलियों को मिलाके दो बार माथा ठोंकता है। शब्द याद न आने पर कंधे उचका के काम चलाता है।

निवेदिता : आलो नयन-धोआ आमार...

तभी दरवाजे पर नॉक होती है। निवेदिता सकपकाती है। अब हम देखते हैं कि नॉक करने वाला शुभेन्दुराय गुप्त है। पूछता है—आपको डिस्टर्ब कर सकता हूँ मिस सेनगुप्त?

निवेदिता : आइए मिस्टर मोइतरो। बैठिए।

शुभेन्दु : क्षमा करें, मैं तो आपको ये याद दिलाने आया था कि मिस्टर सेनगुप्त घर में आपकी प्रतीक्षा कर रहे हैं।

निवेदिता : क्यों?

शुभेन्दु : उनकी छोटी बहन आई हुई हैं।

सुनकर निवेदिता थोड़ा सोच में पड़ जाती है। रोशन फाइल लेके उठता है। शुभेन्दु के साथ बाहर निकलता है।

घर में सेनगुप्ता की छोटी बहन सुजाता सेनगुप्ता से निवेदिता के विवाह की बात कर रही है। वह शुभेन्दु का रिश्ता सुझाती है। सुनकर निवेदिता बहुत ही घबराकर 'ना' करती है और फिर अपनी धृष्टता से खुद लज्जित हो जाती है।

सेनगुप्ता : देख रही हो ना सुजाता, शुभेन्दु-जैसे अच्छे लड़के के लिए क्या कह रही है? आसान नहीं है इसकी पसंद का लड़का ढूँढ़ना।

सुजाता : ये पहली बार है जो मैंने इसके मुँह से किसी लड़के के बारे में 'ना' सुना है। इससे पूछ के तो देखो कि जिन लड़कों के रिश्ते मैं आज तक लेकर आई, उनके बारे में इसके क्या विचार हैं?

सेनगुप्ता : जब शुभेन्दु-जैसे योग्य लड़के तक को नापसंद कर रही है, तब औरों के बारे में क्या पूछना।

सुजाता : जैसा बाबा, वैसी बेटी। व्यर्थ है चेष्टा निवेदिता का विवाह कराने की।

छोलदारी के एक कोने में खाली कनस्तर से तबला बजाते हुए रोशन गा रहा है।

लाजो आती है—क्या मनहूस गाने गाता रहता है रोशन, मैंने तेरे से कहा था डॉक्टर का पता करने वास्ते।

रोशन : जी, मैं भूल गया।

लाजो : ऊलजलूल सब याद रखता है, काम की ही बात भूल जाता है।

रोशन कान पकड़ के आधी उठक-बैठक करता है—आज मैंने जरूर कर देना है पता।

निवेदिता अपने ऑफिस में बैठी है।

निवेदिता : हाँ, ऐसा डॉक्टर है तो डॉक्टर रंजनराय। आप लोग कहाँ रहते हैं आजकल?

रोशन : वहीं पुराना किला कैंप में।

निवेदिता : मकान नहीं मिला? ठीक है, मैं डॉक्टर राय को लेके उधर आ जाऊँगी।

रोशन : जी, आप क्यों तकलीफ करती हैं।

निवेदिता : तकलीफ की बात नहीं है। मैं तो आपके पिताजी से मिलना चाहती हूँ।

रोशन : तो जी मैं आपको और डॉक्टर साहब को साथ ही ले चलूँगा। वरना तो आप लोगों को हमारा टैण्ट मिलना ही मुश्किल हो जाएगा।

निवेदिता मात्र सिर हिलाकर हामी भरती है और फिर से काम में जुट जाती है। रोशन जाते-जाते पलटता है—बाई द वे निवेदिता जी, आपको बधाई।

निवेदिता : बधाई? किस बात की?

रोशन : सुना आपकी सगाई हुई।

निवेदिता : ये किसने कह दिया?

रोशन : शुभेन्दुजी बता रहे थे।

निवेदिता : शुभेन्दुजी तो....। निवेदिता ये बात अधूरी छोड़ देती है, क्योंकि शुभेन्दु से अपनी नफरत को दफ्तर में जाहिर नहीं करना चाहती।

—ठीक है, तो ऑफिस बंद होने के टाइम आप उधर ही आ जाइए। कहकर रोशन बाहर निकल जाता है।

छोलदारी में लाजो, सतबीर, निवेदिता। रोशन छोलदारी के बाहर खड़ा है। डाक्टर रंजनराय हवेलीराम के पास बैठा हुआ है।

हवेलीराम : जब भी मैं याद करने की कोशिश करता हूँ, मेरा सिर चकराने लगता है डाक्टर!

डाक्टर राय : कोशिश करने का कोनो जरूरत नहीं है। आप तो बस रेस्ट कीजिए और थोड़ा जिंदगी में इन्टरेस्ट लीजिए। ठीक है तो, अभी मैं जाते हैं।

डाक्टर बाहर जाता है। लाजो और निवेदिता भी। लाजो डाक्टर से पूछती है–डाक्टर साहब, कोई घबराने वाली बात तो नहीं है?

डाक्टर राय : कुछ नहीं। हाँ, जैसे हालात में याददाश्त खोता हो उस जगह पर और वैसा हालात होने से याददाश्त एकदम लौट आता है।

लाजो : लाहौर में ही खोयी होनी है याददाश्त। वहाँ तो ले जा नहीं सकते।

डाक्टर राय : कोई बात नहीं। अभी इधर ही लाहौर का जैसा एटमॉसफेयर रखिए उनके लिए।

डाक्टर जाने को होता है। अब लाजो निवेदिता से मुखातिब होती है–निवेदिताजी, मैं तो कभी आप ही आने की सोच रही थी धन्यवाद करने कि रोशन के पिताजी को ढुँढ़वाने में आपने इतनी मदद की।

निवेदिता : धन्यवाद की बात मत बोलिए माताजी और मेरे को निवेदिता 'जी' मत कहिए। मैं आपसे छोटी हूँ। यहाँ आकर मुझे बहुत अच्छा लगा। मौका मिला तो फिर आऊँगी।

लाजो : जरूर आना।

निवेदिता और डाक्टर चल पड़ते हैं। उनके जाने के बाद लाजो का चेहरा संतोष से चमक उठता है–बहुत सोणी लड़की है।

रोशन : मैं तो बड़ी देर का यही बात कह रहा हूँ।

लाजो झूठ-मूठ के गुस्से में आँख दिखाकर भीतर चली जाती है। वहाँ हवेलीराम के पास बैठती है। वह हवेलीराम को देख रही है, लेकिन हवेलीराम उससे निगाह नहीं मिला रहा है।

लाजो : मास्टरजी!

हवेलीराम : जी!

लाजो : मैंने फैसला किया है कि आपसे फिर से पढ़ूँगी। आप पढ़ा देंगे?

हवेलीराम : मुझे आता होगा तो।

लाजो : आपको क्या नहीं आता? फिर सत से मुखातिब होती है–सत, पुत्तर, मेरी दसवीं की जो किताबें लाहौर में रह गईं, वो यहाँ कहीं मिल जाएँ तो ला देना।

सेनगुप्ता घर में धड़धड़ाता हुआ आता है—निवेदिता, ये मैं क्या सुन रहा हूँ। शुभेन्दु कह रहा है तुम उस रैफ्यूजी लड़के के साथ उसके कैंप में गईं।

निवेदिता : उसके फादर को एमनीसिया हो गया है। डाक्टर राय को लेकर गई।

सेनगुप्ता : डाक्टर को खुद ले के जाना जरूरी था? नौकर को नौकर की जगह रखना ही ठीक होता है।

छोलदारी में लाजो और बबली सामान को नए ढंग से जमा रहे हैं।

लाजो : मैंने तो बस पुरानी किताबों के लिए कहा था। ये अपने जोश में सारी ही पुरानी चीजें लेते आ रहे हैं।

बबली : चंगा कर रहे हैं जी। डाक्टर ने कहा कि जिस तरह का एटमोसफेयर लाहौर में था, उस तरह का यहाँ भी हो।

लाजो : वो अब कहाँ लौटना है। जो लाहौर में बैठे हुए हैं उनके वास्ते भी नहीं, हमारी तो बात ही क्या है।

बबली : सतबीरजी कहते थे कि विच्छोवाली में आपके कमरे में घड़ी भी टँगी थी।

लाजो : हाँ, वो तो जिद कर रहा था कि कहीं से वैसी घड़ी भी ले आता हूँ माँग के। मैंने कहा, इस तंबू में घड़ी टाँगेगा कहाँ।

रोशन आता है। उसके हाथ में स्वामी दयानंद की तस्वीर है और बगल में किताब। वह गा रहा है—कजरा बरेलीवाला, नैनों में ऐसा डाला। कजरे ने ले ली मेरी जान!

लाजो रोशन को टोकती है—इस तरह के गाने गाते शरम नहीं आती?

रोशन : माफी चाहता हूँ जी, माफी चाहता हूँ और ये लो पकड़ो, महर्षि दयानंद की तस्वीर।

लाजो तस्वीर को किसी चीज के सहारे टिकाकर रख देती है—दुनिया जहान की चीजें ला रहे हो, बस वो पुरानी किताबें ही नहीं ला रहे जो मैंने माँगी थीं।

रोशन : तभी तो पुराने संता हौरी कह गए हैं कि माँगी हुई चीज मिलती ही नहीं।

बबली : माताजी, हमारे जे.बी. साहब ने आपकी लिस्ट ले के अपने चपरासी को सब दुकानों में भेजा। अगले ने लौट के यही बताया कि ये किताबें अब चलती ही नहीं, इस करके रखी नहीं जातीं।

लाजो : तेरे जे.बी. साहब को किसने दे दी लिस्ट?

बबली : मैंने।

लाजो : क्यों?

बबली : जी, वो इस तरह हुआ कि सतबीरजी काफी देर के जे. बी. साहब से नहीं मिले हैं। जे. बी. साहब शिकायत कर रहे थे तो मैंने यहाँ की परेशानी बताई, फिर बात में से बात निकल आई।

लाजो : दफ्तर में ज्यादा बात करता है जे.बी. साहिब?

रोशन : फिर भी खत्म नहीं होतीं उसकी बातें। इस करके अपनी गड्डी में झोंटे खिलाता है इनको।

बबली : जे.बी. साहब गोल्फ क्लब जा रहे थे। कैंप रास्ते में पड़ता है, इस करके छोड़ गए।

रोशन : रब करे वो रोज क्लब जाते रहें और ये कैंप रास्ते में पड़ता रहे। बेकार सफाई क्या देनी?

बबली को बहुत बुरा लगता है। वह जाने लगती है। लाजो उसे रोकती है।

बबली : मर गए मेरे सफाई माँगने वाले।

लाजो : इस मसखरे की बात का बुरा मत मान बबली।

बबली की आँखों में आँसू छलछला गए हैं—बुरा मानना तो मैंने कब का छोड़ दिया माताजी! अनाथ लड़की को देख के लोग सुबह से शाम तक कुछ-न-कुछ कहते ही रहते हैं। बुरा मनाऊँ तो मुसीबत हो जाए। जहाँ अन्देशा न हो वहाँ ऐसा सुनने को मिले तो ....।...वह रोते हुए भाग जाती है।

लाजो : ये तूने क्या किया। जा उससे माफी माँग।

रोशन बबली के पीछे लपकता है—माफी चाहता हूँ जी! बात ये है, अपने स्टाइल से मजबूर हूँ जरा।

—मैंने सफाई माँगी आपसे? फिर? ....बबली पलट करके गरजती है और सतबीर से लगभग टकराते हुए चली जाती है।

सतबीर रोशन से मुखातिब होता है—ये क्या हुआ?

रोशन : डिरामा-ए-जिंदगी का एक छोटा-सा सीन।

सतबीर : अपनी ड्रामेबाजी से अब बाज आ। हमें सारा ध्यान पिताजी के इलाज पर देना चाहिए।

रोशन : वही कर रहे हैं बिरादर।

सतबीर : खाक कर रहा है। उनकी लाला मेहरचंद से क्या रिश्तेदारी थी जो उन्हें भी मरघट भेज दिया?

लाजो : गमी में शामिल होने से किसी को कैसे रोका जा सकता है पुत्तर?

सतबीर : शामिल हो तो आए थे हम सब और पिताजी सारी रात वहीं बैठे रहे थे। फिर उन्हें क्यों जाने दिया?

लाजो : मैंने उन्हें बहुत रोका। वो माने नहीं।

सतबीर : किसी तरह मनाना था ना।

रोशन : ओए, तू डाक्टर से भी ज्यादा डाक्टर कब से बन गया? तूने सुना नहीं, डाक्टर ने ज्यादा रोकने-टोकने को मना किया है।

सतबीर : डाक्टर ने तो ये भी कहा है कि उनका दिमाग मौत की बातों से हटाओ। अब जाके देख, कैंप-कमांडर की छोलदारी में बैठकर सुना रहे हैं मातमी शायरी।

सतबीर बगल में से एक किताब निकालता है और लाजो को देता है—माताजी, ये पकड़ो, एक किताब मिल गई।

लाजो : सच?

बहुत उत्साह से किताब लेती है और देखती है कि उस पर तमाम तेल के दाग पड़े हैं—ये इतनी गंदी कैसे पड़ी है?

सतबीर : एक खोमचेवाले के पास मिली। शुरू के चार पन्ने फटे हैं।

लाजो : चलो कोई नहीं। किताब तो वही है। नैसफील्ड का ग्रामर।

तभी हवेलीराम आ जाता है और कमरे की नई सजावट देखता है—अच्छा, दोनों पुत्तर आ गए आपके? आज यहाँ कुछ बदल दिया गया है?

लाजो इससे खुश होती है—हाँ मास्टरजी।

हवेलीराम नई चीजों को देखता, छूता है। लैंप को गौर से देखता है—पहले इस तरह के लैंप घर-घर में होते थे।

लाजो : हमारे घर में भी था मास्टरजी! लाहौर में। विच्छ....!

नाम लेने को होती है कि रोशन के आँखें तरेरने पर रुक जाती है। हवेलीराम दयानंद की तस्वीर देखता है। फिर कुछ हैरानी के साथ मुस्कराता है—आज इस जगह में आप लोगों ने बहुत कुछ बदल दिया है, लेकिन एक अजीब-सी बात ये है कि ये जगह अब मुझे ज्यादा....घरेलू ....नहीं, मेरा मतलब है ज्यादा....

लाजो : पहचानी?

हवेलीराम : प-ह-चानी? पता नहीं।....कहकर हवेलीराम सोच में पड़ जाता है।

रोशन : माताजी, आप इस तरह की बातें छोड़ो और पढ़ाई शुरू करो।

लाजो सिर हिलाकर हामी भरती है—मैं जानती हूँ पुत्तर!

हवेलीराम किताब को उलटने-पुलटने लगा है। वह लाजो की ओर देखता है और कहता है—ये तो बड़ी पुरानी किताब ले आईं आप। नैसफील्ड का ग्रामर क्या

अब भी चलता है यहाँ?

लाजो : पता नहीं मास्टरजी, मगर मैं तो इसी में अटकी पड़ी हूँ। मैंने और किताबें भी मँगवायी हैं। मेरे को रोज पढ़ा दिया करो आप।

हवेलीराम : मेरे को नहीं, 'मुझे' कहा जाता है।

लाजो : लो मास्टरजी, आप तो मास्टरी करने भी लग पड़े।

हवेलीराम : लग पड़े नहीं, लगे।

अब हवेलीराम किताब को देखता है। लाजो झेंपती है। फिर हवेलीराम से किताब ले के उसे खोलती है, जहाँ उसने कागज डाल रखा था—मास्टरजी, ये पढ़ा दो। डायरेक्ट-इनडायरेक्ट।

हवेलीराम : मास्टरजी से 'दीजिए' कहा जाता है, दो नहीं।

लाजो : हिंदी का ग्रामर बाद में पढ़ाना, अभी तो इंगलिश का पढ़ा दो, दीजिए। ये वाली एक्सरसाइज।

अँगुली से छूकर बताती है।

हवेलीराम : अच्छा एक्सक्लेमेशनवाले सेण्टेंस? जी, इनमें इस तरह है कि इनडायरेक्ट बनाने के लिए अलग से कोई लफ्ज जोड़ना पड़ता है, ताकि पता चले, बात एक्सक्लेमेशन के साथ कही गई है। जैसे ये है, 'ही सेड, एलास, आई एम अनडन।' तो इसका हो जाएगा—ही एक्सक्लेम्ड.....।

लाजो : सैडली?

हवेलीराम : बिल्कुल ठीक। आगे?

लाजो : एक सनटेंस तो आप करके बताओ।

हवेलीराम : बता....।

लाजो : बताइए।

हवेलीराम : तो इनडायरेक्ट में सेण्टेंस यों हुआ—ही एक्सक्लेम्ड सैडली दैट ही वाज अनडन। अब आप इसे कीजिए। ही सैड टू मी—मे यू सक्सीड?

लाजो : में वालों में विश लगाते हैं?

हवेलीराम : जी।

लाजो : ही विश मी सक्सेस।

हवेलीराम : ही विश्ड मी सक्सेस। प्रेजेंट की जगह पास्ट बनाते हैं।

लाजो : पास्ट को प्रेजेंट नहीं बनाया जा सकता मास्टरजी?

हवेलीराम : इनडायरेक्ट को डायरेक्ट बनाते समय पास्ट को प्रेजेंट किया जाता है।

लाजो : तो हम इनडायरेक्ट को डायरेक्ट क्यों नहीं कर लें?

हवेलीराम : इस समय तो डायरेक्ट को इनडायरेक्ट करने बैठे हैं।

लाजो : मेरा मतलब है जिंदगी में।

हवेलीराम : मैं एक बात आपसे शुरू में ही कह दूँ, मेरे को ये बिल्कुल पसंद नहीं है कि पढ़ाई के समय कोई.....।

—आलतू-फालतू बात की जाय—लाजो हवेली का वाक्य पूरा करती है—आप तो 1915 से समझा रहे हो। लेकिन मैं इतनी बुद्धू हूँ कि समझ नहीं पायी।

हवेलीराम : उन्नीस सौ पंद्रह।

लाजो : उन्नीस सौ पंद्रह के शुरू में ही मैं अपने मामा के पास लाहौर आई थी। आने के दिन ही आपको देखा था। गुरुदत्तजी के यहाँ हवन था। वहीं मिले थे।

हवेलीराम : आर्यसमाजी गुरुदत्त जी?

लाजो : जी!

हवेलीराम : उनके नाम का भवन भी है लाहौर में?

लाजो उत्साह से—जी, जी!

हवेलीराम : लेकिन मुझे याद नहीं पड़ता कि मैं आपसे गुरुदत्तजी के यहाँ मिला था।

लाजो : आप मिले थे। और मैंने लौट के अपने मामाजी से कहा था कि मास्टर हवेलीराम तो बड़ी वैसी नमस्ते करते हैं, जबकि हमारे और पंजाबी लोग तो दूसरों से बहुत गरमजोशी के साथ मिलते हैं।

हवेलीराम : मास्टर हवेलीराम? पता नहीं आपको कोई गलतफहमी....अपने मामाजी का क्या नाम बताया था आपने?

लाजो : भाई आत्मानंद। जैसे आप मेरे गुरु थे, वैसे वो आपके गुरु थे।

हवेलीराम : उन्होंने मुझे क्या सिखाया?

लाजो : इन्कलाब की दीक्षा दी।

हवेलीराम : मुझे तो कुछ याद नहीं आता।

लाजो : जोर मत डालिए दिमाग पर। बाद में अपने-आप आ जाएगा?

लाजो तस्वीर दिखाती है—आप मास्टर हवेलीराम हो। ये देखो। ये तस्वीर उस दिन ली थी जिस दिन मामाजी ने आपसे मेरे को, मेरे को नहीं, मुझे पढ़ाने के वास्ते कहा। ये आप हो, ये आपकी बहन है वीराँवाली, और ये मैं।

हवेलीराम देखता है, फिर मुँह फेर लेता है और 'नहीं' कहते हुए सिर हिलाता है—ये तस्वीर कहाँ से मिली थी?

लाजो : मामाजी के घर में। विच्छ....कहते-कहते लाजो रुक जाती है।

हवेलीराम : जी कहाँ?

—लाहौर में।....कहकर लाजो किताब ले के सामने बैठ जाती है—पढ़ाओ मास्टरजी। पढ़ाई के वक्त फालतू बात नहीं ना करनी है।

कैंप में सुबह। सतबीर व बबली बातें कर रहे हैं। बबली सतबीर से कहती है—सतबीर जी, आप जे.बी. साहब से क्यों नहीं मिलते? वो रोज पूछते हैं।

सतबीर : श्यामलाल जी मिलने दें, तो तब मिल लूँ।

बबली : मैं कल जे.बी. साहब से वक्त तय करके आपको बुलाने वास्ते आपके ऑफिस पहुँची। आप चिट भेजने पर भी बाहर नहीं निकले। मैं आज सवेरे का टाइम तय करके आई हूँ उनके साथ। आप और मैं इकट्ठे चलेंगे यहीं से।

सतबीर : आज तो मेरे को रिलीफ कमेटी की मीटिंग में जाना है। मंगला जी का खास हुक्म है।

बबली : चंगा जी, उनका ही हुक्म मानो।

जे. बी. आफिस में बैठा है। टेलीफोन उसके हाथ में है। बबली कमरे में आती है। जयभूषण बबली से कहता है—बैठ जाओ। ....फोन पर बात करके रख देता है। पूछता है—आज तो आप प्रिंस को साथ लेके आने वाली थीं?

बबली : जी वो ....।

जयभूषण : (बात काटते हुए) नहीं आए।

बबली : आज जरूर आते लेकिन मंगलाजी के साथ रैफ्यूजी कमेटी में जाना पड़ गया उनको।

जयभूषण : रैफ्यूजी कमेटी के कामवाला सिरदर्द तो मैंने ही प्रिंस को सौंपा था। अगर वो अब भी मंगला को बराबर वहाँ ले जाता है, ये तो दोस्ती निभाने वाली बात है।

जयभूषण और बबली बातें कर रहे होते हैं, तभी सतबीर आता है। उसके पीछे मंगला है। सतबीर दरवाजे पर थोड़ा नॉक करता है—मे आई कमिन सर?

जयभूषण अपनी जगह से उठता है। दरवाजे की ओर बढ़ता है—प्रिंस अगर तुम इस लड़की को यहाँ नहीं रखवा गए होते तो मालूम है मैं इस समय क्या कहता? यू मे नॉट।

जे.बी. का ध्यान मंगला की ओर जाता है। मंगला कहती है—दोनों दोस्तों में सुलह-सफाई कराने आई हूँ।

जयभूषण सतबीर की ओर देखता है—हमारा कोई झगड़ा है? श्यामलाल और

प्रिंस का झगड़ा हो सकता है और वो भी बेकार है।

सतबीर : वो बात ये थी कि....।

जयभूषण : बात कुछ थी ही नहीं।

सतबीर : फिर भी मेरे को अपनी तरफ से सफाई तो दे देने दो।

जयभूषण : दिल साफ होने चाहिए। बाकी सफाई से क्या लेना-देना? और अगर तुम समझते हो कि तुम्हारी सफाई सुने बगैर मुझे चैन नहीं आने वाला है तो तुम फौरन यहाँ से चले जाओ। और अगर तुम समझते हो कि मैं जे.बी. हूँ, तुम प्रिंस और हम दोनों यार हैं तो सफाई को मारो झाड़ू और गले लग जाओ।

सतबीर थोड़ा हिचकिचाता है, मगर फिर बगलगीर हो जाता है।

बबली : आप लोग बात करो, मैं इतने में कुछ लैटर टाइप कर लूँ।

मंगला : नहीं, अब हम चलते हैं। आज मेरे पिताजी का जन्मदिन है। मैं कैंप में मिठाई बाँटने जाना चाहती हूँ। ये प्रिंस साथ जा रहे हैं।

जयभूषण भी इन लोगों के साथ जाने को तैयार हो जाता है।

रोशन बैठा मटका बजा रहा है और गा रहा है—जवाँ है मोहब्बत, हसीं है जमाना; लुटाया है दिल ने खुशी का खजाना।

छोलदारी में लाजो और हवेलीराम बैठे हैं। हवेलीराम कुछ लिख रहा है।

लाजो : रोशन को तो बस मटका बजाना और शेखचिल्लीपन अलापना। अब आ गए तेरे पिताजी, मैंने तेरे को जल्दी-से-जल्दी घर-गृहस्थी वाला बनाना है।

फिर वह मास्टरजी को पुकारती है—मास्टरजी!

हवेलीराम कागजों से निगाह उठाता है—जी!

लाजो : मेरा ख्याल है, हमें रोशन की शादी कर देनी चाहिए। वो पड़ोसवाली बबली है ना....।

हवेलीराम : सुंदर विचार है।

रोशन उठ जाता है—सिरफिरा विचार है। कँगले की कँगले से शादी कर दो।

तभी बबली आ जाती है। लेकिन लाजो उसे नहीं देखती।

लाजो : बबली बहुत अच्छी लड़की है और मैंने जरूर तेरी शादी उससे करनी है।

रोशन : मैंने नहीं करनी उससे। कंगली भी कोई ढंग की हो। शक्ल में सिफर, अक्ल में सिफर। पहले रोती ही रहती थी और जब से नौकरी मिली है तब से जे. बी. साहब कहके कूदती रहती है!

बबली चल देती है। मगर जाते-जाते सुन लेती है। सतबीर उसे आते-जाते

देख लेता है। उसे पता चल जाता है कि बबली ने रोशन की सारी बकवास सुन ली है। कुछ बकवास वह बाहर बबली के पास जाते हुए खुद सुनता है। बबली रोने लगती है। सतबीर उसे समझाता है—आपको रोशन की बात का बुरा नहीं मानना चाहिए बबली जी। वो तो है ही बकवास करने वाला। ना करे वो आपसे शादी, तो ना करे। उस जैसे मसखरे से शादी करके आपको मिलना भी क्या है?

बबली : मैं इस करके नहीं रो रही कि उन्होंने मना कर दिया। मैं तो इस करके रो रही हूँ कि....।

सतबीर : जी, किस करके रो रही हैं?

बबली : कि आप....।

सतबीर : कि मैं....। मैंने क्या किया जी? मैंने कोई गलत बात कह दी?

बबली : कुछ भी नहीं कहा सतबीरजी!

सतबीर : तो फिर क्या जी! मैं समझा नहीं बबलीजी!

बबली : मेरा अकेलापन आपकी समझ में आना भी नहीं है सतबीरजी आपकी शादी...।

सतबीर : अकेलापन? आपकी शादी जरूर हो जानी है। आप तो हर तरह से लायक हो जी। जिससे भी शादी होगी, उसके भाग खुल जाने हैं।

बबली समझती है कि सतबीर अपने संबंध में कह रहा है। खुश होकर वह उसके कंधे पर सिर टिका देती है—आप सच कह रहे हो सतबीरजी?

सतबीर : हाँ बबलीजी!

तभी हवेलीराम तथा लाजो छोलदारी से बाहर निकलते हैं। हवेलीराम लाजो की ओर देखकर मुस्कराता है और कहता है—सतबीर-बबली को देखकर मुझे किसी की याद आ रही है।

लाजो : अपनी मास्टरजी, अपनी।

हवेलीराम : इनकी जोड़ी राधाकृष्ण-सी लग रही है। राधाकिसन। कूचा राधाकिसन। ऐसी कोई जगह है जी?

लाजो : हाँ मास्टरजी, हाँ। वहीं आपका पुश्तैनी घर है लाहौर में।

लाजो की छोलदारी में हवेलीराम 1915 में खिंची तस्वीर को देख रहा है। वह अकेला है। लाजो छोलदारी में प्रवेश करती है और मास्टर हवेलीराम को देखती है—मास्टरजी! क्या देख रहे हो? इस तस्वीर में अपने को पहचानने की कोशिश कर रहे हो? ये आप ही हो मास्टरजी! जैसे ये मैं हूँ जैसे ये वीराँवाली है।

मैंने वीराँवाला को बुलाया है मास्टरजी! उसे देखकर आपको सबकुछ याद आ जाना है।

हवेलीराम : मैं क्या, कोई भी इंसान यह नहीं जान पाता कि असल में वो कौन है?

लाजो : आप मास्टर हवेलीराम हो। लाला गेंदामल और जनको देवी के पुत्तर।

—लाला गेंदामल? गेंदामल? गेंदामल? गेंदामल?.....कहता हुआ हवेलीराम हैरान-परेशान होता है। फिर सिर पकड़कर बैठ जाता है।

लाजो : दिमाग पर ज्यादा जोर मत डालो मास्टरजी!

हवेलीराम : ऐसा लगता है जैसे एक दीवार चिन दी गई है मेरे चारों ओर। और उस दीवार में कोई खिड़की खोलना भी बेकार है, क्योंकि उसके पास बस अँधेरा है, घुप्प अँधेरा।

लाजो : मास्टरजी हौसला रखो। धीरे-धीरे आँखें अँधेरे में भी देखने लग पड़नी हैं। फिर नजर आ जाना है लैंप किधर है और सिलाई किधर है।

लाजो और हवेलीराम दोनों लैंप के पास आ जाते हैं। लाजो लैंप जला देती है। लैंप के उजाले में दोनों एक-दूसरे को देखते हैं।

हवेलीराम जैसे बुदबुदाता है—तमसो मा ज्योतिर्गमय।

लाजो : अँधेरे से उजाले की ओर। मेरे को लगता है मास्टरजी, रब सब चंगी करेगा।

हवेलीराम : मुझे, मेरे को नहीं।

लाजो : फिर मास्टरी मूड में आ चले हो तो पढ़ाने ही लगो मास्टरजी! लाजो किताब सामने रखती है।

लैंप के प्रकाश में हवेलीराम लाजो को पढ़ा रहा है। तभी सतबीर और मंगला आ जाते हैं। सतबीर कहता है—माताजी, मंगलाजी आए हैं।

इनके आने से लाजो चौंकती है और किताबें एक ओर रख देती है। मंगला के बैठने के लिए चटाई डालती है—आओ बेटी, बैठो। मैं तो आप तुम्हारे यहाँ आने की सोच रही थी कि तुम्हारा और लालाजी का धन्यवाद करूँ।

मगंला : किसी बात के लिए जी?

लाजो : जब से मास्टरजी तुम्हारे यहाँ आने-जाने लगे हैं, इनकी हालत में बहुत सुधार हुआ है।

मंगला : राजनीति इनका अपना क्षेत्र है। उसमें लौटकर इनमें सुधार होना ही था।

हवेलीराम : अपने का तो पता नहीं, बेगाना जरूर नहीं है। हिन्दू-मुस्लिम एकता पर जो मीटिंग हुई, उसमें हर बात मुझे कई बार सुनी हुई लगी। मैंने यह भी महसूस किया कि ये सारी बातें एक तरफ अपने ढंग से चलती आई हैं और असलियत दूसरी तरफ अपने ढंग से।

मंगला : और ट्रेजेडी यह है कि हमारी बातें जितनी बढ़िया हैं, हमारी असलियत उतनी ही घटिया और घिनौनी।

सतबीर : मुल्क गिरा पड़ा है कुएँ में और गाँधीजी बहुत ऊँचाई से बात कर रहे हैं।

हवेलीराम : तुम क्या चाहते हो पुत्तर कि गाँधीजी भी ऊँचाई छोड़ दें?

सतबीर : ऊँचाई कहीं बाकी बची हो तब ना। ऊँचाई तो तभी खत्म हो गई जब वो बँटवारे वास्ते तैयार हो गए।

हवेलीराम : गाँधीजी कभी बँटवारे के हक में नहीं रहे।

मंगला : मगर हो तो गया। खाई पड़ तो गई आदर्श और व्यवहार के बीच।

सतबीर : जरूरत से ज्यादा ऊँचे आदर्श होने हैं तो पड़नी ही है खाई। बताओ पाकिस्तान ने कश्मीर पर हमला किया हुआ है, गाँधीजी उसे पचपन करोड़ रुपया पावना देने को कहते हैं। वहाँ के दंगे रुकवा नहीं सकते, यहाँ के रुकवाते फिरते हैं। अभी कल ही लाशों से भरी एक ट्रेन पहुँची।

बातचीत के रुख को खतरनाक समझकर लाजो सतबीर की ओर आँख और हाथ से इशारा करती है।

हवेलीराम : लावारिस लाशें।

लाजो : मास्टरजी दिन-भर के थके हुए हैं। उनको इस तरह की बहस में मत उलझा पुत्तर! तेरे को समझ में आना चाहिए कि गाँधीजी मुल्क के बुजुर्ग हैं। बुजुर्ग का काम ही टब्बर में मेल-मिलाप बनाए रखना है। चाहे अलग ही हो जाएँ, अपना तो अपना ही माना जाता है।

कुलभूषण टाई पहनता हुआ कमरे में आता है। सुलोचना कोई रंगीन तस्वीरों वाली पत्रिका देख रही है। उसके बच्चे कुक्की और निक्का तीन सेबों से खेल रहे हैं। कुक्की एक फल निक्का को दे देती है। कुलभूषण भी एक फल उठा लेता है। उठाकर दाँत गड़ाता है—ये आए कहाँ से?

कुक्की : नानीजी लाए।

कुलभूषण : क्यों, मम्मीजी किस खुशी में?

मोहिनी : खुशी तो अरोड़ा ब्रदर्सवालों को हुई होनी है कि तुमने उनका काम

करवा दिया है। वही दे गए डाली।

कुलभूषण सुनकर दंग रह जाता है। मुँह चलाना बंद करता है। बाथरूम में जाकर थूक के आता है। बच्चे के हाथ से फल छीनता है। इधर-उधर घूमके वो डाली ढूँढ़ता है। कहता है—और तो कुछ नहीं था ना? मैं आज ही अरोड़ा ब्रदर्स के आदमी को दफ्तर में बुला के, सबके सामने डाँट के ये डाली वापस करूँगा।

निक्का : पापा, प्लीज खाने दो ना!

कुलभूषण : नहीं पुत्तर, घूस की चीज नहीं खायी जाती।

सुलोचना : घूस? वॉट नॉनसेन्स? ये तो डाली है।

मोहिनी : इस तरह की डालियाँ तो बड़े दिन के मौके पर हमने आप कई बारी अंग्रेज अफसरान को भिजवायी हैं। काम हो जाने पर जो लिया जाता है उसे घूस नहीं, दस्तूरी कहते हैं पुत्तर!

कुलभूषण : मम्मीजी, अगर आप अब मेरे दफ्तर के कामों में भी दखल देने लग पड़े तो बात मेरी बर्दाश्त के बाहर हो जानी है।

सुलोचना : भूषण! हाऊ डेयर यू टाक टू मम्मीजी लाइक दैट?

मोहिनी : गलती मेरी ही है लोचन। माया-मोह से मजबूर होकर समझाने बैठ जाती हूँ भूषण को। लेकिन मेरे को पता है, इसे तो सब कुछ होते इसी तरह भूखों मारना है जिस तरह इसके बाप ने इन लोगों को मारा। पीढ़ी-दर-पीढ़ी चलते रहते हैं इस तरह के खब्त।

कुलभूषण : मम्मीजी, घूसखोरी के बिना भुखमरी होती हो तो मेरे को वो भी मंजूर है। जरा मेरा टिफिन देना।

मोहिनी एक डिब्बे में सैंडविचनुमा कटे हुए बटर स्लाइसेस रखती है।

सुलोचना : साहब का टिफिन। दो बटर स्लाइसेज। लोग बता रहे थे, इसी में से तुम औरों को आफर करते हो।

कुलभूषण : जो मैं खाता हूँ वही खिलाता हूँ।

सुलोचना : तुम्हारे वर्गे आफिसर रॉयल लंच आप खाते हैं, औरों को भी खिलाते हैं।

मोहिनी : अरे खिलानेवाले इतने होते हैं कि आप खिलाने की जरूरत ही नहीं पड़ती। पुत्तर, लोचन बोलती कड़वा जरूर है लेकिन बात सही कहती है। इस तरह चल नहीं सकती गिरस्ती। लाहौर में इसके डैडीजी का सहारा था। अब तो सारी कमाई तेरे को ही करनी पड़नी है।

कुलभूषण : मम्मीजी, माफी चाहता हूँ। मैं बेईमानी नहीं कर सकता।

मोहिनी : पुत्तर, तू उस पैसे के वास्ते भी कोशिश नहीं कर सकता जो ईमानदारी

से मिल सकता है?

कुलभूषण : जी, कौन-सा पैसा?

मोहिनी : क्लेम का। कितनी बड़ी पुश्तैनी जायदाद छोड़ के आए हो लाहौर में?

कुलभूषण : वो तो सारी तायाजी के नाम थी।

मोहिनी : लेकिन उनका वारिस बचा कौन है? लभायाराम के वास्ते कहते हो तुम लोग लेकिन वो होता तो भर ना चुका होता क्लेम? तू तो आप पता करके आया है कि उसने क्लेम नहीं भरना।

सुलोचना : वो भरे तो भी हम भर सकते हैं। लड़ सकते हैं। दो गवाह जुटाने की ही तो बात है।

मोहिनी : और क्या? लोग तो झूठे क्लेम भर रहे हैं। और पुत्तर, तुमको एक क्लेम अपने घर का भी तो भरना है।

कुलभूषण : तायाजीवाली जायदाद का हो या अपनी का, क्लेम तो पिताजी ही भर सकने हैं। लेकिन जब आप लोगों ने उनको यहाँ रहने ही नहीं दिया तो मैं उनके पास किस मुँह से जाऊँ? ना रहने देते तो भी गनीमत थी, मगर आपने तो उन्हें पागलखाने में डलवाने की बात कही।

मोहिनी : इलाज के वास्ते ना! अब वो लोग कराने लगे हैं कि नहीं इलाज? पुत्तर, मेरी बात सुन। अपने माताजी-पिताजी के पास जाने में शर्म कैसी? तू आज शाम जल्दी आ जा। हम सब तेरे साथ चलने हैं मनाने हैं उनको।

कुलभूषण : मेरा तो आज दफ्तर में बहुत काम है।

मोहिनी : चलो, कोई नहीं। हम ही चले जाने हैं। तू बाद में आना।

शाम का समय। बबली कैंप में नल से पानी भर के छोलदारी में जा रही है। साइड से सतबीर और मंगला आ रहे हैं। सतबीर की बगल में किताब दबी है।

सतबीर : इस बारे में तो आपकी जितनी तारीफ की जाए, उतनी थोड़ी है मंगलाजी! नहीं, मैं सच कहता हूँ। मैंने तो आप-जैसी कोई लड़की नहीं देखी।

सतबीर की आवाज सुनते ही बबली का ध्यान उधर जाता है। वह इस बात को सुनकर दुखी होती है। बबली को देखकर सतबीर मुखातिब होता है—नमस्ते बबलीजी!

बबली : नमस्ते जी!

सतबीर : मंगलाजी को तो आप जानते ही हो।

बबली : इनको कौन नहीं जानता?

मंगला : प्रिंस, आप मेरी किताबें मुझे दे दो और इनकी बाल्टी उठा लो।

सतबीर किताबों को बगल में दबा लेता है और बाल्टी के लिए झुकता है—मैंने बाल्टी भी उठा लेनी है।

बबली : उसकी कोई जरूरत नहीं है। मेरे को बोझ उठाने की आदत है। अच्छाजी मंगलाजी, नमस्ते।

बबली तेजी से आगे बढ़ती है और अपनी छोलदारी में घुस जाती है। निहालदेई कुछ पका रही है।

निहालदेई : पानी ले आई बबली? जीती रह पुत्तर! मैं आज दिन में बैठी-बैठी यही सोच रही थी कि सहारनपुर में घर के काम में मेरा कौन हाथ बँटाएगा?

बबली आकर पास में बैठ जाती है—आप लोग सचमुच जाने लगे हो?

निहालदेई : इनका जिस तरह का धंधा है वो सहारनपुर में ही चल सकता है।

सुनकर बबली बहुत उदास हो जाती है। उसकी आँखों में आँसू भरने लगे हैं।

निहालदेई : मेरे को तो आप बहुत बुरा लग रहा है तेरे को छोड़ते हुए। लेकिन अब तो देर-सबेर तेरे को मेरे से विदा होकर लाजो बहनजी के घर जाना ही था।

इस बात को सुनकर बबली के आँसू थमने की बजाय और तेज हो जाते हैं—बेकार की उम्मीदें मत बँधवाओ मौसीजी!

निहालदेई : बेकार की कैसे? लाजो बहनजी तो तेरे पर जान छिड़कते हैं। तू फिकर ना कर। मैंने आज ही उनसे सारी गल-बात पक्की कर लेनी है।

लाजो की छोलदारी। वह ध्यान लगाए बैठी है। उसने आँखें बंद कर रखी हैं। निहालदेई छोलदारी में घुसती है। उसकी आँखें खोलने का इंतजार करती है। लाजो आँख खोलती है और निहालदेई को देखकर मुस्कराती है।

निहालदेई : बहनजी, तुम रब को याद करते रहने वाले लोग हमारे बीच आकर बस गए हो, इसका कुछ तो फैदा हमको भी पहुँचना चाहिए। रब से हमारी बबली बिचारी की शादी के वास्ते दुआएँ माँगो। हमने सहारनपुर जाने का फैसला तो कर लिया, लेकिन इस लड़की को किसके भरोसे छोड़ के जाएँ? ये तो हमारी कुछ लगती नहीं, लेकिन साथ रहते-रहते मोह हो गया है।

लाजो : मोह तो हमें भी बहुत हो गया है बबली से। हमने उसे अपने परिवार का हिस्सा बना लेना है।

निहालदेई : तो बनाओ। देरी क्यों करते हो? आप तो कहते थे कि रोशन

के पिताजी आ जाएँ, फिर बात कर लेने हैं।

लाजो : रोशन तो राजी होता ही नहीं शादी के वास्ते। सतबीर से कर देने हैं। जरा इनकी तबीयत सम्हल जाए, फिर।

निहालदेई : जबान तो आप अभी दे सकते हो।

लाजो : जबान तो शुरू की दी हुई है कि मैंने बबली को अपनी बीबीरानी बनाना है।

निहालदेई अपने आँचल में से बताशे निकालकर खिलाती है—तो लो जी, मुँह मीठा कर लो।

बबली दफ्तर जाने को तैयार हो रही है। निहालदेई आकर बबली को बताती है—आज दफ्तर से लौटते हुए मंदिर, गुरुद्वारा दोनों ही जगह मत्था जरूर टेक आना। मैंने अभी-अभी लाजो बहनजी से तेरी और सतबीर की बात पक्की कर ली है।

बबली खुश होती है। लेकिन खुशी जाहिर नहीं करती। पूछती है—प्रसाद भी चढ़ाना होगा?

निहालदेई : जरूर। चार आने की बूँदी मेरी ओर से भी।

लोचन अपने कमरे में आईने के सामने मेकअप कर रही है। मोहिनी का ध्यान इस ओर जाता है कि लोचन अब लिपिस्टक लगा रही है। वह ताला-चाबी सम्हालकर लोचन की ओर बढ़ती है।

मोहिनी : ये क्या कर रही है पुत्तर? तेरे सासूजी लिपिस्टक लगाने के खिलाफ हैं।

सुलोचना : वो तो गँवार हैं।

मोहिनी आकर लिपिस्टक छीन लेती है और अपने रूमाल से सुलोचना के होंठ पोंछ देती है।

मोहिनी : सास-ससुर को खुश करने के लिए तू कुछ दिन तक वैसा ही कर और वैसा ही कह, जैसा मैं बताऊँ।

सुलोचना : मम्मीजी, मेरे को तो उनकी सूरत से भी नफरत है और आप कहते हो कि मैं उनको खुश करूँ?

मोहिनी : इस तरह समझ ले पुत्तर कि ये भी एक ड्रामा है। एक बारी क्लेम-क्लेम भर जाए, मुख्तारी भूषण के नाम हो जाए, ड्रामा खत्म!

हवेलीराम और लाजो छोलदारी में बैठे बातें कर रहे हैं। लाजो एक थैला लेकर हवेलीराम के पास बैठती है। थैले में से गोभी का फूल निकालती है–मास्टरजी, आज तनख्वाह मिली तो आपकी पसंद का फूल ले आई।

हवेलीराम : जितना बड़ा फूल मैं खुद, उतना ही बड़ा फूल मुझे पसंद है। . ...कहकर हवेलीराम हँस पड़ता है। लाजो भी हँसती है। कहती है–यहाँ आए बाद आज आप पहली बार हँसे मास्टरजी! आप तो ये भूल ही पड़े थे कि आपका सेहत की खातिर दिन में एक बारी हँसने का नियम है।

हवेलीराम कुछ सोचने लगता है–हँसी का भी कोटा?

लोचन, मोहिनी, निक्का और कुक्की आते हैं। इन लोगों को आया देख लाजो हवेलीराम के पास से उठ जाती है।

लाजो : आओजी, आज तो बड़े दिनों के बाद....।

मोहिनी आकर लाओ को गले लगा लेती है।

मोहिनी : बहनजी, मैं तो तड़प रही थी आपसे मिलने वास्ते। लेकिन भूषण पुत्तर को फुर्सत ही नहीं मिलती काम से। हार के मैंने आज कहा, हम अकेले ही चले जाते हैं।

सुलोचना आधे-अधूरे ढंग से झुककर हवेलीराम को पैरीपौना करती है। बदले में हवेली बगैर कुछ कहे आशीर्वाद में हाथ उठा देता है। सुलोचना लाजो के पाँव भी इसी तरह छूती है–पैरीपौना माताजी!

लाजो : जीती रह पुत्तर!

मोहिनी : चंगी तरह कर पैरीपौना। ये क्या तरीका हुआ?

आधे-अधूरे ढंग से झुककर हँसती है। अब सुलोचना बाकायदा पाँव छूती है।

निक्का : मैं करूँगा चंगी तरह पैरीपौना। मेरे को आता है।

निक्का झुकता है, लेकिन लाजो उसे गोद में उठा लेती है।

लाजो : इतना बड़ा हो गया? तू तो दादी को भूल ही गया निक्का।

मोहिनी : रात-दिन दादी की ही माला जपता है ये तो।

सुलोचना : कल इसके पापा पाँच टाफी लाए। बाँटने पे एक बची तो मैंने कहा, ये नानी को दे दे। कहता है नहीं, दादी को दूँगा।

पर्स में से एक टॉफी निकालकर देती है। लाजो खुश होती है और उसे खोलकर निक्का के मुँह में डाल देती है–निक्के ने दादी को दी। दादी ने निक्के को दी।

कुक्की गोभी का फूल और चाकू उठाती है–दादीजी, गोभी के पकौड़े बनाने चले हो?

लाजो : तेरे को खाने हैं तो मैंने जरूर बनाने हैं।

लाजो निक्का को उतारती है और कुक्की से चाकू और गोभी ले लेती है।

मोहिनी : आते ही खाने की बात लेके बैठ गई मरजानी! खाने का ही मन है तो माँ-बेटी मिलके बनाओ। दादी को क्यों परेशान करते हो?

सुलोचना : जी मेरे को काटने दो।

लाजो : नहीं, तू बैठ बीबीरानी!

मोहिनी : इसी तरह आपने इसे सिर पर चढ़ा दिया है। रोटी तक यहाँ से भेज देते हो आप।

सुलोचना गोभी काटने लगती है।

लाजो : आपकी इकलौती बेटी है, इसे हमने प्यार से रखना ही हुआ। चल छोड़, मैं बनाऊँगी पकौड़े।

मोहिनी : नहीं जी नहीं, ये करेगी आपकी सेवा। इसे आप एक मौका और दो सुधरने का।

लाजो : खराबी क्या है मेरी बीबीरानी में।

मोहिनी : जी, मैं माँ हूँ, इसका मतलब ये तो नहीं है कि अपनी बेटी की खामी ही ना देखूँ? और सब अच्छी है, लेकिन इसे पुराने तौर-तरीके नहीं आते और ये साथ रहना नहीं जानती।

लाजो : कोई बात नहीं।

मोहिनी : जी, कोई बात किस तरह नहीं? साथ नहीं रहने हैं तो अपनों से अपनापन खत्म हो जाना है। अब तो बहनजी, मेरी लोचन आप अपनी नासमझी पर पछता रही है। आज ये आपसे कहने आई है कि आप सब लोग साथ रहो और मैं आपसे हाथ जोड़ती हूँ, इसकी बात को मान लेना।

लाजो इस बात से खुश होती है, लेकिन कुछ नहीं कहती।

सुलोचना लाजो से कहती है—निक्का दादी की माला जपता है, कुक्की दादा की। ये बच्चे तो दोनों आपको बहुत मिस करते हैं। हमें तो आप शायद ही माफ कर सको, मगर इन्हें कर दो। इनकी खातिर आ जाओ हमारे साथ।

लाजो : मैं तो आप इकट्ठे रहने के हक में थी। बच्चे ही नहीं माने।

मोहिनी : हम बुजुर्गों ने फैसले करने हैं और बच्चों से मनवाने हैं।

लाजो : अब तो बच्चों की बात बुजुर्गों से मनवाने का जमाना है।

मंगला और सतबीर लाजो की छोलदारी से बात करते हुए आते हैं और बबली की छोलदारी के सामने खड़े हो जाते हैं—तो ठीक है, मैं कल आपको आफिस से पिक

कर लूँगी। और अब आप जाकर आराम कीजिए। इस तरह तो तकल्लुफ में मैं आपको आपकी छोलदारी तक और आप मुझे कैंप के गेट तक बार-बार छोड़ते ही रहेंगे।

बबली जो इन्हें देख रही थी, वो आड़ में हो जाती है।

सतबीर : अरे हाँ, मैं कहना ही भूल गया। आज मैंने सरस्वती में आपकी कविता देखी। मेरे को तो पता ही नहीं था कि आप कविता लिखते हो।

मंगला : कैसी लगी?

सतबीर : बहुत अच्छी लगी...लेकिन क्या है...।

मंगला : कह डालिए।

सतबीर : कुछ ज्यादा ही रोमाण्टिक है। मेरे को लगा, आप कीट्स से बहुत ज्यादा प्रभावित हो।

मंगला : आपको नहीं पता था कि मैं कविता लिखती हूँ और मुझे नहीं पता था कि आप आलोचक हैं।

सतबीर : पाठक हूँ मामूली-सा। आलोचक नहीं।

मंगला : हमारे बीच पॉलिटिक्स के बाद एक और कॉमन पाइण्ट निकला, पोयटरी। जय को तो दोनों में ही दिलचस्पी नहीं है। अच्छा नमस्ते!

इस नमस्ते पर बबली छोलदारी के बाहर निकल आती है। उसके हाथ में प्रसाद है।

सतबीर : क्या बात है?

बबली : प्रसाद ले लो।

सतबीर : प्रसाद ले लेता है—प्रसाद क्यों बाँट रहे हो।

बबली : निहालदेई मौसी ने कहा है।

सतबीर : वजह?

बबली : इस करके कि वो आपकी माताजी से बात करके आए।

सतबीर : क्या बात?

बबली : आपकी बात। आपकी शादी की।

सतबीर : मेरी शादी का तो सवाल ही नहीं पैदा होता। और मेरी शादी की बात है, पर आप क्यों मिठाई बाँटने लगे।

—जी, क्योंकि...बबली आगे कुछ नहीं बोल पाती।

सतबीर : मेरा कहना तो ठीक नहीं लगता, लेकिन आप निहालदेई मौसी से कह देना कि सतबीर ने नहीं करनी शादी।

वो चला जाता है। बबली की आँखों में आँसू आ जाते हैं।

हवेलीराम छोलदारी में बैठा हुआ कुछ सोच रहा है। लाजो छोटा हारमोनियम लेकर आती है। हारमोनियम को सामने रख देती है। हवेलीराम उसकी धूल-वूल झाड़ता है और उसे बजाता है। पूछता है—जी क्या सुनाऊँ?

लाजो : मेरे को देस राग का लहरा बहुत पसंद है।

तभी कुलभूषण आ जाता है—पैरीपौना माताजी, पैरीपौना पिताजी!

लाजो : जीता रह पुत्तर! तेरे पिताजी की तबीयत अब आगे से काफी सम्हली। कल बच्चों के आने से भी काफी खुश हुए।

कुलभूषण : कल लोचन आपसे बात कर गई होनी है। मेरे ख्याल से अब हमें इकट्ठा रहना चाहिए।

लाजो : मेरे से क्या कहता है पुत्तर ! मैं तो शुरू से ही इकट्ठे रहने के हक में थी।

कुलभूषण : अब लोचन आपसे माँफी माँग रही है तो आपको माफ करना ही चाहिए।

लाजो : मेरी तरफ से कब मना है पुत्तर! मैंने तो ये नहीं कहा कि कोई मेरे से माफी माँगे।

कुलभूषण : तो ठीक है, मैं एक और कमरे का इंतजाम करता हूँ।

लाजो : तू घर से हो के आया है कि सीधा दफ्तर से?

कुलभूषण : सीधा ही आया हूँ।

लाजो : तब तो तेरे लिए चाय बनानी होगी। चाय बगैर सिर दुख जाता है। बबली से लेकर आऊँ पत्ती।

वो चली जाती है। उसके जाने के बाद कुलभूषण हवेलीराम के पास जाता है। पुराने ढंग के ब्रीफकेस से क्लेम के कागजात निकालता है—इन पर दस्तखत कराने थे जी!

हवेलीराम : मेरे? ये क्या है?

कुलभूषण : ये तो जी विच्छोवाली के मकान का क्लेम का कागज है।

हवेलीराम : विच्छोवाली?

कुलभूषण दूसरा कागज आगे बढ़ाता है—और ये जी लाला गेंदामल की जायदादों के क्लेम का कागज। आपको तो पता ही है कि तायाजी रलियारामजी और उनके टब्बर के दूसरे लोग दंगों में मारे गए थे।

हवेलीराम : उनको अग्नि दी किसी ने?

कुलभूषण थोड़ा चौंकता है—जी नहीं। तो पिताजी, लभायाराम जरूर बचा था लेकिन हाल तक तो उसने लाला गेंदामल की प्रापर्टी का क्लेम भरा नहीं है। आप ही भर दो। आप भी तो वारिस हो।

हवेलीराम : लावारिस लाशों का वारिस....।

कुलभूषण दोनों फार्म आगे करता है और कलम देता है—यहाँ पर साइन कर दो—हवेलीराम। अपना नाम लिखो जी!

साइन करने की जगह पर हवेलीराम लिखता है—लावारिस लाशों का वारिस।

तभी रोती हुई बबली को पुचकारते हुए लाजो आती है।

लाजो : निहालदेई जा रही है तो क्या हुआ? मैं तो हूँ। बैठ, चाय बना भूषण के वास्ते।

कुलभूषण : अपना नाम लिख दो पिताजी!

हवेलीराम : मेरा नाम क्या है?

कुलभूषण : हवेलीराम वल्द गेंदामल।

लाजो का ध्यान क्लेम के कागजात पर जाता है—ये तू क्या करा रहा है?

हवेलीराम : लावारिस लाशों के लिए क्लेम भरवा रहा है।....फिर फार्म भूषण को देकर सिर पकड़कर बैठ जाता है।

लाजो : मास्टरजी, इसे भूल जाओ। मैं आपके लिए पेटी का बाजा लायी थी। आप मेरे को राग देस सुनाने वाले थे।

हवेलीराम : गलत राग के लिए कह रही हैं आप? आपने गौर नहीं किया ...बड़े सबेरे मरते हैं ज्यादातर लोग। और वक्त पूछते हुए। जैसे जानते हों ब्राह्म मुहूर्त में ही मरना है।

हवेलीराम हारमोनियम पर गुणकली-जैसे किसी राग के स्वर छेड़ने लगता है। (गाकर) पानी जेकर बुदबुदा अस मानस की जात, देखत ही छिप जाएगा ज्यों तारा परभात।....

गाकर सिर पकड़ के बैठ जाता है। अब बबली की ही नहीं, लाजो की भी आँखों में आँसू हैं।

लाजो अपनी छोलदारी में उदास बैठी है। रोशन मुँह लटकाए आता है। लाजो पूछती है—मिले?

रोशन : अठविंजा नंबर में बैठे हैं। जहाँ वो तपेदिक का मरीज रहता है कुंदन। प्राजी हौरी ने तो मिल-मिलाकर पिताजी को फिर उसी हालत में पहुँचा दिया।

लाजो : डाक्टर को दिखवा दे पुत्तर!

रोशन : किधर से दिखवा दें? सेनगुप्ता साहब पता नहीं क्यों मेरे से खफा हैं। निवेदिताजी भी उखड़े-उखड़े रहने लग पड़े हैं। मेरा तो काम हर जगह बिगड़

रहा है। नहीं तो मैं आपसे पूछता हूँ कि जब उन्होंने सेवा की बात कही तब आप चौकन्ने क्यों नहीं हुए। आपने सोचना था कि उन्हें जरूर कहीं मेवा का पेड़ नजर आ गया होना है।

लाजो : मोहिनी हौरी जब तक यहाँ थे, मैं सावधान रही। मगर भूषण से तो ये उम्मीद नहीं ना थी। मैं चाय की पत्ती न लेने गई होती तो बात शुरू होते ही खत्म करा देती, लेकिन...। तू ही जाकर डाक्टर से पूछ आ।

रोशन : डाक्टर ने वही कहना है जो पिछली बार कह के गया था। गलती प्राजी की है। उन्होंने ही विच्छोवाली की बात की। अच्छा माताजी, चलता हूँ। लौट के मिलता हूँ।

लाजो : पुत्तर, भूषण ने खबर भिजवायी थी कि उसने दो कमरे का मकान ले लिया है। तू उससे कह देना कि पिताजी की तबीयत सँभल जाए, फिर हम भी वहाँ आ जाने हैं।

रोशन : क्यूँ? पिताजी की तबीयत फिर से खराब कराने वास्ते?

डाक्टर राय की क्लिनिक में रोशन जाता है। वहाँ उसे मालूम होता है कि हवेलीराम के इलाज का खर्च निवेदिताजी उठा रही हैं। यह सुनकर पहले वह चौंकता है, फिर उसकी बाँछें खिल जाती हैं।

रोशन डाक्टर के कमरे से बाहर निकलता है। देखता है कि निवेदिता हवेलीराम से बातें कर रही है। वह निवेदिता से पूछता है—अभी डाक्टर साहब से पता चला कि फीस आप दे रही हैं। मेरी समझ में नहीं आता कि किन शब्दों में आपका धन्यवाद करूँ।

निवेदिता : शब्दों में मत करिए। होटल में न्यू ईयर ईव को सफल बनाइए। वही धन्यवाद होगा।

लाजो अपनी छोलदारी में कोई कपड़ा सी रही है। पास ही हवेलीराम मुंशीनुमा डैस्क पर कुछ लिख रहा है। लाजो कहती है—ये तो मैंने भी सुना है कि लाला लाजपत राय के पिताजी इस्लाम के बड़े अच्छे जानकार थे। निवेदिता से बात करके आपको लालाजी की जितनी बातें याद आ गई हैं, उन्हें लिख डालो मास्टरजी।

रोशन जोर-जोर से कोई बंगला कविता पढ़ते हुए आता है।

लाजो : रोशन, रौला क्यों डाल रहा है पुत्तर? पिताजी का लिखने का टाइम है।

रोशन : मुल्क की सबसे मीठी जबान बोल रहा हूँ और आप कहते हो शोर मचा रहा हूँ? इसे बंगाली कहते हैं माताजी, बंगाली।

हवेलीराम : बंगाली तो बंगाल के बाशिंदों को कहा जाता है। जबान का नाम तो बंगला है।

रोशन : दो-चार बंगले दिलवा दे इस कंगले को, तब मान लेने हैं कि हाँ जी बंगला है।

लाजो : मास्टरजी, आप इसे टोका करो, हमेशा ऊल-जलूल बातें करता है।

हवेलीराम : शब्दों से अच्छा खेल लेता है।

लाजो : जिंदगी को ही खिलवाड़ समझ रखा है बेवकूफ ने।

रोशन : इस वक्त मैं बहुत सीरियस हूँ। पिताजी, आप तो मेरे को 'नष्टनीड़' वगैरह के मेन-मेन पाइंट शॉर्ट-शॉर्ट में बताओ फटाफट।

रोशन कुछ किताबें हवेलीराम के सामने रख देता है—और वो भ्रम समाज वगैरह भी समझा दो जो निवेदिता को समझा रहे थे। जरा मैं भी तो आपकी तरह ज्ञानी लगूँ।

लाजो : जो तूने ब्रह्म को भ्रम कहना है तो अज्ञानी ही लगना है।

रोशन : चलो, कोई बात नहीं। थोड़ा रिस्क ले लेने हैं।

हवेलीराम : और बंगला में तो 'ब्रह्मो' कहते हैं।

रोशन : इस तरह ही समझाते जाओ, फिर देखो मैं कितना ज्ञानी लगता हूँ।

सपन सेनगुप्ता अपने बरामदे में बैठा हुआ भुनभुना रहा है। घड़ी देखता है और उठ खड़ा होता है। तभी डा. राय और निवेदिता आते हैं।

डा. राय : सॉरी। आई होप आई डिड अ कीप यू वेटिंग।

सेनगुप्ता : यू डिड। क्यों निवेदिता, गाड़ी खराब हुआ क्या?

निवेदिता : ना बाबा।

सेनगुप्ता : फिर किधर रह गए तुम लोग?

डा. राय : क्लिनिक का बाहर निवेदिता के पहचान का एक पेशेंट सवारी का इंतजार में खड़ा मिल गया। निवेदिता उसको पुराना किला कैंप तक लिफ्ट दिया। वहाँ उसका वाईफ बच्चा बहुत इनसिस्ट किया चाय पी के जाने का वास्ते।

सुनकर सेनगुप्ता को बहुत गुस्सा आता है, लेकिन अपना गुस्सा पी जाता है—ओ, अच्छा, मैं निवेदिता को काम समझा दूँ, फिर आता हूँ।

निवेदिता : बाबा, पहले अपना चैकअप करा लो ना।

सेनगुप्ता : मुझे कुछ नहीं हुआ है। तू तो बेकार ही मेरे बारे में बहुत वरी करती है। जबकि अब मुझे तेरे बारे में वरी करना चाहिए।...यह कहते हुए वह निवेदिता सहित अन्दर स्टडी में चला जाता है।

निवेदिता : ऐसी क्या बात है जो आप बंद कमरे में ही कहना चाहते हैं।

सेनगुप्ता : तुमको मालूम होना चाहिए।

निवेदिता : मैं सच बोलती हूँ मुझे कुछ नहीं मालूम।

सेनगुप्ता : मेरी अवहेलना करती है और तुझे मालूम ही नहीं होता कि अवहेलना की?

निवेदिता : मैंने कब अवहेलना की बाबा?

सेनगुप्ता : रोशन के घर चली गई। इसे अवहेलना नहीं, आज्ञा-पालन कहते हैं?

निवेदिता : मैं रोशन के बीमार पिता को घर छोड़ने गई।

सेनगुप्ता : तू रोज रोशन के बीमार पिता को छोड़ने जाती है?

निवेदिता : मैं वहाँ रोज नहीं जाती। कोई आपसे ऐसा कह रहा है तो झूठ बोल रहा है।

सेनगुप्ता : जो भी मेरे लिए लॉयल है उसे तू झूठा बोलती है?

निवेदिता : क्या, मैं आपके लिए वफादार नहीं हूँ?

सेनगुप्ता : वफादार होती तो मेरे को बताए बिना अपनी माँ के पास जाती?

निवेदिता गंभीर हो जाती है—तो मोइत्रो ने इसकी भी चुगली की। बाबा, कई बरस आगे आप कोर्ट में माँ से मुकदमा हारे। कोर्ट ने मेरे को माँ के साथ रहने भेजा। फिर भी बालिग होते ही मैं आपके पास आ गई। क्या इसी को मेरे वफादार न होने का प्रमाण मानते हैं आप?

सेनगुप्ता : तू अपना माँ के साथ गई थी कि नहीं कल?

निवेदिता : ये कल ही क्यों नहीं पूछा बाबा? पूछ लेते तो रात-भर शराब नहीं पीते रहते।

सेनगुप्ता : पूछना जरूरी नहीं समझा। तुम कुछ भी कहो, मोइत्रो झूठा नहीं है। पीढ़ियों से उसके परिवार के लोग हमारे यहाँ ऊँचे ओहदों पर काम करते आए हैं।

निवेदिता : मोइत्रो ने क्या कहा आपसे?

सेनगुप्ता : तूने सर बदरी के यहाँ रिसैप्शन में अपना माँ से बात किया कि नहीं? उसने तुझे घर बुलाया कि नहीं?

निवेदिता : माँ ने बुलाया मगर मैं गई नहीं। वो जासूस मोइत्रो दूर खड़ा होके

कान हमारी तरफ लगाए था, लेकिन बात पूरी समझ नहीं पाया।

सेनगुप्ता : ये भी नहीं समझ पाया कि तूने अपना माँ से विवाह के बारे में बात की?

—माँ ने बात की, मैंने नहीं। मुझसे नाराज हो तो मुझे सजा दो। अब चलो डाक्टर के पास।...निवेदिता अपने आँसू पोंछने लगती है।

सपन सेनगुप्ता का चैंबर। चेयरमैन के नाम की ब्रास प्लेट लगी है। रोशन पहले प्लेट को नमस्कार करता है, फिर जेब से एक कागज निकालता है, जिसमें बंगला के कुछ फिकरे लिखे हैं और इस पर एक नजर मार के वो भीतर घुसता है—मे आई कमिन सर?

सेनगुप्ता : डिड आई कॉल यू?

रोशन : नो सर। नौमोस्कार!

सेनगुप्ता : बुलाया नहीं तो क्यों आए?

रोशन : न्यू ईयर ईव प्रोग्राम टा फाइनल कोरतू...कोरते आई मीन...।

सेनगुप्ता : उसके लिए मोइत्रो को बुलाया। वो किधर?

रोशन : सर, मोइत्रो बाड़ीगेलाम।

सेनगुप्ता : स्टाप दिस नॉनसेंस! तुम्हें शर्म नहीं आती, हमारे सामने में बैठ के हमारा लैंग्वेज का मजाक उड़ाता है।

रोशन : नो सर! मैं तो बंगाल के आर्ट और कल्चर की कद्र करता हूँ, इस मारे बंगाली, मेरा मतलब है, बंगला सीख रहा हूँ।

सेनगुप्ता : बंगाल के आर्ट और कल्चर को तुम्हारे-जैसे कद्रदानों की जरूरत नहीं है।

रोशन : सर, मेरी फैमिली में तो बंगला सीखने का ट्रेडिशन है। मेरे फादर ने माइकेल मधुसूदन चटर्जी और आपका बंकिमचंद्र दत्त दोनों को ओरीजनल में पढ़ने के वास्ते बंगला सीखी।

सेनगुप्ता : आई होप, ओरीजनल में पढ़ने से उनको ये पता चल गया होगा कि माइकेल मधुसूदन, चटर्जी नहीं, दत्त हैं और बंकिमचंद्र दत्त नहीं, चटर्जी हैं! एंड नॉव यू गो एंड डू यौर वर्क।

रोशन : मगर सर, न्यू ईयर का प्रोग्राम?

सेनगुप्ता : तुम्हारा उससे मतलब?

रोशन : निवेदिताजी ने मुझे उसके आरगेनाइजेशन का चार्ज दिया है।

सेनगुप्ता : ओ, निवेदिताजी का पिताजी तुमसे वो चार्ज इसी वक्त ले रहा

है। मोइत्रो को घर पर फोन करो और बुलाओ। जाओ।

रोशन दुःखी होकर उठता है और चला जाता है।

लाजो अपनी छोलदारी में हवेलीराम से पढ़ रही है। स्लेट पर हवेलीराम एक सवाल लगाकर दिखाता है—आ गया ना करेक्ट आन्सर।

लाजो : जब आप फटाफट कर देते हो तब तो मेरे को भी ये बहुत आसान लगते हैं। लेकिन मास्टरजी, जब क्लास में बच्चों को आप करना पड़ता है तब पसीने छूटने लग पड़ते हैं।

हवेलीराम : जी, इस मौसम में भी? आइन्दा आप ऐसा कीजिए, रोज वहाँ जो सवाल करने हों, यहाँ मुझसे सीख लीजिए।

लाजो : मेरे को पता है मास्टरजी, मेरा हर सवाल आपकी मदद से हल होना है।

रोशन छोलदारी में बैठा हुआ है। वह किताब उठाता है। हवेलीराम से कहता है—जी बंगला तो बड़ा दुख दे रही है हमें। आज बड़े साहब की फटकार सुननी पड़ गई।

हवेलीराम : क्यों भला?

रोशन : अगले को यही लगा कि मैं बंगला का मजाक उड़ा रहा हूँ।

लाजो : मजाक बनाकर रख ही देता है तू हर चीज को। जो तूने अपने छिछोरापन से बाज नहीं आना तो उन्होंने तेरे को एक दिन जरूर नौकरी से निकाल देना है।

रोशन : माताजी, आप तो खुशदिल होने को छिछोरेपन ठहराते हो?

रोशन अपनी किताब को तबला-सा बजाने लगता है।

हवेलीराम : खुशदिल होना अच्छा है पुत्तर, लेकिन ज्यादा चंचल होना ठीक नहीं। जो भी काम करो, पूरी लगन से करो। किताब पढ़नी हो तो किताब पढ़ो, तबला बजाना हो तो तबला बजाओ। किताब का तबला बजाने लगोगे तब तो....।

निवेदिता ऑफिस में बैठी हुई है। रोशन आता है।

रोशन : आपने बुलाया निवेदिताजी?

निवेदिता : आप मीटिंग में क्यों नहीं आए?

रोशन : जी, मेरे को आरगेनाइजेशन कमेटी से आपके फादर ने हटा दिया है।

निवेदिता : क्यों?

रोशन : पता नहीं जी। शायद इसीलिए नाराज हो गए कि मैंने बंगला बोलने की कोशिश की।

निवेदिता : अरे! आपनी बांग्ला बोलते पारेन?

रोशन : किछु-किछु।

निवेदिता : किछु-किछु नहीं, एकटु-एकटु बोला जाता है। ये बांग्ला बोलने की आपको क्या सूझी?

रोशन : जी, हमारे यहाँ ग्रेंड फादर के जमाने से ट्रेडिशन है। स्वामी विवेकानंद ने अमेरिका में जो स्पीच दी थी उससे वो बहुत इम्प्रेस हुए। वो क्या थी, लेडीज एंड जेंटलमैन ऑफ अमेरिका....।

निवेदिता : ब्रदर्स एंड सिस्टर्स ऑफ अमेरिका....।

रोशन : जी एक ही बात है।

निवेदिता : एक ही बात नहीं है। और मैं आपसे रिक्वैस्ट करूँगी कि बाबा के सामने इस तरह की उल्टी-सीधी बातें मत किया करो।

रोशन : सॉरी!

निवेदिता : लीजिए, इसे रखिए। इसमें कल की मीटिंग के मिनिट्स हैं। आप न्यू इयर ईव के काम में मिस्टर मोइत्रो की मदद करें। खूब लगन से काम कीजिए और गलत-सलत बांग्ला मत बोलिए—न मोइत्रो से, न बाबा से।

फाइल-कवर के भीतर रोशन को वैसा ही इन्वीटेशन दिखता है जैसा घर में देखा था। वो उसे निवेदिता की ओर बढ़ाता है—ये आपका कौमी एकता का मीटिंग का इनवीटेशन इसमें रह गया है। आप जाओगे?

निवेदिता : जरूर।

सुनकर रोशन कुछ सोचता है।

एक मेज के चारों ओर सेमिनार टाइप मीटिंग हो रही है। इसमें हबीबुल्लाह, निवेदिता, लाजो, हवेली और रोशन बैठे हैं।

हबीब : और किन्हीं साहब को कुछ नहीं कहना? बीच-बीच में टोका-टाकी करते हुए काफी बोल चुका हूँ पहले, इसीलिए अब बहसियत सद्र आज की कार्यवाही खत्म करने से पहले सिर्फ दो बातें कहने की इजाजत चाहूँगा। पहली बात ये कि आज जो बहन आई हैं लाजवंती, मुझे इनका ये कहना बिल्कुल ठीक लगा कि खाली रैज्ल्यूशन पास करने से या जुलूस निकाल लेने से कौमी एकता पैदा नहीं हो जाएगी। उसके लिए तो लोगों के दिलों में भाईचारे का जज्बा फिर से पैदा करने की जरूरत

है। दूसरी बात ये है कि आज के माहौल में भाईचारे का जज्बा पैदा करना बहुत ही मुश्किल काम है। अभी दो अक्तूबर को गाँधीजी ने मायूस होकर कह दिया कि मैं नहीं चाहता कि नफरत से धधकते हुए इस मुल्क में मेरा एक और जन्मदिन मनाने की नौबत आए। फिर अब उन्होंने कहा कि मुल्क में अहिंसा के लिए और जगह नहीं रह गई है, तो मेरे लिए कहाँ से रह सकती है? गाँधी की अहिंसा के लिए, कौमी भाईचारे के लिए फिर से गुंजाइश निकालने की इस कठिन मिशन में, क्या कहते हैं, यज्ञ में आप सब शामिल हैं। आज की मीटिंग में आने के लिए आपका बहुत-बहुत शुक्रिया!.....

मीटिंग खत्म होती है। लोग बाहर को जाने लगते हैं। लाजो, हवेली, निवेदिता, रोशन, हबीब के मेज के उस ओर से इस ओर दरवाजे की तरफ आने का इंतजार करते हैं। निवेदिता पूछती है—हबीब साहिब, अगली मीटिंग मंगला के यहाँ?

हबीब : जी हाँ। अगली मीटिंग परसों मंगला के यहाँ शाम को साढ़े पाँच बजे।

लाजो : आपने आज दिल्ली छोड़ने की बाबत-जैसी बातें कहीं, जो बिल्कुल वैसी ही हम लाहौर छोड़ने पर मजबूर होने से पहले कहते थे।

हबीब : भला बताइए क्या मजाक है कि मैं शुरू से पाकिस्तान के खिलाफ रहा। और अब मुझसे कहा जाए कि आप पाकिस्तान जाइए, आपका यहाँ क्या रखा है?

रोशन : जा तो रहे हैं दिल्लीवाले लाहौर, जैसे लाहौरवाले दिल्ली आ रहे हैं।

हबीब : जी, मेरे अपने ममेर-फुफेर सब चले गए हैं। मगर साहब मैं नहीं जाऊँगा। यहीं पैदा हुआ और यहीं मरूँगा, चाहे अपनी मौत मरूँ चाहे अपने किसी भाई के हाथ मारा जाऊँ।

हवेलीराम : हबीब साहिब! मैं पुरानी दिल्ली के दंगे वाले इलाके में काम करना चाहता हूँ। मिसाल के लिए मैं आपके मोहल्ले में लोगों की खिदमत और हौसला-अफजाई के लिए सुबह-शाम आना चाहूँगा।

हबीब : जरूर आइए साहब!

फिर हबीब हवेलीराम और लाजो से मुखातिब होता है—आप लोग कैसे जाइएगा?

लाजो : ले लेने हैं कोई ताँगा-साँगा।

हबीब : अरे निवेदिता तो है, ये छोड़ देगी आपको। इनके तो रस्ते में पड़ता है पुराना किला।

निवेदिता एक मिनट अचकचाती है—हाँ, हाँ। चलिए।

सपन सेनगुप्ता अपने दफ्तर में बैठा हुआ है। निवेदिता आती है—बाबा, आपने बुलाया?

सेनगुप्ता : बैठ। ये मैं क्या सुनता हूँ कि तुमने उस रोशन को न्यू ईयर ईव कमेटी में फिर से रख लिया?

निवेदिता : क्या करती, मि. मोइत्रो बार-बार शिकायत कर रहे थे कि मि. रोशनलाल तो आते नहीं। मेरे ऊपर काम का बोझ बढ़ गया है। मुझे तो उन्होंने बताया नहीं कि आपने रोशन को कमेटी से अलग किया है। ये तो रोशन से पता चला कि आप उससे गलत-सलत बांग्ला बोलने पर नाराज हो गए और आपने उसे हटा दिया।

सेनगुप्ता : जब पता चल गया तब मुझसे पूछे बगैर उसे फिर रखा क्यों?

निवेदिता : बाबा, आपने खुद ही कहा है, पाँच हजार से कम की कोई बात हो तो मुझसे पूछने की कोई जरूरत नहीं।

सेनगुप्ता : मोइत्रो कहता है कि ये आदमी ठीक नहीं है।

निवेदिता : इसलिए कि वो मोइत्रो से ज्यादा डेशिंग है, ज्यादा आइडियाज हैं उसके पास?

सेनगुप्ता : ऐसा कुछ भी नहीं है। तुम माँ के सिखाए पर चल रही हो।

निवेदिता : माँ ने मुझे कुछ नहीं सिखाया बाबा, और सिखाया भी होता तो मैं बच्ची नहीं हूँ।

सेनगुप्ता : नहीं, उसने सिखाया कि जहाँ बाबा बोलते हैं, पिशी माँ बोलते हैं वहाँ विवाह करने के लिए राजी मत होना। मेरी तरह भाग जाना किसी के साथ। ये सब उसने चिट्ठी में लिखा तुम्हें। फिर वहाँ रिसैप्शन में सबके सामने बोला।

निवेदिता : माँ ने सिर्फ ये कहा कि बेमेल विवाह मत करना। उसने भागने के लिए नहीं कहा। और कहती भी तो क्या उसके कहने मात्र से मान लेती मैं?

सेनगुप्ता : नहीं माना था तो रोशनलाल के घर जाने का क्या दरकार था बोलो? तू मेरा ख्याल रखती, डा. को बुलाती तो मेरे को बहुत खुशी होता। लेकिन कभी-कभी शंका उठता कि क्या ये सब...ये सब इसीलिए करती कि बाबा फिर पीड़ा भोग सकने लायक हो जाए?

निवेदिता की आँखों में आँसू आ जाते हैं—बाबा! आपके वास्ते मैंने अपनी माँ तक को छोड़ दिया और आप...। इतना पतित समझते हैं मुझे तो जहर की पुड़िया क्यों नहीं दे देते?

सेनगुप्ता उसके पास आता है और पुचकारता है—तू ही तो मेरी जिंदगी का सहारा है। तुझे जहर दूँ? पगली! मुझे मालूम है तू वही करेगी जो मैं चाहता हूँ। मोइत्रो तेरे लिए हर तरह से ठीक है बेटी!

निवेदिता : बाबा, वो तो...।

सेनगुप्ता : अभी कुछ मत कह। अभी सोच।

दीवार की घड़ी रात के बारह बजाने शुरू करती है। निवेदिता अपने पिता के इंतजार में स्टडी में बैठी हुई है। तभी सेनगुप्ता दरबान का सहारा लेके लड़खड़ाता हुआ आता है। उसके तमाम कपड़े सने हुए हैं और अब भी वह उल्टी करने पर आमादा है।

निवेदिता सेनगुप्ता को बाथरूम में उल्टी करा रही है। उसकी पीठ थपथपा रही है। उसे कुल्ला कराती है। उसका मुँह धोती है और पोंछती है—मेरे प्रति आप इतना अत्याचार क्यों करते हैं बाबा?

सेनगुप्ता : अत्याचार सेनगुप्ता से किया है लोगों ने। सेनगुप्ता ने तो किसी से किया नहीं। थोड़ा किया तो अपना लीवर के साथ में।

निवेदिता : रोज-रोज पी लेते हैं। आपको मना किया है डाक्टर ने।

सेनगुप्ता : पीने के वास्ते मजबूर क्यों करते हो?

निवेदिता : मैं तो मजबूर नहीं करती?

सेनगुप्ता : तू? हाँ तू भी। तू भी।

सेनगुप्ता तकियों का सहारा लेकर लेटा हुआ है। निवेदिता चम्मच से उसे कोई सूप पिला रही है। सेनगुप्ता पीकर कहता है—बस....।

निवेदिता : एक-दो चम्मच और।

एक चम्मच और पिला देती है। सूप का बर्तन अलग रख देती है। सेनगुप्ता के सीने पर रखा नेपकीन उठाती है। मुँह पोंछती है—अब आँख मूँद के सो जाइए। ...निवेदिता तकिया ठीक करती है। कंबल खींचती है। सेनगुप्ता निवेदिता को अपलक देखता है। निवेदिता पूछती है—क्या देखते हैं?

सेनगुप्ता : देखता हूँ तेरा शक्ल, तेरा आवाज दिन-पर-दिन तेरी माँ-जैसा होता जा रहा है।

निवेदिता सुन के मुँह मटकाती है और मुस्कराती है—आप शिशु बन जाएँगे तो किसी को तो माँ बनना होगा।

निवेदिता ने तेज रोशनी बुझा दी है और अब हल्की रोशनी है। वह सेनगुप्ता के सिरहाने बैठ गई है और उसका माथा दबा रही है। सेनगुप्ता उसका हाथ पकड़ लेता है—प्रायः सत्रह वर्ष का था, कालेज में गया-गया ही था, तभी माँ चली गई मुझे अनाथ और अकेला छोड़ के। तेरी माँ भी तो छोड़ गई तुझे। तू तो मेरे लिए माँ बन जाती है री, किन्तु मैं तेरे लिए माँ की जगह ले नहीं पाता!

निवेदिता उसकी बातों से बहुत मूव हो जाती है—कभी कहते हैं तू मेरी माँ-जैसी है, कभी कहते हैं तू मेरे प्रति अत्याचार करती है। माँ अत्याचारी होती है क्या?

सेनगुप्ता : नशे में कह दिया।

निवेदिता : नहीं, मैंने ऐसा क्या किया कि आपको शराब की शरण में जाना पड़ा?

सेनगुप्ता : तूने आज फिर इतने लोगों के समझाने पर मोइत्रो से विवाह करने से इनकार कर दिया।

निवेदिता : मैंने विवाह मात्र से इनकार किया था।

सेनगुप्ता : विवाह नहीं करने से कैसे चलेगा? सेनगुप्त वंश की इतनी बड़ी जायदाद का क्या होगा?

निवेदिता : ट्रस्ट बना देंगे। गरीबों के काम आएगी।

सेनगुप्ता : विवाह के बिना जीवन अधूरा होता है।

निवेदिता : अक्सर विवाह करके वो और भी अधूरा और और भी अकेला हो जाता है। आप तो जानते ही हैं भली-भाँति।

सेनगुप्ता : मैंने तो दोनों बार बेमेल-सा कर लिया विवाह। पहले अपने से बहुत ज्यादा ट्रेडीशनल औरत से, फिर अपने से बहुत ज्यादा मॉडर्न औरत से।

निवेदिता : तो फिर मुझसे भी बेमेल विवाह करने को न कहें।

सेनगुप्ता : अच्छा तू ही बता दे, किससे तेरा मन मिलता है।

निवेदिता : मैंने कभी जानने की कोशिश नहीं की। जब विवाह का विचार ही नहीं है तब क्यों करूँ?

सेनगुप्ता : वो तो रैफ्यूजी लड़का है?

निवेदिता : उस लड़के की बात इस प्रसंग में कैसे?

सेनगुप्ता : लोग कहते हैं।

निवेदिता लाइट बुझा देती है—और मैं जो कहती हूँ सो? फिर आकर माथा दबाने लगती है—मेरी चिंता छोड़ो बाबा, अपने शरीर की करो।

सेनगुप्ता के होटल में नए साल की रात जश्न मनाया जानेवाला है। मोइत्रो भाग लेनेवाले कलाकारों की लिस्ट फाइनल कर रोशन की मार्फत निवेदिता के पास भिजवाता है। निवेदिता कलाकारों की लिस्ट देखती है और रोशन की सलाह पर कुछ और कलाकारों के नाम लिस्ट में डाल देती है। रोशन चमनलाल चार्ली नामक एक मित्र कामेडियन को लेकर परिचय करवाने निवेदिता के सामने पहुँचता है। चमनलाल चार्ली एक्टिंग करके दिखाता है। निवेदिता को उसकी एक्टिंग पर हँसी छूटती है। रोशन

भी हँसने लगता है। तभी मोइत्रो के साथ सेनगुप्ता कमरे में प्रवेश करते हैं। रोशन को डाँटते हैं—मिस्टर रोशनलाल!

रोशन सावधान होता है—सर!

सेनगुप्ता : पागलों की तरह हँसना बंद करो। और अपना कमरा में जाओ।

रोशन चला जाता है। सेनगुप्ता निवेदिता से पूछते हैं—ये क्या हो रहा था?

निवेदिता : कॉमेडी एक्ट सैलेक्ट कर रहे हैं।

सेनगुप्ता : ओ, अच्छा। वैसे मुझे तो फार्स नजर आया। अनेक पेनफुल फार्स।

निवेदिता : आप क्या कह रहे हैं बाबा?

सेनगुप्ता : फिलहाल तो एक छोटा-सा बात। आइंदा कभी ये रोशनलाल तेरे कमरे में आए उसको बोलो, नौकरों को मालिक लोग का मेज के सामने खड़ा रहना होता है। वो मालिक लोग की बगल में आकर नहीं खड़ा होता। उस रैफ्यूजी को अपने से दूर रख। छोटे लोग इस तरह की निकटता का बड़ा लाभ उठाते हैं।

निवेदिता : क्या लाभ उठाते हैं?

सेनगुप्ता : तुझे क्या मालूम, ये लड़का तेरे बारे में क्या-क्या कहता है।

निवेदिता : क्या कहता है?

सेनगुप्ता : क्या नहीं कहता है। उसने तो एक तमाशा बना के रख दिया है सुनता हूँ। कभी बांग्ला साहित्य के बारे में पूछता है और बोलता है कि मुझे इस होटल का मालिक और सपन सेनगुप्ता का जमाता होना है।

सुनकर निवेदिता स्तब्ध रह जाती है—ये प्रमाद भी मिस्टर मोइत्रो ने फैलाया होगा।

सेनगुप्ता : मोइत्रो ने ही नहीं, कपूर और शर्मा ने भी यही बोला है।

निवेदिता : ये तो दोनों ही मोइत्रो के रखे हुए और पाले हुए लोग हैं।

सेनगुप्ता : सब झूठे हैं, मात्र रैफ्यूजी लड़का ही सच्चा है? उसमें ऐसा क्या है निवेदिता, जो उसकी तरफदारी करती रहती हो?

निवेदिता : एक तो यही कि वो चुगलखोर नहीं है। चुपचाप अपना काम करता है।

सेनगुप्ता : यहाँ चुपचाप काम करता है और बाहर जाकर लोगों में मिस सेनगुप्ता से अपनी शादी की चर्चा करता है।

निवेदिता : मिस्टर मोइत्रो के भड़काने में मत आओ बाबा। मिस्टर रोशनलाल ने ऐसा कुछ नहीं कहा होगा। और कहा भी हो तो बाबा उससे जवाब तलब कीजिए। अपनी इकलौती बेटी पर जासूस तो मत बिठाइए।

छोलदारी में रोशन कई पुर्जियों को सामने फैलाये हुए है। रोशन सतबीर से कहता है–नष्टनीड़ के मेन-मेन पाइण्ट और वो किधर गया चोखेर समथिंग-समथिंग।

सतबीर : चोखेर समथिंग-समथिंग नहीं, चोखेरबाली यानी आँख की किरकिरी।

रोशन : हाँ जी। चोखेरबाली वल्ले-वल्ले! सत, तेरे को सब पता है। बिरादर, तू इस तरह नहीं कर सकता कि सोफे के पीछे छिप के निवेदिताजी के सामने मेरे सारे डायलॉग बोल दे। मैं भी उनके सामने तेरे ही स्टाइल में बोलता हूँ। माताजी, बहनजी, निवेदिताजी!

सतबीर : जब नौकरी चली जानी है तब तेरी ये सारी मस्ती निकल जानी है।

रोशन : बिरादर, हम जहाँ परमानेण्ट जँवाई लगे कि ये नौकरी तो जानी ही हुई।

सतबीर : ये कोई ठीक-जैसी बात है नहीं रोशन। निवेदिताजी तेरी मालकिन हैं।

रोशन : तभी तो उनको अपनी मि़ल्कियत सौंपने चला हूँ बिरादर। मेरा सबकुछ तेरा, इस करके, तेरा सबकुछ मेरा, निवेदिताजी!

सतबीर : रोशन, अब भी सम्हल। अब भी समझ, इस तरह से नहीं किया जाता।

रोशन : किस तरह किया जाता है ये मेरे को तेरे से नहीं सीखना है। कभी फुर्सत मिली तो तेरे को सिखा देने हैं। अभी तो तू मेरे को ये समझा, लास्ट और फाइनल बात कि बंग-बंग क्या था जिससे नाराज हो के टैगोर ने सर का खिताब लौटा दिया? लौटाया क्यों? हमें ही दे देता। बता ना बिरादर, बंग-बंग क्या था?

सतबीर : मैंने नहीं बताना तेरे को कुछ भी। सारा दिन बकवास करता रहता है।

रोशन : करोड़ रुपये वाली बात करते हैं हम और इन्हें बकवास लगती है? हम पूछ रहे हैं बंग-बंग और ये कर रहा है रंग-भंग। कोई नहीं, किसी और से पूछ लेने हैं। दफ्तर में तो भरे पड़े हैं बंगाली। रोशन उठ जाता है–अच्छा चलता हूँ, लौट के मिलता हूँ।

रोशन निवेदिता के घर आता है–निवेदिताजी नमस्कार।

निवेदिता : आप? यहाँ! अभी दफ्तर में तो मिले थे।

रोशन : जी, खास बात तो कोई नहीं है। आप बिजी हों तो वापस चला जाऊँ।

निवेदिता : बाबा को ये अच्छा नहीं लगता कि होटल के एम्पलाइज घर में आएँ।

रोशन : मैं बहुत माफी चाहता हूँ। आप ये लेख रख लो, मैं अभी वापस चला जाता हूँ। आपके पिताजी से उस दिन लाहौर के ब्रह्म समाज के बारे में बात हुई थी। पिताजी ने इस लेख में उसका काफी जिक्र किया है।

निवेदिता : अच्छा, अच्छा।

रोशन : ठीक है जी, तो मैं चलता हूँ।

निवेदिता : नहीं आ गए हैं तो बैठिए। आपने पढ़ा ये लेख?

रोशन : हाँ जी। पिताजी-जैसा ग्रेट माइंड तो नहीं ना है मेरा, मगर पढ़ने-लिखने का शौक तो मिला ही है विरासत में उनसे।

निवेदिता : आप क्या लिखते हैं?

रोशन : जी, मोस्टली तो प्रोज ही लिखता हूँ निवेदिताजी! जिंदगी इतनी नीरस हो गई है कि अब पोयटरी निकलती ही नहीं भीतर से।

निवेदिता : इधर नया क्या पढ़ा आपने?

रोशन : नया मैं इस मारे नहीं पढ़ता जी कि उसमें रस नहीं ना है। अगले कोशिश बहुत करते हैं मगर वो बात पैदा नहीं होती जो, मसलन, टैगोर में है।

निवेदिता : टैगोर में क्या खास बात आपको अपील करती है?

रोशन : टैगोर की हीरोइन। जिस किरदार में टैगोर ने जनानियों को, मेरा मतलब है नारी को प्रस्तुत किया है, उसका तो कोई जवाब ही नहीं।

निवेदिता : हीरोइन तो शायद शरत बाबू के यहाँ ज्यादा अपीलिंग है।

रोशन : हाँ, कह सकते हैं एक माने में। मगर जी, शरत बाबू की हीरोइन अपनी जगह पर है और टैगोर बाबू की अपनी जगह पर। जी वो क्या है कि उन्होंने अपनी हीरोइनों को मच मोर में...क्या लफ्ज इस्तेमाल करूँ।

निवेदिता : कॉम्प्लीकेटिड?

रोशन : वो तो खैर है ही, मगर मच मोर वो भी क्या कहते हैं...।

निवेदिता : सॉफेसटिकेडेड?

रोशन : दैट्स इट जी। कांप्लीकेटिड एंड सॉफेसटिकेटिड।

निवेदिता : उस दिन आप कह रहे थे कि नष्टनीड़ आपका फेवरेट नॉवल है। इसमें आपको क्या खास बात अपील करती है?

रोशन : जी हीरोइन का रीवेंच।

निवेदिता : हीरोइन का रीवेंच?

रोशन : जी हाँ। हीरोइन चारू को महेंद्र ने रिजैक्ट कर दिया था तो बाद में जब महेंद्र की शादी हो गई तो अगली ने आके उसकी सारी जिंदगी तबाह कर दी।

निवेदिता : अच्छा!

रोशन : जी, बहुत अच्छा रीवेंच। और इस नॉवल की खास बात ये भी लगी कि इसमें ब्याहता औरत नफरत सौत से नहीं करती, वो अपने पति को ही गुनहगार ठहराती है। बड़ी सिंपल और पावरफुल थी। एक आदमी और दो जनानियाँ, एक हीरो दो हीरोइन।

निवेदिता : नष्टनीड़ में तो हीरोइन एक है, हीरो दो हैं।

रोशन : और मैंने क्या कहा?

निवेदिता : आपने जो कहा वो मैंने सुना। आपने नष्टनीड़ की कहानी के नाम पर चोखेरबाली की कहानी सुनाई।

रोशन : तो मैं चोखेरबाली की बात कह रहा था।

निवेदिता : नहीं, आप नष्टनीड़ की बात कह रहे थे और अपने नष्टनीड़ पढ़ी है न चोखेरबाली। आपने इनकी कहानी आज मोइत्रो साहब के पी.ए. से पूछी। मैंने अपने कानों से सुना।

रोशन : जी, मैं तो एक पाइंट कनफर्म कर रहा था। मेरे बहुत पहले के पढ़े हुए हैं। उन्होंने मेरे को कनफ्यूज कर दिया।

निवेदिता : तो इस तरह के लोगों से पूछते क्यों हैं?

रोशन : जी, गलती हो गई।

निवेदिता : और भी कुछ-कुछ कहते रहते हैं उन लोगों से?

रोशन : जी, मैं समझा नहीं।

निवेदिता के स्वर में शिकायत और तल्खी के साथ-साथ कहीं यह भी भाव है कि शायद आप नहीं कहते, लोग झूठ उड़ाते हैं। गोया सवाल और शिकायत दोनों ही हैं—सुनती हूँ आपने कहा कि मैं इस होटल का मालिक बन जाऊँगा।

रोशन : ये आपसे किसने कह दिया?

निवेदिता : मुझसे नहीं, बाबा से कहा। और मैं पूछती हूँ कि क्या जरूरत है आपको इस तरह की फालतू बातें बोलने का? मैं आपको मेहनती और भला जानकर आपकी तरक्की करवाना चाह रही हूँ तो इसका मतलब ये तो नहीं कि आप मेरे से अंतरंगता के दावेदार बन जाएँ।

रोशन : जी?

निवेदिता : आप क्या कहते रहते हैं लोगों से मेरे और अपने बारे में?

रोशन : कुछ नहीं।

निवेदिता : फिर ये होटल का मालिक बनने की बात?

रोशन : जी, मैंने जिस दिन यहाँ जॉइन किया, मिस्टर मोइत्रो बोले, इतनी मामूली पोस्ट क्यों मंजूर की? तब मैंने उनसे कहा कि अपनी मेहनत और लगन से एक दिन ऐसे ही किसी बड़े होटल का मालिक बनकर दिखा दूँगा। आज बेशक हम दाने-दाने

को मोहताज हैं, निवेदिताजी, लेकिन कभी हम भी बड़े व्यापारी हुआ करते थे।

निवेदिता : मैंने ऐसा कब कहा मिस्टर रोशनलाल! लेकिन लोग कहते हैं कि...।

रोशन : जी, मैं भी चुगलखोर होता तो कभी आपको बताता कि ये लोग आपके पिताजी-माताजी के बारे में क्या कहते हैं। लेकिन मेरे को तो जी अपने पिताजी की यह सीख याद रहती है कि पुत्तर, लोगों की नहीं, अपनी अंतरात्मा की बात सुना करो।

रोशन जाने लगता है—चंगा जी, नमस्कार!

निवेदिता उठती है। पास आती है—सपने देखिए और सपनों को पूरा करने के लिए मेहनत कीजिए मिस्टर रोशनलाल! मुझसे कोई भी सहायता लेनी हो, निस्संकोच माँगें। लोगों की बात सुनी-अनसुनी कर सकती हूँ मैं। मुझे भी अपनी अंतरामा पर अधिक विश्वास है।

होटल में न्यू ईयर ईव का चमन चार्लीवाला आइटम चल रहा है। रोशन के आसपास सतबीर, श्यामलाल और जयभूषण खड़े हैं।

रोशन : रब तुम्हारा भला करे, अब तो पट ही गया समझो मामला।

जे.बी. : कांग्रेट्स।

श्यामलाल : इन्हें यूँ नहीं दी जाती बधाइयाँ (पंजाबी लहजा) बधाइयाँ हो जी लाला रोशनलालजी! तुसी कर दिता कमाल जी! मालिकाँ दी मुर्गी हलाल जी!

जब वो मालिकाँ की मुर्गी कह रहा होता है, निवेदिता उधर से गुजर रही होती है।

निवेदिता : मिस्टर रोशनलाल, आई एम...

रोशनलाल उसके साथ-साथ बाहर जाता है।

इतने में सेनगुप्ता आता है। इन लोगों का अभिवादन करता है। वो निवेदिता को ढूँढ़ रहा है—ओ हैलो श्यामलालजी, आपने निवेदिता को देखा?

श्यामलाल : अभी बाहर देखी थी आपके होटल के मुलाजिम के साथ। सेनगुप्ता बाहर जाने लगता है। श्यामलाल भी जाता है। जब थोड़ी दूर चले जाते हैं तब कहता है—भई क्यों जा रहे हो पीछे-पीछे। अब होटल का मुलाजिम है तो क्या, हमने सुना बिटिया का मँगेतर भी है।

सेनगुप्ता : कौन? मोइत्रो?

श्यामलाल : अजी नहीं, क्या नाम है उस रैफ्यूजी लड़के का... रोशनलाल।

सेनगुप्ता : किसने कहा वो मँगेतर है।

श्यामलाल : खुद उसी ने कहा। अभी कहा, हम सबसे कहा। यहीं कहा, मैंने बधाइयाँ दीं जोर-जोर से। आपने सुना नहीं?

सेनगुप्ता : कैसे बोल दिया?

श्यामलाल : ये आ गया, इसी से पूछ लो।

तभी रोशन भीतर आता है।

सेनगुप्ता : मिस्टर रोशनलाल, यू आर पायर्ड। आप बर्खास्त किए जाते हैं।

लाजो की छोलदारी। रोशन बैठा मटका बजा रहा है और गा रहा है—तड़पने भी नहीं देतीं हमें मजबूरियाँ दिल की, मुहब्बत करने वालों का तड़पना किसने देखा है...

लाजो और सतबीर बाहर से आते हैं। लाजो पूछती है—रात देर से आया, सुबह उठाने पर नहीं उठा। अब उठा है तो फटाफट दफ्तर जाने के बजाय गा रहा है। तेरी छुट्टी है क्या?

रोशन : हाँ जी।

लाजो : तेरी तो बड़े दिन पर भी नहीं हुई थी छुट्टी?

रोशन : ये बड़ी छुट्टी है माताजी!

लाजो : अब भी नशे में है जो इस तरह के जवाब दे रहा है? रात सारे कैंप की नींद हराम कर दी रौला डाल के, लड़खड़ाते आए दोनों भाई।

सतबीर : माताजी, आपकी कसम, मैंने वहाँ का पानी तक नहीं पिया। मैं रौला नहीं डाल रहा था, रोशन को चुप करा रहा था। लड़खड़ा नहीं रहा था, इसे सम्हाल रहा था।

लाजो : पता नहीं कौन क्या कर रहा था? तुम्हारे पिताजी की याददाश्त खो गई है, इस करके बेचारे नहीं पहचान पाते कि तुम उनके पुत्तर हो। लेकिन तुम्हारी याददाश्त को तो कुछ नहीं हुआ। फिर किस तरह आए शराब पीकर पिता जी के सामने? क्या हुआ कल रात? बताता क्यों नहीं?

रोशन : माताजी, जैसे ही रात के बारह बजे, मालिक ने अलग बुलाया कोने में, कंधे पर रखा हाथ और बोले प्रेम के साथ—लाला रोशनलाल, तुम्हारा-जैसा हाई क्लास आदमी यहाँ लो क्लास काम करे ये हमें जँचता नहीं है। मैंने कहा, जी मैं आपका बड़ा शुक्रगुजार हूँ कि आपने वक्त रहते मेरे को अपनी वकत याद दिला दी। तो चलता हूँ, लौट के मिलता हूँ।

सतबीर : बेशर्म बंद कर बकवास। भरी सभा में बेइज्जत करके निकाला तेरे

को अगलों ने।

रोशन : तो तूने मेरे को कुछ और कहते सुना बिरादर? इतने साल हो गए साथ रहते, कभी तेरे को अपना स्टाइल नहीं न आया समझ में? (गाकर) कहते हैं कि लाला का है अंदाजे-बयाँ और...

सतबीर : इसी अंदाजे-बयाँ ने तो बेड़ा गर्क कराया।

लाजो : वहाँ क्या हुआ? बताता क्यों नहीं सतबीर?

सतबीर : माताजी, फिर इसने कहना है कि सत चुगलखोर है।

रोशन : क्या गलत कहूँगा? चुगली कर तो दी।

सतबीर : मैंने कुछ बताया?

रोशन : ये तो बता दिया कि कुछ बताने लायक है।

लाजो : मेरे को वैसे ही पता है कि इस बेवकूफ ने क्या कहा होना है। वही करोड़पति की बेटीवाली बात।

रोशन : माताजी, इस तरह का जोक-शोक मैं अपने लोगों के बीच करता हूँ, बाहर नहीं। बी. ए. में फेल जरूर हुआ, लेकिन दुनियादारी की कुछ समझ है मेरे में।

लाजो : शराब पीकर बाकी कहाँ बची रहती है समझ?

रोशन लाजो के पास जाता है। उसका हाथ अपने माथे पर रखता है—मैं शराब नहीं, आँसू पीये हुए था माताजी आँसू। माताजी, आशीर्वाद दो कि ये रोशन अपनी इस बेइज्जती का बदला ले पाये। मेहनत से एक दिन उस होटल को खरीदने की हैसियत में आ जाये जिस होटल से उसे धक्के देकर निकाला गया।

लाजो : मेरे लालच से अन्धे पुत्तर! रब तेरे को सही राह दिखाये। ठोकरों से बचाये।

श्यामलाल अपनी केबिन में बैठा फोन पर बात कर रहा होता है कि सतबीर भीतर आता है।

श्यामलाल (सतबीर से) : अरे आओ। पुराना किला खँडहरों के बुलंद प्रिंस आओ।

सतबीर : श्यामलालजी, मैं शुगर मिल की बिल-बुक और चालान-बुक मिलाने बैठा तो मुझे पिछले महीने में ही ग्यारह हजार की गड़बड़ नजर आई।

श्यामलाल : भइया बड़ी तेज निगाह है तुम्हारी। हमें तो चश्मा लगाकर भी नजर नहीं आई, कहाँ है ज़रा दिखाओ?

पासवाला चश्मा लगाता है।

सतबीर : ये जी ये। देखिए ना, मैंने इस कागज में सारा हिसाब बना दिया।

सतबीर जाकर पास खड़े होकर दिखाता है। श्यामलाल देखने और समझने का नाटक करता है—तीन हजार ये और पाँच हजार वो। और ये कितने ढाई... हाँ। कुछ होई दीखे गड़बड़। ये आर्डर सप्लाई का काम कौन देखता है आजकल?

सतबीर : जी, रामावतारजी।

श्यामलाल : तो भैये, उसे बुलाकर पूछ लिया होता।

सतबीर : जी बुलाया था। उन्होंने कहा, ये हिसाब-किताब श्यामलालजी समझायेंगे।

श्यामलाल : उसकी ये जुर्रत! चोरी और सीनाजोरी, अभी करता हूँ उसे ठीक।

फोन उठाता है—कौन? रामावतार। ये क्या बदतमीजी है! प्रिंस को हिसाब क्यों नहीं समझाया? इसमें जूनियर-सीनियर की बात कहाँ से आ गई? वो खुद लालाजी के नुमाइंदे होकर यहाँ आए हैं। इडियट।

सतबीर आश्वस्त होकर जाने लगता है—आपका बहुत-बहुत शुक्रिया जी! तो मैं चलूँ।

श्यामलाल : शुक्रिया की क्या बात है? अरे हाँ सतबीर, बाकी भी बिल-बुक और चालान-बुक मुझे दे जाओ। मैं फिर से देखता हूँ सारा एकाउण्ट्स।

सतबीर चला जाता है। श्यामलाल फिर फोन मिलाता है—अब फिकर की कोई बात नहीं है भइये! आराम से आइयो। मैंने बाकी भी सारी एकाउण्ट-बुक अपने पास मँगवा दी हैं।

शाम का वक्त। लाजो अपनी छोलदारी में रोटी सेंक रही है। निवेदिता आती है। लाजो का ध्यान इस ओर नहीं जाता, सतबीर का जाता है।

निवेदिता : नमस्ते माताजी!

लाजो : आओ बेटी बैठो। रोटी खाओ गरमागरम।

निवेदिता : यहाँ खा लूँगी तो घर में नहीं खा सकूँगी। मेरे बाबा गुस्सा करेंगे और खुद भी नहीं खायेंगे।

लाजो : बहुत प्यार करते हैं तुम्हें?

निवेदिता : माताजी, मैं ये रोशनलालजी की किताबें वापस करने आई थी।

लाजो : सतबीर को दे दो। वो तो पता नहीं कहाँ चला गया।

निवेदिता सतबीर को किताबें दे देती है। लाजो निवेदिता से कहती है—तो तुम्हारे वास्ते चाय बना दूँ बेटी?

निवेदिता : नहीं माताजी!

लाजो : आज कुछ नाराज हो? बेटी, मेरे को रोशन ने कुछ बताया नहीं कि कल क्या हुआ? लेकिन अगर उसने किसी भी तरह तुम्हारा दिल दुखाया हो तो मैं उसकी ओर से माफी माँगना चाहती हूँ।

निवेदिता : आप मुझसे बड़ी हैं, आप क्यों माफी माँगेंगी? मैं आपसे माफी माँगती हूँ कि मेरी वजह से आपके बेटे की नौकरी चली गई।

लाजो : तुम्हारी वजह से किस तरह? रोशन ने आप कोई बेवकूफी की बात की होनी है।

निवेदिता : मुझे बिल्कुल ये उम्मीद नहीं थी कि वो ऐसी बात कर सकते हैं। लोग तो पहले भी बताते थे लेकिन मुझे कभी विश्वास हुआ नहीं। रोशनलालजी से अभी कुछ ही दिन पहले बात हुई थी। उन्होंने आपकी कसम खाकर कहा कि मैंने इस तरह की बात कभी नहीं की।

निवेदिता रोते-रोते अपनी बात कहती है। लाजो निवेदिता को एक गिलास पानी पिलाती है। उसके आँसू पोंछती है—बस, बस। कसूर रोशन का। तू क्यों रोती है?

निवेदिता : उन्हें पता नहीं वो कितने खुशकिस्मत हैं आप-जैसी माँ पाकर!

सतबीर : पता है जी। और माँ भी सभी की अच्छी होती है।

निवेदिता : सभी की नहीं।

तभी रोशन मुँह लटकाये आता है। निवेदिता को देखा-अनदेखा करता है।

सतबीर : रोशन, निवेदिताजी आए हैं।

रोशन : यहाँ हमारे गरीबखाने में? हम पर इतनी मेहरबानी किस वजह से?

निवेदिता : न्यू ईयर पार्टी में आपने...।

रोशन : जी मैंने वहाँ पीर-बावर्ची-भिश्ती-खर सबका काम इकट्ठा किया, फिर भी मि. सेनगुप्ता ने मेरे को सबके सामने खरी-खोटी सुनायी, दरबानों से कहकर मेरे को धक्के मार-मार के होटल से निकलवाया। क्या वो काफी नहीं था मिस सेनगुप्ता? क्या अब आपकी नीयत मेरे को दिल्ली शहर से ही निकलवाने की है?

लाजो : रोशन, ये कोई तरीका है मेहमान से बात करने का?

रोशन : मैं तो बातें कर रहा हूँ माताजी! मि. सेनगुप्ता की तरह गालियाँ नहीं निकाल रहा, लातें नहीं चला रहा।

सतबीर : ओए, तू बंद कर बकवास अब। निवेदिताजी बेचारे तेरी किताबें लौटाने आए हैं।

रोशन : आपने क्यों जहमत की निवेदिताजी, किसी कारिन्दे के हाथ भिजवा देतीं?

निवेदिता : कल जो कुछ हुआ उसके बाद आपने इसकी भी कहाँ संभावना छोड़ी?

लाजो : कल रात हुआ क्या? ये तो कुछ ठीक से बता ही नहीं रहा। लेकिन इस बेवकूफ ने जरूर कुछ ऐसा किया होना है जिससे तुम्हारे पिताजी नाराज हुए, तुम्हारा भी दिल दुखा। रोशन, चल माफी माँग पुत्तर!

रोशन : जी किस बात की? इनके यहाँ नौकरी क्या करने चले गए, इनके वास्ते हमारी कोई इज्जत ही नहीं रही।

निवेदिता : मैं यहाँ सबके सामने बहस करने तो आई नहीं हूँ मगर इतना जरूर कहूँगी कि जो कुछ मुझे बताया गया उससे तो यही लगा कि आपके मन में मेरे लिए कोई इज्जत नहीं है।

रोशन : आप तो कहती थीं कि मैं भी सिर्फ अंतरात्मा की आवाज सुनती हूँ।

निवेदिता : आपने भरी सभा में श्यामलालजी से जो कुछ कहा, उसकी खबर मिलने पर मेरी अंतरात्मा संभ्रम में पड़ गई।

रोशन : श्यामलालजी जो कुछ कह रहे हैं बकवास है, उनकी मेरे भाई से खास दुश्मनी है। इस करके उन्होंने अपने मन से गढ़ के कुछ कह दिया (सतबीर से) बोल, श्यामलाल तेरे से नाराज हैं कि नहीं?

सतबीर : ये तो सच है कि वो मेरे से कुछ खफा हैं लेकिन...।

रोशन : लेकिन-वेकिन क्या?

निवेदिता : तो आपको यों ही बधाइयाँ दे रहे थे? उनकी बगल में खड़े हुए सारे लोगों ने सुना उन्होंने क्या कहा? मालिक की मुर्गी...।

उसका स्वर टूट जाता है।

लाजो : रोशन, मैंने तेरे से कुछ कहा था पुत्तर, माफी माँग।

रोशन : चंगा जी। मैं माफी चाहता हूँ निवेदिताजी कि मैं रैफ्यूजी हूँ, इस शहर में बिना बुलाए घुस आया हूँ। माफी चाहता हूँ कि मैंने कंगलों की बस्ती में रहने के बावजूद बंगलों के सपने देखे। जेब में कौड़ी नहीं थी मगर आप करोड़पति लोगों के बीच उठने-बैठने की बात सोची। मैं माफी चाहता हूँ कि अनपढ़ जाहिल होते हुए भी मैंने आपसे आर्ट और कल्चर डिस्कस किया।

सतबीर : ये तू माफी माँग रहा है कि रुआब झाड़ रहा है?

रोशन : निवेदिताजी, ये सारा बतंगड़ इसी करके हो रहा है कि मैंने एक दिन कह दिया था कि होटल का मालिक बनूँगा। तो आज अपने हौसलों की ओर से भी माफी माँगते हुए फिर कहता हूँ कि जल्दी ही वह दिन आएगा कि मि. सेनगुप्ता मेरे से आर्ट एण्ड कल्चर ही नहीं, फायनेन्स भी डिस्कस करना चाहेंगे। वो बेच रहे

होंगे, मैं खरीद रहा हूँगा।

निवेदिता जाने लगती है। रोशन उसके पीछे आता है। निवेदिता कहती है—मेरा अपमान करना काफी नहीं था जो मेरे बाबा का भी अपमान करते हैं?

रोशन : मैं आपके अपमान करने की बात सोच तक नहीं सकता निवेदिताजी! दुख इसी बात से पहुँचा है कि दासगुप्ता और श्यामलाल-जैसे तीन कौड़ी के आदमी मेरी बेइज्जती कराते रहे और आप देखती रहीं।

निवेदिता को जबरदस्त कन्फ्यूजन और पीड़ा है—क्या हुआ, कैसे हुआ, कुछ समझ नहीं पा रही हूँ। आपकी कानशस क्लियर है रोशनलाल। लेकिन अगर तो...।

रोशन : क्लियर ना होती निवेदिताजी, तो इस तरह तिलमिला के नहीं बोलता।

निवेदिता चली जाती है। पीछे से सतबीर आता है—तेरे को शर्म नहीं आती, माताजी की झूठी कसम खाते और कानशस को क्लियर बताते?

रोशन : ये करोड़पतियों की दुनिया है, कानशसवालों की नहीं। बिरादर, तू भी लालाओं के यहाँ नौकरी करता है। किसी दिन कानशस की वजह से शर्मिन्दा होना पड़े, तब हमारे पास आना।

लाजो की छोलदारी में हवेलीराम बैठा है। हवेलीराम जिस तरह अपलक शून्य में देख रहा है, उसी तरह लाजो को देखने लगता है। लाजो समझती है कि शायद उसे पहचानने की कोशिश कर रहा है।

लाजो : मास्टरजी! क्या देख रहे हो मास्टरजी! मैं लाजवंती हूँ। आपकी लाजोजी।

हवेलीराम : जी, मैं देख रहा था कि दो इंसानी चेहरे आमने-सामने हों तो...। तो भी क्या उनके बीच हत्यारी नफरत कौंध सकती है? कैसे मारते हैं लोग एक-दूसरे को।

लाजो : जब दया, प्रेम चुक जाते हैं तब इंसान जानवर हो जाता है मास्टरजी! और अब आप ज्यादा मत सोचो। अपना लेख लिखो।

हवेलीराम फिर कागज पर झुकता है। सतबीर भीतर आता है। उसके हाथ में एक चिट्ठी है।

सतबीर : माताजी, कैंप-कमांडर के यहाँ कोई आपके लिए पुर्जी छोड़ गया है।

चिट्ठी देता है। लाजो खोलती है और पढ़ के खुश होती है।

लाजो : वीराँ...।

सतबीर : वीराँ क्या जी?

लाजो : प्रज्ञावती बहनजी आए हैं। मेरे को बुलाया है।

सतबीर : माताजी, मेरे को भी मिलवाना इनसे।

लाजो : तेरे को? देख कोशिश करूँगी।

श्यामलाल सुभद्रा के घर आता है—अरे तुम अभी तैयार हो रही हो लल्ली! बाद में आ जाऊँगा।

सुभद्रा : अब और क्या तैयार होना है भाईजी? जा समधन के यहाँ जरूर रही हूँ मगर उससे नहीं, एक संन्यासिनी से मिलने।

श्यामलाल : अच्छा, वो उत्तरकाशीवाली आ गई दीखे जो मंगला को टकरा गई थी उत्तरकाशी में?

सुभद्रा : और आज कैसे ख्याल आ गया लल्ली का? पहले रोजाना कई-कई चक्कर लगाते थे और अब कई-कई रोज में एक चक्कर लगता है।

श्यामलाल : अजी तुम्हारी वजह से फँस गए कामकाज में, वरना मैं तो लंबी तान के सोनेवालों में था। आज एक बात पूछनी थी लल्ली! ये लाला वृषभान का रिश्ता पहले लाहौर में ही हुआ था?

सुभद्रा : बुआजी तो यही कहती थीं।

श्यामलाल : ये किन लोगों के वहाँ हुआ था रिश्ता?

सुभद्रा : ये तो मुझे याद नहीं है।

श्यामलाल : फिर ये किसे मालूम हो सकता है?

सुभद्रा : लाला वृषभान से ही क्यों नहीं पूछ लेते।

श्यामलाल : तौबा!...

दोनों कान पकड़ता है।

सुभद्रा : जानकर क्या करना है? शादी के बाद मेरे मन में भी होती थी कि पता करूँ। लेकिन तुम जानो, शादी के बाद तो बुआजी मेरी तैया सास हो गईं और उन्होंने कहा—देख लल्ली, वो जो भी लौंडिया थी, मर-खप गई। अब ना तो उसका ख्याल ला अपने मन में और ना हमारे मुन्ना के मन में आने दे। अरी जिसकी मौत हो गई, उसको सौत क्या मानो?

जयभूषण और सतबीर आते हैं—अम्मा, तुझे उस संन्यासिनी के दर्शन के वास्ते कोई साथी चाहिए ना? मैं ले आया हूँ। तू इसके साथ जा, मुझे क्लब जाने दे।

सतबीर : नमस्ते माताजी! नमस्ते श्यामलालजी!

सुभद्रा : जीते रहो बेटे! तुम्हारा दफ्तरवाला मामला सलट गया ना?

सतबीर : हाँ जी।

जयभूषण सुभद्रा से कहता है—ठीक है अम्मा, तू सतबीर के साथ चली जाइयो। मेरे कोई दिलचस्पी ना है साधु-संन्यासियों में।

सुभद्रा : अरे तो तुझे मंगला से भी मिलने में दिलचस्पी ना है? उसके घर में आई हुई हैं प्रज्ञावतीजी।

सतबीर : प्रज्ञावतीजी को तो मेरे माताजी भी जानते हैं। माताजी के पास आज ही चिट्ठी आई है उनकी।

श्यामलाल : अच्छा? कहीं ये पंजाबन तो ना है प्रज्ञावतीजी?

जयभूषण : अच्छा माँ, मैं जा रहा हूँ।

जयभूषण जाने लगता है, लेकिन श्यामलाल उसे पकड़ लेता है—नाइन्साफी और गैरदुनियावाली बात मत करे जे. बी.! अम्मा के साथ जाओ। मैं भी चलता हूँ।

जयभूषण : और सतबीर?

सुभद्रा : इसे घर जाने दो।

मंगला के यहाँ जलसा-गृह में प्रज्ञावती के बैठने के लिए आसन बिछा है। सामने धूप जल रही है। एक तरफ कीर्तन करने वाले लोग बैठे हैं। एक कोने में सुभद्रा, श्यामलाल, जे.बी. और मंगला बैठे बातें कर रहे हैं।

मंगला : मैं देखूँ, क्यों नहीं आईं प्रज्ञावतीजी?

जयभूषण : तुमसे ज्यादा मालदार कोई असामी मिल गई होगी। पहले उसे मूँड़ रही होगी।

मंगला : प्रज्ञावती बहन पैसों की लालची नहीं हैं।

जयभूषण : ये सारी जमात ही ऐसी होती है। साधु-संन्यासी बनते ही इसलिए हैं लोग-बाग कि मजे से तो भोग करने को मिले। मैं पापा से इस बात में पूरा सहमत हूँ कि इन सबके हाथ से चिमटा छीन के इन्हें फावड़ा थमा देना चाहिए कि करो बेटा काम और जपते रहो हरि नाम!

मंगला : प्रज्ञावती बहन स्त्रियों और बच्चों के कल्याण के लिए पिछले बाईस साल से काम कर रही हैं। उनसे मेरी कितनी बातचीत हुई बेसहारा शरणार्थी लड़कियों को बसाने के बारे में।

उधर से प्रज्ञावतीजी आ जाती हैं। उनके साथ एक चेली भी है। मंगला प्रज्ञावती

के पाँव छूती है।

प्रज्ञावती (वीराँवाली) : जीती रहो बेटी! तुम्हारे मेहमान आए हुए हैं तो मैं बाद में बात कर लूँगी।

मंगला : मेहमान नहीं, अपने ही लोग हैं। आपके दर्शन करना चाहते हैं।

प्रज्ञावती : मैंने कहा था कि आज किसी को मत बुलाना।

मंगला : जी, आपने कहा था, दो-एक लोग आपके आएँगे तो मैंने सोचा दो-एक अपने भी बुला लूँ। कहें तो वापस भेज दूँ।

प्रज्ञावती : नहीं, नहीं।

मंगला : ये जयभूषण।

जयभूषण : नमस्ते।

सुभद्रा और श्यामलाल इधर आते हैं—जय बेटे, साधु-संन्यासियों से इस तरह नमस्ते की जाय है? पाँव छू ठीक से।

जयभूषण पाँव छूने के लिए झुकता है लेकिन प्रज्ञावती उसे बीच में ही पकड़ लेती है—नहीं बेटे, नहीं। किसी के कहने पर, किसी के डर से कभी मत झुको।

सुभद्रा सिर पर पल्लू ठीक करती है। स्वयं झुकके पाँव छुए, इस बीच श्यामलाल पाँव छू लेता है—मंगला बेटी ने उत्तरकाशी से लौट के जितनी तारीफ आपकी की उसे सुनने के बाद तो हर कोई आपके पाँव धो के पीना चाहे। आपकी तो जी पूजा की जानी चाहिए।

प्रज्ञावती : औरों की सेवा करो, मेरी पूजा नहीं। पूजा तो आडंबर है। सेवा ही असली चीज है।

मंगला : ये श्यामलालजी हैं। बहुत बड़े मैनेजर हैं।

श्यामलाल : सेवक हैं जी छोटे-मोटे।

अब सुभद्रा पाँव छूती है और कुछ चढ़ावा रखती है, जिसमें फल-फूल, मिठाई हैं। प्रज्ञावती उसे आशीर्वाद देती है और इस चढ़ावे को तुरंत मंगला को दे देती है—ले बेटी मंगला, इसे तू रख ले, जरूरतमंदों में बाँट।

सुभद्रा : जी, मैं आपके आश्रम के लिए कुछ पैसा देना चाहती थी।

प्रज्ञावती : आप ज्ञानानंद ट्रस्ट के नाम चेक काट दो, लेकिन पैसा देने से भी ज्यादा जरूरी है काम करना।

सुभद्रा : मंगला बेटी कर रही है जी!

प्रज्ञावती : आप मंगला की माताजी हैं?

—मैं तो जी इसकी होने वाली सासू हूँ। और इस बच्चे की माँ हूँ।...कहती हुई सुभद्रा जयभूषण को दोबारा आगे करती है—आप इन्हें समझाओ कि शादी में

देरी ना करें।

प्रज्ञावती : शादी में तो देरी करनी ही नहीं चाहिए। अपने पति से कहें कि इन्हें समझायें।

सुभद्रा : बिजनेस वाले हैं बाप-बेटे दोनों। उन्हें फुर्सत ही ना मिले है एक-दूसरे के वास्ते। कहुत कारोबार है जी हमारा।

श्यामलाल : प्रज्ञावतीजी, आपने नाम सुना होगा लाला वृषभान। करोड़ों की असामी हैं, दिल्ली के पुराने रईस।

लाला वृषभान का नाम सुनकर वीराँवाली (प्रज्ञावती) के चेहरे पर प्रतिक्रिया के जो भाव आते हैं उन्हें श्यामलाल देख लेता है। वीराँवाली आँखें बन्द कर लेती है और कहती है—सुना हुआ-सा तो लगता है। अच्छा अब शुरू कराइए।

कीर्तन शुरू होने को होता है कि लाजो और हवेलीराम आते हैं। लाजो के हाथ में एक चिट्ठी है। वह किसी से पूछती है—माफ करना जी, प्रज्ञावतीजी यहाँ आए हैं?

लाजो का ध्यान तुरंत प्रज्ञावती पर नहीं जाता, मगर जुमला पूरा करते न करते वह उसे देख लेती है।

मंगला : आइए, अरे आप यहाँ?

लाजो को ये उम्मीद नहीं थी कि प्रज्ञावती मंगला के यहाँ बुलायी गई है और प्रज्ञावती को ये उम्मीद नहीं थी कि लाजो और मंगला एक-दूसरे से परिचित होंगे। लाजो वीराँवाली की ओर बढ़ती है और नमस्ते करती है—जी मेरे को प्रज्ञावती बहन ने बुलाया था।

श्यामलाल : मैंने कहा जी, गुस्ताखी माफ! साधु-सन्तों के पैर छुए जाये हैं।

जिस समय वो टिप्पणी करता है, हवेलीराम नमस्ते करने को होता है। वह नमस्ते अधूरी छोड़ के पाँव छूने को झुक जाता है। वीराँवाली उसे दोनों हाथों से पकड़ लेती है और आसन से खड़ी हो जाती है। दोनों एक-दूसरे को देखते हैं। प्रज्ञावती की आँखें थोड़ी-सी नम हो जाती हैं। हवेलीराम को कुछ समझ में नहीं आता। जे. बी. (जयभूषण) इधर आता है।

जयभूषण : अम्मा, ये सतबीर के पिताजी हैं मास्टर हवेलीराम।

हवेलीराम : नमस्ते।

सुभद्रा : नमस्ते।

जयभूषण : और ये सतबीर की माताजी।

लाजो हाथ जोड़ती है। सुभद्रा भी।

सुभद्रा : नमस्ते जी, बहुत खुशी हुई आपसे मिल के। आपकी तारीफ आपका

बेटा तो करता ही है, मेरा बेटा भी करता है।

लाजो : तारीफ करने लायक ऐसी कोई बात तो नहीं है।

श्यामलाल : ये प्रज्ञावती बहनजी, क्या आपकी तरफ के हैं?

लाजो अचकचाती है—जी, साधु-संन्यासियों के बारे में कौन जानता है कि ये कहाँ के हैं।

श्यामलाल : सतबीर बता रहा था कि आपकी तो बराबर इनसे चिट्ठी-पत्री होती है।

इस बातचीत को प्रज्ञावती बंद कराना चाहती है।

प्रज्ञावती : मंगला, कीर्तन शुरू कराओ।

मंगला : हाँ जी शुरू करो।

कीर्तन शुरू होता है।

वही जलसा-घर। कीर्तन समाप्त हो चुका है। लोगों के हाथ में प्रसाद है। सुभद्रा प्रज्ञावती से बात कर रही है।

सुभद्रा : आप हमारे यहाँ भी आइए ना। वैसे तो जय के पापा पूरे विलायती हैं और साधु-संतों में उनको विश्वास नहीं है। मगर आपसे मिलेंगे तो भगवान में विश्वास हो जाएगा उनको।

प्रज्ञावती : माफी चाहती हूँ जी, मैं तो अभी वापस जा रही हूँ।

मंगला : अभी कैसे? आपका तो चार दिन रहने का प्रोग्राम था। आपने तो अभी कैंप भी नहीं देखा।

लाजो : कैंप तो आप मेरे साथ अभी देखने चल पड़ो।

प्रज्ञावती : मेरे ख्याल से यही ठीक रहना है।

मंगला : चलिए, तो मैं आपको छोड़ दूँ।

लाजो : नहीं, तुम क्यों बेकार तकलीफ करती हो?

मंगला : इसमें तकलीफ की क्या बात है? प्रज्ञावतीजी के साथ जाना तो मेरा फर्ज है।

सुभद्रा : जय, तू छोड़ आ ना इन्हें अपनी मोटर में। मैं भाईजी के साथ चली जाऊँगी ताँगा लेकर।

श्यामलाल : यही सही रहेगा।

पुराना किला कैंप के बाहर। लाजो, प्रज्ञावती, हवेलीराम, मंगला, जे.बी. हरियाली के बीच आगे बढ़ रहे हैं।

जे.बी. : अच्छा जी, ये आ गई आपकी मंज़िल। मैं चलता हूँ।

लाजो : अपनी मँगेतर को भी साथ ले जा बेटे!

जे.बी. : मंगला क्लब नहीं जाती।

प्रज्ञावती : तो जहाँ ये जाती है वहाँ इसे भी ले जाओ। अकेले-अकेले तो घूमना ठीक नहीं। बोलो मंगला, कहाँ जाओगी?

मंगला : मैं तो क्लब भी चली जाऊँ, लेकिन इस समय तो आपके साथ हूँ!

प्रज्ञावती : तुम मेरी फिकर मत करो। मैं इन लोगों के साथ कैंप देखूँगी। फिर दयावती बहनजी के पास चली जाऊँगी।

हवेलीराम : जाओ बेटी, बुजुर्गों का आशीर्वाद हो तो जवानों को निकल पड़ना चाहिए।

जे.बी. : चल रही हो मंगला?

मंगला : हाँ चलो।

हवेलीराम लाजो की छोलदारी में वीराँवाली को एकटक देख रहा है। वीराँवाली की आँखें नम हैं। उनमें से आँसू लुढ़क जाते हैं। हवेलीराम उन आँसुओं को अपने अँगूठे से पोंछता है—माया-मोह की निशानी हैं आँसू। संन्यासिनी की आँखों में आँसू का क्या काम।

वीराँवाली : आँसू तो अवतारों तक की आँखों में आ जाते हैं। मैं तो एक इंसान हूँ।

हवेलीराम : आपका चेहरा कुछ पहचाना-सा लग रहा है शुरू से। आप कहाँ की हैं?

वीराँवाली : उत्तरकाशी के आश्रम की।

हवेलीराम : उत्तरकाशी? उत्तरकाशी तो मैं शायद गया नहीं।

लाजो : आप गए थे मास्टरजी!

हवेलीराम : आश्रम? गंगा के किनारे।

—हाँ मास्टरजी, हाँ। कुछ याद आया?...लाजो बहुत खुश होती है।

—याद आता है, मगर नहीं आता।...हवेलीराम सिर हिलाता है।

वीराँवाली : धीरे-धीरे सब याद आ जाएगा वीरजी!

हवेलीराम : वीरजी? वीराँवाली हो शायद।

लाजो बहुत ही खुश होती है—हाँ मास्टरजी, ये वीराँवाली है। आपकी बहन, मेरी सहेली।

हवेलीराम : मेरी बहन!

लाजो : हाँ मास्टरजी, हाँ!

लाजो जाती है और वह तस्वीर उठा लाती है, जिसमें हवेलीराम, लाजो और वीराँवाली खड़े हैं। तस्वीर में से दिखाती है।—ये देखिए। ये वीराँवाली, ये मैं, ये आप।

मास्टर हवेलीराम तस्वीर को गौर से देखता है—ये तस्वीर...जी...ये...कब की है?

लाजो : 1915 की मास्टरजी!

हवेलीराम : 1915 में तो किसी को फाँसी लगी थी शायद। हाँ, सिपाही अब्दुल्ला और करतारसिंह सराबा को। इन्कलाब की कोशिश हुई थी।

लाजो : हाँ मास्टरजी, हाँ। मैं इन्कलाबी भाई आत्मानंद की भांजी हूँ।

वीराँवाली : गदर पार्टी और गदर अखबार की याद नहीं है वीरजी?

लाजो : हमारा नाम क्या है? गदर पार्टी। हमारा काम क्या है? इन्कलाब। इन्कलाब कहाँ होगा? हिंदुस्तान में। इन्कलाब कब होगा? बहुत जल्दी।

बाहर से सतबीर की आवाज आती है—हाँ जी, शहर में बहुत जोर के दंगे हो गए हैं।

हवेली उठकर बाहर जाने लगता है और जाते हुए कहता है—दंगे हुए लाजोजी, इन्कलाब नहीं हुआ। क्या हुआ सतबीर!

वीराँवाली लाजो को देखती है।

लाजो : जल्दी से निकल चलें हम भी, वरना उसने यहीं आ जाना है।

वीराँवाली : पाँच साल पहले गुरुकुल कांगड़ी में देखा था दूर से। अब तो बहुत बड़ा हो गया होना है।

लाजो : हाँ, एक झलक देख लेना जाते हुए।

वीराँवाली और लाजो भी बाहर निकलते हैं।

ये लोग बाहर निकलते हैं और एक साइड से बच के जाना चाहते हैं। सतबीर हवेलीराम और एक दो और आदमियों के साथ खड़ा हुआ है।

हवेलीराम : नफरत का जवाब नफरत से, पागलपन का जवाब पागलपन से दिया जाएगा तो ना कभी नफरत खत्म होगी ना पागलपन। गाँधीजी जो कुछ कह रहे हैं, सही कह रहे हैं।

आदमी : हम तो मोटी अक्लवाले हैं बादशाहो, इतनी बारीक बात समझ में आती नहीं।

सतबीर अपनी ओर देखती हुई वीराँवाली को देख लेता है—ये माताजी किसके साथ जा रहे हैं?

वीराँवाली तेजी से आगे निकल जाती है।

हवेलीराम : कोई प्रज्ञावती है।

सतबीर लपकता है—माताजी, मेरे को नहीं मिलाना प्रज्ञावती बहनजी से?

लाजो : हम अभी आए, तू पिताजी के साथ बैठ।

हबीब और मंगला उसी कमरे में बैठे हैं, जिसमें कौमी एकता को मीटिंग हुई थी। वह अकेला है, बाकी कुर्सियाँ खाली हैं। बाहर से दंगे का शोर।

हबीब : फिर दंगा हो गया लगता है? तुम भी जाओ बेटी, कोई आएगा नहीं। कैसी आयरनी है? जिस जगह हमने कौमी एकता कमेटी की मीटिंग बुलायी है, उसी में दंगा हो रहा है।

मंगला : गाँधीजी के अनशन तक का कोई असर नहीं हुआ। सुना, कल तो कुछ लोगों ने गाँधीजी की प्रार्थना-सभा में नारे लगाये कि जो मरना चाहता है उसे मरने दो।

हबीब : हाँ साहब। मैं तो खुद वहाँ मौजूद था। नेहरूजी बहुत खफा हुए। बाहर जाके नारा लगाने वालों को ललकारा कि आपकी ये कहने की जुर्रत कैसे हुई? आइए, पहले मुझे मारिए।...इतना मायूस होने की जरूरत नहीं है। अगर मुट्ठी-भर लोगों ने इस तरह के नारे लगाये तो बाकी सब रैफ्यूजियों ने अपनी मीटिंग में कौमी एकता के हक में रिज्योल्यूशन पास किया और गाँधीजी से अनशन तोड़ने की अपील की। मास्टर हवेलीराम बता रहे थे।

तभी मास्टर हवेलीराम आ जाते हैं। साथ में लाजो है।

हबीब : आइए। बड़ी उम्र है आपकी।

हवेलीराम : अल्लाह करे आपकी उम्र उससे भी बड़ी हो।

मंगला : हम लोग तो सोच रहे थे कि आज कोई आएगा ही नहीं।

हवेलीराम : कौमी एकता कमेटी की मीटिंग के लिए पहुँचना आज तो और भी जरूरी था। आपने सुना होगा कि गाँधीजी अपने अनशन के चौथे रोज गुस्लखाने जाते हुए बेहोश हो गए।

लाजो : उनकी हालत बहुत नाजुक बतायी जाती है।

हबीब : या अल्लाह!

हवेलीराम : एक दुबला-पतला, नाजुक-नफीस इंसान जमाने-भर की वहशियत का मुकाबिला करने के लिए अकेला खड़ा हुआ है हबीब साहेब!

हबीब : कि शायद जमाना शर्मसार हो।

मंगला : मगर हो नहीं रहा है। यहाँ भी दंगे हो रहे हैं, वहाँ भी। चचाजान, आप तो ये मोहल्ला छोड़कर हमारे यहाँ आ जाइए।

हबीब : तुम नई पीढ़ी वाले बहुत जल्दी घबरा जाते हो भाई। मेरे बच्चे भी

घबरा गए। उन्हें और उनकी अम्मी को मैंने उनके मामू के पास भेज दिया। मैंने भी यह पुश्तैनी मकान छोड़ दिया तो इसमें कोई घुस आएगा।

लाजो : हाँ, ये भी बड़ा चल पड़ा है।

हवेलीराम : आप अकेले पड़ गए हैं तो मैं आपके साथ रहने लगता हूँ।

हबीब : कमाल करते हैं आप तो। मैं कोई बच्चा हूँ जो घर में अकेला सोता हुआ घबराऊँ? अच्छा, तो अब कार्रवाई शुरू करें मीटिंग की?

मंगला : जरूर।

सतबीर अपनी छोलदारी में अकेला बैठा उस तस्वीर को देख रहा है जिसमें लाजो, हवेली और वीराँवाली हैं। सतबीर अपने आप से कहता है–जरूर कोई बात होनी है, तभी माताजी टाल रहे हैं। आज भी नहीं मिलवाया मेरे को प्रज्ञावतीजी से।

लाजो और हवेलीराम आते हैं। उन्हें देखते ही सतबीर तस्वीर अलग रख देता है। सतबीर के हाथ में तस्वीर देख लाजो सकपकाती है–कब आया लौट के?

सतबीर : मैं तो बड़ी देर का बैठा हूँ। आप प्रज्ञावतीजी को लाने वाले थे ना।

लाजो : वो तो मुड़ के चले गए पुत्तर!

सतबीर : आज तो आपने वादा किया था माताजी! दो रोज से टाल रहे थे आप!

लाजो : किया तो था, पर क्या करूँ? वो चले गए।

सतबीर : माताजी...माताजी, क्या आप किसी वजह से मेरे को उनसे मिलाना नहीं चाहते थे?

लाजो : किस तरह की बातें करता है?

सतबीर उस तस्वीर को फिर से देखने लगता है–जो बुआजी इस तस्वीर में हैं, ये तो, मर गए थे।

लाजो : हाँ पुत्तर!

सतबीर : ये जो प्रज्ञावतीजी आपके पास आए थे, इनकी सूरत, इन बुआजी से बड़ी मिलती थी।

सुनकर लाजो सकपकाती है, मगर तुरंत स्थिति सँभालती है–हाँ, इसी करके तो मेरे को ये बहुत ज्यादा अच्छे लगते हैं प्रज्ञावती बहनजी!

श्यामलाल सुभद्रा के कमरे में प्रज्ञावती की तस्वीर देख रहा है। जयभूषण पास में

बैठा हुआ है।

श्यामलाल : ये प्रज्ञावती बहनजी मेरे को तो संन्यासिनी कम लगीं, नाटक-नौटंकीवाली ज्यादा। चलो ऐसी संन्यासिनियाँ होने लगीं तो धरम-करम की ओर लोगों का ध्यान बढ़ेगा।

जे.बी. : क्या बात करते हैं आप। वो बहुत अच्छी औरत हैं।

श्यामलाल : अजी हाँ। उस दिन तुम्हारी अम्माँ से कह गई कि मैं तो आज ही जा रही हूँ, लेकिन अगले ही दिन राधेबाबू की हवेली से बाहर जाती देखी मैंने। बताओ, यहाँ आने में उसे क्या परेशानी थी?

तस्वीर को फिर देखता है और मन-ही-मन अंतिम बात को फिर दोहराता है। इतने में सुभद्रा कमरे में आती है।

सुभद्रा : भाई जी, ये कह रहे हैं कि हबीब साहेब न आज मिलने आए न फोन किया। जाके उनका हाल पूछ आओ।

श्यामलाल : अजी आप लालाजी से कह दो, उनकी ओर से बेफिकर रहें। अपना सतबीर और उसके पिताजी दोनों आजकल वहाँ चौकीदारी में जाने लगे हैं।

एक मकान का फाटक। इसे सतबीर खटखटा रहा है। हवेलीराम पास खड़ा है। भीतर से रेडियो की आवाज आ रही है—गाँधीजी की हालत अभी भी चिंताजनक बनी हुई है।

हवेलीराम : दरवाजा तो खुला है, भीतर चलो। शायद आँख-वाँख लग गई होगी।

रेडियो पर आती आवाज को सुनते हुए ये लोग हबीब के कमरे में पहुँचते हैं। वहाँ रेडियो खुला हुआ है, मगर हबीब नहीं है। वे वहाँ से निकलते हैं और दूसरे कमरे में पहुँचते हैं। मगर हबीब नहीं मिलता। वे पुकारते हैं—हबीब साहब, हबीब साहब!...

रेडियो की आवाज दूर से सुनाई देती रहती है—अनशन के कारण गाँधीजी की हालत बहुत चिंताजनक बनी हुई है।

जब हबीब कहीं नहीं मिलता तब सतबीर कहता है—पिताजी, तहखाने में और देख लें?

हवेलीराम : तहखाने में?

ये शब्द हवेलीराम के भीतर गूँज पैदा करते हैं। अँधेरी सीढ़ियों में ये माचिस जला के उतरते हैं। वहाँ हबीब घायल होकर गिरा पड़ा है। दियासलाई की

तीली और जलाने पर उसका चेहरा रोशन होता है। वो आँखें खोलता है—मास्टर हवेलीराम, जिन्होंने तुम्हें लाहौर में नहीं रहने दिया वो मुझे दिल्ली में नहीं रहने देना चाहते।

तीली खत्म हो जाती है। अँधरे में मास्टर हवेलीराम की चीख सुनाई देती है—सत्तार...मेरे दोस्त! तूने मुझे बचाया, मैं तुझे बचाऊँगा।

सतबीर फिर एक तीली जलाता है और देखता है कि हवेलीराम हबीब से लिपटा हुआ है।

हवेलीराम अस्पताल के एक कमरे में लेटा है। उसे नींद आई हुई है। सतबीर उसके पैताने खड़ा है। रोशन और लाजो को आता देख सतबीर उनकी ओर बढ़ता है। और कानाफूसी में बात करता है—झपकी-सी आ रही है।

लाजो : अब सब याद आ गया तेरे पिताजी को?

सतबीर : कुछ-कुछ।

रोशन : डाक्टर देख गया?

सतबीर : हाँ। कहता था इसी तरह धीरे-धीरे सारी बातें याद आ जानी हैं। मगर इधर हाल की बातें तो शायद कभी याद ना आएँ।

लाजो जाकर सिरहाने बैठ जाती है। सतबीर और रोशन पैताने खड़े होते हैं। लाजो आशा और आशंका से हवेलीराम को देखती है। तभी हवेलीराम आँखें खोलता है। लाजो को देखता है—लाजोजी...!

लाजो : जी, मास्टरजी!

हवेलीराम : मैंने वादा पूरा किया।

लाजो इसे याददाश्त के लौटने का सबूत मानती है और बहुत खुश होती है—मेरे को आप पर पूरा भरोसा था मास्टरजी!

हवेलीराम : पहुँच गया ना! सतबीर, रोशन और भूषण? भूषण और उसके बाल-बच्चे किधर? वो नहीं पहुँचे?

लाजो : पहुँच गए मास्टरजी!

हवेलीराम : ये कैंप तो कुछ...ये डी. ए. वी. कालेज तो नहीं है?

सतबीर : ये अस्पताल है पिताजी!

हवेलीराम : अस्पताल में कैंप? कौन-सा अस्पताल, मेयो?

रोशन : नहीं जी, अरविन!

सुनकर हवेलीराम हैरान होता है—लाहौर में अरविन अस्पताल कौन-सा है?

सतबीर : हम दिल्ली में हैं पिताजी!

हवेलीराम सोच में पड़ जाता है—दिल्ली में...? तुम लोग तो डी. ए. वी. कालेज कैंप गए थे? मैं ग्वालमण्डी उतरा?

लाजो : फिर आप कैंप आए ही नहीं। बहुत दिन आपकी राह देखी...जब आप नहीं पलटे तो पुत्तर और बीबीरानी के जिद करने पर मैंने लाहौर छोड़ दिया।

हवेलीराम : फिर मैं दिल्ली कैसे आया?

सतबीर : हम बराबर आपको ढूँढ़ते रहे, एक बारी आपको ढूँढ़ते-ढूँढ़ते ठेठ कश्मीर तक हो आए।

हवेलीराम : कश्मीर में मैं क्या कर रहा था?

सतबीर : पिताजी, आप...आप अग्नि देने वाले मरघट बाबा के नाम से मशहूर थे।

हवेलीराम : अग्नि...अग्नि तो मैं दे ही नहीं सका। प्राजी का कुछ पता ही नहीं चला ग्वालमंडी में।

लाजो : ग्वालमंडी से आप किधर गए मास्टरजी?

हवेलीराम सोच में पड़ जाता है—ग्वालमंडी से? लाशें? मुर्दाघर। मेयो अस्पताल। लाहौर। छावनी में मुर्दे फूँके जा रहे हैं।

लाजो : ग्वालमंडी से छावनी गए आप?

हवेलीराम उठकर बैठ जाता है—थाने। मैंने कहा कि मेरे प्राजी लापता हैं। जैसे भी हो, जिंदा या मुर्दा, आपको ढूँढ़ के देने होंगे। लोग हँसने लगे, मुझे मारने दौड़े। तभी वो हैड कांस्टेबल आ गया, अपने जहूर का बेटा।

लाजो : अनवर...?

हवेलीराम : हाँ अनवर...। उसने मुझे भीड़ से बचाया। वही ले गया मेयो अस्पताल। उसी ने बताया कि छावनी में अंतिम संस्कार करने दे रहे हैं।

लाजो : अस्पताल में क्या हुआ?

हवेलीराम : मुर्दाघर में लावारिस लाशों का ढेर लगा था। मुझसे पहचान ही नहीं हो सकी। कभी लगा, इस ढेर में प्राजी की लाश नहीं है, और कभी लगा कि हर लावारिस लाश मेरे प्राजी की ही है। मैंने अनवर से कहा, मैं उन सबको अग्नि दूँगा। उसने सोचा, मैं पगला गया हूँ। वो मुझे पकड़ के कैंप में छोड़ने को लाने लगा।

लाजो : आप कैंप नहीं ना आए, विच्छोवाली ही चले गए।

हवेलीराम : मुझे लगा, इंसानी तहजीब पर वो किताब जरूर पूरी करनी चाहिए। मैंने सोचा, विच्छोवाली से उसका मसौदा ले आऊँ और एक बार सत्तार से भी कह आऊँ कि प्राजी को ढुँढ़वाने में मदद कर।

लाजो : खालिद ने हमें इसकी खबर दी। सतबीर खालिद के संग विच्छोवाली

गया।

सतबीर : वहाँ तहखाने में आपकी घड़ी मिली, चश्मा मिला।

लाजो : और खून के छींटे। सब लोग तो कहने लग पड़े कि...।

हवेलीराम : मैं किताब का मसौदा ले के सत्तार के यहाँ जाने को हुआ कि दंगाई आ गए। मैंने उनसे कहा, मैं मास्टर हवेलीराम हूँ। बताइए आपको क्या खिदमत करूँ? वो वहशियाना ढंग से हँसे। एक ने खंजर से मुझ पे वार किया।...हवेली माथा पकड़ लेता है।

लाजो : फिर क्या हुआ मास्टरजी?

हवेलीराम : फिर? फिर मैं जान बचाने के लिए तहखाने की ओर दौड़ा, पीछे से खंजर वाला लपका।

लाजो : फिर मास्टरजी?

हवेलीराम : सत्तार, कामरेड सत्तार आया। उसने खंजर वाले से खंजर छीना। कहा, मास्टर हवेलीराम तो मेरा शिकार है। मैं करूँगा इसे खत्म।

लाजो : सत्तार भाई ने इस तरह कहा?

हवेलीराम : सिर्फ कहा, किया नहीं। उसने मुझे तहखाने के भीतर कर दिया और बाहर से कुंडी मारने से पहले बोला—'मैं तुम्हें बाद में यहाँ से निकाल लूँगा।' सीढ़ियाँ उतरते हुए मैं गिर पड़ा।

लाजो : फिर सत्तार भाई आए नहीं आपको लेने?

—कुछ याद नहीं आता।...हवेलीराम अपने सिर पर हाथ फेरता है और वहाँ बँधी हुई पट्टी को छूता है। फिर कहता है—विच्छोवाली से क्या मुझे फौरन ही दिल्ली ले आए? यहीं करायी पट्टी?

सतबीर : पिताजी, ये चोट तो आपको हबीबुल्लाह के तहखाने में गिरने से आई।

हवेलीराम : हबीबुल्लाह? मैं तो किसी हबीबुल्लाह को नहीं जानता।

सतबीर : आप उनके साथ कौमी एकता कमेटी में काम करते थे। वो भी तहखाने में छिपे थे। आप उन्हें बचाने वास्ते गए। तहखाने में अँधेरा था। आप सीढ़ियों से गिर पड़े।

हवेलीराम : तहखाने का अँधेरा?...हवेलीराम को कँपकँपी छूटती है। लाजो हवेलीराम का कंबल ठीक करती है।

लाजो : मास्टरजी, आप पता नहीं किन हालात में रहे और किस तरह हिंदुस्तान पहुँचे।

हवेलीराम : ठंड बहुत है, इस मौसम में इतनी ठंड?

सतबीर : जनवरी में तो ठंड पड़नी है।

हवेलीराम महीने गिनता है—जनवरी...। अगस्त से जनवरी? पाँच महीने?

लाजो कुछ कहती नहीं मगर भावविह्वल चेहरे को हामी में हिलाती है—हाँ, मास्टरजी!

हवेलीराम : और मैं दिल्ली कब आया?

लाजो : दो महीने हो गए।

हवेलीराम : कुछ याद नहीं पड़ता।

लाजो : आप हम सबको भूल गए थे मास्टरजी!

हवेलीराम : मैं खुद को ही भूल गया था लाजोजी! दिल्ली में रिहायश किधर है?

लाजो : हम पुराना किला के रैफ्यूजी कैंप में रहते हैं। भूषण वगैरह के पास एक कमरा है।

हवेलीराम : यहाँ भी अलग रहते हैं वो?

लाजो : मैंने बहुत कोशिश की, मगर सबको साथ रख नहीं सकी।

हवेलीराम : लाजोजी, आप भी कहती होंगी कि जब भी मुसीबतों का पहाड़ सामने आता है, मास्टरजी भाग जाते हैं। अकेली छोड़ जाते हैं। भूषण पैदा हुआ, जेल चले गए। रोशन पैदा हुआ तो इन्कलाबियों के चक्कर ने बेघर करा दिया। जब सतबीर आया, फिर जेल चला गया। और अब बँटवारे के जलजले में अकेला छोड़ गया।

लाजो : नहीं मास्टरजी, नहीं। मेरे साथ तो आपके पुत्तर थे, अकेले तो आप थे। याददाश्त तक साथ नहीं थी।

हवेलीराम : जाने कितनी तकलीफें उठानी पड़ी होंगी आपको लाजोजी!

लाजो : तपस्या सफल हो जाती है तो उसकी तकलीफें याद नहीं रहतीं। आप लौट आए, आपकी याददाश्त लौट आई। बच्चे सब नौकरी में लग गए। और क्या चाहिए?

हवेलीराम : वैसे, मेरा-जैसा गैर-दुनियादार आदमी साथ भी होता तो मदद क्या मिलती? मुसीबत ही...।

लाजो : मुसीबत शब्द पर उसके मुँह पर हाथ रख देती है—आपको क्या पता मास्टरजी, मुसीबत पालने का मेरे को कितना शौक है।

हवेलीराम : पाल जरूर लो, बस पट्टा मत बाँधना।

हवेलीराम हँसता है। लाजो वगैरह भी। हँसी से फारिग होकर लाजो आगे कहती है—मास्टरजी, आपने तो अपनी हँसी का कोटा सुबह ही पूरा कर लिया। अभी तो कितनी ही मजेदार बातें सुनानी हैं।

मगर सुनाने को क्या बच गया था, या हवेलीराम के लिए सुनने को? दिल्ली

में सांप्रदायिक दंगे फैले, गाँधीजी को अनशन करना पड़ा। इन सब समाचारों से दुखी हवेलीराम एक मौके पर कहता है—मेरी याददाश्त लौटाने के लिए यही सब होना था तो न लौटती। दंगा हुआ, बेगुनाह लोग मारे गए...बँटवारे ने ऐसा जहर घोल दिया है दिलो-दिमाग में कि महात्मा गाँधी तक लाचार हो गए हैं।...

और फिर एक दिन गाँधीजी की प्रार्थना-सभा में जाने के लिए तैयार हवेलीराम को सूचना मिलती है—महात्माजी प्रार्थना-सभा के लिए आ रहे थे कि एक नौजवान ने गोली मारकर उनकी हत्या कर दी।

सुनकर हवेलीराम की तो जैसे जुबान ही बंद हो गई। दुखी और उदास, आँखों में आँसू भरे, छोलदारी में वह मातम मना रहा है। लाजो बाकायदा रो रही है। मुंशीजी विह्वल हैं। सतबीर अपनी बाँह से आँखें पोंछ रहा है। कौन किससे क्या कहे? या कैसे सांत्वना दे?

□□□